KB236749

한국 현대시와 문명의 전환

정효구

새미

바야흐로 시대와 문명의 대전환이 이루어지는 때이다. 나는 이런 현실의 심층을 들여다보며 잔잔한 현기증을 느낀다.

그러면서 과연 한 사람의 국문학도로서, 그 가운데서도 시를 연구하는 사람으로서, 이 엄청난 변화의 시대에 어떤 가치관을 가지고 어떤 말을 해야 하는가, 심각한 고민에 빠진다.

사실 어느 때라고 <전환기>가 아닐까마는 요즘이야말로 인류 역사상 그 유례를 찾아보기 어려울 만큼 어마어마한 전환기적 징후를 다방면에서 드러내고 있는 시기이다. 그런 격량의 시대적 변화 속에서, 문학은, 그 중에서도 시는, 온갖 공격을 받으며 시련을 겪고 있다. 하지만 나는 개인적으로 문학 혹은 시에 대하여 쏟아지는 이런 경박한(?) 공격을 그대로 보고 지나칠 수 없다는 결의를 속으로 다지고 있다. 그 까닭은 문학 혹은 시야말로 어떤 시대적, 문명사적 현실 속에서도 인간정신과 영혼의 밭을 비옥하게 갈아 가는 선구적 존재라고 믿고 있기 때문이다. 그리고 그 역할을 이 시대의 문인 혹은 시인들이 열성을 다해 해 나아가고 있다는 믿음을 갖고 있기 때문이다.

모든 것이 다 그렇듯이, 문학 혹은 시의 밭도 그 주체가 아끼고 다듬으며 공을 들여 발전시켜 나아가지 않는다면 다른 누가 찾아와 그 일을 대신해줄 수 없는 일이다. 그러므로 창작을 하는 작가나 시인들은 말할 것도 없거니와 그것을 연구하고 비평하는 학자나 평론가들 역시 문학 혹은 시의 밭을 일구는 데 협력자로서 최선을 다해야 한다고 생각한다.

특히 문명사의 대전환기가 찾아온 이 시점에서 창작의 주체와 그 연구자들은 협력하여 선을 이루는 마음으로 인간정신과 인간영혼의 바람직한 길을 도모해 나아가는 데 전력을 기울여야 한다고 생각한다.

이 책은 이런 노력과 고민 속에서 출간된 것이다. 수없이 쏟아지는 책들 속에서 이 책에 애정과 눈길을 보내는 사람이 얼마나 될까마는, 그래도 이런 노력과 고민이 없다면 인류사의 미래를 어떻게 기다릴 수 있겠는가. 나는 허무주의자의 길을 기웃거려보기도 하였지만 이 세상에 내 아이를 낳아놓은 이상 결코 허무주의자의 길을 갈 수 없다는 생각에 도달하였고, 그 생각을 추동력으로 삼아 또 한 권의 책을 출간하는 터이다.

아직 확실한 답을 얻은 것은 아니나, 나는 이 책을 통하여, 엄청난 문명사의 전환기 속에서 우리 문학, 그 중에서도 우리 시가 걸어온 길과 가야할 길에 대해 주목해 보았다. 나의 이런 노력이 거친 문명사의 폭력 앞에서 함께 인간의 미래를 준비하는 작은 디딤돌이라도 되었으면 하는 마음 간절하다.

글을 마치며 이번으로 세 차례나 책을 출간해주신 새미 출판사의 정찬용 사장님께 감사의 말씀을 전한다. 그리고 이 책을 만드는 데 수고하신 새미 출판사 여러 분께도 감사의 말씀을 전한다.

2002년 여름날

정 효 구

III

시는 권력이 될 수 있는가

1. 새 학기의 고통스러운 의식(儀式)

새 학기가 다가오면 저의 마음은 무겁습니다. 개강하기 며칠 전부터 심한 스트레스에 시달립니다. 매 학기마다 찾아오는 이 의식을 통과하지 않을 수가 없습니다. 제가 이처럼 매 학기마다 고통스러운 의식을 치르는 데는 몇 가지 이유가 있는 것 같습니다.

그 하나는 도대체 저를 찾아온 젊은이들에게 무슨 말을 해야 하는가 하는 생각 때문입니다. '무슨 말'을 하다니요? 당신의 강단경력이 얼마나 오래되었는데 그런 걱정을 하십니까, 하고 누군가 의아해 할지도 모르겠습니다. 물론 시간의 양만 놓고 본다면 그렇게 말할 수 있습니다.

그러나 저는 시를 가르치는 일이 '해석과 가치'의 세계를 동반하는 일이라서 매 학기마다 몸둘 바를 모릅니다. 해석하고 가치를 이야기하는 일에 참여하는 것이 얼마나 위험하고 무모하며 부정확한 것인가를 저는 너무나도 잘 알고 있기 때문입니다. 이러고 있노라면 막상 개강이 돌아오기라도 할 경우, 저는 저를 바라보고 있는 학생들에게 단 한마디 말도 할 수 없을 것 같은 암담한 심정이 되기도 합니다. 모든 해석과 가치평가란 '거짓'에 불과하다는 것을, 조금 너그럽게 봐준대야 '진실한 거짓' 행위에 불과하다는 것을 저는 알고 있습니다. 그러나 시를 가르치는 선생 노릇을 그만두지 않는 한 저는 이런 행위를 계속할 수밖에 없습니다. 이런 고민에 빠져들 때면 '1＋1＝2'가 된다고 칠판에 판서하며 가르치는 산수 선생이 되고 싶을 때가 많습니다. 그것도 아니라면 사람들의 충치나 성실하게 고쳐주는 치과의사가 되고 싶을 때도 많습니다. 그것도 저것도 아니라면, 단 한 마디 수사학이나 인간적 해석을 가하지 않고도 할 수 있는 농삿일을 묵묵히 해보고 싶을 때도 있습니다. 이것은 제가 그들을 무시해서가 아니라 그들을 부러워하기 때문입니다. 시를 언어로 가르치는 일이 위험한 해석놀이이며 가치놀이라는 점 앞에서 저는 언제나 겁이 나고 그 놀이 끝에는 부끄러움이 따르는 것입니다.

그 둘은 시와 밥의 문제를 어떻게 결합시킬 수 있을까 하는 점 때문입니다. 저는 제가 강단에서 저도 모르는 사이에 밥의 문제를 무시(?)하는 듯한 태도로 시의 문제를 이야기하고 있을 때, 얼굴이 붉어지는 것을 느낍니다. 저는 누가 물어도 밥의 길이 시의 길보다 윗길이라고 말할 수밖에 없습니다. 밥의 비중이 점점 더 커지고 있는 이 시대에, 어떻게 그들에게 시의 길을 흔들림 없이 잘 가라고, 그렇게 시의 길을 성실하게 가다보면 밥의 문제가 해결될 것이라고 말할 수 있을지 저는 자신이 잘 서지 않는 것입니다. 물론 밥의 길과 시의 길이 상반되는 것만은 아닙니다. 그러나 적어도 시의 길이 밥의 길로 가는 지름길이 아님은 부정할 수가 없습니다. 저는 저의 학생들에게 "배부른 돼지보다 배고픈 소크라테스가 낫다"는, 마광수씨 식으로 말한다면, 가난한 사회 혹은 사람들의 자기위안적인 이 명제를 소리 높여 외칠 자신이 없기 때문입니다. 그래서 저의 새 학기 강의 첫 시간은 대부분은 '밥' 문제를 솔직하게 논의해보는 것으로부터 시작되곤 합니다. 그래야 이야기가 조금이라도 풀리기 시작합니다.

그 셋은 시의 나라에 참여한다는 것은 '나는 나다'라는 전제하에 '신성모독자'가 되는 일을 배우는 것인데, 가만히 두면 아들 딸 낳고 자가용도 사며 행복(?)하게 살아갈 그들에게 괜스레 불행(?)한 자의식의 세계를 안내하는 것이 아닌가 하는 자괴감 때문입니다. 시에서 벌어지는 상상력의 모험은 얼마나 난폭한가요? 시의 상상력은 위험한 모험가답게 가지 않는 곳이 없고, 한

번 가게 되면 극단까지 치달으려고 합니다. 무슨 생각도 다 합법화되는 이 시의 세계를 과연 그들이 아는 게 행복한 것인가, 아니면 모르는 것이 행복한 것인가, 판단이 서지 않을 때가 많기에 저는 갈등을 느낍니다. 상식, 도덕, 규범, 관습, 법률 등만을 조용히 존중하며 사는 일이, 많은 사람들이 가고 있는 아주 안전한(?) 길일 터인데 저는 그들에게 위험한 다른 길을 보여 주고 있는 것인지도 모른다는 생각이 드는 것입니다. 또한 그 길을 일단 본 사람은 그 길의 마력을 잊을 수 없는 것 또한 진실인데, 그래도 저는 그들에게 이 길을 보여 주어야 하는지 마음이 편하질 않습니다. 이런 저의 말을 듣고 여러분들은 왜 플라톤이 그의 멋진 신세계를 구상하며 시인 족속을 그의 나라에서 추방해 버리겠다고 말하였는지 이해할 수 있을 것입니다. 시인이 된다는 것은, 그리고 시를 공부한다는 것은, 위험한 상상력의 모험행위에 참여하는 것이기 때문에, 그는 시인들을 그의 나라에서 추방해 버리려 했던 것입니다.

그래도 저는 강의실로 갑니다. 그곳에서 저는 예전대로 시를 가르치는 선생이 되어 있습니다. 멋쩍은 일입니다마는, 시를 함께 '잘' 공부해서 우리들의 강의 시간이 '소비의 장'이 아니라 '존재생성의 테이블'이 되도록 해보자고 그들에게 아첨(?)하고 또 저 자신에게 아첨할 수밖에 없습니다. '시교도'가 된 듯, 학생들과 함께 저는 이런 말을 나누며 시 앞에서 숙연해집니다.

2. 밥의 길과 시의 길

강의가 시작되면 저는 학생들에게 다음과 같이 묻습니다. 여러분들은 왜 대학에 왔는가? 여러분들은 왜 이 강의를 듣는가? 이렇게 질문하고 나면 어디선가 들어본 듯한 많은 대답이 터져나옵니다. 진리탐구를 위해서입니다, 인격도야를 위해서입니다, 시가 무엇인지 알고 싶기 때문입니다, 교양을 쌓기 위해서입니다, 남들이 다 다니니까 그냥 왔습니다 등과 같은 대답이 대체로 나옵니다. 그러면 저는 학생들의 이런 대답에 만족하지 못하여 조금 세게 다그칩니다. '좀더 솔직해 보십시오'라고 말입니다. '솔직하지 않으면

이 강의는 진행될 수 없습니다'라고 말입니다. 시강의의 처음도 솔직함이고 마지막도 솔직함입니다, 그러니 솔직해 보라고 저는 호소하듯 말합니다. 그러면 다소 긴장된 학생들의 입에서 조그만 소리로 '밥'을 얻기 위해 이곳에 왔다는, 이왕이면 더 좋은 '밥'을 얻기 위해 이곳에 왔다는 소리가 나옵니다.

사실 그렇습니다. 우리가 살아가는 모든 것의 첫 번째 목적이자 가장 중요한 목적은 '밥'을 얻는 데 있습니다. 밥을 확보하고자 하는 우리의 욕망이 우리로 하여금 대학에 진학하도록 했습니다. 물론 다른 이유도 많이 있습니다마는 나머지 것들은 다 부차적이지요.

저는 또다시 다음과 같이 질문을 합니다. 사람이 사는 데 '꼭' 필요한 것은 무엇입니까? 여러분들이 가지고 있는 것 가운데 '꼭' 필요한 것이 아닌 모든 것을 버리고 나면 무엇이 남습니까? 역시 많은 응답이 있습니다. 여기서 합의가 이루어지는 것은 의식주라는 것입니다. 그러면 저는 다시 다그칩니다. 옷이 여름에도 필요한가요? 열대지방에서도 필요한가요? 이렇게 질문을 던지고 나면 옷은 필수품 목록에서 슬그머니 빠지고 맙니다. 집이 한여름에도 필요한가요? 역시 열대지방에서도 필요한가요? 이런 질문 다음에는 또다시 집도 필수품 목록에서 슬그머니 빠져버립니다. 그러면 무엇이 남았습니까? 밥이 오롯이 남아 있을 뿐입니다. 밥은 이토록 중요합니다. 그런데 밥이 우리의 노력으로 벌어야 할 것 중 유일한 필수품이라는 것은 인간이 생물이라는 증거입니다. 여러분들과 저는 문화인이나 문명인이기 이전에 생물입니다. 우리는 생물로서 먹고, 자고, 배설해야 합니다. 이것이 생물인 인간의 처음이자 마지막과 같은 것입니다. 우리는 어쩌면 이것을 잘 하기 위해 사는 것인지도 모릅니다. 모든 문화니, 문명이니 하는 것들도 이것을 잘 하기 위해 존재하는 것인지도 모릅니다. 우리가 시를 쓰는 것도, 시를 공부하는 것도 이것을 잘 하기 위해 존재하는 것인지도 모릅니다.

다시 물어봅시다. 시란 무엇인가요? 평생 동안 시 한 편 안 읽고, 안 쓰고도 잘 살 수 있습니다. 그런데 여러분들은 뭣하러 시를 '공부' 혹은 '연구'하겠다고 이곳에 왔습니까? 문화인이 되려고요? 문명인이 되려고요? 지식인의 반열에 오르려고요? 저는 지금 이 순간에, 이 세상에서 시가 없어진다 해도 문제될 것은 하나도 없다고 생각해 봅니다. 오직 문제가 있다면 저처럼 시를 가르쳐서 밥을 벌고 자신의 위신도 지키려는 사람과, 역시 그렇게 되겠다고 여기에 모여든 여러분들에게만 있습니다. 그렇다면 시는 인생의 악세사리와 같은 것인가요? 그럴 수 있습니다. 어디 시뿐입니까? 문화니, 문명이니 하는 것 전체가 생물로서의 인간에겐 악세사리와 같은 것이지요.

악세사리 같은 것을 공부하러 왔다고 생각하니 좀 한심하다는 마음이 들지도 모르겠습니다. 그리고 밥의 길과 다른 길로 접어 든 것 같은 낭패감도 있을 겁니다. 저는 단언하건대, 시가 밥보다 우선할 수 없다고 봅니다. 시집을 팔아서 밥을 먹어야 할 처지라면 시집은 당연히 팔아야 합니다. 죽음도 불사하겠다고 작정하지 않는 한, 시를 위해 목숨을 바칠 수는 없습니다. 시를 위해 목숨을 바치는 것은 숭고하지만, 그것이 결코 쉽지는 않습니다. 그리고 바람직한 것인지도 확실히 알 수 없습니다.

저의 이런 말을 듣고 마음이 불편하십니까? 제 짐작에는 어쩌면 인간에게 꼭 필요한 필수품이 세 끼의 따뜻한 밥에 지나지 않는다는 생각과, 무엇보다도 우리가 밥을 얻기 위해 이곳에 왔다는 점을 인정하고 나면 한결 마음이 편안해지는 기분을 느낄 수 있을 것이라고 봅니다. 더 나아가 아랫배에서, 이전에 없던 용기와 자신감이 생기는 듯한 기분을 가질 수도 있을지 모르겠습니다. 왜냐고요? 저는 이와 관련해서 다음과 같은 말을 할 수 있습니다. "세끼 밥의 문제만 해결된다면, 그 다음의 삶은 자신이 하기에 따라 얼마든지 자유롭고 행복해질 수 있다"고 말입니다. 세끼 밥을 먹고 아무 일도 하지 않은 채 하루 종일 어슬렁거리는 삶도 좋지 않느냐고 말입니다. 오히려 우리가 무엇인가를 하기 시작하는 순간부터 쓰레기가 양산되고, 가학과 피학의 욕망 사이에서 죄짓는 일이 생기기도 하는 것인데, 세끼 밥만을 소박하게 먹고 아무 일도 하지 않은 채 어슬렁거리며 사는 삶은 위대한 삶의 양식일 수도 있지 않느냐고 말입니다. 이런 인간은 사회적 인간으로서 너무 무책임하다고, 사회적 존재로서의 삶을 포기한 것이라고 지적할 수도 있겠지요? 물론 그렇게 볼 수도 있습니다. 그러나 그렇게 보지 않을 수도 있습니다

그러므로 세끼 밥의 문제가 해결되지 않는다면 우리는 그 앞에서 비굴해

지는 우리를 용납할 수 있습니다. 그러나 세끼 밥의 문제가 해결된다면 비굴함의 정도를 얼마든지 줄일 수 있지 않을까요? 밥이란 많아도 좋습니다. 저는 밥이 많은 것을 결코 비난하지 않습니다. 오히려 존중합니다. 그러나 밥을 많이 버는 일이 쉽지 않다면, 세끼 밥만 해결될 경우, 마음먹기에 따라 우리는 얼마든지 자신이 하고 싶은 일을 하며 자유롭고 행복한 인간으로 품격을 지키며 살 수도 있다고 생각합니다. 어찌보면 비현실적인 것 같으나 인간이 기본적으로 생물이라는 사실을 자각하고 그 위에서 인간사를 생각하다보면, 밥의 길로 가는 지름길에 서지 못한 사람들도 좀더 마음 속으로 자신감을 갖고, 밥 때문에 잃었던 마음의 평화도 찾아오지 않을까 합니다.

시의 길이 밥의 길로 '직접' 이어지지 않는 것은 사실이나, 그것 때문에 너무 안달하지는 맙시다. 시인이란 카잔차키스의 말처럼 종이 위에다 빵, 김치, 깍두기, 밥이라고 써서 그것을 먹는 사람이기에 참으로 '한심한 영혼'과 같은 존재이지만(이남호의 평론집 『한심한 영혼아』의 첫 페이지에 카잔차키스의 이런 말이 적혀 있고 그의 평론집 제목도 이런 의미를 담고 있습니다) 종이 위에다 그렇게 써서 먹기를 원하는 사람들이 있는 한, 시의 길이 밥의 길과 이어지는 것도 사실이니까요. 상품이 별것입니까? 인간의 욕망을 충족시켜 줄 수 있는 것은 다 상품이 될 수 있습니다. 종이 위에 쓰여진 밥과 김치가 밥상 위에 차려진 밥과 김치보다 인간의 욕망을 더 만족스럽게 충족시켜 줄 때도 있지 않아요? 쌀로 된 밥도 배를 부르게 하지만, 언어로 만든 밥도 배를 부르게 할 때가 많으니까요. 한 구절의 시를 가슴에 품고 하루 종일을 너끈히 살아갈 때가 있지 않습니까? 하루가 아니라 한 달을 너끈히 살아갈 때도 있지 않습니까? 그렇다면 시의 길이 밥의 길과 이어지는 가능성도 있는 게 아닙니까? 다만 사람들로 하여금 종이 위에 만들어진 밥을 먹고 며칠, 아니 몇 달을 너끈히 살아갈 수 있게끔 해줄 '좋은 시'가 요구될 뿐이지요.

저는 시의 길과 밥의 길을 생각해보는 데 함민복의 시집 『모든 경계에는 꽃이 핀다』 속에 들어 있는 「긍정적인 밥」이라는 작품이 아주 좋은 시간을 마련해 줄 것이라고 봅니다. 다 같이 그의 시를 읽어봅시다.

함민복의 위 시는 시의 길이 얼마나 밥의 길과 먼 곳에 있는지를 알게 합니다. 겨우 기회를 얻어 시 한 편을 문학지에 실어봐야 받는 원고료는 3만원 혹은 3만원 남짓, 영혼의 언어라고 자부하는 시집을 몇 년만에 출간해봐야 정가는 3천원 혹은 그 전후, 그것도 시인에게 돌아오는 인세란 정가의 10%에 불과하니, 시인의 경제적 수입이란 너무도 형편없습니다. 시만 써서 먹고 산다는 것은 아예 불가능할 정도입니다.

그러나 함민복 시인의 위 시를 읽으면 몇 달을 너끈히 살 것 같이 힘이 솟고 마음의 평화와 안식이 찾아옵니다. 3만원에 불과한 돈이 쌀 두 말이라는 그의 말 속에서, 시집 한 권 값 3천원이면 국밥이 한 그릇이라는 그의 말 속에서, 3천원짜리 시집 한 권을 팔아봐야 시인에게 돌아오는 돈이 결국 3백원이지만 그것이면 굵은 소금이 한 됫박이라는 그의 말 속에서, 우리는 끊어질 듯 팽팽해졌던 우리의 세속적 욕망이 순식간에 맥없이 허물어지는 것을 느끼고 마는 것입니다. 아! 그렇구나, 인생에서 가장 소중한 것은 '따스한 밥 한 그릇'인데, 그 밥의 참된 의미를 잃어버렸구나, 나는 밥이 아닌 황금을 원했구나, 나는 너무나 많은 밥을 원했구나, 나의 밥은 도구적인 밥이었구나, 하고 우리는 자기성찰 속에서 한없이 부끄러워하며, 그 부끄러움을 딛고 따뜻해지며 너그러워지는 자신의 마음을 보게 될 것입니다. 함민복의 시구를 빌려서 말한다면, 위 인용 작품의 마지막 행에 나오는 말처럼, 우리는 그때 "푸른 바다처럼 상할 마음 하나 없는", 치유된 영혼이 새살처럼 돋아나는 것을 느낄 것입니다. 어떻습니까? 함민복 시인이 종이 위에 문자로 만들어 놓은 밥을 드시고 며칠을, 아니 몇 달을 너끈히 살아가실 수 있겠습니까? 그가 돈을 넘어서, 시로 만든 따스한 밥을, 따스한 국밥 한 그릇을, 굵은 소금 한 됫박을 가슴에 품고 여러분들의 찢어진 마음을 봉하고, 차가워진 마음을 데울 수 있습니까? 저는 감히 그럴 수도 있으리라고 생각합니다.

3. 시장의 길과 시의 길

앞에서 한 저의 말씀을 듣고 많은 밥 앞에서 조금이나마 덜 주눅들 자신감이 생겼습니까? 그러면 이제 시감상의 길을 모색해봅시다. 시는 결코 머리 좋은 사람이 잘 감상하지 않습니다. 머리 좋은 사람이 시를 잘 분석할 수 있을지는 몰라도 그런 사람이 반드시 시를 잘 감상할 수 있는 것은 아니라는 말씀입니다. 시감상은 이해의 차원을 넘어 체득(體得)의 차원입니다. 머리뿐만 아니라 몸으로 받아들여야 합니다. 시감상은 지식의 차원이 아니라 통찰의 차원입니다. 개념을 외우지 말고 존재와 세계의 이면을 몸으로 뚫고 나아갈 수 있어야 합니다. 시감상은 수단이 아니라 과정입니다. 그러므로 시 공부가 시험보기 위한 도구일 수는 없습니다. 그 자체의 긴 과정 속에 몸을 실어야 합니다. 시감상은 개인의 영역이지 공동의 영역이 아닙니다. 그러므로 시감상은 자기운명 내지 자기구원의 문제와 관련돼 있지 타인으로부터 정답을 빌려올 수 있는 일이 아닙니다. 시감상은 스치는 일이 아니라 만나는 일입니다. 그러므로 모든 존재 앞에서 머뭇거려야 합니다. 머뭇거리지 않는 한 시는 몸을 열지 않습니다. 어디 금방 뜨거워지는 몸이 있습니까? 그래서 속을 만나기 위해서는 머무르는 시간이 필요합니다. 시감상은 단순한 놀이이기도 한데, 놀이 치고는 진지하고 고상한 놀이입니다. 그러므로 시감상은 흥이 겨워서 할 수도 있지만 '진정 나는(우리는) 잘 살고 있는가'라는 물음을 가슴에 품고 이루어질 때가 많습니다. 시감상은 이 우주에서 오직 사람들만이 하는 일입니다. 그러므로 아주 별난 종의 별난 행동입니다. 이런 인간들의 행동을 보고 지나가는 개미들이 배꼽을 쥐고 웃을지도 모릅니다. 시감상과 관련해서 이런 말을 앞으로도 더 많이 이어갈 수 있으나 여기서는 이 정도로 그치고 다음 이야기로 넘어가겠습니다.

요즘 들어 "신지식인(新知識人)"이라는 말이 유행합니다. 신지식인이란 말은 이전의 지식 혹은 지식인의 개념으로는 새시대에 적응할 수 없다는 뜻을 담고 있습니다. 시대가 변함에 따라 지식이나 지식인의 개념이 변하는 것은 아주 자연스러운 일입니다. 다만 그 변화가 바람직한 변화인가 하는 점에 대해서는 유보조항을 붙일 수밖에 없습니다. 그러나 이미 우리 사회 속에는 신지식 혹은 신지식인의 개념이 설득력 있게 확산되고 있습니다.

아시는 분도 있겠지만, 신지식인의 개념을 여기서 한번 더 말씀드려보겠습니다. 신지식인을 말하는 사람들은, 우리의 지식을 세 가지로 구분합니다. 그들의 구분에 따르면 지식에는 사물지, 사실지 그리고 방법지가 있다고 합니다. 이 중 사물지는 어떤 존재를 단순히 안다는 것이고, 사실지는 그 존재의 원리를 안다는 것이며, 방법지는 그런 앞의 두 지식을 응용할 줄 아는 지식을 뜻한다는 것입니다. 이때의 응용이란 단순히 도구를 만드는 것이 아니라 가능하면 시장에 내다 팔 수 있는 상품이 되기를 바라는 것입니다. 신지식인이란 바로 이와 같은 세 가지 지식 가운데 방법지에 능통한 사람을 뜻합니다. 앞으로 우리 시대는 이런 유형의 지식인을 필요로 하고 또 요구한다는 것입니다.

이러한 신지식인의 개념과 그에 관한 논의들을 보면서, 저는 생각해 보았습니다. 과연 시를 공부하는 나는 시 혹은 시의 원리를 어떻게 응용하여 도구(물건, 상품)를 만들어낼 수 있을까, 하고 말입니다. 다시 말하자면 어떻게 방법지를 가진 신지식인이 될 수 있을까, 하는 것이었습니다. 답이 쉽게 나오질 않았습니다. 시와 시의 원리를 응용하여 도구(물건, 상품)를 만들 방안이 잘 떠오르질 않았습니다. 시나 시집에 가격을 붙여 판다는 것, 시를 광고에 응용한다는 것, 시를 또다른 많은 상품에 응용해본다는 것, 시와 시집의 수출도 한번쯤 생각해 본다는 것 등, 아주 형편없는 생각들이 날 뿐, 무릎을 탁 칠 만한 답이 나오질 않았습니다. 그러나 어쨌든 여기서 저는 시와 시의 원리가 방법지의 차원으로 가려면, 응용시학 혹은 시응용학 같은 분야가 개발되어야 하지 않는가 하는 생각을 하였습니다. 어떻습니까? 여러분들은 시를 방법지의 차원으로 가져갈 수 있습니까? 그래서 직설적으로 말하자면 사람들의 욕망을 자극하여 돈벌이에 이용할 수 있겠습니까? 시를 쓰고 분석하고 해석하고 감상하는 일이 그 자체로 자족적인 것이 아니라 상품성 내지는 생산성을 획득하는 일로 이어져야 한다고 시대가 강요한다면 우리는 어떤 태도를 보여야 하겠습니까? 적극적으로 응용시학뿐만 아니라 경영시학 내지는 시경영학이라는 장르라도 개척하든지, 아니면 시가 살아가야 할 다른 고유한 길을 개척해야 할 것입니다 .

저는 시가 방법지의 차원으로 가는 일을 생각할 때마다, 결코 마음이 즐겁지 않았습니다. 시를 방법지화한다는 것은 말 그대로 시를 어떤 실리적인 목적의 방법(수단)이 되도록 한다는 것이기 때문입니다. 산다는 일이란 더 편리하고 더 돈벌이가 잘 되는 수단과 방법을 개발하고 그것을 이용하다 가는 일에 불과한데 뭐 시가 대단한 거라고 그런 기분에 젖어드느냐고 나무라는 소리도 들리는 듯합니다. 사실 방법지란 인간사에서 아주 중요합니다. 인간의 역사가 도구의 역사라면, 방법지는 유형·무형의 도구를 만드는 원동력이 되었으니까요.

저는 앞에서 시가 어떻게 방법지를 개발하여 이 시대의 세속사회가 원하는 신지식을 창출하고 시인들이 신지식인의 범주 안에 당당하게 들어갈 수 있을까, 그것이 논의되어야 할 지도 모른다고 말했습니다. 이런 말을 하고 보니, 갑자기 오규원의 시집 『가끔은 주목받는 生이고 싶다』 속의 작품 「프란츠 카프카」가 떠오릅니다.

─오규원의 「프란츠 카프카」의 전문

오규원의 시 「프란츠 카프카」에 있는 "MENU" 판을 자세히 들여다보세요. 세계의 내노라하는 예술가와 석학들이 커피 이름표가 되어 있습니다. 시인 중에는 샤를르 보들레르와 칼 샌드버그 그리고 이브 본느프와가 끼어 있습니다. 그들은 여기서 시인이 아니라 커피 이름입니다. 어떠십니까? 이런 것이 시 혹은 시인을 방법지로 응용하는 일인가요? 800원짜리 보들레르 커피를 마시는 것은 보들레르의 시적 영혼까지 함께 마시는 고상한 행위로 되는 것일까요? 커피의 성분보다 이미지가 중요한 시대이니, 이미지로 사람을 감동시키겠다는 것인가요? 뭐 엄밀히 따져보면 보들레르가 800원짜리 커피 이름이 되었다는 것은 그에게 그리고 시공부하는 사람들에게 영광인지도 모르지요.

이제 우리가 사는 세상에서 상품화할 수 있는 것은 다 상품화하고 있습니다. 전국민이 대통령부터 아이들에 이르기까지 영업사원으로서의 자질과 정신을 키워야 할 때라고 말합니다. 그러니 내노라 하는 세계적 예술가들과 석학들이 커피집 메뉴판에 커피 이름으로 등장한 것은 아주 '창조적인'(?) 발상인지도 모르지요. 바야흐로 창조성이 요구되는 시대가 아닙니까? 시장 속에서는 그 어떤 것도 상품화되지 않고서 살아남을 수 없으며, 살아남는 것이 최선이라는 논리에 따르면, 이러한 발상은 박수를 받아야 마땅합니다.

그런데도 이 시를 쓴 오규원 시인은 그런 논리와 발상을 옹호하지 않는 것 같습니다. 그는 아주 어이없다는 표정으로 메뉴판 중에서 가장 값싼 커피, 프란츠 카프카를 마시며 시를 공부하겠다고 찾아온 그의 제자에게 너야말로 '미친 제자'라고 말하면서도 시인인 자신과 시공부를 하고자 하는 제자의 위엄을 잃지 않으려고 합니다. 정말로 시를 공부하는 우리는 방법지를 알지 못하는, 아니 시에 방법지를 수용할 수 없는 구시대의 유물과 같은 존재라고 손가락질 받아도 그 논리에 야합할 수 없다고, 그는 고집을 부리는 것입니다. 저는 방금 시인으로서의 위엄이라는 말을 사용하였는데, 그 위엄이란 나 자신이 혹은 내가 하는 일이 그 무엇에도 이용당할 수 없다는 자존심을 말하는 것이라 생각합니다. 그렇더라도 우리는 살아가면서 자신과 자신의 일을 무엇엔가 이용하지 않습니까? 말할 것도 없이 그렇습니다. 우리는 타존재를 도구화하고 자신도 도구화하며 살아갑니다. 그래서 소외가 창출된다고 말하면서도, 삶은 일반적으로 이 구도에서 벗어나기 힘듭니다.

그런데도 이게 웬일입니까? 우리의 마음 저 밑바닥에는 나와 내가 하는 일이 조금도 도구화되는 일이 없이, 그저 존재하기 위해 존재하기를 원하는 마음이 있습니다. 쉽게 말씀드리자면 자연발생적이고 자율적이며 자족적이고 자유자재한 그 무엇으로 살기를 바라는 마음이 있다는 말씀입니다. 어느 것에도 이용당하거나 이용하지 않은 순수한 세계를 원하는 것이라 할 수 있을 것 같습니다. 이것이야말로 인간이 열락(bliss)의 순간에 도달하고 싶은 최고 수준의 욕망이며, 나는 나일 뿐 그 누구도 아니라는 자기정체성을 확인하기 위한 길이며, 나는 '진정' 잘 살고 있다는 자족감을 얻기 위한 길이라고 할 수 있습니다.

그래서 저는 신지식 혹은 신지식인의 개념을 말하는 사람들이 만든 세 가지 지식의 종류, 즉 사물지, 사실지, 방법지 이외에 의미지라는 말을 만들어 보았습니다. 앞의 세 가지 지식도 인간사에서 아주 중요하지만, 거기에는 무엇인가가 빠져 있기 때문입니다. 제가 방금 말씀드린 '무엇'이란 '진정 그것이 무슨 의미가 있는가?' 혹은 '진정 우리는 잘 살고 있는가'와 같은, 삶과 세계 그리고 자아의 의미를 묻는 일입니다.

시란, 의미지의 영역에 속합니다. 그렇기 때문에 사물지에 만족하는 사람은 밥이라는 대상이 있을 때 그게 밥이라는 것을 단순히 안다는 데까지 나아가고, 사실지에 만족하는 사람은 그 원리를 안다는 데까지 나아가며, 방법지에 만족하는 사람은 그것을 도구화(혹은 상품화)할 줄 안다는 데까지 나아가지만, 의미지를 추구하는 사람은 그것이 도대체 진정 무슨 의미가 있느냐 하는 데까지 나아가야만 마음을 놓습니다. 그러니 그들은 배가 고파 밥을 먹으면서도, 그렇게 밥을 먹는 것이 무슨 의미가 있느냐, 나는 진정 밥을 잘 먹고 있는 것이냐고 물으며 그 앞에서 상상 혹은 몽상의 시간을 갖습니다. 참으로 위험하고 한심한 영혼들이지요 복잡하고 난해한 종자들이지요 그러나 어쩌겠습니까? 이렇게 질문하며 상상하고 몽상한 후에야 만족감이 찾아오니 말입니다. 그 오르가슴의 순간 같은 지점을 향해, 시인들은 돌을 굴리며 산으로 올라가는 모양입니다. 그런데 우리의 성행위가 아이를 낳기 위한 도구가 아니라, 그 자체의 즐거움을 위한 행위인 것처럼, 시인들이 돌을 굴리며 산으로 올라가는 행위도 가장 높은 차원에서는 '무상(無償)'의 것입니다.

여기까지 오고 보니 가스통 바슐라르의 말이 생각납니다. 그것은 바로 우리의 목은 노래하기 위해 있는 것이고, 우리의 두 팔은 포용하기 위해 있는 것이라는 말입니다. 그는 자신의 저서 『불의 정신분석』에서 '유용한 몸짓 때문에 즐거운 몸짓이 감춰져서는 안 된다'고 말했습니다.

그러나 일반적으로 우리의 일생은 타존재를 도구화하고 자기 자신도 도구화되면서 대부분의 기간을 보냅니다. 어떤 사람들은 이렇게 도구화되는 생을 자각조차 못하고 살아갑니다. 그러므로 사실상 '유용한 몸짓 때문에 즐

거운 몸짓이 감춰져서는 안 된다'는 것을 인식하고 그것을 지키려고 애를
쓰는 사람은 많지 않습니다. 시가 많은 대중들로부터 사랑받지 못하는 까닭
중 중요한 점은 여기에 있다고 봅니다. 시는 너무나 높은 지점을 향하고 있
습니다. 그것이 숭고하다는 것을 알면서도, 사람들은 살기가 바빠서, 원래
도구적 성격이 강한 존재라서, 이 시대가 도구적 삶을 강요하니까, 다들 '편
하게' 살아가려고 하는 것 같습니다. 이것도 나쁜 삶의 방식은 아니지만, 뭔
가 아쉬운 느낌이 사라지지 않는 것은 부정할 수가 없습니다.

 '이것은 진정 무슨 의미가 있는가?', '나는(우리는) 진정 잘 살고 있는가?'
라고 제아무리 물어봐도 죽는 날까지 답은 나오지 않을지도 모릅니다. 비록
순간적으로 답이 나온 것 같아도 다시금 이 물음 앞에 던져질 수밖에 없는
것이 우리의 운명입니다. 하지만 어쩌겠습니까? 이런 물음을 던져야만 하루
가 지나간다면 말이에요. 그러므로 어찌보면 '의미지'에 붙잡힌 사람, 그들
이 바로 시인이고 시를 공부하는 사람들입니다.

 의미를 초월할 수 있을 때, 우리는 시비지심을 넘어선 경지에 올라갈 수
있습니다. 그때는 언어도 시도 필요 없습니다. 무심의 경지 속에서 말없는
삶 자체가 언어이고 시일 터이니까요. 그러나 이것은 인간들에게 거의 불가
능합니다. 그렇다면 또다시 의미를 물으며 시를 쓰고, 시를 공부할 수밖에
없는 것이겠지요.

4. 권력의 길과 시의 길

 권력을 이루는 것은 많습니다. 인간의 욕망을 충족시켜주는 것이라면 그것
은 무엇이든지 다 권력이 될 수 있습니다. 그렇지만 권력 중에서 가장 큰 권력
은 우리를 죽음이라는 대사건으로부터 구원해주는 것입니다. 이 말은 역으로
죽음이라는 대사건을 가져오게 하는 것이 가장 큰 권력이 된다는 뜻입니다.

 그렇다면 죽음이라는 대사건을 가져오는 힘으로는 어떤 것이 있습니까?
저는 이런 물음 앞에서 두 가지를 선뜻 듭니다. 그 하나는 물리적 폭력이고
다른 하나는 밥, 곧 돈이라고 말입니다. 물리적 폭력은 단숨에 사람을 죽일

수 있습니다. 그것은 현대에 와서 여러 가지 방식으로 간접화되어 있으나, 아직까지도 직접적 폭력으로서의 힘을 막강하게 가지고 있습니다. 밥은 적어도 일주일쯤 굶어야 사람을 죽게 합니다. 그러니 물리적 폭력보다는 조금 덜 직접적입니다. 그런데 자급자족의 패턴이 깨진 이후, 밥의 다른 이름은 돈입니다. 조금 더 고상하게 말하면 경제적 능력입니다.

시인의 길은 이러한 물리적 폭력과도, 경제적 권력과도 거리가 멉니다. 권력의 핵심이라고 할 수 있는 두 가지 요소를 다 갖고 있지 못합니다. 이렇게 보더라도 시인이나 시를 공부하는 것은 한심한 일인지 모릅니다.

물론 시는 인간의 명예욕이나 자기표현욕 등을 만족시켜 주는 데 큰 역할을 합니다. 그러므로 시를 쓰는 사람들 중에는 시작행위를 통해 이런 욕구를 충족시키기도 합니다. 시를 쓰는 사람 못지 않게 시를 공부하는 사람도 자부심을 가질 때가 있습니다. 시란 인간의 영혼이 가장 수준 높게 표현된 양식이라고 믿으면서, 그런 양식을 공부하는 것이 훌륭한 일이라고 여기는 것입니다.

만약 누군가가 명예욕과 물질욕 중 어느 것이 더 고상하다고 말할 수 없으며, 자기표현욕과 물리적 지배욕 중 어느 것이 더 고상하다고 말할 수 없다는 말을 한다면, 저는 아무 할 말이 없습니다. 제가 생각하기에도 이들은 우열관계에 있지 않은 것처럼 보일 때가 많으니까요. 아마도 이들 모두가 대등한 욕망이라고 말하는 것이 나을지도 모릅니다. 그러므로 만약 시인의 명예욕과 자기표현욕이 대단한 것이라면, 그것은 자본가가 물질욕을 갖는 것이나 정치가가 지배욕을 갖는 것과 등가라고 말해도 좋을 것입니다. 따라서 시인들을 순결 혹은 순수의 화신처럼 생각하는 것에는 얼마간의 문제가 있습니다. 시인 역시 세속적인 인간적 욕망을 충족시키고자 시인이 된 것이라고 말해야 할 부분이 있으니까요.

권력을 욕망의 문제와 연결시켜 말하다가 앞부분이 조금 길어졌습니다. 제가 이런 서두를 꺼낸 데는 두 가지 숨은 의도가 있습니다. 그 하나는 물리적 폭력이나 밥(돈)의 힘에 못지 않은 또 하나의 강한 것이 있으니 그것이 바로 "감동"이라는 권력이라고 말씀을 드리려는 것입니다. 다른 하나는 시인들이 시 마케팅을 하려면 다른 어떤 것보다도 이 감동의 힘을 가지고 해야 한다는 걸 말씀드리고자 하는 것입니다.

먼저 '감동'이 물리적 폭력이나 밥(돈)의 힘 못지 않은 권력이라고 제가 말씀드린 부분에 대하여 이야기를 나누어 보겠습니다. 감동이란 사람의 영혼을 사로잡는, 다시 말하면 산 채로 잡는 일입니다. 단 한 방의 주먹도 가하지 않고, 단 한 푼의 돈도 쓰지 않고, 사람의 영혼을 사로잡는 일이 감동의 세계에서는 가능합니다. 감동은 물리적 폭력이나 밥(돈)의 힘으로 사람을 지배하는 것에 비하여 아주 깊고 지속적이며 자연스럽습니다. 그러므로 누구에겐가 감동을 주는 것은 은밀하게 최대의 권력을 얻는 일입니다. 이것은 누군가를 깊이, 지속적으로, 자연스럽게, 온통, 사로잡은 것이 되기 때문입니다. 저는 시인들의 권력은 여기서 나온다고 봅니다. 시인들은 감동적인 시를 써서 사람들을 사로잡을 수 있고, 그것은 곧 시인이 이 땅에서 총과 돈이 없어도 권력을 가진 자처럼 어느 면인가에서 존중받을 수 있는 근거가 된다는 것입니다. 저는 그러므로 시인들이 진정한 권력을 얻으려면 감동을 주는 좋은 시를 쓰는 것이 지름길이라고 생각합니다.

다음으로 시장에서 시 마케팅을 하려면 감동의 힘을 가지고 해야 한다는 점에 대하여 이야기를 나누어 보겠습니다. 시 마케팅 — 이 말이 어색하다면 시산업이라는 표현을 쓸까요? 이 말도 어색하다면 시 장사라는 말을 쓸까요? 뭐든 좋습니다. 제 뜻이 전해졌으리라 생각합니다. 최근 '모차르트 이펙트'가 유행하듯이 시는 기능성 곧 도구성을 통해서 시장에 상품으로 나올 수도 있습니다. 그렇게 해서 안 될 일은 없습니다. 또한 커피 이름으로, 광고 문안으로 시를 이용한다고 해서 문제될 것도 없습니다. 시는 그런 기능도 할 수 있으니까요. 그러나 제 생각으로는 시가 시장에서 마케팅의 대상이 될 때에도 감동의 힘을 통해야 한다고 봅니다. 감동은 그 자체로서 이미 하나의 권력을 행사하는데, 그것이 상품성으로 자연스럽게 이어진다면 참으로 큰 권력을 얻는 것이 되겠지요. 누군가는 저의 이 말에 독자들의 감동 수준을 믿을 수 없다고 말할지도 모릅니다. 참 난처한 문제입니다. 온갖 종류의 독자가 다 있으며, 그들의 수준도 각양각색이고, 독자들의 수준이 시인의 수준을 못 따라 올 때가 많으니까요. 하지만 수준 낮다고 생각한 독자들에게

본인이 아첨해서 마음이 편하다면 그렇게 해서 독자들을 감동시켜도 좋을
것입니다. 그러나 그것이 자신을 도구화시키는 것 같아 마음이 내키지 않는
다면, 자신의 진정성을 잃지 않고 소신껏 시를 쓰는 수밖에 없습니다. 그리
고 독자들이 감동해주기를 기다리는 수밖에 없습니다. 물론 끊임없이 독자
들로 하여금 그들의 감상 능력을 키우도록 다양한 방식으로 길을 열어 주는
게 필요하겠지요. 요컨대 이런 노력 속에서 시 혹은 시인들은 독자들을 감
동의 힘으로 사로잡으려고 할 수밖에 없습니다. 요즘은 시장에서 상품을 파
는 데도 '고객감동'이라는 말을 많이 합니다. 기능적, 정서적 접근을 함께 하
겠다는 것이지요. 진정 그들을 사로잡겠다는 것이지요. 그러므로 감동의 힘
을 통해 독자들을 만나려면 시인들은 좋은 시, 감동적인 시를 쓰고, 시를 연
구하는 사람들은 더 좋은 시, 더 감동적인 시가 되도록 시인과 손잡고 끝없
이 시의 밭을 일구어 나아가야 할 것입니다.

　　저는 이 글을 끝내면서 시가 혹은 시적인 것이 이 세상에서 당당하게 현
실적으로 권력 있는 직업(Job)의 반열에 끼이지는 못했으나, 그 세계가 우리
를 살려내는 데 얼마나 크고 소중한 힘을 감추고 있는지, 이 점을 장정일의
시 「Job 뉴스」를 통하여 보여주고 싶습니다. 장정일은 그의 시 「Job 뉴스」에
서 다음과 같이 말하고 있습니다.

봄날,
나무벤치 위에 우두커니 앉아
'Job 뉴스'를 본다.

왜 푸른하늘 흰구름을 보며 휘파람 부는 것은 Job이 되지 않는가?
왜 호수의 비단잉어에게 도시락을 덜어주는 것은 Job이 되지 않는가?
왜 소풍온 어린아이들의 재잘거림을 듣고 놀라는 것은 Job이 되지 않는가?
왜 비둘기떼의 종종걸음을 가만히 따라가 보는 것은 Job이 되지 않는가?
왜 나뭇잎 사이로 저며드는 햇빛에 눈을 상하는 것은 Job이 되지 않는가?
왜 나무벤치에 길게 다리 뻗고 누워 수염을 기르는 것은 Job이 되지 않는가?

이런 것들이 40억 인류의 Job이 될 수는 없을까?

　　　　　　　　　　　　　　　　—장정일의 「Job 뉴스」의 전문

가능성으로만 말하면 시는 무엇을 할 수도 있습니다. 시의 역할은 무한하다는 말씀입니다. 그러나 시가 할 수 있는 가장 큰 역할은 '위험한 상상'과 '행복한 몽상'을 통하여 사람들을 감동하게 만드는 데 있는 것 같습니다. 적어도 자유주의 국가에서, 시인은 언어를 사용하여 감성과 정신과 영혼의 극단까지 가볼 수 있습니다. 모든 상상과 몽상이 허용됩니다. 그런 자유(自由)가 사람들을 자유(自遊)롭게 할 것이고, 그런 자유(自遊)가 사람들을 감동하게 할 것이며, 그런 감동이 시인에게 권력을 줄 것입니다. 이때의 권력은 감동의 다른 말이거니와, 감동이란 막혔던 우리 몸의 숨길이 열리며 울리는 일을 뜻합니다.

⌘

오늘날 시의 힘은 어디에서 오는가

1. '시의 힘'을 생각하며

1990년대가 시작되자마자, 한국의 대중매체들뿐만 아니라 문학잡지들까지도 '이제 시는 죽어가고 있다'는 말을 직접적인 언어로, 혹은 암시적인 언어로 토해내고 있었습니다. 그러나 이러한 진단은 그 동안 시평론을 해오면서 누구보다도 열심히 한국시단을 살펴온 저의 진단과는 맞지 않는 것이었습니다. 한국시단은 1990년대를 맞이하면서 시의 사회적 참여기능이 지나치게 요구되었던 이전의 시단에서 미처 돌보지 못했던 부분들을 세세히 돌보아가면서 아주 내밀한 세계를 다채롭게 구축해가고 있었기 때문입니다. 다중의 말이 쇠를 녹인다는 속담처럼, 건강하게 살아있는 사람을 가리키며, 당신은 죽어가고 있다는 말을 끝도 없이 해대면, 건강하던 사람도 시들어가는 것이 사실입니다. 저는 이런 사실을 알고 있기에, 한국의 시단을 살려내는 데 조금이라도 공헌하기 위해 나름대로 열심히 시인들에 대한 격려의 글을 쓰고 책을 출간하였습니다. 1990년대가 어느새 흘러가고 2000년을 맞이한 지금, 저는 지난 10년을 돌이켜보며 1990년대의 한국시단은 꽤 의미깊은 역할을 담당하였다고 결론을 내립니다.

2000년을 맞이한 현재, 저는 교환교수로 미국에 와 있습니다. 그리고 지금 이 시간에는 미국의 심장부인 뉴욕에 와 있습니다. 1990년대가 시작되면서 한국에서 나돌았던 '이제 시는 죽어가고 있다'는 진단은, 분명 여러 가지 의미를 내재시키고 있을 것입니다마는, 무엇보다도 금권력이 최고의 권력으로 급부상한 이 시대에 시가 얼마나 금권력과 먼 거리에 있게 된 존재인가를 지적한 것으로 여겨집니다. 맞습니다. 시는 이 시대에 돈벌이에 적합한 존재가 되기 어렵습니다. 그러나 그렇다고 해서 '시의 힘'이 사라졌다고 말할 수는 결코 없습니다. 이런 시대일수록 '시의 힘'은 또다른 방향에서 강력하게 솟구쳐오를 수 있다고 봅니다.

신에게 일용할 양식을 달라고 기도하던 시대는 이미 지났습니다. 이제 사람들은 뉴욕 맨하탄의 한가운데를 지배하고 있는 월가의 빌딩 앞에서 일용할 양식을 달라고 기도합니다. 우리가 사는 이 세계에서 하루에 떠도는 돈이 약 4조 달러라고 들었습니다. 그 중에서 약 2조 달러가 맨하탄의 월가에서 떠돈다고 들었습니다. 이런 금권력의 심장부에 와서 저는 '시의 힘'에 대하여 이야기하고자 하는 것입니다. 멋쩍고 어색한 일일지 모르나, '시의 힘'을 믿고 있는 저로서는 그 이야기를 여러분과 함께 나누지 않을 수가 없습니다.

역사상, 시가 권력의 중심부에 있었던 적은 거의 없습니다. 시는 거의 권력의 주변부에 존재하면서, 오히려 그렇기 때문에 힘을 자랑할 수 있었던 역설적인 존재였습니다. 그런 역설의 속성을 갖고 시는 인류 역사상 계속하여 존재해온 양식입니다. 아마도 큰 이변이 일어나지 않는 한 시의 운명은 앞으로도 그럴 것이라 짐작됩니다.

그렇다면, 이러한 '오늘날, 시의 진정한 힘'은 어디에서 나오는 것일까요? 이런 문제를 먼저 제기해놓고 저의 이야기를 시작하기로 하겠습니다.

2. '시의 힘'을 믿고 존중하는 사람들

'시의 힘'에 대해 본격적인 말씀을 드리기 전에 세 가지의 일화를 여러분들께 소개하겠습니다.

먼저 그 하나는 1950년대부터 1960년대 전반까지 시인으로 활동했던 신동문 시인에 관한 것입니다. 그는 고향이 청주인데 『풍선과 제삼포복』이란 시집을 출간했습니다. 그가 6·25 한국전쟁 때 보여준 일화는 무척이나 감동적입니다. 북한군의 침입으로 전쟁이 나자 모든 서울 사람들이 목숨을 건지기 위하여 한강을 건너 남으로, 남으로 거센 피난의 물줄기를 만들어가고 있던 위기의 시간이었습니다. 그런데 어떤 한 사람이(그가 바로 신동문 시인임) 역류하는 물고기처럼 북으로, 북으로 물결을 거슬러 올라가고 있었습니다. 남하하던 사람들이 그를 보고서, 왜 당신은 북으로 역류하여 올라가느냐고 물었습니다. 그때 신동문 시인은 내 애인이 서울에 살고 있다고 하였습니다. 그는 '순정'을 가진 시인이자 한 인간입니다. 이런 순정 앞에서 우리는 감동으로 말을 잃습니다.

이와 같은 순정의 신동문 시인은 1960년대 전반 그가 쓴 사회비판의 시가 문제시되는 바람에 시로써 인간을 구원하는 일을 버리고, 침술로 인간생명을 구원하는 일에 자신의 생을 바치고자 마음먹고 단양으로 낙향하였습니다. 그는 야산을 일구어 포도농장을 만들고, 침술을 배워 인간생명의 구원에 한평생을 바치고자 마음먹었던 것입니다. 저는 그가 사는 집엘 가보지 않았으나 그에 관한 기사를 보면, 과수원 주인이 된 그의 작은 집 앞에는, 언젠가부터 도시의 골목마다 간판이 나붙은 노래방이 생기기 이전, 이미 세속의 노래방과는 다른 '노래방 / 침방'이라는 간판을 붙여놓고 있었다 합니다. 이렇게 간판을 걸어놓은 신동문 시인은, 아니 의사는, 아니 과수원 주인은, 그를 찾아오는 환자에게 한 가지 조건을 내걸었습니다. 그것은 바로 자신 앞에서 노래를 한 곡 부르라는 것이었습니다. 알토든, 테너든, 음치든, 성악가든 그 앞에서 일단 노래를 불러야 침을 맞을 수가 있었습니다. 그는 노래를 들은 후 무료로 그들에게 침을 놔주고 돌보아주었습니다. 그가 1993년, 작고하기 전까지 공짜 침술로, 아니 순정의 침술로 돌보아준 사람만 해도 약 20여만명 정도가 된다고 합니다.

감동적이지 않습니까? 저는 신동문 시인의 시집 『풍선과 제삼포복』도 감동적인 시집이지만, 그가 애인을 만나러 북으로, 북으로 피난물결을 거슬러 올라갔다는 그 순정이 깃든 장면과, 그 앞에서 노래를 부르게 하고는 무료로 인간생명의 구원을 위하여 침술로 일생을 바친 그 행위야말로 그가 쓴 또 하나의 감동적인 시이자 시집이라고 생각합니다. 이 시인을 생각하면 헐떡이던 심장이 차분하게 평화를 찾는 것 같습니다. 경직됐던 심장이 부드러워지는 것 같습니다.

다음으로 그 둘은 저 자신의 전공에 관한 것입니다. 가끔씩 사람들이 저에게 저의 전공이 무엇이냐고 물어옵니다. 그러면 저는 한국의 시를, 그 중에서도 현대시를 공부한다고 말합니다. 그러면 대부분의 사람들이 "참 좋은 것 하시네요(!?)"라고 말합니다. 그런데 실제로 그들의 표정을 잘 살펴보면 양면성이 깃들어 있습니다. 그 중 하나는 당신이야말로 시나 읽고 있으면 월급 받는 직업을 가졌으니 얼마나 좋겠느냐 하는 것입니다. 그렇다면 도대체 '시나 읽는 일' 혹은 '시'라고 하는 것을 그들이 어떻게 생각하였기 때문일까요? 제가 짐작으로 말씀을 드리자면, 아마도 그들은 '시를 읽는 일'이나 '시'라고 하는 것은 세속사를 초월하고자 하는 것이거나 세속사를 초월한 자의 행위라고 여기는 듯합니다. 그들은 그런 세계가 부럽고 그리운 것입니다. 좀더 부연하자면, 세속사에서 찾아보기 어려운 순결한 이상성과 숭고한 낭만성을 시라는 양식과 관련해서 생각하며 그런 세계를 그리워하고 있기 때문인 것 같습니다. 그러나 세상은 세속의 연속이고 세속은 냉혹한 리얼리즘의 세계입니다. 이런 점과 관련해서 그들이 보이는 양면성의 다른 하나는 당신이 하는 일을 갖고 제대로 이 세상에서 밥벌이를 할 수 있겠느냐는 걱정인 것 같습니다. 그렇습니다. 시는 이 세속사의 논리나 속성 앞에서 무력합니다. 아니 그것을 초월하고자 합니다. 그것을 반영이라도 하듯이 시와 시인을 좋아하고 존경한다는 사람들 가운데서도 시인과 결혼하겠다는 사람들은 아주 적습니다. 강의실에 모인 100여명의 학생들을 보고 시인과 결혼할 의사가 있는 사람이 있다면 손 좀 들어보라고 말할 때가 있습니다. 그러면 고작 서너 명이 손을 들뿐입니다. 그들은 세속사에서 무력한 행위와 세속사를 초월하는 그 엄청난 자유의 모험을 두려워하는 것입니다. 어쨌든 좋습니다. 저는 물론 여러분들 역시 시를 공부하는 사람들입니다. 세속사의 한가운데를 건너면서도 시가 가진 속성에 매혹되어 있는 사람들입니다. 시의 힘을 믿거나 믿고 싶어하는 사람들입니다.

셋째로 한 가지만 더 말씀드리겠습니다. 제가 연구실을 지키고 있노라면 가끔씩 학생들이 찾아옵니다. 그들 중에는 '시를 써야겠다'는, 혹은 '시를 쓰지 않고는 배길 수가 없다'는 학생들이 섞여 있습니다. 저는 '시의 힘'을 믿는 사람이면서도, 시를 가르치는 선생이면서도, 그들이 이렇게 말할 때마다 제 속에서 가슴이 쿵—하고 내려앉는 소리를 듣습니다. 거기에는 몇 가지 이유가 있습니다. 첫째는, 시라고 하는 것은 앞서 말씀드렸듯이 세속사에 무력한 존재인데, 그가 세속의 압력을 견딜 수 있을까 하는 걱정이 들기 때문입니다. 둘째는, 시를 쓴다는 것은 진실과 자유의 세계를 훔쳐보기 시작했다는 것이고, 이것을 훔쳐본 순간부터 판도라의 상자를 연 것처럼 진실과 자유의 세계를 향한 돌이킬 수 없는 고뇌와 고통이 뒤따르기 시작하는 법인데, 과연 그가 이것을 견딜 수 있을까 하는 걱정이 들기 때문입니다. 물론 이 고뇌와 고통은 매우 소중한 고뇌이자 고통입니다. 이러한 고뇌와 고통이 하나의 질병이라면 그것은 진실과 자유의 세계를 훔쳐본 자의 '행복한 질병'입니다. 그럼에도 불구하고 저의 마음은 편하질 않습니다. 가만히 두었으면 적당히 이 세속에서 세속의 법칙대로 아들 딸 낳고 잘 살아갈 그들에게 제가 이상한(?) 길을 흘깃 보여준 것은 아니었나 하는 자책감이 더해지기 때문입니다. 그래서 그들에게 다시 묻습니다. 시를 쓰며 사는 일이란 이러한 것인데 그래도 정말 자네는 시와 더불어 생을 살아가겠느냐고 말입니다. 그러나 제 연구실의 문을 닫고 떠나는 그의 뒷모습을 보면 저는 그가 대견하게 여겨집니다. 그래, 너는 '진실과 자유의 세계'를 찾고 있구나, 그래, 너는 '진정 자신이 그리고 우리들이 잘 살고 있느냐'는 물음을 하고 있구나, 라는 생각이 들기 때문입니다.

이렇게 세 가지의 일화를 말씀드리고 나니 오규원 시인의 시 「프란츠 카프카」를 같이 읽어보고 싶군요. 여러분들께 나누어드린 유인물의 맨 앞에 있는 시를 함께 보시지요.

-MENU-

샤를르 보들레르	800원
칼 샌드버그	800원
프란츠 카프카	800원
이브 본느프와	1,000원
에리카 종	1,000원
가스통 바슐라르	1,200원
이하브 핫산	1,200원
제레미 리프킨	1,200원
위르겐 하버마스	1,200원

시를 공부하겠다는

미친 제자와 앉아
커피를 마신다
제일 값싼
프란츠 카프카

— 「*프란츠 카프카*」의 전문

어떠십니까? 오규원의 위 시를 보면 세계의 유명한 예술가와 석학들이 커피가게의 커피상호가 되어 있습니다. 상품화할 수 있는 것은 무엇이든지 상품화하는 이 시대의 한 모습입니다. 그런 세상 속에서 작품 속의 화자인 선생은 시를 공부하겠다고(혹은 쓰겠다고) 찾아온 제자를 '미친 제자'라고 부릅니다. 그렇습니다. 세속사의 논리에서 보면 셀 수도 없이 돈이 떠도는 월가에 가서 연봉 수십만 달러를 받든지, 증권회사의 주식전광판을 충혈된 눈으로 쳐다보며 자본주의의 핵에 들어가 돌아다니는 것이 현명한 일입니다. 그런데 이런 시대에 시를 공부하겠다고 찾아오다니요? 하지만 위 시의 화자인 선생과 시를 공부하겠다는 제자는, 이 시대의 모든 것들이, 대석학이나 예술가는 물론 자기 자신까지도 상품화, 도구화, 파편화, 물건화되는 것을 어떻게든 넘어서 보고자 애를 쓰는 족속들입니다. 끝까지 자신과 세계를 지켜내려고 하는 자존심이 강한 사람들입니다.

3. '시의 힘'이 오는 길

시 역시 혁명의 도구가 될 수도 있고, 계몽의 도구가 될 수도 있고, 돈벌이의 도구가 될 수도 있고, 명예욕의 도구가 될 수도 있고, 또 다른 수많은 것들의 도구가 될 수도 있습니다. 그러나 진정한 의미의 시는 그 본질상 순결한 이상주의자들의 행위라고 부를 만큼 드높은 이상성을 추구하고 있습니다. 이 때의 드높은 이상성이란 자아와 사물과 세계의 온전한 해방을 지향한다는 뜻입니다. 그러므로 순결한 이상주의자들인 시인들은 항상 '나는 그리고 너와 세계는 진정 잘 살고 있는가'라고 묻습니다. 그 때의 '잘 산다는 것'은 어떤 것에도 도구화되지 않은 채, 자유와 해방의 삶을 살고 있느냐 하는 것입니다. 이런 물음 앞에서 '그렇다'라고 쉽사리 답할 수 있는 사람은 거의 없을 것입니다. 그러므로 시인들이 보는 자아와 세계는 한편 어둠과 모순덩어리입니다. 그들은 자아와 세계의 어둠과 모순을 지적하고 고발하고 승화시키려고 노력합니다.

조금 더 구체적으로 세분하여 말씀드리자면, 순결한 이상주의자의 속성을 가진 시인들은 첫째로 자기 자신을 자유롭고 해방된 존재로 살려내려고 합니다. 저는 이곳 미국에 와서 재미한인시인들이 그렇게 많은 것을 보고 놀랐습니다. 도대체 왜 이렇게 시인들의 수가 많고, 또 여러 사람들이 시인이 되고자 갈망하는가 하고 의아하게 생각하기도 했습니다. 그러나 곧 이해가 되었습니다. 한국의 시인들도 그렇지만 이 미국이란 새로운 땅에서 다시금 뿌리를 내려야 하는 재미한인들에게는 자아를 자유롭고 해방된 존재로 만들고자 하는 내적 욕구가 보다 강력했을 거라는 해석을 할 수 있었기 때문입니다. 시를 쓰는 것은 많은 경우 재미한인시인들에게 해방구이자 자유인으로 자기 자신을 재생시키는 길일 것이라고 여겨진 것입니다. '나는 나이다'라고, '나는 스스로 존재한다'고, '나는 자유인이다'라고, '나는 자존심을 잃지 않았다'고, '나는 살아있다'고, '나는 해방되고 싶다'고, '나는 치유되고 싶다'고, 그들은 시를 통하여 말하려 했던 것이며 그러한 자신을 만들고 싶었던 것이라 보입니다.

둘째로 순결한 이상주의자의 속성을 가진 시인들은 너로 상징되는 세계를 자유롭고 해방된 곳으로 만들고자 하는 사람들입니다. 그들은 자신들만의 문제가 아니라 세계 전체의 문제에 관심을 갖습니다. 시인들의 현실참여시는 이런 유형의 한 형태입니다. 그러나 꼭 현실 참여적인 사회시가 아니더라도 시인들은 나팔꽃 하나에서부터 저 크기를 알 수 없는 우주에 이르기까지, 세계 전체에 관심을 갖습니다. 그리고 그 세계가 자유와 해방의 땅이 되기를 희구하는 사람들입니다. 그렇게 볼 때 시인들의 신음소리가 커진다는 것은 그만큼 세계가 이상의 세계와 먼 거리에 있다는 의미로 볼 수 있습니다.

셋째로 순결한 이상주의자의 속성을 가진 시인들은 언어의 해방과 창조를 꿈꿉니다. 이 세상에 사는 사람들 치고 언어를 사용하지 않는 사람들이 누가 있겠습니까? 그럼에도 불구하고 시인들을 언어의 해방자 또는 언어의 창조자라고 부르는 것은 그들에 의하여 때묻고, 경직되고, 상투화되고, 도구화되었던 언어들이 새로운 표정과 의미를 갖고 살아나기 때문입니다. 이런 점에서 시인들은 언어를 살려내는 사람들입니다. 영국 사람들이, 건방진 말이지만, 자기나라의 수십배가 되는 인도를 줘도 셰익스피어와 바꾸지 않겠다고 큰소리를 쳐댄 것은, 셰익스피어가 그 나라의 언어를 살려내는 언어의 해방자이자 창조자이기 때문일 터입니다. 언어는 힘을 갖고 있습니다. 시인들이 살려낸 언어를 읽는 사람들은 그 언어로부터 힘을 얻습니다. 그러면서 한 나라의 언어는 시인들에 의하여, 그리고 그 시인들의 시를 읽는 사람들에 의하여 신생의 발전을 계속해 나아갑니다. 한번 생각해보십시오. 딱딱하고 때묻은 언어만을 사용하는 우리들의 세상이 어떤 모습일까, 하고 말입니다. 시인들은 그러므로 한 나라의 언어발전에 엄청난 공헌을 하고 있는 셈입니다. 그들의 언어를 만나기 위하여 사람들은 시를 읽고 시집을 사고 시인을 존경하는 것이라 볼 수 있습니다.

그렇다면 시를 쓰시는 여러분들은 얼마나 언어의 해방과 창조에 관심을 갖고 있습니까? 그리고 시를 평론하고 연구하는 저 자신은 또한 이런 일에 얼마만한 관심을 갖고 있을까요? 이런 물음을 갖고 다음의 시를 읽으며 스스로를 점검해보도록 합시다. 아래의 시는 제가 가르치는 충북대학교 인문대학 국어국문학과 학생 김창기군의 시입니다. 학생의 시이지만 기성시인의 것과 크게 다름이 없습니다.

언어를 해방시키고 창조하지 못하는 시인은 그들을 빛나게 만들어주는 언어를 곤경에 빠뜨리는 자입니다. '발효'의 과정을 거쳐 '신생'의 말로 창조하지 않은 채, 마구 배설하듯 쏟아낸 언어들은 시인들이 만들어낸 사생아 같습니다. 언어를 살려내는 일, 언어를 해방시키는 일, 언어에서 생명이 움트게 하는 일, 이것은 순결한 이상주의자인 시인들의 꿈이자 의무입니다.

저는 앞에서 시인이 가진 순결한 이상주의자의 모습에 대해서 말씀드렸습니다. 이제 이번에는 시인이 가진 숭고한 낭만주의자의 모습에 대해서 말씀드리겠습니다. 숭고한 낭만주의자를 어떻게 규정지을 것인가에 대해서는 논란이 있을 것입니다. 그러나 저는 이 자리에서 숭고한 낭만주의자를 가리켜 '화음(和音)을 만들어내고자 하는 자'라고 규정지으려 합니다. 화음이란 무엇입니까? 그것은 서로 어울리는 소리들입니다. 초등학교 음악시간에서부터 우리는 화음을 공부했습니다. '도미솔', '도파라', '시레솔' 하면서 입을 맞춰 화음공부를 하였습니다. 그것은 이 소음덩어리로 가득찬 세속사의 한가운데서 가장 아름다운 소리들의 어울림을 찾아내고 그 속에서 살아가는 일이 얼마나 소중한 것인가를 우리들에게 가르쳐주는 시간이었습니다. 더 나아가서 그것은 인간이 만들어내야 할 최고의 미적 단계가 바로 화음의 단계임을 은밀히 알려주는 시간이기도 했습니다.

저는 시인들이야말로 언어를 통해 자기 자신은 물론 우리가 살아가는 세상 전체를 화음의 세계로 만들어내고자 노력하는 사람들이라고 생각합니다. 여러분들은 지휘자의 지휘봉을 바라보며 합창에 열중하는 합창단의 노래를 들어보았을 것입니다. 화음을 만들어내고자 하는 그들의 그 엄청난 안간힘을 보고 있노라면 자신도 모르게 눈물이 흐르는 경험을 했을지도 모릅니다. 그렇지 않다면 그들의 노래가 끝났을 때 모든 사람들이 일어나서 기립박수를 보내며 환호하는 것을 들었을 것입니다. 도대체 왜 이런 광경이 벌어졌을까요? 말할 것도 없이 화음이라는 최고의 미적 단계를 성취하고자 하는 그들의 노력과 그것을 성취해낸 그들의 성공 앞에서 우리는 감격하였기 때문입니다. 시인도 마찬가지입니다. 돈벌이도 안 되는 시를 쓰면서 자존심을 유지할 수 있는 것은, 그런가 하면 역시 돈벌이도 안 되는 시를 쓰는 데도 불구하고 많은 사람들이 시인들을 존경하는 것은, 시인의 마음 깊은 곳에 화음의 세계를 만들어내고자 하는 숭고한 낭만주의자의 소망이 깃들어 있기 때문입니다.

시인들은 먼저 한 편의 시 속에서 언어와 언어를 서로 잘 결합시켜 화음의 세계를 창조합니다. 시인들이 골라낸 언어들은 얼핏 보면 세속의 언어나 다름없는 것 같기도 합니다. 그러나 그 이면을 찬찬히 들여다보면서 그들의 시를 음미하다보면 시인들이 골라낸 언어들이 얼마나 아름다운 화음의 세계를 이루고 있는지 곧 알게 될 것입니다. 그러므로 시를 쓰고 시를 읽는 일은 언어로 이루어진 화음의 잔치에 참여하는 일입니다. 시 속의 이미지에서, 시 속의 리듬에서, 시 속의 은유에서 우리는 화음으로 만들어진 세계를 만납니다.

다음으로 시인들은 자기 자신의 몸과 마음은 물론, 인간과 인간, 사물과 사물, 인간과 사물, 인간과 언어 등, 이 세계 속에 존재하는 모든 것들이 화음의 관계로 만나기를 희구하는 숭고한 낭만주의자들입니다. 이러한 희구 속에서, 그리고 이러한 화음 속에서, 언어와 사물과 인간과 세계는 서로 상생(相生)의 관계를 만들어냅니다. 상생이란 말은 얼마나 듣기 좋은 말입니까? 네가 죽어야 내가 산다는 '제로섬'의 법칙이 아니라, 너도 살고 나도 산다 혹은 네가 살아야 내가 산다는 '윈윈'의 법칙이야말로 인간사에서 이룩할 수 있는 최고의 단계이지요. 이렇게 불협화음의 세속 한가운데서, 모래알로 흩어지는 사막 같은 현실의 한 가운데서, 대립과 투쟁과 갈등과 경쟁과 이용과 사기가 판치는 죽임의 세력 한가운데서, 참으로 무모하게(?) 화음의 세계를 창조하려고 언어를 매만지며 노래를 지으려는 자, 그들이 곧 숭고한 낭만성을 가진 시인들입니다.

화음의 세계와 만나면 딱딱해졌던 몸이 부드러워집니다, 닫혔던 몸이 열립니다, 무서웠던 세계가 사랑스러워집니다, 답답했던 가슴에 숨길이 나는 듯합니다, 얼어붙었던 몸에 온기가 도는 듯합니다. 저는 이런 화음의 세계를 만들어내고자 하는 사람들이 있기에, 이 엄청난 세속사의 폭력 속에서도 사람들이 또다시 아침이 되면 눈을 뜰 수 있다고 생각합니다. 저는 고단한 이민 생활 속에서도 화음의 세계를 추구하고 그리워하며 여러분들이 쓰는 그 한 줄의 시 때문에 여러분들이 또다시 저녁시간에 가족들과 둥그렇게 밥상머리에 둘러앉아 하루의 일을 서로 이야기하고 잠자리에 들 수 있다고 생각합니다.

그러면 여러분들에게 나누어드린 함민복의 시 「긍정적인 밥」을 함께 읽으면서 숭고한 낭만주의자가 만들어낸 화음의 세계를 실감으로 느끼며 만나보도록 하고 다음 이야기로 넘어가지요.

詩 한 편에 삼만 원이면
너무 박하다 싶다가도
쌀이 두 말인데 생각하면
금방 마음이 따뜻한 밥이 되네

시집 한 권에 삼천 원이면
든 공에 비해 헐하다 싶다가도
국밥이 한 그릇인데
내 시집이 국밥 한 그릇만큼
사람들 가슴을 따뜻하게 덥혀줄 수 있을까
생각하면 아직 멀기만 하네

시집이 한 권 팔리면
내게 삼백 원이 돌아온다
박리다 싶다가도
굵은 소금이 한 됫박인데 생각하면
푸른 바다처럼 상할 마음 하나 없네

— 「긍정적인 밥」의 전문

 이 시와 관련해서 할 말이 많습니다만, 시간관계상 한 가지만 말씀드리겠습니다. 바다가 상하지 않고 푸른 것은 그 속에 소금을 숨기고 있기 때문입니다. 저는 위 시의 마지막 연에 나오는 왕소금 한 됫박이야말로 시인들이 가진 숭고한 낭만성과 같은 것이라고 봅니다. 이 땅에 숭고한 낭만주의자가 되어 화음의 세계를 창조해내고자 하는 노력이 있고, 그 세계를 그리워하는 사람들이 있는 한, 우리들 자신의 몸과 마음은 물론, 우리가 사는 세상은 푸른 바다처럼 상하지 않을 것입니다. 그런 일을 하는 데 시인들이 필요합니다.

4. '시의 힘'은 '감동의 힘'

 저는 앞에서 시인이 가진 순결한 이상주의자의 속성과 숭고한 낭만주의자의 속성에 대해서 말씀드렸습니다. 모든 것이 상품화되고 도구화되는 세상에서 이런 말씀을 드리는 일이 매우 어리석은 것 같기도 합니다. 그러나 저는 이 점과 관련해서 다음과 같은 말씀을 드릴 수 있습니다.

세상에는 아주 큰 세 가지 권력이 있습니다. 권력은 인간의 목숨과 함수 관계를 갖고 있습니다. 다시 말씀드리자면 우리가 이 세상에서 살며 가장 무서워하는 것은 '죽으면 어쩌나 하는 것'입니다. 그러므로 목숨을 내놓겠다고 작정하면 무서울 것이 없습니다.

이런 점과 관련지어볼 때 첫째로 인간을 단 1초만에도 죽일 수 있는 무력은 인간사가 진행돼 오는 동안 최고의 권력적 실체로 두려움의 대상이 되었습니다. 지금도 한 나라의 대통령에게는 대통령이 되자마자 합법적 무력권인 국군통수권이 주어집니다. 우스갯소리입니다만, 길을 가다가도 힘 좋은 사람 앞에 서면 괜스레 주눅이 드는 것 역시 이 원리 때문입니다.

둘째로 일주일 정도만 굶으면 죽지 않을 수 없게 만드는 밥이야말로 인간에게는 엄청난 권력적 실체입니다. 밥의 이름을 금권력이라는 이름으로 바꿔 부른다면 금권력이야말로 인간을 공포에 떨도록 만들거나 굴욕스럽게 만드는 대표적인 힘입니다. 더욱이나 자급자족 패턴이 깨어진 후 모든 것이 시장의 원리에 따라 움직이는 현체제 속에서 금권력은 더욱더 큰 권력적 실체로 변모하고 말았습니다. 이런 금권력 앞에서 많은 사람들이 제정신을 잃습니다. 그것을 반영이라도 하듯이 어떤 시인이 저를 만난 자리에서 다음과 같이 말했던 것이 기억납니다. 그의 말인즉 대궐 같은 부잣집 담 너머로 핀 개나리꽃은 왠지 모르게 초가집 담장 너머로 핀 개나리꽃보다 더 위엄이 있어 보이더라는 것이었습니다. 그렇습니다. 금권력은 이제 무력도 살 수 있을 만큼의 힘을 갖게 되었습니다. 우리는 매일매일 금권력을 크게 소유한 부자가 되기 위해 수도 없이 꿈을 폈다 접었다 하며 살아갑니다.

셋째로 저는 지식 혹은 이데올로기야말로 엄청난 권력적 실체라고 생각합니다. 이데올로기는 사람들로 하여금 '순교'하도록 만드는 힘도 갖고 있습니다. 우리는 크고 작은 지식에 세뇌(?)되어 그것이 진실이라고 믿으며 살아갑니다. 그러나 우리가 현재 알고 있는 지식과 우리가 믿고 있는 이데올로기가 우리를 어떤 방향으로 안내할지 아무도 알 수 없습니다. 이런 지식과 이데올로기는 힘이 있습니다. 그런 것을 갖고 있거나 창조하는 사람도 힘이 있습니다. 우리는 그 앞에서 육체의 목숨을 빼앗기지는 않지만 정신의 목숨이 지배당하는 것을 경험합니다.

앞서 말씀드린 세 가지 권력적 실체 앞에서 우리는 두려워합니다. 이 세 가지 권력적 실체를 갖지 못했다는 것은 세속사에서 약자가 되어 있다는 표시이기 때문입니다. 그러나 우리는 이런 권력적 실체를 두려워하거나 부러워하기는 할망정, 마음 깊은 곳으로부터 존경하는 정도는 매우 약합니다. 그러면 저는 무슨 말씀을 드리려고 하는 것일까요?

시인과 관련해서 제가 말씀드리고자 하는 것은, 현실적으로 볼 때 시인은 앞의 세 가지 권력적 실체를 생산해내기가 쉽지 않다는 것입니다. 그리고 시의 본질도 거기에 있지 않다는 것입니다. 순결한 이상주의자와 숭고한 낭만주의자가 생산해낼 수 있는 것은 위의 것들과 잘 어울리지 않습니다. 그렇다면 시인들이 생산해내는 힘은 무엇일까요? 저는 위의 세 가지 권력 이외에, '감동이라는 권력'을 다른 한 가지로 제시합니다. 시인들이 순결한 이상주의자와 숭고한 낭만주의자가 되어 생산해낼 수 있는 권력은 감동이라는 권력입니다. 이런 저의 말씀에, 감동도 권력이 될 수 있느냐고 반문하시는 분이 있을지 모르겠습니다. 단언하건대, 감동은 위의 세 가지 권력을 넘어서는 최고의 권력입니다. 감동이란 말 그대로 타인의 마음을 움직여서 사로잡는 일입니다. 감동을 창출하는 데는 무력도, 금력도, 지력도 필요하지 않습니다. 시인이 시를 통하여 감동을 주는 데는 순결한 이상성과 숭고한 낭만성에 토대를 둔 진정성 그리고 누구나 공짜로 가져다 쓸 수 있는 언어만이 필요합니다. 무력이 없어도, 금권력이 없어도, 지적 도그마가 없어도, 시인은 타인을 사로잡을 수 있습니다. 진정 시와 시인 앞에 공감과 존경의 마음을 표할 수 있게 만들 수 있습니다.

무력과 금력과 지력을 움직이려면 전략이 필요합니다. 전략 앞에서 사람들은 긴장하고 두려워합니다. 그러나 진정성에 바탕을 둔 감동이 유발되면 그 앞에서 사람들은 평화로운 감정을 느끼고 진심으로 상대방을 따르게 됩니다.

무력도, 금력도, 지력도 약한 시인들이 그래도 이 세상에서 대접을 받고, 시인지망생이 줄지어 나오는 것은 아마도 이런 감동의 힘을 의식적으로든, 무의식적으로든 알고 있기 때문인 것 같습니다. 여러분들이 제가 말씀드린 '감동의 힘'에 동감하신다면, 수많은 감동의 세계를 창출하여 세상의 보이지 않는 힘이 되십시오. 위에서 함께 읽은 함민복의 시 「긍정적인 밥」의 일부분을 다시 빌려서 말씀드리자면 '왕소금 한 됫박'의 힘을 창출하는 데 전념하십시오.

이제 정말 저의 말씀을 끝내며 1936년 『동아일보』로 등단하여 60년이 넘게 시를 써온 서정주 시인의 감동적인 말을 전하겠습니다. 서정주 시인은 현재 (2000년 5월) 86세입니다. 그는 심장에 물기가 마르는 질병을 앓고 있습니다. 그런 고통 속에서 허덕이는 이 시인은, 그를 찾아간 제자이자 후배 시인에게 다음과 같이 말했습니다.

> 아, 그래 나는 심장에 물기가 마르는 병을 앓고 있거든. 그런데 내가 한 60년이 넘도록 시를 쓰느라고 심장을 썼으니 그럴 만도 하지. 내 심장이 그 동안 얼마나 흥분과 격정 속에서 움직였겠어. 그러니 나는 아주 시인다운 병을 앓고 있는 거야…….

서정주 시인은 그의 병에 대해 말하면서 한 편의 시를 쓰고 있는 것 같았습니다. 심장이란 어떤 곳입니까? 감동을 주고 감동을 받는 곳 아닙니까? 심장이 마르도록 써낸 그의 시가 얼마나 많은 사람들의 마른 심장에 촉촉한 물기를 전해주었겠습니까? 사람들이 서정주를 사랑하는 까닭은, 아니 시인들을 존경하는 까닭은 그들의 말라가는 심장에 물기를, 식어가는 심장에 온기를, 무감각해져가는 심장에 생기를 전해주기 때문일 것입니다.

여러분들은 용불용설이란 말을 아실 겁니다. 생물체가 어떤 기관을 계속해서 쓰면 더욱더 발달되지만 그렇지 않으면 퇴화된다는 이론이지요. 우리의 심장도, 감동이라는 힘도 이 원리의 지배를 받는 것 같습니다. 가장 많이 감동하는 자가 가장 행복한 자이고, 가장 많은 감동을 주는 자가 가장 덕망 있는 사람이라면, 감동의 힘을 계속해서 주고받으며 가꾸어 나아가는 것이 이 험난하고 삭막한 시대를 건너가는 한 방법이 될 수가 있겠지요.

감사합니다.

⌘
아직도 시를 믿느냐?

글을 쓰다가 보면 간혹 나도 모르게 눈시울이 젖어오는 때가 있다. 내가 쓰는 글이래야 평론 성격의 글이 대부분이기 때문에 사실상 글을 쓰는 도중 느낄 수 있는 감정의 진폭이란 그리 크지 않은 게 사실이다. 그럼에도 불구하고 정말로 아주 가끔은, 눈시울이 젖어오는 것을 제어하기 힘든 시간 속에서 글을 쓰는 경우가 있다.

개인적인 고백을 하자면, 나는 지난해(1998년) 9월에 출간된 나의 책『몽상의 시학 : 90년대 시인들』속에 들어 있는 남진우의 시 세계에 관한 글「한 고독한 몽상가의 자유」를 쓰면서 흘러내리는 눈물을 참기가 어려웠다. 그때 나의 눈물샘을 직접적으로 자극한 것은 남진우의 시「시작노트」였다. 이 시는 남진우의 두번째 시집『죽은 자를 위한 기도』속에 들어 있다. 남진우의 이 시는 다음과 같이 시작된다.

나는 일찍이
詩가 떨기나무 불꽃인 줄 알았다
태우지 않고 빛을 내는 그 불꽃 덤불 앞에
나는 신발을 벗고 무릎을 꿇었다

남진우는 이 시에서 시를 "떨기나무 불꽃"과 같은 것으로 믿은 적이 있다

고 고백한다. 그리고 이어서 그는 이 "떨기나무 불꽃"과 같은 시 앞에서 그
자신이 "신발을 벗고 무릎을 꿇었"던 적이 있다고 고백한다. 기독교 성서에
약간의 지식이 있는 사람이라면 다 알겠지만, "태우지 않고 빛을 내는" "떨
기나무 불꽃"이란, 구약성서 「출애굽기」에 나오는 호렙산의 떨기나무 불꽃
을 말한다. 호렙산에 올라간 모세 앞에는 나무를 태우지 않고 빛을 내는 떨
기나무 불꽃이 나타났다. 그 불꽃 속에는 야훼 하나님이 서 있었다. 야훼 하
나님은 모세에게 이스라엘 민족을 애굽에서 구해낼 것이라고 약속하였으며,
또한 네가 서 있는 땅은 거룩한 땅이니 신발을 벗으라고 말하였다. 물론 모
세는 그것을 믿었고 그렇게 하였다. 여기서 모세로 하여금 약속을 믿고 신
발을 벗게 만든, 태우지 않고 빛을 내는 떨기나무 불꽃이란 진리, 구원, 해
방, 영원, 신성, 거룩함 등과 같은 의미를 지닌 것으로 해석할 수 있을 것이
다. 남진우에게 시는 이와 같은 존재였다. 그는 시가 모든 것을 해결해줄 것
이고, 시는 모든 것 앞에 우선하며, 시야말로 모든 것 가운데 가장 지고지순
(至高至純)한 것인 줄로 생각하였다. 순진하게도(?) 나 역시 시가 그런 존재
라고 오랫동안 믿었던 적이 있다. 아니 시를 그렇게 만들고 싶다고 오랫동
안 꿈꾸었던 적이 있다. 그래서 시라는 그 지성소 앞에 신발을 벗고 무릎 꿇
고자 했으며 그렇게 하는 나의 행동이 아주 숭고한 일이라고 혼자 믿으며
황홀해 한 적이 있다.
　남진우의 시 「시작노트」는 다시 다음과 같이 이어진다.

　이것은 남진우의 「시작노트」 제2연을 옮긴 것이다. 남진우는 이곳에서 시
라는 떨기나무 불꽃을 본 이후로, 그는 이 불빛을 잡기 위하여 "짓무른 살갗

에서 피가 배어나오는 줄도 모르고", "무릎으로 기어(가며)" 그 불빛을 잡고자 하였다고 고백한다. 그러나 그럴수록 불빛은 그에게서 멀어져만 갔다. 그는 이렇게 멀어져만 가는 불빛을 아득하게 느끼며, 하지만 그렇기 때문에 더욱더 매력적인 대상으로 변모한 불빛을 잡기 위하여 경배하듯 온몸을 바쳐 그곳으로 다가갔던 것이다. 나는 여기서 시라는 성소에 다다르기 위해 고행을 택한 한 인간의 모습을 떠올린다. 그리고 고행을 택한 것에서 자부심을 느끼는 한 인간의 모습도 떠올린다. 고행이란 분명 자학에서 나오는 행위의 하나이지만 그러한 행위 속에서 기쁨과 자부심을 느끼고자 하는 인간을 떠올리는 것이다. 정도의 차이는 있겠지만 나도 시라는 성소 앞에서 자학의 기쁨과 자부심을 느낀 적이 있다. 그때 나는 시라는 성소에 도달하기 위해서는 당연히 고행을 선택해야 하고 그로 인한 자학의 고통은 아름다운 것이자 감동적인 것이라고까지 생각하였다. 참으로 순수하고 순진하던 때의 일이다. 그러나 나에게는 그 순수함과 순진함 그리고 시가 성소일 수 있다는 믿음이 힘을 주었다. 무슨 힘인지 모를 힘이 솟아났다. 그 힘은 야릇하였다.

남진우의 시 「시작노트」는 또다시 다음과 같은 내용으로 더 이어지고 있다.

제3연의 내용이다. 보다시피 남진우는 이곳에 와서 더 이상 그에게 시는 태우지 않고 빛을 내는 딸기나무 불꽃과 같은 것이 아니라는 생각에 도달하고 말았다. 그는 시가 "아무것도 아닌 바로 그것"이라는 생각을 하게 되었다. 그는 이제 "아무것도 아닌 바로 그것"이 되어버린 시 앞에서 시의 딸기나무 불꽃이 사그라진 회색의 한 줌 재만을 움켜쥐고 그것을 바라다볼 뿐이다. 그는 시가 "아무것도 아닌 바로 그것"임을 알 만큼 영리해진(?) 것이다.

아니 그는 이제 그것을 알 만큼 철(?)이 든 것이다. 그러나 그는 온전하게 영리해지지 못했고, 또 온전하게 철이 들지 못했다. 그는 여전히 시가 "아무것도 아닌 바로 그것"임을 부정해보고 싶어하기 때문이다. 그는 아직도 저 호렙산 떨기나무 불꽃 속에서 울려퍼지던 신의 음성을 그리워하고 있다. 그는 시를 품안에서 내놓고 싶지 않은 것이다. 시를 잃고 싶지 않은 것이다. 시를 잊고 싶지 않은 것이다. 시를 통하여 구원받고 싶은 것이다. 하지만 그는 시가 더 이상 불꽃이 타오르던 호렙산의 성소일 수 없다는 인식을 하게 되었고, 그것은 그에게 적지 않은 충격과 고통을 안겨준 것이다. 나 역시 시가 "아무것도 아닌 바로 그것"일 수도 있음을 아는 단계까지 왔지만, 아직도 시에 대한 기대를 저버리지 못한다. 나는 지금도 시를 성소로 모실 구석이 어디에 있는가 하고 연신 고개를 두리번거린다.

남진우는 같은 시 「시작노트」의 이어지는 다음 부분 제 4연에서 아래와 같이 말하고 있다.

> 바다가 갈라지고
> 굳은 바위에서 물이 솟는 기적은 끝났다
> 이제 더 이상 신발 벗을 자리조차 찾을 수 없는 이 지상에서
> 쓸쓸히 저무는 하루를 등지고
> 나는 말없이 비틀거리며 걷는다

제4연의 전문이다. 남진우는 이곳에서 시뿐만 아니라 이 지상의 어느 것도 성소이기를 거부하는 현실 속에 우리가 살고 있지 않느냐고 말한다. 그는 이런 현실을 "이제 더 이상 신발 벗을 자리조차 찾을 수 없는 지상"이라고 표현하였다. 그는 신발 벗고 무릎 꿇을 만한 성소의 상실을 안타까운 마음으로 바라보는 것이다. 그러나 어쩌랴. 지상에서 사는 사람들은 그것이 시든, 다른 무엇이든 성소로 받들지 않게 되었고, 시인 자신 또한 그것을 알아버렸으니 말이다. 그렇다면 우리는 성소가 없는 곳에서 살아가는 방식을 익혀야 할 도리밖에 더 있겠는가. 나는 남진우의 이런 목소리를 들으면서 나 자신 또한 성소의 상실을 안타까워했고, 그런 세상에서 살아갈 방식을 모색

하느라 고심하던 시간들을 기억해낸다. 그리고 그 고심의 시간 속에서 체험했던 수많은 감정의 떨림들을 기억해낸다.

남진우는 그의 시 「시작노트」의 맨 마지막 연에서 다음과 같이 적고 있다.

인용한 부분을 보면 남진우는 지금도 "뒤에서 부르는 소리"를 듣는다. 그것은 환청일까. 아니면 자신의 몸 속에서 들려오는 소리일까. 어쨌든 그는 여기에 성소가 있다고, 여기에 떨기나무 불꽃이 아직도 타오른다고, 당신이 사랑하는 시가 여전히 성소라고 속삭이는 소리를 듣는다. 그 소리에 놀라 그는 뒤를 돌아다본다. 이것 역시 환시일지 알 수 없으나 그는 고개를 뒤로 돌려 "바람에 날리는 부우연 재 속에서 깜박이는 불씨 몇 개"를 본다. 그가 본 것은 방금 말했듯이 "깜박이는 불씨 몇 개"이다. 그는 이 불씨를 믿고 싶은 것이다. 그는 이 불씨를 살리고 싶은 것이다. 그는 이 불씨가 떨기나무 불꽃으로 타오르기를 바라고 있는 것이다. 과연 그렇게 될까? 나는 알 수 없다. 어쩌면 시인 자신도 알 수 없을 것이다. 하지만 나는 남진우가 아직도 "깜박이는 불씨 몇 개"를 움켜쥐고 있으며, 그것에 몸을 의탁하고 있다는 점에 주목하고 싶다. 여전히 시가 성소일 수 없는가 하고 연신 고개를 두리번거리는 나 역시 남진우와 같은 처지이다. 지상에 성소를 세울 수 없다는 인식에 도달했음에도 불구하고 그것을 온전히 인정하고 싶지 않은 남진우와 나의 모습이 여기에 들어 있다. 지금은 성소를 받들며 신발 벗고 자학에 가까운 고행 속에서 무릎 꿇는 시대가 아니다. 오히려 성소가 보이면 가학의 쾌감 속에서 성소를 파괴하는 것이 일반화된 시대이다. 성소는 수많은 사원들이 관광용 여행 코스에 들어있듯이, 문화유적에 불과한 것이 되어버렸는지도 모를 일이다.

나는 성소를 잃고 방황하는 남진우의 모습에 내 모습을 중첩시키면서, 눈시울이 젖어오는 것을 막을 수가 없었다. 그리고 과연 성소가 다 무너진 이 세속에서 그 세속의 문법과 양상들을 존중하며 살아갈 수 있을까 하는 생각에 젖기도 하였다. 그러나 곰곰이 생각해보니 세속에 길이 있으며, 세속이야말로 성소 중의 성소가 아니냐는 또다른 생각이 들었다. 그리고 나 자신의 하루 생활 모두가 실은 세속적인 생활의 연속이 아니냐는 생각이 들었다. 더 나아가 삶의 처음도 세속이고 마지막도 세속이 아니냐는 생각이 들었다. 어디 그뿐인가. 아예 처음부터 세속을 성소로 알고 살아야 하는 것이 인간의 운명이 아니냐는 생각이 들었다. 물론 이렇게 생각한다고 해서 마음이 아주 편안해진 것은 아니다. 그러나 우리들의 삶은 말할 것도 없고, 그 삶속에서 이루어지는 시 쓰기와 시 읽기조차 세속적인 너무나 세속적인 인간들의 한 행위에 불과하다는 생각을 하고 나니 체념 속에서 조금이라도 마음이 편안해지는 것을 느낄 수 있었다. 어쩌면 세속적인 현실 속에서 인간들의 세속적 행위와 타협하는 것이 실은 세속을 성소로 만들고 그 속에서 성스럽게 살아가는 일인지도 모른다. 그리고 원래 성소라는 것은 없는데, 인간들이 소망 속에서 성소를 만들어 놓은 것뿐이며, 성소가 없다고 하는 것은 원래부터 성소가 없다는 사실을 발견한 것에 지나지 않는지도 모른다.

이제 사람들은 영리해져서 어느 것 앞에서도 순교하지 않는다. 그리고 순교할 만한 세계를 그대로 두지도 않는다. 순교를 한다는 것은 그들이 마음의 중심에 성소를 모시고 있다는 것인데, 이 시대에 마음의 중심에 성소를 모시고 사는 사람은 거의 없다. 순교할 세계를 그대로 둔다는 것은 대상의 신비를 허용한다는 것인데, 이 시대에는 그렇게 하는 사람들이 거의 없기 때문이다. 그러나 순교할 만한 세계를 갖고 있고 또 그런 세계를 그대로 둘 수 있는 사람은 행복하다. '진리가 저희를 자유케 할 것'이기 때문이다.

어느 때보다 세속화의 정도가 심한 시대이다. 시의 세계에서조차 세속화의 정도는 참으로 대단하다. '너희는 아직도 시를 믿느냐'는 소리가 사방에서 들려오는 때이다.

몇 사람의 시인에게 보내는 편지

개인적인 일을 말하는 것으로부터 이 글을 시작해야겠다. 나는 금년도 (1997년도) 『현대시학』 8월호에 발표한 「이연주論」을 마지막으로, 총 17회에 걸친 「90년대 젊은 시인들」이라는 제목의 연재를 끝마쳤다. 나의 이 작업은 이전에 「80년대 시인들」이라는 제목으로 이루어진 연재의 후속편과 같은 성격을 갖고 있는 것이다. 「80년대 젊은 시인들」이라는 이전의 연재물에서 나는 고정희, 기형도, 김용택, 김혜순, 박남철, 박노해, 박세현, 이성복, 이윤택, 장석주, 장정일, 최두석, 최승자, 최승호, 하재봉, 황지우에 관한 개별 시인론을 썼다. 그리고 이번의 「90년대 젊은 시인들」이라는 연재물에서, 나는 고재종, 고진하, 김신용, 김영승, 남진우, 송재학, 송찬호, 유하, 안도현, 윤성근, 이문재, 이연주, 임동확, 장경린, 진이정, 허수경, 황인숙에 관한 개별 시인론을 썼다. 「90년대 젊은 시인들」이라는 연재를 마감하면서, 나는 지난 「80년대 시인들」이라는 연재물에서 나름대로는 꽤 공을 들여 논의했던 시인들이 지금 무엇을 하고 있는가 하는 점에 대하여 생각해보게 되었다. 그 결과, 나는 꽤 많은 시인들이 언젠가부터 작품을 가끔씩만 발표하거나 거의 발표하지 않는다는 사실을 알아차리게 되었다. 이것은 나에게 무척이나 서운하고 아쉬운 일이었다. 무엇보다도 그들에 대한 개별 시인론을 쓴 이후에 그들의 변화 / 발전 과정을 뒤쫓아가며 짚어나아가던 것이 나에게는 커다란 기쁨이었는데, 그들의 작품 발표가 적조해진 이후에 나는 그런 일에서 느끼는 즐거움을 상당부분 상실하지 않을 수가 없었다. 이 계절에 발간된 월간문학지와 계간문학지를 잔뜩 쌓아놓고 한 계절의 시단을 점검하는 가운데서도 나는 그들의 작품을 만날 수 없다는 데서 꽤나 큰 쓸쓸함을 느꼈다. 그래서 나는 이번에 쓰는 '이 계절의 시'란을 통하여 그간에 써왔던 글의 양식으로부터 조금 벗어나, 최근 작품 발표가 뜸해졌거나 거의 작품을 발표하지 않는 시인들에게, 편지 형식의 글을 써보겠다는 마음을 갖게 되었다. 개인적으로 꽤나 애정을 주었던, 그리고 우리 시단을 풍요롭게 만드는 데 적지 않게 기여한, 뿐만 아니라 시창작의 능력을 크게 간직하고 있는 그들이 보다 적극적으로 작품을 썼으면 하는 단순한 바람이 있기 때문이다. 우선은 내가 「80년대 시인들」이라는 연재물에서 다루었던 시인들을 중심으로, 그리고 거기서 다루지는 않았지만 꼭 전하고 싶은 말이 있는 몇몇 시인에게 간단한 서신을 보내기로 한다.

박남철 시인께

『용의 모습으로』라는 선생님(마땅한 호칭이 생각나지 않아서 앞으로 모든 시인을 선생님으로 부르고자 한다)의 마지막 시집을 책꽂이에서 꺼내 보았습니다. 얼른 시집을 뒤적이면서 언제 출간되었는가 살펴보았습니다. '1990년 7월 20일 1쇄 발행'이라고 쓰여 있더군요. 그러니까 선생님께서 마지막 시집을 출간한 지 7년이 된 것입니다.

「박남철 비평시집1」이라는 부제를 달고 이 시집이 출간되었을 때, 사람들의 반응은 참 다양했지요. '저것도 시라고 할 수 있느냐'고 말하는 사람, '원고료나 인세의 상당부분을 인용문의 저자에게 주어야 한다'고 말하는 사람(알다시피 이 시집 속의 작품들은 여러 시인들의 시와 비평가들의 평문을 발췌하여 조합하는 식으로 만들어진 것임), '비평시라는 장르가 새롭게 탄생되었다'고 말하는 사람, '박남철 시인이 이제 어디로 갈 것인지 걱정된다'고 말하는 사람, '포스트모더니즘의 선구적인 실천자이다'라고 말하는 사람,

‘이런 실험행위를 하는 것이 안쓰럽다’고 말하는 사람 등, 그야말로 여러 가지 반응이 있었습니다.

선생님이 비평시집이라고 이름을 붙인 『용의 모습으로』와 같은 시양식을 우리 시사에서는 아직 가진 바가 없습니다. 그러므로 분명 선생님이 시도한 비평시는 우리 시사에서 아주 독특한 자리를 차지하고 있습니다. 비록 이 시집 속에 들어 있는 작품들이 타인의 시와 평문을 조합하는 형식을 취하고 있지만, 저는 이 시집 속의 작품을 읽을 때에 자신의 언어로 직접 말한 여타의 많은 다른 시를 읽을 때 이상의 감동을 받는 경우가 많습니다. 말하자면 선생님의 시집 『용의 모습으로』는 등단 이후 선생님께서 계속적으로 탐색하며 발전시켜 나온 ‘형식실험’의 극단적인 한 모습입니다. 저는 선생님의 시를 처음부터 끝까지 죽 읽어온 사람으로서, 선생님의 ‘형식실험’이 지닌 내적 필연성과 그것의 발전과정을 누구보다도 잘 이해합니다. 사실 도전적인 삶이란 기존의 형식에 도전장을 보내면서 새롭게 형식을 창조해 나아가는 과정이 아니겠습니까? 그러나 말은 이렇게 쉽사리 할 수 있지만, 바위보다 더 딱딱해진 기존의 형식에 도전장을 보내고 그것을 파괴하며 동시에 새로운 형식을 창조해낸다는 것은 얼마나 힘들고 외로운 일입니까?

시집 『용의 모습으로』를 출간한 이후에 선생님이 몇몇 지면에 발표한 시를 읽은 적이 있습니다. 그러나 선생님의 시를 대한 횟수는 무척 적었습니다. 자세히 기억은 나지 않습니다마는 선생님께서 저의 집에 전화를 걸어 자신이 작사 / 작곡한 노래라고 ‘우겨대며’ 조용필씨의 음악 테이프를 틀어 전화기로 「꿈」이라는 노래를 들려주던 무렵, 선생님은 『세계의 문학』에 「외등의 시간」이라는 작품을 발표했던 것 같습니다. 그리고 춘천에서 다시 서울로 돌아왔다는 내용의 시를, 몇 년 전에 읽은 적이 있습니다. 저는 매우 드물게 발표된 선생님의 시에서 시집 『용의 모습으로』를 출간할 때까지 추구했던 것과 조금 다른 세계를 엿보곤 했습니다. 뭐라고 할까. 완숙해지고자 하는 영혼의 몸부림 같은 것을 느꼈습니다. 그러나 그 동안 선생님의 작품 발표가 워낙 적조해서 저는 그 이후에 선생님의 정신이 어디로 향하고 있는지 알 수가 없습니다.

선생님은 등단 이후 우리 시단에서 해체, 형식실험, 형식파괴, 탈구축의
미학 등을 앞서서 실천해 보인 시인입니다. 선생님이 이와 같은 세계에 누
구보다 강한 자의식을 가지고 독자들이 따라올 수 없을 정도로 앞서가고 있
을 때, 사람들은 그것을 보며 수군대기도 했습니다. 누구는 '이제 그만 했으
면 됐으니 해체의 폭을 좁혀야 하지 않겠느냐'고 수군댔으며, 누구는 '앞으
로 더 치열하게 해체의 길을 뚫고 나아가야 할 것'이라고 수군대기도 했습
니다. 사실, 수군대기란 쉬운 일이지만, 앞서서 해체작업을 실천하기란 얼마
나 힘든 일입니까. '앞으로 더 치열하게 나아가라'고 무책임하게(?) 말하기는
쉽지만, 그것을 몸으로 실천하기란 얼마나 위태로운 일입니까.

저는 이 자리에서 선생님께 말하고 싶습니다. 남의 눈치 보지 말고, 선생님
께서 하고 싶은 대로 선생님만의 시형식을 조용하게 우리 시단에 다시 선보
여달라고 말입니다. 누구도 나일 수 없고, 누구도 나의 행복을 파괴할 권리가
없는 것일진대, 나는 나일 뿐이라는 형식을 이 세상에 내어놓는 것이 가장 좋
은 일이라고 생각합니다. 시를 쓰지 않고도 행복할 수 있다면, 저는 선생님께
할 말이 없습니다. 그것도 훌륭한 삶의 방식이라고 믿기 때문입니다. 그러나
시를 쓰지 못해서 불행하다면, 선생님이 말하고 싶은 세계와 그 형식을 우리
시단에 내어놓으시기 바랍니다. 선생님이 없는 시단은 참으로 밋밋합니다.

황지우 시인께

한 동안 '황지우 조각 시집'이라고 이름 붙여진 선생님의 시집 『저물면서
빛나는 바다』를 가방 속에 넣어가지고 다녔습니다. 선생님의 이 시집이 나
왔을 때, 학고재에서 열렸던 조각전시회에는 가보지 못했지만, 저는 얼른 거
금 12,000원을 주고 이 시집을 구입했습니다. 그렇게 한 데에는 무엇보다도
선생님의 시집 『게눈 속의 연꽃』 이후를 알고 싶다는 욕망이 크게 작용했습
니다. 그 동안 선생님의 시에 대한 찬사가 워낙 컸기 때문에 저는 뭔가 균형
을 맞추어야겠다는 생각으로 선생님의 시에 대하여 의도적으로 찝쩍(?)대기
도 하였습니다. 그러나 선생님의 시를 읽는 일은 즐거웠고 보람 있었습니다.

많은 독자들에게 시 읽는 즐거움과 보람을 준 대표적 시인으로 선생님을 꼽을 수 있을 것 같습니다.

개인적으로 저는 선생님의 시집 중에서 조각 시집『저물면서 빛나는 바다』를 가장 좋아합니다. 그것은 아마도 선생님이 이 시집에서 보여준 고민과 같은 고민을 제가 하고 있기 때문일 겁니다. 그러니까 선생님의 조각시집을 보면서 저는 동료를 만난 듯한 기분이었습니다. 특히 '나는 만진다, 그러므로 나는 있었다'라는 자서란을 읽을 때, 저는 그만 눈물이 핑 돌고 말았습니다. 1990년대에 들어와서 글을 쓸 수 없었다가 진흙의 촉감을 통하여 다시 살아있음을 확인했다는 선생님의 고백을 이 글에서 보았을 때, 저는 인위, 형식, 문명, 문화, 언어 등으로부터 몸이 아플 정도의 소외감을 느끼며 흙(생명)의 숨소리를 간절히 바라고 있는 저 자신을 거기에 중첩시키고 말았습니다. 흙(생명)을 보고 만졌을 때 딱딱하게 굳었던 온 몸이 사르르 녹아 내리면서 숨쉬기 시작하는 것과 같은 느낌을 저는 잊을 수 없습니다.

개인적인 이야기가 길어졌군요. 선생님의 가장 최근 시집『저물면서 빛나는 바다』에는 선생님의 익은 정신세계가 담겨 있습니다. 조각 또한 인위적인 문화형식의 하나에 불과하지만, 끊임없이 생동하는 감각을 키워 나아가고, 영혼의 자유(自遊)로운 비상과 해탈을 꿈꾸는 선생님의 모습은 감동적입니다. 그러나 이렇게 말하고 나면 많은 사람들이 오해를 할 것 같습니다. 제가 선생님의 시집『저물면서 빛나는 바다』를 좋아하는 것은 단지 영혼의 초월적인 비상을 말하기 때문만이 아니라 인간의 처음이자 마지막인 '육체'를 직시하기 시작하였기 때문이라고 말하여야 할 것 같습니다. 잠시 선생님의 시집 속에 들어 있는 한 부분을 인용해보겠습니다.

나는 육체를 보면 눈물이 나려 한다
근원이면서 한계인 그것, 삶도 문명도
그것의 영원한 동어반복일 뿐이다.
움막집 시대에서 콘크리트집 시대까지, 그래
있는 것은 이 육체들뿐이었다는 생각이

> ─「육체 : 그것은 生의 유일한 표지이다」의 부분

저는 선생님의 시집 『저물면서 빛나는 바다』에서, 형식 이전의 혼돈을, 추상 이전의 맨몸을, 인위 이전의 생명을, 이성 이전의 감각을, 언어 이전의 육체를, 환영 이전의 직감을, 유위 이전의 무위를, 문명 이전의 여백(虛)을 만납니다. 비록 형식으로, 추상으로, 인위로, 이성으로, 언어로, 환영으로, 유위로, 문명으로 분류될 수밖에 없는 것이 시쓰기이고, 조각만들기임을 부정할 수는 없다 하더라도, 선생님의 이 시집 속에는 그것을 넘어서려는 혹은 그것 이전을 보려는 노력이 숨어 있습니다.

『저물면서 빛나는 바다』로 선생님의 창작행위가 새로운 활로를 뚫은 것이 사실이지만, 선생님도 고백했듯이 아무래도 1990년대 들어와서, 아니 최근으로 오면서, 지면을 통하여 선생님의 작품을 만나기란 쉽지가 않습니다. 금년도 봄호『실천문학』에서던가요. 선생님께서 오랫만에 발표한 시를 보았습니다. 무척 반가워서 얼른 펴보았습니다. 그러나 저는 여기에 발표된 시를 읽으면서 조금 우울했습니다. 그것은 아직도 선생님께서『새들도 세상을 뜨는구나』를 출간했던 그 당시의 컴플렉스로부터 자유롭지 못하다는 것을 훔쳐보았기 때문입니다. 특히 작품「감옥 안에 있는 떡갈나무」를 읽으면서, 저는 선생님이 젊은 시절에 겪었던 시대고는 선생님께 원죄와 같은 것이 아닌가 하는 생각을 하였습니다. 제가 아는 어떤 남자분은 말했습니다. 제대한지 20년이 넘었는데도 지금까지 탈영하다 붙잡히는 꿈을 자주 꾼다고…….

첫 시집 『새들도 세상을 뜨는구나』로부터 시작하여『겨울─나무에서 봄─나무에로』,『나는 너다』,『게눈 속의 연꽃』을 거쳐 가장 최근 시집『저물면서 빛나는 바다』로 오기까지 선생님은 실존적, 사회적, 역사적, 종교적, 자연적, 우주적 사색을 종합적으로 해나아가면서 타고난 언어능력을 발휘하여 우리 시사의 한 영역을 개척하였습니다. 그러나 1990년대로 들어오면서 작품 발표가 뜸해진 선생님의 모습을 지켜보면서, 그리고 언어 이전의 감각과 흙의 감촉을 알아버린 선생님의 변화상을 바라보면서, 저는 솔직히 불안합니다. 그 불안함의 원인은 무엇보다도 언어 이전의 흙의 감촉을 알아버린 사람이 다시 언어의 축제장에서 황홀해질 수 있을까 하는 걱정이 들기 때문입니다. 그리고 하나만 더 들라면 젊은 시절의 시대고를 아직도 원죄처럼 깊은 컴플렉스로 끌어안고 있는 선생님께서 요즘처럼 변화된 시대 속에서 어떻게 자신의 언어를 풀어갈 것인가 하는 점이 마음에 걸리기 때문입니다. 그러나 저는 선생님이 흙의 감촉을 즐기면서 조각이라는 딱딱한 형식(환영)을 만들었다는 데 의미를 두고 있습니다. 이것으로 볼 때 선생님은 아직도 무엇인가를 만들 의지와 열정을 간직하고 있는 것입니다. 그리고 저는 선생님이 우리 시대의 본질을 누구보다 날카롭게 투시하고 있다는 생각을 합니다. 그러므로 선생님이 원죄로 끌어안은 채 살고 있는 그 젊은 날의 시대고가 변화된 이 시대 속에서 시를 쓰는 데 방해물이 될 것이라 생각하지 않습니다. 우리의 몸이 흙 그 자체가 되지 않는 한, 언어를 버릴 수는 없습니다. 언어를 버리고도 살 수 있다면 얼마나 행복하겠습니까. 무리한 부탁인지 알 수 없으나 살아 숨쉬는 선생님의 시세계를 자주 만나고 싶습니다.

최승자 시인께

선생님을 꼭 한번 만난 것 같습니다. 그것도 서로 인사는 하지 않은 채 사람 많은 자리에서 얼핏 본 것 같습니다. 그러니까 장석주 시인이 청하출판사를 역삼동으로 옮긴 후 분홍색의 예쁜 사옥을 짓고 집들이를 할 때, 그 잔칫상 언저리에서 본 것 같습니다. 그때 선생님을 보면서 선생님의 시세계와 선생님의 겨울나무처럼 마른 분위기가 참으로 꼭 닮았다는 생각을 하였습니다.

이후 「죽음과 상처의 시」라는 제목으로 선생님의 시세계에 대한 글을 썼습니다. 그때가 1991년이니까 선생님이 『이 시대의 사랑』『즐거운 일기』『기억의 집』이라는 세 권의 시집을 출간했을 때입니다.

저는 선생님의 시를 읽어오면서 자기 자신에 대하여 그토록 엄격하게 검열을 하고 그토록 극단적으로 부정을 하는 시인을 참 오랫만에 본 듯한 느낌이었습니다. 이것은 저에게 충격을 주기도 하였고, 선생님을 걱정하게 만들기도 하였습니다. 사실 인간이란 저 자신을 포함하여, 생각할수록 구역질이 나는 존재이지요. 한낱 쓰레기 같은 존재이지요. 어떤 것도 이와 같은 인간을 온전히 구원해낼 수 없지요. 선생님은 너무나 일찍이 구원의 불가능성을 알아버렸고, 그 속에서 살아가는 자기 자신과 인간사의 역겨운 실상을 지나칠 정도로 적나라하게 파헤치기 시작한 것 같습니다. 저는 선생님을 보면서, 아니 선생님의 시를 보면서 세상과 영원히 화해할 수 없을 것 같은 한 인간을 떠올렸습니다. 그리곤 그런 가운데서 살아가노라면 선생님의 몸이 아프다는 신호를 보낼 텐데, 아프지는 않더라도 겨울나무의 앙상한 모습처럼 안으로만 깊어져갈 텐데, 하면서 걱정을 하였습니다.

선생님의 가장 최근 시집이 『내 무덤, 푸르고』이지요. 뒷장을 보니 1993년 11월에 출간된 것으로 적혀 있습니다. 약 4년 전의 일입니다. 선생님은 이 시집에서 세월과 나이를 꽤나 의식하고 있었습니다. 그러나 선생님은 여전히 세상과 화해하지 않을 사람처럼, 세상과 화해할 수 없는 사람처럼, 부정의 고삐를 팽팽히 당겼습니다.

저는 청하출판사의 역삼동 집들이 이후, 선생님을 만나보지도, 선생님에 대하여 들어보지도 못했으므로 선생님이 지금 어떻게 살고 있는지 전혀 모릅니다. 그러나 시를 통하여 선생님의 모습을 역으로 상상하면서, 선생님께 하고 싶은 말을 생각해냅니다. 그것은 다름이 아니라 시 이전에 건강한 몸이 있어야 하고, 시 이후에도 건강한 몸이 있어야 한다는 말입니다. 저는 시인들이 시를 쓰는 일로 몸이 상하는 것을 보면 말리고 싶습니다. 세속적인 생각인지 모르지만, 저는 건강한 몸을 위하여 시가 있어야 한다고 생각합니다. 그러므로 선생님께 이런 말을 하고 싶습니다. '아주 조금만'이라도 자기 자신과 그리고 세상과 화해 혹은 타협하는 방법을 배우는 것이 어떻겠느냐고 말입니다.

시집 『내 무덤, 푸르고』가 출간된 이후 몇 군데서 선생님의 시를 보았지만, 그 횟수는 역시 많지 않습니다. 그러나 우리 시사에서 한 사람의 시인으로서뿐만 아니라 여성 시인으로서 분명한 목소리를 창출한 시인 가운데 하나가 선생님이라는 점을 생각할 때, 저는 사실 선생님의 시창작이 보다 지속적으로 이루어짐으로써 소설계의 박경리나 박완서와 같은 큰 시인의 자리를 만들어주었으면 하는 바람을 갖고 있습니다. 저는 특히나 선생님을 비롯한 선생님 연배의 몇몇 여성 시인들을 볼 때마다 이런 소망을 가져보곤 합니다. 그리고 이와 아울러 선생님의 시쓰기가 선생님을 행복한 삶으로 이끌어주는 그런 작업이기를 바랍니다. 저는 선생님이 이런 사실을 자각하기 시작한 것 같아 조금 마음이 놓이기도 합니다. 선생님의 시집 『내 무덤, 푸르고』의 뒷표지를 보니 선생님은 그 공간에 다음과 같이 적어놓고 있었습니다.

> *마음은 오랫동안 病中이었다.*
> *마음은 자리 깔고 누워 일어나지 못했다.*
> *너무도 오랫동안 마음은 病하고만 놀았다.*
>
> *詩 혹은 詩쓰기에 대해 이제까지 나는 아무것도 바라지도 믿지도 않았지만,*
> *이제 비로소 나는 바라고, 믿고 싶다.*
> *시 혹은 시쓰기가 내 마음을 病席에서 일으켜 세워줄 것을.*

선생님의 시집 『내 무덤, 푸르고』 속의 내용은 앞서 말씀드렸듯이 자신이나 세상과 한치도 화해하지 않을 듯 팽팽하게 긴장을 하고 있었지만, 선생님은 앞의 인용문에서 보이듯이 시쓰기가 자신을 병으로 상징된 몸과 마음의 아픔과 불행으로부터 하나의 작은 구원처라도 되었으면 하는 바람을 표명하였습니다. 더도 말고 '아주 조금만'이라도 자신과 세상에게 화해와 타협을 요청하시기 바랍니다. 그것이 힘이 되어 선생님의 창작욕이 더욱 활기있게 뿜어져 나올지도 모르니까요. 어쩌면 '아주 조금만'이라도 자신과 세상에게 화해와 타협을 요청하는 것은, 막힌 숨통을 틔워주는 일이 될 수도 있으니까요. 조금 느슨하게 자신을 이완시키는 것은 어떨까요?

장정일 시인께

저는 언제나 '소설가 장정일'이라고 부르지 않고 '시인 장정일'이라고 부르게 됩니다. 아마도 선생님께서 시인으로 등단하여 활동한 것이 먼저이기 때문일 것입니다. 그러나 저에겐 이것만이 이유가 아닙니다. 그 동안 시 평론을 해온 저에겐, 선생님을 시인으로 붙들어두고 싶은 욕심이 있습니다. 선생님이 「그것은 아무도 모른다」에 이어 「아담이 눈 뜰 때」를 쓰면서 소설가로 활약하기 시작할 때, 저는 내심 그것을 축하하면서도 다른 한편 서운한 감정을 느꼈습니다. 지금의 기억으로는 선생님이 하재봉 시인과 『문학정신』을 통하여 대담하였을 때 말씀하셨던 것으로 여겨지는데, 선생님은 거기서 '내가 이전에 어떻게 시를 썼는지 모르겠다' '앞으로 시를 쓰기가 어려울 것 같다'는 내용의 말을 하였습니다. 이 대담의 글을 보면서 저는 한참 동안 멍해지는 느낌을 받았습니다. 물론 소설을 쓰는 코드와 시를 쓰는 코드가 다르기야 할 터이지만, 그렇다고 해서 이렇듯 까맣게 시쓰는 것을 과거의 일로 돌릴 수가 있는가 하는 마음 때문이었습니다. 그렇지만 저는 산문을 쓰다가 시를 쓰기가 어렵다는 그 말을 충분히 이해해주고 싶었습니다.

그러나 선생님의 시를 학생들과 해석하며 감상할 때마다, 그리고 선생님의 시집 『햄버거에 대한 명상』『길안에서의 택시잡기』『서울에서 보낸 3주일』 등을 읽을 때마다, 저는 선생님의 본업은 아무래도 시쪽에 있지 않나 하는 생각을 주관적으로 해보곤 했습니다. 저는 솔직히 선생님의 소설보다 시를 더 좋아합니다. 선생님의 생각과 문체가 시에서 아주 잘 발휘됩니다. 그러나 여러 가지 장르를 포괄할 수 있다는 것, 한 장르에서 다른 장르로 나아갈 수 있다는 것은 좋은 일이지요. 아니, 좋다 나쁘다 하는 것을 떠나, 한 사람의 세계 그 자체이지요. 그러므로 저는 선생님께서 시를 쓰다가 소설까지 쓰는 것을 있는 그대로 받아들일 뿐입니다.

그런데 왜 이런 서신을 띄우는 것일까 의아해 하실 수도 있습니다. 먼저 이 점과 관련해서 말씀드리자면, 저는 선생님께서 시 쓰는 일을 겸해주셨으면 하는 마음이 강하기 때문입니다. 특히나 요즈음 『내게 거짓말을 해봐』와 관련해서 선생님이 써놓으신 글을 보면서, 저는 더욱더 선생님께서 시를 쓰셨으면 하는 바람을 갖게 되었습니다. 선생님은 그 글에 '아무것도 하지 않으면서 사는 일'에 대한 철학적인 성찰을 가했습니다. 저 역시 아무것도 하지 않는 것이 어쩌면 이 세상에서 가장 죄짓지 않고 사는 일이란 생각을 하곤 합니다. 우리가 무엇을 한다는 것은, 그 순간부터 의도했든 그렇지 않든 간에 죄를 짓는 일이기도 하니까요. 저는 이런 선생님의 철학이 시라는 형식을 입고 나타날 수는 없었을까 하는 생각을 해보았습니다. 시는 소설보다 덜 수다스러워서 묵묵히 견디면서 감추는 속성을 갖고 있으니까요.

모르긴 몰라도 가끔씩 시 쓰는 꿈을 꾸거나, 시를 쓰고 싶다는 생각을 할 것이라 짐작됩니다. 왜냐하면 선생님께 시 쓰기는 문학으로 들어오는 입구와 같은 것이었다고 여겨지니까요. 김영승 시인과 함께 낸 선생님의 마지막 시집 『심판처럼 두려운 사랑』이 1989년도에 출간되었으니, 그로부터 벌써 8년이 지난 셈입니다.

오늘 아침 신문에서 보석으로 나오셨다는 소식을 접했습니다. 그 소식을 보면서도 마음이 아팠습니다. 무엇보다도 건강에 유의하시고, 그 동안 고통 속에서 다듬어낸 내면의 깊은 세계를 우리 시단에 열어 보여주셨으면 하는 바람입니다. 그럼으로써 우리 시단이 고양되는 기쁨을 느낄 수 있을 겁니다.

김영승 시인께

「신성모독자의 행복과 불행」이라는 제목으로 선생님에 대한 시인론을 쓴 지 얼마 지나지 않았습니다. 저는 이 글에서 선생님을 신성모독자라고 지칭하였고, 그것은 선생님께 행복의 원천이면서 동시에 불행의 원천이라는 말을 하였습니다. 저는 우리 시단에서 선생님이야말로 신성모독의 범행(?)을 가장 극단까지 저질러본 사람이라고 생각합니다. 그 결과 선생님 앞에서 권력의 실체로 으시대는 존재는 아무 것도 없게 되었습니다. 선생님은 그것이 어떤 것이든지 간에 거뜬하게 그들이 쓰고 있는 권력의 가면을 벗겨버릴 줄 알고 있습니다. 이렇게 함으로써 선생님은 참으로 가볍게 이 세상을 유영할 수 있었던 것으로 보입니다. 그러나 이 세상에 존재하는 모든 것을 희화화시키면서 살아간다는 것은 얼마나 힘겨운 일입니까? 그것은 이 세상의 모든 것을 다 내 주변으로부터 떠나게 만든다는 것과 마찬가지입니다. 떠나게 만듦으로써 자유롭지만, 그럼으로써 우리는 외롭습니다.

자신은 물론 세상과 야합한다는 것은 무엇입니까? 그것은 어쩌면 이들에게 권력의 신성한 너울을 씌워준다는 의미이기도 할 것입니다. 가능하면 그것을 벗겨버리지 않고 그 앞에 절하는 것, 그렇게 하는 일에 익숙해지는 것이야말로 생을 안전하게 살아가는 방법을 익히는 것이지요. 그런 의미에서 최고의 권력자인 신 앞에서 절을 하고, 그것에 의지하며 살아가는 일이란 상당히 현명한(?) 것이기도 하지요. 그러나 선생님은 세상에 존재하는 모든 것을 부정하였습니다. 그들이 갖고 있는 허상을 과감하게 벗겨버렸습니다. 아무 것도 무서워하지 않았습니다. 그런 가운데 자기 자신도 부정하면서 혼자 남아 있었습니다. 그것은 현실적으로 가난, 외로움, 일상으로부터의 이탈이라는 짐을 가져다 주었습니다. 그렇지만 모든 것을 신성모독자의 패기로 부정해버릴 때, 우리는 진정 자유로울 수 있다는 것을 선생님의 시를 보면서 생각합니다.

얼마 전에 선생님에 대한 시인론을 쓰고도 여기서 서신을 보내는 것은 최근 들어 위축된 선생님의 시창작에 활기가 다시 돋기를 바란다는 마음을 전하고 싶기 때문입니다. 『문학동네』 여름호에서 이문재 시인이 천양희 시인을 찾아가 대담한 내용을 보았더니, 전업시인의 이야기를 하다가 선생님에 대하여 몇 마디 언급한 내용이 있었습니다. 이문재 시인의 말에 따르면 선생님이 인천에서 '가장노릇'에 충실해지는 중이라고, 그런 말이 들려온다고 했습니다. 저는 이 글을 보고 반가웠습니다. 어쩌면 선생님의 시가 새로운 출구를 찾으려면, 신성모독자의 모험을 끝까지 감행한 자리에서 어차피 세상의 모든 것들을 껴안는 방향으로 올 수밖에 없다는 생각을 하고 있기 때문입니다. 철저히 신성모독을 극단까지 감행해본 사람이 껴안은 현실(자신을 포함한 세상의 모든 것들)은 다른 모양을 하게 될 것이라 여겨집니다. 이문재 시인이 표현한 '가장 노릇'이란 스스로를 신성모독의 자리로부터 신성존중의 자리로 옮겨 놓는 일이 아니겠습니까? 그러나 '가장 노릇'을 부정할 줄 알았던 자가 다시 하는 '가장 노릇'은 무식쟁이들이 하는 가장 노릇과는 다를 것입니다.

선생님의 마지막 시집 『아름다운 폐인』이 출간된 것은 1991년의 일입니다. 그 동안 여기저기서 조금씩 선생님의 작품을 만나곤 하였습니다. 그러나 이전에 선생님이 보여줬던 왕성한 창자력과 모험으로 가득찬 도전의식이 생각납니다. 부정과 모독으로 얻은 자유의 끝에서 다시 현실을 껴안으면서 선생님의 시세계가 새롭게 펼쳐지기를 기다립니다.

윤성근 시인께

얼마 전 「자각의 힘, 절망의 힘」이라는 제목으로 선생님의 시 세계에 대한 글을 썼습니다. 저는 선생님을 생각하면 우리 시단에서 세상에 대한 '절망의 언어'와 '저주의 언어'를 가장 격렬하게 지속적으로 쏟아낸 사람이라고 기억됩니다. 선생님은 우리들이 사는 세상을 "소돔城"이라고 규정지어버렸습니다. 선생님의 시집 중에는 『소돔城 1990』이라는 제목을 달고 있는 것도 있습니다. 이처럼 세상을 '소돔城'과 같은 곳으로 규정짓고 그 속에서 밥 먹고 시 쓰며 살아가는 일이란 얼마나 고통스러운 것일까요. 그러니까 선생님은 세상을 절망의 땅 혹은 저주의 땅과 등가인 것으로 전제하고 그 위에서 살아가는 셈입니다. 저는 선생님의 시를 읽어오면서 '절망'과 '저주'라는 말을 화두로 삼고 많은 생각을 했습니다. 그러는 가운데 무엇보다도 절망이란 인간을 피폐하게 만드는 괴물이라는 점을 잊을 수가 없었습니다. 비록 그 절망이 희망을 전제로 삼아 나타난 것이라 하더라도, 절망 앞에서 자신의 몸을 건강하게 유지시킬 수 있는 사람은 드물다는 것을 알고 있기 때문입니다. 선생님은 절망이 죽음에 이르는 병이지만, 동시에 그것이 소중한 병이라는 점을 알고 있습니다. 선생님은 이런 말을 선생님의 시집 『나는 햄릿이다』의 첫 장에서 하고 있습니다. 그러나 그것이 제아무리 소중한 병이라 하더라도, 선생님의 시를 읽으면서 저는 마음이 편하지를 않습니다. 그것은 바로 저렇듯 격렬하게 쉬지도 않고 절망과 저주의 언어를 뿜어내는 것을 볼 때, 마음의 평정과 평화를 유지하기 어려운 것은 물론 몸 또한 어떤 방식으로든지 아플 것이라 짐작되기 때문입니다.

저는 언젠가부터 선생님의 시 쓰기가 조금 뜸해지는 것을 보면서, ‘저 양반이 자신의 몸과 마음이 상하는지도 모르고 저렇게 미련하게(?) 절망과 저주의 언어를 쏟아내더니 지쳤는가보다’라는 생각을 혼자 하기도 했습니다. 이것은 순전히 저의 주관적인 추측이자 짐작이며 상상에 불과합니다. 물론 저는 선생님의 열정과 그 미련함(?)을 사랑합니다. 그것이 바로 선생님 시의 원동력이기도 하고요. 그럼에도 불구하고 이런 서신을 드리는 까닭은, 몸과 마음이 상하는 줄도 모르고 세상 앞에서 절망하고 그것을 향해 저주를 퍼붓는 모습이 안타깝게 여겨졌기 때문입니다. 조금 과장된 표현일지 모르겠으나 선생님의 그 엄청난 절망과 저주의 언어를 보면서 저는 소돔성의 순교자와 같다는 생각도 해보았습니다. 순교자는 아름답습니다. 그러나 순교자는 미련합니다. 완벽하게 절망하면 시도 쓸 수가 없습니다. 그냥 눈을 반쯤 감고, 세상과 조금 거리를 유지하면서, 다시금 세상과 만날 수 있는 힘을 기르는 것은 어떨까요. 어떤 방식으로든지 간에 세상과 다시 만날 수 있는 힘을 길렀을 때, 선생님의 시창작이 다시금 활발해질 것이라 생각됩니다. 선생님이 첫 시집 『우리 사는 세상』에서부터 1992년도에 출간한 마지막 시집 『나는 햄릿이다』에 이르기까지 보여준 시들은 이를테면 ‘청춘의 시’라고 할 수 있습니다. 그 이후의 시를 기다리고 있습니다.

시장을 넘어, 감시와 처벌의 시스템을 넘어

한국사 속에서는 말할 것도 없고 인류사 속에서 보더라도, 20세기는 지금으로부터 약 350만년 전 인류가 이 땅에 탄생한 이래 일어난 모든 변화와 발전의 총량보다 더 많은 변화와 발전이 일어난 기간이다. 나 자신이 이런 기간에 탄생하여 살아간다는 것이 경이롭기도 하고 어지럽기도 하다.

그러나 앞으로 다가올 21세기를 떠올리면, 21세기가 다 지나가고 있는 끝 무렵에 서서 누군가 또다시, 우리가 살아온 21세기는 이전까지 인간들이 인류사 속에서 수백만 년간 만들어놓은 그 모든 것의 총량을 뛰어넘고도 충분할 만큼 초대형 급의 변화와 발전이 일어난 세기라고 말할 것 같은 예감이 든다. 아마도 그러하리라. 1999년 3월 현재, 이 땅에서 내가 겪고 있는 이 엄청난 변화상을 볼 때, 나는 미래의 100년을 상상하며 이런 생각을 하지 않을 수가 없다.

나는 이 글을 통하여 지금 엄청난 변화상을 겪고 있는 우리 사회가 인간을 대하는 방식 혹은 인간을 이끌어 나아가는 방향에 대하여 점검해보고자 한다. 그 까닭은 1990년대부터 서서히 달아오르기 시작하다가, IMF 구제금융을 받으면서 보다 강력해지고 있는 이 땅의 소위 신자유주의 시장경제 체제에 맞는 인간형 만들기에 문제가 있다고 판단하였기 때문이다.

거칠게 말하자면, 현재 우리 사회에서 인간들은 도구적 존재 이상이 되기를 기대받지 않는다. 우리 사회는 한마디로 말해 인간들로 하여금 충실한 도구적 존재이기를 요구할 뿐이다. 그렇다면 도구적 존재란 무엇을 의미하는가? 말 그대로를 풀어본다면 인간을 망치, 곡괭이, 컴퓨터와 같은 존재로 취급한다는 것이다. 나의 이 말을 듣고 그게 무슨 뜻인가 하고 놀라면서 다시 궁금증을 가지는 사람이 있을지도 모르겠다. 보다 쉽게 말한다면, 우리 사회는 지금 인간들로 하여금 너나할 것 없이 세일즈맨의 정신을 갖고 상품을 생산하거나 판매하는 데 앞장서기를 요구한다는 것이다. 여기에는 예외가 없다. 대통령에서 어린이에 이르기까지, 대학총장에서 학생들에 이르기까지 이 정신으로 무장하기를 요구한다. 따라서 이제 전국의 모든 곳이 시장의 논리로 충만해 있다. 그 속에서 우리들은 상품을 생산하거나 판매해서 돈을 벌어들이는 도구적 존재가 되어야 성공(?)할 수 있고 성공한 사람이나 쓸모 있는 사람으로 대우받을 수 있다.

나는 상인정신, 상인논리, 생산성과 판매성, 소득의 증가와 도구성 등의 장점과 그것이 인류사의 발전에 기여한 바를 충분히 인정한다. 이런 정신과 논리 그리고 성격이 없었다면 인류사는 아직도 엄청난 미몽과 불합리 그리고 부자유에서 벗어나지 못했을 것이기 때문이다. 그럼에도 불구하고 나는 요즘의 우리 사회가 인간을 이러한 방향 일색으로 대접하고 그러한 방향으로만 이끌어나아가는 것에 대하여 만족스럽다는 말을 결코 할 수가 없다.

나는 인간의 자기실현에서 최고 단계는 자율과 자유 그리고 신바람에 근거한 단계라고 생각한다. 이것을 가리켜 '절대적 자율, 절대적 자유, 절대적 신바람'의 단계라고 바꾸어 말하면 괜찮을까? 이해를 돕기 위하여 조금 더 부연 설명하자면, 한 인간이 이 땅에서 일을 하며 살아가는 데 있어서 그의 행복지수가 최대치에 이르는 단계는 방금 앞서 말한 것과 같은 자율, 자유, 신바람의 단계에서 일을 할 때라고 보는 것이다. 본인 스스로의 숭고한 뜻에 의하여, 본인 스스로의 솟구치는 열정에 의하여, 본인 스스로의 자기 약속에 의하여 일이 이루어질 때, 그 일은 무엇보다도 일차적으로 한 개인에게 행복, 열락, 자부심 등과 같은 높은 단계의 만족감을 가져다 주고, 그런 인간들이 모여 살아갈 때 사회 전체의 행복지수도 높아진다.

나는 국문학자로서도, 문학평론가로서도, 대학교수로서도 크게 유능하지 못하다. 그러나 적어도 내가 이 길로 처음 들어섰던 당시부터 나는 자율, 자유, 신바람과 같은 단계에서 공부하고자 하는 마음을 내 몸의 한가운데 자리하게 했고, 그 누구의 눈치도 보지 않은 채, 그야말로 소신껏 그러나 조용히 이 일을 해보고자 했다. 다행히도 나 자신의 지난날을 돌이켜볼 때 아주 만족스럽지는 않지만 그래도 흔들림 없이 이런 시간을 꽤 오래 유지해 왔다는 생각이 든다. 나는 그 가운데서 비록 내가 공부하는 국문학이 사회적 실용성을 크게 갖지 못한다는 것을 알고 그 점에 대해 안타까움을 느낄 때도 있었고, 국립대학 교수의 월급이 형편없다는 사실을 확인하며 좀 너무하다 싶을 때도 있었지만, 내가 연구하고 비평하고 강의하는 데 있어서만은 자율과 자유 속에서 신바람을 느끼며 그야말로 순수하게 일을 했던 것 같다. 부끄러운 말이지만 나는 나의 이런 삶 속에서 은근히 자부심과 보람을 느낄 때도 있었다. 누구의 눈치도 보지 않고, 그 어떤 타율성도 개재되지 않은 상태에서 나름대로 정한 목표를 향하여 자신과의 싸움을 하는 것이 나는 참으로 좋았고 또 기뻤다.

그러나 얼마 전부터 대학가는 전혀 다른 모습을 띠기 시작하였다. 학생들이 교수의 강의를 평가하고, 업적에 따라 성과급을 지급하고, 부가가치가 없는 학과는 폐과하거나 통폐합하고, 평가에 따라 연봉제를 도입하고, 언제든 재임용에서 탈락될 수 있으며, 평생을 재계약제로 고용한다는 말들이 오고갔다.

거기에다 신지식인의 개념이 확산되면서 일반인들은 물론 '쓸모 없는 지식'을 창출하는 지식인, 학자들에게는, 방법지(方法知)를 개발하여야만 새시대 신지식인의 반열에 끼일 수 있으며, 이 방법지를 개발하지 못하는 지식인과 학자들이란 시대에 뒤떨어진 존재이고 부가가치 창출에 하등 도움이 되지 않는다는 식의 말이 떠돌고 있다. 고상하게 말하면 방법지이나, 이 말은 실제로 시장에 내놓을 만한 상품을 만드는 데 전력을 기울이라는 뜻이고, 그것이 이 시대의 진리이자 제1가치라는 뜻이다. 나는 방법지의 중요성을 인정한다. 인간의 역사 중 상당부분이 도구의 역사라고 할 때 방법지는 아주 중요한 기능을 해 왔기 때문이다. 그러나 나는 이 세상에 방법지 이상의 세계가 있으며 방법지의 도구적 성격이 인간을 도구화할 뿐만 아니라 인간을 반신불수로 만든다는 것을 지적하지 않을 수 없다. 그리고 방법지를 창출해야만 신지식인이 된다는 말에도 수긍하기 어렵다. 그래서 나는 보다 못해 '의미지(意味知)'라는 말을 혼자 만들어 홍보하면서 모든 방법지는 '그래서 그것이 진정 우리들의 삶 속에서 무슨 의미를 갖느냐' 혹은 '그래서 그것이 이 우주사 속에서 무슨 의미를 갖느냐'를 묻는 의미지의 단계를 거쳐야 한다고 주장하기도 하였다. 어떤 일이든 인간적, 우주적 의미를 묻지 않고서는 인간의 정신적 욕구를 만족시킬 수 없기 때문이다.

앞에서 말했듯이 나는 인간을 대하는 방식 중 최고의 방식은 인간들로 하여금 자신들이 하는 일을 자율, 자유 그리고 신바람 속에서 하도록 이끄는 것이라고 본다. 그때야 비로써 인간들은 자기 자신이 인간으로 대접받는다는 것을 자각하고 그에 맞는 인간으로서의 위엄을 지키려고 하거나 그 위엄을 느끼는 데서 행복감(자부심)을 갖게 될 것이고, 더 나아가 너그럽고 깊은 존재가 될 수 있을 것이기 때문이다.

나의 이런 말을 듣고 누군가 반문을 할지 모른다. 인간이라는 종자가 얼마나 게으르고 타산적이고 믿기 어려운 존재인데, 당신처럼 자율, 자유, 신바람 등을 느끼며 일하기를 기대하고 그렇게 대접하는 것은 이상주의자의 헛된 꿈이거나 잘못된 인간관의 결과라고 말이다. 일면 맞는 말이다. 인간들이란 게으르고 타산적이고 믿기 어려운 존재이다. 그러나 다른 한편 틀리는 말이다. 인간이란 아주 모순되고 다채로운 존재라서, 한편으로는 앞에서 말한 것과 같은 속성을 갖고 있으면서, 다른 한편으로는 스스로가 자율적인 존재, 자유로운 존재, 신바람을 느끼는 존재로 살고 싶어하는 소망이 있으며, 또 그런 소망을 갖는 것만큼 부지런하고 가치 지향적이며 서로 신뢰하고자 하는 속성도 갖고 있다. 나는 인간이 가진 여러 속성 중 이 고차원의 인간본성을 한껏 실현시키는 일이 필요하고, 적어도 인간을 대하고 이끌어가려는 방향설정은 인간의 이러한 측면을 잊지 않고 존중하며 실현시키려는 측면에서 이루어져야 한다고 본다. 한 사회가, 조금은 무모하고 비현실적인 듯하나, 인간사에서 고차원의 인간상이 실현되는 단계를 포기해버린다면 그 사회에는 희망이 없다.

물론 인간이란 아주 복잡한 존재라서, 인간에 대한 믿음을 바탕으로 자율, 자유, 신바람과 같은 단계에서 인간들이 자기실현을 하도록 하는 것이 현실적으로 어려움을 갖는다고 판단했을 때, 한 사회는 감시와 처벌에 근거한 치밀한 시스템을 가지고 그들을 통제하고 단속할 수 있다. 주지하다시피 우리가 사는 현 사회는 작은 규범에서부터 큰 법에 이르기까지 셀 수 없이 많은 시스템을 동원하여 인간들을 통제하고 단속한다. 그런데 이런 시스템은 필요악과 같은 성격을 갖고 있는 것이기 때문에, 가능하면 그 정도가 적을수록 좋다. 시스템이 촘촘하고 잘 운영되면 사회는 아주 질서 있고 편안한 공간이 될 수 있다. 이것은 감시와 처벌에 토대를 둔 시스템의 긍정적 효과이다. 그러나 그 속에서 인간들은 자율적이기보다 타율적이고, 자유롭기보다 적응할 뿐이며, 신바람을 느끼기보다 조용한 인간이 되고 만다. 그래서 감시와 처벌의 시스템 정도를 결정하는 일은 아주 어렵다.

나는 감시와 처벌의 촘촘한 시스템에 의하여 인간사회를 움직이는 것에 일면 진실이 있고, 어쩌면 우리 사회 같은 경우 그런 시스템이 좀더 정교하게 발달되어야 한다고 생각할 때도 있다. 그런데 문제는 인간을 감시와 처벌, 통제와 단속이라는 시스템에만 예속시킬 때, 그 그물 속의 인간들은 도구적 존재가 되고 그 그물망에 사로잡혀 마침내 인간 본연의 생기를 상실하기 쉽다는 것이다. 시스템은 편리성을 위한 것이다. 편리성은 수단이다. 물론 앞서 말했듯이 이러한 편리함 속에서 편리한 사회가 만들어지고 그것은 인간의 통제하기 어려운 파괴성과 혼돈에의 욕구를 통제하는 데 유익하다.

이러한 감시와 처벌, 통제와 단속의 시스템이 요즘에는 인간들의 직업 문제와 큰 연관을 갖고 있다. 이른바 평가 시스템에 의하여 언제고 너의 급여를 통제할 수 있으며, 심지어는 너의 일자리까지도 하루아침에 빼앗을 수 있다는 논리가 확산돼 있다. 인간에게 가장 무서운 권력은 물리적 폭력과 밥(돈 혹은 직업)이다. 최근에는 물리적 폭력의 권력적 기능이 점차 약화되는 대신, 물리적 폭력까지도 살 수 있는 돈이 더 큰 권력적 실체로 급부상해 있다. 자급자족 패턴이 무너진 이 현대도시사회에서 급여의 통제와 일자리에서의 퇴출은 가장 큰 두려움의 원천이다. 정당한 평가, 합리적인 평가, 모두가 수긍할 수 있는 평가방식이 이 땅에 도입되고, 또 지금까지 그러한 평가방식에 사람들이 익숙해져 있다면 이로 인한 사람들의 충격은 조금 덜할지 모르겠으나, 아직도 정당하고 합리적이며 전적으로 수긍할 만한 평가방식이 부재하고 그런 평가행위에 익숙하지 못한 사회구성원들은 한마디로 감시와 처벌의 구조 속에서 좌불안석인 것 같다.

어설픈 평가시스템에 의하여 사람들의 일이 감시와 처벌, 통제와 단속의 상황 하에 들어갈 때, 한 인간의 행복지수는 말할 수 없이 낮아질 것이다. 그는 자율, 자유, 신바람 등과 같은 소중한 세계를 잃어버리는 것이다. 예를 들어 학자나 교수의 경우, 논문을 한 편 쓰고, 저서를 한 권 낸다 하더라도, 정확한 평가를 받을 만한 시스템이 없는 상태에서 그 감시와 처벌의 체계 속에 들어간다면 제아무리 그 감시와 처벌의 흔적을 지우며 자율적이고 신바람 나는 연구를 해 나아가려 애써도 마음 한 켠은 편하지 않은 게 사실이다.

나는 다시 말한다. 인간이란 원래 그렇게 잘 만들어진 존재가 아니기 때문에 감시와 처벌 그리고 통제와 단속은 때에 따라 필요하다고 말이다. 그러나 이런 감시와 처벌 그리고 통제와 단속이 삶의 전 부분을 지배할 때 사람들은 겁 많은 노예가 되거나 순종 잘 하는 머슴의 정신을 갖게 될 것이라고 말이다. 나는 한 국가나 사회 속에서 살아가는 사람들이 누군가의 눈치를 끊임없이 보면서 겁많은 노예나 순종 잘하는 머슴처럼 되는 상황을 상상하기가 싫다. 그러나 당신의 급여가 언제 어떻게 가감될지 모르며, 당신의 일자리가 언제 어떻게 없어질지 모른다는 식의 두려움이 증폭될 때, 그리하여 밥줄이 밧줄이 되어 그들의 자율적이고 자유로운 영혼을 저버리게 되었을 때, 나는 한 인간의 행복은 물론 한 사회의 행복지수가 어떻게 쇠락할 것인지, 그 점을 생각하면 아찔하다. 그러므로 감시와 처벌의 시스템도 때에 따라 필요하지만 후원과 격려 그리고 배려의 마음이 언제나 선행되어야 한다.

학교에서 학생들을 평가하는 데는 절대평가 방식과 상대평가 방식이 있다. 어디 학교에서뿐이겠는가. 인간사 속에는 어디나 이 두 가지 평가방식이 있게 마련이다. 두 가지 다 시스템의 한 양식이지만 절대평가는 상대평가에 비하여 인간에 대한 신뢰와 공동체 정신을 존중하는 평가방식이다. 이에 비하여 상대평가는 인간과 인간을 개체화시키면서 상호간의 경쟁을 유발시키는 평가방식이다. 나는 개인적으로 절대평가를 더 고상한(?) 평가방식이라고 생각한다. 그러나 평가자를 신뢰하지 못한다거나, 경쟁에 의하여 누군가를 명료하게(?) 도태시켜야 할 때, 아주 기능적인 것은 상대평가의 방식이다.

내가 앞에서 상대평가의 방식보다 절대평가의 방식을 높이 평가한다고 말한 까닭은 기본적으로 이 제도 하에서 사람들은 다같이 잘해보자는 운명공동체로서의 정신과 내가 한 만큼 타인과 비교적 무관하게 나의 실력을 발휘할 수 있다는 희망을 갖게 되기 때문이다. 나는 학교에서 내규 때문에 어쩔 수 없이 상대평가 방식으로 학생들의 성적을 평가할 때 마음이 불편하다. 그에 비하여 절대평가 방식으로 그들의 성적을 평가하면 한결 마음이 편해진다.

학교라는 사회는 원래 감시와 처벌, 통제와 단속의 기능이 강한 곳이라서 늘상 절대평가든 상대평가든 어떤 평가가 따라 다닌다. 그래서 학생들은 자유와 자율 그리고 신바람을 경험하기보다 누군가에 의하여 억압받고 있다는 느낌을 지울 수 없다. 나는 학교사회가 아직 미숙한 아이들을 모아놓고 그야말로 '교육(敎育)'하는 곳이기 때문에 이런 평가를 없앤다는 것은 어렵다고 본다. 그리고 이런 평가의 효용성도 인정한다. 그럼에도 불구하고 나는 학교에서 진정 그들이 공부를 왜 해야 하며, 그들이 무슨 공부를 할 것인가를 자각하게 하고 그들의 공부가 될 수 있는 한 자율, 자유 그리고 신바람을 느끼는 가운데 이루어지도록 이끌 방법이 없는가 심각하게 고민하고 있다. 많은 학생들이 공부만 생각하면 '지겹다'는 말이 먼저 떠오르는 까닭은 그 공부가 자율과 자유 그리고 신바람의 기쁨과 보람을 잃어버리고 단지 평가를 통한 감시와 처벌 그리고 통제와 단속의 구도 속에만 갇혀 있기 때문이라고 본다.

한 사회가 인간을 대하고 이끄는 방식에도 절대평가와 같은 방식과 상대평가와 같은 방식이 있을 것이다. 둘 다 평가라는 시스템을 동원하는 것이기 때문에 앞서 내가 말한 바 자율과 자유 그리고 신바람을 온전히 존중해줄 수는 없지만, 그래도 이 두 가지 평가 방식 중 어디에 중점을 둘 것이냐 하는 것에 따라 그 속에서 살아가는 인간들의 삶과 정신은 달라지게 마련이다.

시장이 발달하기 전까지만 해도 절대평가와 같은 방식이 존중될 수 있었다. 모두가 열심히 농사를 짓는다면, 모두가 풍년을 함께 맞이할 수 있는 가능성이 있었으니까 말이다. 그러나 시장이 발달한 지금, 아니 전세계 곳곳이 모두 시장의 논리로 움직이는 지금, '일류만이 살아남는다' 혹은 '일등만이 살아남는다'는 어느 광고(홍보) 문안처럼, 절대평가가 들어설 자리는 아주 좁아졌다. 그리하여 세계는, '나에게 타인은 모두 지옥과 같은 존재'라는 식의, 상대를 의식하며 '무한경쟁'을 하는 구도 속으로 들어가 버리고 말았다. 여기서 한 인간이라는 존재는 주변에 수많은 '지옥'들을 바라보며 '무한경쟁'에서 '일등'을 하려고 내달리지 않으면 안 된다. 그러나 문제는 어느 날 이렇게 해서 일등을 하였다 하더라도, 순식간에 그 순서가 뒤바뀔 위험성이 언제나 잠복해 있기 때문에 일등을 한 사람은 결코 행복하기만 하지 않다는 것이다. 이 말은 누구도 일등일 수 없는 상황에서 끝없이 일등이 되기를 추구해야 한다는 것이다. 어떤 사람은 윈윈 게임을 말하지만 실제로 이런 게임을 하기란 결코 쉽지 않다.

우리가 살고 있는 1999년도의 이 땅에는 방금 위에서 말한 바 상대평가와 같은 평가방식이 진리의 이름으로 우리 속을 파고들고 있다. 아무리 열심히 해도 함께 100점을 맞을 수 없는 사회, 오늘 100점을 맞고 일등을 해도 내일 또다시 밀려날지 모른다고 불안해하는 불확실성의 사회, 타인은 동료라기보다 지옥과 같은 존재로서 그 존재와 경쟁자로 밥그릇 싸움을 벌여야 하는 사회, 어떤 이념이나 명분이 아니라 직접적인 밥그릇을 앞에 놓고 경쟁을 벌이도록 이끌어져가는 사회, 밥그릇 앞에서의 싸움이기 때문에 그 어느 때보다도 보이고 싶지 않은 밑바닥의 욕망을 적나라하게 드러내보여야 하는 사회, 그런 사회가 바로 우리들의 삶 속으로 들어왔고, 그것은 위에서 말했듯이 진리의 얼굴을 하고 있다.

이런 가운데서 인간들은 두려움, 불안감, 긴장감, 초조감, 적대감, 박탈감,

분노심 등에 휩싸이기 쉽다. 제아무리 인격수련을 하려고 해도 이런 감정들이 침입해 들어오는 것을 온전히 막아내기가 쉽지 않다. 인간사 속의 어느 때라고 이런 감성들로부터 벗어나 살 수 있었겠는가마는, 그 정도에 있어서 지금은 역사상 최고조에 달해 있는 것 같다.

나는 특히나 이렇게 변모해 가는 사회 속에서, 문학을 포함한 모든 문화까지도 문화산업 내지는 문화상품으로서의 기능을 해야 하고, 문화인들 역시 그런 마인드(정신)로 무장해야 한다는 공공연한 주문들을 볼 때마다, 이 시대에서는 도구를 만들거나 본인 자신이 도구가 되어야만 살 수 있다는 생각 속에서 매우 우울하다. 그리고 비록 도구나 도구성의 긍정적인 측면을 부분적으로 인정한다 하더라도, 네가 전적으로 도구를 만들거나 도구가 되는 것을 인정할 수 없다는 내 몸 속의 강한 목소리를 들을 때면, 인간이란 아무리 생각해도 비극적 존재에 불과하구나 하는, 좀 비약적인 생각에 사로잡히기도 한다. 문화산업 내지는 문화시장 속에서 나는 무슨 상품을 만들어 내고 또 팔 수 있을까? 아직 답이 잘 나오지 않는다. 또한 학교에서 교수인 나를 공급자라 칭하고, 내가 가르치는 학생들을 수요자라 칭하며, 이 학교라는 시장에서 교수는 서비스업에 종사하는 영업사원으로서 그들을 생산성이 높은 인간으로 만들라는 주문을 암암리에 받을 때 나는 곤혹스러워서 몸둘 바를 모르겠다. 학교에도 부분적으로 시장의 논리가 끼어들 수밖에 없다는 것은 인정할 수 있으나, 학교상황 전체를 시장의 구도로 몰아가는 데는 엄청난 해악이 따른다는 사실을 무시해서는 안 된다고 생각하기 때문이다.

바야흐로 시장의 논리에 적응하지 못하거나 그 논리 속에서 부가가치를 창출할 수 없는 사람은 발붙일 곳이 점점 없어져 가는 시대이다. 아주 적나라한 사회가 되었다. 시장 속에서 시장인이 되어 시장의 정신을 가지고 밥(돈)을 버는 데 경쟁해야 하고, 그 경쟁의 결과 밥이 많은 나라가 가장 힘있는 나라로 떠받들려지는 시대가 되었다. 한마디로 말해서 시장의 신이 도시의 한복판에서 숭배되는 시대이다. 시장의 신은 항상 '생산성'과 '이익'을 가져오는 자에게 천국의 문을 열어준다. 시민이 주인이 되어야 한다는 정치구호보다는 시장(돈)이 주인이 되어야 한다는 경제구호가 각광을 받는 시대이다. 이런 시대적 대전환을 누가 쉽게 막을 수 있겠는가?

　나는 돈을 나쁘게 생각하지 않는다. 돈이 많은 것은 좋은 일이다. 그러나 돈이 없는 것이 패자의 상징은 아니다. 나는 경쟁의 효용성도 인정한다. 그러나 상대평가와 같은 경쟁체제에서 진 사람들이 역시 패자나 죄인의 상징은 아니다. 나는 도구성의 효과와 중요성을 인정한다. 그러나 도구성만이 인간사의 전부는 결코 아니며 도구성이 인간사의 핵심은 더구나 아니다.

　인류사를 들여다보면 무수한 양태의 사회가 있다. 그런데 그 중에서 최근 우리 사회가 맞이하고 있는 양태는 그 어느 때보다도 적나라하고 본능적인 방법으로 인간을 대하고 이끌어간다. 다시 말하자면 최근 우리 사회는 밥(돈)이라는 가장 적나라한 인간의 목표물을 앞에 놓고, 무한 경쟁이라는 가장 공격적인 인간의 본능을 동원하면서, 개인이라는 가장 이기적인 개체를 하나의 단위로 삼아, 전투에 나서고 있는 형국이다. 이것은 세계사적 관계 속에서 혹은 인류사 속에서 닥쳐온 하나의 필연적 결과물일 수도 있다. 그럼에도 불구하고 이렇게 마음이 편하지 않은 것은 무슨 연유일까?

　나는 최근 우리 사회에 닥쳐온 이런 양상을 보면서 아주 불쾌하고 위험스럽다는 마음을 가지면서도 다른 한편 문득 저 19세기 구미 여러 나라의 식민지가 된 많은 나라들을, 그런가 하면 일본의 식민지가 된 우리의 역사를 떠올리곤 한다. 인류사는 악화가 양화를 구축해온 역사인지도 모른다는 말처럼, 자신들끼리 인간적으로 잘 살고 있는 수많은 나라들(아프리카, 동남아시아, 아메리카 등의, 식민지가 된 국가들)에, 먼저 힘을 키운 제국들이 총칼을 들이대며 들어갔듯이, 우리가 우리끼리 잘 살고 있는 동안, 또다른 그들이 시장의 제국이 되어 보이지 않는 총칼을 들이대며 점령해올지 모르기 때문이다.

　이런 위급한 상황 앞에서 우리는 조급해진다. 그래서 '일등만이 살아남을 수 있다'는 논리를 가지고 사람들을 상대평가의 장으로 이끌어낼 수밖에 없는지도 모른다. 그러나 나는 이쯤에서 할 말이 있다. 한 사회가 그 구성원들에게 제공해주어야 할 것이 '살아남는다'는 생존의 차원만이 아니라 '잘 살아간다'는 행복의 차원이기도 하다면, 살아남기 위한 모든 전략 뒤에는 잘 살아감으로써 느끼게끔 할 행복의 문제를 항상 염두에 두어야 한다고 말이다. 나는 한 인간의 생산성도 단기적으로 보면 상대평가적인 무한경쟁의 적나라한 시장 논리에 의하여 올라갈 수 있을지 모르나, 실은 한 인간이 그가 하고 있는 일에서 자신은 물론 공동체의 안녕과 행복을 생각하는 가운데 자신의 일이 자율과 자유 그리고 신바람을 불러일으키는 보람과 기쁨, 그리고 의미로 가득 찬 세계라고 자부할 수 있을 때에 증가한다고 믿는다.

인간은 기계적인 존재만도 아니고 동물적인 존재만도 아니다. 인간은 기계적인 속성도, 동물적인 속성도 갖고 있지만, 자존심과 자부심 그리고 인간으로서의 위엄을 지키려는 고상한 속성도 갖고 있다. 그런데 이 모든 것들 가운데 뒷부분의 높은 인간적 소망이 만족되지 않는 한, 인간들의 생산성은 물론 인간들의 행복지수는 낮은 곳에서 맴돌 수밖에 없을 것이다. 그리고 한 사회의 힘은 생산성의 증가와 이익의 창출에만 있지 않고, 진정 그 구성원들이 자신들의 일에서 얼마만한 자존심과 자부심 그리고 보람과 행복감을 느끼느냐에 달려있기도 하다면, 생산성과 이익 만능주의의 한계는 자명하다.

나는 방금 행복지수라는 말을 썼다. 이 행복지수란 말은 자신들의 생과 그 속에서 그들이 하는 일이 자율적이고 자유롭고 신바람으로 가득 찬 것일 때 비로소 높이 올라갈 수 있는 것임은 두말할 나위도 없다. 이런 행복지수는 생산지수와 얼마간의 관계는 있겠으나 반드시 함수관계가 있다고 볼 수 없다. 좋은 예가 될 지 알 수 없으나 얼마 전 어느 영국인 교수가 세계 54개 국가의 행복지수 순위를 조사하여 발표한 것을 보면, 그 목록에서 제1위를 차지한 것은 방글라데시였고, 세계 최강의 경제 대국인 미국은 기껏해야 43위였으며 일본은 44위였고, 우리나라는 그래도 미국이나 일본보다 나은 23위를 차지하였다. 이것은 무엇을 시사하는가.

인간이란 본래 아주 사악한 부분부터 아주 선량한 부분에 이르기까지, 아주 저질스러운 부분부터 아주 고상한 부분에 이르기까지, 아주 혼란스럽고 제멋대로인 부분부터 아주 질서있고 품위있는 부분까지, 그야말로 전 영역의 속성을 다 갖추고 있는 존재이다. 인류의 조상이 저 박테리아에서부터 원숭이에 이르기까지 다 해당되고, 인간을 구성하는 요소가 불어오는 바람부터 흐르는 물에 이르기까지 전 우주 속의 모든 것들이니, 인간이 이처럼 복잡한 존재라는 점은 어찌보면 아주 자연스럽고 필연적인 것 같다.

그러므로 이런 인간들을 대하고 이끄는 방식도 아주 다양할 뿐만 아니라 그 수준도 천차만별일 수밖에 없다고 생각한다. 그러나 나는 이 글을 마치며 꼭 하고 싶은 말이 있다. 그것은 다른 어느 때보다도 지금 우리 사회는 인간들을 대하고 이끄는 방식이 본능적이고 동물적인 차원으로 내려와 있거니와, 진정 우리 사회가 행복한 인간이 사는 행복한 사회가 되기를 지향한다면, 어떤 인간을 대하거나 이끌어 나아가든, 그 중심에는 인간의 가장 고상하고 선량하고 품위있는 속성이 올바로 실현되어 진정 구성원들이 행복의 시간을 맞이할 수 있도록 그들을 배려해주려는 노력이 필요하다는 것이다. 물론 인간이 가진 다양한 속성 중 어느 곳에 초점을 맞추고 인간을 대하며 이끌어 나아갈 것인가 하는 문제가 결코 쉬운 것은 아니다. 그러나 인간을 대하거나 이끌어가는 방향을 잡는 데서 기본적으로 이런 점을 잊지 않고, 행복지수가 높은 인간사회를 이룩하려면 인간의 정점에 속하는 양질의 속성을 끊임없이 살려내야 하기 때문이다.

지금 우리 사회의 많은 사람들은 시장이라는 냉정한 세상으로 내몰렸거나 내몰려가고 있다. 우리가 시장을 얼마만큼 믿을 수 있을 것인가 하는 점은 차차 검증되리라 본다. 그러나 지금은 이것이 대세가 되어 있고 그 누구도 이 대세로부터 초연할 수 없는 사정이다. 나는 이것이 현실임을 충분히 인정하면서도 그 현실 너머의 세계와 그 현실에 동반되어야 할 세계가 있음을 말하고 싶은 것이다.

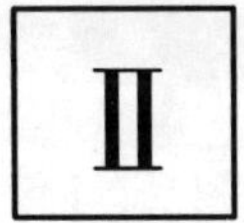

이상의 문학에 나타난 '사물화'경향

1. 서 언

지금까지 이상과 이상의 문학에 대한 글들은 여러 가지 측면에서 참으로 많이 발표되었다. 그러므로 현 시점에서 이상과 이상의 문학에 대하여 한 편의 글을 더 쓴다는 것은 매우 무모한 일처럼 보일 것이 분명하다. 말하자면 글을 쓰기 이전에 누구나, 이상과 이상의 문학에 대하여 무슨 새로운 말을 더할 수 있겠느냐는 생각을 먼저 하지 않을 수 없을 만큼, 많은 글들이 발표되었던 것이다. 참고로 밝히자면 필자 자신도 이상의 문학에 대하여 이미 세 편의 글을 발표한 적이 있다.[1]

그럼에도 불구하고 이 글을 쓰게 된 까닭은, 어떤 기회가 있어 이상의 문학작품(시, 소설, 수필 등)을 다시금 찬찬히 읽어 나아가던 도중에, 그의 작품세계 속에 흐르고 있는 하나의 중요한 경향을 찾아내게 되었고, 그것이야 말로 이상이 이른 나이에 죽음을 맞이하게 된 근본적인 원인임에도 불구하고 아직 언급되지 않았다는 사실을 발견하게 되었기 때문이다.

---

1) 정효구, 「소월과 이상 시의 구조 연구」, 서울대 대학원 석사학위 논문(1983. 2); 「비밀과 암호의 공간」, 『한국문학』 143호 (1985. 9); 「이상과 윤동주 시의 거울 이미지 고찰」, 『국어국문학』 92호(1984. 12).

널리 알려진 바와 같이, 이상은 1910년에 세상에 태어나 1937년에 세상을 떠났다. 따라서 그가 이 땅에 생존한 기간은 약 27년이 되는 셈이다. 구체적으로 그는 1937년 4월 17일, 일본의 동경제대 부속병원에서 사망함으로써 이 세상과 작별하였다. 그런데 중요한 것은 그가 이와 같이 젊은 나이에 이국 땅에서 세상을 떠났다는 그 사실과 더불어 그의 작품(시, 소설, 수필 등) 속에는 이를테면 '사물화' 경향이라고 부를 만한 어떤 정신적 경향이 강하게 지속적으로 흐르고 있다는 사실이다. 필자가 앞 단락에서 언급한 바, 이상의 작품 전체 속에 흐르고 있는 하나의 중요한 경향이란 바로 이 '사물화' 경향을 가리키는 것이다. 그렇다면 여기서 말하는 '사물화' 경향이란 좀더 정확하게 어떤 의미를 갖고 있는 것인가. 필자는 유기물을 무기물로, 생물을 무생물로, 존재를 물건으로, 생성을 파괴 혹은 해체로, 생명을 죽음으로, 관계를 단절로 느끼거나, 해석하거나, 이끌어 나아가려는 정신적 경향을 '사물화' 경향이라고 말하고자 한다. 이상의 문학작품 속에서 이와 같은 '사물화 경향'은 상당히 중요한 정신적 흐름이자 정신의 방향을 형성하고 있으며, 이 것은 곧바로 그의 때이른 죽음은 물론 그가 이 땅에 살아 있는 동안에도 '죽음의 상상력'이나 '죽음의 본능'에 지배를 받게 된 점과 관련을 맺는다고 할 수 있다.[2]

한 인간이 어떤 정신적 경향을 갖고 사느냐 하는 점은 매우 중요하다. 극단적으로 말하자면, 한 인간의 정신작용에 따라 세계는 생명의 향연장이 될 수도 있고, 허무로 가득한 죽음의 사막과 같은 곳이 될 수도 있기 때문이다. 어느 것이 세계의 진실인지 우리는 분명하게 알 수 없으나, 분명한 것은 한 인간의 정신작용 내지는 정신의 방향에 따라 세계가 이처럼 극과 극으로 나뉘어질 수도 있다는 점이다.

필자는 이 글을 통하여 이상의 문학작품 속에 나타난 사물화의 경향이 어

---

2) 우리 시단에서 이상처럼 상상력과 해석의 방향이 앞서 말한 바 사물화의 경향을 드러내고 있을 뿐 아니라 그것이 시인의 죽음으로까지 이어지는 예는 시집 『입 속의 검은 잎』을 유고집으로 남긴 기형도에게서 찾을 수 있다. 일례로 기형도의 시에서는 살아 있는 것들이 대부분 딱딱한 고체의 이미지로 변형되어 나타나고 있다.

떤 양상을 띠고 있는지 먼저 살펴보고, 이어서 이 사물화의 경향이 지닌 의미를 여러 가지 측면에서 따져보고자 한다.

2. 본 론

1) 자연의 사물화 경향

세계는 자연사와 인간사로 양분될 수 있다. 그러나 이렇게 말하였다 해서 자연사와 인간사가 대등한 비중을 갖는 것은 결코 아니다. 사람에 따라 인간사를 자연사의 우위에 놓는 경우도 있을 것이고, 그 반대인 경우도 있을 것이다. 하지만 분명한 것은 인간과 인간사가 이루어지기 이전에 자연이 있었고 자연사가 진행되었다는 사실이며, 인간사란 외형적으로 보더라도 자연사와 우주사의 지극히 작은 한 부분에 지나지 않는다는 사실이다. 뿐만 아니라 인간은 근본적으로 자연이라는 점을 기억하여야 한다는 것이다. 그럼에도 불구하고 인간이란 스스로가 자연이라는 사실 이외에 인간으로서의 고유한 세계를 만들어가는 존재이기도 하다는 데서 문제가 발생하기 시작한다.

어찌보면 매우 상식적인 말을 앞에서 한 까닭은, 이러한 상식과 달리 이상의 문학에서 자연은 철저하게 '사물화'되어 있기 때문이다. 이상은 자연을 모르는 사람이다. 그는 인간이 자연이라는 사실은 말할 것도 없고, 인간과 상대적으로 구별되고 있는 자연이 무엇인지조차도 모르는 사람이다. 그는 자연이 모든 존재의 근원이자 궁극이라는 사실은 물론, 자연이 우리들의 현실 속에서 함께 살아 있다는 사실까지도 의식하지 않은 사람이다.[3] 우선 이 정도만 말을 해놓고 그가 어떻게 자연을 인식하였는지 구체적인 예문을 통하여 살펴본 다음, 이 점에 대한 논의를 계속하기로 한다.

---

3) 이상의 자연관은 따로 떼어서 연구할 만한 과제이다. 그리고 이 문제는 우리 시사 속에 나타난 자연관이나 당대의 시인들, 그 중에서도 함께 모더니스트로 불리는 일군의 시인들, 이를테면 정지용, 김광균, 김기림 등의 자연관과 비교해서 연구할 만한 과제이기도 하다.

길 복판에서 六七人의 아이들이 놀고 있다. 赤髮銅膚의 半裸群이다. 그들의 混濁한 眼色, 흘린 콧물, 두른 베 두렁이 벗은 우통만을 가지고는 그들의 性別조차 分간할 수 없다. 그러나 그들은 女兒가 아니면 男兒요 男兒가 아니면 女兒인, 結局에는 귀여운 五六歲 乃至 七八歲의 '아이들'임에는 틀림없다. 이 아이들이 여기 길 한복판을 選擇하여 遊戱하고 있다. 돌멩이를 주워 온다. 여기는 사금파리도 벽돌 조각도 없다. 이빠진 그릇을 여기 사람들은 버리지 않는다.

그리고는 풀을 뜯어 온다. 풀─이처럼 平凡한 것이 또 있을까. 그들에게 있어서는 草綠빛의 物件이란 어떤 것이고 간에 다시 없이 심심한 것이다. 그러나 하는 수 없다. 穀食을 뜯는 것도 禁制니까 풀밖에 없다.

돌멩이로 풀을 짓찧는다. 푸르스레한 물이 돌에 가 染色된다. 그러면 그 돌과 그 풀을 팽개치고 또 다른 풀과 돌멩이를 가져다가 똑같은 짓을 反復한다. 한 十분 동안이나 아무말 없이 잠자코 이렇게 놀아본다.

十分만이면 倦怠가 온다. 풀도 싱겁고 돌도 싱겁다. 그러면 그 外에 무엇이 있나? 없다. 그들은 一齊히 일어선다. 秩序도 없고 衝動의 材料도 없다. 다만 그저 앉았기 싫으니까 이번에는 일어서 보았을 뿐이다.

일어서서 두 팔을 높이 하늘을 향하여 쳐든다. 그리고 悲鳴에 가까운 소리를 질러본다. 그러더니 그냥 그 자리에서들 겅중겅중 뛴다. 그러면서 그 悲鳴을 兼한다.

나는 이 光景을 보고 그만 눈물이 났다. 여북하면 저렇게 놀까. 이들은 놀 줄조차 모른다. 어버이들은 너무 가난해서 이들 귀여운 애기들에게 장난감을 사다 줄 수가 없었던 것이다.

이 하늘을 向하여 두 팔을 뻗치고 그리고 소리를 지르면서 뛰는 그들의 遊戱가 내눈에는 암만해도 遊戱같이 생각되지 않는다. 하늘은 왜 저렇게 어제도 오늘도 來日도 푸르냐. 산은 벌판은 왜 저렇게 어제도 오늘도 來日도 푸르냐는 造物主에게 對한 詛呪의 悲鳴이 아니고 무엇이랴.

아이들은 짖을 줄조차 모르는 개들과 놀 수는 없다. 그렇다고 모이 찾느라고 눈이 벌건 닭들과 놀 수도 없다. 아버지도 어머니도 너무나 바쁘다. 언니 오빠조차 바쁘다. 亦是 아이들은 아이들끼리 노는 수밖에 없다. 그런데 大體 무엇을 가지고 어떻게 놀아야 하나. 그들에게는 장난감 하나가 없는 그들에게는 영영 엄두가 나서지를 않는 것이다. 그들은 이렇듯 不幸하다.

— 수필 「倦怠」의 한 부분4)

---

4) 임종국 편, 『李箱全集』(서울 : 문성사, 1966), pp.183~184. 이 글은 「조선일보」에 1937년 5월 4일부터 11일까지 발표되었다. 이 글의 말미에는 '十二月十九日未明 東京서'라고 씌어 있다.

인용 부분은 이상이 1937년도(그의 나이 28세)에 발표한 수필 「倦怠」의 한 부분이다. 짧은 인용만으로는 내용의 전달이 충분하지 않을 것 같아 조금 길게 인용하였다. 이상의 수필 「倦怠」에는 그가 평안남도의 농촌마을인 성천을 방문하여 일정 기간 쉬면서 그곳으로부터 느꼈던 감정들이 그대로 드러나 있다.5) 그는 여기서 주로 자신이 이 마을에 머무는 동안 느낀, 말할 수 없을 정도의 권태감과 여름날 농촌마을의 모든 것들이 권태로움에 빠진 것 같은 풍경에 대하여 말하고 있다. 그런데 이 수필은 이상의 정신이 어느 방향으로 움직이고 있는가를 아주 잘 보여주고 있는 작품이다. 특히 이 작품은 수필이기 때문에 허구적 요소가 상당 부분 작용하는 소설이나 시의 경우보다도 더 여실하게 그의 정신적인 궤적이나 움직임을 드러내보이고 있다. 그러면 이상이 앞의 인용 부분에서 드러내고 있는 정신적인 특성 가운데 대표적인 이른바 사물화의 경향이 어떻게 나타나 있는 것일까, 이 점에 대하여 살펴보기로 한다.

첫째, 이상은 시골 마을의 어린 아이들이 풀이나 돌멩이 같은 자연을 갖고 노는 것과 도시의 어린 아이들이 장난감을 갖고 노는 것을 대비시키고 있다. 그러면서 그는 시골 어린이들이 풀이나 돌멩이 같은 자연을 갖고 노는 것은 심심하고 불쌍한 일이며, 도시 어린이들이 장난감을 갖고 노는 것은 재미있고 보기 좋은 일이라고 생각한다. 말하자면 이상의 마음 속에는 인공의 장난감이야말로 우월한 것이고, 자연 속의 풀이나 돌멩이 같은 놀이감들은 이에 비해 열등하다는 생각이 잠재해 있다. 그러므로 그의 눈에는 시골의 어린 아이들의 놀이가 권태로운 것으로 보이고, 불쌍한 것으로 보이며, 그들은 제대로 놀 줄조차 모르는 어린이로 보인다. 여기서 장난감은 이상의 눈에 진정한 유희를 가능케 하는 것, 그러한 놀이의 기쁨을 주는 것, 그리고 세련된 문명과 넉넉한 부를 알려주는 것의 표상으로 나타난다. 이처럼 이상의 정신은 자연을 떠나 인공의 장난감으로 표상되는 사물의 세계를

---

5) 이상은 1935년 다방 '제비'의 운영이 실패로 끝난 다음, 평안남도 성천에서 8월 한달 간을 보낸 것으로 알려져 있다. 이 때의 체험으로 이상은 수필 「倦怠」 이외에도 「山村餘情」, 「이 兒孩들에게 장난감을 주라」, 「어리석은 夕飯」을 썼다.

향하고 있다. 조금 비약시켜 말한다면, 이상이 위 인용부분에서 아이들이 권태로움을 극복하기 위해 가져야 할 것으로 내어놓은 장난감은 인위와 인공의 표상이자, 인위와 인공이 지배하는 근대적 도시사회의 표상이며, 더 나아가 생명을 물화시킨 죽임의 세계에 대한 표상인 것이다. 따라서 그가 인용부분에서 인공의 장난감의 세계 곧 사물의 세계를 지향하고 있다는 것은 그의 정신이 움직이는 방향을 알려주는 중요한 지표가 아닐 수 없다.[6]

여기서 잠깐 다음과 같이 질문을 던져보자. 실제로 풀, 돌멩이, 하늘 등으로 표상되는 자연을 갖고 노는 일 혹은 자연 속에서 장난감 없이 노는 일이 그토록 지루하고 불쌍한 일인가 하고 말이다. 분명 당시의 농촌풍경은 물질적인 궁기가 가득한 모습이었을 것이고, 그 속에서 놀고 있는 어린 아이들의 외양 또한 누추하기 짝이 없었을 것이다. 그러나 이런 점이 사실이라 하더라도, 자연 속에서, 자연을 놀이감 삼아 노는 그 어린 아이들이 이상이 말한 바와 같이 심심해서 어쩔 줄 모르는 풍경을 연출하지는 않았을 것이며, 그들의 노는 모습이 눈물을 흘릴 정도로 불쌍한 모습은 아니었을 것이다. 자연 속에서 자연을 놀이감 삼아 놀아본 사람들은 알겠지만, 자연은 어떤 인공의 장난감보다도 다양하고 신비로운 장난감이다. 거꾸로 인공의 장난감을 갖고 노는 일은 빠른 시일 내에 싫증을 가져다주지만, 자연이라는 장난감을 갖고 노는 일은 무한한 변주를 가능케 하며, 그 대상 또한 무궁무진하기 때문에 좀처럼 싫증을 느끼게 하지 않는다. 비록 이상의 눈에는 그렇게 보였다 하더라도 이것은 도시인으로 성장한 이상이 구경꾼의 처지에서 갖게 된 편견과 주관에 의하여 그렇게 보여진 것일 뿐, 실제는 그렇지 않다.[7] 여기서 필자는 이상의 정신이 사물화를 지향하고 있다는 사실과 그가 자연을 모르는 (혹은 자연을 왜곡하여 이해하고 있는) 사람이었다는 두 가지 사실을 다시금 언급하고자 한다.

---

6) 이상은 이러한 내용과 관련해서 특별히 수필 「이 兒孩들에게 장난감을 주라」를 쓴 바 있는데 이 글은 임종국에 의하여 그의 사후에 유고로 발표되었다.

7) 이 점에 대해서는 박완서도 지적한 바 있다. 박완서, 『그 많던 싱아는 누가 다 먹었을까』 (서울 : 웅진출판, 1992), p.27.

둘째, 이상은 아이들이 저희들끼리 모여 자신들의 몸을 갖고 노는 일, 이를테면 경중경중 뛰거나 소리를 지르거나 두 팔을 하늘로 치켜올려 보는 것 등을, 인공의 장난감을 갖고 노는 일, 그리고 어른들의 보호 속에서 노는 일과 대비시키고 있다. 그러면서 그는 아이들이 장난감이 없기 때문에 권태로움의 극치에서 마침내는 자신들의 몸을 갖고 논다는 생각에 도달하고 있으며, 부모들의 보호를 받을 수 없기 때문에 자기들끼리 권태로움 속에서 불쌍하게 허덕이고 있다는 생각을 하고 있다. 여기서도 우리는 이상의 정신이, 아이들이 자신들의 몸을 갖고 노는 것보다 장난감을 갖고 노는 사물화의 방향을, 아이들끼리 노는 것보다 어른들의 보호를 받으며 노는 인위의 방향을 향하고 있다는 데 이르게 된다. 그러나 이 점에 대해서 역시 우리는 이상과 다르게 생각할 수 있고, 이상의 이와 같은 생각이 얼마나 사실과 다른가 하는 점에 대해서도 말해볼 수 있다. 아이들이 제 몸을 갖고 노는 일 — 하늘을 향하여 두 팔을 뻗쳐보는 것, 경중경중 뛰어보는 것, 소리를 질러보는 것 등 — 은 결코 지루하기만 한 일이 아니며 지루함을 어쩌지 못해 나오는 행동만도 아니다. 사실 가장 좋은 놀이는 자신의 몸을 갖고 노는 일이라 할 수 있다. 우리의 몸처럼 자연스럽고 유연성이 있으며 또 다채로운 놀이감이 어디에 있겠는가. 우리는 몸만 있어도 얼마든지 재미있게 놀 수가 있다. 이것은 장난감으로 표상되는 물건, 인공, 사물 등의 것 이전에 자연으로서의 몸이 있었다는 말이며, 이 몸의 확대 및 변주 양식이 물건이고 사물이고 인공이라는 말과 같은 것이다. 그리고 앞서 말한 바와 관련하여 한 가지만 더 말한다면, 부모의 보호 속에서 노는 것보다 아이들끼리 노는 것이 훨씬 재미있다는 사실이다. 이상은 부모의 보호가 없는 가운데 노는 아이들을 불쌍하다고 여겼지만, 적어도 노는 일만 생각한다면 부모의 간섭이나 보호가 없는 경우에 보다 재미있고도 신나게 놀 수 있다. 그러므로 우리는 여기서도 부모의 보호가 의미하는 인위적 세계와 부모의 보호가 없는 자연의 세계 사이에 하나의 대비구도가 성립된다는 사실과, 이상의 정신이 자연의 세계보다 인위의 세계를 지향하고 있다는 걸 알 수 있다.

앞의 인용문과 관련하여 꽤 장황한 논의를 하였다. 다음은 이상의 정신이 얼마나 자연과 단절된 세계를 지향하고 있는가 하는 점을 더 살펴보기 위하여 다른 인용문을 제시하고 논의를 이어가 보기로 한다.

> 그렇다면 아무것도 생각 말기로 하자. 그저 *限量없이* 넓은 *草綠色* 벌판, *地平線*, 아무리 *變化하여* 보았댔자 *結局 稚劣한 曲藝의 域을* 벗어나지 않는 구름, 이런 것을 건너다본다.
>
> *地球 表面積의 百分의 九十九가* 이 *恐怖의 草綠色이리라.* 그렇다면 *地球야* 말로 너무나 *單調 無味한 彩色이다. 都會에는 草綠이* 드물다. 나는 처음 여기 *漂着하였을* 때 이 *新鮮한 草綠빛에* 놀랐고 사랑하였다. 그러나 닷새가 못되어서 이 *一望無際의 草綠色은 造物主의 沒趣味와 神經의 粗雜性으로* 말미암은 *無味乾燥한 地球의 餘白인* 것을 *發見하고* 다시금 놀라지 않을 수 없었다.
>
> 어쩔 *作定으로* 저렇게 퍼러냐. 하루 온 *終日* 저 푸른빛은 아무 짓도 하지 않는다. 오직 그 푸른 것에 *白痴와* 같이 만족하면서 푸른 채로 있다.
>
> 이윽고 밤이 오면 또 *巨大한* 구렁이처럼 빛을 잃어버리고 소리도 없이 잔다. 이 무슨 *巨大한 謙遜이냐.*
>
> 이윽고 겨울이 오면 초록은 *失色한다.* 그러나 그것은 *襤褸를* 갈기갈기 찢은 것과 다름 없는 *醜惡한 色彩로* 변하는 것이다. 한겨울을 두고 이 *荒漠하고 醜惡한* 벌판을 바라보고 지내면서 그래도 *自殺 悶絶하지* 않는 *農民들은* 불쌍하기도 하려니와 *巨大한 天痴다.*
>
> 그들의 *一生이* 또한 이 벌판처럼 *單調한 倦怠 一色으로 塗布된* 것이리라. 일할 때는 *草綠벌판처럼* 더워서 숨이 칵칵 막히게 싱거울 것이요 일하지 않을 때에는 겨울 *荒原처럼* 거칠고 구지레하게 싱거울 것이다.
>
> — 수필 「*倦怠*」의 한 부분8)

위 인용문만큼 이상이 자연을 어떻게 사물화의 방향으로 해석해버리는가 하는 점을 잘 드러내는 예도 없을 것이다. 이상은 위 인용문을 통하여 우리가 제시한 문제를 풀어가는 데 실마리가 될 만한 여러 가지 중요한 말을 하고 있다. 그것을 여기에 요약하여 적어보면 다음과 같다. ① 초록색의 벌판과 지평선은 단조롭기 짝이 없고 하늘의 구름조차도 유치하고 열등한 곡예를 보여주는 존재에 불과하다. ② 지구의 99퍼센트가 초록색을 띠고 있는데

---

8) 임종국 편, 전게서, pp.178~179.

그것은 공포스러운 광경이다. ③ 지구란 참으로 단조 무미한 색채로 이루어져 있다. ④ 지구가 이처럼 초록색으로 단조 무미하게 만들어졌다는 것은 조물주의 몰취미와 조잡한 신경을 반영하는 것이다. ⑤ 초록색으로 이루어진 지구의 그 부분들은 쓸데없는 여백과 같은 곳이다. ⑥ 초록색으로 이루어진 지구의 그 부분들은 하루종일 아무 것도 하지 않은 채 백치처럼 그 상태에 만족할 뿐이다. ⑦ 밤이 오면 이 초록의 세계는 빛을 잃고 소리도 잃고 암흑 속으로 사라질 뿐이다. ⑧ 겨울이 되면 이 초록의 세계는 색을 잃고 누더기를 찢어놓은 것과 같이 추악한 모습으로 변한다. ⑨한겨울의 이토록 추악한 벌판을 보고서도 자살하거나 기절하지 않는 농민들이 있으니 그들은 천치이거나 불쌍한 존재이다. ⑩ 자연 속에서 살아가는 농민들의 일생은 단조로운 권태 일색이다.

우선 앞의 인용문에 담긴 내용을 위와 같이 열 가지 항목으로 요약해 놓고 이를 바탕으로 이상이 어떻게 자연을 사물화의 방향으로 이끌어가고 있는지 살펴보기로 한다. 먼저 우리는 위의 열 가지 요약문을 통하여 이상에게는 초록색으로 표상되는 자연이 고체처럼 응고된 무기물의 일종으로 파악되고 있다는 것을 알 수 있다. 그에게 초록색으로 표상된 이 자연은 단조무미한 것, 지구의 쓸모 없는 여백 같은 것, 부동의 자세로 백치처럼 그저 존재하는 것, 수동적으로 자기를 포기해버리는 것, 생명의 빛과 율동을 전혀 느낄 수 없는 것으로 인식되고 있기 때문이다. 그는 자연이 살아 숨쉬는 유기체라는 사실을, 자연은 한 순간도 정체되지 않고 움직이는 생명체라는 사실을, 자연의 다채로움에 비길 수 있는 인위의 세계란 실제로 존재하지 않는다는 사실을 전혀 모르고 있다. 따라서 그에게 자연은 심한 말로 죽은 물건 덩어리에 불과하다. 그는 이 앞에서 어마어마한 '공포'의 감정을 갖는다.

다음으로 우리는 앞의 열 가지 요약문을 통하여 이상에게는 자연이 하급의 것, 추악한 것, 열등한 것 등으로 파악되고 있음을 알 수 있다. 이때 자연은 도회의 것들과 대비된다. 그러니까 이상에게 자연은 도회의 것들에 비하여 하급의 것이고, 추악한 것이고, 열등한 것으로 여겨진다. 뿐만 아니라 그 열등하고 추악한 자연 속에서 그 자연의 일부가 되어 살아가는 농민들 또한 그에게는 천치나 불쌍한 존재처럼 보일 뿐이다. 이상에게 이런 농민들은 자연이라고 하는 것이 얼마나 추악하고 열등한 것인가를 알지 못하는 존재요, 자연이 죽은 물건처럼 공포감을 유발시키는 것임을 역시 알지 못하는 불쌍한 존재들로 생각된다. 그러나 정말 이상의 생각이 옳은 것일까. 말할 것도 없이 그것은 이상의 선입견이 빚어낸 것일 뿐, 자연과 농촌에 대한 올바른 생각이라 할 수 없다. 이상이 바라본 초록의 자연은 결코 그가 본 것처럼 하급의 것이거나 추악한 것이 아니라, 우주의 신비와 질서 그리고 아름다움을 간직한 세계이며, 그 속에서 살아가는 농민들 또한 자연의 그와 같은 세계를 느끼며 살아가는 사람들이지 이상이 바라본 바처럼 감각이 둔한 천치 같은 존재가 아니다.

그러나 중요한 것은 이상의 자연관이 자연을 죽은 사물로 해석해 버리는 방향으로 치닫고 있다는 사실이며, 이런 사실이야말로 그를 죽음의 세계로 이끌어간 근본적인 원인에 해당된다는 점이다. 결국 앞의 인용문을 통하여 이상은 자연을 죽은 것, 무의미한 것, 권태로운 것, 공포스러운 것, 열등한 것, 추악한 것 등으로 인식하였던 것이고, 이것은 그의 정신이 사물화의 방향으로 움직인 하나의 중요한 실례를 제공해주는 내용이라 할 수 있다. 참고로 말하자면 이상과 같은 자연관은 근대의 자연관인데, 이러한 자연관으로 말미암아 인간과 자연 사이의 단절은 물론 요즈음의 생태파괴 문제가 발생한 것으로 볼 수 있다.

지금까지 두 가지 인용문을 이상의 수필 「倦怠」에서 뽑아 제시하고 이를 바탕으로 그가 자연 혹은 자연적인 것을 어떻게 사물화의 방향으로 이끌어 가는지에 대하여 살펴보았다. 여기서 우리는 인용된 수필문 속의 내용을 주로 점검하면서 그와 같은 특성들을 찾아내었다. 지금부터는 인용문의 내용이 아니라 연상의 구조를 통하여 그가 어떻게 자연을 사물화의 경향으로 몰고 가는지에 대하여 살펴보기로 한다.

① 버쩡이가 한 마리 燈盞에 올라 앉아서 그 연두빛 色彩로 혼곤한 내 꿈에 마치 英語 '티'字를 쓰고 건너 굿듯이 類다른 記憶에다는 군데군데 '언더라인' 을 하여 놓습니다. 슬퍼하는 것처럼 고개를 숙이고 都會의 女車掌이 車票 찍는

소리 같은 그 **聲樂**을 가만히 듣습니다. 그러면 그것이 또 理髮所 가위 소리와도 같아집니다.

— 수필 「山村餘情」의 부분9)

② 이 끝으로는 호박넝쿨, 그 素朴하면서도 大膽한 호박꽃에 '스파르타'식 꿀벌이 한 마리 앉아 있습니다. 濃黃色에 反映되어 '세실 · B · 데밀'의 映畵처럼 華麗하며 黃金色으로 奢侈합니다. 귀를 기울이면 '르네상스' 應接室에서 들리는 扇風機 소리가 납니다.

— 수필 「山村餘情」의 부분10)

③ 청둥호박이 열렸습니다. 호박꼬자리에 무 시루떡 – 그 훅훅 끼치는 구수한 김에 좇아서 曾祖할아버지의 시골뜨기 亡靈들은 正月 初하룻날 寒食날 오시는 것입니다. 그러나 저 國家 百年의 基盤을 생각케 하는 넓적하고도 묵직한 安定感과 沈着한 色彩는 '럭비'球를 안고 뛰는 이 '제너레이션'의 젊은 勇士의 굵직한 팔뚝을 기다리는 것도 같습니다.

— 수필 「山村餘情」의 부분11)

④ 조이삭은 다 말라 죽었습니다. '콜크'처럼 가벼운 이삭이 근심스럽게 고개를 숙였습니다.

— 수필 「山村餘情」의 부분12)

⑤ '포플라'나무 밑에 '염소' 한 마리를 매어 놓았습니다. 舊式으로 수염이 났습니다. 나는 그 앞에 가서 그 聰明한 瞳孔을 들여다봅니다. '셀룰로이드'로 만든 精巧한 구슬을 '오브라아드'로 싼 것 같이 맑고 聰明하고 깨끗하고 아름답습니다.

— 수필 「山村餘情」의 부분13)

---

9) 상게서, p.107.
10) 상게서, pp.108~109.
11) 상게서, p.109.
12) 상게서, p.110.

위에서 다섯 가지 예문을 그의 수필 「山村餘情」을 통하여 들어보았다. 이 수필 작품은 도시에서 살았던 이상이 평안남도 농촌마을 성천을 기행하고 쓴 글인데, 여기에는 위에서 인용한 것 이외에도 유사한 예문이 아주 많이 들어 있다. 그렇다면 위에서 인용문으로 제시한 다섯 개의 예문을 통하여 끌어낼 수 있는 이상의 정신적 특성은 어떤 것인가. 그것은 한 마디로 말해서 그가 성천에서 본 모든 자연 혹은 자연적인 것들을 인공의 사물이 가진 형태나 그 성질로 치환시켜 연상하고 있다는 것이다. 따라서 이상은 분명히 그의 눈으로 자연이나 자연적인 것들을 보고 있는데, 그것은 단지 하나의 외양일 뿐, 그의 심저에 각인되는 것들은 인공의 사물과 같은 형태를 띤 것이거나 그런 성질을 가진 것이 되고 만다. 잠시 위의 인용문 속에 들어 있는 내용을 거론하면서 이 점을 짚어가 보기로 하자.

먼저 인용문 ①의 경우, 이상은 성천 마을에서 베짱이를 보고 있다. 그러나 그는 베짱이를 보면서 실은 베짱이를 보지 않고 영어 알파벳의 “티”자나, 글자 아래에 긋는 “언더라인”을, 더 나아가서는 “도회의 여차장이 차표 찍는 소리”나 “이발소 가위 소리”를 연상하고 만다. 여기서 베짱이는 알파벳 티자, 언더라인, 차표 찍는 소리, 이발소 가위소리로 치환되어, 자연으로서의 베짱이는 사라지고 치환된 인공 세계의 이미지만이 이상의 마음 속에 남아 있는 셈이다. 흥미롭게도 그가 치환시킨 것들 — 영어 알파벳 티자, 언더라인, 차표 찍는 소리, 이발소 가위소리 — 은 모두 인공의 사물과 관련된 것들이다.

둘째로 인용문 ②를 보면, 여기서도 이상의 연상구조는 앞의 경우와 동일하게 나타난다. 이상은 이 인용문에서 호박넝쿨과 꿀벌을 보고 있는데, 그것은 역시 이상이 바라본 외양에 불과한 것일 뿐, 그는 곧바로 자신의 머리 속에서 “세실 · B · 데밀의 映畵”와 “르네상스 응접실에서 들리는 선풍기 소리”를 연상하고 만다. 따라서 자연으로서의 호박넝쿨과 꿀벌은 사라지고 그 대신 인공의 사물과 관련된 “세실 · B · 데밀의 映畵”나 “르네상스 응접실

---

13) 상게서, p.109.

에서 들리는 선풍기 소리"가 이 자리에 들어앉은 셈이다.

셋째로 인용문 ③을 보면 이상은 청등호박을 보고 있는데 이것은 인공물인 "럭비공"으로 치환돼 있으며, 인용문 ④를 보면 이상은 조이삭을 보고 있는데 그는 이것 앞에서 인공의 "콜크마개"를 떠올리고 있다. 이런 점은 인용문 ⑤에서도 그대로 볼 수 있거니와, 그는 여기서 염소를 바라보며 "셀룰로이드로 만든 구슬"과 "오브라아드"를 떠올리고 있다.

이와 같은 예는 이상의 수필 「山村餘情」 속에 산재해 있다. 우리는 이상이 보여주는 이러한 구조의 연상을 통하여 그가 얼마나 철저하게 사물화의 방향으로 치닫고 있는가 하는 점을 알 수 있으며, 그에게 자연이란 언제나 인공적인 사물에 의해서만 설명될 수 있고 인식될 수 있는 것임을 알 수 있다.14) 요컨대 이상의 자연인식은 인공의 사물을 통해서만이 가능하고, 그의 자연은 언제나 인공의 사물화가 되는 방향을 향하고 있다. 이상에게 자연은 거의 자각되지 않는 대상이거나, 자각된다 하더라도 인공의 사물보다 열등한 것 또는 부차적인 것으로 인식될 뿐이다. 인공의 사물만 알 뿐 자연을 모르는 사람, 그가 이상이다.

2) 사회와 가족의 사물화 경향

이상은 그의 작품을 통하여 앞서 살펴본 바 자연뿐만 아니라 인간들이 만들어낸 사회적 규범과 윤리 그리고 가치체계들까지도 사물화시키려고 하는 방향으로 나아가고 있다. 흔히 인간을 가리켜 사회적 동물이니 정치적 동물이니 하지만, 그는 이런 말들과 너무나도 먼 거리에 있다. 어쩌면 그는 이들과 먼 거리에 있다기보다 아예 이들과 다른 방향으로 치닫고 있다는 말이 맞을 것이다. 인간이 사회적 동물이자 정치적 동물로서 만들어낸 사회는 그

---

14) 김윤식은 이상의 이와 같은 연상구조를 언급한 바 있다. 그는 이에 어울리는 예문을 들고 나서 '방점친 부분은 모두가 比喩法에서의 보조관념 즉 媒介語들이다. 그 매개어가 하나같이 都市的인 것이다. 近代, 20세기, 都市, 이 세 단어가 같은 聯想帶를 이루어, 媒介語系列을 만들고 이와 對應된 곳에 시골의 風物이 놓여 있다'고 말하였다. 김윤식, 『한국근대문학사상비판』(서울 : 일지사, 1978), p.89.

것이 비록 인위성을 어느 정도 띠고 있다 하더라도, 하나의 유기체처럼 움직이는 성향을 갖고 있다. 인간들은 그 유기체의 일원으로 사회적 규범과 윤리를 존중하며 그 속에서 살아간다. 그러한 삶은 인간들에게 구속을 가하기도 하지만 보호장치로서의 역할을 하기도 한다.

이상의 작품을 읽으면서 우리는 그가 인간들이 사회적 존재로 살아가는데 필요한 규범이나 윤리나 질서와 같은 것을 그대로 수용하거나 존중하지 않고, 끊임없이 죽은 사물처럼 파기해 버리려는 정신적 지향 속에 있음을 볼 수 있다. 그럼으로써 그는 자신이 사회적 존재임은 물론 정치적 동물임을 부인하는 듯하다. 이런 그의 모습은 특히 소설 「날개」, 「逢別記」, 「終生記」 등에 잘 나타나 있다.

> ① 될 수만 있으면 이 무의미한 인간의 탈을 벗어버리고도 싶었다.
> 나에게는 인간사회가 스스로왔다. 생활이 스스로왔다. 모두가 서먹서먹할 뿐이었다.

— 소설「날개」의 부분15)

> ② 이불 속에서 이런 생각을 하고 난 뒤에는 나는 고 은화를 고 벙어리에 넣고 하는 것조차도 귀찮아졌다. 나는 아내가 손수 벙어리를 사용하였으면 하고 희망하였다. 벙어리도 돈도 사실은 아내에게만 필요한 것이지 내게는 애초부터 의미가 전연 없는 것이니까 될 수만 있으면 그 벙어리를 아내는 아내 방으로 가져갔으면 하고 기다렸다. 그러나 아내는 가져 가지 않는다. 나는 내가 아내 방으로 가져다 둘까 하고 생각하여 보았으나 그 즈음에는 아내의 내객이 원체 많아서 내가 아내 방에 가볼 기회가 도무지 없었다. 그래서 나는 하는 수 없이 변소에 갖다 집어넣어 버리고 만 것이다.

— 소설 「날개」의 부분16)

위의 인용 부분은 모두 이상의 소설 「날개」에서 발췌한 것이다. 주지하다

---

15) 임종국 편, 전게서, p.19.
16) 상게서, pp.21~22.

시피 「날개」의 주인공인 '나'는, 일체의 사회적 행위나 규범을 염두에 두지 않은 채, 오직 그만의 방에 머물면서 자족적인 행동을 하는 인물이다. 이러한 그에게는 인용문 ①에서 보이는 바와 같이 인간사회가 부담스럽고, 그들이 만들어가는 생활이 부담스럽고, 이 모두가 낯설게 느껴질 뿐이다. 이런 모습은 인용문 ②에 아주 잘 표현돼 있는데, 작품의 주인공인 '나'는 여기서 사회적 행위와 질서의 표상인 돈을 완전히 부정하고 만다. 한 마디로 그는 사회적 동물의 표상인 돈을 모르는 존재이다. 따라서 인용문 ②에서 보는 바와 같이, 소설 속의 주인공 '나'는 돈이 든 벙어리 저금통을 변소에 가져다 버리고 만다. 그에게는 돈이란 것이 도대체 무의미하고, 귀찮기만 한 낯선 물건에 불과하다. 돈의 기능이 무엇인지를 모르고, 돈을 쓰는 것이 어떤 것인지를 모른다는 것은, 소설 속의 이 주인공이 사회적 인간으로서의 삶을 철저하게 모른다는 뜻이다. 이상은 그의 작품 「날개」의 다른 부분에서도 '나는 참 세상의 아무것과도 교섭을 가지지 않는다'고 말하고 있다. 그런가 하면 그는 역시 같은 작품에서 '나는 그러나 그들의 아무와도 놀지 않는다. 놀지 않을 뿐만 아니라 인사도 않는다. 나는 내 아내와 인사하는 외에는 누구와도 인사하고 싶지 않다.'고 말하기도 한다. 지금까지 언급한 내용들을 종합해볼 때, 이상은 사회적 인간으로 지켜야 할 규범과 질서를 사물화시키고 싶어하는 사람이다. 그는 이 모든 사회적 실상들을 죽은 사물처럼 무화시킴으로써, 사회적 영역에서 벗어난 한 인간의 삶을 그려보이고 싶어한 것이라 여겨진다. 작품 속의 주인공인 '나'를 작가의 분신으로 보는 것이 가능하다면 이 소설 속의 주인공이 보여준 의식이나 행동은 이상의 그것을 반영하는 것이라고 볼 수도 있을 것이다.

　가족도 사회의 한 양상이다. 그러나 여기서는 가족을 특별히 떼어서 다루기로 한다. 그것은 가족사회야말로 이성적 규범 이전의 본능에 의하여 크게 지배를 받는, 따라서 다른 사회보다도 무시하거나 무화시켜버리기가 더욱 어려운 것이기 때문이다. 이상의 작품 속에는 가족과 관련된 이야기가 꽤 많이 나온다. 그런데 그에게 가족은 생명의 끈으로 이어진 안락함과 푸근함과 즐거움의 공동체로 여겨지는 것이 아니라 그를 끊임없이 구속하고 억압하며 고단하게 만드는 존재로 생각된다. 따라서 그의 작품에는 가족이라는 사회적 규범을 와해시키고 싶은 욕망과, 그 가족이라는 공동체의 강한 구속력으로부터 도망쳐 나오려는 몸부림이 곳곳에서 나타나고 있다. 필자는 이로부터 그의 정신이 가족이라는 사회의 한 부분을 죽은 사물처럼 무화시키고자 하는 데로 나아가고 있다는 진단을 해본다.

> ① 生活, 내가 이미 오래 前부터 生活을 갖지 못한 것을 나는 잘 안다. 斷片的으로 찾아오는 「生活 비슷한 것」도 오직 「苦痛」이란 妖怪일 뿐이다. 아무리 찾아도 이것을 알아줄 사람은 한 사람도 없다. 무슨 方法으로든지 生活力을 恢復하려 꿈꾸는 때도 없지는 않다. 그것 때문에 나는 입때 自殺을 안하고 待機의 姿勢를 취하고 있는 것이다 — 이렇게 나는 말하고 싶다만.

— 수필 「恐怖의 기록」의 부분17)

> ② 문을암만잡아당겨도안열리는것은안에生活이모자라는까닭이다. 밤이사나 운꾸지람으로나를졸른다. 나는우리집내門牌앞에서여간성가신게아니다. 나는밤속에들어서서제웅처럼자꾸만減해간다.

— 시 「家庭」의 부분18)

우리는 인용부분으로부터 이상이 얼마나 가족 구성원으로서의 임무, 그것도 가족의 가장이라는 임무를 생각하며 억압을 받고 있는가 하는 점을 읽어낼 수 있다. 가족사회의 구성원으로, 더 나아가서는 대규모 사회의 구성원으로 그 사회가 요구하는 생활을 해가며 살아가는 일이 그에게 얼마만한 고통이며, 그에게 맞지 않는 일인가를 그는 위 인용문에서 밝히고 있다. 이상은 가장으로서의 임무가 자살까지도 못하게 만들만큼 무거운 억압이라고 말한다. 이것은 그가 실제로 가장의 임무를 잘 수행하고 있다는 점과 별개의 것이다. 이것과 관계 없이, 그는 가족사회의 일원으로 살아가기를 바라는 현실사회의 요구에 억압과 부담을 느끼는 것이다. 따라서 그는 인용문 ②에

---

17) 상게서, p.169.
18) 상게서, p.253.

서 보이는 바와 같이, '나는우리집내門牌앞에서여간성가신게아니다'라고 말
한 것이며, '나는밤속에들어서서제웅처럼자꾸만減해간다'고 말한 것이리라.
　이와 같이 가족사회의 구성원으로 살아가는 일에 부담과 억압을 느끼며
그로부터 벗어나고자 하는 그는 그의 소설 「날개」에서 보이는 바와 같이 아
예 가족사회의 규범과 요구 그리고 그 속에 내재한 기존의 윤리를 파괴해버
리고 만다. 그는 이 작품을 통하여, 일체의 가족적 관계를 죽은 사물처럼 무화
시켜버린 것이다. 그는 특히 이 작품에서 가족 구성의 기본축이라 할 수 있는
기존의 부부관계와 부부의 역할을 파기해버린다. 아니 아예 부부가 함께 산다
는 구조 자체를 파기해버린다. 이 작품 속의 부부는 기존의 가족사회가 갖고
있는 규범에 비추어볼 때, 이름만의 부부이다. 구체적으로 소설 「날개」에서
① 주인공이자 남편인 '나'는 아내와 같은 방을 사용하지 않는다(아내는 안방
을, 남편인 '나'는 윗방을 쓴다). ② 남편인 '나'는 직업이 없다(아내는 그가
쓰는 안방에까지 남자들을 불러들이는 창녀이다). ③ 남편인 '나'는 아내와
함께 밥을 먹지 않는다(아내는 문을 열고 모이를 주듯이 남편이 있는 윗방
으로 밥상을 밀어 넣는다). ④ 남편인 '나'는 아내와 함께 잠을 자지 않는다
(아내는 수시로 남자들을 안방으로 불러들여 그들과 잠을 자고 돈벌이를 한
다). ⑤ 남편인 '나'는 아내와 함께 자는 조건으로 그에게 돈을 준다. ⑥ 남편
인 <나>는 아내에게 가족으로서 해야 할 아무런 의무사항도 강요하지 않
는다. ⑦ 남편인 '나'는 가장의 역할을 못하는 데 대하여 아무런 죄책감도,
그것을 해야 한다는 의무감도 느끼지 않는다. 우리는 이로부터 이상이 그의
작품 「날개」를 통하여 철저하게 기존의 가족사회가 갖는 규범들을 사물화
시켜버리고 말았다는 결론을 얻을 수 있다. 그럼으로써 그는 가족이니 사회
니 하는 것들이 하나의 거대한 실체가 되어 그에게 다가오는 것으로부터 벗
어날 수 있었던 것이다.

3) 언어와 관념의 사물화 경향

　자연과 사회를 사물화의 방향으로 몰고 간 이상은 언어행위와 우리를 둘

러싸고 있는 관념의 신비적 요소까지도 사물화의 방향으로 몰고 간다. 그에게 언어나 언어행위는 유희의 도구와 같은 성격을 강하게 지녔고, 관념 속에 깃든 신비적 성격은 유치하고 모호한 정신의 유희에 불과한 것으로 보였다. 그러므로 그는 언어와 언어행위에 깃들어 있는 일체의 생명과 영혼을 거두어내고 있으며, 관념 속에 들어 있는 인간의 주관적 의미 또한 말끔하게 거두어 버리고 있다.

우선 언어 및 언어행위와 관련된 사물화의 경향에 대하여 생각해보기로 한다.

> ① *秘密이 없다는 것은 財産 없는 것처럼 가난할 뿐만 아니라 더 불쌍하다. 情痴世界의 秘密 — 내가 남에게 간음한 秘密, 남을 내게 간음시킨 秘密, 즉 不義의 兩面 — 이것을 나는 萬金과 오히려 바꾸리라. 주머니에 푼錢이 없을망정 나는 天下를 놀려먹을 수 있는 實力을 가진 큰 富者일 수 있다.*
>
> — 수필 「十九世紀式」 속의 「秘密」 전문[19]

> ② *그렇지만 나는 臨終할 때 遺言까지도 거짓말을 해 줄 決心입니다.*
>
> — 소설 「失花」의 부분[20]

> ③ *그대 自身을 僞造하는 것도 할 만한 일이오. 그대의 作品은 한 번도 본 일이 없는 旣成品에 의하여 차라리 輕便하고 高邁하리라.*
>
> — 소설 「날개」의 부분[21]

이상은 인용문 ①을 통하여 '비밀'의 소중함에 대하여 역설하고 있다. 그는 자신의 비밀을 만금과도 바꿀 수 없다고 말한다. 뿐만 아니라 그는 비밀만 가지고 있다면, 주머니에 돈이 없다고 하더라도 천하를 놀려먹을 수 있

---

19) 상게서, pp.161~162.
20) 상게서, p.43.
21) 상게서, p.15.

는 큰 부자로 행세하며 살아갈 수 있다고 말한다. 이런 말을 듣고 우리는 이로부터 무엇을 이끌어낼 수 있을까. 필자는 이로부터 이상의 언어와 언어행위가 그 속에 비밀을 따로 감춰둔 채 이루어진 하나의 '포즈' 혹은 '위선'이라는 결론을 이끌어낼 수 있을 것 같다. 비밀을 그대로 언어에 담아 고백할 수 있는 사람은 언어행위와 자신 사이의 단절이 없다. 그러나 이상이 말한 것과 같이 비밀을 감춘 채, 포즈나 위선으로서의 언어만을 드러낼 때, 이들 양자 사이에는 엄청난 단절의 계곡이 가로놓인다. 이들 가운데 어느 것이 더 훌륭한 언어행위이고 삶의 행위인가 하는 점은 쉽게 가릴 수 있는 일이 아니다. 다만 이상의 이와 같은 언어행위란, 그가 포즈와 위선과 유희로서의 언어행위를 지향하는 데서 나온 것이며, 이상은 그렇게 함으로써 언어와 언어행위를 사물화시키고 있다는 점만은 지적할 수 있다. 언어와 언어행위를 사물화시키고 나면 그들의 언어와 언어행위 속에는 아무런 인간적 비밀도 내재되지 않게 됨으로써, 언어와 언어행위는 사물을 갖고 노는 것과 마찬가지가 된다.[22]

한편 이상은 인용문 ②에서 보이는 바와 같이, 임종할 때의 유언까지도 진실과 비밀을 고백하지 않은 채 "거짓말"로 일관하겠다고 말한다. 이 말에 따르자면 그는 인간의 마지막 언어행위라고 할 수 있는 유언조차도 포즈로서의 유언, 거짓말로서의 유언, 유희로서의 유언으로 구성하고자 기획하였던 셈이다. 이것이야말로 언어와 언어행위를 사물화시키는 극단의 한 실례이다. 뿐만 아니라 그는 인용문 ③에서 보이는 바와 같이, 한 사람의 작가로서 그가 쓰는 글쓰기 또한 자신을 위조한 포즈로서의 언어행위에 불과하다는 것을 암시하고 있다. 더욱이 그는 이 부분을 통하여 거짓말로서의 글쓰기나 위조로서의 글쓰기를 적극 권장하면서, 이와 같은 글쓰기가 작품의 수준과 품위를 드높여줄 것이라고 말하기도 한다. 언어와 언어행위를 사물화

---

22) 김윤식은 이상에게 조선말이 하나의 방언에 지나지 않았다고 말한다. 그는 이 문제와 관련해서 "조선말 그것은 그에게는 하나의 '方言'적인 것 以上일 수 없다. 조선말이 의식을 지배하는 全部가 아니라 흥미거리의 新奇한 것, 方言的인 흥미 이상일 수 없다는 인식은 그가 日本語로 작품을 쓴 것, 나아가 圖表나 숫자를 사용한 점과 대응되는 것이다"라고 하였다. 여기서 그가 이상이 일본어로 작품을 썼다는 사실과 작품을 쓰는 데 도표와 숫자를 사용한 것에 대하여 이와 같은 해석을 한 점은 주목할 만하다. 김윤식, 전게서, p.88.

시켰을 때, 남는 것은 일체의 인간적인 고백이 제거된, 이를테면 사물화된 언어와 언어행위뿐이다.

　다음은 관념의 사물화라는 문제에 대하여 생각해보기로 한다. 이상은 신이나 신화적인 세계를 애초부터 생각조차 하지 않은 듯하다. 신이나 신화적 세계란 인간들이 자신을 낮추고 그것에 절대적인 권위를 부여하며 그 앞에 복종의 태도를 보일 때 가능한 세계이다. 그러나 이런 것은 일체를 사물화의 방향으로 몰고 가려는 이상에게 처음부터 어울리지도, 맞지도 않는 일이다.

　① 가령 新羅나 高麗적 사람들이 밥상에다 콩나물도 좀 담고 또 장졸임도 담고 또 藥酒도 좀 따르고 해서 朝夕으로 올려놓고 쓰던 食器 나부랑이가 墳墓 등지에서 發掘되었다고 해서 떠들썩하나 大體 어쨌다는 일인지 알 수 없다. 그게 무엇이 그리 큰일이며 그 사금파리 조각이 무엇이 그리 價値 높이 評價되어야 할 것이냐는 말이다. 況此 그렇지도 못한 李朝 항아리 나부랑이를 가지고 어쩌니 저쩌니 하는 것들을 보면 알 수 없는 心事이다.
　우리는 先祖의 장한 일들을 잊어버려서는 못쓴다. 그러나 오늘 눈으로 보아서 그리 값도 나가지 않는 것을 놓고 얼싸안고 혀로 핥고 하는 꼴은 進步한 '커트글라스' 그릇 하나를 만들어내는 부지런함에 比하여 그 怠惰의 極을 唾棄하고 싶다.
　　　　　　　　　　　　　　　　— 수필 「早春點描」 속의 「骨董癖」의 부분23)

　② 끝엣누이 동무되는 새악씨가 그 어머니 臨終에 왼손 무명지를 끊었다. 果然 東洋道德의 最高水準을 건드렸대서 무슨 賞인지 돈 三원을 탔단다. 歲月이 歲月 같으면 번듯한 紅門이 서야할 階梯에, 돈 三원이란 어떤 度量衡法으로 算出한 額數인지는 알 바가 없거니와 그보다도 잠깐 이 斷指한 새악씨 自身이 되어 생각을 해보니 소름이 끼친다. 사뭇 食刀로다 한 번 찍어 안 찍히는 것을 두 번 찍고 세 번 찍고 열 번 찍어 안 넘어가는 나무가 없다는 格으로 기어 찍어 떨어뜨렸다니, 그 하늘이 動할 孝誠도 孝誠이지만 우선 이 끔찍 끔찍한 殘忍性은 想像만 해도 몸서리가 치고 오히려 남음이 있는가 싶다. 이렇게 해서 더러 죽은 어머니를 살리는 수가 있다니 그것을 醫學이 어떻게 巧妙하게 說明해 줄지는 모르나 도무지 神話 以上의 神話다.

　　　　　　　　　　　　　　— 수필 「早春點描」 속의 「斷指한 處女」의 부분24)

<hr>

23) 임종국 편, 전게서, p.122.

　위의 인용문 ①은 골동벽을 주제로 한 글이고, 인용문 ②는 부모의 임종 앞에서 손가락을 잘라 그 피를 어머니 입에 넣어주었다는 이른바 효녀에 관한 이야기이다.

　먼저 인용문 ①과 관련시켜 볼 때, 골동품이란 대개가 당대의 실생활에 쓰였던 도구들에 지나지 않는다. 그러나 여기에 오랜 시간의 신비가 작용함에 따라 사람들은 그 골동품에 신화적이라고 말할 만한 어떤 관념들을 부여하곤 한다. 이러한 관념은 사실의 차원에 존재하는 것이라기보다 다분히 인간의 환각이 만들어낸 어떤 것이다. 그러나 인간들은 머나먼 과거의 어느 때에 사용됐던 골동품에 의미로 가득한 생명성을 불어넣으려 안달을 하고, 마침내는 그것을 보물이나 되는 듯이 다루곤 한다. 세계를 사물화시키는 데 익숙한 이상의 눈에는 사람들의 이와 같은 골동취미가 무척이나 못마땅하게 생각된 듯하다. 그러니까 이상은 골동취미에 사로잡힌 사람들이 자신들도 모르는 사이에 갖고 있는 관념의 거품 내지는 의미의 거품을 모두 거두어버리고, 그것을 하나의 사물로 환원시켜 보고 있는 것이다. 이런 자리에서 골동품 위에 덮여진 환각의 의미는 용납되지 않는다.

　다음으로 인용문 ②와 관련시켜 볼 때, 우리는 효라는 것이 실은 상당히 커다란 관념의 인위적 작용에 의하여 만들어지는 것이라는 점을 이야기할 수 있다. 효란 자연스러운 본능의 활동에서 나온 것이라기보다 사회적 규범과 교육의 결과에 의하여 만들어진 것이라 보는 게 일면 타당하다. 그러나 이런 점을 간과하고 효를 사회적 내지는 국가적 차원에서 부여한 관념만으로 이해하려고 하거나, 효를 신화적인 차원에서 해석하고자 할 때, 효의 강조와 그것의 실천으로 인한 부작용은 만만치가 않다. 이상은 부모의 임종 앞에서 단지하는 당시의 효행풍습을 보면서 그것의 잔인성을 비판하고 더 나아가 이런 효행풍습이 얼마나 신화적인 관념에 토대를 두고 이루어진 것인가 하는 점을 지적하고 있다. 그럼으로써 그는 효행풍습 속에 들어있던 모든 신비적이며 신화적인 거품들을 제거해 버리고 만다. 이것은 그가 쓸데

---

24) 상게서, p.116.

없이 신비화되고 왜곡되었던 관념의 세계들을 냉정하게 사물화의 방향으로 돌려놓는 행위에 다름아니다. 이러한 이상 앞에서는 어떤 관념의 세계도 절대적인 위엄을 가지고 그를 지배하지 못한다. 그러나 이런 가운데 인간들은 차갑지만 이성적인 사유를 할 수 있는 길이 열린다. 하지만 그렇다고 해서 이것이 이상을 행복의 세계로 이끌어주지는 못한다. 오히려 아무것도 아닌 골동품에 온갖 신비로운 의미를 다 부여하고 그것을 황홀하게 바라다보며 껴안기도 하는 사람이 더 행복할 수 있다. 그리고 부모의 임종 앞에서 효를 절대적 관념으로 신봉하며 자신의 손가락을 잘라 부모의 입으로 그 손가락의 피를 흘려 넣으려고 하는 자가 더 행복할 수 있다. 이것을 관념의 황홀함이라고 부를 수 있을지 모르겠다.

4) 자아의 사물화 경향

이상은 그의 눈에 보이는 모든 세계를 사물화의 방향으로 이끌어간 사람이다. 따라서 이제 남은 것은 그가 자기 자신을 어떻게 다루었는가 하는 점이다. 먼저 이 문제와 관련해서 도출된 결론을 말한다면, 이상은 자기 자신까지도 사물화의 방향으로 이끌고 간 사람이라는 것이다. 그에게 자신을 사물화시켜 버리는 죽음은 무척이나 커다란 주제였고, 그는 이 죽음이라는 문제를 늘상 의식하면서 글을 썼던 것으로 보인다.[25] 이상이 자기 자신을 사물화의 방향으로 몰고 가면서 죽음의 문제에 대하여 써놓은 실례들은 그의 작품 곳곳에서 발견된다. 필자는 먼저 이상이 죽음에 대하여 말하면서 자신을 사물화시키고자 한 사실에 대하여 살펴보고, 이어서 그가 자아발견의 매체로 사물(유리거울)을 택함에 따라 그것이 결국은 그 자신을 죽음으로 이끌고 가게 되었다는 논지를 전개해보고자 한다.

---

25) 이상은 그의 나이 20세를 전후한 때부터 자살충동을 강하게 느낀 것으로 알려져 있다. 그는 폐결핵으로 각혈을 시작하면서 이 자살 충동 내지는 죽음에 대한 강박관념으로부터 벗어날 수가 없었던 것으로 보인다. 이상의 자살충동과 각혈의 문제에 대해서는 김윤식, 『이상연구』(서울 : 문학사상사, 1987)를 참조할 것.

① 아무것도 생각하기 싫다. 어제까지도 죽는 것을 생각하는 것 하나만은 즐거웠다. 그러나 오늘 그것조차가 귀찮다.

— 수필 「倦怠」의 부분26)

② 그러나 인제는 다 틀렸다. 봐라 내 팔. 皮骨이 相接. 아야아야. 웃어야 할 터인데 筋肉이 없다. 울래야 筋肉이 없다. 나는 形骸다. 나—라는 정체는 누가 잉크 짓는 약으로 지워버렸다. 나는 오직 내—痕迹일 따름이다.

— 소설 「失花」의 부분27)

③ 해가 서산에 지기 전에 나는 二, 三日內로는 반드시 썩기 시작해야 할 한 개 死體가 되어야만 하겠는데, 도리는?
도리는 막연하다. 나는 十年 긴 歲月을 두고 세수할 때마다 自殺을 생각하여 왔다. 그러나 나는 決心하는 方法도 決行하는 方法도 아무 것도 모르는 채다.
나는 온갖 流行藥을 暗誦하여 보았다.

— 소설 「失花」의 부분28)

④ 나는 老來에 貧困한 食事를 한다. 十二時間 以內에 終生을 맞이하고 그리고 할 수 없이 이리 궁리 저리 궁리 遺言다운 어디 遺失되어 있지 않나 하고 찾고, 찾아서는 그 중 의젓스러운 놈으로 몇 추린다.
그러나 孤獨한 晩年 가운데 한 句의 에피그람을 얻지 못하고 그대로 悽慘히 나는 物故하고 만다.

— 소설 「終生記」의 부분29)

방금 인용한 예문들은 이상이 자기 자신을 끊임없이 죽음의 세계로 몰고 가는 내용들로 구성돼 있다. 인간이 살아가는 동안 누군들 가끔씩 자신의

---

26) 임종국 편, 전게서, p.181.
27) 상게서, p.44.
28) 상게서, pp.41~42.
29) 상게서, p.92.

죽음에 관하여 생각하지 않을까만은, 이상의 경우엔 죽음의 문제에 대한 집착이 다른 누구에게도 비길 바가 아닐 만큼 강하다. 그는 언제나 자신을 죽음으로 사물화시킬 기획을 하고 있는 것이다. 그는 인간이라면 흔히 빠지기 쉬운 자기 자신의 절대화나 신화화의 기미를 결코 보이지 않는다. 세계의 모든 것을 사물화시키던 이상은 이제 자기 자신마저도 사물화시키려고 하는 것이다. 위의 인용문을 통해서 본다면, 이상은 인용문 ①에서 죽음을 생각하는 일만이 즐거웠다는 말을, 인용문 ②에서 자신은 실체가 없는 형해나 흔적에 불과하다는 말을, 인용문 ③에서 자신은 10년 동안 세수할 때마다 자살에 대하여 생각해 왔는데, 만약 죽게 된다면 2, 3일 내에 완벽하게 썩어 없어져야 할 방법을 강구하고 죽어야 한다는 말을, 그리고 인용문 ④에서는 한 구절의 에피그람도 유언으로 남기지 못한 채 죽어가게 되었다는 말을 하고 있다. 여기서 확실하게 볼 수 있는 바와 같이 자신을 죽음이라는 세계로 무화시켜 버리는 것, 곧 생명이 없는 세계로 사물화시켜 버리는 것은, 이상에게 생의 과제이자 그의 정신을 지배하는 핵심과제로 자리했던 것이다.

필자는 여기서 이상의 자아발견과 자아탐구가 차가운 사물의 일종인 '유리거울'을 통하여 이루어졌기 때문에 이처럼 자기 자신까지도 죽음의 세계로 사물화시켜 버리게 된 것이 아니냐는 가정을 해 본다. 한 사람이 무엇을 통하여 자아발견을 하고 자아탐구를 하는가 하는 문제는 매우 중요하다. 그 때 자아발견과 자아탐구의 거울이 될 수 있는 것은 참으로 다양하다. 시인 윤동주처럼 '우물'을 거울로 삼을 수도 있고,30) 시인 서정주처럼 '마당'을 거울로 삼을 수도 있다.31) 그리고 이런 것들 이외의 어떤 것도 거울이 될 수 있다.

필자는 이상이 혼자 방안에 갇힌 채 '유리거울'을 매개로 삼아 자아발견과 자아탐구를 행하였다는 점에 큰 의미를 두고자 한다. 여기서 '혼자 갇혀 있는 방안'만 해도 세계와의 단절로 이루어진 공간인데, 더욱이 그가 갇힌 방에서 자아발견과 자아탐구의 매체로 유리거울을 택했다는 것은 엄청난 의미를 갖고 있기 때문이다. 유리거울이란 어떤 것인가. 필자는 유리거울이

---

30) 정효구, 「이상과 윤동주 시의 거울 이미지 고찰」, 『국어국문학』 92 (1984. 12) 참조
31) 정효구, 「서정주 시에 나타난 거울 이미지 고찰」, 『인문학지』 12집 (충북대, 1994. 12) 참조

야말로 차가운 금속성 사물의 대명사이며, 자아를 분열시키고, 세계와 차단시키는 인공물의 대명사라고 생각한다. 따라서 방안에서, 그것도 이와 같은 유리거울 앞에서 지아를 발견하고 탐구하려 할 때, 일반적으로 진정한 자아는 물론 세계와의 연결끈을 찾지 못하고 자아의 고립, 소외, 파멸, 분열, 무화 등의 방향으로 치닫게 된다. 이 점은 열린 세계 속에서 자연인 우물을 거울로 삼았던 윤동주나, 마당을 거울로 삼았던 서정주가 자아의 고립, 소외, 파멸, 무화, 분열 등으로 나아가지 않고 자아를 세계와 결합시키고 화해시키며 자아의 존재의미를 찾아낸 것과 대비된다. 결국 이상은 사물로서의 유리거울을 자아발견과 자아탐구의 매체로 택함에 따라 자아를 사물화시킬 수밖에 없는 방향으로 나아가고 만 것이다. 우리가 닫힌 방안에서 유리거울을 통하여 발견할 수 있는 것은 파편화되고 단절된 자아뿐이다. 닫힌 방을 열고 나올 때, 사물로서의 유리거울뿐만 아니라 자연의 거울이나 우주의 거울을 찾아낼 수 있을 때, 우리는 자아를 세계와 온전히 연결시키고 화해시킬 수 있기 때문이다. 이상의 작품 중 유리거울을 직접 소재로 삼아 이루어진 작품은 시 「거울」, 「明鏡」, 그리고 「烏瞰圖」 연작 중 「詩第十五號」이다.

1

나는거울없는室內에있다. 거울속의나는역시外出中이다. 나는至今거울속의나를무서워하며떨고있다. 거울속의나는어디가서나를어떻게하려는陰謀를하는中일까.

2

罪를품고식은寢牀에서잤다. 確實한내꿈에나는缺席하였고義足을담은軍用長靴가내꿈의白紙를더럽혀놓았다.

3

나는거울있는室內로몰래들어간다. 나를거울에서解放하려고. 그러나거울속의나는沈鬱한얼굴로同時에꼭들어온다. 거울속의나는내게未安한뜻을傳한다. 내가그때문에囹圄되어있드키그도나때문에囹圄되어떨고있다.

4

內가缺席한나의꿈. 내僞造가登場하지않는내거울. 無能이라도좋은나의孤獨
의渴望者다. 나는드디어거울속의나에게自殺을勸誘하기로決心하였다. 나는그에
게視野도없는들窓을가리키었다. 그들窓은自殺만을爲한들窓이다. 그러나내가自
殺하지아니하면그가自殺할수없음을그는내게가르친다. 거울속의나는不死鳥에
가깝다.

5

내왼편가슴心臟의位置를防彈金屬으로掩蔽하고나는거울속의내왼편가슴을겨
누어拳銃을發射하였다. 彈丸은그의왼편가슴을貫通하였으나그의心臟은바른편
에있다.

6

模型心臟에서붉은잉크가엎질러졌다. 내가遲刻한꿈에서나는極刑을받았다.
내꿈을支配하는者는내가아니다. 握手할수조차없는두사람을封鎖한巨大한罪가
있다.

—시 「烏瞰圖」 연작 중 「詩第十五號」의 전문[32]

　　인용 작품은 이상의 거울이 어떤 기능을 하고 있는지 가장 선명하게 보여
주는 경우이다. 이 작품 속의 화자인 '나'는 지금 '실내'에 있는데, 그 속에서
'유리거울'을 마주하고 있다. 그는 이 유리거울을 통하여 자아발견과 자아탐
구를 하고 있다. 그는 이와 같은 행위를 통하여 자아가 분열돼 있음을 느낀
다. 그런데 그는 자신이 거울을 통하여 발견한 자아를 보며, "무서워하며 떨
고" 있고, "음모를 할까" 두려워하고 있으며, 그에게서 "우울한 얼굴"을 읽
어내고 있다. 그는 자신이 거울을 통하여 인식한 자화상을 부담스러워한다.
결국 이것은 그가 '나는 무엇이며 누구인가'라는 물음의, 이른바 자의식을
가짐으로써 얻어낸 자화상이다. 실내에서, 그것도 유리거울 앞에서 '나는 무
엇이며 누구인가'라고 끝까지 따라다니며 다그칠 때, 그 답은 나야말로 절망

---

32) 상게서, pp.223~224.

스럽고, 허무하고, 무의미하며, 두렵기만 한 존재가 아니냐는 결론에 다다를 것이 분명하다. 내가 모든 것을 사물화시켜 버리고 세계와 진정한 교류를 할 수 없을 때, 그런 가운데서 나는 누구이며 무엇이냐고 다그쳐 물을 때, 그것도 사물화된 유리거울 앞에서 이런 질문을 던질 때, 그에 따른 대답은 앞서 말한 내용과 같은 것일 터이다.

위 인용작품 속의 화자인 '나'는 마침내 이러한 자화상이 부담스러워 그가 발견한 자아에게 자살을 권유한다. 그러나 문제는 자아탐구를 감행하는 '내'가 자살하지 않는 한, 그 거울을 통하여 발견한 자아 또한 사라질 수 없다는 것에 있다. 그럼에도 불구하고 작품 속의 화자인 '나'는 그가 발견한 거울 속의 자아를 향하여 권총을 발사한다. 하지만 이것은 불발로 끝나고 만다. "彈丸은그의왼편가슴을貫通하였으나그의心臟은바른편에있"기 때문이다. 그는 여기서 커다란 죄의식을 느끼며 영원히 평행으로 달릴 수밖에 없는 거울 밖의 자아인 자신과 거울 속의 자아인 이른바 탐구된 자아를 의식한다. 우리는 이로부터 실내에서, 그것도 사물화된 인공의 유리거울을 통하여 자아를 발견하고 더 나아가 탐구하겠다는 한 사람의 고통과 비극을 읽어낼 수 있다. 인간들이란 '나는 누구이며 무엇인가'라는 자의식을 가질 때부터 지울 수 없는 고통을 운명처럼 지고 산다. 그런데 이런 물음에 대한 답을 실내에서, 그것도 사물화된 유리거울 앞에서 구하고자 할 때, 그 고통은 훨씬 크고 그 결과 또한 더욱더 부정적일 확률이 크다.

3. 결론-사물화의 의미

지금까지 필자는 이상이 그의 작품을 통하여 어떤 양상으로 자연, 사회, 가족, 언어, 관념, 자아 등을 사물화의 방향으로 몰고 갔는지에 대하여 살펴보았다. 이것은 이상의 정신의 기저에 모든 것을 사물화시키려는 경향이 있다는 것을 의미한다. 그리고 이것은 마침내 이상을 이른 나이에 죽음의 세계로 이끌어간 원인이며 동시에 이상이 죽음을 적극적으로 선택한 원인이 되기도 한다. 그러면 이상이 이와 같이 자연, 사회, 가족, 언어, 관념, 자아

등 모든 것을 사물화의 방향으로 몰고 간 사실이 구체적으로 어떤 의미를 갖고 있는 것인지 이 점에 대하여 논의해보기로 한다.

첫째, 이상은 모든 것을 사물화시킴으로써 일시적이나마 자유의 경지에 도달할 수 있었다. 결국 모든 것을 사물화시킨다는 것은 그것들이 가진 신성성을 제거한다는 의미이자 신성모독을 감행한다는 의미이기 때문이다. 모든 것을 사물화시켜 버리고 마침내 자기 자신까지도 사물화시켜 버릴 용기가 있을 때, 그런 사람은 죽은 사물 속을 유영하듯 살아가는 것이 가능할 터이니, 이것이야말로 어떤 의미에서 자유의 극치를 경험하는 일일 수 있다. 자신을 둘러싼 세계를, 그것이 자연이든, 사회이든, 가족이든, 언어이든, 이 모든 것을 인공의 사물처럼 만들어버리고 나면, 세계는 결코 자신을 억압하거나 구속하는 장애요인으로 작용하지 않을 것이다. 이런 가운데서 그는 어느 것의 눈치도 보지 않고 자유롭게 살아갈 수 있다.

둘째, 그러나 세계를 사물화시켜 버리고 났을 때, 찾아오는 것은 자유만이 아니다. 그와 더불어 권태와 고독이 엄습한다. 그것은 살아 있다고 느껴지는 것이 아무것도 없는 세상 속에서 그는 어떤 긴장감도 가질 필요가 없기 때문이다. 살아 있다는 것은 타 존재를 의식하며 그들과 생명으로서 관련을 맺고 서로 알맞게 긴장을 하는 일이다. 그렇지만 이상이 그의 작품에서 보여준 것처럼 일체를 사물화시키고 말 때, 그것은 바로 정태적인 무미건조함과 끝도 없는 권태를 몰고 오는 요인이 된다. 이상이 성천을 여행하고 쓴 작품 「권태」를 보면 작가는 견딜 수 없는 권태감에 빠져 있다. 그것은 다름아니라 그가 농촌마을인 성천의 모든 풍경과 자연을 사물화시킨 결과라고 볼 수 있다.

셋째, 모든 것을 사물화시킨다는 것은 그들 존재로부터 육체성과 영혼을 제거한다는 의미이다. 따라서 남는 것은 수량으로 셀 수밖에 없는 물건뿐이다. 그러므로 여기에는 감정이니 상상이니 생명이니 하는 것들이 끼어들 수 없다. 좀 거칠지만 이것을 가리켜 근대정신이라고 말한다면 이상은 근대정신에 충실했고, 그것을 지향한 사람이었다. 이상은 당시 19세기적인 우리의 현실을 안타까워했다. 그러면서 그는 자신이 20세기를 앞서서 지향하는 선구자라고 생각하였다. 그러나 근대적 세계관만으로 인간이 온전하게 이 땅에서 살아갈 수 있는가 하는 점은 여전히 의문사항으로 남는다. 자연을 사물화시키고, 인공의 사물을 자연에 앞서는 존재로 파악한 것이 이상이자 근대정신이며, 세계에 내재하는 신화적 사유와 그 세계관을 철저하게 부정한 것이 이상이고 근대정신이다. 그런 점에서 세계를 사물화시킨 것은 이상이 말하는 바 19세기적 한계를 극복할 수 있는 하나의 방법일 수도 있겠으나, 그 19세기적인 것을 완전히 없앤 자리에 20세기적인 근대정신만을 들어앉힌다면, 이것 또한 온전한 삶을 보장하기 어렵다. 지금 우리 주변에서 근대 혹은 모더니즘의 극복이 활발하게 논의되고 있는 점, 그 가운데서도 생태계 파괴와 관련하여 근대정신이 사물화시켰던 자연과 신화적인 세계의 재인식이 이루어지고 있는 점 등은 바로 이 점을 입증하기에 충분하다. 따라서 이상은 근대 이전의 세계를 근대정신으로 넘어서려고 했으나 그가 수용한 근대정신은 역설적으로 그 자신을 가두는 한계로 작용했음이 드러난다.

넷째, 모든 세계를 사물화시킨다는 것은 그 속의 존재들을 소위 '창 없는 모나드'로 인식하고 또 그렇게 만드는 방식이다. 존재가 창 없는 모나드로 되었을 때, 이들은 상호관련성(relation)을 잃어버리고 하나의 단절된 실체(substance)가 되고 만다. 여기에 세계와 그 속의 존재들 하나하나가 크고 작은 유기체를 이룬다는 생각이 들어설 여지는 없다. 이상은 세계와 존재를 이와 같이 인식하려는 정신적 경향을 가짐으로써 끊임없는 단절감 속에 있었던 것으로 보인다.

다섯째, 일체를 사물화의 방향으로 몰고 가고 그 속에서 존재를 창 없는 모나드처럼 인식할 때, 그 주체에게 다가오는 것은 마침내 자신까지도 사물화시키는 이른바 죽음의 세계라고 할 수 있다. 사물화란 다름아니라 존재의 생명성과 관계성을 제거하는 일이다. 따라서 세계를 이렇게 인식하고 해석한다는 것은 자기 자신의 죽음을 불러오는 일이기도 하다. 필자는 이상의 죽음이야말로 이와 같이 세계와 존재를 사물화시키려는 그의 정신적 지향성에 기인한 부분이 많을 것이라고 생각한다. 그러나 역으로 생각할 수 있는 가능성도 있다. 이상이 자기자신을 끊임없이 사물화시키려는 죽음에의 강박관념으로부터 벗어나지 못했기 때문에, 그를 둘러싼 세계 전체를 사물화의 방향으로 이끌어가게 되었다는 해석도 할 수 있기 때문이다. 과연 어느 것이 먼저인지 단정짓기 곤란하나, 어쨌든 이 양자는 서로 상승작용을 일으키면서, 이상의 정신을 사물화의 방향으로 치닫게 하는 기능을 수행하였다.

다음에 인용할 작품은 지금까지 논의한 이상의 정신세계를 가장 잘 압축하여 종합적으로 보여주는 작품으로 여겨진다. 이상의 사물화 경향이 어떠했고 그 결과가 어떠했는가를 인용될 작품에서 찾아보면 도움이 될 것이다.

> *가장無力한男子가되기위해서나는痘痕이었다*
> *世上의한사람의女性조차가나를돌아보는일은없다*
> *나의怠惰는安心이다*
>
> *두팔을끊어버리고나의職務를避했다*
> *이젠나에게事務를命令하는사람은없다*
> *나의恐怖하는支配는어디에도發見되지아니한다*
>
> *歷史는重荷이다*
> *世上에對한나의辭表의書式은더욱重荷이다*
> *나는나의文字를닫아버렸다*
> *圖書館에서의召喚狀이벌써나에게는解讀되지않는다*
>
> *나는이미世上에맞지아니하는衣服이다*
> *封墳보다도나의義務는僅少하다*
> *나에게는그무엇을理解하는苦痛은完全히없어져있다*
>
> *나는아아무것도보지는아니한다*
> *그럼으로써만나는아아무것으로부터도보이지는아니할것이다*
> *비로소나는完全한卑怯者가되는일에成功한세음이었다*

—시 「悔恨의 章」의 전문33)

---

33) 임종국 편, 전게서, p.298.

⌘
1960년대 "현대시" 동인지의 세계

1. 문제제기

1960년대 한국시단에서 "현대시" 동인지가 발간된 것은 아주 문제적인 사건 가운데 하나이다. 구체적으로 "현대시" 동인지는 1962년 6월에 그 첫호가 발간된 이래 동인들의 해산이 이루어졌던 1972년 3월까지 총 26집이 발간되었다. 그러나 제1집에서부터 제5집까지는 한국시인협회 회원들의 작품이 주로 실리면서 이 협회의 기관지 성격을 강하게 띠었기 때문에, "현대시" 동인지의 진정한 출발은 제6집의 발간에서부터 이루어졌다고 보아야 적합하다.[1]

"현대시" 동인지 제6집이 발간될 때 새롭게 구성된 "현대시" 동인으로는 민웅식, 허만하, 주문돈, 김영태, 이수익, 정진규, 이승훈, 황운헌, 이유경이 있다. 이 9명의 시인들은 창간호의 성격을 갖고 있는 제 6집에 각각 1편씩의 시 혹은 시론을 발표하고 있다. 이 제 6집에는 초대작품란도 있는데, 그곳에는 박목월, 김종삼, 그리고 신동집이 작품을 수록하고 있다.[2]

---

1) 이 점에 대해서는 "현대시" 동인지를 연구한 여러 논자가 지적한 바 있고, 『현대시』 6집의 '후기'란에도 언급된 바 있다. 허혜정, 「60년대 "현대시" 동인들의 시운동과 시사적 위치」, 『현대시학』, 1996년 6월호 이창용, 「1960년대 '현대시' 동인의 활동과 시 세계」, 『현대시학』, 1999년 6월호.

2) "현대시" 동인들은 제26집을 출간하고 해체될 때까지 참가, 탈퇴 등으로 동인구성의 변화

필자는 본 논문을 통하여 이와 같은 "현대시" 동인지의 시적 특성을 살펴보고, 그 의미 및 의의를 다양한 측면에서 조명해보고자 한다. 이러한 일은 공시적으로 볼 때 1960년대 우리 시와 시단의 독특하고도 중요한 한 시적 흐름을 점검하는 일이며, 통시적으로 볼 때 20세기 한국시사의 특수하고도 중요한 한 부분을 점검하는 일이라 여겨진다.

지금까지 "현대시" 동인 혹은 동인지에 대하여 논한 글 중 대표적인 것으로는 허혜정, 고형진, 이창용의 것이 있다(이 글들은 모두 1990년대에 들어와 쓰여진 것으로, "현대시" 동인의 한 사람이었던 정진규가 주간으로 있으면서 간행하는 시전문지『현대시학』에 실려 있다).

이 중 허혜정은, "현대시" 동인들의 동인활동이 시의 현실참여를 부르짖는 당대의 시단, 특히 "신춘시" 동인들의 현실 참여적인 활동을 의식하고 이루어졌지만, 그 저변에는 시의 참여적 기능을 부정함으로써 오히려 시의 참여적 기능을 수행하고자 한, 이른바 정치적 무의식이 깔려 있다고 결론을 내렸다. 이것은 그들이 주장하는 시의 미적 자율성이 곧 사회현실에 대한 미적 저항의 한 방식이라는 뜻이다. 허혜정의 이런 견해는 매우 설득력 있는 것이라 할 수 있다.

다음으로 고형진은, "현대시" 동인지가 시의 본령인 서정성을 잃지 않으면서 현대적인 시작방법을 사용하였다고 지적하였다. 그는 이렇게 서정성을 잃지 않고 현대적인 방법을 사용한 예로 이수익의 작품을 들었다. 여기서 그가 이수익이 사용한 현대적인 시작방법의 예로 든 것은 감정을 서술 대신 이미지로 표현하였다는 것이다. 고형진의 이런 지적은 일면 타당성이 있다. 그럼에도 불구하고 그의 글에서 아쉽게 느껴지는 것은 고형진이 주장한 내용이 좀더 선명하게, 정확한 문장으로 표현되지 못했다는 점이다. 그리고 그가 말한 현대적인 시작 방법의 예가 이미지의 사용이라는 한 가지 사실로만 곳곳에서 설명되고 있다는 점이다.

끝으로 이창용은 "현대시" 동인들이 시작 기법에 관심을 많이 가진 시인

____

상을 드러내었다. 이런 점에 대한 실증적 접근을 한 글로는 위의 허혜정과 이창용의 글을 참조하는 것이 좋을 것이다.

들이라고 전제한 후 그 기법의 세목으로 초현실주의 기법, 이미지, 아이러니 등의 사용을 들었다. 이런 점에서 이창용은 "현대시" 동인들이 사용한 기법을 '현대적인 기법'이라고 말하지는 않았지만 앞서 언급한 고형진의 경우와 비교할 때 좀더 다양한 방법들을 찾아낸 셈이다. 그러나 이 글에는 막연하게 초현실주의 기법을 사용했다고 말해졌을 뿐, 그 기법 중 구체적으로 어떤 기법이 사용되었는지가 분명하게 명시돼 있지 않으며, 그가 제시한 세 가지 기법, 즉 초현실주의 기법, 이미지, 아이러니 사이에 어떤 관계가 있고 그것을 사용한 의미는 무엇인지가 드러나 있지 않다.

이러한 앞의 세 글과 더불어, 김혜순, 이경호, 고형진이 나눈 좌담내용은 1960년대 "현대시" 동인지의 실상과 성격 그리고 그 의미를 밝히고자 한 선구적인 업적이다.[3] 필자는 본고를 통하여 이들의 글에서 미처 다뤄지지 못한 내용을 중심으로 "현대시" 동인지의 특성을 살펴보고, 그것을 토대로 삼아 그 의미와 의의를 다양한 측면에서 따져보고자 한다.

2. "현대시" 동인지의 특성과 의미

1) 주체의 내면의식에 대한 탐구

"현대시" 동인들이 "현대시" 동인지를 통하여 내면의식을 탐구했다는 점은 오래 전부터 여러 논자들에 의하여 지적돼온 점이다. 그리고 이것은 "현대시" 동인들 스스로의 글에 의해서도 지적돼온 점이다. 그러므로 이 점을 필자가 새삼스럽게 지적했다고 말하기는 어렵다. 하지만 "현대시" 동인지를 논하면서 이 점을 짚고 넘어가지 않으면 그 다음의 논지 전개가 어렵다. 그것은 "현대시" 동인들이 시 창작의 출발로 삼은 것이 바로 내면의식을 탐구한다는 것이었기 때문이다. 그러나 내면의식을 탐구한다는 것의 실상과 그 의미 및 의의에 대해서는 아직도 할 말이 남아 있다. 다음은 이런 점들을 중

---

3) 김혜순·이경호·고형진의 좌담, 「60년대 시인들 그 위상과 변모」, 『현대시학』 1995년 10월호, pp.140~162.

심으로 논의를 펴가기로 한다.

  첫째, "현대시" 동인들이 내면의식을 탐구하였다는 것은 대상과 주체 가운데서 대상보다 주체를 우선시하였다는 의미이다. 이것이 무슨 말인가 하면 지금까지 철학의 주제나 자아와 세계의 관계를 탐구하고자 할 때 두 개의 기본축이 되었던 이른바 주체와 대상 혹은 자아와 세계 가운데서 주체 및 자아를 세계이해의 출발점으로 삼았다는 뜻이다. 주체와 자아가 세계 이해의 출발점이 될 때, 대상, 세계, 사물 등으로 불리는 바깥세계는 언제나 주체를 통해서만 그 의미를 가질 수 있다. 그런 점에서 "현대시" 동인들의 내면탐구작업은 아주 개인중심주의적이고 인간중심주의적이다. 그런데 그 가운데서도 "현대시" 동인들은 개인 혹은 주체의 내면의식에 관심을 집중시켰기 때문에 단순히 개인 혹은 주체를 세계 이해의 출발점으로 삼았다는 말만으로는 그 실상을 드러내기에 미흡하다. 그렇다면 개인 혹은 주체를 세계이해의 출발점으로 삼아 내면의식을 탐구했다는 것은 무엇을 뜻하는 것일까?

  둘째, "현대시" 동인들이 개인 혹은 주체를 세계이해의 출발점으로 삼아 내면의식을 탐구했다는 것은 안쪽에 있는 의식의 흐름과 복합성에 주목했다는 뜻으로 이해할 수 있다. 그들은 우리가 흔히 나누곤 하는 무의식, 의식, 초의식 등이 구분하기 어려울 만큼 뒤엉켜 있는 인간들의 내적 심리, 마음, 정신 등의 활동에 초점을 맞추고 그것을 포착해내고자 한 것이다. 일반적으로 우리의 눈은 밖을 향해 열려있다. 그러므로 우리들은 우리의 내면의식 세계가 어떤 모양으로 어떻게 움직이고 있는지를 인식조차 하지 못하는 경우가 대부분이다. 우리는 우리들의 내면의식 세계를 소홀히 방치한 채 분명하게 사건화된 외부세계에 정신을 빼앗길 뿐이다. 그렇지 않으면 복잡하고 유동적인 우리의 내면의식 세계를 몇 마디 관념화된 언어나 추상화된 언어로 요약하여 바깥으로 드러내기가 일쑤이다. 그런데 우리의 내면의식 세계는 그 크기로 볼 때 거대한 저장창고나 바다 속에 잠긴 빙산과 같고, 그 흐름으로 볼 때 잠시도 머무르기를 거부하는 물의 속성을 닮았으며, 그 구조로 볼 때 거미줄처럼 복잡하고 또 추상화처럼 복합적이다. 그러므로 우리의 내면의식 세계를 포착한다는 것은 여간 어려운 일이 아니다. 그리고 그 세계를 포착하는 일은 무한하다. 한 인간이 살아있는 한 내면의식 세계는 잠시도 멈추지 않고 새로운 모양으로 움직여 나아가기 때문이다. 그런데 인간들은 일반적으로 내면보다는 외면을, 의식세계보다는 사건화된 세계를, 있는 그대로의 유동적이며 복합적인 의식세계보다는 고착되고 단순화된 관습체계를 만나며 살아왔다. 이것은 시인들의 경우도 그러해서 가닥잡힌 감정을, 확립된 사상이나 철학을, 이성화된 의지의 세계를, 눈에 보이는 외부세계를 노래하는 것이 일반적이었다. 사람들은 확실한 것을 선호하였던 것이다. 그런 점에서 "현대시" 동인들이 내면의식 세계를 있는 그대로 발견하고 탐구하였다는 것은 매우 의미있는 일이라고 하지 않을 수 없다. 다시 말해서 이것은 의식의 유동성과 복합성을 건져 올리려는 작업인 것이다.

셋째, "현대시" 동인들의 내면의식 탐구작업은 표현 이전, 언어 이전, 인공 이전, 억압 이전, 의지 이전, 지향 이전, 현실 이전, 결과 이전, 당위 이전, 배제 이전, 가면 이전, 방법 이전, 질서 이전의 정신세계를 포착해보려는 노력으로 이해될 수 있다. 그러므로 이것은 자연스럽게 언어나 논리 이전의 세계가 진실이라는 반논리실증주의자의 세계 및 반개념주의자의 세계를 닮았다. 다시 말하자면 언어화되기 이전의 세계가 절대진실의 세계라는 관점을 반영한 것이다. 사실 그렇다. 언어니 논리니 하는 것은 인간들이 살아나가기 위한 하나의 방법적 장치에 불과하기 때문이다. 다만 이런 방법적 장치가 인간으로 살아가기 위하여 우리가 수락할 수밖에 없는 이른바 인간의 운명이자 인간조건이라는 점을 함께 인식할 필요는 있다. 그럼에도 불구하고 언어와 논리 그리고 질서 이전의 세계에 주목하여 그것을 살펴보려는 태도는 인간이해의 차원에서도 매우 중요한 의미를 갖는다.

넷째, "현대시" 동인들이 내면의식을 탐구하였다는 것은 개인을 발견하였다는 의미를 갖는다. 개인을 발견하였다는 것은 공동체 이전에 한 개인이 실존적으로 존재한다는 것을 의미한다. 그러므로 이러한 시인들은 그들의 시선을 외부로 돌리지 않고 내부로 돌린다. 그 때의 내부란 당연히 개인인 자신의 내부이다. 그들은 자신의 내부를 만남으로써 그들이 어떤 개인인지를 인식하고 관찰한다. 여기서 자아정체성 확립의 터전이 마련된다. 인간의

역사 속에서 개인의 발견이라는 문제는 인류사의 발전이라는 문제와 깊은
관련을 갖는다. 거칠게 말한다면 인류사는 개인을 발견하는 과정이었다고
말해도 과언이 아니다. 그런 개인의 존재 혹은 정체성을 발견하는 일에는
여러 가지가 있지만, 그 가운데서도 내면의식의 발견이야말로 아주 중요한
일이 아닐 수 없다.

"현대시" 동인들의 내면의식 탐구는 위와 같은 의미를 갖는다. 이것은 그
들의 시가 내면의식을 탐구하였다고 말하는 것만으로 부족한 내면의식 탐
구의 이면을 들춰보인 것이다. 그러면 실제로 "현대시" 동인지에 수록된 작
품 한 편을 예로 들어보면서 논의를 이어가기로 한다.

> *어릴 때의 자전거가 쓰러진 마당으로 바람은 차고 희게 분다. 이것은 적막한
> 경험인가, 적막한 열두개의 손가락이 거리를 달려가는데 『누가 죽었나요?』商
> 人들은 귀를 트랜지스터에 대고, 나는 부러진 槍이 되어 딩굴었다. 희망의, 일
> 제히 달아나던 개미들의 凶兆여. 마침내 嗚咽을 삭이고 너는 축축한 그리움을
> 게운다. 그리고 네가 파먹는 흙 오오 흙, 부서진 나의 머리에 가늘고 기인 못들
> 이 차거이 쏟아지며 박힐 때 비여, 너는 내 精神의 머리칼을 씹어라.*

— 이승훈의 「*危篤 第5號*」의 전문[4]

위 시를 보면 시인의 의식 속에는 어린 시절의 풍경이 들어와 있다. 그 풍
경은 자전거가 쓰러진 마당으로 바람이 차고 희게 부는 모습이다. 그것이
어쨌다는 것인지는 설명할 수 없으나(또 설명할 필요도 없으나) 시인의 의식
속으로 이런 풍경이 찾아온 것만은 확실하다. 그 풍경은 마당, 쓰러진 자전
거, 차고 희게 부는 바람의 이미지가 섞이면서 적막감, 고적감, 쓸쓸함, 막막
함, 고독감 등의 느낌을 불러일으킨다. 여기서 우리는 시인의 마음 속에 이
러한 감정들이 스치고 지나간다는 것을 느낄 수 있다. 그런데 시인의 이런
감정은 타존재에게까지 투사된다. 그는 거리를 바라보면서 "적막한 열두개
의 손가락이 거리를 달려"간다고 했다. 여기서 열두 개의 손가락이 무엇인

---

4) 『현대시』 14집(1967), p.485.

지는 확실하지 않다. 그것은 사람일 수도 있고, 짐승일 수도 있고, 자동차일 수도 있고, 다른 그 무엇일 수도 있다. 중요한 것은 거리의 풍경이 "적막한 열두개의 손가락이 거리를 달려가는" 모습으로 시인의 마음 속에 비춰졌다는 것이다. 그러니까 시인에겐 안팎으로 적막한 풍경과, 적막한 감정이 엄습했던 것이다. 그런 풍경과 감정 속에서 시인은 "나는 부러진 창(槍)이 되어 딩굴었다"고 그의 내면의식을 다시 한번 표출한다. 여기서 "부러진 창이 되어 딩굴었다"는 것은 어떤 정황을 환기시키는가? 사람에 따라 다른 정황이 환기되겠지만, 아마도 많은 사람들이 절망감, 낭패감, 황폐함 등의 느낌을 받을 수 있을 것이다. 이승훈은 이런 자신의 내면을 직시하고 "희망의, 일제히 달아나던 개미들의 흉조(凶兆)여"라고 외친다. 한 마디로 말해서 희망이 상실됐다는 것이다. 그런데 여기서 흥미로운 것은 그의 의식 속에 희망이라는 관념이 개미라는 구체적인 존재로 환치되었다는 점이다. 이렇게 개미로 환치된 희망은 이승훈의 의식 속에서 '너'가 되어 '嗚咽을 삭이고 축축한 그리움을 게'우는 모습으로 나타난다. 여기서 '너'는 곧 시인 자신이다. 그리하여 시인, 개미, 희망, 너는 모두 같은 존재가 된다. 시인은 이런 가운데서 그의 내면이 잔인할 정도로 파괴되는 것을 느낀다. 그는 이것을 "부서진 나의 머리에 가늘고 기인 못들이 차거이 쏟아지며 박"힌다는 말과 "精神의 머리 칼이(을) 씹"힌다는 말로 표현하였다. 요컨대 위의 인용시에서, 이승훈은 그의 의식 속에 어린 시절의 적막한 풍경이 떠오르는 것을 시작으로 하여 파괴되고 황폐해져가는 그의 내면세계를 있는 그대로 드러내 보인 것이다. 여기서 우리는 시인이 개인이자 주체로서 세계이해의 출발점이 되고 있다는 사실, 그런 개인의 의식상태가 솔직하게 투시되었다는 것, 언어화 이전의 의식상태가 시적 표현의 대상이 되고 있다는 점, 개인의 개체성이 존중되고 있다는 점 등을 확인할 수 있다.

이렇게 주체의 내면의식을, 그것도 가치 중립적인 차원에서 있는 그대로의 내면의식을, 더군다나 언어화되기 이전의 내면의식을 발견하고 표현하는 것은 한 개인의 내면을 사회적 규범이나 도구로 측정하거나 평가하는 일의 한계를 넘어서보려는 행위라 할 수 있다. 이렇게 함으로써 수많은 사회적 그물들에 의하여 억압당하고 왜곡되었던 한 개체로서의 인간이 실제로 어떤 의식 상태 속에서 살아가고 있으며, 한 인간의 참다운 실상이 무엇인지를 편견 없이 만나볼 수 있는 하나의 계기를 얻을 수도 있다. "현대시" 동인들의 내면의식 탐구는 바로 이와 같은 점에서 그 의미 및 의의를 찾을 수 있다.

2) 사물의 내면세계에 대한 탐구

"현대시" 동인지를 논하면서 두 번째로 언급해야 할 사항은 그들이 주체의 내면의식만을 탐구하는 데 그치지 않고 사물의 내면을 함께 탐구하였다는 사실이다. 물론 이들이 탐구한 사물의 모습은 그들의 내면의식 속에 나타난 사물의 모습이다. 그런 점에서 이들은 여전히 자신들의 내면의식을 존중한다. 그럼에도 불구하고 "현대시" 동인들은 사물이 어떤 모습을 하고 있는가에 대하여 잠시도 긴장의 끈을 풀지 않는다.

첫째, 그런 점에서 "현대시" 동인들은 랭보가 말하는 '견자(見者)'로서의 자세와 능력을 갖고 있다. 랭보가 말하는 견자란 사물들의 보이지 않는 이면을 보는 자, 곧 사물의 우주적인 비밀을 꿰뚫을 수 있는 자이다.[5] "현대시" 동인들은 마치 견자처럼 사물의 숨겨진 면을 본다. 그러므로 그들이 보아낸 사물들의 이면상은 선입견으로 사물들의 외양만을 보던 사람들에게 큰 충격을 준다. 실제로 우리가 인식하고 있는 사물들의 얼굴은 지극히 관습적이고 고착적이며 외양적이다. 우리는 어쩌면 사물들을 보지 않고 스칠 뿐이다. 혹시 본다 하더라도 우리는 우리의 머리 속에 굳어진 영상만을 선택적으로 보기 쉽다. 아니면 누군가가 가르쳐준 대로 사물들의 모양을 외우고 다닐 뿐이다. 그런 점에서 보통 사람들의 사물들에 대한 인식은 사물의 본모습에 대하여 일종의 폭력을 행사하는 것과도 다르지 않다. 그러나 인간들의 이러한 사물인식에 아랑곳하지 않고, 사물들은, 아니 사물들이 함께 살아가면서 만들어내는 이 우주는 그들 나름의 온갖 신비로운 내적 세계를

---

5) '見者'에 대해서는 마르셀 레몽, 『프랑스 현대시사』, 김화영 옮김(서울 : 문학과지성사, 1983), pp.46~55 참조.

창출한다. "현대시" 동인들은 바로 사물 혹은 우주의 이와 같은 내적 세계를
투시해보고자 한 시인들이다. 이러한 "현대시" 동인들이 얼마나 사물들을
섬세하게 관찰하며 그 이면의 무한한 모습을 만나고 포착하려 했는지 하는
것은 김종해의 시 「詩業修鍊」을 보면 아주 잘 알 수 있다.

> 하루 종일 말의 *經濟*에 시달렸었지요
> 가장 고요한 이가 갖는 그 *沈默*의 어깨를 조용히 치며
> *事物*의 얼굴, 그 눈짓을 가만히 들여다 보면서
> 나는 날마다 아내와 아이들의 집으로부터 격리되어 갔지요
> 미세한 의식의 *感觸*을 거느리고
> 나의 안에서 뒹굴고 있었지요
> 나의 안에서 갖가지 벌여지는 *露店*의
> 그 정다운 *物象*들과 *行人*들의 이야기를
> 엿듣고 있었지요
> 그것들의 뜨거운 맥박이 뛰고, 그것의 조용한 세계가 열리면서
> 나의 *意識網*에 와 닿아 부대끼는 날개들의 볼륨을
> 나는 확신했어요
> 나는 기다렸었지요
> *玄關* 층계에 핀 물이끼를 밟을 때 그것들의 비명을 들으면서

— 김종해의 「詩業修鍊」의 부분6)

　　방금 인용한 김종해의 작품 「詩業修鍊」에는 이 시인이 시를 쓰면서 특별
히 관심을 가진 세 가지 사실이 나온다. 그 세 가지 사실이란 첫 행에 나오
는 '말'의 문제와 셋째 행에 나오는 '사물'의 문제, 그리고 다섯째 행에 나오
는 '의식'의 문제이다. 그러니까 말, 사물, 의식, 이 세 가지가 김종해는 물론
'현대시' 동인들의 시작 수업을 이끄는 중심문제이다. 이 중 '의식'의 문제에
대해서는 앞장에서 살펴본 바와 같고, '말'의 문제에 대해서는 뒤에서 살펴
볼 것이기 때문에, 여기서는 '사물'의 문제에 대하여 살펴보고자 한다. 다시
위 인용시를 자료로 삼아 살펴본다면, 김종해는 그 누구도 침범할 수 없는

---

6) 『현대시』 14집, p.493.

그만의 밀실에서 "事物의 얼굴, 그 눈짓을 가만히 들여다 보"고 있다. 그것은 이전에 보지 못했던 사물의 무한한 모습을 보겠다는 뜻이다. 요컨대 견자가 되겠다는 뜻이다. 견자가 되고자 한 김종해는 사물을 보기 위하여 그의 몸 전체를 열어놓고 있다. 몸 전체를 열어놓는다는 것은 몸의 감각뿐만 아니라 길들여진 의식 전체를 파기하고 열어놓겠다는 뜻으로 읽어야 한다. 이처럼 몸의 감각과 의식의 촉수를 일체의 장애물을 제거한 채 열어놓고 있을 때, 그 감각과 촉수에는 참으로 많은 사물의 모습이 걸려들 것이다. 그는 그렇게 걸려든 사물의 모습을 가만히 그의 내면 의식 속에 맞이하여 품어 안는다.

김종해는 사물의 무한한 모습을 만나기 위해 "아내와 아이들의 집으로부터 격리되어" 가는 길을 택한다. 아내와 아이들로 표상된 세속사회는 그가 사물을 보고 만나는 데 방해요인일 수밖에 없기 때문이다. 세속사회란 어떤 곳인가? 그곳에는 허물 수 없는 문법이 있다. 그리고 그곳에선 오직 그 문법의 틀로만 사물을 읽어내기를 바란다. 뿐만 아니라 그곳은 아주 소란스러워서 사물과 만날 만한 장소가 없다. 더욱이 그곳은 인간들의 동네이기 때문에 인간 이외의 존재란 그곳에서 단순히 타자에 불과하다. 다시 말하면 그곳에서는 인간 / 비인간의 이분법이 작용하고, 그에 따라 비인간은 소외되거나 배제된다. 김종해는 이런 사실을 알고 있기 때문에 세속사회로부터 스스로를 격리시켜 그만의 밀실 속으로 들어간다. 그는 이 밀실 속에서 앞서 말한 바와 같이 몸의 감각과 의식의 촉수를 다 열어놓고 사물과 만나기를 기다린다. 이런 김종해에게 인간 / 비인간이라는 이분법의 횡포가 끼일 수 없으며, 사물을 타자화시키는 횡포도 끼일 수 없다. 비유적인 표현이 허용된다면 그는 사물이라는 손님을 맞이하기 위하여 최적의 환경을 만들어놓고 기다리는 사람과 같다.

다음은 "현대시" 동인들이 실제로 어떻게 견자의 면모를 보여줬는지 그 점을 구체적인 작품을 통해 살펴보고자 한다.

비가 나린다

죽어 추한 *傷痕* 위에 비는 *裸體*를 보이면서
깔깔깔 *射精*의 *快感*을 퍼붓고 있다.
죽은 *者*는 *地下*에서 *默默*히 *呻吟*하고
*人者*는 수근대며 미주 앉는다.
비가 나린다.
*存在*의 안팎에서 덜커덩대며
*傷*한 뿌리를 *陳述*하고
죽은 *母體*의 *子宮*을 일깨워 준다.
*靈魂*이 *四方*에서 떨고 울지만
비는 *非情*의 욕심에 *汨沒*해 있다.

비를 머금은 *草綠*은
신선한 얼굴로 *大衆*의 눈을 빛나게 하리라.
비를 *掠奪*한 땅은 흥분의 *頂點*에서 흔들리다가
쓸쓸한 *瓦解* 속에 밀려 가리라.
오 그런데 비는
모리배의 뱃구멍 그 튼튼한 *洞窟*에 파고든다.

오 그런데 비는
가난한 *女人*의 머릿칼 위에 *射精*한다.
*非情*한 잇발을 내놓고
*世界*의 아픈 곳을 쑤시고 있다.
넘치는 *江*과 *人夫*는
*山*과 *工場*을 넘어
*存在*의 빛을 *反射*시킨다.

— 이유경의 장시 「밀알들의 *靈歌*」의 제2장 전문[7]

위 인용시에서 이유경이 주목한 사물은 내리는 비다. 그는 내리는 비를 바라보며 그 속에 숨어있는 여러 가지 모습을 투시한다. 그가 비를 통하여 투시한 여러 가지 모습들은 매우 낯선 것들이 대부분이다. 세속의 고착화된 시각으로는 보기 어려운 사물의 이면상이 포착돼 있다. 우선 이유경은 내리는 비를 보고 "죽어 추한 *傷痕* 위에", "*裸體*를 보이면서", "깔깔깔 *射精*의 쾌

---

7) 『현대시』 7집 (1965), pp.231~233.

감을 퍼붓고 있는 것"이라고 표현하였다. 매우 신선한 표현이다. 죽음의 상흔으로 얼룩진 이 대지 위에, 나체로, 그것도 깔깔깔 웃으며, 비가 사정의 쾌감을 맘껏 퍼붓고 있다는 이 표현 앞에서 우리는 사물을 새롭게 만나는 충격에 빠질 수밖에 없다. 이유경은 계속하여, 죽은 영혼들이 사방에서 떨며 울고 있지만, 비정한 비는 그런 소리를 못들은 척 사정의 쾌감에만 골몰하고 있다는 말을 한다. 그러나 흥미로운 것은 이런 비의 비정한 사정욕구 속에서 죽은 모체의 자궁이 깨어난다는 것이다. 이유경은 다시 내리는 비를 초록의 생명들과 연관짓는다. 비를 머금고 푸르러진 생명들이 대중의 눈을 빛나게 할 것이라는 말을 한다. 이런 표현은 그러나 어디서나 볼 수 있는 평범한 것에 불과하다. 그러므로 우리는 잠시 긴장의 끈을 늦추려고 할 것이다. 하지만 이유경은 우리를 결코 편안하게 그냥 두지 않는다. 그는 다시 견자가 되어 "비를 掠奪한 땅은 흥분의 頂點에서 흔들리다가 / 쓸쓸한 瓦解속에 밀려 가리라"라고 말을 이으며 우리를 또다시 긴장시킨다. 여기서 땅이 사정하는 비를 약탈했다는 것은 물론, 그렇게 약탈한 땅이 흥분의 정점에 이르러 흔들릴 것이라는 말이 다함께 우리를 긴장시킨다. 이유경은 더 나아가 "오 그런데 비는 / 모리배의 뱃구멍 그 튼튼한 洞窟에 파고든다"는 말을 통해 우리를 긴장시킨다. 모리배의 그 튼튼한 뱃구멍(동굴)으로 비가 사정의 쾌감을 누리며 파고들었다면 그것은 어떤 모양일까? 모리배와 비정한 비의 사정욕구가 결합된 정황을 우리는 상상해야 한다. 그러나 비의 무심성을 떠올린다면 이런 정황은 얼마든지 공감을 자아낼 만한 풍경이다. 이유경은 이렇게 해서 비와 모리배를 결합시키더니, 다시금 전혀 방향을 바꾸어 비를 가난한 여인과 결합시킨다. 비가 가난한 여인의 머리카락 위로 사정하며 쾌감을 누렸다는 것이다. 역시 그럴 수 있다고 고개를 끄덕이며 사물의 이면을 시인과 함께 새로이 볼 수밖에 없다. 무심한 비는 가난한 여인의 머리카락이라고 가리지를 않을 터이니까 말이다. 이렇게 내린 비는 "넘치는 江"을 만드는데, 비의 사정권 속에 들어 있는 모든 존재들은 아픈 곳을 하나씩은 갖고 있다. 이유경은 그럼에도 불구하고 모든 존재가(사물이) 이 우주 속에서 그 나름의 빛을 반사시킨다는 사실도 함께 보고 있다.

사물을 깊이 보았을 때, 우리는 그동안 가리워졌던 눈이 열리고, 답답했던 관념의 벽이 허물어지는 느낌을 받는다. 그럼으로써 우리는 자유로워지고 사물은 우리 앞에서 새로운 모습으로 새탄생된다.

둘째, 사물의 내면을 탐구한다는 것은 사물의 유동성을 보겠다는 의지의 반영이다. 과학적으로 보더라도 사물은 그것이 어떤 것이든지 간에 이 우주 속에서 흐르고 있다. 흐르고 있다는 것은 단 한 순간도 같은 모습을 하고 있지 않다는 것이다. 그러므로 사물의 이면을 직시하고자 하는 사람들에게 그 사물들은 항상 다른 얼굴로 나타날 수밖에 없다. 다른 말로 하면 그들은 사물을 결과물로 보지 않고 과정을 사는 존재로 본다는 것이다. 이렇게 볼 때, 사물은 무한의 얼굴을 하며 흘러가고 있다. 시인들은 그 흐름을 주시하는 사람들이다. "현대시" 동인들은 사물을 바로 이와 같은 측면에서 보았기 때문에 사물의 고착화를 아주 싫어한다. 사물을 고착화시킨 것의 대표적인 예가 알레고리와 관습적 상징을 애용하는 것이다.

셋째, 사물의 내면을 탐구한다는 것은 사물의 복잡한 관계성을 보겠다는 뜻이다. 사물이란 그 어떤 것도 홀로 진공상태 속에 존재하지 않는다. 모든 사물은 관계 속에서 '살아간다'. 그 때의 관계란 사물과 사물만의 관계가 아니라 사물과 인간과의 관계까지를 포함한다. 그러므로 사물은 그것이 어떤 것이든지 간에 아주 복잡하고 또 복합적인 성격을 띤다. 여기에 단순화란 말은 허용되지 않는다. 그것은 다만 인간들의 편리한 생활을 위해 있는 것일 뿐이다. "현대시" 동인들은 사물들의 이 복잡하고 또 복합적인 관계성을 보며, 그것을 이끌어내는 데 전력을 기울였다. 그러므로 그들이 이끌어낸 사물의 이면은 헝클어진 머리채처럼 종잡기 어려울 때도 있고, 난해하다는 느낌을 줄 때도 많다. 하지만 사물들의 이면을 보고 싶어하는 사람들에게, 그들이 탐구하고 포착한 이러한 이면상은 매우 흥미롭다.

叡智라는 말, 흔들리는 풀잎
저 머얼리 부서진 유리창 곁에
여인들이 빛나는 圓盤을 머리에 이고 있어요.
아이들이 맨발로 돌아오고 있어요.
설레이는 바람들의 喜悅을
파고드는 草原에선 五月에
꼴프치는 사람들이 보이고,
잠든 집씨의 얼굴에
나직이 걸리는 햇빛도 볼 수 있어요.
파도 소리가 밀리는
대낮의 낮고 따스한 廊下에
交織되는 빛갈들,

— 이승훈의 「草原素描」의 부분8)

이승훈은 위 시에서 햇빛을 보고 있다. 그런데 그는 단순히 햇빛을 바라
보고만 있는 것이 아니라 그것을 "손으로 사냥"하듯 잡아들이고 있다. 그는
이렇게 사냥하듯 잡은 햇빛 속에서 초원을 본다. 어떤 연유에서인지는 몰라
도 그에게 햇빛은 초원과 깊은 관계를 맺고 있는 것으로 각인되었던 것 같
다. 또한 그는 햇빛 속에서 "使徒들이 / 버리고 간 눈물방울"을 보고 있다. 이
렇게 볼 때 햇빛은 즉물적인 햇빛으로 그치지 않고 다른 것들을 품어 안은
존재 혹은 그것들과 관계를 맺은 존재이다. 다시 위 인용시에서 햇빛은 창
살을 밝게 만들고 그 밝음으로 창살 위에 놓인 손을 비춘다. 이어서 빛이 있
는 이런 풍경은 "叡智라는 말"을 연상시키고, "흔들리는 풀잎"을 떠올리게
만든다. 또 다시 위 인용시에서 햇빛은 유리창에 비춘 모습으로 나타나고
그와 동시에 "빛나는 圓盤을 머리에 인" 여인들을 연상시킨다. 그러니까 햇
빛의 내면에는 이런 여인들의 모습이 들어있는 것이다. 이승훈이 햇빛에서
본 것은 이것으로 그치지 않는다. 그는 맨발로 돌아오는 아이들의 모습과
바람결의 설레임 그리고 꼴프치는 사람들을 본다. 끝으로 한두 가지만 더
덧붙인다면 이승훈은 "잠든 김씨의 얼굴에 / 나직이 걸리는 햇빛"의 모습과

---

8) 『현대시』 8집 (1965), pp.288~289.

"대낮의 낮고 따스한 廊下에 / 交織되는" 햇빛의 빛깔들을 함께 보고 있다. 이뿐만이 아니다. 이승훈의 위 인용시의 전문을 보면 이승훈이 햇빛에서 본 것은 더욱더 많고 다양하다. 이처럼 "현대시" 동인들에게 사물의 내면을 탐구한다는 것은 그 사물들이 지닌 관계성과 복합성을 보겠다는 뜻이다. 이렇게 됨으로써 사물은 표면만을 슬쩍 보여주는 즉물적인 존재로 끝나지 않고 무궁한 이면을 그 속에 품고 있는 아주 다채롭고 복합적인 입체적 존재로 변모된다.

3) '존재하는 것으로서의 시'의 추구

이론적으로 볼 때 시의 기능은 무한하다. 시는 그 무엇을 할 수도 있다. 시가 할 수 있는 기능은 연애감정을 대변할 수 있는 도구로부터 돈벌이의 수단이 되는 데까지, 인간의 속된 욕망을 순치시키는 데서부터 영혼을 구원할 수 있는 데까지, 그야말로 그 양태가 무한하다고 할 수밖에 없다. 그러나 아주 거칠게 구분한다면 시의 기능은 도구적인 측면과 자율적인 측면으로 나뉜다. 시가 도구적인 기능을 할 때, 시란 호미나 곡괭이 또는 교훈서나 선전문과 다르지 않다. 이것도 시의 아주 중요한 기능이다. 시라고 하는 것 역시 세속사회를 떠나서 존재할 수는 없는 것이기 때문이다. 그러나 시는 도구적 기능을 거부할 때가 있다. 시가 도구적 기능을 거부하고 그저 '존재하는 것'만으로 만족하고자 할 때, 그것을 가리켜 시의 자율적인 기능이라고 할 수 있다. 시가 자율적인 기능을 할 수 있고, 또 그렇게 하고자 할 수 있는 까닭은 인간들이 제아무리 도구에 집착하는 속성을 가졌다 하더라도, 또 다른 측면에서는 무엇인가를 도구화시키는 것에 강한 반발을 하고 있기 때문이다. 어쩌면 인간이란 궁극적으로 도구적 기능이 배제된, 존재하는 것 그 자체를 지향하며 살고자 하는 존재인지도 모른다. 그러므로 우리는 살기 위하여 무엇이든지 도구화하고자 애를 쓰면서도 기회만 있다면 이 도구적인 삶으로부터 떠나려고 한다.

"현대시" 동인지의 아주 큰 특성 가운데 하나는 그 동인들이 하나같이 시의 도구적 기능을 부정하는 자리에 서 있다는 점이다. 이것을 입증하기 위하여 "현대시" 동인들의 시에 대한 입장을 아주 분명하게 밝힌 글을 옮겨보면 다음과 같다.

<blockquote>
詩는 누구에게 필요해서 쓰는 것도 아니며 또한 누구를 위해서 쓰는 것도 아니다. 예술은 어떠한 구속과도 상관이 없는 것이다.

예술의 자유는 행동자의 그것과는 다르다. 예술에는 하등의 當爲도 없으며 하등의 책임도 없다. 그래야만 예술에는 실제적 조건의 구속이 없는 무한한 가능의 세계가 열리는 것이다. 예술의 자유는 예술적 행동의 발전 내지 그 존재양상에 조응하는 것이며 어떠한 형식의 요청도 받지 않는 순수한 자유인 것이다.9)
</blockquote>

위 인용문을 쓴 이해녕은 시를 도구화하고자 하는 수많은 사람들을 보면서 그들의 시쓰기란 제화공의 구두 만들기 작업과 다르지 않다고 역설한다. 그는 절대로 시인이 구두공과, 시가 구두와 동격에 놓일 수 없다고 주장하며 시의 도구적 기능을 부정하는 것이다. 앞에서도 말했듯이 시가 도구적 기능을 갖는 것은 있을 수 있는 일이고 바람직할 때도 있다. 그러나 인간이 시로써 도달할 수 있는 최고의 단계를 위 인용문을 쓴 이해녕처럼 구속 없는 무한의 가능세계를 열어 가는 단계로 상정하고 보면, 도구적 기능이야말로 인간사의 아주 낮은 단계에 지나지 않는다.

그러면 "현대시" 동인들은 왜 그렇게 시의 도구화를 거부하면서 시를 '존재하는 시'로 만들고자 한 것인가. 그것을 몇 가지로 나누어 살펴보기로 한다.

첫째, 그것을 주장한 것은 당위 이전에 무방비상태로 존재하는 세계를 그대로 만나고자 하는 소망의 반영이다. 시가 세속사회의 언어를 매체로 사용하고, 또 세속사회의 질서에 익숙해진 인간에 의하여 쓰여지는 것인데, 정말 시를 통하여 당위 이전의 세계를 온전히 만나고 발견하는 일이 가능할 것인가는 의문이다. 그렇지만 "현대시" 동인들은 가능한 한 그런 세계를 만나고자 하면서 그곳을 지향한다.

---

9) 이해녕, 「시와 현실문제」, 『현대시』 23집(1970. 8), p.909.

둘째, 그것은 존재와 세계를 유희의 장으로 만들고자 하는 소망의 반영이
다. 진정한 유희의 목적은 존재하는 것 그 자체다. 다시 말하면 과정 그 자체
가 유희의 전부이다. 우리는 이 세속사회에 살면서, 그 동안 유희의 정신과
그 삶을 상실하였다. 유희의 정신을 갖고 살기에는 세속사회에서의 삶이 너
무나도 고단하고 난해한 것은 누구나 다 인정하는 바이지만, 그렇다고 해서
유희의 정신과 그것에 토대를 둔 삶이 무의미한 것은 결코 아니다. 또한 인
간들은 그들의 내면 심층 속에 이 유희의 정신과 그에 바탕을 둔 삶이 이루
어질 것을 소망하는 마음이 있다. 유희는 도구화된 이성 이전의 단계이다.
금전화된 타산 이전의 단계이다. 주장화된 논리 이전의 단계이다. 한 마디로
말해서 그것은 있는 그대로의 무심한 자유의 지대를 발견하는 일이다. "현대
시" 동인들이 이처럼 존재와 세계를 유희의 장으로 만들고자 한 것은 인간
이 가진 욕망의 최고 단계에 다가가보고자 한 것으로 이해할 수 있다. 또는
도구를 만들기 이전의 인간성을 회복하고자 한 뜻으로 이해할 수도 있다.

셋째, 그것은 세속사회의 인간들에 의하여 질식되었던 사물(존재)을 죽음
의 단계로부터 살려내고자 하는 뜻을 담고 있다. 사물들은 지금 우리 주변
에서 도구화의 폭력으로 인해 왜곡되거나 질식돼가고 있다. 이를테면 한 예
로 인간의 도구화에 대한 욕망은 아예 나무를 잘라 의자를 만들어버렸다.
그리고 나무를 의자의 재료로 이해한다. 이렇게 도구화된 세상 속에서 우리
는 죽은 것들의 공동묘지 사이를 걷고 있는 형국이다. 아예 내친 김에 더 심
하게 말한다면 인간들까지도 도구화된 죽은 존재가 되어 그 공동묘지의 일
원이 된 형국이다. 갈수록 우리들의 삶은 더욱더 도구화의 방향으로 치닫고
있다. 우리는 도구화되기 이전의 살아있는 존재와 사물을 만나기가 아주 어
렵다. 비록 그런 존재와 사물이 있다 하더라도 그것을 보는 눈을 상실하였
다. "현대시" 동인들의 도구화에 대한 강력한 항의는 이런 맥락에서 이해해
야 한다.

넷째, 그것은 자아와 세계 사이 혹은 자아와 사물 사이의 이원성을 극복
하고자 하는 소망의 반영이다. 자아와 세계 혹은 자아와 사물은 지금 심각
한 단절의 골을 사이에 두고 놓여 있다. 그렇게 된 데는 여러 가지 이유가

있겠지만 뭐니뭐니해도 가장 중요한 것은 자아가 세계와 사물을 도구화하고자 하였기 때문이다. 도구화란 상호간의 관계가 이해타산이나 승부를 내는 관계로 맺어졌다는 뜻이다. 그러므로 이들 사이의 순수한 합일은 매우 어렵다. 그들 사이에는 언제나 심연이 가로놓여 있고, 그것은 이들을 영원히 평행선의 관계로 몰고 간다.

다섯째, 그것은 상징계 이전의 기호계를 되살려내고자 하는 소망의 반영이다. 상징계란 우리가 태어나면서부터 이른바 '아버지의 법칙'에 따라 금기의 폭력 속에 굳어진 세계이다. 아버지의 법칙은 어디에나 퍼져 있고 그 힘이 대단해서 어떤 누구도 아버지의 법칙으로부터 자유로울 수 없다. 우리는 이 아버지의 법칙에 따라 한 사회의 착실하게 길들은 구성원이 된다. 그러나 이것은 숨막히는 일이다. 비록 아버지의 법칙이 세계를 평정하였다 하더라도 세계의 밑바닥에는 여전히 엄청난 에너지를 갖고 움직이는 기호계의 목소리가 살아있다. 어쩌면 그것들은 아버지의 법칙보다 더 끈질기고 강력하다. 그들은 언제나 내가 여기에 있다고 기회만 있으면 그들의 존재를 알린다. "현대시" 동인들의 도구화에 대한 저항은 이런 기호계에 숨길을 터주고자 하는 노력으로 이해될 수 있다.

다섯째, 그것은 당시 우리 시단에 팽배했던 시의 현실참여 내지는 도구화 주장에 대한 항의의 뜻을 담고 있다. 사실 1960년대 시단의 시뿐만 아니라 우리의 20세기 시 전체는, 수많은 역사적 질곡과 사회적 모순상 속에서 성장하며 어느 때보다도 도구화의 성격을 강하게 드러내었다. 그것은 시대와 사회로부터 요구된 것이기도 하였고, 시인들 스스로가 자청한 것이기도 하였다. 그리하여 시인들은 교사나 계몽자와 같은 위치에 서서 그들의 시를 교훈적인 교과서나 선동적인 문건처럼 여기곤 할 때가 많았다. 이런 관계로 우리시는 그동안 시가 할 수 있는 것 이상의 막중한 사회적 짐을 지고 허덕이기도 하였으며, 시의 다양한 가능성을 차단시키는 오류를 저지르기도 하였다. 4. 19로부터 시작된 1960년대 한국 시단에서도 시의 현실 참여적 목소리는 아주 강력했다. 김수영, 신동엽, 조태일, 신경림 등이 그러했고, 1966년도에는 문학의 현실 참여적 기능을 전면에 내세운 계간지 『창작과비평』이 간행되기도 하였으며, 평단에서는 순수 / 참여 논쟁이 비평가들 사이에서 활발하게 일어났다. "현대시" 동인들이 시를 '존재하는 시'로 규정짓고 그들대로의 방향에서 동인활동을 한 것은 이런 문단내적 이유 및 시사적 정황과 관련을 갖는다.

"현대시" 동인들에게 처음부터 끝까지 시는 '존재하는 것'으로 끝났다. 그들은 그들의 시작행위 앞에 '그것으로 무엇을 할 것이냐', '그래서 어쨌다는 것이냐', '그것의 유용성이 무엇이냐' 하는 등의 질문을 놓지 않았다. 그들 역시 세속사회의 인간이고 세속사회의 도구인 언어를 사용하여 시를 썼지만, 가능한 한 그들은 그들이 견자로 투시한 세계를 '보여주는 것'으로 만족하고자 하였다. 그 다음은 전적으로 독자의 몫인 것이다.

4) 자각적인 시작방법의 활용

"현대시" 동인지에 수록된 시를 읽은 사람 중 많은 사람들이 '난해하다'는 느낌을 받을 것이다. 실제로 "현대시" 동인들의 시작방법이 가진 비밀을 알고 나면 전혀 난해할 것이 없는데도 이런 느낌을 많은 사람들이 받는 것은 그들이 사용한 시작방법이 조금 낯선 것이기 때문이다.

"현대시" 동인들은 시작방법에 대한 뚜렷한 자각을 갖고 시를 쓴 시인들이다. 그들은 누에가 실을 뽑어내듯 자연발생적으로 시를 쓴 시인들이 아니다. '어떻게' 시를 쓸 것인가에 대하여 아주 철저하게 숙고했고, 그 결과 자신들만의 시작방법을 개발하였던 것이다. 이들이 개발한 시작방법은 몇 가지로 나뉘어 논의될 수 있다.

첫째, "현대시" 동인들은 암시의 방법을 사용하였다. 그들은 어떤 것도 직접적으로 서술하거나 기술하지 않는다. 그들은 정황을 암시적으로 묘사하여 정서의 환기를 꾀할 뿐이다. 그들의 시에는 원인과 결과에 따른 사건들의 소개도 없고, 이렇게 하여야만 한다는 당위적인 주장도 없고, 이것은 이렇다는 식의 설명도 없고, 선각자의 목소리 같은 경구도 없고, 타인의 동조를 기대하는 감정의 직접적 표백도 없다. 참으로 인내심이 강한 사람들처럼 그들은 정황을 암시하는 것으로 만족한다. 이 때 그들은 암시하기 위하여 이미지를 사용한다. 다시 말하면 그들은 이미지로 말하는 것이다. 사실 모든 말은 다 그나름의 이미지를 갖고 있다. 비록 그것이 서술적인 표현이라 하더라도 그 속에도 이미지는 있다. 그런데 "현대시" 동인들이 사용하는 이미지는 매우 독특하다. 그 독특함이란 무엇이든지 '객관적 상관물'로 환치하여 표현한다는 것이다.

이렇게 객관적 상관물, 즉 이미지로 그들이 투시하고 느낀 세계를 표현하는 이유가 무엇일까? 예를 들어 외롭다는 느낌을 이미지로 환치시켜 표현하는 것은 무슨 이유 때문일까? 여기서 우리는 장황하게 이미지론을 전개할 시간이 없다. 다만 중요한 몇 가지 사실만을 언급하고 넘어간다면, 이미지로 세계를 표현한다는 것은 첫째, 가능한 한 정황을 구체적으로 실감있게 전달하고 싶기 때문이며, 둘째, 간접적인 말하기 방식의 즐거움과 효과를 누리고자 하는 것 때문이며, 셋째, 개념화된 말의 환기력보다 더 큰 환기력을 기대하기 때문이다.

이런 이유로 인하여 이미지의 사용은 본래 많은 시인들에 의하여 옹호되고 있는 것이나, 특히 "현대시" 동인들의 경우는 처음부터 끝까지라고 말해도 좋을 만큼 이미지로만 말을 하고 있다.

> 土器 속에 불씨가 묻혀 있었다. 女子의 길고 여윈 손이 歷史속으로 들어갔다. 그러자 女子의 눈에 火災가 일어났다. 火災에 싸여 활활탔다. 內面의 창틀에 끼었던 눈물이 굴러 떨어져 내렸다. 사태가 壓倒돼 갔다. 비스듬하게 걸려 있던 肉感의 女子가 사라졌다. 얼어붙은 大氣에 押針으로 꽂혀 파랗게 떨던 새의 歸巢를 기다린다. 『모두 어디로 갔을까요?』 비어 있는 土器. 엎드린 빈 土器의 無限空間 저쪽에서부터 부시시 일어서는 것이 있었다. 날개가 돋아 飛天하는 불길, 오 불길
>
> — 주문돈의 「土器Ⅲ」의 전문10)

----

10) 『현대시』 13집, p.456.

토기를 중심에 놓고 벌어지는 이런저런 내용들을, 주문돈은 위 인용시에서 이미지를 사용하여 암시적으로 환기시킨다. 그는 어떤 내용도 서술적으로 풀어 직접 말하지 않는다. 위 시에는 지시어나 지시적 표현이 없다. 그러면 위 시는 암시적인 방법을 통하여 무엇을 환기시키는 것일까? 잠시 그것을 따라가 보기로 한다. 먼저 위 시에는 토기가 나온다. 시인은 토기 속에서 불씨를 본다. 토기는 물론이거니와, 그 불씨 또한 위 시에서 역사의 다른 이름이다. 그렇지 않은가. 인간이 인간사의 초창기에 토기를 만들었고, 그 토기에 담은 음식물을 불로 익혀 먹지 않았던가. 그러므로 여자가 토기를 만진다거나 토기를 본다는 것은 "歷史속으로 들어"가는 일이다. 시인은 이렇게 역사 속으로 들어간 여인의 눈에 화재가 일어났다고 말한다. 나는 이것을 보고 역사의 마력에 도취된 한 인간을 연상한다. 다시 시인은 말한다. 그 여인이 화재에 싸여 활활 탔다고 말이다. 그러니까 그 여인이 역사의 마력에 도취된 이상, 여인은 없어지고 타오르는 불길과 토기만이 남은 것이다. 이렇게 역사의 마력에 도취된 여인은 내면 깊숙이 숨었던 눈물을 흘린다. 눈물을 흘림으로써 그의 몸은 녹아 내린 것과 마찬가지이다. 시인은 이것을 가리켜 "사태가 壓倒돼 갔다 / 비스듬하게 걸려 있던 肉感의 女子가 사라졌다"고 표현했다. 그는 정말로 역사의 실체를 몸으로 느낄 수 있는 육감의 여자였던가보다. 그러나 다른 한편 생각해보면 역사란 허망한 것, 아니 모든 것을 "얼어붙은 大氣에 壓針으로 꽂아 놓은 것"과 같은 꼴이라고 시인은 말한다. 그러므로 여자는, 그리고 시인은 기다린다. 그렇게 허망하고 또 죽음과도 같은 모습의 역사가 살아서 돌아오기를……. 그래서 시인은 말한 것이다. "모두 어디로 갔을까요?"라고. 시인은 이렇게 역사의 실체가 살아서 돌아오기를 기다리지만, 여전히 그의 눈으로 "비어 있는 土器"를 본다. 토기가 역사의 부산물로 그 앞에 놓여 있었던 것이다. 그러나 이내 시의 상황은 달라진다. 시인은 다시금 "비어 있는 土器" 그리고 "엎드린 빈 土器"의 그 "無限空間" 저쪽에서 새로이 불길이 타오르는 것을 보았기 때문이다. 아마도 토기라는 역사의 마력에 매몰되었던 한 여인의 에너지와, 또다시 살아날 수밖에 없는 그 토기 속의 뜨거운 인간적, 역사적 흔적이 시인의 마음 속으로 느껴졌는가보다. 시인은 이런 내용을 앞서 보았듯이 철저하게 암시적인 방법으로 이미지를 사용하여 우리에게 간접적으로 느끼게끔 만든다. 필자의 해석이 꼭 정답이라고 말하기 어려울 만큼, 위 시의 암시성은 다층적이다.

둘째, "현대시" 동인들은 개인상징을 무제한으로 사용하였다. 그들의 시를 보면 우리가 사전에서 전혀 찾을 수 없는 상징이, 그런가 하면 수시로 문맥에 따라 변하는 상징이 계속하여 사용된다. 비둘기는 평화를 상징하고, 꽃은 아름다움을 상징하며, 나무는 생명력을 상징한다는 식의 기존 인식이 전혀 통하지 않는다. 좀 심하게 말한다면 그들의 상징은 일회성만을 갖는다. 그리고 그 상징의 의미나 상징이 환기하는 바를 한 번도 고착시킬 수 없다. 그만큼 그들은 사물을 파격적으로 보는 것이다. 그들에게 사물은 어떤 모습으로도 나타난다. 그렇게 나타나는 사물의 모습을 도저히 일반화된 상징이나 관습화된 상징으로 표현할 수가 없는 것이다. 아마도 우리 시단에서 "현대시" 동인들의 시에서만큼 과격한 개인적 상징이 사용된 예는 없을 것이다. 이런 개인적 상징의 자유로운 구사는 그만큼 사물과 세계 그리고 인간의 내면의식 세계를 다채롭게 열어 보이는 데 기여한다. 거꾸로 말하면 사물과 세계 그리고 인간의 내면의식세계를 그만큼 다채롭게 볼 수 있어야만 개인적 상징의 구사도 무궁무진해질 수 있다. 이러한 개인적 상징의 무한한 사용은 시의 이해를 난해하게 만들 우려가 있다. 그러나 좀더 열린 자세를 취하고 개인적 상징의 무궁한 장 속으로 들어가보면 신선한 충격과 자유로운 해방감을 느낄 수 있을 것이다.

果物을 담은
소반에 곁들여
한 자루 果刀를 가져다 주었다네.
果物 속의 空間을
나르는
칼의 질서야 莊子의
智慧일쎄만
보게나, 칼에 달린
눈과

— 주문돈의 「果物周邊」의 전문11)

위 인용시가 빛나는 것은 칼의 다채로운 상징성 때문이다. 그러나 위 인용시의 상황설정은 아주 단순하다. 과일을 담은 소반이 있고 그 옆에 과도가 한 자루 놓여 있다는 것이다. 시 속의 누군가가 이런 상황 속에서 과도로 과일을 깎는 것 같다. 그런데 이것을 보며 시인은 칼의 상징성을 아주 새롭게 부여한다. 구체적으로 시인은 '莊子의 칼'을 말함으로써 칼이 가진 도의 상징성을 환기시킨다. 여기서 칼은 죽임이나 단절의 상징물이 아니라 새로운 살림과 우주적 지혜를 익힌 것의 상징물이다. 또한 시인은 칼의 눈과 그 눈이 밝힌 등불의 속성을 말함으로써 칼을 통찰력과 밝힘의 상징물로 변화시킨다. 그는 여기서 그치지 않고 다시 칼에서 언어의 흔적을 읽는다. 과육을 따라 내려가는 과도의 그 모습을 보며 그것에서 언어의 속삭임을 들은 것이다. 이로 인하여 여기서 칼은 언어의 상징물이 되고 만다. 아마도 주문돈의 칼이 상징하는 바를 보고 칼의 상징성에 대해 고정관념을 가졌던 사람들은 상당한 충격을 받았을 것이다. 그리고 칼을 보는 눈이 새롭게 열리는 환희의 순간도 맛보았을 것이다. "현대시"동인들의 시에는 이런 개인적 상징이 아주 많고, 그것의 긍정적 역할 또한 만만치 않다.

셋째, "현대시" 동인들은 '응시'하는 방식을 사용하였다. 그들은 지극히 고요한 상황에서 자신들의 내부를, 그리고 그들을 둘러싸고 있는 세계의 이면을 뚫어지게 응시한다. 그들은 이렇게 응시함으로써 자신과 사물의 보이

---

11) 『현대시』 10집, p.384.

1960년대 "현대시" 동인지의 세계　129

지 않던 세계를 속속들이 보고자 한다. 그런데 그들은 이렇게 해서 본 세계를 그대로 건져올릴 뿐, 그것에 의도성을 가하지는 않는다. '응시'의 방법을 사용할 때, 세계는 실핏줄까지 잘 보여준다. "현대시" 동인들은 이 응시의 방법을 사용함으로써 매우 거칠고 개념적이었던 우리 시사 속에 실핏줄 같은 섬세한 부분들을 살려내는 데 기여하였다. 그러므로 "현대시" 동인들의 시를 읽을 때는 독자들 또한 차분하게 응시하는 자세가 요구된다. 그렇지 않고 대강의 개념적 진술이나 사건의 연결고리만을 보고 문제를 파악하고자 하면, "현대시" 동인들의 시가 가진 그 섬세한 내면세계가 포착되지 않는다.

넷째, "현대시" 동인들은 시인 자신과 관찰(응시)되는 대상 사이에 거리를 둠으로써 시인이 대상에 개입하는 것을 자제하는 방식으로 시를 썼다. "현대시"동인들의 시를 지적이라고 평가하는 데는 이런 방법의 영향이 크다. 그들은 사물의 세계를 표현할 때뿐만 아니라 자신들의 내면의식 세계를 표현할 때도 개입을 자제한다. 그리고 앞의 셋째 항목에서 말한 바와 같이 그것들을 응시하여 겉으로 건져 올릴 뿐이다. 더군다나 이렇게 응시한 세계를 건져올려 표현하는 데 암시적 이미지를 끌어들이기 때문에, 시인의 개입이 이루어진 흔적은 더욱 찾기 힘들다. 이처럼 시인이 대상과 거리를 둔다는 것은 가치중립적인 자세를 유지하겠다는 것과 같은 의미이다. 어찌보면 매우 무책임한 태도 같으나 이것은 그들이 선택한 시 쓰기의 한 방식이자 삶의 방식이라고 볼 수밖에 없다.

끝으로 한 가지 더 지적하고 싶은 것은 "현대시" 동인들의 비유 사용법이 아주 난폭하다는 것이다. 여기서 필자가 난폭하다는 표현을 쓴 것은 원관념과 보조관념 사이의 거리가 아주 멀다는 뜻이다. 그들의 이런 비유법은 원관념과 보조관념 사이의 거리가 멀수록 텐션이 생긴다며 컴퍼스의 비유를 이끌어들인 형이상학파 시인들의 그것을 연상시킨다. "현대시" 동인들의 시가 난해하다는 느낌을 주는 원인 가운데 하나가 여기에 있기도 하다.

① 노동은 언제나,
  執着이다, 창호지 구멍으로

꼬리를 흔드는 아침햇살을 털고 일어나는
自覺이다.

— 푸른돈의「노동」의 부분12)

② *猶豫의 달이*
　소리없이 내리는
　밧줄

　아, 내 목을 감아오는
　絞首의
　은은한 月光

　배암보다 洗鍊된
　誘惑의
　차디찬 입맞춤

— 이수익의「달빛」의 전문13)

인용시 ①에서 노동은 집착이라는 등식이 은유법으로 설정되었다. 그리고 이어서 노동은 (창호지 구멍으로 / 꼬리를 흔드는 아침 햇살을 털고 일어나는) 자각이라는 은유가 만들어졌다. 그러므로 이 시를 읽는 사람들은 노동과 집착, 그리고 자각 사이의 등식에 공감해야 한다. 더 나아가 집착과 자각 사이의 등식에도 공감해야 한다. 그러므로 노동과 집착 그리고 자각 사이에 상호간의 등식이 성립되는 셈이다. 물론 잘 생각하면 이런 등식을 이해하기가 그리 어렵지는 않다. 그렇지만 상대적으로 이런 은유법은 낯선 것이 사실이다. 다음으로 인용시 ②를 보면 달빛이 밧줄과 은유관계로 등식을 형성하고 있으며, 또다시 밧줄인 달빛이 목을 부드럽게 조이는 교수형의 밧줄과 등식을 형성하고, 마침내는 이것이 유혹의 입맞춤과 등식관계를 형성하고 있다. 이것은 시인이 달빛에서 죽음을, 다시 그 죽음에서 성적 쾌감을 느끼

---

12)『현대시』8집, p.292.
13)『현대시』11집, p.395.

고 있다는 매우 낯선 사유의 표현이다.

지금까지 논의한 바와 같이 "현대시" 동인들은 몇 가지 독자적인 시작방법을 구사하였다. 이들이 구사한 시작방법은 한편으로 그들의 시를 주지적인 시로 평가하는 데 기여하였고, 다른 한편으론 난해한 시로 평가하는 데 원인을 제공하였다. 실제로 "현대시" 동인들의 이와 같은 시작방법은 낭만주의적 시작방법과 사실주의적 시작방법 그리고 계몽주의적 시작방법이 주종을 이루던 우리 시사에서 볼 때, 새로운 것임에 틀림없다. 굳이 이들의 시에 어떤 '주의'라는 꼬리표를 붙일 필요는 없겠지만, 그것이 허용된다면 주지주의, 상징주의, 초현실주의 등의 시작방법이 이들의 시에 혼재해 있다는 말을 할 수 있을 것이다.

5) 무한한 자유와 가능성의 세계에 대한 탐구

"현대시" 동인들은 궁극적으로 무엇을 지향한 것일까. 그들은 질서 이전의 카오스, 가면 이전의 맨 얼굴, 의도 이전의 무의식, 주장 이전의 관찰, 인위성 이전의 자연성, 사회 이전의 개인, 개념 이전의 존재를 조명함으로써 무엇을 하고자 한 것일까. 또다시 그들은 배제보다 포괄을, 가시성보다 불가시성을, 전달보다 환기를, 도구화보다 자율성을, 목적보다 과정을, 효율보다 유희를, 외부지향성보다 내부지향성을, 세속보다 우주를, 사건보다 정황을, 초자아보다 이드를, 상징계보다 기호계를, 감정보다 의식을 중요시함으로써 무엇을 하고자 한 것일까? 더 나아가 이들을 표현하는 방법으로, 철저한 객관적 거리를 유지하는 가운데 응시의 자세로 세계를 건져 올리고, 암시적인 이미지로 정황을 묘사하고, 개인상징으로 고정관념을 파괴시키며, 과격한 비유로 낯선 세계를 창조하고, 말하기보다 보여주기의 방식으로 시인의 개입을 자제함으로써, 도대체 그들은 무엇을 하고자 한 것일까. 한 가지 더 덧붙이자면 그들은 시의 현실적 기능, 도구적 기능을 철저히 배제하고 오직 시를 존재하도록만 만듦으로써 또한 무엇을 하고자 한 것일까. 앞에서 계속 사용한 '무엇을 하고자 한 것일까' 하는 말이 덜 적합하다면, 그들이 이렇게 한 것은 무슨 의미를 띠고 있는 것일까. 이런 물음을 앞에 제기하면서 "현대시" 동인들의 시작활동이 가진 핵심적인 의미를 살펴보기로 한다.

이때 필자가 내놓을 수 있는 가장 유력한 답은 이것이 한 인간과 사회로 하여금 무한한 자유의 세계를 맛보도록 한다는 것이다. 여기서 자유란 말은 '자유(自由)'라고 써도 좋고 '자유(自遊)'라고 써도 좋다. 인간이 도달하고자 하는 최고 단계가 자유인의 눈으로 자아와 세계를 볼 수 있고, 또 그런 경지에서 살아갈 수 있는 단계라면, "현대시" 동인들의 활동은 무엇보다도 이런 세계의 도래를 지향하고 있다. 그들은 지금까지 인간을 억압했던 모든 것 혹은 인간의 억압 때문에 드러나지 못했던 세계를 가능한 한 끝까지 드러내 보이고자 한다. 그럼으로써 그들 자신은 물론 그들과 함께 살아가는 사물의 세계가 자유로운 존재가 되기를 희망한다.

물론 한 사회가 공동체를 만들면서 움직이려면 무수한 억압장치가 필요하다. 그 억압장치는 때로 선의 이름을 부여받고, 대신 그 억압장치 아래에 놓인 것들은 악의 존재로 규정되곤 한다. 그런가 하면 한 사회 공동체는 가능한 한 질서 있는 사회를 만들기 위하여 배제의 논리를 가동시킨다. 질서의 유지는 배제의 논리에 따라 이루어지고, 그 배제의 논리 속에는 타존재에 대한 폭력성이 내장돼 있음을 『근대성의 구조』를 쓴 이마무라 히토시가 아주 명쾌하게 밝힌 바 있다.14) "현대시" 동인들은 이런 배제성과 폭력성을 제거하고 자아와 사물의 통제되지 않은 모습을 그대로 살려내려고 하는 것이다. 이때 그들은 교사나 계몽자 또는 전도사나 인도자의 얼굴을 하고 있지 않다. 그들에게 이런 얼굴을 하는 것은 부담스러운 일일 뿐만 아니라 자아와 사물을 왜곡시키고 억압시키며 단순화시키는 일에 가담하는 것과 마찬가지이다. 그러므로 그들은 아무런 권력도 희구하지 않는 방랑자나 음유시인 또는 관조자의 얼굴을 하고 있다. 그들이 권력자의 얼굴을 하는 순간 그들이 획득하고자 하는 자유의 세계는 훼손되기 시작한다는 것을 그들은 안다. 「시와 현실문제」라는 글을 쓴 이해녕의 다음과 같은 말은 "현대시" 동

---

14) 이마무라 히토시, 『근대성의 구조』, 이수정 옮김(서울 : 민음사, 1999), pp.190~212 참조..

인들이 추구하는 이런 바를 아주 잘 알려줄 것이다.

① *詩는 누구에게 필요해서 쓰는 것도 아니며 또한 누구를 위해서 쓰는 것도 아니다. 예술은 어떠한 구속과도 상관이 없는 것이다.*[15)

② *理論 不在의 폐허 위에 한국시의 올바른 방향을 제시하며 우리 시의 명확한 좌표를 설정함으로써 새로운 시의 전통을 형성하기 위해 <現代詩>는 이미 「현대시 까르테」를 발표하고 "우리들의 현실은 어느 時代의 혼란보다 더 僞裝되고 糊塗된 非合理의 極에 와 있다. 이런 時代에 진정한 詩人은 타락한 관념을 파헤쳐 그 이면에 있는 감각과 환상의 실체를 파악하고 現象을 무형화하여 그 眞面目을 밝혀내어 영혼의 최고의 가능성인 自由를 획득하기까지 최선을 다할 것"을 목표로 「歷史의식의 詩」를 특히 강조한 바 있다.*[16)

위의 두 인용문에서 다음과 같은 말에 특히 주목하고자 한다. 첫째는 인용문 ① 속의 "예술은 어떠한 구속과도 상관이 없는 것이다."라는 말이며, 둘째는 인용문 ② 속의 "이런 時代에 진정한 詩人은 타락한 관념을 파헤쳐 그 이면에 있는 감각과 환상의 실체를 파악하고 現象을 무형화하여 그 眞面目을 밝혀내어 영혼의 최고의 가능성인 自由를 획득하기까지 최선을 다할 것"이라는 말이다. 이 두 가지 말 속에 담긴 뜻을 종합해보면 시인은 자유로운 존재이고, 시인의 시작 목표 또한 영혼의 최고의 가능성인 자유의 획득에 있다는 것이다. 이때의 자유는 도를 깨우친 자의 초월적인 자유가 아니라, 이 현실 속에 살면서 인간과 사물 그리고 세계의 실상을 속속들이 가치중립적인 차원에서 열어보인다는 의미에서의 자유이다.

다음으로 필자가 내놓을 수 있는 답은 자아와 세계가 가진 가능성의 영역을 무한히 열어보이고 싶다는 것이다. 가능성의 영역이란 그 동안 사람들이 배제시켰거나 무시했던 세계 또는 미처 자각하거나 투시하지 못했던 세계를 살려내는 일이다. 시인은 이러해야 한다는 당위성과 이렇게 할 책임이 있다는 책임감을 그들은 부정하고, 그 대신 아무런 현실적 구속도 받아들이지 않

---

15) 『현대시』 23집(1970), p.909.
16) 『현대시』 23집, p.914.

은 상태에서 무한한 가능성의 세세를 열이기고가 하는 것이다 여기서 말하
는 가능성의 세계란 물론 현실적인 가능성의 세계가 아니라 정신적인, 심리
적인, 감성직인 가능성의 세계이다. 우리는 이렇게 가능성의 세계를 무한으
로 열어감에 따라 자아와 세계의 숨겨진 부분들을 무한으로 만날 수 있다.

그 다음으로 필자가 내놓을 수 있는 답은, 고급한 미의 세계를 그들이 열
망하고 있다는 것이다. 고급한 미의 세계는 아무런 현실적 요구 없이 그 자
체로 자족적인 세계이다. 귀족적인 세계라고 나무라는 사람들이 있을지 모
르겠으나, 세상에는 그런 세계가 존재하고 또 필요하다. 유미성, 탐미성 등
과 같은 말이 합법화될 수 있는 세계, 그런 세계는 장식적인 세계가 아니라
인간의 영혼이 궁극적으로 도달해보고 싶어하는 세계이다. 만약 고급한 미
의 세계가 장식적인 세계에 지나지 않는다면, 그때 미의 세계란 존재의 외
피이거나 도구에 불과하다. 그리고 이 고급한 미의 세계에 인간 영혼의 목
소리가 담겨 있지 않다면 그것은 내면이 없는 외적 아름다움에 불과하다.
"현대시" 동인들이 인간의 흔적이 배어있는 그들의 내면세계를 진단하고 투
시하면서 그것을 고급한 미의 수준으로 끌어올리려고 한 것은 이런 점과 관
계가 있다. 그러니까 그들은 고급한 유희를 아주 진지하게 그리고 무겁게
한 것이다. 고급한 미의 세계는 그만큼 그 안에 진지한 자아와 세계의 무게
혹은 생의 무게를 용해시키고 있는 셈이다.

위에서 살펴본 바와 같이 "현대시" 동인들의 시를 읽다보면 정신의 해방
감이 온다. 그리고 보이지 않던 세계를 보는 데서 오는 개안의 기쁨이 온다.
뿐만 아니라 때로는 그들의 암시적인 이미지 속에서 몽상의 기쁨을 느낄 수
도 있다. 이들은 모두 무상의 행위이지만, 그 무상의 시간을 통하여 우리의
영혼은 열리면서 다시 태어나는 황홀감에 빠져드는 것이다.

3. 글을 마치며

"현대시" 동인들은 1972년도에 해산하였다. 그 뒤로 그들은 각각 다른 길
을 걸어갔다. 그들은 이처럼 다른 길을 걸어갔지만, 그들이 걸어간 길에 한

가지 공통점이 있다면 그것은 현실세계에 좀더 가까이 다가갔다는 점이다. 소재적인 측면에서는 말할 것도 없고 내용적인 측면에서도 그들은 현실을 시 속에 끌어들이기 시작하였던 것이다. 또한 그들은 이전과 다른 어법을 사용하였는데, 그 다른 어법이란 암시성보다는 지시성에, 이미지보다는 서술성에 비중을 두는 방식이다. 이로 인해 그들의 시는 현실참여적인 목소리를 강하게 내지는 않았지만, 현실성을 띠게 되었고, 비교적 의미가 분명한, 그래서 독자들이 좀더 쉽게 대할 수 있는 시가 되었다. 이 중 한 사람의 예외적 인물이 있다면 그는 이승훈이다. 이승훈은 "현대시" 동인이 해산된 이후에도 이전의 시작태도를 그대로 밀고 나가면서 더욱 발전시켜 아직까지도 "현대시" 동인지를 발간하던 당시의 시작 특성을 가장 많이 유지하고 있다.

그러면 "현대시" 동인들의 동인활동이 남긴 의의와 의미를 어떻게 정리해야 할까. 앞의 논의에서 많은 답이 나왔지만, 글을 마치며 앞의 논의를 바탕으로 몇 가지 더 덧붙일 내용들을 여기에 적어보기로 한다.

첫째, "현대시" 동인들의 의미는 시사적으로 볼 때, 주체의 내면의식을 탐구했다는 점에서는 1930년대의 이상이나 "삼사문학" 동인들과 맥을 같이하며, 1950년대의 조향과 "후반기" 동인들을 비롯한 모더니스트들과 맥을 같이한다. 그리고 사물의 내면세계를 탐구했다는 점에서는 즉물시를 쓴 1930년대 정지용 류의 이미지즘 시인들과 약간 맥을 같이하나, 첨언하자면, 정지용 류의 이미지즘 시는 너무나 표피적이어서 한계가 많다. 이후 "현대시" 동인들의 이러한 경향은 김춘수의 사물시와 그 맥을 같이하며, 다시 시집『깊은 곳에 그물을』을 출간한 남진우, 시집『마라나, 포르노 만화의 여주인공』을 출간한 박상순, 시집『왜가리는 왜가리놀이를 한다』의 이수명 등으로 맥이 이어져가고 있다. 한편 시의 도구성을 부정한 측면에서 본다면 이들의 시작활동은 20세기 한국시사의 주종을 이룬 계몽시 및 교훈시의 자리에서 비켜나 있는 1920년대의 낭만주의 시인들, 1930년대의 시문학파 시인들과 모더니즘 시인들, 생명파 시인들과 맥을 같이하며, 또한 청록파 시인들과도 맥을 같이한다. 또한 이들의 시는 무의미시를 주장한 김춘수와 날이미지의 시를 주장하는 오규원, 환상시를 써온 박상순의 시 등으로 이어진다. 끝으로 방법적인 측면에서 본다면, "현대시" 동인들의 시는 1920년대 상징주의 시들, 1930년대 이상의 시, 1950년대 "후반기" 동인의 시, 1960년대 이후 김춘수의 시, 1990년대의 박상순 및 이수명의 시와 연결고리를 형성할 수 있다.

둘째, "현대시" 동인들의 의미는 시를 고급한 예술의 차원으로 이끌어갔다는 데 있다. 앞 단락에서도 스치며 말했지만, 한국의 20세기 시사 속에 있는 대부분의 시는 교훈성과 계몽성 그리고 도구성이 강하다. 시인들은 20세기 내내 시인이라기보다 지식인으로서의 사명감을 가졌고, 때로는 지식인이라기보다 정치인으로서의 사명감 같은 것을 가졌다. 그러므로 시는 언제나 현실과 깊은 관계 속에서 성장해왔다. 이것은 좋다 / 나쁘다 하는 식의 평가를 수반할 사항이라기보다 우리시의 한 특성으로 보아야 한다. 또한 그 이외의 많은 시인들은 20세기 한국 시단에서 정신적 선지자와 같은 자세로 시를 썼다. 그러므로 그들의 시 또한 교훈성을 강하게 풍겼다. 이런 점에서 "현대시" 동인들이 무장해제의 자세로, 가치중립적인 차원에서 자아와 사물 그리고 세계의 내면을 그대로 투시해보고자 한 점은 우리 시를 풍요롭게 만드는 데 큰 기여를 했다고 판단된다.

셋째, "현대시" 동인들의 의미는 무한한 자유와 가능성의 세계를 추구함으로써 철저하게 제도화되고 관습화된 현실 세계의 장벽을 뚫고 숨길을 낼 수 있게 만들었다는 것이다. 한 마디로 말해서 "현대시" 동인들의 이러한 노력은 우리의 의식과 삶을 보다 유연하고 개방적인 곳으로 안내하는 데 공헌하였다는 것이다. 그럼으로써 이들은 현실을 향하여 직접적인 발언은 하지 않았지만, 현실의 폐쇄성과 획일성 그리고 억압성을 간접적으로나마 지적하는 역할을 하였다고 볼 수 있다.

넷째, "현대시" 동인들의 의미는 비록 동인들의 처지에서 동인지를 발간한 것에 불과하지만 그들의 동인지가 본격 문예잡지 못지 않은 역할을 당시의 시단에서 하도록 만들었다는 점에 있다. 그들은 부지런히 자신들의 시론을 만들어나아가면서, 동인지가 단순히 여러 시인들의 집합체가 아니라 말 그대로 같은 뜻을 가지고 모인 에꼴의 한 형태라는 것을 아주 잘 보여주었다. 그들의 이런 모습은 비록 해산 이후 각자의 길을 갔지만 최근 들어 "현대시 동인상"을 제정하고 1년에 한번씩 후배 시인들에게 상을 주며 그들의 결집력을 다져나가는 데서도 확인된다.

그동안 우리 사회는 시인들이 예술가라기보다 지식인이나 선각자 더 나아가 선지자가 되어 강성의 발언을 해야 할 만큼 다급한 처지였다. 언제 이런 사회가 끝나서 예술가로서의 시인이 주종을 이루게 될지 예측하기 어려우나, 개인적으로 지나치게 계몽적이고 교훈적인 시를 많이 읽어온 필자는 고급한 미를 추구하는 예술가로서의 시인이 더 많이 등장하기를 기다리는 마음이 있다. 이런 시대에, 지난 1960년대 "현대시" 동인들이 보여줬던 예술가다운 면모를 만나는 일은 비록 과거로의 여행이지만 미래적인 세계를 만나는 일과 같다.

해방 후 한국시에 나타난 미국의 이미지

1. 문제제기

우리나라 사람들이 미국인들과 접촉하기 시작한 것은 철종대인 1850년대 전반부터이다. 구체적으로 1853년 1월에 미국인 42명과 일본인 2명을 태우고 미국 선박이 처음으로 부산 동래부 용당포 앞바다에 표도함으로써 첫번째 접촉이 이루어졌고, 이후 차례로 1855년 6월에는 강원도 통천에, 1865년도 8월에는 경상도 연일현에, 1866년 2월에는 부산진 사등 앞바다에, 1866년 5월에는 평안도 철산에 표도함으로써 미국과의 접촉이 이루어졌다. 이들과의 접촉은 어선이나 상선과의 접촉이었다는 것이 특징인데, 우리나라 사람들이 이런 사적이며 간헐적인 접촉을 하다 미국 혹은 미국인과 공식적 접촉을 한 것은 1882년(고종 19년)에 조미조약(朝美條約)을 맺음으로 인해서이다.

이렇듯 미국과 공식적인 조약을 맺은 것이 1882년이기에 사적 접촉을 제외하고 본다면 미국과의 접촉 기간은 100년이 조금 넘는 셈이다. 그 동안 미국은 한국의 역사전개에 그 어떤 나라보다도 큰 영향력을 행사하였다. 좀 거칠게 말한다면 개항 이후의 한국사는 미국을 제외해놓고 논의할 수 없을 정도이다.

미국과의 접촉 및 미국에서 우리나라가 받은 영향이 이처럼 대단히 큰 만

큼, 한국의 문학작품 속에서도 미국은 소재로서, 배경으로서, 주제로서 매우
중요한 역할을 담당해왔다. 유길준의 『서유견문』이나 윤치호의 『윤치호일
기』와 같은 비문학적인 산문으로부터, 장편 여행가사인 김한홍의 「海遊歌」와
판소리조 가사인 신재효의 「괫심한 서양되놈」이 있는가 하면, 이인직의 「혈
의 누」 및 「모란봉」을 비롯한 신소설, 그리고 이광수의 「무정」 등이 있다.

그러나 미국이 우리 문학 속에, 그 중에서도 시 속에 본격적으로 문제성
을 띠면서 들어오기 시작한 것은 해방 이후, 정확히 말해서 1950년대부터이
다. 이미 이 글의 목차에서도 드러났듯이, 1950년대에 쓰여진 시에서 미국의
문제가 제법 중요하게 다루어지기 시작하여, 1970년대와 1980년대에 쓰여진
장영수, 김명인, 윤재철, 김정환, 최두석 등의 시에서 미국의 문제가 다루어
졌고, 이어서 1990년대에 쓰여진 오세영, 황동규, 김명인, 심호택의 시에서
미국의 문제가 중요한 탐구대상이 되었던 것이다.

필자는 이 글을 통하여 해방 후, 정확히 말해서 1950년대부터 오늘날까지
의 우리 시에서 미국의 문제가 어떻게 탐구되었는가를 통시적으로 점검하
고자 한다. 각 시인들이 탐구한 미국상 혹은 미국문제는 개별적인 특성과
더불어 시대적인 특성을 함께 드러내 줄 것이라는 예견 하에, 우선은 각 시
인의 특성을 있는 그대로 도출해내고 이것을 다시금 시대적인 문제와 결부
시켜 시대적인 특성도 함께 도출해보고자 한다. 그럼으로써 세계 제 2차 대
전 이후 명실공히 세계강국이 되었으며, 긍정적으로든 부정적으로든 이 땅
에 정치적, 사회적, 문화적, 심리적 영향력을 강력하게 끼쳐왔고 지금도 끼
치고 있는 미국이 개별 시인에게는 물론 시대적으로 어떤 모습을 드러내었
는지, 그 실상을 만나볼 수 있을 것이라 기대한다.[1]

---

1) 한국문학과 미국 사이의 관련양상을 다룬 글로는 다음과 같은 것이 있다. 강현두, 「해방
   30년의 한국문학 속에 나타난 미국의 대중적 이미지」, 『미국학논집』(아메리카학회), 11호
   (1978). 김용권, 「한국문학에 미친 미국의 영향과 그 연구」, 고려대아세아문제연구소 편,
   『한국문학에 미친 미국문화의 영향』(서울 : 현암사, 1984). 이재선, 「한국문학에 투영된 미
   국과 미국문학」, 『한미문화의 교류』(서울 : 서강대인문학연구소, 1979). 김현, 「고아의식의
   시적 변용」, 『문학과 유토피아』(서울 : 문학과지성사, 1980).

2. 해방 후 한국시에 나타난 미국의 이미지

1) 1950년대 : 박인환의 시

1950년대에 활동한 시인 중, 미국과 관련된 문제를 시로 표현한 시인으로
는 박인환이 대표적이다. 그렇지만 그의 미국 방문은 아주 우연한 기회를 통
해 이루어진 것이고, 그만큼 그의 미국관련 시편 역시 예기치 않은 산물과 같
다. 박인환은 그가 미국을 가게 된 동기에 대하여 「19일 간의 아메리카」라는
수필 형식의 산문에서 다음과 같이 밝히고 있다.

> 시를 쓴다는 것이나 영화 평론을 한다는 일이 이 나라에서는 생활적인 직업
> 이 되지 못하여, 나는 대한 해운 공사의 그늘진 책상 옆을 몇 개월 간을 나갔다.
> 물론 고정된 수입도 없이 막연히 생활은 어떻게 되겠지 하며, 친우들이 말리는
> 것도 뿌리치고 월급의 날을 기다렸다.
> 　그러한 어느 날, 별로 일 같은 일도 하고 있지 않았던 나에게 배를 타고 아메
> 리카를 한 번 가보는 것이 어떠냐는 사장의 말이 떨어졌다.
> 　꿈 같은 일이라고 하기에는 너무도 우스운 일이었다
> 　모든 일은 선의로 해석하자는 것이 나의 금년에 들어서의 신조였다. 회사에
> 하루 종일 나가 있는댓자 신통한 일도 없고, 잠시나마 이곳을 벗어나는 것은 별
> 로 불쾌한 일은 아니다. 그러면 떠나자. 여기저기서서 빚을 얻어 가지고 몇 푼의
> 미화(美貨)로 바꾸고, 3일 후인 3월 5일에 부산항과 작별을 했다.2)

인용문에 나와 있듯이, 박인환이 미국을 가게 된 것은 그야말로 우연한
기회에, 뜻하지 않게, 그가 어쩔 수 없이 다니고 있던 대한해운공사의 사장
이 권유를 하였기 때문이다. 그러므로 여기에는 미국에 가고자 한 박인환의
간절한 소망이나 미국에 대한 특별한 문제의식이 배어있지 않다. 말하자면
박인환은 그의 내적 요구와 필연성 때문에 미국을 간 것이 아니라, 타인의
명령(?)에 따라 업무차 미국에 간 것이다. 그가 미국에 갈 때, 그는 화물선 남
해호의 사무장 신분이었다.

박인환이 미국을 여행한 것은 19일 간이다. 그는 이 19일 동안 미국을 보

---

2) 박인환, 「19일 간의 아메리카」, 『박인환전집』(서울 : 문학세계사, 1986), p.196.

고 총 12편의 여행시를 썼다. 그가 쓴 여행시의 목록은 「태평양에서」, 「十五日間」, 「충혈된 눈동자」, 「어느날」, 「어느 날의 詩가 되지 않는 詩」, 「여행」, 「水夫들」, 「에베레트의 일요일」, 「異國港口」, 「새벽 한 時의 詩」, 「다리 위의 사람」, 「투명한 버라이어티」이다. 이 12편의 시를 통하여 박인환이 보여준 미국상은 다음과 같다.

첫째, 6·25 한국전쟁의 비극과, 그 속에서 죽어간 미국 전사의 불행한 삶은 박인환의 마음 속에 휴머니즘의 정신을 일깨운다. 박인환은 이런 그의 마음을 「어느날」이라는 그의 시에서 다음과 같이 표현한다.

> 한국에서 전사한 중위의 어머니는
> 이제 처음 보는 한국 사람이라고 내 손을 잡고
> 시애틀 시기를 구경시킨다
>
> [……]
>
> 나는 들었다 나는 보았다
> 모든 비애와 환희를.
> 아메리카는 휘트먼의 나라로 알았건만
> 아메리카는 링컨의 나라로 알았건만
> 쓴 눈물을 흘리며
> 브라보 …… 코리언 하고
> 黑人은 술을 마신다.

— 「어느날」의 부분3)

인용문 속에는 한국전쟁에서 전사한 아들, 그 아들의 어머니, 흑인 한 사람, 시인이자 여행객인 박인환, 이렇게 네 사람이 얽혀 있다. 시인이자 여행객인 박인환은 이 네 사람의 얽힘 속에서 역사의 비애와 인간사의 슬픔을 새삼 인식한다. 약소국의 한 인간인 자기 자신뿐만 아니라 강대국인 미국의

---

3) 『박인환전집』, pp.76~77. 이하의 모든 박인환의 시는 문학세계사에서 출간된 그의 전집 『박인환전집』에 수록된 그대로이다.

인간사 속에도 역시 대체할 수 없는 인간적인 비애와 슬픔이 담겨 있음을
그는 보고 있는 것이다.

둘째, 박인환은 낯설고 거대한 미국 앞에서 일시적으로나마 정체성의 위
기를 경험하며 어떻게 해서든지 자신의 정체성을 상실하지 않으려고 애쓰
는 모습을 보여준다. 이런 까닭에 그는 미국 여행 중 자신을 거대한 세계 속
의 한낱 미물과 같은 존재로 보는 자조적인 인식을 할 때도 있었고, 그에게
다가오는 정체성의 위기를 극복하기 위하여서 우리의 역사를 회상하며 그
우수성을 찾아내려 애를 쓰기도 하였다.

박인환은 그의 시 「새벽 한 時의 詩」에서 다음과 같이 자조적인 자기인식
의 실상을 표백하고 있다.

> 바람에 날려온 먼지와 같이
> 이 異國의 땅에선 나는 하나의 미생물이다.

방금 위에서 말했듯이 박인환에게 먼 이국의 땅에 서 있는 자신은 한갓
"하나의 미생물" 정도에 지나지 않는 것으로 인식된 것이다. 혹은 "바람에
날려온 먼지와 같은" 존재에 불과한 것으로 인식된 것이다.

박인환의 이러한 인식은 그의 다른 작품 「어느 날의 詩가 되지 않는 詩」
에 이르러서 정체성의 확립 내지는 정체성 위기를 극복하려는 자세로 변모
된다. 그는 이 작품의 일부분에서 다음과 같이 이 점을 보여준다.

> 당신은 일본인이지요?
> 차이니이즈? 하고 물을 때
> 나는 불쾌하게 웃었다.
> 거품이 많은 술을 마시면서
> 나도 물었다
> 당신은 아메리카 시민입니까?
> 나는 거짓말 같은 낡아빠진 역사와
> 우리 민족과 말이 단일하다는 것을
> 자랑스럽게 말했다.

일본과 중국은 미국이민의 역사가 우리보다 길고, 세계 역사적으로 보더라도 우리나라보다 부강한 나라로 알려져 있기 때문에, 박인환이 미국을 방문한 1950년대는 물론 지금까지도 미국(혹은 서양) 사람들의 눈에 한국인은 일본인이나 중국인으로 보이는 게 일쑤이다. 위 시를 보면 박인환은 이런 미국인들의 오인 앞에서 속으로는 비록 낭패감을 느낄지라도 겉으로만은 역으로 "당신은 아메리카 시민입니까?"라는 뻔한 질문을 그들에게 던짐으로써 추락하려는 자신의 자존심을 애써 붙잡아보려고 노력한다. 더 나아가 그는 자존심의 상실과 정체성의 위기 앞에서, 나는 일본인이나 중국인이 아니고 바로 한국인이며, 한국이란 나라는 우수한 역사를 가지고 있을 뿐만 아니라 단일민족으로서의 특수성과 단일언어 사용국가로서의 특수성을 갖고 있다는 점을 역설한다. 역사와 민족 그리고 언어가 그의 정체성 확보의 원천이 될 수 있다는 것인가? 아마도 박인환의 의식과 무의식 속에는 이런 판단이 숨어 있었던 것 같다.

셋째, 박인환은 미국에서 대단한 정도로 향수에 사로잡힌다. 19일간의 여행이란 그리 긴 여행도 아닌데, 그는 왜 그토록 깊은 향수 속에서 허덕여야 했던 것일까? 이상하게도 그는 자칭 모더니스트였지만, 당시 가장 모던한 사회 중 하나였던 미국사회에 큰 호감을 보이지 않는다. 대신 그는 미국에서 조국인 한국을 생각하고 또 그리워한 것이다. 그는 자신의 작품 「여행」의 일절에서 "연이어 있는 아메리카의 도시 / 시애틀의 네온이 붉은 거리를 / 失神한 나는 간다 / 아니 나는 더욱 선명한 정신으로 / 타아반에 들어가 鄕愁를 본다. / 이즈러진 회상 / 불멸의 고독 / 구두에 남은 한국의 진흙과 / 상표도 없는 '孔雀'의 연기 / 그것은 나의 자랑이다 / 나의 외로움이다."라고 말하면서, 자신이 이국에서 느낀 향수와 조국애가 어떤 것이었는지를 표현한다. 그런가 하면 그는 다른 작품 「에베레트의 일요일」의 일절에서는 "夕陽 / 낭만을 연상하게 하는 시간. / 미칠 듯이 고향 생각이 난다. // 그래서 몬과 나는 / 이야기할 것이 없었다 이젠 / 헤져야 된다."고 말함으로써, 에베레트에서 몬과 함께 보낸 일요일의 즐거움 속에서도 자신에게 닥쳐온 것은 다름 아닌 "향수"였음을 말해준다. 이로 볼 때, 박인환의 내면은 한편으로 서구적인 것을 지향하는 모더니스트로서의 속성을 갖고 있는 것 같으면서도 실제로는 자신이 살고 있는 한국 땅에의 지향성을 강하게 갖고 있는 이중적 성격을 띤다고 볼 수 있다.

넷째, 박인환은 미국을 문명사적으로 근대문명의 명암을 안고 있는 나라이며, 풍속사적으로 욕망의 해방이 놀랄 정도로 허용되는 나라로 인식한다. 그가 쓴 12편의 시 가운데서 박인환이 인식한 이런 내용을 가장 잘 담아낸 작품이 「투명한 버라이어티」이다. 그야말로 이 작품에는 작품의 제목처럼 미국사회에 내재한 문명과 풍속의 양상이 '버라이어티'하게 담겨 있다. 구체적으로 박인환은 이 작품에서 은행, 영화관, 백화점, 전기세탁기, 텔레비전, 호텔, 타이프라이터 등을 언급하면서 근대문명사회의 양면을 알려주고, 또한 빙고 게임, 텔레비전의 성적인 표현들과 소음에 가까운 음악들, 거리에 가득한 유행의 물결과 맥주의 난무 등을 언급하면서 방종에 가까운(박인환이 보기에는) 미국사회의 풍속상을 알려주고 있다.

위에서 살펴본 바와 같이, 비록 짧은 기간 동안 상선의 사무장이 되어 얼핏 미국을 본 것에 불과하지만, 박인환에게 미국여행은 6·25 한국전쟁으로 표상되는 해방 후 한국사의 비극과 그 속에 담긴 반 휴머니즘의 실상을 인식하는 계기가 되었으며, 약소국의 한 지식인으로서 자기정체성의 확인과 정립을 위하여 애를 쓰도록 만든 계기가 되었고, 더 나아가서는 근대문명과 그 속에 내재된 풍속사의 양면성을 함께 인식하도록 만든 계기가 되었다. 미국과 관련된 박인환의 이런 인식상은 몇 편 안 되는 시에서 나타났고 또 다소 감상적인 부분도 없지 않지만, 이후 시인들에게서 보이는 미국에의 인식상에 한 전초단계가 된 것으로 판단된다.[4]

---

4) 박인환의 미국에 대한 인식은 많은 사람들이 그의 시가 감상성에 치우쳤다고 생각하는 것과 달리 매우 사실적이다. 이 점을 분명히 인식하는 것은 박인환의 시를 공평하게 이해하는 데 도움이 될 수 있다. 1950년대 우리나라 사람들이 미국에 대해 갖고 있던 일반적인 인식내용에 대해서는 임희섭, 「해방 후 대미인식」, 『한국인의 대미인식』(서울 :민음사, 1994), pp.236~244를 참조할 것.

2) 1970~1980년대의 시 : 장영수, 김명인, 윤재철, 김정환의 시

(1) 장영수와 김명인의 시

장영수의 시집『메이비』와 김명인의 시집『동두천』은 모두 1970년대에 출간되었다. 구체적으로 장영수의 시집『메이비』는 1977년에 출간되었으며, 김명인의 시집『동두천』은 1979년에 출간되었다. 이 두 시집 속에는 각각 미국과 관련된 시편이 여럿 들어 있다. 뿐만 아니라 각 시집의 제목으로 채택된「메이비」와「동두천」은 모두 미국과 관련된 내용을 압축시켜 놓은 셈이다.

1970년대라면 사회적으로 우리의 대미인식이 제법 객관화되고 다양화되며 주체화되는 시기이다. 이 시기에 이르러, 해방 이후 한동안 우리들의 마음 속을 지배했던 해방자 및 후원자로서의 긍정적이고 호의적인, 한 마디로 말해서 '이상화된' 미국상이 상당 부분 약화되고, 그 대신 미국을 있는 그대로 인식할 수 있는 현실적인 눈이 우리들 속에 생기게 된 것이다. 따라서 이 때에 이르면 미국에 대한 시인들의 인식상 또한 아주 현실적이며 주체적인 면모를 띠기에 충분하였다고 생각할 수 있다.[5]

먼저 장영수의 경우를 살펴보기로 한다. 그는 자신의 시집『메이비』속에 들어 있는 작품 중, 특히「美合衆國에게」,「道峯Ⅳ」,「메이비」등과 같은 작품을 통하여 자신의 분명한 대미인식상을 드러낸다. 그가 이 작품들을 통하여 보여준 대미인식상의 내용을 몇 가지로 나누어 살펴보면 다음과 같다.

첫째, 장영수는 미국을 권력의 나라로 인식한다. 이런 그의 인식은 상대적으로 우리가 살고 있는 이 땅을 힘없는 약소국으로 인식하는 것과 관련된다. 그에게 미국은 한국 대신 6. 25 한국전쟁을 주도해간 나라, 그 전쟁에서 생긴 전쟁고아들을 본국으로 데려가 키워준 나라, 전쟁 이후 미군을 한국에 주둔시킨 나라, 그 미군에게 한국의 많은 여자들이 몸을 팔게 한 나라, 그리고 물자가 풍부해서 넘치는 나라이다. 그는 미국에 대한 이런 인식 속에서 가학의 감정과 자학의 감정을 동시에 갖는다. 그가 미국에 대하여 보여준 가학의 감정은 미국

---

5) 1970년대에서 1980년대까지의 우리나라가 미국에 대해 가진 인식상에 대해서도 임희섭의 위 글(pp.244~266)을 참조하는 것이 큰 도움이 된다.

이 가진 권력을 비정상적인 것으로 묘사하는 데서 엿보이고, 그가 자신과 자국에 대하여 갖고 있는 자학의 감정은 끝없는 고아의식으로 나타난다.

<천막교실, 가마니 위에 비는 내리고>

우리는 고무신으로 찝차를
만들었다. 미군 찝차가
달려왔다 네가
내리고

미군들이 쑤왈거리다가 메이비,
하고 떠나고 그리하여 너는
메이비가 되었다.
미제 껌을 씹는 메이비. 종아리 맞는
메이비.

흑판에 밀감을 냅다 던지는
메이비. 으깨진 조각을 주으려고
아이들은 밀려 닥치고
그 뒤에, 허리에 손을 얹고 섰는
미군 같은 메이비.

남자보다 뚝심 센 여자애보다
뚝심 센 메이비, 여자애를 발길로
걷어 차는 메이비.

지금은 비가 내리고
어느 틈엔지 미군들을 따라
떠나 버린 메이비.
바다 건너 가 소식도 모를
제 이름도 모르던 메이비. 어차피
어른이 되어서는 모두가 고아였다.
메이비. 다시는 너를
메이비라고 부르지 않을 메이비.

— 「메이비」의 전문

위 작품의 배경은 6. 25 한국전쟁 당시의 어느 '천막교실'이다. 장영수는 이런 배경 속에서 이 땅의 아이들이 만든 고무신 찝차와 미군들이 타고 온 쇠로 만든 미군 찝차를 대비시키고, 가난하여 먹을 것이 없는 이 땅의 아이들과 미제 껌을 씹고 밀감을 집어던지는 메이비를 대비시키며, 또한 힘을 잃고 약자가 된 이 땅의 아이들과 미군 같은 표정으로 여자애까지 발길로 걷어차는 메이비를 대비시킨다. 그런가 하면 그는 메이비를 이럴 수도 저럴 수도 있는 미군들과 그 미군들이 마음먹는 데 따라 그의 인생 전체가 달라질 수밖에 없는 메이비의 기구하고 나약한 삶을 근본적으로 대비시킨다. 그러므로 여기서 메이비는 미군의 후광을 얻을 때 강자의 모양을 하고 나타나나, 실은 그 어느 누구보다도 약한 처지의 고아에 불과하다. 장영수는 메이비가 가진 이런 고아로서의 고통을 그의 특별한 문제이자 동시에 약소국의 국민으로 살아가는 이 땅의 모든 인간들이 가질 수밖에 없는 문제로 보편화시킴으로써 메이비를 포함한 우리들이 모두 약자의 운명을 지니고 살아간다는 데 초점을 맞춘다. 이것은 미국의 권력 앞에서 무력감을 느끼는 이 땅의 우리들이 갖고 있는 자기연민 내지는 자학의 감정이다. 이처럼 우리 앞에 미국은 부와 무력과 물질을 함께 갖춘 권력의 나라이다. 그러나 이런 미국을 바라보는 시인의 시선은 곱지가 않다. 그것은 미국은 물론 미국과 관련된 6.25 한국전쟁에 대한 그의 지식이 이미 높은 수준에 가 있고, 미국이 등장함으로써 얻은 이익과 손실을 따지는 일도 그리 쉬운 것만은 아니기 때문이다.

둘째, 장영수의 미국에 대한 이런 인식은 미국의 모든 행동이 실은 그들의 이익을 위해 존재한다는 현실적 인식으로 이어진다. 미국은 우리의 해방자도, 후원자도, 구원자도 아니며, 그보다는 자국의 이익을 좇다보니 해방자 혹은 후원자의 얼굴을 가지게 된 것처럼 그는 생각한다. 이것은 그가 모든 행동의 이면을 보기 시작했다는 뜻이다. 장영수는 이런 그의 인식상을 「美合衆國에게」라는 작품에서 다음과 같이 보여준다.

너의 뱃고동은 태평양
물결을 실어날랐고, 그
물결은 내 몸을 갈라. 갈라진

흙 속에. 너는 우유를, 네
정욕을 퍼서 담았고

[……]

나는 듣는다. 네,
웃음 소리를. 지구의 사방에
조심스레, 안개처럼
뒤섞이는 네
웃음 뒤의 소리를

— 「*美合衆國에게*」의 부분

장영수는 위 작품에서 미국은 우리의 몸을 갈라, 그 갈라진 몸 속에 '우유'와 '정욕'을 동시에 퍼담은 나라라고 말한다. 여기서 우유가 우리를 유혹하는 미국식 시혜품의 상징이라면, 정욕은 그들이 실리를 계산하며 품고 있는 탐욕의 표상이라고 할 수 있다. 장영수는 이런 미국식 시혜품과 그들의 탐욕이 이 땅과 이 땅에서 살아가는 우리들 속에 강제로 주입됐다고 생각하는 듯하다. 이것은 그가 미국의 웃음소리를, 그러나 그 웃음 뒤의 숨은 속셈을 보고 있다는 위 인용부분의 뒷 연을 보더라도 확인되는 바이거니와, 장영수의 미국인식은 이처럼 문제의 이면을 사실적으로 꿰뚫어보려는 태도를 유지하고 있다. 한 마디로 말해서 장영수가 위 작품에서 보여준 대미인식은 그들의 모든 행위가, 비록 그것이 외형상으로는 시혜의 형태를 띠었다 하더라도, 실은 그 뒤에 그들의 실익을 위한다는 전제가 깔려 있다는 지극히 현실적인 모습을 갖고 있는 것이다. 이것이 바로 장영수의 미국인식에서 핵심을 차지하는 부분이다.[6]

다음은 김명인의 시집 『동두천』에 나타난 그의 미국에 대한 인식상을 살펴보기로 한다. 김명인의 이 시집에서는 제1부 「켄터키의 집」 속에 수록된 작품

---

6) 장영수의 시 「*美合衆國*에게」 한 편에 대한 상세한 분석으로 참고가 될 만한 글로는 다음과 같은 것이 있다 : 김현, 「미국의 웃음—장영수의 시 한 편의 분석」, 『문학과 유토피아』 (서울 : 문학과지성사, 1980), pp.118~126.

들과 제2부 「동두천」에 수록된 작품들이 그의 미국에 대한 인식상을 잘 보여
준다. 장영수의 경우와 비교할 때, 김명인의 경우는 훨씬 더 많은 수의 작품에
서 미국과 관련된 몇 가지 문제를 집중적으로 탐구하는 점이 특징적이다.

첫째, 김명인에게 미국은 약소국인 이 땅에서 수많은 혼혈고아와 편모 슬
하의 혼혈아를 양산시킨 나라이다. 주지하다시피 미국은 해방과 더불어 분
단된 남쪽에 미군을 주둔시켰고, 그것은 지금까지 계속되고 있다. 미군의 한
국주둔에 관한 상세한 논의는 여기서 제외시키고, 다만 김명인의 시에 나타
난 미국의 문제를 논하기 위하여 한 가지 분명하게 밝힐 수 있는 역사적 사
실은 그들의 주둔과 더불어 수많은 고아와 혼혈아가 나타나게 되었다는 점
이다. 이 땅에서 미군은 남성이면서 동시에 이른바 아메리카의 꿈을 실현시
킬 수 있는 대상으로 일부 여성들에게 인식되었다. 한마디로 그들은 권력의
나라인 미국의 모든 것을 갖고 있는 상징적 존재였고, 그들과의 접촉과 결
혼은 이 모든 것을 혹은 그 일부분을 얻을 수 있는 효과적인 지름길처럼 여
겨졌다고 볼 수 있다. 이에 따라 미군들이 주둔하는 지역의 주변에는 그들
과 관계를 맺고 살아가는 여성들이 생기게 되었으며, 사랑과 믿음 그리고
책임이 전제되지 않은 관계 속에서 버려진 아이들이, 그것도 혼혈인 버려진
아이들이 생기게 되었다.

이광규의 저서 『재미한국인』에 따르면 미군 주둔으로 인하여 생긴 혼혈
고아 중 8명이 H.S. 홀트에 의하여 미국으로 입양된 것이 1955년인데, 그 이
후로 계속하여 혼혈고아들이 미국을 비롯한 해외 여러 나라로 입양된 결과
1955년에서 1973년까지 한흑(韓黑)혼혈아가 1,304명, 한백(韓白)혼혈아가
4,334명이나 입양되었다고 한다.[7] 미군과 한국 여성 사이에서 생긴 혼혈고아
가 모두 얼마나 되는지 그 자세한 통계는 알 수 없으나, 이것만 보더라도 혼
혈고아의 수가 얼마나 많은지를 짐작하는 데 큰 무리가 없을 것이라고 본다.

김명인에게 동두천은 이런 혼혈고아가 편재돼 있는 한미양국교섭사의,
생생한 비극적 현장이다. 그는 이곳에서 국어선생 노릇을 하며 그 비극의

---

7) 이광규, 『재미한국인』(서울 : 일조각, 1997), pp.298~300 참조.

구체적 현장을 가까이서 지켜보고 그것을 시로 썼다. 한국처럼 단일민족 의식이 강한 나라에서 혼혈고아들이 살아간다는 것은 더욱 힘든 일이거니와, 탄생과 더불어 한 인간으로서 비극적 존재가 되어버린 그들의 처참한 삶을 바라보면서, 김명인은 착잡함을 넘어 울분을 토해낼 수밖에 없었던 것이다.

> 여뀌풀은 억센 풀 길바닥에도 돋는 잡풀
> 꿈속에서도 제 나라 말 더듬는 아이를 보면 눈물나지만
> 어둡기야 캄캄한 밤 하늘에 더욱 멀리 던져진
> 헬로 너의 고향은 머나먼 별
> 한밤중에는 나도 내 고향으로 웅크리고 길 떠나지
>
> 한낮이 되어도 사라지지 못한 어느 이슬 속에는
> 늦잠자는 네 모습이 비친다
> 때도 없이 버려지고 총무에게 매맞고
> 국어책으로도 모두의 웃음거리가 되지만
> 보산 국민 학교 3학년 교실엔
> 네가 쓴 습자 '씩씩한 기상은 나라 사랑의 얼'

— 「東료川 Ⅷ – 내가 만난 흑인 혼혈아 중여에게」의 부분

　　김명인이 쓴 「東료川」 연작 9편 속에는 모두 혼혈고아들의 문제가 들어 있다. 그는 이 9편의 작품을 통하여 미국이란 우리에게 한 인간의 비극적 탄생을 가져온 나라라고, 그의 시구를 그대로 빌려온다면 '태어나서 죄가 된 고아들'을 만들어낸 나라라고 역설한다. 위 인용 작품은, 혼혈고아 가운데서도 가장 크게 고통 받은 한흑(韓黑)혼혈고아의 이야기를 담고 있다. 그의 위 인용시에 따르면 중여라는 이름의 한흑혼혈고아는 고아원에서 학대받고 학교에서조차 웃음거리가 된, 이 땅의 미운오리새끼였다. 김명인은 이런 중여의 삶에 연민과 분노를 느끼며, 그 비극의 원천을 곰곰이 따져본다. 이광규가 지적하듯이 한흑혼혈고아의 문제는 고아의 문제 중에서도 가장 심각하다. 그들은 이중 삼중으로 억압받고 멸시당하는 계층이기 때문이다.[8]

---

8) 상게서, 상게문.

둘째, 김명인에게 미국은 우리로 하여금 끊임없이 약자로서의 열등감을
갖게 하는 나라이다. 워낙 큰 힘을 갖고 나타난 미국 앞에서 김명인은 한편
으로 무력감을 느끼지만, 또 다른 한편으로는 열등감의 다른 이름인 분노의
감정과 공격의 감정을 갖는다. 김명인의 이런 약소국 국민으로서의 양면적
인 열등감은 주로 고아들의 말이나 그 심리를 빌려서 표현되지만, 때로는
시인이자 화자인 작품 속의 나의 말이나 심리를 통하여 표현된다. 그 중 대
표적인 작품이 「東묘川 Ⅳ」이다.

> 내가 국어를 가르쳤던 그 아이 혼혈아인
> 엄마를 닮아 얼굴만 희었던
> 그 아이는 지금 대전 어디서
> 다방 레지를 하고 있는지 몰라 연애를 하고
> 퇴학을 맞아 고아원을 뛰쳐 나가더니
> 지금도 기억할까 그 때 교내 웅변 대회에서
> 우리 모두를 함께 울게 하던 그 한 마디 말
> 하늘 아래 나를 버린 엄마보다는
> 나는 돈 많은 나라 아메리카로 가야 된대요
>
> [……]
>
> 그래 너는 아메리카로 갔어야 했다
> 국어로는 아름다운 나라 미국 네 모습이 주눅들 리 없는 合衆國이고
> 우리들은 제 상처에도 아플 줄 모르는 단일 민족
> 이 피가름 억센 단군의 한 핏줄 바보같이
> 가시같이 어째서 너는 남아 우리들의 상처를
> 함부로 쑤시느냐 몸을 팔면서
> 침을 뱉느냐 더러운 그리움으로
> 배고픔 많다던 동두천 그런 둘레나 아직도 맴도느냐
> 혼혈아야 내가 국어를 가르쳤던 아이야

— 「東묘川 Ⅳ」의 부분

위 인용시에서도 혼혈고아는 한흑혼혈아이다. 김명인은 이 혼혈아의 말

을 통해 우리가 얼마나 강대국으로서의 미국에 대한 지독한 열등감에 사로
잡혀 있는가를 알려준다. 그가 지금 어딘가에서 혼혈고아의 비극적 운명을
감당하며 고통스럽게 살아갈 모습을 상상하면서, 김명인은 그가 하던 말을
떠올리며 난감한 심정에 사로잡힌다. 그 혼혈고아가 교내 웅변대회에서 한
말은 "하늘 아래 나를 버린 엄마보다는 / 나는 돈 많은 나라 아메리카로 가야
된대요"라는 구절이거니와, 이 속에는 강대국 앞에 서 있는 약자의 열등감
이 고스란히 담겨 있다. 그러나 김명인은 끝까지 자존심을 상실하지 않으려
고 애를 쓴다. 비록 그 혼혈고아뿐만 아니라 우리들 모두의 마음 속에는 미
국에 대한 열등감이 숨어있다 하더라도, 그것을 어떻게 해서든지 극복하려
는 자존심이 위 인용시의 뒷 부분에 들어있다. 그 부분을 여기에 옮겨보면
"그래 너는 아메리카로 갔어야 했다 / 국어로는 아름다운 나라 미국 네 모습
이 주눅들 리 없는 合衆國이고 / 우리들은 제 상처에도 아플 줄 모르는 단일
민족"이라는 것이다. 김명인은 여기서 말로만 아름다운 나라가 미국이라고,
그 속은 실제 아름답지 않은 나라가 미국이라고, 미국을 비판한다. 그러면서
그는 분단의 비극조차 그 원인이 미국에 있는 것인데, 우리는 그것을 제대
로 인식조차 하지 못하며 살고 있다는 뜻을 내보인다. 이런 김명인의 자존
심은 미국의 실상을 객관적으로 보도록 이끄는 데 큰 역할을 담당하기에 충
분하다.

셋째, 김명인에게 미국은 그로 하여금 죄의식을 갖도록 만드는 나라이다.
김명인은 동두천에서 국어교사를 하는 동안 그 앞에 나타난 많은 혼혈고아들
과 아버지를 잃은 편모 하의 혼혈아들이 비극적으로 살아가는 모습에서 한
사람의 성인이자 지식인으로 죄의식에 사로잡히곤 한다. 그가 어른이고 또
선생이지만 더 이상 그들의 비극적 운명을 어떻게 바꾸어놓을 수 없다는 자
괴감과 허탈감 앞에서 그는 죄의식을 느끼는 것이다. 이런 그에게는 흐르는
물소리까지 "쏘리 쏘리 그렇게 미안하다며 흘러"가는 것처럼 들린다. 그는
언제나 그들 앞에서 죄스러운 것이다. 그러다 때로 그 죄스러움이 격해지면
그는 울분을 넘어 울음을 운다. 김명인은 이런 사실을 다음과 같이 쓴다.

막막함은 더 깊은 곳에도 있었다 매일처럼
교무실로 전갈이 오고
담임인 내가 뛰어가면
교실은 어느 새 난장판이 되어 있었다
태어나서 죄가 된 고아들과
우리들이 악쓰며 매질했던 포산리 포주집 아들들이
의자를 던지며 패싸움을 벌이고
화가 나 나는 반장의 면상을 주먹으로 치니
이빨이 부러졌고

함께 울음이 되어 넘기던 책장이여 꿈꾸던
아메리카여
무엇을 배울 것도 없고 가르칠 것도 없어서
캄캄한 교실에서 끝까지 남아 바라보던 별 하나와
무서워서 아무도 깨뜨리지 않으려던 저 깊은 침묵

— 「東묘川 II」의 부분

위 인용시에서 화자는 월급 만 삼천 원을 받는 스물 세살의 선생이다. 선생인 그는 항상 문제아가 된 아이들과 씨름한다. 그러나 해답은 나오지 않고, 그는 분노와 연민 그리고 자책 속에서 울음을 삼킨다. 위 인용시가 보여주듯이, 김명인은 이런 정황 앞에서 말할 수 없는 죄의식을 느낀다.

이상에서 살펴본 바와 같이 장영수와 김명인은 1970년대를 대표하는 시인들로서 자존심을 굽히지 않은 채 미국의 실상과 미국에 얽힌 한국사의 현장을 주체적으로 바라보고자 노력한다. 그 결과 미국이란 도대체 우리에게 어떤 나라인가 하는 점을 보다 현실적으로 따져 볼 기회를 갖게 되었고, 그 가운데서도 전쟁고아문제, 혼혈고아문제, 편모 슬하의 혼혈아 문제 등에 대한 다양한 접근을 할 수 있게 되었다.

(2) 윤재철과 김정환의 시

1980년대는 이전 시대와 달리 사회적으로 반미의식이 노골적으로 표현되던 시대이다. 1970년대만 하더라도 반미의식은 노골화되기보다 내재화되어 있었다. 그러던 것이 1980년대로 들어오면서 한국사회의 구조적인 모순을 계급모순과 민족모순(대외종속)으로 규정하고 반독재, 반제, 반자본을 운동목표로 설정하는 가운데, 반미의식은 반미운동의 성격을 띠고 급속도로 확산되었던 것이다.9)

이런 사회적·시대적 분위기 속에서, 윤재철과 김정환의 미국에 관한 시편이 주목을 받을 만하다. 그 가운데서도 윤재철은 아예 그의 시집 제목을 『아메리카 들소』로 정하고, 그 속에 수록된 몇몇 작품을 통하여 집중적으로 반미의식을 표출한다. 참고로 밝히자면 윤재철은 초창기(1982년)부터 1980년 5월의 광주민중항쟁에서 촉발된 『오월시』 동인으로 활동하며 민중운동을 전개하였고 1985년도에는 전교조 운동의 일환으로 출간된 『민중교육』지 사건으로 투옥되었다. 이런 그에게 미국은 1980년 5월의 광주민중학살을 방조한 국가이자, 5공화국의 탄생과정부터 5공화국을 지지한 국가이다. 그리고 우리의 교육은 지나치게 친미적이다.

이런 윤재철의 시집 『아메리카 들소』 속에는 미국문제와 관련된 대표작으로 「아메리칸 사운드」 연작 3편과 시집의 제목이기도 한 「아메리카 들소」가 있다. 윤재철은 이 작품들을 통하여 몇 가지 미국에 대한 의식을 보여준다.

첫째, 윤재철은 약자를 향해 총을 쏘아댄 폭력의 나라로 미국을 인식한다. 그에게 미국은 어느 나라 혹은 누군가에게로 총부리를 겨누고 있는 나라로 인식되고 있거니와, 그 나라의 풍요와 힘은 바로 이런 총부리의 힘에 기반을 두고 있다는 생각인 것이다. 그는 「아메리카 들소」에서 미국에 대한 그의 이런 인식상을 다음과 같은 말로 표현한다.

어릴 적 미군 부대 철조망에 매달려
헬로우 헬로우 껌을 외칠 때
기름칠을 하던 기관총을 우리를 향해 겨누던
벌거벗은 미군 병사의 거대한 체구를 너(아메리카 들소 : 필자)는 닮았지만

---

9) 1980년대의 반미의식에 대해서는 임희섭의 앞의 글 p.253에서 p.266을 참조할 것. 그리고 이와 더불어 서진영이 월간 『신동아』 1988년 7월호에서 한 좌담회 내용을 참조할 것.

— 「아메리카 들소」의 부분

위 인용시에서 윤재철은 아메리카 들소를 인디언과 동일한 존재로 취급한다. 누구나 알다시피 미국은 본래 인디안의 땅이자 아메리카 들소의 땅이었다. 그런 그들을 유럽에서 몰려온 서양인들은, 그러나 지금은 미국의 중심 세력이 된 서양인들은, 총부리를 겨누며 살상하였고, 살상하지 않은 그 일부는 인디언 보호구역에 보호(?)하고 있다. 윤재철은 이런 미국의 부끄러운 뒷모습을 이끌어내어 그 나라가 본질적으로 폭력에 기초하여 세워진 나라임을 알리고 있는 것이다. 그런데 윤재철의 이런 인식은 한국에 주둔하는 미군 병사의 총부리가 그들에게 먹을 것을 구걸하는 이 땅의 어린 아이들에게까지 폭력의 얼굴로 겨누어졌다는 데로 이어진다. 그러니까 윤재철은 미국의 총부리가 인디언과 그 땅의 들소는 물론, 약자인 이 땅의 우리들에게까지도 겨누어졌다는 것이다. 실제로 미군으로 표상된 미국의 총부리가 이 땅의 어린 아이들에게까지 겨누어졌는지 알 수는 없다. 그러나 여기서 중요한 것은 윤재철의 의식 속에, 그리고 이 땅의 사람들 마음 속에 미국이 총부리로 표상되는 폭력의 나라로 각인돼 있다는 점이다.

윤재철은 다른 작품 「아메리칸 사운드·1」에서 또다시 미국을 폭력의 나라로 인식한다. 폭력은 간접화된 권력과도 다른 보다 직접적인 힘의 논리가 작용하는 세계이다. 윤재철은 이런 폭력성을 미국에서 느끼고 있거니와, 그 것은 바로 작품 「아메리칸 사운드·1」의 "너의 겨울은 철새와 미군과 함께 시작되던 것을, 겨울이 되면 미군들은 너의 키보다 큰 총을 메고 와 오리를 잡고"라는 말 속에 들어 있다. 윤재철에게 어린 시절 미군의 인상이란 총부리를 새에게 겨누는 폭력자로서의 모습이다. 윤재철이 인식한 미국의 이런 폭력은 미국을 제국주의자로 인식하던 당대의 분위기와 일치한다. 이 점은 앞의 장영수나 김명인의 시에서 나타난 고아문제보다 훨씬 더 난폭하고 공격적이며 노골적인 폭력의 문제로서, 힘의 논리가 어떤 것인지를 새롭게 인식한 1980년대 한국 시단의 한 특징이라 볼 수 있다.

　둘째, 윤재철은 미국 앞에서 피난민 의식에 사로잡힌다. 피난민 의식이란 우리가 살고 있는 이 땅이 뿌리 내리고 안심하며 살 만한 땅이 못된다는 것, 따라서 언제고 어디론가 떠나야 한다는 생각을 많은 사람들이 갖고 있다는 것을 뜻한다. 가난과 분단 그리고 독재로 얼룩진 이 땅에서 어렵게 살아가던, 참으로 많은 사람들의 마음 속엔, 어딘가에 있는 더 나은 나라를 동경하는 마음이 살아 있었음을 우리는 잘 알고 있다. 그때 미국은 소위 아메리칸 드림을 실현시켜줄 수 있는 약속의 땅 혹은 구원의 땅처럼 여겨졌던 게 사실이다. 윤재철은 그의 시 「아메리칸 사운드·2」에서 가난과 시련을 겪고 미국에서 석사학위와 박사학위를 딴 후 모 컴퓨터 회사의 경영주로 성공한 한 사람을 텔레비전에서 보며, 그를 통해 피난민 의식을 읽는다. 그리고 이어서 그는 이 땅에서 살고 있는 모든 사람들에게서 피난민 의식을 읽는다. 그 까닭은 미국에서 성공한 이 사람에게 그가 현실적으로 안착한 곳이 미국이며, 많은 사람들은 그렇게 되기를 소망했거나 하고 있으며, 앞에서도 말했듯이 분단으로 인해 불안하고 또 후진적인 이 사회에서 적지 않은 사람들이 불안해하고 불만족스러워하기 때문이다. 아직도 이 땅을 사랑하고 이 땅에서 사는 일에 자부심을 느끼기보다 이 땅 이외의 다른 어느 나라를 동경하거나 그곳에서 생의 안정과 성공을 이룩해내려는 우리들의 마음이 살아 있는 한, 윤재철이 지적한 피난민 의식은 우리들 속에 살아있는 것이나 마찬가지이다.

셋째, 윤재철은 미국에 대해 시니컬한 태도를 보여준다. 그는 강대국으로서의 미국의 위상을 잘 알고 있지만, 그 속에 내재한 숨은 의도와 허위의식을 간파하고 그것에 대해 냉소를 보낸다. 그의 작품 「아메리칸 사운드 · 3」이 그 대표적인 경우인데, 윤재철은 여기서 미국 대통령 레이건의 취임식 장면을 텔레비전으로 보며, 그 장면에 압축된 미국상에 질시의 시선을 보낸다. 구체적으로, 윤재철은 대통령 취임을 축하하는 쇼, 자유와 민주에 대한 찬양, 역대 대통령 취임식 광경, 취임하는 레이건 대통령의 신화적인 삶의 소개, 레이건의 휴전선 방문과 한국 대통령과의 포옹장면, 한미간의 희망적 관계에 대한 우리 방송들의 해설, 레이건이 반공주의자이며 동북아의 고착화된 세력 균형을 희망한다는 사실의 소개, 취임식에서의 주기도문 낭송과 기도 및 선서, 부인 낸시 여사의 화려한 옷차람과 자태, 더욱 강력한 아메리카를 건설하겠다는 말들, 신에게 자신들을 보호해 달라는 연설의 마지막 구절, 성조기여 영원하라는 그들의 애국가 등에 대하여 시종 불편한 심기로 냉소를 보냈던 것이다. 이런 그의 냉소적 태도는 한편으론 강대국 미국에 대한 공격적 심리의 반영이면서 다른 한편으론 약소국인 이 땅에 대한 연민과 안타까움의 심정을 담고 있는 것이다.

이런 윤재철의 미국인식에서 우리는 반미정신 내지는 반미주의라고 할 만한 그의 마음을 엿볼 수 있다. 윤재철은 애초부터 미국에 대한 입체적, 종합적 사유 대신 반항적, 부정적 사유를 갖고 시를 쓰기 시작한 듯한데, 이것은 당시의 우리 사회에 강력했던 시대적 반미의식과 일치하는 측면을 갖는다.

김정환의 경우는 어떠한가. 김정환의 시집 『지울 수 없는 노래』 속에 있는 「이태원에서」라는 한 편의 시가 미국에 대한 그의 인식을 분명하게 전달한다. 그는 이 작품에서 풍요로움과 폭력성을 함께 가진 미국이라는 나라의 권력적 실체를 적나라하게 투시하고 있지만, 오히려 우리의 가난하고 비참한 삶 속에서도 이 땅의 위대성을 확인할 수 있다는 자신감에 차 있음을 보여준다. 이런 그의 태도는 무척이나 낭만적인 듯하나, 실은 그 이면에 오만함과 완고함에 가까운 어마어마한 자존심이 도사리고 있음을 볼 수 있다. 해당 부분을 다음에 옮겨보기로 한다.

어느날 밤 버스가 이태원 정거장에 멈추어섰을 때
거리를 흘러가는 숱한 외국인들과 양공주들과 아메리칸
웨스팅하우스 장교 전용클럽 화려한 네온사인의 홍수 속에서
난 여자의 자궁에 대해서 생각해 보았지
비가 쓰러져내린 거리를 촉촉히 적셔주고 있었고
짙은 루즈를 바른 얼굴들이 축축함 속에서 빛나고 있었다.

[……]

아아 오늘밤 내가 저 여자와 온몸으로 껴안고 있다면
아메리카는 또 그 거대한 화려함을 쇠몽둥이처럼 휘두르며 풍요의 향긋한 향기와
풍요의 더욱 무지막지함을 강요할 터이지만
그때쯤이면 나는 그 화려한 아메리카의 허리를 칭칭 동여맨
우리들의 비린내 나는 가난이
더 끈끈하고, 더 위대한 것이라는 이야기를
그녀와 밤새 이야기할 수 있을 것이다
온통 하얗게 쏟아져내리는 빗속에서
그 진정한 흐려짐의 찬란함 속에서
나는 그녀의 오만함이 마구마구 덜컹거리는 것을 보았다
난 나의 완고함이 마구마구 덜컹거리는 것을 느꼈다
그리고 흐려진 내 시야의 차창 속에서
덜컹거림이 덜컹거림을 으스러져라 껴안고 있었다.

— 「이태원에서」의 부분

　이 작품은 1982년도에 『우리 세대의 문학』을 통하여 발표된 것이다. 김정환은 위 작품에서 미국을 "풍요와 화려함을 쇠몽둥이처럼 휘두르며 달려오는 나라"로 인식한다. 이태원 거리를 떠도는 숱한 양공주들은 바로 이런 풍요와 화려함의 쇠몽둥이에 자신의 생을 저당잡힌 인물들이라고 그는 생각한다. 그는 이런 현실 앞에서 여자의 자궁에 대해서 생각해본다. 그리고 이어서 이태원 거리를 수놓은 양공주들의 화려한 몸치장을 보며 아름다움의 원초적 의미가 무엇인가를 골똘히 생각해본다. 그는 이런 생각 끝에 "더러워서 아름다운 조국"을 떠올리며 비탄에 잠긴다. 하지만 그는 비탄의 감정을

수습하고 그 여자들과 진정 온몸으로 껴안으며 참다운 사랑을 나누는, 그런 장면을 상상한다. 이런 사랑 속에서 그는 여자의 자궁이 가진 숭고한 의미와 여자의 몸이 지닌 아름다움을 되살려낸다. 그러나 그는 안다. 이런 가운데서도 미국의 그 화려함과 풍요로움은 역시 쇠몽둥이처럼 강한 힘으로 우리들의 삶 속에 침입해들어올 것을……. 그럼에도 불구하고 위 작품에서 인상적인 것은 이 시인이 그들이 만들어내는 참다운 사랑의 힘을 믿는다는 것이다. 구체적으로 이 시인은 그들의 참다운 사랑이, 풍요와 화려함의 이름으로 나타난 아메리카의 횡포를 이겨낼 수 있고, 그것보다 위대하다는 확신을 갖고 있다는 점이다. 이런 자신감과 확신 속에서 시인은 아메리카의 어떤 권력이나 폭력 그리고 횡포에도 굴하지 않는 자존심이 그에게 그리고 그가 사랑하는 이 땅의 여성들에게, 더 나아가서는 이 땅의 모든 사람들에게 살아있음을 확인한다. 이런 참다운 인간적 사랑 앞에서, 아메리카의 유혹과 횡포는 힘을 상실하지 않을 수 없고, 시인의 자존심은 오만함과 완고함에 가까울 정도로 강력해진다.

김정환의 반미의식은 윤재철만큼 적나라하지 않다. 그러나 그는 아메리카를 이길 수 있는 방법에 대하여 골몰한 흔적을 보인다는 점이 특징적이다. 비록 그의 방법이 낭만적인 성격을 갖고 있다 하더라도, 참다운 인간적인 사랑의 힘으로 모든 유혹과 횡포를 넘어서려는 노력은 그것대로 의미가 있다.[10)

3) 1990년대 : 오세영, 김명인, 황동규, 심호택의 시

앞에서 다룬 김명인, 장영수, 윤재철, 김정환의 경우, 그들이 미국을 만난 것은 한국에서이다. 장영수는 6·25 한국전쟁의 천막교실 속에서, 김명인은 동두천에서, 윤재철은 텔레비전과 어린 시절을 보낸 고향 속에서, 김정환은

---

10) 여기서 다루지는 않았으나 최두석의 반미의식도 만만치 않다. 그의 시집 『성에꽃』에 수록된 작품 「미국병」, 「동두천 민들레」, 「교과서와 휴전선」, 「타잔」 등에는 윤재철과 김정환의 경우 못지 않게 강한 비판적 반미의식이 들어있다. 한마디로 그에게 미국은 휴전선을 만든 주범이며 제국주의적 속성을 가진 폭력적 대국이다.

이태원에서 각각 미국의 모습을 보았다. 이것은 현실적으로 1980년대 말 해외여행 자유화가 이루어지기 이전까지는 보통 사람들이 미국 땅에 발을 내딛고 그 나라에서 살거나 그 나라를 여행한다는 것이 결코 쉽지 않았던 시대의 풍경이다.

지난 시대의 이런 풍경과 달리, 1990년대에 미국의 문제를 다룬 시인들(적어도 여기서 다루고자 하는 네 명의 시인들)은 한결같이 미국에서 얼마간 살아본 경험이나 미국을 여행한 경험에 토대를 두고 그들의 미국 관련 시를 썼다는 점이 특징적이다. 말하자면 미국에서 본 미국을 시 속에 담아냈다는 것이다. 오세영의 경우는 1995년, 캘리포니아 주에 있는 캘리포니아 주립대학교 버클리 캠퍼스의 동아시아어과에서 강의를 하고 그곳에 체류한 경험을 토대로, 김명인의 경우는 유타주에서 교환교수로 1년간 머문 체험을 토대로, 황동규의 경우는 뉴욕대학에 교환교수로 있으면서 뉴욕에 체류한 1년간의 경험을 토대로, 심호택의 경우는 미주리에서 미주리 주립대학의 교환교수로 1년간 있으면서 그곳에서 경험한 것을 토대로, 각각 시를 쓴 것이다. 그러므로 이들의 미국 관련 시에는 구체적인 미국의 풍경이 생생하게 들어 있으며, 그 양도 이전과 달리 상당하다. 예를 들어 오세영과 심호택은 각각 미국시편으로만 시집 한 권을 만들었다.

먼저 오세영의 경우를 보기로 한다. 필자는 개인적으로 오세영의 시집 중 미국 문제를 다룬 『아메리카 시편』이 리얼리티의 확보라는 측면에서 매우 사실적인 시집이라고 본다. 이 시집에서 오세영은 아주 정확하고 날카로운 관찰자의 모습을 유지하면서 미국사회가 갖고 있는 갖가지 문제를 지적하고 동시에 그것을 인류보편사의 문제로 확대시켜 설득력을 얻고 있다. 이런 오세영의 시집 속에서는 미국에 대한 다음과 같은 인식내용이 주종을 이룬다.

인간과 인간 사이가 단절된 나라, 그 단절을 메우기 위한 말이 남발되는 나라, 독재화되고 자본화된 음식문화의 나라, 곡선의 정신을 억압하고 직선의 정신만을 추구하는 사회, 세일즈 정신이 극에 달한 상술의 사회, 항상 긴장하며 삶을 체크해야 하는 합리적 사회, 총 때문에 젠틀맨십이 허상으로 된 나라, 춤이 기계의 춤처럼 되어버린 나라, 샐러드처럼 종족들이 서로 섞이되 섞이지 않는 사회, 어디서나 정보가 돈으로 환산되는 사회, 인간이 물질로 환원되어가는 냉혈사회, 허전함과 외로움을 콜라로 달래는 사람들의 동네, 일회용 도구가 널려있는 나라, 감각만을 믿는 실용주의의 나라, 기계에 대고 속삭이며 대화하는 나라, 다이어트를 하다 굶어죽은 사람들, 광막한 아열대성 정글의 법칙이 움직이는 도시, 시라고 하는 것이 광고문안 속에나 남아 있는 사회, 인디언의 땅을 빼앗아 성조기를 언제나 꽂고 사는 나라, 자본과 물질과 감각이 주도하는 나라, 아무 근심 없는 사람들에게 권태가 찾아오는 나라, 욕망의 시장이 된 나라, 어떤 관심을 끌어서라도 상품을 팔아내고자 하는 나라, 고유명사는 사라지고 편리성을 가장한 보통명사들의 세상, 권태가 사고를 낳는 나라, 도시문명에 모두가 길들어버린 나라, 행복도 판매하는 상술의 나라, 너무나 잘 먹어서 뚱보가 지천인 나라, 총성이 멈추지 않는 폭력의 나라, 소유와 사유에 철저한 엄청난 이기주의의 나라, 정은 없고 용무만으로만 만나는 나라, 쓸쓸하고 외롭고 노년을 홀로 보내야 하는 개인주의의 나라, 소송이 일상이 된 나라, 비경을 찾아 쾌락을 즐기는 나라, 자연과 인간의 소리는 없고 기계의 소리만 난무하는 나라, 합리라는 이름의 타산과 실리의 나라, 강력한 군사력으로 군림하는 나라, 인디언들을 동물처럼 보호구역에 가두어놓고 사는 나라, 돈만 있으면 죄인도 목숨을 연장할 수 있는 나라, 초록의 잔디밭 속에 단절과 공포와 경계의식이 들어있는 나라, 총을 사이에 두고 서로가 서로를 무서워하며 떨고 있는 나라, 이성과 제도와 논리의 억압을 부정하는 무정부주의자들의 나라, 돈은 칼이 되고 주식은 갑옷이 되고 주주는 기사가 되고 소비자는 농노가 되고 경영은 전쟁이 된 무한자본주의의 나라, 흑인의 슬픈 역사가 곳곳에 배어있는 나라, 인디언들의 비애가 질척하게 배어있는 나라, 문명에 저항하는 아마나(Amana:아이오와주의 소읍) 사람들의 삶이 있는 나라, 이런 세상과 나라가 바로 오세영이 그의 시집 『아메리카 시편』에서 파헤친 미국의 모습이다.

　오세영의 미국인식은 이처럼 아주 다채롭다. 그리고 그것은 사실적이고 비판적이다. 그의 눈에는 미국의 온갖 모순과 어두운 측면이 포착되었거니와, 그것을 몇 가지로 압축시키면 다음과 같다. 첫째, 미국은 물리적인 권력과 경제적인 권력 그리고 문명사적인 권력을 가진 나라이다. 둘째, 미국은 근대정신이라고 할 수 있는 합리와 이성 그리고 논리와 실용성에 지배당하는 나라이다. 셋째, 미국은 자본주의 정신이 팽배하여 시장과 돈과 상품이 말하는 나라이다. 넷째, 미국은 기계문명과 그 정신의 지배를 당하는 나라이다. 다섯째, 미국은 인디언과 흑인의 슬픈 역사를 갖고 있는 나라이다. 여섯째, 미국은 총기가 난사되는 위험한 나라이자 쾌락적인 욕망이 고도로 허용되는 자유(?)의 나라이다. 이 이외에도 더 열거할 수 있겠지만 방금 언급한 여섯 가지 항목 속에 오세영의 미국상이 어느 정도 포함되어 있을 것이라고 본다.

위에서 살펴보았듯이, 오세영은 미국을 우리나라와 얽힌 정치적, 역사적, 시대적 시각에서 바라보는 일이 비교적 적다. 그 대신 그는 미국의 본모습을 지적하는 데 관심을 집중시키면서, 미국이야말로 그 자체의 사회 속에 엄청난 근대적, 자본주의적, 문명사적, 정신적 문제점을 안고 있다는 데 초점을 모은다.

오세영의 이런 미국인식은 그가 직접 미국사회를 예리하게 관찰한 결과이기 때문에 그 시적 표현이 생생하고 구체적이며 설득력 있다. 오세영의 시를 읽는 동안 독자들은 마치 미국의 현장을 직접 보는 듯한 느낌을 갖게 되며, 그의 시가 상상으로 쓴 것이 아니라 체험으로 쓴 것임을 금방 알 수 있다.

오세영이 지난 1970년대나 1980년대의 시인들, 이를테면 장영수나 김명인 그리고 윤재철이나 김정환의 경우와 달리 한국인으로서의 열등감이나 자괴감, 그리고 미국에 대한 정치적, 역사적 차원의 반미의식을 갖지 않은 채, 그 나라의 본질적인 모순과 어둠을 세세하고도 차분하게 밝혀낼 수 있었던 것은 그만큼 1990년대 우리 국민들의 미국에 대한 의식이 지난 연대의 그것과 다르다는 것을 말한다. 실제로 1990년대에 들어와 한국 사람들은 미국사회를 우리와 대등한 나라로 인식하려는 태도를 확립하면서, 그에 대한 무조건적인 반미의식보다 객관적으로 다원화된 시각으로 그 나라의 심층을 이해하고자 하였다. 이것은 그만큼 우리나라의 정치적 안정과 경제적 성장이 이루어졌으며 더 나아가 교육수준이 높아지고 많은 사람들이 자유롭게 미국을 드나들면서 그 나라에 대한 폭넓은 정보를 얻을 수 있었기 때문인 것으로 보인다.

또한 오세영은 그가 미국에서 찾아낸 실상이 실은 미국만의 문제가 아니라 근대문명사회를 만들면서 살아가는 이 세계의 모든 나라 사람들이 당면하고 있는 문제라고 확대시켜 해석하며, 그들의 실상과 이 땅의 우리를 포함한 세계 각국 수많은 나라들의 문제를 동일시한다. 하지만 이 속에는 현재 이 세계의 어떤 나라도 미국의 영향권에서 자유로울 수 없을 만큼 미국화되어 가고 있다는 것을 지적하는 내용이 들어있다. 그러므로 오세영의 미국에 대한 인식은 곧 한국에 대한 인식일 수도 있고, 더 나아가 우리가 살고 있는 이 세계 속의 수많은 나라들에 대한 인식일 수도 있다. 하지만 그 이면에는 이런 근대화, 자본화, 산업화, 문명화, 실용화의 부정적인 측면을 유포한 원천이 미국임을 잊지 않고 지적하려는 그의 의도가 담겨있는 것이다.[11]

다음은 김명인의 경우를 살펴보기로 한다. 김명인은 필자가 앞장에서 다룬 바 있지만 여기서 다시 한 번 다룰 만한 시인이다. 그는 1990년대에 들어와 「유타시편」 연작을 비롯한 여러 편의 미국시편을 그의 시집 『물 건너는 사람』 속에 수록하였는데, 여기서 그가 보여준 미국인식은 이전과 아주 다른 측면을 갖고 있기 때문이다. 이것은 김명인 한 개인의 변화이면서 동시에 시대적 변화를 반영한다고 볼 수 있다. 앞에서 밝혔듯이 1970년대의 「동두천」 시편들이 한국에서 본 미국의 모습이라면, 이 시집 속에 들어 있는 작품들은 미국에서 본 미국의 모습이다.

---

11) 글의 흐름상 오세영의 미국시편을 한 편도 인용하지 않았기 때문에 이곳에서 대표적인 작품을 한 편 인용해보기로 한다 : "사료와 음식의 차이는 / 무엇일까. / 먹이는 것과 먹는 것 혹은 / 만들어져 있는 것과 자신이 만드는 것. / 사람은 / 제 입맛에 맞춰 음식을 만들어 먹지만 / 가축은 / 싫든 좋든 이미 배합된 재료의 음식만을 / 먹어야 한다. / 김치와 두부와 멸치와 장조림과 …… / 한 상 가득 차려놓고 / 이것저것 골라 자신이 만들어 먹는 음식, / 그러나 나는 지금 / 햄과 치즈와 토막난 토마토와 빵과 방부제가 일률적으로 배합된 / 아메리카의 사료를 먹고 있다. / 재료를 넣고 뺄 수도, / 젓가락을 댈 수도, / 마음대로 선택할 수도 없이 / 맨손으로 한 입 덥썩 물어야 하는 저 / 음식의 독재, / 자본의 길들이기. / 자유는 아득한 기억의 입맛으로만 / 남아 있을 뿐이다"—「햄버거를 먹으며」의 전문.

첫째, 김명인은 미국 땅을 여행하면서 조국에 대한 그리움의 감정을 계속하여 드러낸다. 이런 점에서 우선적으로 미국은 그에게 조국을 향한 그의 마음에 불을 댕긴 하나의 계기로 작용한 것이라 볼 수 있다. 그의 미국시편을 보면, 그의 몸은 지금 미국 땅에 있지만, 그는 사막을 건너는 자의 막막한 떠돌이 의식을 갖고 그가 뿌리내릴, 아니 그가 뿌리내려온 조국으로 거의 본능에 가깝게 향함을 알 수 있는 것이다.

> ① 그대와 먼 길로 나뉘어 서서
>   나날이 소문으로만 무성한 그대의
>   유월을 생각한다
>   그대는 여기까지 그리움의 숨결 미치지 못해
>   나는 낯선 땅에서 두고 온 모국어에 들끓고

— 「유타詩篇 · III」의 부분

> ② 모래 언덕에는 군데군데의 침엽수, 저 구름 끝간 데까지
>   다시 사막으로 버티고 서서
>   유타인지, 유대인지, 기다릴 사람도
>   나는 팔아버릴 세월도 없는데 유다처럼 흔들리고
>   구분 없이 내리는 눈발, 그 한 끝에 묶여서 여기 저문다
>   웅크린 어깨 위 홀로 붐비는 모국어여
>   다만 저녁 가까이 쓸쓸한 베들레헴
>   나는 그 부근인 듯 무언가 기다리며 오래 여기 서서

— 「유타詩篇 · I」의 부분

위 두 작품에서 보듯이, 김명인은 사막으로 뒤덮인 낯선 땅 유타주에서 "두고 온 모국어"를, "어깨 위 홀로 붐비는 모국어"를 그리워한다. 그가 여기서 말한 모국어는 조국의 다른 이름이며, 그의 이런 그리움이 더해지는 까닭은 그가 낯선 이국 속에 서 있기 때문이다. 그에게 모국어로 표상된 조국은 수많은 어둠과 고통과 비극이 잠복해 있는 땅이라 할지라도 그가 "끝끝내 내팽개치지 못하는" 땅이다. 그는 많은 정신적 갈등 속에서도 본능처럼 솟구쳐오르는 이 조국에의 그리움을 어쩌지 못하는 것이다.

둘째, 김명인은 미국의 유타주에서, 그 엄청난 사막의 땅에서, 살아야 할, 뿌리내려야 할 희망을 찾기에 열중한다. 그는 미국이라는 이 이역에서, 그런가 하면 끝도 없는 사막의 황량함 속에서, 그래도 뿌리내려야 할 만한 이유와 희망이 있을 것이며, 생명으로 되살아날 이유와 희망이 있을 것이라고 스스로를 위로하며 스스로에게 다짐을 보내는 것이다. 김명인이 미국에서 느끼는 이런 감정은 비록 배경상으로는 미국, 그 중에서도 유타주의 사막이라는 특수성을 갖지만, 그곳이 어느 곳이라도 인간 김명인으로서 느끼는 보편적 감정이라는 점이 특징적이다. 이것은 그만큼 그가 미국이라는 땅에 예민하게 반응하기보다 인간으로서의 보편적인 문제에 가 닿을 만큼 너그러워졌다는 것을 뜻한다. 방금 앞에서 쓴 문장 중 '너그러워졌다'는 표현이 좀 어색한 것 같아 설명을 덧붙이자면, 이전의 1970년대에 김명인이 가졌던 미국에 대한 날카로운 비판적 의식을 거두고 보다 인간의 근원적인 문제에 그의 마음이 다가가 있다는 뜻으로 이 말을 사용한 것이다. 그런데 김명인은 「유타 詩篇」을 비롯한 미국시편에서뿐만 아니라 그의 시집『물 건너는 사람』속에서 아주 강하게 떠돌이의식 내지는 뿌리뽑힌 자의 의식을 표백한다. 그것은 수평적인 차원에서 그가 가야 할 길을, 수직적인 차원에서 그가 뿌리내려야 할 지점을 찾지 못하는 모습이다.

> 낙타는 제 몸을 추스려 울고 떠날 채비를 하지만
> 이 낯선 길들의 여기저기에 떨어뜨린
> 두고 가는 발자국이 있을까
> 혹은 천막처럼 펄럭거려도
> 내 길은 늘 구겨진 허방
> 몇 밤을 가도 길은 덧없이 멀기만 한데
> 너는 지구의 반대편에 잠들어 있다
> 그러나 보라! 이 불별 熱砂 속
> 우리의 주거는 없다 해도
> 놀라운 목숨들은 여기서도 자리를 잡아
> 이곳저곳 나지막한 침엽수림의 군생을 이루고 있는 것을!

— 「유타詩篇 · II」의 부분

여기서 보듯이 그는 가도 가도 구겨진 길 앞에서 안타까워하고, 어디에도 주거가 없는 뿌리뽑힌 자의 의식 속에서 괴로워하지만, 그럼에도 불구하고 사막의 여기저기에서 자라고 있는 '놀라운 목숨들'과 그들이 뿌리내리는 모습을, 그리하여 그들이 이루어낸 침엽수림의 군락을 보며 감탄에 빠져든다. 이렇듯, 김명인이 1990년대에 쓴 미국시편에서 그는 배경의 특수성을 보이면서도 그 배경의 특수성을 넘어선 차원에서 그가 가진 인간 본래의 떠돌이 의식과 뿌리뽑힌 자의 의식을 전달한다.

그 다음으로 황동규의 미국시편에 대해서 살펴보기로 한다. 황동규는 그의 시집 『몰운대行』 속의 몇 작품에서 그가 미국에서 본 미국의 모습을 담아낸다. 황동규의 이 시집은 전체적으로 여행시집이라고 할 수 있는데, 그의 여행지는 참으로 다양하다. 그가 이 시집에 수록한 미국시편은, 그가 시의 소재로 삼은 이런 수많은 여행지 가운데 하나인 뉴욕을 소재로 삼은 시이다.

황동규가 시집 『몰운대行』 속에 수록한 미국시편은 「브롱스 가는 길」, 「뉴욕일기 1」, 「뉴욕일기 2」, 「뉴욕일기 3」, 「뉴욕일기 4」, 「견딜 수 없이 가벼운 존재」로 총 6편이다. 그러나 이 속에는 황동규의 미국에 대한 인식상이 그대로 담겨 있다. 황동규의 미국시편 역시 1990년에 쓰여진 미국시답게 실제로 미국체험을 하고 쓴 것일 뿐만 아니라 정치의식, 시대의식, 역사의식에 입각한 적나라한 반미의식이 희미하거나 거의 부재하고, 미국에 대한 열등감 때문에 나타나는 공격심리와 자학심리가 역시 희미하거나 거의 없다. 그러면 황동규의 미국에 대한 인식은 어떤 것일까?

첫째, 황동규는 미국을 하나의 풍경화처럼 묘사한다. 그러니까 그는 여행자가 관찰한 듯한 미국의 풍경화를 그의 시 속에 담아낸 것이다. 그러므로 그의 시를 읽다 보면 풍경화의 장면장면을 책장 넘기듯 만나는 기분이 된다. 그렇다고 해서 이 풍경화 속에 그의 숨은 의식이 전혀 부재한다는 의미는 아니다. 이 점은 다음 항목에서 논할 터이거니와 우선 그의 시에 나타난 담담한 관찰자의 풍경묘사를 중시할 수밖에 없기 때문에 이 점을 앞서 언급한 것이다.

① 뉴욕 사람들은 빨리 걷는다.
　서울 사람들보다 빨리, 곁눈질 않고
　곧바로 걷는다.
　빨간불이 켜져도 틈만 있으면
　주저없이 횡단한다.
　보도에 잠시 혼자 남았다가
　나도 빨간 신호등 켜진 거리를
　서둘러 건너간다.

　앞서 걷던 사내 하나가 갑자기 뒤돌아서며
　두 팔 벌리고 큰 소리로 떠든다.
　심판의 날이 다가왔다는 건지,
　무기 연기됐다는 건지,
　심판관이 바뀌었다는 건지,
　잘 식별되지 않는다

— 「견딜 수 없이 가벼운 존재들」의 부분

② 브롱스는 주로 흑인들이 사는 곳
　얼핏 버스 시간을 확인하고
　서둘러 자취방을 나선다.
　모든 전기를 잠재웠는지
　(천정 배선 고장으로 방바닥 여기저기 흐트러져 있는
　소켓 속에서 무언가 번쩍이고 있지나 않은지)
　개스의 목은 철저히 조여놓았는지
　(조금만 숨쉬어도 그 복잡하고 화끈한 냄새)
　찜찜하다.

　한 블록을 건너면
　슈퍼에서 고기를 사올 때만
　울타리 뛰어오르며 짖어대던 개가
　울타리 치며 암팡스레 짖는다.
　이제 비로소 내 몸에서
　고기 냄새가 나기 시작하는가보다
　샌드포드가(街) 160로(路)에서 버스를 기다린다.

— 「브롱스 가는 길」의 부분

위의 두 편의 인용시에서 보듯, 이렇게 미국의(정확히는 뉴욕의) 풍경을 별다른 감정적 풍랑 없이 스케치하듯 그려낸다는 것은 무엇을 뜻하는 것일까? 아마도 그가 미국의 풍경이 그래서 어떻다는 것이냐는 물음조차 불필요하게 만드는 이런 풍경화를 그려내었다는 것은, 그만큼 미국에 대한 자신감 속에서 미국을 바라보게 되었다는 의미인지도 모른다. 물론 황동규의 미국 시편 속에는 앞서 밝혔듯, 이런 풍경화만 들어있는 게 아니지만, 그의 미국 시편에서 이런 점이 돋보이는 것은 특징적이다. 이 점에 더해 그 이유를 더 따져보자면 어쩌면 그것은 여행시를 즐겨 쓰는 황동규 개인의 시풍 때문일 수도 있다. 여행자의 눈을 갖고 미국을 보았을 때, 그것은 풍경으로 다가오기 쉽기 때문이다. 요컨대 황동규의 미국시편에서 그는 미국을 사진으로 찍어 놓은 풍경처럼 사실적으로 기술 혹은 묘사한다.

둘째, 황동규는 미국을 보며 문득문득 조국을 생각한다. 미국이라는 장소가 아니면 생각할 수 없는 조국의 모습이 그의 시 속에도 여기저기 들어있다. 그의 시 「뉴욕일기 1」을 보면 황동규는 자신의 자취방 벽에 한국지도를 스카치 테이프로 붙여놓고 들여다본다. 그는 미국의 이런저런 풍경을 보면서 그의 눈을 한국의 지도로 향한 채 한국의 땅 곳곳으로 눈여행을 한다. 그에게 이런 행위는 이국인 미국 땅에서 그의 마음을 가라앉혀주는 작용을 한다. 그가 어쩔 수 없이 한국인임을, 그가 뿌리내릴 수밖에 없는 곳은 한국 땅임을 그는 몸으로 확인하는 것이다. 잠시 이런 내용이 들어있는 부분을 여기에 옮겨 보면 다음과 같다 : "초가을 비가 하루종일 뿌렸다. / 짐을 뒤져 한국 지도를 꺼내 / 스카치 테프로 벽에 붙여놓고 / 서울서 대구로 부산으로 광주로 / 한바탕 눈 여행을 하다가 / […] / 양구군 민간인 통제구역 안에 스며들어 / 가을 한 저녁을 들키지 않고 걸어보고야 / 마음이 저으기 가라앉았다."

황동규는 다른 시 「브롱스 가는 길」의 제8장에서 흑인들이 브롱스의 식물원 베드포드에서 큰 나뭇가지 사이로 나타난 다람쥐 한 마리의 모습을 보고 "조그맣고, 춥고, 밝은, / 뒷방에서 오래 몰래 떨며 조각한 그런 얼굴"을 읽는다. 그러고는 바로 이 얼굴이 "우리나라의 얼굴?"과 같지 않겠느냐는 자문 속에 빠져든다. 그에게는 이렇듯, 미국에서 바라본 조국의 얼굴은 작고 주눅들어 버젓이 내놓을 수 없는 모습이다. 그럼에도 불구하고 그는 이 조국에로의 이끌림에서 벗어나지 못한다. 그런데 흥미로운 점은 그의 조국인식이 이러함에도 불구하고 그는 큰 나라에 주눅들지 않는 자세로 미국사회를 관찰한다는 점이다. 그것은 바로 앞의 항목에서 논의한 바이다.

셋째, 황동규의 위와 같은 조국에의 인식은 그가 조국을 떠나 미국에 와서 있는 것에 대해 상당한 죄의식을 느끼는 것으로 이어진다. 그는 앓고 있는 조국을 떠나 그만 홀로 미국에서 편한 생활을 하는 것이 아닌가 하는 점을 의식하며 자기점검을 계속한다. 이런 그의 자기점검은 다음과 같은 두 가지 사실에서 아주 잘 드러난다. 그 하나는 시인 김광규가 그가 보낸 편지의 일절을 통해서이다. 김광규가 황동규에게 보낸 편지의 일절은 다음과 같다.

"이런 괴로운 시절에 망명(亡命) 가신 형이 부럽습니다."

위 인용 구절에서 보듯이, 황동규는 그의 미국행이 잠시라도 조국을 뒤로 한 채 무책임하게 떠난 것이 아닌가 하는 점을 김광규의 편지글에 의하여 다시금 생각해본다. 여기서 우리는 황동규의 눈에 그가 살고, 우리가 사는 이 땅이 괴로운 일들로 가득찬 나라라고 인식되는 것을 볼 수 있다. 다른 하나는 당나라로 유학가려다 되돌아온 원효의 삶과 미국으로 떠나온 자신의 삶을 대비하는 일에 의해서이다. 황동규는 그의 시 「견딜 수 없이 가벼운 존재들」에서 그가 괴로운 조국을 떠나 미친 척 미국으로 스며든 것은 아닌가 하는 생각에 사로잡힌다. 결국 황동규에게 미국은 조국을 떠날 수도, 그렇다고 떠나지 않을 수도 없는 갈등 속에서, 그러나 일시적으로나마 떠나고 만 자에게 내적 고통과 자기 정체성의 위기를 경험하게 하는 나라이다.

위에서 살펴본 바와 같이 황동규에게 미국은 상당 부분 풍경으로 다가왔다. 그러나 그 미국에서 그는 조국인 한국과의 연결고리를 끊지 못했으며, 그의 미국행에서, 그 떠남이 일시적인 것임에도 불구하고 조국을 떠난 지식인으로서의 죄책감 같은 것을 느꼈다. 이것은 그의 마음 속에 미국을 감정의 기복 없이 바라볼 만한 자신감이 생겼다는 뜻이면서도, 다른 한편으로는 미국만큼 안정되지 못한 작은 나라 한국에 대하여 그가 안타까움과 연민 그리고 염려를 어전히 지니고 살아간다는 징표이다. 지난 연대와는 비교할 수 없을 만큼 나아졌지만, 이것은 아직까지도 한국인으로서 미국을 대하는 사람들의 마음 속에는 뭔가 풀리지 않는 아픔이 내재해 있음을 알려주는 부분이다.

끝으로 심호택의 시를 살펴보기로 한다. 심호택은 미주리에 1년간 머문 체험을 바탕으로『미주리의 봄』이라는 시집을 출간하였다. 이것은 어찌보면 아주 가벼운 시집이다. 김포공항을 떠날 때부터 돌아올 때까지의 이런저런 체험들을 일기 쓰듯, 수필 쓰듯, 메모하듯, 적어놓은 시집이 바로 심호택의 『미주리의 봄』이기 때문이다. 그의 이 시집에 나타난 미국의 모습을 역시 몇 가지로 항목화해보고자 한다.

첫째, 심호택에게 미국은 오랜만에 휴식을 제공해준 땅이다. 그는 이곳에서 휴식하면서 이런저런 사소한 체험들을 시의 형식으로 적어본 것이라 할 수 있다. 방금 쓴 '휴식'이라는 말에서 오해하는 사람이 있을지 모르겠으나, 그의 미국에 대한 탐구는 치열하지도, 뜨겁지도, 난폭하지도, 집요하지도 않다. 그저 작은 생각들을 부담스럽지 않게 표현하였다. 그것은 휴식하는 사람의 눈에 보인 미국상이다. 이런 그의 시를 보면서 우리는 그가 거기서 지낸 생활을 짐작해볼 수 있거니와, 만약 이런 짐작이 허용된다면, 적어도 그에게 미국은 그런 대로 편안한 생활을 가능하게 해준 곳이다. 나는 여기서 그가 이처럼 편안하게 미국 생활을 하였다는 점에 대해 비판하고자 하는 것이 아니다. 그보다는 이렇게 미국에서 편안한 마음으로 편안한 생활을 할 수 있는 것이 실은 정상적인 것이라는 점을 말하고 싶다. 그리고 1990년대에 들어와서야 이런 것이 얼마간이나마 가능해졌다는 점이 특기되어야 한다는 것을 말하고 싶다. 물론 심호택의 시에는 여러 가지 인간사에 얽힌 문제점들이나 미국에 관련된 중요한 내용들이 들어있다. 그러나 전반적으로 그의 시집 속에는 여유있는 마음으로 일상의 것들을 소박하게 들춰보인 것들이 대부분이다. 나는 이처럼 그가 일상을 돌볼 수 있었다는 것에 착안하여 그에게 미국에서의 1년은 휴식의 기간이었다고 말한 것이다.

둘째, 심호택이 일상 속에서 만난 이런저런 일들 속에는 한국에서 미국으로 이민간 사람들의 애환, 유학온 한국인들의 문제점, 한국사의 비극에 대한 고뇌 등이 포함된다. 그러나 이런 문제를 말하는 심호택의 태도는 그 주제의 심각성에도 불구하고 소극적이다. 이것 역시 그가 일상인의 태도로 일상의 문제를 다루듯, 그 문제에 접근했기 때문이라 보인다.

결국 심호택의 시집『미주리의 봄』은 시집 속의 전작품이 미국시편으로 구성되었어도, 그 내용에 있어서는 크게 특기할 만한 것이 없다. 그럼에도 불구하고 이 자리에서 심호택의 시집을 다룬 것은 지식인이자 시인의 신분을 가진 한 한국인이 미국에 체류하면서 그처럼 커다란 문제의식 없이 사소한 일상만을 시 속에 담아낼 수 있었던 것은 개인적인 차원을 넘어 시대적인 차원에서 볼 때 우리 나라와 미국과의 관계가 크게 개선되었음을 반영하는 것이기 때문이다. 한 마디로 미국에 대한 피해의식이나 열등감이 그만큼 줄어들었다는 것이다. 하지만 미국에 관한 탐구는 보다 본격화될 필요가 있다. 아직도 미국은 우리에게 풀어야 할 과제거리 중 으뜸에 속하는 과제거리이기 때문이다. 그런 점에서 심호택의 태도와 그 시집 속의 내용은 상당히 유감스럽다.

3. 결 어

지금까지 필자는 해방 후 한국시에 미국이 어떤 모습으로 나타났으며 미국의 역할이 어떤 것이었는가를 살펴보았다. 구체적으로 1950년대에 미국시편을 쓴 박인환에서 시작하여 1970년대의 장영수와 김명인, 1980년대의 윤재철과 김정환, 그리고 1990년대의 오세영, 김명인, 황동규, 심호택에 대하여 살펴보았다. 그 결과 다음과 같은 결론이 도출되었다.

첫째, 1950년대의 박인환은 우연히 미국에 가서 짧은 기간 동안에 미국의 일부를 돌아보고 다소 감상성이 섞여 있으나 미국과 관련된 중요한 몇 가지 점을 보여주었다. 그 하나는 6. 25 한국전쟁의 비극상에 대한 안타까움이며,

그 둘은 정체성의 위기와 그것의 극복을 위한 안간힘이고, 그 셋은 근대문명과 현대적 풍속상이 뒤얽힌 미국의 양면성에 대한 고발이다. 이런 박인환의 의식은 우연히, 짧은 기간에 미국을 본 것임에도 불구하고, 꽤 진지하며 핵심적인 문제를 포착한 것이라 할 수 있다. 그리고 미국을 해방자와 후원자의 나라로 생각하는 것이 일반적이었던 1950년대 당시로 볼 때, 꽤나 앞선 의식이었다고 할 수 있다.

둘째, 1970년대의 장영수와 김명인은 미국에 가서 미국을 보고 시를 쓴 게 아니라 한국에서 미국을 보고 시를 쓴 것이다. 그렇지만 그들의 시 속에는 한국이 미국과 역사적으로 관계를 맺으면서 나타난 아주 심각하고도 구체적인 문제가 생생하게 다루어져 있다. 또한 이들은 미국을 본격적으로 비판적 시각에서 바라본 시인들이며, 강대국으로서 미국이 이 땅에 뿌린 불행과 모순의 씨앗이 무엇인가를 주체적이며 현실적인 시각에서 투시해낸 시인이다. 장영수와 김명인은 강대국 미국 앞에서 약소국 국민인 이 땅의 우리들이 당한 고통을 적나라하게, 그리고 감동적으로 표현했으며, 그 중에서도 김명인은 미군주둔과 관련된 혼혈고아 및 편모슬하의 혼혈아 문제를 매우 사실적인 시선으로 그려내었다. 이런 이들 두 시인의 미국에 관련된 시편들이 문제적인 것은 현실적이며 주체적인 시선을 확보한 것과 더불어, 미국의 문제를 시대적, 역사적, 사회적, 구조적인 차원에서 비판적으로 바라보고자 하였다는 점이다. 또 한 가지 덧붙이자면 이들의 미국에 관한 인식은 그 모든 역사적 횡포 앞에서 한 개인이 당하는 고통을 소홀히 하지 않고 들어올렸다는 점이 중요하다.

셋째, 1980년대의 윤재철과 김정환 역시 미국에 가서 미국을 보고 시를 쓴 게 아니라 한국에서 미국을 보고 시를 쓴 것이다. 그런데 이들의 미국에 대한 시선은 반미주의자의 시선이라고 볼만큼 미국에 대한 부정적 인식이 노골적이다. 그 중에서도 윤재철의 시가 그러한데, 윤재철은 미국을 폭력의 나라로 규정짓고, 그 폭력 앞에서 쓰러진 자들의 비극상을 고발한다. 그러므로 일단 미국을 폭력의 나라이자 자국의 이익만을 위한 전략적 국가로 본 이상 그의 눈에 보인 미국상은 어떤 화려한 것이라도 냉소를 자아낼 만큼 비판적인 대상으로 전락하고 만다. 이런 반미의식은 반미주의가 팽배했던 1980년대 이 땅의 시대적 상황과 깊이 관련을 갖는다. 한편 김정환의 경우가 특징적인 것은 강대국 미국의 직, 간접적인 폭력과 횡포를 사랑의 힘으로 넘어서 보겠다는 데 있다. 이것이 얼마나 현실적인 대안이 될 수 있는가 하는 것은 문제이지만, 그가 극복의 방법론을 찾아 고민했다는 것은 중요하게 평가되어야 한다. 이들 두 시인의 미국에 대한 인식 역시 정치적, 사회적, 시대적, 역사적 차원에서 이루어졌고, 무척이나 현실적인 시각에서 이루어졌다.

넷째, 1990년대에 쓰여진 미국시편은 아주 다른 양상을 보인다. 이들은 모두 시인들이 미국에서 직접 미국을 보고 나서 쓴 시이다. 이것은 1980년대 말의 해외여행자유화와 이른바 세계화의 흐름에 따라 미국을 출입하는 일이 확대된 사실과 관련이 있다. 1990년대에 미국시편을 쓴 시인으로 대표적인 사람은 오세영, 김명인, 황동규, 심호택 등이 있다. 이들 네 시인은 다 그 나름으로 미국에 대한 다른 인식을 갖고 있지만 한두 가지 공통적인 것은 정치적, 역사적, 시대적 차원이 약화된 대신, 문명사적 차원의 인식이 강화되었다는 것과, 미국에 대한 열등감이 현격하게 줄었다는 것이다. 이들은 반미의식을 노골적으로 표출했던 1980년대의 시인들과 달리 미국의 문제를 현시대를 살아가는 인류보편사의 문제로 읽을 만큼 포용력있는 자세를 갖고 있으며, 특히 심호택의 경우에서 나타나는 바와 같이 거대한 역사적 드라마를 다루는 대신 일상사에 관심을 두는 여유를 보이기도 한다. 그럼에도 불구하고 1990년대 시인들 역시 그들의 미국시편에서 아직도 약소국이며 후진적인 조국에 대해 상당한 정도의 걱정을 갖고 있다. 미국이라는 거대 강국 앞에서 그들을 먼저 자극하는 것은 조국의 현실이며, 그들이 한국 사람이라는 사실이다. 이것은 미국에 대한 우리의 인식이 1990년대에 들어 어느 때보다도 객관화되고, 현실화되고, 다양화되고, 당당해졌어도, 그 이면에는 여전히 작고 약한 나라 한국에 대한 아픈 마음이 자리잡고 있음을 반영하는 사실이다. 아직도 미국에 대한 우리의 시각은 역사적, 시대적, 정치적 차원을 벗어날 수 없다. 그럼에도 불구하고 1990년대에 들어와 각방면에서 그러하듯, 미국을 다룬 시에서도 지난 시대의 그 강력했던 역사적, 시대적, 정치적 차원의 비판의식이 무색하게 보일 만큼 미국에 대한 시대적, 정치적, 역사적 인식이 희미하다. 하지만 이런 차원을 벗어난 미국에 대한 인식이 한번쯤은 꼭 필요하다면 1990년대의 위와 같은 미국에의 인식도 그 나름의 의미를 분명히 갖는다고 보아야 한다. 여기에 한 가지 더 덧붙이자면 미국에 가서 미국을 보고 시를 쓴 1990년대의 미국시편들에는 한결같이 미국상이 구체적으로 생생하게 들어있다는 점이다.

앞서 말했듯이 1990년대에 창작된 미국시편에는 정치적, 역사적, 시대적 인식이 매우 미미하다. 그리고 그 치열성이나 깊이도 만족스럽지 않다. 1990년대가 되자 우리 시단에서는(소설계까지 포함하여) 약속이나 한 듯이 지난 연대의 그 엄청났던 정치적, 역사적, 시대적 비판의식 및 참여의식이 거의 사라지다시피 하였다. 아무리 국내외적 상황이 바뀌었다 해도 이것은 사람들을 당황하도록 만들기에 충분한 것이었다. 그러나 조금만 진지하게 생각해보면 1990년대 우리 시단 역시 지난 시대의 그 인식태도를 발전시키면서 보다 치밀하게, 그리고 복합적으로 이 땅의 문제를 탐구해야 했다. 1990년대에 쓰여진 미국시편의 경우에 이런 말은 동일하게 해당된다. 이제 우리는 몇 달만 지나면 새로운 세기로 접어든다. 아직도 이 땅에서 미국은 엄청난 정치적 영향력을 행사할 뿐만 아니라, 사회 구조 전체에 깊이 침투해서 우리의 삶을 지배하고 있다. 나는 무조건적인 반미의식을 주창하는 것이 결코 아니다. 그보다는 이 시대를 살아가는 이 땅의 시인들이, 특히나 미국문제와 같은 현실적인 문제를 다룰 때는 날카로운 리얼리스트로서의 태도를 견지하고 그 구조적인 이면의 모순상을 끝간 데까지 투시해야 한다는 점을 말하고 싶은 것이다.

⌘

이승훈의 시와 시론에 나타난
자아 탐구의 양상과 그 의미

1. 문제제기

필자가 이승훈의 시와 시론에 대하여 관심을 갖는 까닭은, 적어도 20세기 한국시문학사 속에서 이승훈만큼 이른바 '자아탐구'의 문제를 지속적으로, 그리고 집요하게, 끝간 데까지 밀고 나아간 시인을 달리 찾아볼 수가 없기 때문이다. 이승훈은 그가 등단하던 1962년부터 지금까지 30년이 넘도록[1] '나는 누구인가', '나는 무엇인가', '나란 진정 무엇을 뜻하는 것인가', '나는 도대체 어떻게 이루어진 존재인가', '나는 있는가' 등과 같은 문제를 의식적으로 첨예하게 제기하면서, 이에 대한 그 나름의 답을 마련하느라고 고군분투해온 시인이다. 그의 시쓰기는 시인 자신이 직접 자신의 시쓰기를 바탕으로 하여 독자적 시론을 만들어내었을 만큼 분명한 시적 자각 위에서 이론적 토대를 갖고 이루어졌기 때문에, 단순히 직관에만 의지하여 시를 써온 시인

---

1) 이승훈은 1962년도 『현대문학』에 작품 「낮」「바다」가, 1963년도 『현대문학』에 작품 「눈보라」가 박목월 시인에 의하여 추천됨으로써 시단에 나왔다. 이승훈은 지금까지 열 권의 시집을 출간하였다. 열 권의 시집 제목은 『사물A』『환상의 다리』『당신의 초상』『사물들』『당신의 방』『너라는 환상』『길은 없어도 행복하다』『밤이면 삐노가 그립다』『밝은 방』『나는 사랑한다』이다.

의 경우와 구별된다.[2] 마찬가지로 그의 '자아탐구' 작업 또한 분명한 자의식과 이론을 갖고 수행되었기 때문에 막연하게, 또는 한두 편의 작품으로 '자아탐구'라는 주제를 형상화한 시인의 경우와 구별된다.

필자는 20세기 한국시가 근 100여 년 동안 내외적으로 몰라보게 발전해온 모습을 한편으로 충분히 인정하면서도, 다른 한편 이 기간 동안의 우리시가 기대수준에 비하면 상당히 표피적이고 허약하다는 느낌을 늘상 받으면서 그 원인이 어디에 있는가 하는 점을 깊이 생각해보곤 하였다. 그 결과, 필자는 무엇보다도 이 땅의 시인들이 '자아탐구'라는 주제를 제대로 인식하지도, 그 과제에 치열하게 접근하지도 않았다는 점을 발견하였고, 이 사실이야말로 우리 시를 허약하고 표피적인 것으로 만드는 데 아주 큰 역할을 하였다고 판단하였다. 적어도 시인들의 시쓰기는 먼저 '나는 누구인가' 혹은 '나는 무엇인가'와 같은 물음을 진지하게 제기하고 그 문제를 탐구하는 일로부터 시작되어야 한다고 본다. 그것은 시인들이 자기 자신의 본질을 꿰뚫고 자기 자신을 객관화시켜 탐구하는 일을 선행시킬 때에 비로소 자신을 둘러싼 세계 또한 제대로 인식하고 판단할 수 있는 기초가 마련된다고 여겨지기 때문이다. 다시 한 번 말하건대, 시인들이 무엇보다도 먼저 '자아탐구'라는 문제와 진지하게 직면하지 않고서는 결코 훌륭한 시를 쓰기가 어렵다는 것이다.

그렇지만 실제로 '자아탐구'라는 작업을 제대로 수행한다는 것은 결코 쉬운 일이 아니다. 그러나 이 작업이 제대로 이루어지지 않은 상태에서 시인들이 자신과 세상에 대하여 이러저러한 발언을 하였을 때, 그 발언은 인상적인 것에 지나지 않거나 공소하기 짝이 없을 것이다. 필자는 개인적으로 우리의 시뿐만 아니라 문학 전반, 나아가서는 우리 문화 전반이 내적으로 허약한 까닭은, 앞서 말한 바, '자아탐구'라는 과제와 진지하게 마주하는 시간들을 충분히 갖지 않았기 때문이라고 생각한다.

우리의 시야는 아주 쉽게 외부를 향하게 마련이다. 그러므로 시인들이 외부적인 세계에 대하여 이러저러한 발언을 하기란 쉽고 흔한 일이다. 하지만

---

2) 이승훈이 쓴 자기시론집으로는 『반인간』(1975)과 『비대상』(1983)이 대표적이다. 여기서 자기시론집이라고 말한 것은 일반적인 시론집과 구별하기 위해서이다.

‘자아탐구’란 자신의 얼굴을 안쪽으로 향하는 내면화의 자세로부터 시작되는 것이기 때문에, 시인들은 물론 다른 일에 종사하는 인간들까지도 이처럼 자신의 얼굴을 안쪽으로 향하고 자아탐구를 하기가 결코 쉽지만은 않다. 그렇지만 우리는 ‘너는 누구냐’고 묻기 이전에 ‘나는 누구냐’고 물어야 하며, ‘너는 나에게 무엇이냐’고 묻는 일과 동시에 ‘나는 너에게 무엇이냐’고 묻는 일을 함께 해야 한다. 단언하건대, 무엇보다도 먼저 ‘자아탐구’의 작업을 성실하게, 그리고 적나라하게 수행하지 않은 시인이 위대한 시인이 된다는 일은 앞에서 말한 바와 같이 매우 힘들 것이다. 그런 점에서 이승훈이 어찌보면 너무 긴 시간처럼 느껴질 정도로, 등단 이후 지금까지 지속시켜온 ‘자아탐구’의 작업은 매우 소중한 일이 아닐 수 없다.

이승훈의 ‘자아탐구’ 작업은 우리 시사 속에서 1930년대의 이상이 감행했던 자아탐구의 작업에 맥을 대고 있다. 그러나 이승훈의 이 작업은 이상의 그것에서 훨씬 더 나아가 있으며, 동시에 그 방향을 달리하고 있다. 뿐만 아니라 이승훈의 ‘자아탐구’ 작업은 이상의 경우와 달리 시창작과 더불어 그것을 이론화(시론화)하는 데까지 나아가고 있다.3)

아래에서는 이승훈이 그의 시와 시론을 통하여 자아 문제를 어떻게 인식하고 있는지 그 양상을 살펴보고 이러한 작업이 가진 의미를 여러 각도에서 따져보기로 한다.4)

---

3) 이승훈은 우리 시단에서 자신의 시적 계보의 첫 출발점을 이상에게 두고 있는 것으로 보인다. 이승훈의 박사논문은 「이상 시 연구」이다. 그만큼 이승훈이 이상에 대해서 갖고 있는 관심과 친밀감은 대단하다. 그러나 이상의 자아탐구 작업과 이승훈의 그것을 비교할 때, 양과 질 양 측면에서 이승훈은 이상보다 훨씬 멀리 나아가 있다. 일반적으로 우리 시단의 많은 시인들이 ‘자화상’을 시의 제목으로 삼아 시를 쓰곤 하였지만, 그들에게 ‘자아탐구’라는 문제가 본격적인 과제로 다루어진 경우는 거의 없다.

4) 지금까지 나온 이승훈 시 연구로는 김승희, 「형이상학적 트리스탄의 떠도는 씨니피앙」, 『현대시학』 1990. 2 ; 김준오, 「메타시와 인칭의 의미론」, 『밝은 방』(이승훈 시집), 서울 : 고려원, 1995 ; 김현, 「어두움과 싱싱함의 세계」, 『심상』 1981. 9 ; 서준섭, 「이승훈론─시와 존재의 탐구」, 『한국현대시인연구』, 민음사, 1989 ; 장석주, 「이승훈론」, 『언어의 마을을 찾아서』, 서울 : 조형사, 1979 등이 대표적이다.

2. 자아탐구의 양상

1) 비대상적 자아 / 실존적 자아

자아와 세계(대상)는 언제나 한편으로 대립과 갈등의 구조 속에 있으면서, 다른 한편으로는 화해와 공존의 장 속에 놓여 있다. 이들 양자 사이의 이와 같은 모순구조는 우주사의 원형이기 때문에 우주 속에 존재하는 모든 것들은 이로부터 자유로울 수가 없다. 인간 또한 예외가 아니어서 그들이 우주 속의 한 존재로서 생명을 갖고 이 땅에 태어나는 날로부터 죽음을 맞이하는 날까지, 이른바 자아와 세계 사이에 존재하는 이 모순구조의 영향권 속에서 벗어날 수가 없다.

이런 운명으로부터 벗어날 수 없는 인간들은 필연적으로 다음과 같은 물음을 던지게 마련이다 : '나는 누구인가', '세계는 무엇인가', '나에게 세계는 무엇인가', '세계에게 나는 무엇인가'. 사람들에 따라서 이와 같은 물음은 매우 미미한 문제로 다가올 수도 있고, 그와 정반대의 경우로 엄청나게 큰 생의 문제로 다가올 수도 있다. 이승훈의 경우는, 우리 주변에서 비교할 만한 대상을 찾아보기 어려울 만큼, 이 문제 앞에서 필사적이었다고 말할 수밖에 없는 자세로 탐구작업을 지속해온 시인이다.

그 결과 이승훈은 '세계(대상)는 없다, 있는 것은 나 자신뿐이다'라는 결론을 얻었으며, 그로부터 자신의 '비대상시론'을 만들어내었다. 이승훈은 세계(대상)를 부정하였다. 그가 이처럼 세계를 부정한 데에는 몇 가지 까닭이 있다. 첫째, 자기 자신이 있기 때문에 세계가 있다는 것이다. 다시 말해서 자기 자신이 없다면 세계는 무의미하다는 것이다. 둘째, 믿을 수 있는 것은 자기 자신뿐이라는 것이다. 자기 자신이 모든 것의 주체라는 것이다. 셋째, 자기 자신을 통과하지 않은 세계는 허상이거나 없는 것과 마찬가지라는 것이다. 이 말은 자기 자신이 세계인식의 중심이라는 것이다. 넷째, 진실이 있다면 그 진실은 세계 속에 있지 않고 자기 자신의 몸 속에 있다는 것이다. 그는 진실을 바깥에서 찾지 않고 자기 자신에게서 찾아내고자 한 것이다. 다섯째, 세계가 먼저 있는 게 아니라 내가 먼저 있다는 것이다. 형식적으로 보면 분명 세계가 있고 내가 있는 것처럼

보이지만, 내면적으로 본다면 그 순서는 바뀌고 만다는 것이다.[5]

이승훈의 비대상시론은 이와 같은 근거에서 출발하였고, 그는 자신의 비대상시론을 완성시키면서 동시에 비대상적 자아라고 부를 만한, 대상 부재 속의 자아를 발견 및 탐구하였다. 사실 세계를 부정한다는 것은 쉬운 일이 아니다. 우리가 어느날 문득 태어나보니 세계는 이미 상상조차 할 수 없을 만큼 거대하고 복잡한 실체로 우리 앞에 놓여 있었고, 이와 같은 세계는 한시도 쉬지 않고 우리를 그들의 영향권 속에서 지배하거나 간섭하려고 들었기 때문이다. 세계를 부정한다는 것은 크게 보아 지금까지의 시간과 공간은 물론, 우주와 자연을 부정한다는 것이요, 이와 더불어 인간들이 이 땅에 태어난 이후에 만들어놓은 모든 유형무형의 인간세계와 인공세계를 부정한다는 뜻이다. 그럼에도 불구하고 이승훈은 '감히' 세계를 부정하고자 하였고 그의 세계부정은 너무나도 철저해서 단도직입적으로 말하자면 자기 자신을 제외한 모든 것을 부정한 것이었다. 그리고 그는 이와 같은 부정 속에서 비대상시론을 만들어내었고 비대상적 자아를 탐구하였다. 말은 이렇게 하였지만, 실질적으로 현실과 생활 속에서 자기자신의 작은 몸 하나로 세계 전체를 부정한다는 것은 참으로 힘겨운 일이며 동시에 아주 커다란 용기와 모험을 필요로 하는 일이다. 적어도 자기 자신을 제외한 세계 모두를 부정하려고 들 때, 우리는 세계와 맞설 수 있는 힘이 있어야 하며, 더 나아가 세계 없이도 살 수 있는 능력 혹은 기술을 터득해야 하기 때문이다.

감히 '나는 나일 뿐 그 어느 것도 나일 수 없다'는 믿음을 공표하고 그로부터 출발한 것이 이승훈의 비대상시론이자 비대상적 자아탐구인 것이다. 조금 부연하자면 여기에는, 극단적으로 말하여 세계 없이도 살 수 있다는, 그 어떤 세계도 나로 말미암아 비로소 세계일 수 있다는, 세계 앞에서 결코 주눅들지 않고 살아갈 수 있다는, 시인의 확신과 결의가 내재되어 있다. 그리고 '나는

---

5) 거칠게 말하자면 지금까지 나온 모든 철학과 사상은 자아와 세계 가운데 어느 것을 출발점이자 근원적인 자리로 삼느냐 하는 문제와, 자아와 세계의 관계를 어떻게 정립할 것이냐에 따라 구분될 수 있다. 이와 같은 구분 속에서 본다면 이승훈은 철저하게 자아중심적인 철학을 가진 시인이다.

나일 뿐 그 어떤 것도 나일 수 없다'는 믿음과 '일체의 것은 나로부터 비롯되며 나에게로 되돌아온다'는 자기중심적 사유는, 자기존재를 증명하고자 하는 사람들이 내놓을 수 있는 상당히 높은 정신적 경지의 하나이다.

그렇지만 세계를 부정하고 자기 자신만을 믿는다는 것은 끝도 없는 사막의 한 가운데에 자기 자신을 서게 하는 것과 마찬가지이다. 세계를 부정하고 무화시킴으로써 우리들은 한없이 자유로울 수 있지만 이로 인하여 얻은 자유의 대가로 우리는 고독이라는 깊은 늪을 건너야 하기 때문이다. 이런 점에서 이승훈의 비대상적 자아탐구는 자유와 고독이라는 이원적 상황을 수용하는 데서 이루어진 것이라 볼 수 있다.6)

① 스무살의 나이에 내가 믿을 수 있었던 것은 유일한 나의 감각뿐이었다. 아름다움을 수용하는 감각, 그러나 그러한 나의 심미적 감각은 차츰 외부세계와의 내면적 연관을 상실하고 있었다. 세계와 자아를 잇던 끈이 끊어진 것이었다. 미적 감각 자체가 지향하는 현상으로서의 세계가 차단되었을 때 내가 만난 것은 가혹한 자의식의 세계였다. 일체의 외부적 세계를 괄호 속에 넣고 내가 나를 노래한다는 것은 한국의 전통적인 문화 속에서 나의 위치가 이질적인 것임을 자각케 하였다.7)

② 그동안 시를 써오면서 내가 많은 관심을 기울인 부분은 소위 비대상의 문제였다. 비대상은 대상이 존재하지 않는다는 사실을 의미한다. 대상이 없다는 것은 한 편의 시에서 시인이 노래하고 있는 대상이 분명치 않다는 뜻도 되고, 우리가 전통적으로 알고 있는 자연세계나 일상세계가 시 속에 드러나지 않는다는 뜻도 된다. [……] 대상의 세계를 하나의 절대명제로 인식하며 사는 것은 많은 일상인들의 삶의 방법이다. [……] 대상의 세계가 어떻게 존재할 수 있는가

---

6) 이승훈과 비교할 만한 시인으로는 이상과 김춘수가 있다. 이 점은 이승훈 자신도 잘 이해하고 있는 부분이다. 이 세 시인들은 모두 대상을 부정한 시인들이다. 그런데 이상은 자아와 세계 모두를 부정하면서 동시에 사물화시킨 시인이고, 김춘수는 세계를 부정하였지만 자기고백을 하지 않고 철저히 이미지 놀이를 한 시인이며, 이승훈은 세계를 부정하고 자아를 옹호하였지만, 그의 자아옹호 속에는 자아부정도 함께 들어 있다. 앞의 두 시인과 이승훈이 서로 다른 점은 앞의 두 시인이 상대적인 둘 중의 어느 하나를 선택하는 이원구도 속에 있었다면 이승훈은 이 양자를 한꺼번에 포용하면서 동시에 이 양자의 어느 편에도 전적으로 속하지 않는 역설과 통합의 구도 속에 있었다는 점이다. 이 점은 특히 이승훈의 자아관과 언어관에서 잘 드러난다.

7) 이승훈, 『非對象』(서울 : 민족문화사, 1983), p.21.

에 대한 인식론적 회의가 한번도 제대로 제기되지 않았다는 점을 그 동안 나는
전통적인 한국시의 한계로 생각하고 있었다.8)

위에 인용된 두 분분은 비대상 시론과 비대상적 자아에 대한 이승훈 자신
의 변이다. 그의 시론 어디를 펼치더라도 우리는 이승훈이 자신의 비대상
시론과 비대상적 자아탐구에 대하여 언급해놓은 내용을 만날 수 있다. 그
가운데서 위에 인용한 두 부분은 그가 비대상의 시론과 비대상적 자아탐구
에 이르게 된 사연과 그 내용을 잘 드러낸 부분으로서 주목할 만하다. 우선
인용문 ①을 볼 것 같으면, 이승훈은 그가 등단하던 1960년대 전반부터 외부
세계와의 내면적 연관을 상실한 상태에 처해 있었음을 고백하고 있다. 그는
이때 자신의 몸 속에서 세계와 맺었던 관계의 끈이 끊어져나간 것을 느꼈다
고 말하였으며, 이처럼 세계를 일체 괄호 속에 집어넣고 자기 자신에 집착
하는 일이 우리 시단에서는 매우 낯선 것이었음을 밝히고 있다. 이것은 인
용문 ②에서 보이듯이 세계가 어떻게 존재할 수 있는가에 대하여 그가 치열
하게 인식론적 회의를 한 결과로 얻어낸 것이었다.

그렇다면 일체의 대상을 지우고, 그가 만난 것은 무엇이었을까. 앞서 시
사되었듯이, 그것은 자기 자신이었다. 그는 대상을 부정한 자리에 유일하게
자기 자신이 서 있는 것을 인식하였고, 그때부터 그의 시쓰기는 자기 자신
과의 만남 혹은 자기 자신에 대한 탐구 혹은 자기존재의 증명이라는 문제로
수렴되었다. 필자는 이것을 가리켜 그가 실존적인 자아를 발견하였다고 표
현하고자 한다.

이승훈은 대상을 부정한 자리에서 실존적인 자아를 만났다. 그가 만난 자
아는 일체의 외부적 세계에 기울어지지 않은 자아이자, 외부적 세계와 끈을
끊어버린 단독자로서의 자아이다. 그러니까 그는 일체의 대상을 허상으로
간주하여 모두 부정해버리고, 오직 지금 여기에 존재하는 그의 실존만을 긍
정하며 그것을 만난 것이다. 이승훈에게 그 실존적 자아는 자신의 전존재를
증명해줄 수 있는 모든 것이었고, 그렇기 때문에 그 실존적 자아에 어떤 거

---

8) 상게서, pp.30~31.

짓이나 허상이 끼어든다는 것은 용납되지 않았다. 이처럼 한 시인이 일체의 대상을 떨쳐버리고 자기 자신과 일대일로 적나라하게 만났을 때, 그 시인은 비로소 자아의 맨얼굴을 만나게 되는 셈이다. 여기서 맨얼굴이란 한 개인을 둘러싼 모든 윤리적, 제도적, 사회적, 이념적 세계를 부정한, 또는 그와 같은 세계에 영향을 받기 이전의, 있는 그대로의 실존적 자아를 의미한다.

이승훈은 「나는 이렇게 쓴다」는 제목의 글 속에서 '언제 쓰는가'라는 내용의 질문을 받고 다음과 같이 고백한 바가 있다. 이 고백의 내용은 그의 비대상시론과 비대상적 자아탐구의 문제와 관련해서 흥미있는 시사점을 제공해주기에 부분적으로 옮겨 본다.

> 주로 해질 무렵이나 밤에 썼다. 이 마을로 이사오기 전에는 밤에 썼다. 그것도 주로 자정 전후였다. 그 무렵에는 시를 쓸 수 있는 방이 나에게 있었다. 그러나 이 마을로 이사온 다음 밤에 혼자 엎드려 시를 쓸 수 있는 방이 나에겐 없게 되었다. 거의 시를 쓰지 못하고 배회만 한 셈이다. [……] 이사한 다음 몇 개월이 지나 나는 몇 편의 시를 썼다. 학교 연구실에서였다. 주로 해질 무렵이었거나, 아니면 토요일 오후 바람 부는 시간이었던 것 같다. 해질 무렵이나 바람 부는 토요일 오후에 학교는 텅 비었고, 내 연구실은 하나의 城이 되었다. 새벽에는 못 썼지만 해가 사정없이 내려쬐는 여름 대낮에는 쓴 일이 있다.9)

이승훈은 그가 시를 쓴 시간과 장소로 '해질 무렵, 밤, 토요일 오후, 텅 빈 학교의 텅 빈 연구실, 해가 내려쬐는 여름 대낮'을 들고 있다. 필자는 그가 시를 쓸 수 있다고 말한 시간과 공간을 주의깊게 살펴보면서 그의 시쓰기는 대상의 지배를 받지 않을 수 있는 시간, 다시 말해서 대상의 간섭이 애당초 없는 공간에서 이루어진다는 것을 파악하였다. 자기 자신만을 만날 수 있을 뿐, 그 어떤 외부의 대상도 만나기 어려운, 그야말로 적막의, 텅 빈, 암흑의 시공 속에서 그는 시를 썼던 것이다.

이승훈 자신은 이런 사실을 의식하고 있는지 어떤지 알 수 없으나, 그의 시쓰기가 대상 부재의 시공 속에서 이루어진다는 것은 주목할 만하다.

---

9) 상게서, p.25.

더욱이 이승훈의 시론과 시를 보면 그는 자기 자신을 햇볕이 쨍쨍 내리쬐는 여름 대낮의 아스팔트 위를 기어가는 개미로 비유하고 있다. 햇볕이 쨍쨍 내리쬐는 여름 대낮은 분명 외형상으로는 대상이 아주 잘 드러나는, 어쩌면 대상들의 시간이라고 말해도 좋을 만한 때이다. 그러나 내적으로 보면 그러한 대낮은 대상들이 모두 숨죽인, 그리하여 대상이 부재하는 것과 같은 시간이다. 결국 이승훈은 자기 자신을 대상이 부재한 시공 속에서 발견한 것이고, 그와 같은 시공 속에서야 비로소 시를 쓸 수 있었다는 의미로 볼 수 있다.

그렇다면 대상을 부정하고 실존적 자아를 만난 이승훈은 그 실존적 자아의 어떤 모습을 탐구함으로써 자기존재를 증명하고자 한 것일까, 이 점에 대하여 다음 장에서 살펴보기로 하자.

2) 무의식적 자아 / 존재하는 자아

이승훈은 대상을 부정하고 자기 자신을 직시하기 시작하였다. 그는 대상이 부재한 자리에 서 있는 자기 자신을 향하여 '진정한 나란 어떤 나를 의미하는가'라는 물음을 던지면서 자아찾기에 매진하였다. 그 결과 이승훈은 자신의 의지나 이성으로 통제할 수 없는, 어쩌면 자신의 몸 속 중 가장 깊은 곳에서 자발적으로 들려오는 어떤 목소리를 듣기 시작하였고, 그는 이 목소리의 정체에 귀를 기울이기 시작하였다. 이승훈은 마침내 이 목소리의 근원지를 무의식이라고 인식하게 되었는데, 그는 무의식과의 만남이야말로 자기존재의 증명에 이르는 첩경이라고 생각하였다. 따라서 이승훈이 대상의 부재 속에서 실존하는 자아를 발견하고 그 실존하는 자아로부터 존재증명의 처소로 발견하게 된 것은 바로 무의식이라고 할 수 있다. 이승훈은 '무의식과의 싸움'이라는 글에서 그가 무의식을 통하여 자아탐구의 여정에 오른 상황을 다음과 같이 전하고 있다.

> *그것은 무의식과의 싸움이었다. 일체의 객관적 대상과 헤어진 다음, 나는 나를 대상으로 노래하기 시작했다. 비대상의 공간, 혹은 자의식의 공간을 노래하*

인용문에서도 볼 수 있는 바와 같이 이승훈에게 진정한 자아란 무의식과 등식을 이루는 것이었다. 따라서 그에게 다가온 문제는 무의식의 실체를 어떻게 만나느냐 하는 문제와, 그렇게 만난 무의식의 실체를 어떻게 언어로 끌어올리느냐 하는 것이었다. 이승훈이 자기 자신의 탐구를 통하여 존재의 증명에 이르고자 하면서 무의식을 자기 자신의 진정한 실체와 동일시한 데는 매우 중요한 의미가 담겨 있다. 말하자면 이승훈은 일체의 대상을 부정한 이후에도, 그의 몸으로부터 자신을 둘러싸고 있는 인위적 실체들을, 마치 대상을 부정한 것과 마찬가지로 부정해버린 것이다. 그에게 인위성이 가미된 형식, 관념, 도덕, 제도, 선입견 등과 같은 것들은 그가 버려야 할 외부적 대상과 같은 것이었다. 따라서 이승훈에게 진정한 자아라고 여겨진 것은, 어떤 인위성도 개재되지 않은 채 그의 내면 깊숙한 곳으로부터 솟아오르는, 자생적 혹은 자발적이라고 부를 수밖에 없는 어떤 움직임뿐이었던 것이다. 이승훈은 그것을 가리켜 무의식이라고 불렀다.

무의식은 우리의 몸 속에서 가장 자연적인 세계이다. 좀더 간명하게 말한다면 무의식은 우리 몸 속의 자연이다. 그러므로 무의식은 인위적인 가면을

______

10) 상게서, pp.84~85.

허락하지 않으며, 의도적인 목표도 설정하지 않는다. 다만 그것은 그 자체의 자율적인 법칙과 욕망에 따라, 보이지 않는 곳에서 거대한 힘으로 우리들에게 메시지를 전송할 뿐이다.[11]

이승훈은 무의식과의 만남을 통하여 사회적 가면을 쓰고 살아가는 인간들이라면 도저히 포착할 수 없는 자신의 여러 가지 모습을 포착하고 있다. 그는 자신의 몸을 둘러싼 모든 인위적 실체들을 거두어버린 채, 아무런 꾸밈도 없이 그 자신의 내면에서 들려오는 소리를 성능 좋은 안테나처럼 들을 수 있었던 것이다. 그는 아무런 인위적 영향력도 가해지지 않은 상태 속의 이른바 '존재하는 자아' 혹은 '자연으로서의 자아'가 바로 자기 자신의 정체성을 확인해줄 것이라고 믿은 것이다. 이승훈은 이와 같은 무의식을 '즉자적 존재(卽自的 存在)'라고[12] 표현하였다.

그렇다면 그가 무의식으로부터 읽어낸 내용들은 어떤 것인가. 사실상 그 누구도 자신의 무의식적 실체를 온전히 안다는 것이 불가능한 일이라면, 이승훈의 경우도 자신의 무의식적 실체에 깊은 관심을 표명하였을 뿐, 그 무의식적 실체를 완전하게 포착하지는 못했다고 보아야 한다. 그럼에도 불구하고 이승훈은 무의식적 실체를 밝히는 데 수많은 시간과 노력을 바친 시인이거니와, 그가 이러한 노력을 통하여 밝혀낸 무의식의 실상은 많은 사람들의 암묵적인 공감을 자아내기에 충분한 것이다.

이승훈은 에너지 혹은 충동의 실체로 움직이는 어떤 것을 그의 몸 속에서 느낀다고 하였다. 그가 느끼는 이 충동의 실체란 어떤 뚜렷한 외부적 원인이나 대상도 없이 자신의 몸 속에서 들끓고 있는 불안, 현기증, 허무, 공허, 결핍, 그리움, 절망, 리듬감 등과 같은 것으로 나타나 있다.[13] 그러나 이런 말로 그가 나타낸 무의식적 충동의 실체를 설명하는 것은 충분하지 않다. 어쨌든 이승훈은 자신의 의지와 관계 없이 자발적으로 떠오르는 그의 심리

---

11) 칼 구스타프 융, 『무의식 분석』, 설영환 옮김(서울 : 선영사, 1997), pp.39~41.
12) 이승훈, 전게서, pp.85~86.
13) 상게서, pp.32~35. 이승훈이 무의식과의 만남을 추구하면서 쓴 시들은 음악으로 말하자면 표제음악이 아니라 절대음악에 비유할 수 있다. 이런 이승훈의 시를 가리켜 절대시라고 부를 수도 있을 것 같다.

적 실체들을 순간적으로 포착하면서 그의 무의식적 실체와 만나고자 하였고, 그가 무의식의 깊이를 응시하면 응시할수록 그에게 다가오는 것이 바로 앞서 언급한 바 불안, 현기증, 허무, 결핍, 공허, 그리움, 절망, 리듬감 등과 같은 분위기였음을 밝히고 있다. 필자는 방금 '분위기'라는 말을 썼다. 이것은 앞서 열거한 내용들이 어떤 뚜렷한 형태를 갖고 있는 것이 아니라 끊임없이 유동하는 일종의 흐름이나 안개와 같은 것이었음을 뜻하는 말이다. 자신의 의지와 관계없이 자신에게 다가오는 그 변덕스럽고 천진난만한 심리적 실체들을 이승훈은 그의 시에서 어떻게 그려내고 있는 것일까.

> 늘어진 게 좋아
> 늘어진 시계
> 늘어진 기차
> 늘어진 나무
> 늘어진 고양이
> 늘어진 게 아니라
> 죽은 거겠지
> 늘어진 건
> 황홀할 거야
> 바람에 시달리는
> 늘어진 양복
> 늘어진 팔
> 늘어진 다리
> 늘어진 혀
> 늘어진 성기
> 시간이 가 닿으면
> 모두가 그래
> 늘어진 책상
> 늘어진 서랍
> 늘어진 만년필

— 「고양이가 우는 밤」의 부분[14]

---

14) 『길은 없어도 행복하다』(서울 : 세계사, 1991), p.104. 앞으로 인용되는 작품은 모두 이승훈의 것이므로 주석을 달 때 저자의 이름을 생략하기로 한다.

이승훈은 먼저 그 자신의 심리적 실체에 민감하게 반응하였고, 또 그 심리적 실체를 표현하는 데 정직하고자 하였다. 그에게 시는 어쩔 수 없이 의식과 언어의 힘을 빌릴 수밖에 없는 인위적 양식이었지만, 가능한 한 그는 시와 그가 포착한 무의식적 실체 사이의 간극을 줄이려고 하였다. 그리고 그는 시를 밑으로부터 솟구쳐오르는 것 혹은 안쪽으로부터 자연스럽게 흘러나오는 것으로 인식하였다. 여기서 우리는 낭만주의 시론이나 초현실주의 시론의 일단을 연상할 수 있다. 그러나 이승훈의 시는 자아가 세계와 화해를 이룩한 낭만주의 시의 경우보다 세계와의 불화 속에서 영혼의 아래쪽으로 아래쪽으로 계속하여 더 깊이 내려가서 자신의 실체를 만나고자 한 초현실주의 시와 더 유사하다. 특히 이승훈은 자동기술법, 자유연상법, 의식의 흐름이라는 기법을 그의 시 속에 자주 끌어들이고 있는데, 그것은 모두 이 시인이 무의식을 효과적으로 포착·표현하고자 하는 방법적 장치들이다. 이와 같은 시작 방법들은 적어도 사실주의나 자연주의적 기법으로는 무의식의 포착이 불가능하다는 판단과, 인간정신의 실체를 표현하기 위해서는 기존의 전통적인 방법적 장치에 의존하기는 곤란하다는 생각에서 나온 것들이다.15)

방금 앞에서 예로 인용한 이승훈의 작품 「고양이가 우는 밤」을 볼 것 같으면 앞서 언급한 내용들이 그대로 드러나 있다. 이승훈은 이 시를 통하여 존재하는 것들의 외형과는 무관하게, 그 자신의 무의식 속에서 자신의 의지와 관계없이 연상되는 '늘어진 것들'의 이미지를 불러들이고 있다. 그가 불러들인 '늘어진 것들'의 이미지는 합리적 해석을 불가능하게 만든다. 그렇지만

---

15) 소설가 제임스 조이스, 버지니아 울프 등에 의하여 탐구된 이 방법들은 다음과 같은 인식 위에서 비롯된 것이다 : "내부를 들여다 보면 인생이란 전혀 '그러하지 않은' 듯이 보인다. 평범한 어느날의 평범한 사람의 정신을 검토하여 보라. 인간의 정신은 시시하고, 환상적이고, 시시각각으로 변모하고 또 강철같이 예리한 것으로 조각된 억만 가지의 인상을 받는다. 이 인상들은 사방으로부터 밀어닥치고, 비오듯 쏟아지는 이 인상의 무수한 미립자들이 [……] 인생이란 의식의 첫머리부터 끄트머리까지 우리를 감싸고 있는 반투명체의 휘황한 달무리 같은 것이다. 그렇다면 작가의 사명은 이 변화무쌍하고, 미지의, 그리고 명확히 경계지울 수 없는 이 정신을, 제아무리 복잡하더라도 가능한 한 잡스럽고 외적인 요소를 가미시키지 말고 전달해야 옳은 것이 아닐까." ― 김종운, 「울프의 작품세계 ― 의식의 흐름의 실험」, 『세계 현대 문학 전집 25 : 조이스, 울프』(서울 : 삼성출판사, 1982), pp.453~454.

우리들은 그가 제시한 '늘어진 것들'의 수많은 이미지 다발들을 심리적인 눈으로 감지하면서 이 시인의 심리적 움직임을 따라가 볼 수 있고, 또 그런 과정에서 이 시인이 고통스러워하는 표정을 이해하면서, 알 수 없는 공감의 세계로 들어가게 된다. 그것은 아마도 지금까지 대상이라고 불러온 그 외부적 세계의 어떤 경직된 형태도 거부하고, 참으로 자유분방하게 세계를 재창조하는 우리들의 무의식과 우리가 순간적으로 조우하는 기쁨을 느낄 수 있기 때문에 그러한 것 같다. 이런 점에서 이승훈이 무의식을 발견하고 무의식의 소리에 순종하는 것은 곧 외부세계의 어떤 간섭이나 폭력도 가해지기 이전의 혹은 가해지지 않은 상태에서 자유롭게 변형되고 창조된 세계를 만나는 방식이다. 자기 자신의 몸으로부터 이렇듯 인위적인 것들을 거두어내고 진정한 자아만을 인정하고자 하는 데는 참으로 엄격한 자기성찰과 자기점검 더 나아가 자기정직성이 밑받침되어 있음을 우리는 기억해야 한다.

이승훈은 당위의 시인이 아니라 존재의 시인이다. 이승훈은 있어야만 하는 자아를 의도적으로 형상화하는 시인이 아니라 지금 여기에 존재하는 그대로의 자아상을 솔직하게 토로하는 시인이다. 이승훈은 이상과 진리를 추구하는 시인이 아니라 현실과 진실을 존중하는 시인이다. 이승훈은 타인을 설복시키고자 주장하는 시인이 아니라 아무도 의식하지 않은 채 있는 그대로의 내면세계를 고백하는 시인이다. 이승훈은 없는 세계를 조작하는 시인이 아니라 있는 세계를 흘려보내는 시인이다. 이승훈이 우리 몸의 자연(자연지대)이라고 부를 수 있는 무의식에 집착한 것이야말로 이런 사실을 뒷받침해주는 아주 좋은 증거이다. 그런데 이승훈은 무의식을 한없이 존중하면서도 초기시를 지나 이후의 시로 가면서 일상적 자아, 현존하는 자아, 존재하는 자아, 타자화된 자아 등으로 부름직한, 세상으로부터 주목받지 못했던 일련의 자아의 실상을 탐구하고 있다. 일반적으로 우리 주변에서 시란 있어야만 하는 어떤 당위의 세계를 지향하거나 꿈꾼 경우가 대부분이었다. 그리고 시란 생의 특별한 어떤 순간에 다가오는 고도의 미적 세계를 표출하는 것으로 알려진 것이 보통이었다. 그러므로 많은 시인들의 경우, 시를 쓴다는 것은 아주 고상하고 고결한 행위처럼 느껴졌다. 그들의 경우 시를 쓴다는 것은 가면을 벗는 것이 아니라 오히려 가면을 쓰는 행위가 되었고, 따라서 맨 얼굴의 시인과 작품 속의 가면 사이에는 커다란 단절과 간극이 내재해 있었다. 그런데 이승훈은 시인의 맨 얼굴과 작품 속의 가면 사이에 간극이 벌어지는 것을 용납하지 않았고, 그의 시쓰기가 당위적인 비장미나 미적인 고결함에 지배당하기를 원하지 않았다. 그는 철저하게 자기 자신의 맨 얼굴을 있는 그대로 시 속에 드러내었고, 그동안 타자화되었던 일상적 자아, 존재하는 그대로의 모순된 자아를 시 속에 이끌어내고자 하였다. 그러므로 이승훈의 시를 읽는 것은 우리가 그동안 배제시켰던 세계를, 그렇지만 실제로는 우리 삶의 대부분을 차지하는, 있는 그대로의 사실적인 세계를 만나는 일이 되고 만다.16) 그러나 여기서 주의해야 할 것은 이승훈이 그려 보이고자 하는 자아가 결코 인위적 세계에 지배당한 가장된 자아가 아니라는 점이다. 그는 이런 자아를 배격하고 있는 그대로의 적나라한 자아를 꾸밈없이 포착하여 드러내고자 하였던 것이다. 필자는 이승훈의 이와 같은 자아탐구를 가리켜 '존재하는 자아의 탐구'라고 부르고자 한다.

> 그는 시를 쓴다 그는 그가 무엇을 하는지 모른다 그는
> 강의를 한다 그는 강의를 한다고 생각한다 그는 잡지를
> 편집한다 잡지가 그를 편집할 때도 있다 그는 술을
> 마신다 그는 전화를 건다 그는 바람부는 거리를 걷는다
> 그는 박카스를 마신다 그는 바지를 입는다 그는 저고리를
> 걸친다 그는 가방을 든다 그는 바람부는 거리를 걷는다
> 그는 담배를 피운다 그는 중국 음식점에서 중국 음식을

---

16) 이승훈이 가지고 있는 시의 개념은 전통적인 많은 시인들의 경우와 비교할 때 매우 이질적이다. 그의 시개념은 개방개념론 내지는 제도론에 닿아 있다. 그만큼 이승훈의 시에 대한 생각은 열려 있다. 그는 '시적인 것' 혹은 '시적인 순간'이 따로 고고하게 존재하는 것이라고 믿지 않는다. 이런 점에서 그의 시는 존재하는 일상 혹은 현실 속으로 가까이 다가와 있다. 이승훈과 최동호가 논쟁을 한 것은 시에 대한 개념상의 차이에 의한 것이었다. 특히 최동호가 이승훈을 비판한 것은 그가 이승훈의 시관을 이해하지 못했거나 수용하지 않았기 때문에 나타났던 것이다. 하지만 필자 개인의 생각으로는 이승훈의 시관과 같은 것이 있음으로써 우리시가 이만큼 넓어지고, 유연해지고 또 정직해질 수 있었다고 보인다(최동호, 「시의 부정, 해체 그리고 시적 생성」, 『문학사상』 1996. 10; 이승훈, 「"시적인 것은 없고 시도 없다"」, 『문학사상』 1996. 11. 참조).

— 「그는 그가 무엇을 하는지 모른다」의 전문[17]

우리는 위 인용작품에서 '그'로 표상된 이승훈 자신의 하루 일과를 보는
듯하다. 그는 정말로 사소해서 언급할 가치조차 없는 것처럼 간주돼온 일상
의 모든 것들을 그의 삶의 중요한 표정으로 열거하고 있다.[18] 아니, 그에게
는 중요한 것과 그렇지 않은 것이 따로 구분돼 있지 않고, 존재하는 모든 것
이 다 대등한 비중을 갖고 그의 삶을 이루는 것으로 인식되고 있다. 그는 자
아를 구성하는 하루 동안의 모든 내용들을 아무런 꾸밈없이 그대로 드러낼
만큼 허허롭고 자유롭다. 그런가 하면 그는 자아의 진정한 모습이 어떤 것
인지를 누구보다도 잘 알고 있다. 더욱이 그는 인용작품의 제목이기도 하고
작품의 중간에도 나오는 말—'그는 그가 무엇을 하는지 모른다'—처럼, 자
신의 하루가, 그리고 하루의 삶으로 구성되는 자아의 실상이 실은 무슨 뜻
을 갖고 있는 것이며 무엇을 지향하고 있는지, 더 나아가서 무슨 절대적 진
리와 연결돼 있는 것인지 도대체 알 수가 없다고 한다. 여기서 우리는 근원

---

17) 『밝은 방』(서울: 고려원, 1995), p.78.

18) 일상(성)은 이승훈에게 생의 함정이나 주변적 존재 같은 것이 결코 아니다. 그는 일상(성)
이야말로 생의 본론과 같은 부분이요, 일상을 거부한다는 것은 생의 본론을 거부한다는
것과 같다는 생각을 하고 있다. 이승훈은 90년대 들어와 우리 시단에서 일상성이 논의되기
이전부터 이미 일상을 발견하고 인정한 시인이다.

과 궁극을, 당위와 진리를 가늠하기는 어려우나, 참다운 자아는 존재하는 모든 것의 총체로 이루어진다는 점과 우리 자신도 알지 못하는 무수한 존재의 양상들이 실은 우리의 자아를 구성하는 데 크게 작용한다는 이승훈의 속뜻을 파악할 수 있다. 이런 점에서 이승훈은 존재의 시인이다. 그는 선택과 당위를 앞세우면서 다른 것을 배제하지 않는다.

3) 유동하는 자아 / 분열된 자아

앞장에서도 논의했듯이, 이승훈은 '무의식적 자아'와 '존재하는 자아'를 탐구한 시인이다. 물론 무의식적 자아는 존재하는 자아 속에 포함될 수 있는 세계이지만, 특별히 무의식적 자아를 강조하기 위하여 이것을 독자적으로 다루었다. 그러면 이승훈이 포착한, 존재하는 자아의 구체적 실상은 어떤 모습을 하고 있는 것일까? 여기서는 그가 무의식적 자아를 탐구하고 있다는 사실과 존재하는 자아를 탐구하고 있다는 그 사실을 지적하는 것에서 더 나아가, 그가 탐구한 무의식적 자아와 존재하는 자아의 구체적 실상이 무엇인지를 밝혀보기로 한다.

우선 이승훈은 존재하는 자아의 특성으로 '유동성', '가변성', '순간성' 등을 들고 있다. 그가 포착한 존재하는 자아는 어느 하나의 이미지나 실체로 고정되어 불변의 형체로 남아있는 것이 아니라 그것들의 시작과 끝을 알 수 없는 것은 말할 것도 없고 늘상 고정성을 거부하고 움직이는 흐름 속에 놓여있다. 따라서 이승훈이 존재하는 자아를 형상화한다는 것은 바로 이 유동적이고 가변적이고 순간적인 흐름의 세계를 포착한다는 말과 같은 의미이다.

실제로 살아서 존재하는 것은 모두 유동성 속에 있다.[19] 화이트헤드 식으로 말하자면 '과정' 속에 있다. 그러므로 살아있는 인간의 육체는 물론 그들

---

19) 이 세계에 존재하는 모든 것들이 우주적인 흐름 속에 놓여 있다는 것을 인식하지 못하거나 그 흐름의 내면적 실상을 직시하려고 하지 않을 때, 인간들의 세상에 문제가 생기기 시작한다. 흐름을 거부하고 고착된 것은 인위의 문명이거나 순간의 환상에 불과하다. 그런 점에서 이승훈이 파악하고자 하는 바 유동성은 형태적 이미지와 구별되는 물질적 이미지의 속성을 갖고 있다.

의 심리세계 역시 과정 속에서 유동하고 있다. 그리고 이와 같은 인간의 심리 속에 포착된 세계 역시 단 한 번도 같은 모습으로 고정돼 있지 않고 항상 다른 모양으로 유동하는 속성을 띠고 있다. 어떤 세계가 고정된다는 것은 인간들의 인위적인 힘이 가해졌다는 것을 의미하는 것이요, 살아있는 존재의 생명이 끊어졌다는 것을 의미한다. 필자는 개인적으로 인간이 만든 문명의 세계란 다른 것이 아니라 살아있는 존재의 흐름을 멈추어 고착시킨 것이라고 이해한다.[20]

이승훈은 자신이 존재를 유동성으로 파악하고 있는 점의 근거를 양자 역학 이론에서 찾고 있다. 그는 주로 아인슈타인 이후 등장한 신과학 운동 속의 카오스 이론, 불확실성 이론, 확률이론 등을 동원하여 실제로 존재하는 생명들이란 고정태를 거부하는 유동성의 물질로 이루어졌음을 밝히고 있다. 필자는 이승훈이 생명의 본질을 유동하는 물질 혹은 에너지에서 발견하고 그것을 통하여 자아의 참다운 모습을 재구성해보려고 한 것은 매우 탁월한 생각이었다고 본다. 그런데 이승훈은 그가 이처럼 파악한 존재하는 자아의 유동성을 주로 의식의 흐름의 기법, 자동기술법, 자유연상법 등과 같은 방법적 장치를 활용하여 포착한다. 그렇다고 해서 그가 의도적으로 방법적 장치를 먼저 선택하고 그것에 의하여 존재의 유동성을 포착한 것이라고 말하기는 어렵다. 왜냐하면 그가 존재의 유동성을 자연스럽게 포착하다 보니, 실은 그것이 앞서 말한 바와 같은 방법적 장치에 부합된 것으로 여겨지기 때문이다.

> 그는 의자에 앉아 있고 의자에 앉아
> 쉬고 있고 글을 쓰고 있고 책을 뒤지고 있고
> 머리를 숙이고 있고 눈을 감고 있고
> 술약을 먹고 있고 이제 그는 술집 바에 앉아
> 있다 손으로 턱을 고이고 있고 밖에는
> 개같은 노을이 쏟아진다 개같은 노을이
> 가을 아스팔트를 적시고 있고 그는 바에
> 앉아 이마에 손을 대고 있고 무슨 고민이

---

20) 정효구, 「흐름의 시학, 흐름의 사상」, 『작가세계』 33호(1997년 여름호), pp.308~320.

— 「한 남자가 있는 풍경」의 전문21)

위의 인용시에서 볼 수 있는 바와 같이, 이승훈은 어떤 세계를 멈추게 하는 대신 흐르게 하고, 집중화시키는 대신 확산시킨다. 세계를 멈추게 하고 집중화시키는 것이 인간의 의도와 의지에 의하여 부자연스럽게 이루어지는 것이라면, 흐르게 하면서 확산시키는 것은 있는 그대로의 생의 에너지가 하는 자연스러운 작용이다. 이승훈은 위 인용작품을 통하여 자기 자신은 어느 하나로 고정된 존재가 아니라 어느 것이 자기 자신이라고 말하는 것이 불가능할 정도로 흐르고 있는 존재이며 확대되어 나아가는 존재임을 밝히고 있다. 그는 위 작품에서 볼 수 있듯이, 자기존재가 흐르는 모습을 여실하게 직시하면서 그 흐름 속에서 포착할 수 있는 모든 것이 바로 자신의 전체적 실

____
21) 『밝은 방』, pp.30~31.

상이라고 말한다. 따라서 이승훈에게는 그 유동하는 존재의 실상이 언제나 손가락 사이로 빠져나갈 뿐만 아니라 그 형체를 분명하게 드러내지 않는 점이 안타까울 뿐이다. 그럼에도 불구하고 그는 가능한 한 존재의 흐름을 예민하게 직시하려고 애를 쓰며, 단절되었던 세계를 흐름 위에 연속적으로 이어놓는 작업을 계속하고 있다.

그런데 이승훈에게 존재의 흐름은 언제나 불안감과 결핍감, 그리고 현기증을 갖도록 만든다. 아무리 존재의 흐름을 직시하여도 확신할 수 없는 그 존재의 실상을 이승훈은 영원히 마주하여야 하는 처지에 있으며, 그럴수록 존재의 흐름이 가진 전체상을 만난다는 것은 멀고 먼 꿈에 불과한 것이기 때문이다. 이승훈은 존재의 흐름과 지속적으로 만나면서도, 그 존재의 흐름이 가진 가변적 속성 때문에 단 한 번도 안정된 상태에 도달하지 못한다. 그는 늘상 존재의 유동성에 이끌리면서도 그 존재의 유동성 때문에 불안감을 숙명처럼 끼고 사는 것이다.

존재의 유동성을 생의 진실이라고 생각하며 그것을 포착하는 데 전력을 기울인다는 것은 매우 훌륭한 생의 탐구이자 시작태도라고 할 수 있다. 이것은 생의 본질을 적나라하게 투시하고 통찰하려는 노력이 선행되지 않는 한, 쉽게 도달할 수 없는 세계이기 때문이다. 이승훈이 자아탐구의 작업을 전개하면서 존재의 유동성을 생의 진실로 인식한 것과, 그가 이렇게 인식한 내용을 가능한 한 훼손되지 않게 살리는 방향으로 시를 쓰고자 한 것은 매우 현명한 처사라고 볼 수 있다.

요컨대 무의식은 유동적이다. 존재하는 우리들의 생 전체가 실은 유동적이다. 그 속에서 이루어지는 한 인간의 삶은 그것이 크든 작든, 길든 짧든 유동성에 바탕을 두고 있다. 그만큼 존재는 가변적이고 다양하며 복합적인 얼굴을 하고 있다. 여기에는 선택의 원리나 배제의 원리보다 포괄의 원리와 수용의 원리가 적합하다. 즉 시인의 의도에 따라 선택하거나 배제시키는 것보다는 유동하는 존재의 모든 실상을 다 포괄하거나 수용하는 것이 알맞다. 이승훈은 무의식을 포착할 때도, 그런가 하면 일상 속의 자아를 포착할 때도, 그들을 유동성의 측면에서 이해하고 포괄과 수용의 원리를 존중하였다.

결국 이승훈에게 살아있는 존재는 그것이 어떤 것이든지 간에 유동성을 근간으로 삼고 있다는 생각이 내재돼 있던 것이리라.

그런데 자아를 구성하는 실체는 시간적으로 유동하면서 공간적으로 겹치거나 분열·확산되는 현상을 드러낸다. 다시 말하자면 시간이 흐름에 따라 계속하여 다른 심리적 실체나 행위들이 나타나면서 동시에 같은 순간에 여러 가지의 심리적 실체나 행위들이 동시다발적으로 나타난다는 것이다. 그러므로 이들 사이에는 공존과 분열, 겹침과 갈등, 중복과 대립 등이 일어나고 자아의 실상을 탐구하려던 시인은 이 문제에 예민하게 대응하지 않을 수가 없다. 이승훈의 시와 시론을 보면 그가 자아의 이와 같은 사정을 충분히 인식하고 위에서 언급한 자아의 유동성에 관해서 뿐만 아니라 자아의 분열과 겹침 현상에 대하여 토로하는 것을 만날 수 있다. 물론 자아의 유동성도 시간상으로 일어난 자아분열의 한 모습일 수 있다. 그러나 자아는 같은 순간에 공간적으로 자아중복 내지 자아분열을 일으킨다. 따라서 우리는 시간적으로나 공간적으로 자아의 여러가지 실체가 겹치면서 또한 분열을 일으킨다는 데 이르게 된다.

> *한 개의 나 속에*
> *4천 개의 내가 있소*
> *우글거리오*
> *울부짖으오*
> *웅크리고 있소*
>
> *한 개의 나 속에*
> *4천 개의 내가*
> *부지런히 들어가오*
> *돌격하오*
> *돌진하오*
>
> *한 개의 나 속에*
> *4천 개의 내가*
> *빽빽이 들어가오*

— 「*4천 개의 남자*」의 전문22)

이승훈은 위 인용시에서 자기 자신을 '거대한, 흔들리는, 펄럭이는 들판'
으로 표상하고, 그와 같은 들판 속에서 4천개의 자신이 '우글거리거나, 울부
짖거나, 웅크리거나, 돌격하거나, 돌진하거나' 한다고 말을 한다. 여기서 '4
천개의 자신'이란 셀 수도 없이 많은 자아의 실체를 의미하는 상징적 표현
이니, 따라서 이승훈은 그의 몸 속에서 셀 수도 없이 많은 자아의 실체를 만
나고 있는 셈이다. 1930년대 이상의 시에서 우리는 거울 밖의 자아와 거울
속의 자아가 분열된 모습을 본 적이 있다. 그런데 이와 같은 자아의 분열상
은 이승훈에게로 오면서 무한대의 세포증식을 한 형태로 나타나고 있거니
와, 그것은 이승훈의 자아탐구가 이상의 자아탐구보다 진전된 곳에 이르렀
음을 의미하는 것이다.

　수많은 자아의 중첩과 분열 속에서 우리는 어떤 것이 진정한 자아인지 가
려내기가 어렵다. 다만 그 모든 것이 자아를 구성한다는 포용적인 말을 하
는 것이 자아의 실상을 이해하는 데 훨씬 효과적이고 사실에 가깝다. 이승

---

22) 『길은 없어도 행복하다』, pp.54～55.

훈은 이렇게 중첩되고 분열되는 자아의 실상 앞에서 현기증을 느끼며 그들을 마주하였으며, 그것이 자기 자신의 실상임을 인정하는 데 많은 시간을 바쳤다.

결국 지금까지 본 장에서 논의한 내용을 요약하자면, 이승훈이 탐구한 자아는 유동적이고, 가변적이며, 순간적이고, 중첩과 분열 속에서 저 자신의 전체상을 만들어가는 존재이다. 어느 하나로 고정되거나 요약될 수 없는 것, 매순간마다 변화 속에서 살아가는 것, 동시다발적으로 자기존재를 드러내는 것, 이와 같은 것이 바로 자아의 실상임을 이승훈은 인식한 것이다.

4) 부재하는 자아 / 구원불능의 자아

일체의 대상을 부정하고 그 대신 자기 자신을 탐구하여 대상의 실상은 물론 자기 자신의 본모습을 밝혀내려고 하였던 이승훈은, 최근 시집으로 오면서 '나는 없다'는 명제를 확립하기에 이른다. 이것은 그동안 '나만이 있다', '내가 세계의 중심이자 출발점이다'와 같은 명제를 토로하던 그의 모습과 비교해볼 때, 조금 색다른 것이라 여겨진다. 그렇다면 '나만이 있다'와 '나는 없다' 라는 명제 사이에는 아무런 연속의 끈이 없는 것일까? 그렇지 않다. 최근의 시집에 와서 이승훈은 '대상(세계)도 없고 나도 없다'는 부재의 명제를 정식화하였지만, 이것은 이전의 '대상은 없고 나만이 있다'는 명제와 깊은 연관관계를 갖고 있기 때문이다.

앞에서 우리는 자아의 유동성과 분열상 앞에서 그것을 고백하고 이에 대하여 고민하는 이승훈의 초상을 살펴보았다. 그는 이때까지 자아의 유동성과 분열상을 직시하였지만 그것과 화해를 이룩하지는 못한 듯하다. 바라보면 바라볼수록 유동하면서 순간적으로 변해가는 자아의 실체를, 그리고 셀 수 없이 많고 다양한 실체들이 동시다발적으로 솟구쳐 오르는 것을 바라보면서, 이승훈은 가라앉지 않는 불안감과 현기증 속에서 그것과 진정으로 화해를 하지는 못하였던 것이다.

그런데 이승훈은 '나는 있다'라는 말을 버리고 '나는 없다'는 충격적인 발언을 한 것이다. 제아무리 발이 닳도록 자아의 실상을 만나보려고 쫓아다녀도, 자아는 너무나도 많아서 실제로는 없는 것과 마찬가지라는 생각이 그를 엄습한 것이다. 뿐만 아니라 그가 인식한 자아의 실체를 '언어'로 표상해야 하는 시인으로서의 운명을 생각할 때, 더군다나 그의 시 속에 나타난 자아는 자아의 실상과 거리가 멀다는 점을 그는 떠올렸다. 여기서 이승훈은 '나는 없다'라는 명제와 관련해서 두 가지 사실을 끌어안고 고민을 한 것이다. 방금 위에서 밝힌 바처럼, 첫째는 자아의 본질은 없고 자아의 유동성과 분열상만 있다는 자각이요, 둘째는 언어로 표현된 어떤 자아의 실상도 허구나 환상에 지나지 않는다는 자각이다. 게다가 마침 그의 관심을 자아낸 포스트모더니즘의 이론은 존재하는 것들의 안과 바깥, 본질과 주변이라는 이분법을 부정하였고, 그 이론은 이승훈의 자아탐구가 어떤 방향으로 나아가는 데 크게 도움을 주었던 것으로 보인다. 이제 이승훈은 존재니 자아니 하는 것들의 본질에 더 이상 집착하지 않게 되었다. '대상은 없고 나만이 있다'는 그의 첫 명제가 '대상도 없고 나도 없다'는 새로운 명제로 바뀌고 말았다. 더 나아가서 이 명제는 '대상도 없고 나도 없고 언어와 흔적만이 있다'는 명제로 대체되고 말았다.[23]

일반적으로 사람들은 대상 속의 이데아를 만나고 싶어한다. 그런가 하면 그들은 자아 속의 이데아를 찾아내고 싶어한다. 일반인들은 물론 문학사 속의 많은 문인들이 진리로서의 이데아를 꿈꾸며 그것과 만났을 때 비로소 자신들이 구원을 받을 수 있다고 생각한 것이 보통이다. 이들의 마음 속에는 '대상도 있고 나도 있으며 언어란 단지 도구에 불과하다'는 생각이 자리해 있을 것이다. 그런데 이승훈은 이들과 다른 방향으로 치닫고 만 것이다. 그는 모든 대상과 자기 자신 속의 이데아적 진리를 거부하고 언어만을 긍정하였던 것이다. 물론 그는 언어의 한계를 누구보다 잘 안다. 하지만 언어로 나타난 것이 시인으로서 만날 수 있는 가장 분명한 현실이라고 할 때, 그는 언어 이전의 것에 집착할 수가 없었던 것이다.

---

[23] 이 점에 대해서는 이승훈이 시집 『나는 사랑한다』(서울 : 세계사, 1997) 속에 수록한 개인 시론인 「비빔밥 시론」을 참조할 것.

그러나 쓴다는 것은 고독하다는 것이며 나를 나에게서
분리시키고 두 개의 나를 만드는 행위라고 생각합니다
그러나 쓴다는 것은 나를 버리는 행위입니다 종이 위
에 나를 버리고 나는 하나의 차이로 존재합니다
그러나 쓴다는 것은 계속 쓴다는 것은 나를 계속 연기
시키는 일입니다 종이 위에서 나는 계속 연기됩니다
나는 이미 내가 아닙니다 나타나고 사라지는 무수한
텍스트 밝은 방 속에 드러나는 이 흔적!
그러나 쓴다는 것은 산다는 것입니다 글 속에만 내가
있으므로 나는 내가 아니고 동시에 나입니다
오오 그러나 쓴다는 것은 내가 언어이며 타자라는 사
실이고 타자의 타자가 나라는 사실이고 이 나는 무수
히(글을 쓰는 만큼) 나타나고 사라집니다
그러니까 사막입니다 계속 쓴다는 것은 우리 인생에
의미가 없다는 사실을 깨닫는 일이고 방랑이고(아무
튼 시작도 끝도 없지요) 내 시는 여기서 끝내야겠습니다

— 「답장 — 이만식 시인에게」의 부분24)

　　인용시에서 우리는 몇 가지 새로운 표현을 만날 수 있다. 그 하나는 '나는
하나의 차이로 존재합니다'라는 말이며, 그 둘은 '종이 위에서 나는 계속 연
기됩니다'라는 말이고, 그 셋은 '나는 내가 아니고 동시에 나입니다'라는 말이
다. 앞에서 우리는 '대상도 없고 나도 없다'는 명제에 대하여 논의하였다. 그
중에서도 '나는 없다'는 명제와 관련해서는 꽤 상세하게 논의를 하였다. 이 점
과 관련시켜 볼 때, 방금 제시한 세 가지 말은 이승훈의 자아탐구 양상을 설
명하는 데 중요한 문제를 던져준다. 우선 '나는 하나의 차이로 존재합니다'라
는 구절과 관련시켜볼 때, 이승훈에게 자아는 '차이'로 인식된다는 것을 알 수
있다. 즉 자아는 상대적인 다양성 속의 한 존재로 있을 뿐, 절대적인 존재로
나타날 수가 없다는 것이다. 이처럼 자아가 차이로만 존재한다는 것은 결국
확실한 자아는 어디에도 존재하지 않는다는 뜻과 같다. 둘째, '종이 위에서

---

24) 『나는 사랑한다』, pp.33~34.

나는 계속 연기됩니다'라는 구절과 관련시켜 보면 자아는 어떤 언어로도 간극없이 표현될 수 없고, 비록 어떤 모습의 자아가 표현된다 하더라도 자아는 계속하여 유동하기 때문에 자아의 실상은 언제나 앞으로 연기될 뿐이라는 것이다. 이와 같은 연기는 죽을 때까지 계속되는 것이므로 이승훈에 의하면 우리가 자기를 완전하게 파악하고 규정하는 것은 영원히 불가능한 일이다. 셋째, '나는 내가 아니고 동시에 나입니다'라는 말과 관련시켜 보면, 우리는 여기서 부재하면서 동시에 존재하는 자아를 상상할 수 있다. 즉 자아의 총체적인 실상은 영원히 밝히기가 불가능한 것이지만 지금 여기에서 차이와 연기의 형태로 존재하는 자아가 결국은 자아의 실상일 수밖에 없다는 의미이다.

유동하는, 가변적인, 순간적인 자아를 탐구하던 이승훈이 '나는 없다'고 발언한 것은 그가 자아의 속성을 깊이 깨달았다는 증거이다. 자아의 이런 속성을 깨달은 이승훈은 한편으로 지독한 허무감을 느끼지만, 다른 한편으로 누구도 흉내낼 수 없는 자유(自遊)의 경지를 즐길 정도이다. 그는 허무감과 자유로움, 이 양자 사이를 오가면서 담담하게 '부재하면서 존재하는' 자아의 실상을 수용한 것으로 보인다. 그러나 차이와 연기의 형태로만 존재하는 것이 그가 인식한 자아의 실상이기에 그가 한편으로는 자유로움을 느끼면서도 다른 한편으론 허무감과 불안감을 떨쳐버리고 온전히 자유로워지는 것이 어려운 일처럼 보인다.

이승훈의 자아탐구는 자기존재의 증명이자 자기구원의 문제와 연관돼 있다. 한 인간이 자아를 탐구하는 까닭은 무엇보다도 나는 누구인가를 제대로 앎으로써 자기구원 내지는 자기해방의 과제를 해결해보고자 하는 데 있다. 외형적으로 본다면 이승훈은 누구보다도 긴 시간을 자아탐구라는 작업에 바쳤고, 마침내는 '대상도 없고 나도 없다'는 결론을 이끌어냄으로써 자아탐구라는 문제를 해결한 듯이 보인다. 하지만 이와 같은 발언을 한 이후에도 이승훈은 계속하여 불안감, 현기증, 결핍감 등을 느끼는 것 같거니와, 그것은 아직도 그가 내적으로 완전한 자기구원이나 자기해방의 과제를 해결하지 못하였다는 것을 의미한다. 필자는 여기서 생각해 본다. 왜 이승훈은 '대상도 없고 나도 없다'는 자기만의 인식론적 결과물을 얻어내고서도 자기구원과 자기해방에 온전하게 이르지 못한 것일까? 라고. 이에 대하여 두 가지 답을 제시할 수 있을 것 같다.

우선 그 하나는 이승훈이 자아를 차이와 연기의 형태로 존재하는 것이라 해석했다는 점이다. 이승훈은 그가 이와 같은 방식으로 자아를 해석한 결과 그로부터 느끼는 감정에 대하여 다음과 같이 표현하고 있다.

> 우울한 시간에 나를 찾아오는 것은 공포와 슬픔이지만 이런 분위기 속에서 사물들은 파편으로 뒹군다. 말하자면 우울한 시간에 사물들은 전체에서 분리되고, 탈락되고, 떨어져 나온다. 전체와 관계 없이 뒹구는 파편들만 보인다. 전체가 아니라 부분에 집착한다. 따라서 우울증은 분리, 단절, 소외를 체험하는 시간이며 세계가 파편으로 뒹구는 시간이다.
>
> 벤야민은 우울 속에서 사물은 물화된다고 말했다. 물화된 사물엔 시간이 존재하지 않는다. 우울 속에는 '비균질적인 특이한 단편적인 순간들'만 존재한다. 그런 점에서 우울증의 시간은 역사가 없는 시간이다. 지속이 아니라 우울, 그것은 건전한 인간 오성이 허위로 드러나는 시간이다. 말하자면 우울증은 역사, 시간적 계기성, 전체성, 총체성이라는 그럴듯한 부르주아 이데올로기가 해체되는 순간에 대한 체험이다. 전체성을 상실한다는 점에서 우울은 전체성이라는 그럴듯한 허구를 부정적으로 비판한다.[25)

이승훈은 인용문에서 역사, 시간적 계기성, 전체성, 총체성 등을 부르주아 이데올로기의 산물로 규정하고 자신은 이들을 근본적으로 부정한다고 입장 표명을 하였다. 대신 그는 자기 자신이 부르주아 이데올로기의 산물이라고 규정한 것들을 부정하면서, 전체성에서 떨어져 나온 파편들과 부분들만을 긍정한다고 말하였다. 그는 이 전체성에서 떨어져 나온 파편들과 부분들만을 긍정할 수밖에 없기에 우울증 속에서 살아가는 것이고, 그것은 구체적으로 분리, 단절, 소외를 경험하는 시간이 되고 만다는 고백을 하였다. 앞서 언급했듯이 이승훈은 분명 '대상도 없고 나도 없다'는 데까지 나아갔다. 그러나 이러한 결론으로 나아가고도 그는 자기구원과 자기해방에 도달하지 못

---

25) 이승훈, 「"시적인 것은 없고 시도 없다"」, 『문학사상』 1996년 11월호, p.343.

한 채, 어쩌면 자기구원과 자기해방이 영원히 유보되는(연기되는) 상황 속에 처하고 말았다. 이승훈은 자기구원과 자기해방이 영원히 유보될 수밖에 없기 때문에 계속하여 시를 쓸 수 있는 것이리라.

자신이 인식하고 느낀 것이 파편에 불과한 것이라는 이승훈의 견해는 매우 철저한 자기검열의 결과라고 생각된다. 엄격한 자기검열을 하지 않은 채 총체성이니 전체성이니 세계와의 화해니 하는 말을 늘어놓는 것보다, 이승훈의 이와 같은 자기점검과 고백은 더욱 믿음이 간다. 만약 우리가 총체성이니 전체성이니 하는 것을 파악할 수 있고, 세계와의 진정한 화해를 이룩할 수 있다면 우리는 그 날부터 시를 쓰지 않아도 될 것이고, 시를 쓴다면 그 시는 온통 확신과 환희의 노래가 되고 말 것이다.

다음으로 다른 하나는 이승훈이 마지막으로 언어를 선택하였다는 것이다. 그는 말하기를 '대상도 없고 나도 없지만 언어만은 있다'고 했다. 이것은 그가 대상과 자아를 부정하더라도 시인이기를 부정할 수는 없다는 뜻이다. 그가 시인이기를 포기하지 않는 한 그는 언어에 의지할 수밖에 없을 것이요, 언어에 의지할 수밖에 없는 한 그는 언어를 긍정할 수밖에 없을 것이다. 그렇지만 그에게 언어는 '존재의 집'이 아니라 '존재의 짐'으로 인식된다. 따라서 그는 '존재의 짐'이 되는 언어를 긍정하는 것이요, 그 짐을 문제해결의 출발점으로 삼는 것이다. 그렇다면 이승훈이 언어를 선택한 것과 그가 자기구원과 자기해방에서 어려움을 겪는 것과는 무슨 관계가 있는 것일까? 한 마디로 말해서, 언어(언어로 이루어진 시)는 그에게 최후로 존재하는 현실이지만, 그 현실로서의 언어는 운명적으로 실재와 단절 속에 놓여 있기 때문이다. 그러나 이승훈은 실재를 믿기보다 언어를 믿는다. 왜냐하면 언어야말로 최후로 드러난 현실상이기 때문이다. 그런데 문제는 이승훈이 실재와 언어 사이의 단절을 인식하고 있으며, 언어의 한계와 숙명 또한 너무나도 분명하게 알고 있다는 점이다. 따라서 그는 언어를 최후로 선택하였지만 그 언어와 화해하지 못하고 언제나 언어의 파편성과 분리성 그리고 결핍성 앞에서 괴로워한다. 이것이야말로 그가 언어를 긍정하면서도 언어를 통하여 자기구원과 자기해방에 이르지 못하는 요인이다.

이렇게 본다면 이승훈은 대상과도, 자아와도, 언어와도 화해하지 못한 상태에 놓여 있다. 화해란 그에게 애초부터, 어쩌면 영원히 존재하지도 않는 말인지 모른다. 이와 같은 불화 속에서 오히려 견딤으로써 자기존재를 증명하고, 이로 인하여 역설적으로 자기구원과 자기해방을 맛보려고 하는 이승훈의 전략(?)은 상당히 어렵고도 험난한 것이 아닐 수 없다. 여기서 우리는 모든 것을 존재하는 구체적 현실로부터 파악하고자 하는 이승훈의 모습과, 자기점검이 너무나도 심해서 일체의 가식을 허용하지 않는 그의 자세를 볼 수 있다.

5) 객관화된 자아 / 자기고발과 자기풍자의 대상이 된 자아

이승훈은 매우 지적인 시인이다. 여기서 그를 지적이라고 말한 것은 그가 시적 대상이 된 자기 자신과 거리를 유지할 수 있는 시인이라는 뜻이다. 그는 자신과의 거리를 유지하지 못한 나르시시즘의 시인도 아니고 자기 자신과의 거리를 초월한 당위형의 시인도 아니다. 그는 그가 대상으로 삼고 있는 세계를 뚜렷하게 객관화시켜 직시하고 있는 시인이다. 따라서 그의 시에는 감상이 끼어드는 일도 드물고 교훈적인 주장이 끼어드는 경우도 드물다. 다만 그는 그의 진정한 모습을 속속들이 적나라하게 투시해서 언어로 표현하고자 할 뿐이다.

일반적으로 시인들이 외부의 대상과 지적 거리를 유지하기는 상당히 쉽다. 하지만 자기 자신과 지적 거리를 유지하기란 그리 쉬운 일이 아니다. 필자는 개인적으로 한 사람의 시인이 자기 자신과 지적 거리를 유지할 만한 정도가 된다면 그 시인은 상당한 정신적 성숙을 기한 시인이라고 생각한다.

그런데 한 사람의 시인이 자아탐구를 하면서 자기 자신과 지적 거리를 유지하다 보면 필연적으로 자기고발과 자기풍자로 가게 마련이다. 이처럼 자기 자신과 지적 거리를 유지하고 탐구작업을 해 나아갈 때, 시인들은 그 자신이 얼마나 형편없는 존재이자 거대한 모순덩어리인지를 알게 될 것이기 때문이다. 그들은 한동안 이와 같은 자신의 실상 앞에서 충격을 받겠지만,

이어서 그와 같은 존재가 바로 자기 자신임을 고백하거나 풍자하는 데로 용기있게 나아갈 수밖에 없다. 이것을 가리켜 자기 자신을 객관화시키는 일이라고 한다면, 이승훈은 어떤 시인보다도 자기 자신을 객관화시키는 데 성실하고 탁월한 시인이다. 그는 자기연민에 사로잡히지 않는다. 그는 자기옹호와 자기변명에 집착하지 않는다. 그는 자기실상의 처음부터 끝까지를 다 파헤쳐본 사람으로서 자기를 있는 그대로 객관화시킨다. 우리는 이런 사실을 그의 시와 시론에서 확인할 수 있다.

편의상 먼저 지적 거리를 유지한다는 측면에서 이승훈의 자아탐구 문제를 살펴보고 이어서 자기고발과 자기풍자라는 문제와 관련시켜 이 문제를 살펴보기로 한다.

① 불안해서 시를 쓰고 불안해서 전화를 걸고 불안해서
   시를 분석하고 책을 내고 술을 마시고 외출도 못한다
   불안해서 못한다 여행도 못한다 도대체 엄두를 못 낸다
   꿈도 못 꾼다 불안해서 가방을 들고 바람에 젖고 소음에
   시달린다 말라죽을 불안이라는 놈 초라한 저녁이 오면
   초라한 방에서 시를 쓰고 불안해서 다시 전화를 건다
   의자에서 벌떡 일어난다 비 내리는 거리를 내려다본다
   세상엔 비라는 게 있군 비에 젖는 차들을 본다 비에
   젖는 차들은 불안하지 않으리라 사랑이 없으니까 욕망도
   없으리라 차들은 행복하다 따뜻하다 참담하다 따뜻한
   참담한 저녁이 있다 불안해서 시를 쓰는 남자가 있다
   세상에 불안해서!

— 「서울에서의 이승훈 씨」의 전문26)

② 그와 함께 일어나고 그와 함께 산책하고
   그와 함께 아파트 단지를 한 바퀴 돈다
   산책이 아니라 방황이리라 그는 아침부터
   방황한다 방황에는 목적이 없다 그러므로
   방황은 여행이다 그와 함께 여행하고 그와

---

26) 『밝은 방』, p.29.

— 「그와 함께 움직이는 나」의 부분27)

위의 인용시 ①과 ②에서 볼 수 있는 바와 같이 이승훈의 시는 대부분 자기자신을 소재이자 주제로 삼고 있다. 그렇지만 이승훈은 앞에서도 언급했듯이 자기 자신에 대한 지적 거리를 철저하게 유지하며 시를 쓰고 있다. 이승훈은 인용시에서 자기 자신을 '시를 쓰는 남자'라고 밝히고, 그가 얼마나 심한 불안감에 사로잡혀 있는가를 그대로 묘사하고 있다. 이 시인이 자기 자신의 몸 속 깊은 곳에 숨어 있는 불안의 실상을 위의 인용시 ①에서만큼 리얼하게 포착해낼 수 있었던 것은 그가 자기 자신에 대한 지적 거리를 유지할 수 있었기 때문이요, 그와 같은 상황에서 자기성찰을 엄격하게 행하였기 때문이다. 위의 인용시 ①이 시를 쓰는 한 남자의 자기 고백적인 형식을 이루고 있다면, 인용시 ②의 경우는 자기 자신을 3인칭의 '그'로 설정하여 보다 객관성을 높이고자 한 형식을 취하고 있다. 인용시 ②의 시적 화자인 '나'는 '그'의 분신이지만 계속해서 자의식을 갖고 '그'의 행동과 심리를 관찰한다. 시적 화자인 '나'의 '그'에 대한 관찰은 상당히 냉정한 것이어서 '그'의 행동과 심리상태를 그려 보이는 데 일체의 가식이나 분장이 끼어드는 것을 용납하지 않는다. 결국 '나'와 '그'는 한 몸이지만, 관찰당하는 자아와 관찰하는 자아로 나뉘어져 자체 내의 성찰과 검열 그리고 관찰에 성공한 것이다. 이승훈의 시에는 이와 같은 방식으로 자기 자신을 객관화하는 데 도달한 작품들이 셀 수 없이 많다. 이런 점에서 그는 비(초)이성적인 세계를 가장 이성적인 방법으로 그려내는 시인이다.

다음으로는 자기고발과 자기풍자라는 측면에서 이승훈의 시에 나타난 자

---

27) 상게서, pp.12~13.

아탐구의 문제를 살펴보기로 한다. 타인이 간섭하여 자기를 고발하고 풍자하는 것이 아니라 바로 자기자신이 주체가 되어 숨겨진(또다른) 자기 자신의 실상을 고발하고 풍자하는 방식은 자아를 객관화시키는 단계에서 상당히 높은 부분에 있는 형태이다.

> ① 난 해질 무렵 몽상가 소부르주아 시인
>   세상엔 관심이 없다 내가 관심을 두는 건
>   의자, 작은 방, 개미, 염소
>
>   피와 이슬로 된 술 난 현실 따윈 모른다
>   알려고 하지도 않지만 난 현실을 모르는
>   국문과 교수 허리띠를 헐렁하게 매고
>   거울을 연구하는 교수
>
>   그러나 그러나 그러나 감기엔 맥을 못 춥니다
>   30년 전부터 어디론가
>   떠나고 싶었지만!
>
>   — 「오토바이」의 전문28)
>
> ② 난 중년 늙은이 난 또 거짓말을 한다 거짓말
>   거짓말 거짓말 속에서 마침내 내가 사라질
>   때까지 이 말이 사물을 죽이고 거리를 죽이고
>   도시를 죽이고 나를 죽이고 시대를 죽일
>   때까지 그때까지 그때까지 거짓말 거짓말 거짓말은
>   필요하다
>
>   거짓말 속에 하루가 간다 또 하루가 간다 또
>   하루가 간다 이 말도 거짓말이다 난 지금
>   거짓말을 한다 그러니까 시를 쓴다 거짓말
>   속에 진리가 있고 내 청춘도 거짓말처럼
>   사라졌다 물론 거짓말을 하는 나를 용서해

---

28) 『나는 사랑한다』, p.24.

— 「거짓말의 시」의 부분[29]

위의 두 인용작품에서 이승훈은 자기고발과 자기풍자의 형식을 취하고 있다. 그는 자기 자신이 하고 있는 모습을 스스로 감시자가 되어 하나씩 기록하고 있다. 이런 과정에서 이승훈은 자기 자신의 전 모습을 아무것도 숨기지 않은 채 그대로 드러내고 있다. 우리 시단에서 이승훈만큼 자기 자신의 전 모습을 분석하고 해체하여 여실하게 드러낸 시인도 없을 것이다. 예를 들면 이승훈은 인용시 ①에서 윤리, 체면, 도덕 등과 같은 외적 요소를 다 거두어내고 보통 사람들이라면 부끄러워할 만한 부분까지를 그대로 고백하고 있다.[30] 여기서 고백은 고발의 기미를 띠고, 마침내 그는 자기고발자로서 자신이 어떤 사람인가를 만인 앞에 공개하고 만다. 그가 이렇게 고발 혹은 공개한 그의 모습은, 몽상가, 소부르주아 시인, 현실에 대하여 알려고도 하지 않고 알지도 못하는 시인, 의자·작은 방·개미·염소 따위에나 골몰하는 시인, 거울을 연구하는 국문과 교수, 감기에 전혀 맥을 못추는 약골, 어디론가 늘상 떠나고 싶어하는 방랑인 등으로 그려져 있다. 여기에는 교수나 시인으로서의 그럴 듯한 사회적 가면이나 인간들이 요구하는 당위적인 얼굴들이 전혀 들어가 있지 않다. 우리는 이승훈의 이와 같은 자기공개 혹은 자기고발의 현실을 보면서 그가 얼마나 철저하게 자기 자신을 객관화시키는 데 성공하고 있는지를 알 수 있다. 이런 점은 인용시 ②에서도 마찬가지로 나타난다. 이승훈은 인용시 ②를 통하여 자신의 말과 자신의 시와 자신의 인생이 모두 '거짓말'에 불과하다고 자기 자신에 대한 고발과 풍자를

---

29) 상게서, p.120.

30) 이승훈의 시는 고백시(confession poetry)로 분류될 수 있는 만큼 고백시적인 성향이 강하다. 우리 시단의 고백시에 대하여 논한 글로는, 정효구, 「우리 시의 자기고백적인 요소」, 『현대시사상』 1992년 겨울호를 참조할 것.

감행한다. 자신은 기껏해야 거짓말을 시키며 거짓말로 인생을 만들어가는 거짓말쟁이에 불과하다는 것을, 따라서 자신의 거짓말에 의하여 세계가 죽어가고 있다는 것을, 그는 아무런 감춤의 제스처도 없이 그대로 토로한다. 그런데 앞의 두 인용시에서 보는 바와 같이 이승훈의 자기고발과 자기풍자는 한편으로 자기비판과 자기부정의 성격을 띠고 있지만 다른 한편으로 자기긍정과 자기옹호의 성격을 띠고 있다. 다시 말하자면 이승훈은 자신의 모습을 있는 그대로 제시함으로써 나는 이런 꼴의 인간에 불과하다는 식의 자기비판과 자기부정을 하는 셈이지만, 이것이 진정한 나의 모습이고 나는 그것을 있는 그대로 인정할 수밖에 없다는 자기긍정과 자기수용의 태도를 보여주고 있는 터이다. 이것이 이승훈의 시에 들어 있는 자기고발과 자기풍자의 특징이다. 이승훈은 일반적인 자기고발이나 자기풍자의 경우와 달리 어떤 높은 윤리적 기준을 적용하여 이들을 비판하거나 부정하는 데만 초점을 두지 않고 어떤 기준도 절대적인 것으로 상정하지 않은 채 있는 그대로의 실상을 진실로 인정하려는 태도를 보였기 때문이다. 여기서 우리는 자기를 부정하면서 동시에 긍정하는 시인을, 더 나아가서는 부정도 긍정도 하지 않은 채 있는 그대로의 자기 자신을 허허롭게 응시하고 있는 시인을 만날 수 있다.

3. 자아탐구의 의미-결어를 대신하여

지금까지 이승훈의 시와 시론에 나타난 자아탐구의 양상을 여러 가지로 나누어서 살펴보았다. 이승훈의 자아탐구 양상은 우리시사에서 그 실례를 찾아보기 어려울 만큼 아주 독특한 모습을 띠고 있다. 그의 자아탐구는 단순한 자아탐구만으로 끝나지 않고 그의 세계관과 인생관에 그대로 닿아있다. 다음은 이승훈의 자아탐구 작업이 가진 의미를 몇 가지 측면에서 살펴보기로 한다.

첫째, 시사적으로 볼 때 이승훈은 1930년대의 이상에 맥을 대고 있는 자아탐구의 시인이지만 이상의 경우보다 이 문제를 더 발전시킨 시인이다. 그리고 이승훈은 이상이 자아를 탐구하다 마침내 자아조차도 부정함으로써 죽음으로 치달은 것과 달리, 자아를 부정하면서 동시에 긍정하거나, 부정도 긍정도 하지 않는 개방적 세계를 창조하였다. 따라서 이승훈은 자아탐구를 통하여 자기 자신의 실상을 있는 그대로 인정하게 되었고, 이로 인하여 내적 자유를 체험하기도 하였다. 이승훈의 자아탐구 작업은 우리시사의 자아탐구라는 과제를 발전, 심화시키는 데 적지 않은 공헌을 한 것으로 판단된다.

둘째, 이승훈의 자아탐구 작업은 그 동안 외부 지향적인 우리시의 문학적 관습에 강한 충격을 주는 것이었다. 내면 지향적인 자세가 토대를 이루지 않은 채 외부 지향적인 시만을 쓰는 것이 우리문학을 공허하게 만드는 큰 요인이라면, 이승훈의 자아탐구 작업은 이와 같은 우리시의 위험성과 한계를 극복하는 데 크게 이바지하였다고 보인다.

셋째, 이승훈의 자아탐구 작업은 1960년대 시인들의 초기작업, 곧 내면지향적인 시의 창작이 얼마만큼 깊이있게 발전해나아갈 수 있는 것이었는지, 그 가능성을 앞자리에서 보여준 경우로 의미가 깊다. 1960년대 "현대시" 동인들 중, 이승훈은 단연 그 당시 "현대시" 동인들이 추구했던 내면탐구의 세계를 거의 독보적이라고 할 만큼 높은 수준으로 끌어올린 시인이다.

넷째, 이승훈의 자아탐구는 부정정신의 산물이다. 물론 한 사람의 시인이 대상은 말할 것도 없고 자기 자신까지도 완벽하게 부정을 하고 나면 남는 것은 죽음밖에 없다. 그런데 이승훈은 상징적으로 말하자면 안과 바같이 하나의 양면이라는 생과 우주의 모순성과 역설성을 그 누구보다도 잘 이해하고 있었기 때문에 그가 비록 부정정신에서 출발한 시인임에도 불구하고 그가 파악한 부정은 단선적인(단면적인) 부정으로 끝나지 않고 긍정의 가능성을 항상 내포한 양면성을 가지고 있다. 부정(긍정)을 통해 긍정(부정)도 수용할 수 있었던 시인, 그런가 하면 부정과 긍정의 이분법을 넘어설 수 있었던 시인이 이승훈이다.

다섯째, 이승훈의 자아탐구 작업은 진리, 근원, 궁극, 전체성, 총체성 등과 같은 근본주의자나 환원주의자, 그리고 이성주의자의 거대이론체계에 얼마나 커다란 미망이 깃들어 있는가를 보여준 것으로 의미가 있다. 이승훈은 인간으로서 그가 가진 한계를 그대로 고백하면서 자신은 오직 세계와 자아 속에서 파편, 단절, 분리, 부분, 우연, 환상 등과 같은 것만을 볼 수 있다고 말하였다. 이로 인하여 이승훈은 진실이라고 하는 것이 파편화된 구체성 속에 있고 그것을 그대로 인정할 수밖에 없는 것이 우리들의 처지임을 알려주었다고 할 수 있다. 거대이론가들의 당위적인 인간형에 비하여 현실적 인간형인 이승훈은 소심하다. 그러나 거대이론이나 당위적 세계가 가진 허망함과 위험성에 비하면 이승훈의 소심한 인간성이야말로 오히려 믿음을 준다.

여섯째, 이승훈의 자아탐구 작업은 언어의 운명에 대한 새로운 사색을 하도록 이끌었다는 점에서 의미가 있다. 이승훈은 대상을 부정하고 자아도 부정한 다음, 언어가 바로 나라고 말하였다. 물론 그는 언어의 한계와 모순성을 잘 안다. 그럼에도 불구하고 언어가 시인에게는 자아의 최후형태이자 자아이해의 출발점이라는 견해를 가지고 있었다. 이것은 이승훈이 언어를 부정하면서 동시에 긍정하는, 어쩌면 긍정할 수밖에 없는 것이 언어임을 보여준 부분이다. 그의 '언어가 곧 나다'라는 명제나 '언어가 시를 쓴다'라는 명제는 크게 음미해볼 만하다.

일곱째, 이승훈의 자아탐구 작업은 이 문제를 포스트모더니즘의 이론 및 세계관과 결합시킨 것으로서 그 의미가 있다. 이승훈은 이미지, 환상, 씨니피앙 등이 진실이라고 말한다. 그러므로 그에게 모든 것은 '진실한 거짓'의 세계로 읽히고 자아와 세계는 모두 끊임없는 유동성의 흔적들에 불과하다고 생각된다. 자아의 정체성을 이미지, 환상, 씨니피앙 등의 개념으로 파악한 것은 우리시사에서 그 예를 보기 어려운 경우이다.

여덟째, 이승훈의 자아탐구 작업은 자기구원과 자기해방이라는 문제가 진정 어떻게 해결될 수 있는 것인지, 그렇지 않은지에 대한 시사점을 안겨준 것으로 그 의미가 있다. 이승훈의 시와 시론을 보면 이승훈은 30년이 넘도록 자아탐구를 하였지만 아직도 자기구원과 자기해방을 이루었다고 말하는 확신의 기색이 보이지 않는다. 오히려 그의 시와 시론을 보면 이승훈은 이와 같은 과제를 설정하는 것 자체가 무모하다는 암시를 하고 있을 정도이다.

아홉째, 이승훈의 자아탐구는 무의식적, 실존적, 해체적 측면에서 이루어졌기 때문에 사회적 가면을 쓴 형식적 자아를 다 거두어버리고 그 대신 존재하는 자아를 발견해내는 데 비중을 두었다. 이것은 이승훈의 자아탐구가 자기 자신으로부터 소외되지 않은 참다운 자아를 발굴해보려는 의지를 반영한 것으로서 우리시는 물론 우리시의 자아탐구가 내실을 기하는 데 큰 공헌을 한 것으로 판단된다. 우리는 이승훈의 시에서 사회적 가면으로부터 해방된 실재하는 영혼의 움직임을 만날 수 있다.

열째, 이승훈의 자아탐구는 지적 태도 혹은 지성의 순기능이 어떤 것인가를 보여준 데 그 의미가 있다. 일반적으로 지성의 작용이 가장 가해지기 어려운 자기 자신을 시의 소재이자 주제로 삼았으면서도 이승훈은 그가 형상화하고자 하는 대상(자기 자신)과 지적 거리를 유지하고 그것을 지성적 태도로 그려내는 데 성공하였다. 그는 편견이 심한 지성을 거부했지만 지성적 태도로 그가 관심을 가진 반지성적 세계를 그려내었다.

열한 번째, 이승훈의 자아탐구는 자기 자신은 물론 우리가 살아가는 일이 모두 시작도 끝도 없는 하나의 놀이나 유희에 지나지 않는다는 시각을 이끌어내었다. 그럼으로써 이승훈은 우리가 그 무거운 자아탐구의 주제를 짊어지고 가면서도 어느 면에서 자기 자신과 허허롭게 만날 수 있는 가능성을 열어놓았고, 무거움의 반대는 가벼움이 아니며 '무거운 가벼움' 혹은 '가벼운 무거움'이 가능하다는 인식을 하도록 만들었다. 이승훈은 자아의 본질이 있는 게 아니라 자아의 움직임이 있을 뿐이며, 그 움직임은 놀이나 유희로 해석될 수 있다고 말한다.

끝으로 이승훈의 자아탐구에 관한 의미를 정리하는 이 자리에서, 필자는 이승훈이야말로 비유적으로 말하자면 '영원한 길 위의 시인'이자 '불안한 자유 속에서 창조행위'를 지속시켜 나가는 '과정의 시인'이라는 말을 하고자 한다. 대상과, 자아와, 언어와 아무런 간극없이 화해를 하든지, 아니면 자기점검의 결벽성을 버리고 그들과 타협하거나 야합을 하지 않는 한, 그는 불안한 길 위에서 자기 자신을 뚫어지라 응시할 수밖에 없을 것이기 때문이다. 필자는 그가 편안한 생활을 하였으면 좋겠다는 생각을 할 때, 마음 속으로 그가 대상, 자아, 언어 등과 화해하거나 타협하기를 속되게(?) 소망한다.

그러나 대상, 자아, 언어 등과의 화해가 부분적으로, 순간적으로는 가능할지
모르나 실제로 어렵다는 점을 재차 떠올리고 나면, 그가 비록 불안한 생활
을 하더라도 '길 위의 시인'이나 '과정의 시인'으로 남는 것이 더 의미있는
일일지도 모른다는 생각을 한다. 요컨대 이승훈의 자아탐구는 너무나 강한
자의식 속에서 참으로 난해한 길을 걸으면서 이루어져 왔다.

　앞으로 기회가 된다면 이승훈의 시관과 시정신 그리고 시작방법에 대한
글을 더 쓰고 싶다.

⌘
고정희 시에 나타난 여성의식

1. 문제제기

고정희(1948~1991)는 1975년 『현대시학』지를 통하여 시단에 나왔다. 이후 그는 1991년 6월 9일, 지리산 등반도중 실족사로 불의에 세상을 떠나기 전까지[1], 시인으로서뿐만 아니라 문화 및 사회운동가로서 남다른 활동을 열성적으로 전개하는 가운데 큰 성과를 거두었다.

먼저 그는 시인으로서 10권의 시집과 1권의 유고시집을 포함해 모두 11권의 시집을 출간하였다. 이것은 물론 그의 창작열이 얼마나 대단했는가 하는 점을 보여주는 양적 증거이다. 그러나 그는 이와 같은 양적인 측면에서의 창작열을 보여준 것 이외에 이전의 한국시 또는 여성시의 세계와 뚜렷하게 구별되는 몇 가지 긍정적이며 문제적인 측면을 보여줬다는 점에서 의미를 갖는다.

그렇다면 그가 보여준 몇 가지 긍정적이며 문제적인 측면이란 어떤 것일까? 나는 우선 거칠게나마 그 내용을 요약해서 제시해보기로 한다. 첫째, 고정희는 지금까지의 우리시사 속에서 여성문제를 가장 앞자리에서 폭넓게

---

1) 고정희에게 지리산 등반은 '年中儀式' 행사와 같은 것이었다. 그의 시를 구성하는 세 개의 화두가 있다면 그 하나는 여성이고, 그 둘은 야훼이며, 그 셋은 지리산이다. 이것은 각각 그의 시세계가 여성의식, 기독교 사상, 역사의식과 관련돼 있음을 나타낸다.

탐구한 시인으로 손꼽힐 만하다는 것이다. 둘째, 고정희는 기독교적 세계관 및 상상력을 한국의 구체적인 역사적 현장과 결합시킨, 이른바 현실참여적 기독교 시인으로 손꼽힐 만하다는 것이다. 셋째, 고정희는 피지배자의 주체적인 입장에서 역사와 현실을 재해석하고 그것을 토대로 세계의 변혁을 꿈꾼 시인으로 손꼽힐 만하다는 것이다. 넷째, 고정희는 굿 양식, 판소리 양식, 민요 양식 등의 전통적 양식을 시 속에 이끌어들임으로써 시장르의 재창조에 기여한 시인으로 손꼽힐 만하다는 것이다. 특히 그가 전통적 양식을 새롭게 계승하고 재창조한 것은 양식연구상 한번쯤 깊이 다루어볼 만한 부분이다.

다음으로 고정희는 문화 및 사회운동가로서의 활동 또한 상당하였다. 그는 1984년 한국여성문화운동사에 획을 그은 "또하나의 문화" 창간 동인이 되어 여성문화 무크지『또하나의 문화』가 발행되는 데 개국공신의 역할을 담당하였으며,[2] 1988년『여성신문』초대 편집주간이 되어 여성문제를 대중매체를 통하여 공론화하는 데 이바지하였다. 그런가 하면 그는 1986년도부터 한국가정법률상담소와 관련을 맺고『가족법 개정 운동사』를 편집 및 제작하는 등, 공평한 가족법의 발전에 기여하기도 하였다.

이 글은 고정희가 지닌 여러 가지 긍정적인 문제점 가운데서, 그를 가장 앞자리에서 대표할 만하다고 생각되는 여성문제를 탐구하는 데 그 목적이 있다. 고정희는 앞에서 말했듯이 시창작을 통해서뿐만 아니라 문화 및 사회운동을 통해서 여성문제에 힘을 쏟았던 시인이다. 따라서 여성문제와 관련된 그의 전모를 파악하기 위해서라면 시창작의 측면과 문화 및 사회운동사의 차원에서 함께 접근하는 것이 필요하다. 하지만 이 글은 시분야의 논문이기 때문에 그의 여성문제 탐구의 실상과 의미를 주로 시작품에 근거를 두고 살펴고자 한다. 따라서 본 연구의 제1 자료는 그가 남긴 시작품이 될 것이고, 이것을 뒷받침하는 참고자료로는 필요에 따라 그가 남긴 문화운동 및

---

2) 이러한 문학외적 역할 밖에도 고정희가『또하나의 문화』2호에 발표한「한국여성문학의 흐름」은 우리의 여성문학을 개괄적으로 이해하는 데 뿐만 아니라 자료제시에 있어서 상당한 기여를 하였다.

사회운동의 자료가 사용될 것이다.

지금까지 고정희 시에 나타난 여성문제를 논의한 글로는 몇 편이 있다. 고정희 사후 고정희를 그리며 쓴 "또하나의 문화" 동인 박혜란의 글 「토악질하듯 어루만지듯 가슴으로 읽은 고정희」[3], 고정희 시집『저 무덤 위에 푸른 잔디』뒤의 해설적 성격의 발문인, 박혜경의 글「여성해방에서 통일로 이르는 굿판」[4], 필자가 「80년대 시인들」이라는 대제목으로 80년대의 대표적 시인들을 논의하며 쓴 「고정희론 : 살림의 시, 불의 상상력」[5]이 그것이다. 그러나, 제목만 보고서도 짐작할 수 있듯이 이들은 본격논문이라기보다 각각 추모산문, 해설, 평론 등의 성격을 갖고 있다.

필자의 글을 포함한 위의 세 편의 글들은 고정희가 그의 시를 통하여 여성문제를 열정적으로 부각시켰으며 그것이 우리시사 속에서 여성문제를 한 차원 높이는 데 기여했다는 결론을 다 함께 내리고 있다. 특히 고정희가 그의 시에서 여성문제의 진단과 해결을 위하여 '어머니'를 중심에 놓고 있다는 점을 다함께 지적한 것은 특기할 만하다. 그러나 아무래도 본격적인 논문형식의 글이 아니기 때문에 고정희 시의 여성문제는 논문형식의 글을 통해 이제 깊이 있게 논의될 시점에 왔다고 생각된다.

나는 이 글을 통하여 고정희 시에 나타난 여성의식의 문제를 1) 그가 여성억압의 원인을 어디서 찾고 있는가, 2) 그가 여성억압의 현실을 극복하기 위하여 어떻게 노력하고 있는가, 3) 그가 탐구한 여성의식의 의의 및 한계는 무엇인가에 초점을 맞추어 살펴보기로 할 것이다.

2. 고정희의 시에 나타난 여성의식

1) 여성억압의 원인에 대한 진단

---

3) 박혜란, 「토악질하듯 어루만지듯 가슴으로 읽은 고정희」, 『또하나의 문화』 제9호(또하나의 문화, 1992).
4) 박혜경, 『저 무덤 위에 푸른 잔디』(창작과비평사, 1989), pp.147~156.
5) 정효구, 『상상력의 모험 : 80년대 시인들』(민음사, 1992), pp.11~32.

여성해방을 추구하는 시인의 경우, 그가 여성억압의 원인을 어디에서 찾고 있는가 하는 점은 그의 여성의식을 살펴보려고 할 때 가장 중요한 문제로서 우선적으로 관심을 가져야 할 사항이다. 그것은 여성문제에 관심있는 시인들이 다같이 여성해방이라는 목표를 내걸고 있다 하더라도 그 원인점검을 어떻게 하고 있느냐에 따라 문제의 인식 및 문제해결 방안이 전혀 다르게 나오기 때문이다.

실제로 여성억압의 원인을 진단하는 시각은 아주 다양할 수 있다. 생물학적인 시각, 이데올로기 및 사상사적 시각, 심리학적 시각, 사회 및 경제사적 시각, 문화 및 관습적 시각, 법 및 제도적 시각, 언술적 시각, 경험주의적 시각, 정치적 시각, 종교적 시각, 문명사적 시각 등 참으로 다양한 시각이 존재하는 것이다. 이것은 여성억압의 원인이 무척이나 복합적이라는 사실을 알려주는 점이다. 그리고 여성문제가 인간사 전체와 관련된 문제임을 암시하는 점이다.

고정희는 여성억압의 원인, 그 중에서도 한국여성들이 억압받는 원인을 다음과 같은 데서 찾고 있다.

첫째, 그는 사회사적 측면에서 조선조가 유지·강화한 봉건제 신분사회야말로 여성억압의 대표적인 원인이라고 생각한다. 고정희가 생각하는 조선조의 봉건제 신분사회란 태어남과 동시에 신분이 결정되는 사회를 일컫는다. 인간을 규정짓고 평가하는 척도가 오로지 태어남과 동시에 주어지는 신분에 있다고 믿는 사회가 바로 조선조 봉건사회라고 그는 해석하는 것이다. 여기서는 돈도, 능력도, 물건도, 재산도 신분을 변화시키는 데 힘을 행사하지 못한다. 한 인간이 상민으로 태어난 것이 운명이듯이, 여성으로 태어난 것 역시 운명일 뿐이다. 말하자면 사회가 인간에게 운명이라는 이름으로 신분을 결정해주는 것이다. 고정희는 이 점에 대하여 다음과 같이 지적하고 있다.

> 조선 남자들도 많이 깨우쳤다지요? 봉건제 사회가 무너지고 자본제 사회가 주도권을 쥐니까 평등세상 안하고는 못 배기는 법이고 부계혈통 신분사회 무너지니까 여자 능력 발휘 당연지사이겠지만 그래도 근본을 바꾸기엔 멀었다고 하더이다
>
> ― 「이옥봉이 황진이에게 : 이야기 여성사·2」에서6)

나는 고정희의 시에서 위 인용부분을 아주 중요하게 여긴다. 그것은 고정희가 여성억압의 원인을 사회사적 측면에서 어떻게 찾아내고 있는지를 보여준 대표적인 부분이기 때문이다. 위 인용부분을 보면 고정희에게 여성억압의 원인은 구체적으로 봉건제 부계혈통 신분사회에 있다. 조선조 봉건사회는 한마디로 부계의 신분이 모계의 신분보다 우월하다는 폭력적 진리를 생산한 후, 그것을 유포시키고 그것으로 사람들의 두뇌를 통제하는 데 나섰던 사회이다. 고정희에게 이러한 봉건제 신분사회를 와해시킨 원천은 자본제 민주주의 사회의 도래이다(고정희의 이와 같은 발언은 아주 중요하다).[7] 신분과 상관없이 자본이 있다면 그들이 원하는 것을 무엇이든지 할 수 있는 사회, 운명적인 신분상의 계급이 파괴되고 모든 인간이 시민으로서의 주권을 갖는 사회, 그것이 바로 고정희가 말하는 자본제 민주(평등)사회인 것이다. 그러나 고정희는 아직도 이 땅에 봉건제 부계혈통의 신분사회 망령이 남아있다고 한탄한다. 그것은 여전히 남성으로 태어났다는 사실이 여성의 그것에 비하여 우월한 것으로 인식되는 것이 이 땅의 현실이기 때문이다.

둘째, 고정희는 사회사적 측면에서 여성억압의 원인을 제공한 봉건제 부계혈통의 신분사회가 보다 세부적으로는 법적 제도적인 측면으로 공고하게 되면서 소위 가부장제 법과 제도를 만들어내었고, 이것이 바로 여성억압의 크나큰 원인으로 작용했다고 생각한다. 법이자 제도로 만들어진 가부장제 원리를 국가적 차원에서 옹호한다는 것은 그야말로 남성의 우월함을 성문화된 법적 진리로 공표하고 그에 근거해서 남성을 우대한다는 대사건이기 때문이다. 이 가부장제 원리의 옹호에 따른 법과 제도 아래서 남성은 항상 여성의 우위에 있다. 이를테면 가족법과 상속법에서 시작하여 삼종지도, 칠거지악, 부창

---

6) 앞으로 인용되는 시는 모두 고정희가 여성문제를 집중화시킨 시집 『여성해방출사표』(동광출판사, 1990)와 『저 무덤 위에 푸른 잔디』(창작과비평사, 1989)에 들어 있는 것들이다. 주석을 달지 않더라도 참조하기 바란다.

7) 그러나 고정희는 자본주의 사회의 도래가 또다른 신분사회를 낳았으며, 특히 여성들의 사회활동을 배제시킨 근대산업사회는 여성을 가정의 낭만적인 주부상으로 묶어놨다는 사실까지 인식하고 있다. 여성이 근대산업사회로 오면서 현모양처상에서 낭만적인 주부상으로 전이되어 그 역할이 요구된 것에 대해서는 조혜정의 책 『한국의 여성과 남성』(문학과지성사, 1988)을 참조할 것.

부수, 수절, 정절 등과 같은 법적, 제도적 항목들은 진리의 권위를 가지면서, 여성을 하위층의 타자적 존재로 배제시키고 말았던 것이다. 고정희는 이 점에 대하여 그의 시 곳곳에서 분노 섞인 음성으로 토로하고 있다.

— 「황진이가 이옥봉에게 : 이야기 여성사 1」에서

위 인용시에서, 고정희는 가부장제 원리를 옹호하며 만들어진 국가적 차원의 법과 제도를 "무지막지한 남자집권 보안법"이라고 표현하였다. 그 법이란 구체적으로 남자들에 의하여, 남자들을 위하여 만들어진, 삼종지도, 칠거지악, 현모양처, 여필종부, 부창부수 등과 같은 이름의 법이다. 이 법적, 제도적 폭력에 의하여 여성들은 태어나면서부터 남녀우열의 체제가 가하는 폭력을 운명으로 승락할 수밖에 없는 것이다. 이런 점에서 법과 제도가 어떤 시각과 입장에 의하여 만들어졌는가 하는 점은 너무나도 중요한 문제이다. 악법은 법이 아니라 악이며, 모든 법은 그 이면에 어떤 사회의 정신을 내재시키고 있는지 점검되어야 마땅하다. 고정희의 위 인용시가 말해주듯이, 조선조의 법과 제도는 철저하게 봉건제 부계혈통의 신분사회를 유지 및 옹호하려는 시각에서 만들어진 것이다. 당시의 사회와 법은 남성중심주의를 상호간에 강화시키면서 이른바 '우리들'에 해당되는 남성들의 권익과 안녕을 추구하는 데 이용됐던 것이다. 여기서 말할 것도 없이 '우리들'에 해당되는 사람들이란, 남성들, 그 중에서도 양반계급의 남성들을 의미한다. '우리들'에 해당되는 사람들은 언제나 권력의 원천이다. 그러므로 모든 사회는 그나름의 크고 작은 '우리들'을 만들어내는 데 골몰한다. '우리들'을 지향하는 것은 인간의 권력지향적 내지는 자기중심적 속성을 그대로 반영하는, 어찌보면 지극히 인간적인 속성이다.8)

셋째, 고정희는 여성억압의 원인을 남성들이 가진 권력욕, 지배욕, 공격욕, 우월욕 등 심리적 측면에서 찾는다. 물론 이러한 심리적 욕구는 성별을 떠나 인간 모두에게 공통되는 부분이기도 할 것이다. 그러나 지금까지의 인류사는 몇 가지 측면에서 남성들의 이와 같은 욕망이 여성의 경우보다 더욱 강력하게 실현될 수 있는 환경을 만들어주었다. 나는 개인적으로 인간들에게 가장 큰 권력이 될 수 있는 것은 인간의 목숨을 좌우할 수 있는 물리적인 힘과 생명의 유지에 직접적으로 관련되는 먹이감이라고 생각한다. 전자는 인간이 지닌 근육질의 힘이 확대된 것이요, 후자는 인간이 생물로서 살아가기 위해 필요한 식량을 의미하는 것이다. 쉽게 말하자면 인간들이 가장 두려워하는 것이 가장 큰 권력이 될 수 있는 것인데, 그 때 인간이 가장 두려워하는 것이란 첫째도, 둘째도 목숨의 수호 및 유지와 관련을 맺고 있다. 물리적인 힘은 즉각적으로 인간의 목숨을 저해할 수 있다. 먹이 역시 물리적인 힘보다는 덜 직접적이지만 며칠 내에 인간의 목숨에 영향을 미칠 수 있다. 그런 점에서 목숨의 유지에 결정적 역할을 미칠 수 있는 것이야말로 최대의 권력으로 작용할 가능성을 갖고 있는 것이다. 여기서 한 가지 덧붙이자면 요즘은 먹이를 잡거나 기르지 않고 돈으로 사는, 이른바 화폐경제시대

---

8) 여성운동은 포스트모더니즘 및 해체주의 정신과 깊이 관련을 맺고 있다. 포스트모더니즘과 해체주의의 부정적인 부산물도 적지 않지만, 그러나 이 양자는 여성운동에 긍정적인 영향을 끼쳤다. 그 긍정적인 내용이란 소위 '우리들'에 해당되는 남성들의 권력을 파기하고 '우리들'과 여기서 배제되었던 '타자들'을 수평의 구도 속에 놓았다는 것이다. 이를테면 남성 중심의 '우리들'이 권력화된 수직사회에서 '우리들'과 '타자들'의 이원적 대립 및 상하관계가 무력화된 수평사회로의 이동이 일어난 것이다.

이기 때문에 인간들에게 가장 큰 권력은 물리적 힘과 더불어 돈이라고 할수 있다. 그렇다면 물리적 힘과 먹이(돈)의 획득이라는 측면에서 누구에게더 이로운 환경이 전개되었는가 하는 점은 명확해진다. 그것은 말할 것도없이 남성에게 더 유리한 환경이었다. 이런 가운데서 남성들은 그들이 가진권력욕을 한껏 사용 혹은 남용했거니와, 그들의 권력 사용(남용)은 일차적으로 여성들에게 가해졌다. 물리적 힘과 먹이는 긍정적으로 쓰인다면 인간을지키고 살리는 원천이지만, 부정적으로 쓰이면 인간을 지배하고 말살시키는원천이 된다. 우리는 인류사 속에서 이와 같은 물리적 힘과 먹이의 양면성을 함께 보지만, 특별히 여성억압의 측면에서 바라다볼 때, 이들은 부정적인양상을 크게 드러내었다. 고정희는 남성들에게 지나치게 편중된 권력이 어떻게 여성억압의 폭력으로 나타났는가를 다음과 같이 고발하고 있다.

만만하면 침략하고 여차하면 투기하고
자나깨나 출세욕에 호시탐탐 파당 짓고
살인도 불사하고 전쟁폭력 당연지사
왔다 하면 칼질이요 갔다 하면 총질이라
권좌 앉는 놈이 주인이요
여자 알기 마른 명태 두들기는 채찍쯤으로
아는 놈이 천하대장부라
머리에 음모 쓰고 가슴에 술수 담고
가는 곳마다 헤게모니
오는 곳마다 부정부패
있는 대로 수거하고 없는 대로 지신밟아
집뺏기 땅뺏기 밥줄뺏기 목숨뺏기
상하우열 구분 짓고 좌우귀천 조직하야
천상천하 남자독존 사생결단 살아볼 제
이게 사람인지 짐승인지 가축 사는 세상인지
밤낮이 구별없고 선악이 간 데 없으니

　　　　　　─ 『저 무덤 위에 푸른 잔디』 중 둘째거리 제2절
　　　　　　「대장부와 아녀자로 차별짓는 그날부터」에서

위 인용부분에서 권력의 남용과 관련된 남성적 특성은 '침략', '투기', '출세욕', '파당', '살인', '전쟁', '칼질', '총질', '권좌', '채찍', '음모', '술수', '헤게모니', '부정부패', '집뺏기', '땅뺏기', '밥줄뺏기', '목숨뺏기' 등과 같은 말로 표현돼 있다. 고정희는 이 모든 것을 통틀어 "천상천하 남자독존"식 사유에 의거한 것이라고 말하였다. 남성들이 이와 같은 그들의 힘 자체를 권력기구화한 것은 상대적으로 권력을 갖지 못한 여성에게 목숨과 생존을 위협하는 힘으로 작용하였고, 그럴수록 남성들은 자신들의 권력을 마음껏 확대재생산해 나아가는 데 유리한 환경을 조성할 수 있었던 것이다.[9]

넷째, 고정희는 남성들의 문자 및 지식 독점이 여성억압의 원인이었다고 진단한다. 앨빈 토플러는 그의 저서 『권력이동』에서 지식은 물리적 힘과 돈에 이어 제3의 권력적 실체일 수 있거니와, 현시대 및 미래에는 이 문자와 지식으로 표상되는 정보가 최대의 권력을 창출할 원동력이 될 것이라고 말한 바 있다. 이렇게 볼 때 남성이 여성을 억압하는 데 아주 큰 역할을 한 것은 문자로 전달되는 지식을 남성만의 전유물로 삼았다는 점이라 볼 수 있다. 고정희는 이 사실을 그의 시 몇 군데에서 지적하고 있다.

9) 나는 개인적으로 남녀불평등의 가장 큰 원인은 물리적 힘과 먹이의 획득이라는 문제에 있다고 본다. 따라서 남녀불평등의 문제를 해결하기 위해서는 보다 실질적으로 이 두 가지 문제를 해결하는 데 관심과 힘을 모으는 일이 필요하다고 본다. 인간이란 원래 아주 이기적인 동물이기 때문에 물리적인 힘과 먹이의 획득이 남성에게 집중되는 것을 막지 않는 한, 남녀불평등의 문제가 만족스럽게 해결되기는 어렵다.

— 「사임당이 허난설헌에게 : 이야기 여성사·3」에서

위 인용시에서 문자와 지식은 학문, 독서, 강의 등과 같은 말로 표현돼 있
다. 문자와 지식의 획득을 남성의 전유물로 만들어놓은 남성중심 사회에서
여성이 문자와 지식을 가까이 한다는 것은 '재앙'으로, '폐해무궁'인 것으로
여겨졌다고 위 인용시는 전한다. 이처럼 여성이 문자와 지식을 획득하는 것
이 '재앙'이자 '폐해(가) 무궁'한 것으로 규정지은 것이야말로 여성을 남성공
화국의 이방인으로 간주한 것과 다름없다. 어쨌든 이와 같은 사고의 유포로
인하여 인류역사의 거의 모든 기간 동안 여성은 문자와 지식의 근처에 다가
갈 수가 없었고, 그에 따라 문자와 지식은 더욱더 신성한 세계가 되면서 남
성들의 권력을 한층 강화시켜주는 영역이 되고 말았던 것이다.

다섯째, 고정희는 여성에 대한 왜곡된 선입견과 여성에 대한 근거없는 멸
시풍조가 여성억압의 원인이었다고 생각한다. 왜곡된 선입견이란 분명 왜곡
된 것이고 또 과학적으로 검증된 것도 아니지만, 그것이 입에서 입을 통하
여 유포되기 시작하면 어느새 의심없는 진리가 되어 사람들의 마음 속을 깊
이 파고드는 일이 허다하다. 따라서 많은 경우 왜곡된 선입견이 오히려 진
리의 역할을 하고 있는 것이 우리의 현실이다. 이런 왜곡된 선입견은 여성
들을 향하여 만들어진 경우가 허다하고, 그러한 왜곡된 선입견은 여성을 멸
시함으로써 느끼는 남성들의 가학적 심성과 맞물려서 더욱 기승을 부리기
도 한다. 물론 여기에는 무자각적인 여성들의 피학적인 심성이 함께 어울려
더욱 큰 기승을 부리도록 한 점도 있다. 이런 사실들로 인하여 사실은 더욱
더 왜곡되고 사실을 보려는 인간의 눈은 가리워져 수많은 문제점을 만들어
내었으며, 사람들은 남녀 불문하고 유포된 선입견과 여성멸시의 풍조에 그
대로 함몰되고 만 것이 사실이다. 고정희가 이 점에 대하여 말하는 부분을
옮겨보기로 한다.

오늘은 조선조 성종 때 이름 높은 문단의 영수 성현이 쓴 용재총화 둘째 권
을 읽다가 한곳에 눈길을 멈추고 말았사외다 조선시대 여자는 다만 색이라 구
별하고 색으로 목숨 붙이 삼았거늘 이 색을 멀리하는 남자 셋이 있었으니 그 구
실 또한 실로 가관이외다 선비 제안은 무한히 아름다운 아내를 두었으되, 부녀
자는 더러워서 가까이하지 말아야 한다 하여 부인과 마주앉는 일조차 없었다
하외다
　　생원 한경기는 상당부원군의 손자로서 마음을 닦고 성품을 다스린다는 구실
로 아내와 서로 말한 일이 없었으며 종년의 소리라도 들리면 막대기를 들고 내
쫓았다 하외다
　　벼슬아치 김자고의 외아들은 그 어리석기가 콩과 보리를 분별하지 못한 만
큼 음양의 일 또한 알지 못한지라 후사가 끊어질 것을 염려하여 돈으로 사들인
규수로 하여금 운우의 정을 가르치려 하니 첫날밤 울면서 달아났다 하외다
　　여자멸시 작태가 이 지경에 이르러 그 수치스러움을 견딘 자매들이여, 여자
가 단지 색이라 구별될 때 멀고 가까움이 무슨 차이 있으리요 여자가 단지 이끌
림에 연명할 때 살고 죽는 것 무엇이 다르리요 그래서 어우동 같은 여자 일어섰
으니

　　　　　　　　　　— 「이옥봉이 황진이에게 : 이야기 여성사·2」에서

　남성이 여성에게 갖는 왜곡된 선입견은 너무나 많아 다 열거할 수가 없을
정도이다. 물론 여성이 남성에 대하여 갖는 왜곡된 선입견도 셀 수 없이 많
다. 하지만 이들 양자의 선입견이 서로 다른 것은 대체로 남성의 선입견이
여성을 평가절하하는 데 바탕을 두고 있다면 여성의 선입견은 그 반대이다.
고정희가 위 인용시에서 지적한 남성의 여성에 대한 왜곡된 선입견의 내용
은 여성을 위험하고 더러운 오염물질처럼 취급한다는 것이다. 구체적으로
위의 인용시 속에는 남성이 여성을 위험하고 더러운 '색'의 동물로 취급한
예가 나온다. 여성을 '색'의 동물로 규정짓고 상대적으로 남성 자신을 신성
한 존재로 생각하는 것이나, '색'의 동물 같은 여성에 의하여 남성의 순수성
이 오염당한다고 생각하는 위 인용시 속의 내용이야말로 왜곡된 선입견의
극치가 무엇이며, 여성멸시의 실상이 어떤 것인가를 아주 잘 보여주는 부분
이다. 여성을 오염물질처럼 생각하는 예는 우리 역사 속에 참으로 많다. 풍
어제를 지내러 가며 동네 여성들을 대문 밖으로 나오지 못하게 하는 일, 조

상에게 제사를 지내면서 여성들을 제사에 참여시키지 않는 일, 생리하는 여성을 불결한 것으로 보는 일, 돌 사진이나 백일 사진을 찍을 때 남자아이의 성기는 드러내고 여자아이의 성기는 감추는 일, 아침 일찍 여자가 물건 사러오면 재수가 없다고 여기는 일 등, 그야말로 수많은 예를 찾아낼 수 있다.[10]

여섯째, 고정희는 여성억압의 원인을, 남녀를 구별이 아닌 차별의 논리로 보려는 시각에서 찾는다. 실제로 남성과 여성은 같으면서 다르다. 하지만 남성과 여성은 양성성을 주장하는 이론가들의 견해를 보더라도 차이보다 공통점이 더욱 크다. 더욱이 차이란 서로간의 특성일 뿐, 그것이 차별의 근거는 될 수 없다. 말하자면 남성과 여성의 공통점보다 차이점을 부각시키려고 하는 태도, 게다가 차이를 특성으로 보지 않고 차별로 이해하려고 하는 태도가 바로 여성억압의 원인이라는 것이다. 이와 같은 차별의 논리에 의하여, 여성은 남성보다 열등한 존재로 규정되고, 여기서 여성억압의 현실은 시작된다.

> 한 많은 세상살이 바람 잘 날 없다지만
> 진자리 마른자리 가리시는 우리 어머니
> 천금 같은 여손들아
> 만금 같은 자손들아
> 순리대로 따르고 천리대로 살자 할 제
> 여자 위에 사람 있어 천하대장부요
> 남자 아래 사람 있어 아녀자 소인배라
> 대장부와 아녀자로 차별짓는 그날부터
> 여자 위에 올라앉는 남정네 오장육부에
> 출생 당시 없었던 보따리 하나 생겨났는디
>
> 앉았다 하면 여자에게 명령하는 보따리
> 섰다 하면 여자에게 매질하고 약탈하는 보따리

---

10) 여성을 오염물질처럼 취급한 일에 대해서는 조혜정, 상게서를 참조할 것. 여성을 오염시한다는 것은 역으로 남성을 신성시한다는 것과 짝을 이룬다. 여성을 오염시하는 정도가 크면 클수록 남성의 신성성은 배가된다.

여자 위에 올라앉아 오만 떠는 보따리
여자 아래 내려앉아 짓밟는 보따리
여자 벗겨놓고 제비뽑는 보따리
여자 울부짖음에 능청떠는 보따리

—『저 무덤 위에 푸른 잔디』 중 「둘째거리 : 본풀이마당」 의 제 2절
「대장부와 아녀자로 차별짓는 그날부터」에서

　고정희는 위 인용시에서 차별의 논리로 남녀를 구분짓는 실상을 적나라하게 지적하고 있다. 그가 지적한 내용은 출생의 순간부터 남성은 ‘천하대장부’로, 여성은 ‘아녀자’나 ‘소인배’로 구분된다는 것이다. 그러나 이것은 구분이 아니라 차별을 전제로 하거나 차별을 강화시키기 위한 구분이며, 이와 같은 구분으로 인하여 여성억압은 더욱더 심해질 수밖에 없는 것이다. 이러한 차별의 논리가 진리처럼 사람들의 마음 속에 각인됨에 따라 남성과 여성은 이 논리의 강요를 받게 되고, 이로 인하여 여성은 물론 남성의 진정한 해방까지도 요원해질 수밖에 없다. 실제로 인간이란 평등을 싫어하는 동물이다. 자신보다 앞선 사람과 같아지려는 속성은 강하지만, 자신이 추격당하는 누군가에 의해 평등하게 되는 것은 본능적으로 인간은 원하지 않는다. 그런 점에서 인간사에는 영원히 이른바 ‘권력게임’ 내지는 ‘힘의 겨룸’이라는 불평등 지향성이 내재돼 있는 셈인데, 이 점은 남녀일반은 물론 평생을 해로하겠다고 공개적으로 선언한 부부 간에도 들어 있다.

　일곱째, 고정희는 여성억압의 원인을 여성의 성을 물건화 내지 상품화하는 데서 찾는다. 이때의 여성이 가진 성은 남성의 욕망을 위한 물건 및 상품으로 전락하는 것을 뜻하는데, 고정희는 이러한 예를 우리의 역사와 현실 속에서 찾아내며 분노한다.

원나라 몽고족에 헌납된 고려의 딸들이여
삼천오백만 자매의 이름으로
사대주의 선비정신 위선을 교수형에 처하노라

—「허난설헌이 해동의 딸들에게 : 이야기 여성사·4」에서

고정희는 여성의 성이 남성들에 의하여, 남성들을 위하여 물건화 및 상품화된 예를, 원나라 몽고족에 조공으로 바쳐진 여성들의 현실 속에서, 일제의 세계침탈 전쟁으로 정신대에 끌려간 여성사 속에서, 정경유착으로 권력을 가진 사람들에게 기생의 신분으로 예속된 현대사회의 여성들 속에서 찾아내고 있다. 여성을 '색의 동물'이라고 오염시하는 일도 기가 막힌 일이지만, 여성의 성을 물건화 및 상품화시켜 쾌락과 소유의 대상으로 삼는 일도 기가 막힌 일이다. 이것은 여성을 약자로 만들어놓고, 그 약자의 성을 억압하고 파괴하는 가해자의 전형적인 수법이다. 물론 스스로 성을 상품화하는 여성을 비난할 수도 있다. 그리고 남성이라는 수요자가 있기 이전에 여성이 고객의 요구를 자극하여 스스로 상품화한 성적 물건을 판매한다고 생각할 수도 있다. 일면 맞는 말이기도 하다. 그러나 적어도 근본적인 문제를 생각한다면 여성의 성을 상품화 내지 물건화한 데는 그 동안 기득권을 휘두른 남성들에게 훨씬 더 큰 책임이 있음을 부정할 수 없다.

여덟째, 고정희는 여성억압의 원인을 결혼제도의 불합리성에서 찾는다. 물론 결혼 이전부터 여성은 억압을 경험하지만, 여성이 결정적으로 억압된 현실 속에 매이는 것은 결혼과 더불어서이기 때문이다. 이 땅에서는 아직도 결혼은 성장한 두 남녀의 독자적인 결합이 아니라, 여성이 남성의 집으로 시집을 가는 일이요, 시집을 감으로써 자신의 정체성 전체를 남편 혹은 남편의 가족체계에 귀속시키는 일이 되어버리기 때문이다. 주지하다시피 어느 정도의 개선은 이루어졌지만 현재 한국사회의 가족법은 철저하게 부계혈통

으로 이어지는 가부장제의 가족법이며, 이것은 남성 위주의 결혼제도를 옹호하고 있다. 그 결과 결혼은 제도적, 법적, 현실적으로 여성에게 아주 불리한 결과를 만들어내고 있다. 여성은 결혼과 동시에 출가외인이 되며, 호적 자체에 이동이 생긴다.

― 「황진이가 이옥봉에게 : 이야기 여성사·1」에서

이것은 황진이가 이사종과 한 결혼을 계약결혼으로 보고 진정 남녀간의 결혼이 두 사람을 서로 자유롭게 해주기 위해서는 어떻게 이루어져야 하는가를 제시한 부분이다. 이 말은 작품 속에서 황진이의 입으로 전해지지만, 실은 고정희의 생각을 담고 있다. 황진이와 이사종 사이에 이루어졌다는 계약결혼의 등장이 다소 충격적인지 모르겠으나 고정희가 위 인용시를 통하여 전하고자 하는 바는, 여성이 자신의 정체성을 남편에게 예속시키고 자아 정체성의 소멸 내지 위기를 경험하는 이 땅의 결혼행태야말로 여성억압의 크나큰 원인이라는 점이다. 이런 점에서 결혼제도와 가족법은 하루빨리 수정 및 개선되어야 할 우리 사회의 문제점이다.

아홉째, 고정희는 여성억압의 원인을 여성자신에게서 찾기도 한다. 여성억압의 현실을 인식하지 못한 채, 남성들에 의하여 주어진 예속적 삶을 수동적으로 살거나, 남성들이 만든 체제에 편승하여 개인의 안녕과 행복을 구하려는 여성들이, 바로 여성억압의 자체적인 원인이라는 것이다. 이 점은 여

성의 무자각과 무저항 그리고 권력자 혹은 권력자의 논리에 대한 아첨이나
편승이 얼마나 커다란 문제점을 내포하고 있는 것인가, 하는 것을 명확하게
보여주는 예이다. 고정희는 이 점에 대하여 큰 소리로 거침없이 비판을 가
하고 있다.

—『저 무덤 위에 푸른 잔디』 중 「다섯째거리 : 길닦음마당」 의 제3절
「오늘날 어찌하여 우리 길이 막혔는고 하니」에서

위의 인용시에서 보듯, 고정희는 여성 자신이 갖고 있는 문제가 어떤 것
인지를 낱낱이 그리고 날카롭게 파헤치고 있다. 여성들이 도대체 어떤 미몽
속에서 자신의 해방은 물론 여성의 일반의 해방을 가로막고 있는지를 그는

알려주고 있는 것이다. 위의 인용시에는 이 사실이 더 이상의 설명이 불필
요할 만큼 아주 친절하고 세세하게 표현돼 있는데, 이 모든 것을 통틀어서
한 마디로 줄이자면, 고정희는 여성이 여성억압의 원인이 되는 것을 여성들
의 자발적인 예속적 삶 속에서 찾고 있는 것이다. 그런데 고정희는 여성 스
스로가 여성억압의 원인이 되는 많은 예 가운데서도 특히 정실부인이라고
일컬어지는 남성중심체제의 여성 수혜자들에게 화살을 겨누고 이들이 그
체제에 무임승차하여 얼마나 이기적이며 소시민적인 삶을 살고 있는가 하
는 점에 대하여 강도 높은 비판을 가하고 있다. 그것은 정실부인으로 표상
되는 이런 유형의 여성들이야말로 현체제의 모순을 이용하여 오히려 자신
들만의 이익을 도모하고 그 결과 현체제의 강력한 수호자가 되는 매우 무자
각적이고 자기이익에만 안주하는 야비한 삶의 방식이라 생각하기 때문이다.

  지금까지 나는 고정희가 그의 시에서 제시한 여성억압의 원인을 아홉 가
지로 나누어 살펴보았다. 이 이외에도 언술행위를 남성이 독차지한 점, 독점
한 언술을 남성지배이념을 강화시키는 데 사용한 점, 여성의 육체적 특성을
평가절하한 점, 남녀역할을 고착화한 점, 강요된 희생을 미화하고 조장하는
점 등 여러 가지 문제점이 여성억압의 원인으로 나타나 있으나 위의 아홉가
지로써 고정희가 밝힌 여성억압의 원인을 거의 다 드러났으리라고 생각한다.

  고정희가 제시한 것 이외에 여성 억압의 원인은 더 다양한 각도에서 심층
적으로 조명되어야 한다. 여성억압의 뿌리는 아주 깊고, 그 영역 또한 전방
위적인 것이어서 분명한 자각 위에 이론과 실천의 양면에서 그 억압의 진단
과 문제해결에 도전하지 않는 한 문제해결은 요원하기 때문이다. 바야흐로
정보사회로 일컬어지는 새로운 사회의 물결은 남성들이 그동안 우위를 점
했던 물리적인 힘이 쓸모없는 부산물처럼 변해가고 보다 부드럽고 창의적
인 사유 및 지식이 요구되는 시대로 가고 있다. 문명사의 방향이 여성에게
유리하게 전개되고 있는 이 시점에 여성들은 여성억압의 원인을 보다 심층
적으로 진단하여 새로운 문명사의 유익한 물결에 효율적으로 적응하는 데
힘을 기울여야 할 것이다.

2) 여성억압의 극복을 위한 대안

(1) 여성사의 재발견 및 재해석

고정희는 여성억압의 현실을 극복하기 위한 대안으로 무엇보다 이 땅의 여성사를 재발견 내지 재평가하고자 하였다. 그는 현재의 여성억압이 그 뿌리를 과거의 역사에 두고 있으며, 그 가운데서도 역사를 남성중심적 시각에서 기술하거나 해석한 데에 아주 큰 원인이 있다고 생각한다. 실질적으로 역사의 기술과 해석은 그 시각에 따라 천차만별일 수밖에 없고, 하나의 시각을 선택한다는 것은 다른 시각을 배제하거나 억압한다는 것과 다르지 않다. 그런 점에서 볼 때, 이 땅의 역사기술과 해석은 현실 속에 나타난 것 이상으로 남성중심적인 시각에서 그들의 입지를 강화하는 방식으로 기술되고 해석되었음을 숨길 수 없거니와, 그로 인하여 여성중심적 시각은 발을 붙일 수가 없었던 것이다. 고정희는 바로 이와 같은 역사기술과 해석으로 인하여 억압되었던 여성사의 가치와 의미를 발견하는 데 최선의 노력을 기울이고 있다. 그가 새로이 발견한 여성사의 가치와 의미를 살펴보면 다음과 같다.

첫째, 고정희는 조선시대의 기녀 황진이의 삶과 행동을 재해석 및 재발견하고 있다. 고정희는 「황진이가 이옥봉에게 : 이야기 여성사·1」이라는 작품에서 황진이에 대한 그간의 남성중심적 기술과 해석이 얼마나 잘못되었던 것인가 하는 점을 밝히고 있다. 그렇다면 고정희가 황진이의 삶과 행동에서 밝혀낸 새로운 여성적 가치와 의미란 무엇인가. 나는 그것을 남성중심주의적 시각에서 본 황진이의 삶과 여성주의적 시각에서 본 황진이의 삶을 대비시켜가며 살펴보고자 한다.[11]

가. 남성주의적 시각에서 본 황진이

* *서녀출신이라 기녀가 되었다.*
* *자신을 사모하다 죽은 총각 때문에 기녀가 되었다.*
* *애수와 체념의 회청빛 여류시인이다.*

---

11) 다음의 자료가 되는 부분은 『여성해방출사표』 중 「황진이가 이옥봉에게 : 이야기 여성사·1」이다.

* 조선여자들의 무섭고 암울한 운명의 멍에를 벗겨내기 위해 기녀가 되었다.
* 양반사회의 체면치레를 풍류적인 희롱으로 벗겨낼 수 있는 효과적인 길이 기방이었다.
* 절대로 남성을 위하여 화장하거나 치장하지 않았다.
* 계약결혼(6년 간)을 통하여 결혼으로 인한 여성의 멍에를 거부하였다.
* 계약결혼 후 3년은 여자 집에, 3년은 남자 집에 머물렀고 생활의 비용이나 역할을 반씩 분담하였다.
* 자유인이 되기를 꿈꾸고 그것을 실천하며 살았다.

고정희는 방금 위에서 살펴본 것처럼 황진이에 대한 그간의 '가'항과 같은 해석이 얼마나 지독한 남성주의적 시각에서 비롯되었는가를 고발하면서 '나'항과 같은 내용으로의 여성주의적 해석이 요구된다고 주장한다. 앞에서도 말했듯이 비록 그것이 왜곡된 해석이나 선입견이라 할지라도 시간을 두고 반복되다 보면 진리처럼 행세하는 것이 인간사의 현실이고 또 인간적 속성이다.12) 황진이에 대한 우리의 '가'항과 같은 견해 역시 이런 오류의 한 예이다. 구체적으로 고정희는 황진이가 기녀가 된 이유를 "조선여자들의 무섭고 암울한 멍에를 벗겨내기 위해서였다"고 진단한다. 그러나 이 무섭고 암울한 멍에를 정상적인 방법으로 벗겨낼 수는 없는 노릇이니, 양반사회의 치부가 가장 잘 포착될 수 있는 기방을 선택할 수밖에 없었던 것이라고 그는 말한다. 그러므로 이런 논리에 따르면 황진이가 선택한 기방은 양반사회의 약점을 포착하여 이른바 혁명을 기도할 수 있는 장소인 셈이다. 또한 고정희는 황진이가 결코 남성을 위하여 화장하거나 치장하지 않았다는 것을 강조한다. 그 자신의 아름다움을 위해서는 화장을 하였는지 모르겠으나, 남성들의 환심을 사기 위해 타의적으로 혹은 노예근성으로 화장을 하거나 치장을 하지는 않았다는 것이다. 그는 당당하게 자신의 있는 그대로의 모습으

---

12) 진리란 상대적이며 다만 지식과 권력의 결탁에 의하여 만들어질 뿐이라는 미셸 푸코의 주장은 이런 점에서 매우 설득력이 있다. 우리는 과거에 만들어진 이러한 진리들의 대물림으로 약자들이 당하는 고통을 충분히 이해하고 그와 같은 진리의 타파에 전력을 기울여야 한다.

로 남성들을 항복하게 만들었던 것이라고 고정희는 해석한다.[13] 그런데 뭐니뭐니해도 고정희의 황진이에 대한 여성주의적 해석 중 가장 빛나는 부분은 그가 계약결혼(대상은 이사종)을 통하여 여성에게 주어지는 사랑과 결혼의 멍에로부터 완전히 벗어났다고 말하는 부분이다. 고정희는 황진이의 이와 같은 계약결혼이야말로 프랑스의 작가 장 뽈 싸르트르와 시몬느 드 보봐르의 계약결혼보다 앞선 예이며 앞선 내용이라고 평가한다. 고정희가 황진이의 계약결혼을 관습화된 그간의 남성주의적 결혼양태와 대비시킨 것도 흥미롭지만, 여기서 한 가지 더 분명하게 기억할 것은 그가 황진이의 계약결혼을 보봐르의 그것과 대비시킴으로써 서양중심주의적 시각에서 벗어나 한국중심주의 내지 아시아 중심주의적 시각을 확보하려고 했다는 점이다.[14]

둘째, 고정희는 신사임당의 삶을 재발견하고 있다. 그는 「사임당이 허난설헌에게 : 이야기 여성사 · 3」에서 그간 신사임당 자신에 대한 해석이 얼마나 남성중심주의적이었는가를 지적하고, 자신에 대한 올바른 해석이 어떠해야 하는가를 직접 자신의 말로 표출하고 있다. 여기서도 논의의 편의를 위해 고정희의 시를 통하여 신사임당에 대한 남성주의적 시각과 여성주의적 시각의 실상을 제시해보기로 한다.[15]

가. 신사임당에 대한 남성주의적 시각

 * *율곡을 길러낸 조선시대 현모양처의 표본이라는 것*
 * *현시대에 '신사임당 상'과 '신사임당 사당'을 만들어놓고 조선시대적 현모양처*

---

13) 황진이의 저항성에 대해서는 역사적 연구서에서도 찾아볼 수 있다. 이영화가 지은 책 『조선시대 조선사람들 : 신분으로 읽는 조선사람 이야기』(가람기획, 1998) 중 「기녀가 조선문단을 이끌었다」 속의 「황진이 편」을 보면 이 점이 잘 나와 있다.

14) 고정희는 그의 시집 『여성해방출사표』 앞의 「서문」에서 다음과 같이 이 점에 관련해서 말하고 있다 : "나는 여성주의 시각의 핵심을 한국에서, 그리고 아시아 여성들의 삶과 수난에서 찾으려 하는 사람 중의 하나이다. 보봐르보다 더 선진적이고 주체적인 계약결혼의 모델을 나는 조선조 황진이와 이사종의 계약결혼에서 보고 있으며, 태평천국 당시 3천 만의 여성이 만리장정에 참여해 서른만이 살아남은 중국의 해방전선 여성들을 통해 동양 여성해방운동의 뿌리를 보게 된다".

15) 이 부분의 자료가 되는 곳은 『여성해방출사표』 중 「사임당이 허난설헌에게 : 이야기 여성사 · 3」이다.

고정희는 '가'항의 구태의연한 해석을 거부하고 '나'항의 여성주의적 해석을 옹호하고 있다. 그는 신사임당에 대한 그 동안의 해석이 여성을 완전히 영역 바깥으로 몰아내었던 조선 후기의 왜곡된 해석의 연장선상에 있는 것임을 알고 있다. 역사학적으로 보면, 조선 전기와 후기는 여성에 대한 인식과 태도에서 아주 큰 차이를 보여준다. 조선 전기에 비교적 남녀가 평등한 토대 위에서 법적으로나, 관습적으로 대우를 받았다면, 조선 후기는 남성 중심의 주자학이 견고하게 뿌리를 내리면서 여성들을 철저하게 차별했던 시대였기 때문이다. 우리는 위에서 고정희의 말을 통하여 신사임당의 실상에 대한 새로운 해석을 접하고 있는 셈인데, 사실 역사학자들의 연구서를 보면 신사임당은 고정희가 위에서 보여준 것 이상으로 남성이데올로기의 횡포에서 벗어난 삶을 살았다. 신사임당은 조선전기까지만 해도 일반적이었던 '남귀여가제(男歸女家制)', 즉 남자가 결혼과 더불어 처가에 가서 사는 풍습에 따라 친정집에서 20년 동안이나 살았고, 딸만 낳아도 양자를 들이지 않는 조선 전기의 풍습에 따라 딸만 5명을 둔 그의 아버지로부터 대접을 받은 것은 물론 친정의 아들잡이가 되었던 것이다.[16] 그러므로 고정희가 말하듯이 이 시대에 신사임당의 정신을 되살린다는 것은 조선후기의 남성중심사회에서 만들어놓은 가부장제적 현모양처 정신을 되살리는 일이 아니라 그

---

16) 신사임당의 이러한 삶에 대한 자세한 사실은 앞의 이영화가 지은 책 『조선시대 조선사람들
   : 신분으로 읽는 조선사람 이야기』의 「양반 여성은 족쇄에 갇혀버렸다」 부분을 참조할 것.

것의 모순과 억압상을 타파하고 보다 자유롭고 평등하게 살았던 신사임당의 정신을 되살리는 일이다.

셋째, 고정희는 허난설헌의 삶을 재발견하고 있다. 주지하다시피 허난설헌은 「홍길동전」을 쓴 허균의 여동생이다. 기록에 따르면 허난설헌의 아버지 허엽은 부제학까지 지낸 학자였지만 당대가 여성들로부터 문자와 지식을 빼앗아 갔듯이 딸인 허난설헌에게 공부를 가르치지 않으려고 했다 한다. 그러나 허난설헌은 오빠들의 어깨너머로 글을 익혔고 마침내 그 재주가 비상하여 5살 때부터 시를 짓는 등, 여신동으로 불렸다 한다.

고정희는 이와 같은 허난설헌을 우리 역사 속의 모범적인 여성상으로 재발견하고 있다. 그가 허난설헌을 재발견한 내용은 다음과 같다.[17]

* 허난설헌은 4백년 전에 이미 여자의 처지를 계급적 관점에서 절감하였다.
* 허난설헌의 시재는 두보의 그것과 겨룰 만하다.
* 허난설헌은 여도선(女道仙)으로 자처할 만큼 선가에 정통했다.
* 허난설헌의 시재는 중국여성 허경란과의 자매애 속에서 살아났다. 이들 사이의 자매애란 허난설헌의 시를 읽고 허경란이 각편마다 화답시를 붙여 『해동란집』을 발간한 데서 엿보인다.

고정희는 허난설헌에게 아주 큰 애착을 갖고 있다. 허난설헌은 남성문학사로 점철된 조선문학사 속에 얼마나 예리한 의식과 비상한 재주를 가진 여성의 문학이 있었는가를 알려주는 하나의 표상이기 때문이다. 그리고 또한 허난설헌의 삶은 당대 조선사회가 재능있는 여성을 억압했던 양상을 적나라하게 드러내는 하나의 좋은 자료이기 때문이다. 여성의 재능이 위험하게 여겨지고, 여성의 자기표현을 금기시하는 시대 속에서, 허난설헌의 시적재능이 불우하나마 남게 된 것은 여성문학사의 복원과 재발견을 위하여 여간 다행한 일이 아닐 수 없다. 특히 허난설헌이 계급적 관점에서 자신의 처지를 이해한 점을 부각시킨 것은 아주 중요한 일이 아닐 수 없다.

---

17) 이 내용을 담고 있는 부분은 『여성해방출사표』 중의 「허난설헌이 해동의 딸들에게 : 이야기 여성사 · 4」이다.

넷째, 고정희는 어우동의 남성편력을 재평가하고 있다. 어우동은 조선조 태종의 둘째 아들 효령대군의 손자며느리로 알려져 있다. 그는 양반여성일 뿐만 아니라 왕실의 종친녀인 것이다. 그러나 그는 결혼생활을 제대로 하지 못하고 쫓겨나서 친정에 와 있다가 드디어 남성편력을 시작했다. 그의 남성 편력은 하도 대단해서 마침내 처형되었으나, 이것은 조선시대 여성 간통사 건의 대표적인 예로 지금까지 인구에 회자되고 있다. 그렇다면 고정희는 어 우동의 남성편력을 어떻게 재해석한 것일까? 그의 시 「이옥봉이 황진이에게 : 이야기 여성사·2」를 보면 이 점이 잘 나타나 있다.

* 어우동은 정실부인이라는 고상한(?) 말이 실은 남자들이 독점적으로 여색을 즐 기기 위한 것이었음을 깨우쳤다.
* 어우동의 남성편력은 여성의 남성편력이었기에 그가 처형될 만큼 문제가 되었 다. 이것은 남성의 여성편력이 문제시되지 않는 것과 비교할 때 공평한 처사가 아니다.
* 그가 교수대에 오르는 모습을 보고 사람들은 음탕한 여자라고 비난하는 대신 그에게 연민의 마음을 느꼈다.

물론 고정희는 여성의 성적 타락을 옹호하는 것이 결코 아니다. 고정희가 어우동의 행태를 재해석하고 그 의미를 재발견하고자 하는 까닭은 여성의 성만이 일방적으로 억압되거나 왜곡돼 있는 현실을 고발하기 위해서이다. 그리고 더 나아가 여성의 성을 진정 아름답게 해방시킨다는 것은 무엇인가 를 재정립해보기 위해서이다. 이런 선상에서 고정희는 여성을 소유와 지배 의 대상으로 생각한 결과 소실과 첩이 수도 없이 등장한 조선조의 남성들의 행태에 대하여 가혹하리만큼 강한 비판의 화살을 겨누고 있다. 더욱이 남성 의 지배와 횡포 그리고 권력욕에 의하여 만들어진 것임에도 불구하고 정실 부인과 첩 그리고 소실이 구별되어 또다른 여성억압의 원인으로 나타나는 것에 대하여 그는 크게 분노하고 있다. 이런 점에서 어우동의 남성편력을 재해석하고자 하는 고정희의 심정을 이해할 수 있을 것이다.

다섯째, 고정희는 소위 국채보상운동의 일환으로 만들어졌던 "반지뽑기 부인회"의 활동과 정신을 재발견해내고 있다. 국채보상운동은 1907년도, 일본에게 진 빚을 갚기 위하여 일어난 국가적 차원의 운동으로 여기에 부인들이 반지를 뽑아 빚갚기에 앞섰다는 것은 잘 알려진 사실이다. 고정희는 바로이 역사적 사실을 자료로 삼아 그 속에 여성들의 어떤 진보적 사유가 담겨있는가를 밝혀내고 있다. 구체적으로 고정희의 시 「반지 뽑기 부인회 취지문」을 보면 이 점을 잘 알 수 있다. 그의 이 작품을 인용해보면 다음과 같다.

— 「반지 뽑기 부인회 취지문」의 전문

　　여기서 중요한 것은 고정희가 반지 뽑기 부인회의 취지를 첫째, 학문과나랏일로 표상되는 국가의 중대한 일에 여성이 배제된 현실을 이 기회에 개선하겠다는 것으로, 둘째, 국가적인 일에 여성의 참여를 열렬히 원하고 있다는 것으로, 셋째, 국채보상운동에의 참여를 남녀평등의 기회로 삼겠다는 것으로, 넷째, 가락지를 벗어버림으로써 '삼종지도의 가락지'로 표상되는 여성 억압의 현실을 벗어나겠다는 것으로 보고 있다는 점이다. 결국 반지 뽑기 부인회의 국채보상운동은 여성의 자의식을 예리하게 반영했다는 점에서 그 여성사적 의의가 크다고, 고정희는 생각하는 것이다.

여섯째, 고정희는 여성 독립운동가 남자현(1872~1933)의 독립운동사를 재발견 및 재해석하고 있다. 남자현은 의병 나간 남편이 죽자 3. 1 운동에 가담하여 활동하였고, 1925년에는 만주로 망명하여 서로군정 독립단으로 활약하였다고 한다. 그는 국제연맹사단이 만주 하얼빈에 왔을 때, 왼손 무명지를 끊어 「조선독립원」이라는 혈서를 쓰고 끊어진 손가락 마디를 함께 싸서 보냈다. 1933년에는 이규동 외 여러 동지들과 함께 만주 건국일인 3월 1일 일본군 다카후치를 암살하기 위해 폭탄과 무기를 휴대하고 가다가 왜경에 체포되어 투옥당했다. 옥중에서 단식항쟁 중, 그는 병을 얻어 1933년에 세상을 떠났다. 고정희는 이와 같은 이력을 가진 남자현의 삶을 다음과 같은 식으로 재해석하였다.

구한말의 여자가 다 이리 잠들었을진대
동포여, 무엇이 그리 바쁘뇨
황망한 발길을 잠시 멈추시고
만주벌에 떠도는 남자현의 혼백 앞에
자유세상 밝히는 분향을 올리시라
그때 그대는 보게 되리라
'대한여자독립원'이라 쓴
아낙의 혈서와 무명지를 보게 되리라

경북 안동 출신 남자현,
열아홉에 유생 김영주와 혼인하여
밥짓고 빨래하고 유복자나 키우다가
딱 깨친 바 있어
안동땅에 자자한

효부 열녀 쇠사슬에 찬물을 끼얹고
여필종부 오랏줄을 싹둑 끊으니
서로군정 독립단 일원이 되니라
북만주벌 열두 곳에 해방의 터를 닦아
여성 개화 신천지 씨앗을 뿌리며
국경선 안과 밖을 십여 성상 누비다가
난공불락, 왜의 도마 위에
섬섬 옥수 열 손가락 얹어 놓고 하는 말

천지신명 듣거든 사람세상 발원이요
탄압의 말뚝에 국적 따로 있으리까

조선여자 무명지 단칼에 내리치니
피로 받아쓴 대한여자독립원
아직도 떠도는 아낙의 무명지

— 「남자현의 무명지 : 여성사 연구·3」의 전문

위 시에서 우리는 세 가지 사실에 주목할 필요가 있다. 첫째는 남자현이 원래는 열아홉에 유생 김영주와 결혼하여 밥짓고 빨래하는 등 당시의 사회가 요구하는 지극히 평범한 여성으로서의 삶을 살았다는 것, 둘째, 그러나 각성한 바 있어 남성중심의 사회가 여성에게 요구하는 효부, 열녀, 여필종부 등의 전근대적이며 예속적인 삶을 거부하고 남성의 영역이라고 여겨진 독립단의 일원이 되어 활동하였다는 것, 셋째, 남자현의 이와 같은 변신은 여성개화의 신천지를 닦아놓은 획기적인 사건이 되었다는 것, 이 세 가지를 고정희는 주목할 만한 사실로 손꼽고 있는 것이다. 고정희는 위 시를 통하여 남성중심의 사회가 요구하는 윤리와 관습에 저항하고 한 여성이 당당하게 사회적 인간으로서의 삶을 다시금 살아가는 모습이 어떤 것인가를 남자현의 적극적이며 단호한 삶을 통해 생생하게 증언하고 싶었던 것이다.

지금까지 나는 고정희의 시에서 여섯 가지 예를 들어 그가 어떻게 무시되었거나 왜곡되었던 이 땅의 여성사를 되살려내고자 하는지를 살펴보았다.

마치 남성만의 역사로 완벽하게 무늬 맞춰진 것 같았던 과거사 속에서, 그럼에도 불구하고 여성사가 어떻게 자기들만의 목소리를 내며 숨어 있었던가에 그는 주목한 것이다. 과거의 여성사를 되살려내는 일은 어차피 인간이란 시간성의 지배를 받고 그 시간성에 의하여 현재가 적지 않게 결정되는 것임을 생각할 때, 지금 이 땅에서 여성의 자리를 찾아가는 사람들에게 보다 큰 힘이 될 것이라 생각한다. 그런 점에서 고정희가 숨겨지고 억압되었던 여성사를 적극적으로 재발견, 재해석, 재평가한 것은 여성사의 통시적 흐름을 형성하는 데는 물론 현재의 여성문제를 풀어가는 데 상당히 중요한 작업이 아닐 수 없다.

(2) 여성성의 재발견 및 재해석

고정희는 여성억압의 현실을 극복하기 위하여 그 동안 무시돼 왔던 여성성을 재발견하고 그 가치를 재평가하는 데 관심을 두고 있다. 주지하다시피 지금까지 여성성은 남성성의 횡포 때문에 타자의 영역으로 밀려났던 게 사실이다. 한 가지 예만 들어보더라도 언술적인 측면에서 여성적이라는 언사는 남성적이라는 언사보다 낮게 평가된 게 사실이다. 여기에는 문명사의 방향이 여성성보다 남성성을 필요로 했다는 내적 원인도 분명 있지만, 이런 점 이상으로 여성성은 실제의 그 효용성과 다르게 수많은 요인들의 부당한 횡포에 의하여 평가절하돼 온 게 사실이다.

여성해방을 논의하는 자리에서 반드시 필요한 것은 고정희가 그의 시에서 시도했듯이 억압되고 왜곡되었던 여성성의 진정한 가치를 되살려내는 일이다. 여성성은 양성이론가들이 주장하듯이 남자와 여자 모두에게 내재된 속성이면서, 동시에 한 인간의 조화로운 실현을 위하여 반드시 발굴해내고 또 현실 속에서 구체적으로 실현되어야 할 내용이다.[18] 그럼에도 불구하고 지금까지 여자에게는 여성성만을, 남자에게는 남성성만을 일방적으로 강요

---

18) 양성이론에 대해서는 A. G. 카플란 · M. A. 세드니, 『성의 심리학』, 김태련 외 2인 공역(이화여자대학교 출판부, 1988)을 참조할 것. 이 책은 양성이론의 시각에서 심리학의 문제를 다룬 훌륭한 저서이다.

함으로써 여자들은 물론 남자들까지도 자신들이 가지고 있는 진정한 성적 본성을 조화롭게 실현시킬 수가 없었던 것이다. 그 가운데서도 남성성은 우월한 것으로, 여성성은 그렇지 못한 것으로 평가됨에 따라, 여성들에게 실현하기를 요구하는 여성성은 이중의 억압을 감당해야 했다.

고정희가 그의 시에서 재발견, 재해석, 재평가해낸 여성성의 종류는 아주 다양하다. 이 모든 것을 다 논의할 수는 없으므로 그 가운데서 대표적인 것만을 논의하고자 한다. 뒤에서 더 논의하겠지만 고정희에게 있어서 여성성의 전범은 '어머니'로 나타난다.

첫째, 고정희는 어머니의 자궁으로 표상된 여성성을 인간세계의 본으로 해석한다. 잠시 그의 말을 들어보기로 한다.

어머니여
마음이 어질기가 황하 같고
그 마음 넓기가 우주천체 같고
그 기품 높기가 천상천하 같은
어머니여
사람의 본이 어디인고 하니
인간세계 본은 어머니의 자궁이요
살고 죽은 뜻은 팔만 사바세계
어머니 품어주신 사랑을 나눔이라

—『저 무덤 위에 푸른 잔디』 중 「첫째거리 : 축원마당」의 「여자 해방염원
반만년 : 1. 사람의 본이 어디인고 하니」에서

위 인용시에서 주목할 만한 구절은 '사람의 본이 어디인고 하니 / 인간세계 본은 어머니의 자궁이요'라는 곳이다. 여기서 나는 이른바 '자궁의 재발견'이라는 말을 하고자 한다. 지금까지 여성은 '자궁 이외의 아무것도 아니다'라는 식으로 여성육체에 대한 학대적 발언을 주로 남성들로부터 듣고 살아왔다. 여성이란 단지 육체적 존재, 본능적 존재, 도구적 존재 이상일 수 없다는 것, 따라서 여성이 자궁을 가졌다는 것은 사회적 존재, 이성적 존재, 정

신적 존재로서의 삶을 불가능하게 하는 운명적 조건이라고 남성들은 여성들의 삶을 규정지었으며 그러한 남성의 언술에 여성들은 무자각적으로 예속되곤 하였다. 그러나 이제 상황은 달라졌다. 여성이 자궁을 가졌다는 것은 생명의 근본, 더 나아가 인간사의 근본을 품고 있다는 것이요, 여성이 자궁을 가졌다는 것은 그 육체적 경험으로 인하여 보다 풍요로운 사회적 존재, 이성적 존재, 정신적 존재로의 탄생을 가능하게 할 수 있다는 해석이 가능하기 때문이다. 위에 인용된 고정희의 시구는 이러한 여성성의 특성을 '어머니의 자궁'이라는 말과 더불어 새롭게 부각시키고 있으며, 자궁의 해방이야말로 여성해방의 첫 걸음을 내딛는 일임을 알려주고 있다. 지금까지 여성들의 육체는 너무나도 크게 억압받아왔다. 여성이 가진 육체적 특성은 항상 베일 속에서 숨죽여야 했으며, 여성의 육체를 밖으로 내놓는다는 것은 불결한 실체를 드러내놓는 것과 다름없이 취급되곤 하였다. 바로 이와 같은 선상에서 여성의 자궁 또한 크게 폄하되었으니 고정희는 자궁을 살려내는 일이야말로 여성해방, 즉 여성성의 해방에 첫 단추를 푸는 일이라고 역설하는 것이다.

이렇게 여성의 자궁을 재발견하고 그 가치를 제대로 찾아낸 고정희는, 그러므로 남성의 여성들에 대한 학대와 폭력이 어떤 의미를 갖고 있는지 그 속뜻을 다음과 같이 해석하여 전해주고 있다. 그는 「매맞는 하느님 : 여성사 연구 · 4」라는 시에서

> *여자 속에 든 어머니가 매를 맞는다*
> *여자 속에 든 아버지가 매를 맞는다*
> *여자 속에 든 형제자매지간이 매를 맞고 쓰러진다*
> *여자 속에 든 할머니가 매맞고 쓰러지고 피를 흘린다*
> *여자 속에 든 하느님이 매맞고 쓰러지고 피를 흘리며 비수를 꽂는다*
> *여자 속에 든 한 나라의 뿌리가*
> *매맞고 피흘리고 비수를 꽂으며 윽 하고 죽는다*

라고 말하는 것이다. 원래 이 작품의 앞 부분을 보면 '깡마른 여자가 처마 밑에

서/술 취한 사내에게 매를 맞고 있다'는 정황이 묘사돼 있다. 그러니까 고정희는 한 여성이 한 남성에게 매를 맞는 것은 단지 그것이 단순하게 한 남성의 육체적 힘에 의하여 한 여성만이 구별되어 매를 맞는 행위가 아니라 바로 자궁을 가진 여성의 몸으로 낳은 수많은 어머니들을, 아버지들을, 형제자매들을, 할머니들을, 더 나아가서는 인간을 만드신 하느님을, 그리고 그들이 이루는 나라 전체를 때리는 것에 다름아니라고 말하는 것이다. 이처럼 고정희에게 여성의 몸은, 그 중에서도 여성의 자궁은, 그리고 이들이 표상하는 여성성은 모든 생명탄생의 원천이다.

둘째, 고정희는 "어머니 강물"로 표상되는 여성성을 거대한 포용과 뛰어난 화해 및 통합의 상징으로 재해석하고 있다. 지금까지 여성성은 옹졸함, 단선성, 배타성, 표면성, 가벼움 등과 같은 부정적 이미지를 가진 것으로 해석되곤 하였다. 따라서 이러한 부정적 이미지로의 해석은 여성에 대한 부당한 선입견을 낳았고 그 선입견은 여성을 실제 이하로 평가절하하게 만들었으며 더 나아가서는 여성이라는 존재 자체를 멸시하는 구실로 작용하기도 하였다. 그러나 고정희는 다르게 생각한다. 근원적으로 모든 것을 포용하는 힘, 모든 것을 화해시키는 힘, 그것이 바로 여성성의 힘이고 그러한 힘을 가진 존재가 어머니라는 것이다. 고정희는 세상의 모든 것들이 하나로 녹아들어 흐르는 것의 상징을 "어머니 강물"이라고 이름짓고, 그 어머니 강물 속에서 남녀뿐만 아니라 우주만상이 하나로 크게 어울리는 세상을 노래하고 있다.

> 그리하여 이 땅에 해방된 남녀끼리
> 쟁반에 물 담은 듯 화반에 꽃 담은 듯
> 둘에서 하나로 하나에서 백으로
> 받들어주며 껴안아주며
> 기대주며 밀어주며
> 맺힌 고는 풀어주고
> 갇힌 문은 열어주고
> [……]
> 귀한 남자 귀한 여자
> 차별없이 부정없이

투기없이 폭력없이
통일조국 성취하여 백두 연봉 보듬을 제
해방 여손 자손 앞앞이 북돋우사
억조창생 강물로 흘러가게 하사이다
어머니강물 우리 강물 흘러가게 하사이다
(—어 쳐라, 어머니강물 나가신다)

—『저 무덤 위에 푸른 잔디』 중 「둘째거리 : 본풀이 마당」의
「여자가 무엇이며 남자 또한 무엇인가」 중
「6. 억조창생 강물로 흘러가게 하사이다」에서

위 인용시에서 고정희는 분단된 조국의 통일과 차별 없는 남녀해방의 세상을 함께 꿈꾸면서 그 모든 것이 장벽을 넘어 하나로 흐르는 세상을 "어머니 강물"이라는 말로 표현하고 있다. 그에게 강물은 곧 어머니를 상징하는 것이요, 어머니란 단절과 차별을 넘어서서 이들을 품어 안는 포용과 화해와 통합의 상징이다. 이처럼 고정희는 여성성을, 그 중에서도 어머니가 지닌 여성성을 적극적으로 재발견 및 재해석해내고 있거니와, 이런 재발견과 재해석 속에서 그는 단절되고 막혔던 세상의 내통을 이루어내려고 하는 것이다.

셋째, 고정희는 여성성을 살려냄의 원천으로 재해석하고 있다. 그는 이 여성성을 어머니가 부엌에서 만들어주시는 '밥'의 이미지와, 어머니가 건강한 노동을 통하여 농작물을 키워내는 '곡식'의 이미지를 통해서 구체화시키고 있다. '대지', '노동', '곡식', '밥'으로 이어지는 어머니의 여성성은 한마디로 말해서 당당하게 생명을 살리는 이른바 '살림'의 원천인 것이다. 이렇듯, 고정희의 시에서 여성성이자 어머니성은 건강한 노동을 통하여 죽은 것을 살려내고, 살아있는 것은 더욱더 잘 살게 이끌어주는 살림의 상징이다.[19] 그는 자신의 시에서 이런 여성성의 소중함을 재발견하고 그것을 적극적으로 재해석하며 역설하고 있는 것이다. 잠시 이와 관련된 구절을 인용해보기로 한다.

---

19) 어머니, 곧 여성이 가진 이런 살림의 성질은 최근 새로이 등장한 여성생태주의, 즉 에코페미니즘의 사상적 바탕을 이룬다. 21세기의 화두가 생명의 살림이라는 문제에 있다면 에코페미니즘은 아주 유용한 새시대의 대안이 될 것이다. 여성성을 살림의 정신 및 사상과 관련시켜 재해석하는 일은 그런 점에서 아주 시의적절하다.

인간에게 번쩍번쩍 광나는 모습이 있다면, 어머니
그것은 한여름 푸르고 넓은 들밭에서
곡식들의 싱그러운 뿌리를 토닥이며
줄기를 쓰다듬으며 지심이란
지심을 모조리 뽑아
강물 같은 하염없는 땀으로
대지를 멱감기는 어머니의 모습입니다
[……]

아아 어머니,
그 맵고 부드럽고 단정한 손끝에서
토실토실 살진 조선고추가 익어 가고
조선 호박이 뒹굴고
숱이 무성한 서숙밭과 수수밭이 우우우우 물결치고
참깨 농사 들깨 농사 녹두 농사 고구마 농사가
어깨너머로 아득하게 굽이치는 그 여름날,
땅거미가 내려야 이마에 자욱한 소금기를 닦으며
집으로 돌아오던 어머니와 여자들의
왁자지껄 웃음소리 속에는
밤하늘 별빛 같은 한 세대의 안식이 있었습니다
[……]
당당하고 겸허한 밥이 있었습니다

— 「하늘에 계신 우리 어머니 : 이야기 여성사 · 7」에서

방금 앞 단락에서 말한 바처럼, 고정희는 위 인용시를 통하여 대지와 건강하게 노동으로 만나는 여성성을, 그리고 그러한 여성성의 힘으로 생명을 키우고 살린다는 사실을 말하고 있다. 여성이 단지 남성에 의존하여 생을 의타적으로 사는 것이 아니라 당당하게 대지와 몸을 맞댄 노동 속에서 자신뿐만 아니라 가족을 살리는 '당당하고 겸허한 밥'을 창조해낸다는 데 고정희의 생각이 머물고 있는 것이다. 그리고 이것은 다름아닌 여성성의 감추어진 진정한 힘임을 그는 밝히고 있는 것이다.

넷째, 고정희는 여성성을 베풂과 따뜻함의 상징으로 해석한다. 그는 이

베풂의 여성적 상징을 다른 어떤 여성보다도 어머니에게서 찾고 있는데 그에게 어머니로 표상되는 이러한 여성성은 '밥상머리 둘러앉은 식솔과 불러들인 이웃에게 / 앞앞이 따순 밥 정을 담는 어머니의 손길'로 묘사되고 있다. 베풂과 따뜻함은 가치의 측면에서 볼 때 엄청난 높이와 의미를 갖고 있다. 그러나 현실적인 힘의 측면에서 보면 이들은 영악함과 권력욕을 당해내지 못한다. 비록 이들이 지닌 힘이 어느날 나타난다 하더라도, 그것은 장시간을 기다려서 가능한 일이지, 단시간으로 본다면 영악함과 권력욕의 힘이 강력할 때가 많다. 어쨌든 고정희는 베풂과 따뜻함을 여성성의 가치로 재발견한다. 그 예문을 인용해보면 다음과 같다.

아아 어머니,
우리가 이 지상을 지나가는 생애 동안
길다면 길고 짧다면 짧은 한평생 동안
우리에게 가장 따뜻하고 절실한 모습이 있다면 그것은
밥상머리 둘러앉은 식솔과 불러들인 이웃에게
앞앞이 따순 밥 정을 담는
어머니의 손길입니다

등이 추운 사람에게 속이 빈 사람에게
배가 고픈 사람에게 정이 고픈 사람에게
앞앞이 한 그릇씩 고봉으로 고봉으로
따순 밥 정을 담는 어머니의 마음속에 바로
우리 고향 있고
돌아갈 길 있습니다

— 「하늘에 계신 우리 어머니 : 이야기 여성사·7」에서

고정희는 위 인용시에서 보듯이 앞앞이 따순 밥을 고봉으로 담는 어머니의 손길과 그 마음을 여성성의 드높은 한 인간형식으로 본 것이다. 그는 이러한 어머니의 여성성 속에 "우리(의) 고향"과 "돌아갈 길"이 있으니, 그것이야말로 인간에게 처음이자 마지막과 같은 곳이 아니냐고 말하는 것이다. 베

품과 따뜻함이 위 인용시에 나오는 어머니의 그것처럼 자발적인 것이 아니라 남성중심의 이데올로기나 사회적 압력에 의하여 강요된 것일 때, 그것은 강요된 희생으로서 부정적 결과를 낳게 마련이다. 고정희는 이와 같은 것이 강요된 희생의 성격을 띠고 여성에게 닥치는 것을 가리켜 '강요된 현모양처상'이라고 비판한다. 그러나 위의 인용시에 등장하는 어머니의 베풂과 따뜻함은 그것이 모든 강요된 희생의 행위와 달리 자발성을 띠고 나타난 것이기 때문에 그 가치가 한껏 발휘된다.

다섯째, 고정희는 여성성의 친교적이고 정서적이며, 남성성에 비하여 덜 폭력적인 성격을 강조한다. 다시 말하면 고정희는 여성성이 사랑을 낳는 원천이라고 생각한다. 왜곡된 남성성이 대립과 투쟁과 전쟁을 낳는다면, 제 길을 찾은 여성성이야말로 이들을 사랑으로 결합시키는 힘이 된다는 것이다. 고정희는 이 점을 그의 「여자가 하나 되는 세상을 위하여」 속의 '여자가 뭉치면 새 세상 된다네'에서

남자가 모여서 지배를 낳고
지배가 모여서 전쟁을 낳고
전쟁이 모여서 억압세상 낳았지

여자가 뭉치면 무엇이 되나?
여자가 뭉치면 사랑을 낳는다네

모든 여자는 생명을 낳네
모든 생명은 자유를 낳네
모든 자유는 해방을 낳네
모든 해방은 평화를 낳네
모든 평화는 살림을 낳네
모든 살림은 평등을 낳네
모든 평등은 행복을 낳는다네

여자가 뭉치면 무엇이 되나?
여자가 뭉치면 새 세상 된다네

와 같이 말하고 있다. 여기서 중요한 것은 "남자가 모여서 지배를 낳고 / 지

배가 모여서 전쟁을 낳고 / 전쟁이 모여서 억압세상 낳았다"면, "여자가 뭉치면 사랑을 낳는다"는 말의 대비 속에 있다. 남성(혹은 남성성)과 지배, 전쟁, 억압세상이 하나로 이어지는가 하면, 여성(혹은 여성성)은 이들과 달리 사랑으로 이어진다. 고정희가 파악하는 여성 및 여성성이란 사랑에서 시작하여 생명, 자유, 해방, 평화, 살림, 평등, 행복을 낳는 원천이며, 다시 이들을 통하여 사랑으로 수렴되는 원천이다. 이렇게 볼 때, 고정희는 우리들이 살아가는 세상 속의 지배, 전쟁, 억압 등과 같은 것은 그야말로 왜곡된 남성성에서 비롯된 것이며, 이런 남성성의 왜곡상으로 말미암아 같은 남성을 물론 여성의 억압적이며 차별적인 삶이 비롯되었다고 생각하는 것이다.

여섯째, 고정희는 여성성을 "생명세상 개벽천지 살길"을 마련할 수 있는 원동력으로 본다. 그는 여성성이 작용함으로써 비로소 파괴적이고 경직되었던 과거의 세상이 극복되고 새로운 세상이 올 수 있다고 보는 것이다. 그는 이런 사실을 다음과 같이 전하고 있다.

여자해방 투쟁 드높은 신명으로
언님들의 어진 땅 어진 하늘 되살려 옴이니
전쟁의 칼을 쳐서 보습을 만들고
폭력의 창을 쳐서 떡을 만드는 이
어머니의 손 말고 뉘 있으리
학살의 능선에서 생명을 품어 안고
대립 갈등 골짜기서 사랑을 보듬는 이
여자의 젖가슴 말고 뉘 다시 있으리
정치혁명 깃발 아래 생명의 어머니 불러내고
교육혁명 깃발 아래 사랑의 여자 불러내어
가자, 가자, 가자, 딸들이여
기만으로 죽맞은 헌정사 끝장내고
생명세상 개벽천지 살길을 마련하자
대범 해동 조선 어진 따님 일어섰도다

— 「허난설헌이 해동의 딸들에게 : 이야기 여성사·4」 중
「여성해방 투쟁을 위한 출사표」에서

위 인용시에서 전쟁의 칼은 보습과, 폭력의 창은 떡과, 학살의 능선은 생명과, 대립 갈등은 사랑과 대비된다. 말할 것도 없이 앞의 것들이 왜곡된 남성성의 결과물이라면 뒤의 것은 긍정적인 여성성의 산물이다.[20] 고정희는 이런 대립구도 가운데서 여성 혹은 여성성을 "살림의 어머니", "생명의 어머니", "사랑의 여자"와 같은 말로 표현하고 있다. 이런 어머니, 여자, 여성성 등이 앞장서야만 비로소 암흑의 헌정사가 끝나고 생명세상 개벽천지의 살길이 마련된다는 게 고정희의 생각인 것이다. 고정희는 여성 및 여성성의 이와 같은 긍정적인 힘을 굳게 믿으면서 여성들이 다함께 힘을 모아 떨쳐일어서야만 하지 않겠느냐고 호소한다.

일곱째, 고정희는 여성성의 본을 어머니에게서 보지만, 그 여성성의 학대로 인하여 한을 품고 살아온 대명사가 또한 바로 어머니라고 생각한다. 따라서 고정희의 시집 『저 무덤 위에 푸른 잔디』는 한편으로 여성성의 한을 풀어주는 시집이면서 다른 한편으로 여성성의 가치를 재발견하는 시집이다. 고정희는 어머니의 한을 풀기 위하여 굿의 형식을 빌려왔다. 그러나 중요한 것은 그의 굿 형식이 다만 맺힌 한을 씻어주는 씻김굿의 형태만을 지닌 것이 아니라, 풀어낸 한 속에 힘을 갖고 잠재해 있는 여성성을 인간과 세계구원의 원동력으로 밀어올렸다는 데 있다. 고정희는 여성성을 이렇게 굿이라는 제의적 형식을 통하여 재발견함으로써 여성성의 진면목을 새로이 주창할 수 있었던 것이다.

지금까지 나는 일곱 가지 측면에서 고정희가 재발견, 재해석, 재평가한 여성성의 실상을 살펴보았다. 이 이외에도 그는 자매애를 강조함으로써 여성성 간의 화해로운 만남을 생과 역사의 원동력으로 보고 있으며, 독신여성의 삶을 당당한 생의 한 방식으로 인정함으로써 여성성의 자주적인 힘을 강조하고 있다. 이와 같은 여성성의 재발견은 육체적, 정신적, 사회적, 우주적 차원에서 여성성의 진가를 새로이 만날 수 있게 하는 좋은 기회이다. 노자가 『도덕경』에서 말했듯이, 여성성은 남성성을 능가하는 가치를 갖고 있다.

---

20) 남성의 상징이 도끼(ax)이고, 여성의 상징이 풍요(fertility)라고 하는 점이 이 사실을 뒷받침해준다. 이 점에서 대해서는 김용옥의 책 『여자란 무엇인가』(통나무, 1986)를 참조할 것.

『도덕경』은 그런 점에서 동양의 페미니즘 경전이다.

3. 결 어

　지금까지 고정희의 시에 나타난 여성의식을 크게 두 가지 측면에서 살펴보았다. 그 하나는 고정희가 여성억압의 원인을 어디서 찾고 있는가 하는 점이었고, 그 둘은 그가 여성억압의 현실을 극복하기 위하여 어떤 대안을 모색하였는가 하는 점이었다. 전자의 문제를 살펴보기 위하여 총 아홉 가지 항목을 찾아보았으며, 후자의 문제를 살펴보기 위해서는 '여성사의 재발견 및 재해석'이라는 측면과 '여성성의 재발견 및 재해석'이라는 두 가지의 큰 측면을 먼저 찾아내보았다. 그리고 다시 각각의 측면 아래 들어있는 여러 가지 세부적 사항들을 들어가면서 고정희가 어떻게 여성억압의 현실을 극복하기 위한 대안의 모색에 골몰했는지를 살펴보았다.

　앞에서 논의된 내용을 여기서 더 이상 반복하지는 않으면서 고정희의 시에 나타난 여성의식의 의의 및 한계점이 어떤 것인지를 이곳에서 언급해보기로 한다.

　첫째, 고정희의 시에 나타난 여성의식은 한국여성시사 속에서 여성문제를 가장 선구적으로, 집중적으로 논의한 것으로서 그 의의를 인정받을 수 있다. 명실공히, 고정희는 페미니즘을 논의하는 한국여성시사 속에서 가장 앞자리에 놓일 만한 시인이다.

　둘째, 고정희의 시에 나타난 여성의식은 여성억압의 현실에 분노하는 데 멈추지 않고 그 원인을 발견해내려는 데 상당한 관심을 가진 것으로 평가된다. 여성문제는 목소리를 높이는 것만으로 결코 해결되지 않는다. 그 원인을 현실적인 차원에서 냉정하게 탐구하는 것이 무엇보다 중요하다. 고정희의 시에서 이 점이 완전하게 만족스러운 수준까지 가 있지는 못하지만, 원인의 탐구라는 점에 적지 않게 주목한 것은 높이 살 만하다.

　셋째, 고정희의 시에 나타난 여성의식은 역사적, 사회적 시각을 견지했고, 그 중에서도 민중적, 제3세계적 시각을 견지하고자 했다는 점이 특징적이자

의미를 갖는다. 사실 여성문제를 어떤 시각에서 볼 것이냐 하는 것은 쉬운 문제가 아니다. 그런데 고정희는 그가 평소에 가졌던 역사의식과 민중의식을 여성문제의 탐구에도 동일하게 적용하여 독자적인 시각을 유지하였다.

넷째, 고정희의 시에 나타난 여성의식은 여성사의 재발견 및 재해석이라는 점에서 독창적이다. 고정희는 여성사의 여성주의적 시각에서의 바른 해석과 그렇게 해석한 여성사와의 역사적 연계성을 확보하려는 계획으로 여성사의 재발견 및 재해석을 시도한 것으로 판단된다.

다섯째, 고정희의 시에 나타난 여성의식은 여성성, 그 가운데서도 어머니가 지닌 여성성을 새로이 발견하고 해석한 것으로 그 의미를 부여받을 수 있다. 고정희에게 어머니는 억압의 상징이지만 동시에 여성문제를 해결할 해방의 상징이다. 그러나 고정희는 어머니뿐만 아니라 어머니가 지닌 여성성에서 이른바 가치로서의 어머니나 여성성만을 생각했지, 현실로서의 어머니나 여성성은 비교적 적게 고려하였다. 나는 지금 가치의 차원과 현실의 차원을 분리해서 말하였다. 그것은 제아무리 어머니 혹은 어머니로 표상된 여성성의 당위적 가치가 대단하다고 하더라도 여성문제는 일차적으로 당위적 가치 이전의 현실적인 성격을 띠고 있기 때문이다. 그러므로 여성문제에 대한 접근은 가치의 차원과 현실의 차원에서 함께 이루어져야 하지만, 실질적으로는 가치 이전에 현실이 압도하고 있다는 점을 생각하고, 어떻게 현실적 방안과 전략을 모색할 것인가에 몰두할 필요가 있다. 고정희의 경우, 지나치게 가치로서의 어머니 혹은 여성성에 큰 비중을 두었기 때문에 좀더 현실적인 방법이나 전략적 차원에 비중을 두었으면 하는 아쉬움이 있다.

여섯째, 고정희의 시에 나타난 여성의식은 대체로 굿의 형식이나 행사시 형식을 취한 경우가 많기 때문에 리얼리티를 살리는 데 다소 약점을 갖고 있다. 비록 그가 취한 형식이 시라는 장르적 특성을 갖고 있기는 하지만, 여성문제는 아주 산문적인(현실적인) 성격을 갖고 있는 것이기 때문에 보다 사실적이면서도 냉철한 접근이 필요하다고 본다. 특히 그가 취한 굿의 형식이나 행사시 형식 그리고 고정희 특유의 거침없는 웅변조 형식은 차분하게 현실의 리얼리티를 살려내는 데 다소 부적절한 점이 있다. 물론 고정희가 불의에 세상을 떠나지 않았다면 그 후속편이 어떻게 나왔을지 알 수 없는 일이나, 현재의 것만을 놓고 본다면 전체적으로 어조가 웅변적이고 공연적이므로 세세한 부분을 살려내는 데는 취약하다고 하지 않을 수 없다.

일곱째, 고정희의 시에 나타난 여성의식을 보면서 그가 여성문제를 문명사, 경제사, 권력사, 심리구조, 정치사 등 보다 다양한 부분의 문제들과 결부시켜 다루었더라면 더욱 색다른 해석이 가능할 수 있지 않았는가 하는 바람도 가져본다. 왜냐하면 남성들을 비판하는 것만으로는 결코 여성문제가 풀리지 않기 때문이다. 물론 고정희는 남성들을 비판하는 데 멈추지 않고 여러 측면에서 여성문제에 접근하고자 했지만 더욱더 복합적인 접근이 필요하다고 본다. 그렇게 될 때, 남녀불평등의 현실적 원인 점검이 보다 설득력 있게 이루어질 수 있고 그 처방도 심도 있게 마련될 수 있기 때문이다.

그렇다면 고정희가 남녀불평등한 현실을 극복하고 새롭게 이루고자 하는 세상은 어떤 모습인가. 글을 마치면서 고정희가 원하는 세상을 그의 시 속에서 찾아 옮겨보기로 한다.

아하 사람아
여자가 무엇이며 남자 또한 무엇인가
바늘 간 데 실 가고
별 뜨는 데 하늘 있듯
남자와 여자가 한짝으로 똑같이
천지신명 속에 든 사람인지라
높아도 안되고 낮아도 안되는
우주전체 평등한 저울추인지라
천황씨 속에서 여자가 태어나고
지황씨 속에서 남자가 태어날 제
지황씨와 천황씨 둘도 아닌 한몸 이뤄
천지공사간 맞들고 번창하고 운수대통하야
천대만대 사람의 뜻 누리라 하였을 제
여자 남자 근본은 제 안에 있는지라

—『저 무덤 위에 푸른 잔디』 중
「둘째거리 : 본풀이 마당」의 「여자가 무엇이며 남자 또한 무엇인고」의
「1. 천황씨 속 에서 여자가 태어날 제」에서

위 인용 부분은 고정희의 꿈이 담긴 부분이다. 그는 기본적으로 남녀가 "우주전체 평등한 저울추"처럼 살기를 바란 것이다. 그러나 남성에 비하여 자기실현을 제대로 하지 못한 채 주눅들어 살고 있는 여성에게 그는 남성들이 그랬듯이 여성들도 '자유롭게 밥 먹고 / 자유롭게 옷 입고 / 자유롭게 자기 일 하는 / 해방의 집'을 갖기를 바란다.

사실상 남녀불평등의 문제는 매우 복잡한 요인을 내재시키고 있으며, 인간들이란 매우 현명한 존재인 것 같으면서도 아주 어리석은 존재이고, 또한 지극히 이기적이며 타산적인 존재이기 때문에, 인간들에 대한 이런 현실을 직시하는 가운데서 끊임없는 노력이 다방면에서 계속되어야만 남녀평등 및 남녀해방이라는 소기의 성과를 거둘 수 있을 것이다.

⌘

최두석의 시세계

1. 글머리에

최두석은 1980년『심상』지를 통해서 시단에 등단하였다. 그가 1955년 생이니까 그의 나이 26세가 되던 해에 등단을 한 셈이다. 이후 최두석은 1982년부터 김진경, 윤재철, 곽재구, 박주관 등과 더불어 "오월시" 동인으로 활동하였다(참고로 밝히면 최두석은 "오월시" 동인 제2집『그 산 그 하늘이 그립거든』이 출간될 때부터 동인활동에 참가하였다). 그리고 그는 1984년에 제1시집『대꽃』(문학과지성사)을, 1986년에 제2시집『임진강』(청사)을, 1990년에 제3시집『성에꽃』(문학과지성사)을, 1997년에 제4시집『사람들 사이에 꽃이 필 때』(문학과지성사)를 출간하였다. 이 중 제1시집과 제3시집 그리고 제4시집은 보통의 단시들을 모아놓은 서정시집이고, 제2시집은 한 편의 장시로 구성된 장시집이자 서사시집의 성격을 띠고 있다. 이 이외에 최두석은 1992년도에『리얼리즘 시정신』(실천문학사)이라는 문학평론집을 출간하였으며, 또 1996년도에『시와 리얼리즘』(창작과비평사)이라는 제목의 시론집을 출간하였다.

나는 지난 1990년도에 최두석의 제3시집『성에꽃』까지를 대상으로 하여「민중과 역사 그리고 이야기」라는 제목의 최두석론을 쓰고 그 글을『상상력

의 모험 : 80년대 시인들』(민음사, 1992)에 수록한 바 있다. 그러므로 이 자리에서는 지난번에 쓴 글과 중복되게 하지 않기 위하여 최두석의 시에서 핵심을 차지하는 문제점들(가난, 비운, 자연, 이야기—실화)을 최두석의 시가 일관되게 지향하고 있는 사회적, 시대적, 정치적, 역사적 층위와 관련해서 논의해보기로 한다.

2. '가난'의 사회학, '가난'의 정치학

최두석의 자기인식과 세계인식은 '가난'의 문제로부터 출발한다고 해도 과언이 아니다. 그만큼 최두석의 삶과 시 속에서 가난은 그가 해결해야 할 중요한 문제로 등장하고 있다. 개인사적으로 볼 때, 최두석은 전라남도 담양에서 출생한, 가난한 농민의 장남이다. 그의 부모는 얼마 안 되는 농삿일을 하면서 대바구니를 짜 담양장에 파는 일로 생계를 꾸려간다. 그의 유년은 "새벽 서리 밟으며", "바구니 한 줄 이고 장에 가시는" 어머니에 대한 기억과, 그가 네 살이었을 때 "쌀 한 말을 갖고 분가한 일가족이" 수국댁집에서 셋방살이를 한 일의 기억으로부터 시작된다. 그에게는 여러 누이들이 있었으나 그 누이들은 장남인 그의 학업을 위하여 자신들의 더 나은 삶을 포기하였거니와, 이로 인하여 그는 아직도 누이들에 대해 미안한 마음을 감출 길이 없다.

최두석은 그의 가족 중에서뿐만 아니라 그가 태어난 동네 사람들 중에서도 "유일하게 최고학부를 나오고 대학원까지" 마친, 아버지의 기대가 부담스러운 지식인이다. 그러나 서울에서 보낸 그의 학창시절은 「비둘기와 빈대—바울학사에서」라는 작품이 아주 잘 드러내주듯이 시골 유학생의 가난한 삶을 벗어날 길이 없는 것이었으며, 결혼한 이후 그가 살아간 삶 역시 지하의 '셋방살이'로부터 시작되는 가난한 서민의 그것이었다. 뿐만 아니라 그에게 더 나은 삶을 양보한 누이들—정순이 누나, 정님이 누나, 정희 누나, 정옥이 누나—역시 가난한 서민의 처지를 벗어나지 못한 채 힘겨운 삶을 살고 있다.

최두석의 개인사에 대한 이런 재구성은 사실에 기초하여 시쓰기를 한, 최두석의 시에 바탕을 두고 이루어진 것이다. 내가 재구성한 최두석의 개인사를 보다 확실하게, 그리고 좀 더 자세하게 알고 싶은 사람은 그의 작품 「담양장」, 「추석 성묘길에」, 「무좀과 곰팡이」, 「파라티온」, 「낡은 집」, 「수국댁」, 「누님」, 「대바구니」, 「숫돌」 등을 참고하기 바란다.

이렇게 가족사로부터 출발한 가난에 대한 인식은 점차 사회로 확대되어 나아간다. 그는 자기 자신을 포함한 가족뿐만 아니라 그를 둘러싼 이웃들, 그리고 우리 사회 전체에 퍼져있는 가난한 사람들의 삶으로 시선을 확대해 나아간 것이다. 그의 시선에 포착된 사람들의 가난한 삶은 그의 시창작으로 이어졌고, 그는 이를 통하여 가난의 문제를 고발하고 탐구하는 데 전력을 기울였다.

최두석의 시에 등장하는 가난한 사람들은, '새벽 시내버스 속에서 성에꽃을 만들어내는 미용사, 외판원, 파출부, 실업자 등', '무 짠지를 먹는 자신의 학교제자이자 실직한 청년', '고향을 떠나 대도시에서 운전수, 자개공, 면서기, 외판원, 작부 등이 되어 살아가는 도시빈민들', '딸부잣집에 태어나 초등학교도 제대로 못 마치고 식모로, 공원으로 이리저리 떠나버린 유촌댁의 수많은 딸들', '라디오로 고등학교 마치고 야간대학을 다니다 가스중독으로 죽은 박정길 양', '고아원에서 유년기를 보내고 서울로 올라와 구두닦기와 구두수선을 하며 살아가는 김용오 씨', '그의 학교 부근 시흥의 산동네 사람들' 등 각양각색의 인물들이다. 물론 이런 예는 최두석의 시에서 얼마든지 더 들 수 있으나 앞의 예만으로도 그 정도나 양상을 짐작할 수 있을 것 같아 이 정도로 그친다.

지금까지 살펴본 바와 같이 최두석의 가난에 대한 인식은, 나와 내 가족이 가난하다는 사실, 내 친척과 내 이웃이 가난하다는 사실, 내 제자와 내 민족이 가난하다는 사실에서 비롯된다. 그런데 문제는 그가 자신을 포함한 주위 사람들의 가난을 사실로서 확인하였다는 그 점에 있는 것이 아니라, 그가 확인한 이러한 사실을 사회학적 층위로 옮겨 놓고 그 심층을 파헤치기 시작하였다는 데 있다. 나는 최두석의 이런 점을 가리켜 '가난의 사회학' 혹은 '가난의 정치학'이라 부르고자 한다.

최두석은 가난이 개인의 책임만이 아니라는 점을, 가난이 운명의 장난일 수 없다는 점을 인식하고, 그 대신 가난이 사회적, 정치적, 역사적 문제라는 점을 역설하고 있다. 그의 시를 읽는 흥미는 바로 가난의 사회적, 정치적, 역사적 층위를 살펴보는 데 있다. 그리고 그의 시가 사회적 호소력을 가질 수 있는 것 또한 그가 가난의 문제를 사회적, 정치적, 역사적 층위로 올려놓을 수 있었기 때문이다. 이렇게 가난의 문제를 사회화, 정치화, 역사화시킬 때, 가난은 인간들의 문제가 되고 그 가운데서도 인간들이 만들어낸 사회와 정치와 역사의 산물이 되고 만다. 그러면 최두석은 가난의 사회적, 정치적, 역사적 책임을 어떻게 인식하고 있는 것일까?

첫째, 최두석의 가난에 대한 인식은 도시화 및 근대화의 문제와 관련돼 있다. 물론 우리 사회는 도시화 및 근대화를 이룩함으로써 보다 잘 사는 사회가 되었다. 그러나 급격한 도시화 및 근대화는 왜곡된 부의 집중화로 인하여 상대적 빈곤층과 소외계층을 만들어내었다. 뿐만 아니라 이러한 도시화와 근대화는 세계관의 변화와 권력의 이동을 가져옴으로써 그 동안 이 땅에서 농사를 지으면서 살아가던 수많은 사람들과 그들이 속해 있는 땅을 전근대적이며 후진적인 존재로 평가하게 만들었다. 여기서 대변혁이 일어났으니, 젊은이들을 중심으로 한 농민들의 상당 부분은 터전을 도시로 옮겨버렸고, 농촌에 남아있는 농민들은 이등시민과 같은 자기비하감 속에서 상대적인 박탈감으로 고통스러워해야 했다. 더욱이 농촌에서 도시로 삶의 터전을 옮긴 사람들의 대부분은 변화된 세계관과 권력의 이동방향을 찾아 도시로 진출하였으나 도시적 세계의 핵심부로 진입하는 자격을 얻지 못한 채 도시빈민이 되기 일쑤였다. 따라서 농촌에 남아 있는 농민들은 물론 도시로 진출한 농촌사람들까지도 이미 도시적, 근대적 패러다임을 몸에 익혔거나 그것을 창출해 나아간 사람들로부터 주변으로 밀려나는 삶을 감수해야 했다. 특히 도시로 진출해 나아간 사람들 중에서는 학력이 낮은 사람일수록, 그리고 부모세대의 가난까지 감당해야 했던 사람들일수록 도시빈민의 처지를 벗어나지 못하게 되었다. 가난이 이와 같은 도시화와 근대화의 산물임을 최두석은 다음과 같이 밝히고 있다.

① 사타구니에 거웃이 돋을 무렵
   놀이는 끝나 동무들 뿔뿔이
   고향 떠났다
   아니 고향에서 살 수 없었다
   메뚜기가 들에서 살 수 없듯이

   돌연한 불청객에 놀라 이리 뛰고 저리 뛰다
   이제 사뿐히 풀잎 위에 올라앉아
   쉴 새 없이, 더듬이를 움직이는
   메뚜기를 보며 문득 생각한다
   소꿉놀이의 단짝이던 계집애를
   그리워한다. 앉아서 누어도
   오줌발이 사내애들보다 멀리 뻗치던
   명님이, 풍문에 의하면 니나노집
   작부가 되었다는 계집애를.

— 「안양천 메뚜기」에서

② 어머니의 편지는 감정이 물씬거리는 육성으로 자꾸 아들을 불렀으나 여의치 않
은 서울살이가 나를 으레 일상의 말뚝에 매어두었다. 빈농이 생애를 걸고 공부
시킨 장남 역을 과연 어떻게 해낼 것인가. 말뚝 주위를 빙빙 돌며 빈약한 풀을
뜯는 게 고작이었다. 그러나 이번 사연은 나를 말뚝 뽑고 고삐째 내달리는 염소
로 만들어 곧장 고향으로 떠나게 하였다. 아니 그래 회갑이 다된 노인이 남의
과수원 농약을 닷새나 계속했다니, 중독에서 어느 정도 회복된 뒤의 편지였지
만 요는 나의 무능에 대한 아버지의 질책이 자학에 이르지 않았나 의심케 하는
사연이었다. 나는 한편 당황하고 한편 부글거리는 심사를 억누르며 길을 떠났
고 버스가 고속도로를 근대화된 속도로 질주할 때는 마음이 차츰 슬픔으로 무
겁게 가라앉았다. 그리하여 시외버스로 갈아타고 자갈길을 덜컹거릴 때는 줄곧
어떤 어린 날의 추억에 골몰하게 되었다. …… 그날 버스에 오르면서 아버지는
검표원에게 내 차비는 내지 않아도 되느냐고 확인했었다. 이미 소풍을 두 번 이
나 다녀온 나를 취학 전이라고 우기고서. 그런데 막상 내릴 때는 차장의 거친
삿대질에 운전수까지 밖으로 퉁겨나와 아버지의 멱살을 잡았다.

— 「파라티온」의 전문

인용시 ① 속의 시인은 지금 "라면 봉지, 팔 꺾인 인형 따위를 띄우고 / 시

꺼멓게 흐르는 안양천” 가를 걷고 있다. 그는 이곳에서 메뚜기 한 마리를 본다. 이 메뚜기가 상상의 촉매가 되어 시인의 상상은 어린 시절의 추억 속을 향한다. 그가 상상의 추억 속에서 이끌어낸 것은 무상의 즐거웠던 놀이시간과 그 한쪽에 서려있는 가난의 표정이다. 시인은 그가 지금 안양천 가에 와 있듯이, 자신과 함께 놀던 어린 시절의 친구들 역시 고향에서 살 수 없었기에 고향을 떠났다고 생각한다. 여기서 안양천과 어린 시절의 친구들이 떠나 도착한 곳은 근대화와 도시화를 상징하는 곳이다. 그리고 시인 자신과 고향 친구들이 살 수 없어서 떠났다는 고향은 근대화와 도시화가 낙후된 지역이다. 시인은 이러한 근대화와 도시화가 가져다준 결과물로 “라면 봉지, 팔 꺾인 인형 따위를 띄우고 / 시커멓게 흐르는 안양천”과, 도시로 나아가 “니나노집 작부가 되었다는 계집애(명님이)”를 생각한다. 오염된 안양천은 도시환경 및 자연환경의 파괴를, 작부가 된 명님이는 이농자의 도시빈민화를 상징하는 것이다. 이렇듯 시인에게 근대화와 도시화는 어린 시절의 즐거운 추억과 자연의 아름다움을 빼앗아간 원인이며 동시에 이농자들의 하층민화를 가속시킨 원인으로 보인다.

이런 점은 인용시 ②에서도 잘 드러난다. 인용시 ②에는 근대화와 도시화의 상징으로 ‘고속도로’가 등장한다. 시인은 원래 시골 빈농의 아들이었지만 이 고속도로를 타고 상경하였다. 시인은 빈농인 부모가 생애를 걸고 공부시킨 장남이다. 그의 공부란 근대화와 도시화의 권력을 배우는 공부요, 그 권력에 합류할 수 있는 공부이다. 그런 점에서 공부한 장남이자 시인은 근대화와 도시화에 합류하고자 하나 그렇게 할 수 없는 부모의 소망까지도 함께 충족시켜줘야 할 채무자의 짐을 지고 살아간다. 하지만 부모의 생까지도 대신 살아줘야 할 공부한 장남이자 시인은 인용시 ①의 작부가 된 명님이처럼 근대화와 도시화의 핵심부로 들어가지 못한 채 도시의 주변인으로 살아간다. 인용시 ② 속의 시인은 농촌에 남아있는 부모가 힘겹게 생활을 해나아가는 것, 그가 빈농의 장남으로 무거운 짐을 지고 사는 것, 그의 서울살이가 여의치 않은 것, 서울살이가 여의치 않음에도 불구하고 서울을 떠나지 못하는 것 등이 모두 ‘고속도로’로 상징되는 근대화와 도시화의 어두운 이면이라고 생각하는 것이다. 요컨대 우리는 이로부터 도시에 대한 농촌의 패배, 속도에 대한 느림의 패배, 고속도로에 대한 시골길의 패배, 지식에 대한 육제의 패배, 문명에 대한 자연의 패배, 자본에 대한 자존의 패배 등 20세기 한국사 속에 나타난 근대화와 도시화의 모순을 한꺼번에 보고 있는 셈이다.

둘째, 최두석의 가난에 대한 인식은 정치학의 문제와 연관돼 있다. 그러니까 최두석은 가난의 원인을 개인의 책임이나 운명의 문제로 인식하지 않고, 정치적인 문제에서 찾고 있는 것이다. 정치란 무엇인가. 상당히 추상적인 물음이나 정치의 기본개념은 국가의 주권자가 그 해당 영토 및 국민을 다스리는 것이라고 볼 수 있다. 그러면 다스린다는 것은 무엇인가. 신화시대 이래로 정치 지도자의 제1 의무이자 조건은 그가 다스리는 사람들에게 먹을 것을 충분히, 그리고 공평하게 제공해주는 데 있다. 이 점은 지금도 예외가 아니어서, 한 나라의 지도자가 되어 정치를 하려면 이 의무이자 조건을 충족시킬 수 있어야 한다. 그런데 실제로 역사 속에 나타난 많은 정치 지도자들은 이러한 의무와 조건을 만족스럽게 충족시키지 못하였다. 특히 일제강점기로 시작된 20세기 한국현대사의 파행적인 흐름과 그 속에서 나타난 독재권력과 부패권력은 이러한 의무와 조건을 만족스럽게 충족시키는 데 실패하였다. 물론 60년대의 근대화 이후 국민들의 일반적인 소득은 크게 증대하였으나, 그 과정에서 정치권력이 보여준 행태는 상대적으로 가난한 사람들의 분노를 사기에 충분한 것이었다.

최두석은 그의 시에서 그가 인식한 가난의 정치적 책임에 대하여 다음과 같이 말하고 있다.

> 가느다란 목과 햇쑥한 낯빛이 유난하지만 수업중에는 별로 눈에 뜨이는 아이가 아니었다. 겨울에는 빚을 지게 되고 겨울이 지나면 빚을 갚기 바쁘다는 그의 작문을 보고서야 호암산 기슭 시흥 산동네를 찾아가게 되었다. 아버지는 형틀 목공, 어머니는 채소 장수, 어머니가 그를 낳을 때 양식이 떨어져 인절미 세 개를 급히 구해 먹고 낳았다 한다. 집과 집들이 담도 없이 마당도 없이 엉켜 있는 골목길을 오르며 겨울로 옮겨진 보릿고개의 가파름을 생각했다. 두 시간 남짓 걸리는 채소밭에서 배추와 열무를 사서 손수레로 끌어올리는 그의 어머니의

— 「김기섭」의 전문

위 시의 주인공은 시인의 학교 제자인 김기섭이다. 그는 "겨울에는 빚을
지게 되고 겨울이 지나면 빚을 갚기 바쁜" 가정의 자식이다. 그가 살고 있는
곳은 호암산 기슭에 있는 시흥의 산동네이다. 그의 집은 그가 태어날 때에
도 가난하였고 지금도 가난하다. 아버지는 형틀 목공으로, 어머니는 채소장
수로 일하지만 여전히 가난을 면할 수 없는 구조 속에서 살고 있다. 시인은
제자인 김기섭 가정의 가난과 시흥 산동네 사람들의 가난을 보며 생각에 잠
긴다. 그가 생각 끝에 얻어낸 결론은 이 가난이 개인만의 책임이 아니라는
것이다. 그것은 김기섭의 "부모가 맞벌이로 죽도록 일하지만 산동네 꼭대기
집의 셋방살이를 못 면할" 정도로 가난하다는 점과, 올림픽이 열리기 전에
그 동네가 철거될 운명에 처해있다는 사실에서 드러난다. 그렇다면 무엇에
책임이 있는가. 시인은 사회구조, 더 나아가 정치권력에 그 책임이 있다고
생각한다. 하지만 가난한 동네 사람들은 운명을 믿는다. 그리고 운명에 원인
이 있는 것처럼 생각한다. 그들은 보잘 것 없는 집임에도 불구하고 그들의
집이 호암산 기슭의 '호랑이 배'에 해당하는 곳에 위치해 있기 때문에, 그
풍수의 은덕으로 부자가 될 것이라고 믿고 있는 것이다. 사회, 정치, 역사 등
인간의 힘으로 만들어진 것에 의하여 가난의 극복이 이루어지지 않는다는
것을 알 때, 사람들은 인간 밖의 운명을 끌어들인다. 어느 때는 운명이 무엇
인지 그것에 대한 자각도 없이, 운명에 자신의 생을 걸기도 한다. 위 인용시
의 동네 사람들은 이런 경우에 속한다. 뿐만 아니라 사람들은 사회, 정치, 역

사 등에 끼어든 인간의 권력이 그들의 가난극복에 장애가 되었음에도 불구
하고 위 인용시 속의 아버지가 그러하듯이 구조적 인식을 결여한 채 기성의
인간적 권력을 추구한다. 위 인용시 속의 아버지가 아들에게 사관학교나 경
찰대학을 가기 바란다고 말하는 부분에서 우리는 이런 사실을 발견하고 우
울한 마음을 감출 수 없다. 요컨대 최두석은 가난의 문제를 정치적인 층위
에서 직시하고자 한다. 그리고 그는 가난의 운명화라고 부를 만한 허무주의
적 자세를 적극 거두어내고자 한다.

3. '비운'의 사회학, '비운'의 정치학

최두석의 시에는 비운의 생을 살고 있는 사람들이 수도 없이 등장한다.
그에게 이처럼 비운의 생을 살고 있는 사람들은 그의 시적 대상이다. 비운
(悲運)이란 말할 것도 없이 슬픈 운수를 뜻한다. 개인의 잘함과 잘못함에 관
계 없이 우연이라고 말할 수밖에 없는 계기에 의하여 비극적인 일을 맞이해
야 할 때, 우리는 이것을 가리켜 비운이라고 말한다.

최두석의 시집 어디를 열어도 발견할 수 있는 이런 인물들을 여기에 열거
해보면 다음과 같다. 연탄가스로 죽은 박정길 양, 구두닦기와 구두수선을 한
김용오 씨, 전쟁놀이 하다 죽은 박근중 어린이, 미팔군에서 악사 노릇하는
문정배, 육이오 때 행방불명된 큰아버지, 육이오 이산가족들, 1980년 광주항
쟁에서 죽은 이들과 그들의 부모들, 동업자에게 당하고 망해버린 고재국, 교
통사고로 아들 잃고 손녀와 사는 수국댁, 성묘길에 오줌 누다 지뢰폭발로
죽은 아낙네, 육이오 때 집을 폭격당한 후 여태껏 무주택자인 영산포 고모,
딸 많이 낳았다고 학대받은 유촌댁, 농사꾼이라고 장가 못든 노총각 고순봉,
소값 파동으로 소를 죽여버린 김영천 씨, 산사태로 죽은 달동네 사람들, 대
학진학에 실패했다고 자살한 한재영, 장애인이라고 의대입시에서 실패한 고
창득, 미국 영주권을 얻고 사는 것이 생의 최대 숙원인 어느 부인, 가족을
먹여 살리기 위해 미군병사들에게 몸을 판 여자, 바닷가에서 굴을 따다 미
공군 사격장에서 날아오는 폭탄에 목숨을 잃은 아낙, 화성군 쿠니 사격장

철거를 주장하다 징역살이 하는 전만규 씨, 온도계 공장에서 수은 중독으로 죽은 문송면 소년, 남북의 평화통일을 꿈꾸며 남북한을 오고가다 청춘을 저당잡힌 김낙중 등등.

최두석은 이처럼 수많은 비운의 인물들과 그들에 얽힌 사연을 자신의 시 속에 적극적으로 이끌어들이고 있다. 그런데 중요한 것은 비운이라고 부를 수밖에 없는 이 불행한 인물들의 사연을, 그가 가난의 문제를 인식할 때처럼 결코 운명이나 우연의 문제로 인식하지 않는다는 데 있다. 분명 외양으로 본다면, 앞에서 열거한 인물들의 비극적 사연은 운명이니 우연이니 하는 말로밖에 설명할 수 없는 어떤 면을 가진 것처럼 보인다. 행위자의 개인적인 잘못이 없는 데도 불구하고 아무런 예고 없이 닥쳐오는 폭력 앞에서 무참히 자신의 생을 저당잡힐 수밖에 없는 사연을 무엇으로 설명할 수 있을까? 하지만 최두석은 비운의 사연을 운명과 우연이 아닌, 사회학적, 정치학적, 역사학적 층위 위에서 이해하고 그 속에 내재한 문제점을 포착해냄으로써 상식을 뒤집어놓는 것이다. 주지하다시피 사회니, 역사니, 정치니 하는 것들은, 그것이 권력과 폭력의 주체가 될 때, 그로 인하여 수많은 개인들이 뜻하지 않게 불행한 삶을 살도록 만든다. 이런 권력과 폭력 앞에서 개인은 무력한 존재로 전락되고, 세상은 개인의 행복을 위한 곳이 아니라 추상의 사회니 역사니 정치니 하는 것들을 위한 것이 되고 만다. 비운에 대한 최두석의 이와 같은 인식은 구체적으로 다음과 같은 모습을 보인다.

첫째, 최두석은 전쟁이야말로 개인의 삶을 비운의 삶으로 만들어내는 최대의 적이라고 생각한다. 아마도 최두석만큼 그의 시에서 전쟁의 폭력성을 집요하게 고발한 시인도 흔하지 않을 것이다. 그는 전쟁과 관련된 일체의 것 앞에서 알레르기 반응을 일으키는 시인이다. 그 어떤 말로도 합법화될 수 없는 것이 전쟁이라면, 최두석은 이런 전쟁의 합법화를 처음부터 부정하고 있는 것이다. 그는 전쟁으로 인하여 비운의 삶을 살게 된 수많은 비극적 인물들을 그의 시 속에 묘사해놓으면서, 제아무리 그럴싸한 명분을 내걸고 전쟁이 이루어져도, 그것 때문에 개인의 생이 파탄나는 것은 결코 용납할 수 없는 것임을 밝히고 있다. 최두석에게 한국근대사는 전쟁사 내지는 무력의 역사와 다름없다. 일제의 한일합방, 일제의 태평양 전쟁, 6. 25 한국전쟁, 냉전과 남북긴장, 미군의 한국에 대한 군사적 영향력 행사, 1980년의 광주유혈비극 등, 방금 열거한 것만 보더라도 20세기 한국사를 파행으로 몰고 간 핵심 요인은 전쟁과 그와 유사한 무력행위라고 생각하는 것이다. 이러한 전쟁과 무력행위가 수많은 개인의 비극적인 삶에 대한 제1의 원인 제공자임을 그는 놓치지 않고 고발한 것이다.

위 인용시에서 비운의 인물은 한장수씨와 그의 아내, 그리고 가족들이다. 이들의 비운은 고온리에 있는 미 공군 사격장의 사격 연습에서 비롯된다. 사격 연습이 지금 당장 전개되는 전쟁은 아니지만, 그것은 전쟁의 결과물이자 준비물이다. 이 전쟁의 결과물이자 준비물인 사격 연습은 한 아낙네의 죽음을 가져왔고, 그 죽음은 가족 전체의 비극으로 이어졌다. 최두석은 이 비극이자 비운인 사건을 운명의 탓으로 돌리려 하는 한장수 씨의 처지를 엄청난 연민과 분노감 속에 바라본다. 그리고 그는 비록 그 목소리는 차분하지만, 당신 가족의 비운은 운명의 문제도, 개인의 책임도 아닌, 오로지 전쟁이라는 역사적 폭력의 문제이자 책임이라고 강하게 역설하고 있는 것이다.

둘째, 최두석은 강자 위주의 사회와 그 정치논리 및 가치체계야말로 약자들을 비운의 주인공으로 만든 대표적 원인이라고 지적한다. 강자란 누구인가. 한 마디로 규정짓기는 어렵지만, 어떤 종류의 것이라도 권력을 가진 자에게 우리는 강자라는 이름을 붙여줄 수 있을 것이다. 이렇게 보면 강자가 아주 많고 다양할 것 같으나, 실제로 권력의 집중화는 수많은 약자를 만들었고, 그 약자들은 권력의 횡포 아래서 비운의 삶을 살아가게 되고 말았던 것이다. 특히 도시화, 근대화, 산업화, 자본화, 독재화 등이 일어나면서 급격히 권력이 이동하고 새로운 사회가 형성되는 가운데 이에 발빠르게 적응하지 못한 사람들은 약자의 처지로 떨어지고 말았다. 여기서 약자의 수를 줄일 수 있는 방책이 정치의 이름으로 작용하게 되는 것인데, 우리의 현대사 속에서 전개된 정치는 이 점을 만족스럽게 해결하지 못하였다. 최두석은 이런 변화 속에서 약자가 되어 비운의 삶을 살아가는 사람들에게, 그것은 당신들만의 책임도, 당신들의 운명도 아니라고 말하면서 그 아래 숨어 있는 사회적, 정치적 모순을 들춰내고 있는 것이다. 아래의 작품 한 편을 보기로 한다.

> 수은 중독으로 문송면 소년이 죽은 뒤 나의 뇌리에 문득 엉뚱한 활동사진이 찍혔다. 느티나무 잎새마다 달빛 빛나는 시골 학교 운동장에서 문송면과 이승복, 두 아이가 서로의 뺨을 번갈아 때리는 장면이었다. 점점 손끝이 매워지고 입술은 터져 피가 흐르다가 돌연 필름이 끊겼다. 앞뒤도 없는 이러한 영상이 차츰 지울 수 없는 상념으로 자리잡을 무렵 문군의 모교를 찾아갔다. 짭쪼롬한 바닷바람 넘나드는 태안군 소원면 시목국민학교. 아니나 다를까 '용감한 반공소년' 이승복이 운동장이 떠나가도록 공산당이 싫다고 외치고 있었다. 이 웅변을 듣는지 못 듣는지 한 아이가 동상 언저리 토끼풀밭에 엎드려 네잎 클로버를 찾고 있었다. 바야흐로 과연 이 소년이 찾을 행운이 뭘까. 상경하여 온도계 공장에 들어가고 온몸이 미칠 듯이 가렵고 …… 숨가쁘게 답답해진 나는 돌연 활동사진 속으로 뛰어들며 물었다. "이승복 죽을 때 옆에서 본 사람 없는데 누가 그 외침 소리 들었지?"
>
> ― 「시목국민학교」의 전문

위 인용시의 주인공 문송면은 상경 후 온도계 공장에서 일하다 수은 중독으로 죽은 소년이다. 그리고 또 하나의 주인공 이승복은 전쟁과 무력위주의 역사적, 정치적 폭력 때문에 희생된 소년이다. 전자가 강자 위주의 사회와 그 정책 때문에 비운을 맞이한 자라면, 후자는 전쟁으로 만들어진 역사적 현실 때문에 비운을 맞이한 자이다. 최두석은 이 둘을 우리 현대사 속의 상징적인 피해자로 생각한다. 그럼에도 불구하고 가해자가 누구인지는 잊은 채 이 피해자이자 약자인 사람들끼리 서로 뺨을 치고 싸우는 것이 바로 우리 현실의 비극적인 모순임을 그는 고발하고 있다. 논의를 둘째 항목의 주제와 관련시켜보면, 위 인용시의 비극적 주인공 문송면은 가난과 생존 앞에서 강자 논리의 정책 때문에 생명을 잃은 인물이다. 최두석은 이런 비극이 또 다시 이어질 것을 예감한다. 그것은 아직도 권력의 분배가 제대로 이루어지지 않은 사회에서, 그 권력을 지향하거나, 그 권력 구도 속에 들어가 생존의 문제를 해결할 수밖에 없는 사람들이 아직도 문송면의 고향 마을에 남아 있기 때문이다.

셋째, 최두석은 비합리적 인생관과 세계관이 팽배하는 사회적 현실이야말로 비운의 인물들을 만들어내는 주된 원인이라고 생각한다. 물론 최두석은 사람들이 그러한 인생관과 세계관을 가질 수밖에 없도록 만든 역사적 현실을 더 큰 원인으로 생각한다. 그럼에도 불구하고 그는 여태껏 사회적, 정치적, 역사적 모순을 읽어내지 못한 채 인생과 세계를 운명, 팔자, 풍수설, 신의 섭리 등에 의지하여 해석하고 예견해나아가는 사람들의 현실을 안타까워한다. 그리고 그는 이것이야말로 그들로 하여금 더욱더 비운의 현실로부터 벗어나지 못하게 만드는 큰 원인이라고 생각한다. 왜냐하면 비합리적 관점이 비극적 현실 극복의 진정한 방책이 될 수 없기 때문이다.

> 밤중에 잠이 깼는데 머리가 찢어질 듯해 방바닥을 몇 바퀴 굴렀는지 몰라요. 엄마와 하나님이 부르는 소리가 들려 손을 내밀다, 우연히 부엌문이 열려 가스 중독에서 살아났어요. 이렇게 간증한 박양은 감사의 표시로 교회에 종을 기증했다.
> 가난한 농사꾼의 팔남매에서 일곱째인 그녀는, 라디오로 고등학교 마치고 야간 대학에 다니던 그녀는, 자수기 한 대에 생계를 걸며 혼자 월세방을 옮겨다

— 「박정길 양」의 전문

위 인용시의 주인공 박정길 양은 인생과 세계를 신의 섭리라는 비합리적
힘에 의탁해서 이끌어나아가는 전형적인 인물이다. 최두석은 박정길 양의
이와 같은 삶의 방식을 이해하고 그에 대하여 연민의 마음까지 갖고 있으면
서도 이것이 잘못되었다는 것을 지적한다. 그러면서 최두석은 박정길 양의
연탄가스 중독과 그로 인한 죽음의 밑바닥에는 도시화로 인한 도시빈민층
의 형성이라는 사회적, 문명사적인 문제가 가로놓여 있음을 알려주고 있다.
참고로 말하면, 최두석은 위 작품 이외의 다른 작품에서도 20세기 한국사 속
에서 번창한 기독교에 대하여 의구심을 표명한다. 이것은 비합리적 세계의
엄청난 힘에 대한 경계이기도 하면서, 다른 한편 인류사의 근대를 지배해온
서양세력, 그 가운데서도 우리의 현대사에 강하게 영향력을 미친 미국의 힘
을 경계하는 것이기도 하다. 요컨대 최두석은 "아버지가 운명으로 살았다면
/ 나는 역사로 살아야 한다고 다짐"하며, 그 나의 다짐이 우리의 다짐이기를
바라는 사람이다. 인간이, 인간 사이에서, 인간을 위해, 인간의 힘으로 만든
것이 역사라면, 그것의 개선 또한 인간의 힘으로 이루어질 수 있지 않겠느
냐는, 인간에 대한 믿음과 낙관적 사고를, 그는 하고 있는 것이다.

4. '자연'의 인간학, '자연'의 역사학

최두석은 자연에 익숙한 시인이다. 그가 농촌에서 성장하였고, 그의 부모
님이 농사를 지으셨으며, 아직도 부모님이 농촌에 남아 계신다는 사실이 그
로 하여금 자연을 잘 알 뿐만 아니라 자연에 익숙하도록 만든 요인이다. 이
런 사실을 입증이라도 하듯이, 최두석의 시에는 자연이 자주 등장할 뿐만
아니라 아주 사실적으로 묘사되곤 한다. 특히 그의 제4시집 『사람들 사이에

꽃이 필 때』에는 시인이 자연에 대한 편향성을 보여주고 있다는 말을 할 수 있을 만큼 자연의 등장이 빈번하다.

그런데 최두석의 시에서 자연은 인간화된 자연, 사회화된 자연, 역사화된 자연으로 나타나는 경우가 대부분이다. 그는 자연까지도 인간적, 사회적, 정치적, 정치적 문제와 연결시키지 않고서는 배기지 못한다. 따라서 그의 시에 등장하는 자연은 인간의 영역을 포함하고 있다기보다 인간의 영역에 포함돼 있는 셈이다.

첫째, 최두석은 주로 그의 제1시집『대꽃』과 제3시집『성에꽃』에서 자연을 역사적 층위에 놓고 바라본다. 물론 제4시집『사람들 사이에 꽃이 필 때』에도 이런 측면이 들어 있지만, 그 비중으로 볼 때 앞의 두 시집에 더 많이 들어 있다. 최두석이 자연을 역사적 층위에 올려놓고 바라다볼 때, 자연은 철저히 역사화된 자연으로서 역사적 사실을 반영한다. 말하자면 자연이 인간적, 역사적 영역으로 들어올 때, 자연은 자연으로서의 자연다움을 상실하고 그 대신 인간들의 이해관계와 맞물린다. 가령 다음과 같은 작품들을 보기로 하자.

— 「매화나무 앞에서」에서

② *아카시아여, 어린 날 가위바위보로 잎따기하며 십 리 학교 길을 걸었던 향기*
  로운 꽃나무여, 추억과는 무관한 내력을 말하자면, 이 땅에 네가 맨 처음 심
  겨진 곳은 용산 일본군 병영의 울타리였다. 그리고 아무 데나 뿌리내려 무섭
  게 자라는 너의 생명력이 부럽기는 하지만, 소나무나 잣나무를 죽이고 숲을
  이루는 너의 번식력이 어떻든 부럽지만, 아카시아 사방공사가 묘하게도 해방
  전후로 일관된 정책이었음을 안다.

— 「아카시아」에서

인용시 ①의 매화나무는 자연 그 자체로 인식되기보다 임진왜란에 참여한 강대국 명나라와 그들에게 도움을 간청한 조선의 주종관계를 상징하는 것으로 인식된다. 그리고 그것은 이어서 하인을 거느리고 사는 조선조 사대부의 권력구조와 연결되면서 자연 그 자체로서의 성격을 잃어버린다. 최두석은 자신이 매화나무로 표상되는 자연을 자연 그 자체로 보지 못한다는 것을 알고 있으면서도, 자연이 그에게 역사적으로 읽히는 현실을 어쩌지 못한다. 이런 점은 인용시 ②에서도 마찬가지이다. 최두석은 인용시 ②에서 아카시아 나무를 무상의 자연으로 보지 못한다. 대신 그는 아카시아 나무를 우리의 비극적인 역사와 관련시켜서 이해한다. 최두석에게 시쓰기의 중요한 목적은 우리의 현대사를 해독(解讀)하여 해독(解毒)하는 데 있다. 나는 이 점을 그의 작품 「한강을 건너며」에서 암시받는다. 구체적으로 최두석에게 아카시아 나무는 일제가 식민지 기간 동안 조선의 산들을 무참히 벌목하고 벌거숭이가 된 산을 감추기 위하여 급하게 심어놓은 비극적인 역사의 상징물이다.

이런 예는 최두석의 시에 아주 많아서, 그의 작품 「지리산 찔레꽃」에서는 찔레꽃이 지리산 빨치산과 국방군의 교전 및 희생과, 「동두천 민들레」에서는 민들레가 미군의 한국 지배와, 「다시 한강을 건너며」에서는 강물이 한국의 어두운 현대사와 연관돼서 인식된다.

둘째, 최두석은 자연을 교훈서처럼 생각함으로써 자연을 인간의 영역으로 끌어들인다. 앞 항목의 자연이 시대적, 역사적 의미를 갖고 있다면, 이번 항목의 자연은 인생론적 의미를 갖는다. 이런 점은 주로 그의 제4시집 『사람들 사이에 꽃이 필 때』에 등장하는데, 이 시집에서도 최두석은 여전히 자연을 역사화하지만, 이전의 시집과 비교할 때, 자연을 인간화, 인생화하는 경우가 아주 많다. 말하자면 자연을 의인화함으로써 그로부터 인생의 교훈을 얻어내고 있는 것이다.

— 「대청봉 눈잣나무」의 전문

이런 유형의 시는 최두석의 제4시집 『사람들 사이에 꽃이 필 때』에서 처음으로 만난다. 어쩌면 이렇게 자연으로부터 교훈을 얻고 인생을 되돌아보는 태도는 아주 역사가 깊고 흔한 것이어서 특별히 논의할 만한 것이 아닐지 모른다. 그러나 최두석의 시에서 자연이 역사적 인식의 대상을 거쳐 이런 방향으로 나아가고 있다는 것과, 그가 자연을 어떤 방식으로 인간화시키고 있는가 하는 점은 눈여겨 살펴볼 만하다. 최두석의 이런 자연인식은 그가 역사라든가 시대라든가 하는 말로 집약되는 첨예한 현실문제에 계속 관심을 가지면서도 인생이라든가 삶이라든가 하는 보다 일상적이고 일반적인 인간문제에 관심을 갖게 되었다는 표시이다. 나는 최두석의 제4시집에 나타난 자연의 양상을 통하여 그가 청춘기의 투쟁과 고발의 시간으로부터 차츰 중년기의 깨달음과 내성의 시간으로 옮겨가고 있는 것이 아닌가 하는 생각을 해본다. 또한 이 시집에 와서는 간혹 자연을 자연 그대로 보는 일도 나타나고, 인간까지도 자연의 영역으로 이끌고 들어가는 것을 보면서 그의 정신이 이제는 적잖이 여유를 얻은 것이 아닌가 하는 생각도 해본다.

5. '이야기'와 '실화'의 사회학

최두석의 시는 대부분이 이야기시의 형태를 하고 있다. 따라서 그의 시를 읽다보면 우리는 시 속에 들어 있는 이야기를 만나게 된다. 최두석은 그가 왜 시 속에 이야기를 이끌어들여야만 했는가를 자신의 이야기시론 격인 작품 「노래와 이야기」 속에 적어놓고 있다. 그리고 또한 그는 제2시집『성에 꽃』과 제4시집『사람들 사이에 꽃이 필 때』의 뒷 표지 「자서」 란에 그가 이야기시에 대하여 갖고 있는 생각을 적어놓고 있기도 하다.

나는 그의 이야기시를 장르론적인 측면에서 살펴보기보다 사회학적인 측면에서 살펴보고자 한다. 이 말은 그가 이야기시를 선택한 것이 단순한 장르상의 문제나 형식상의 문제가 아니라 사회적 의미를 담고 있다는 뜻이다. 그러면 최두석의 이야기시가 지닌 사회학적 의미는 무엇인가?

첫째, 나는 최두석의 이야기시가 사회적, 시대적, 정치적, 역사적 모순과 왜곡상을 고발하는 성격을 갖고 있다고 본다. 앞에서 살펴본 바와 같이, 최두석의 시는 이러한 외적 현실의 모순과 왜곡상 속에서 피해받은 인간들의 비극적인 삶을 고발한 것이 대부분이다. 그렇다면 구체적으로 그가 선택한 이야기시가 어떻게 사회적, 시대적, 정치적, 역사적 모순과 왜곡상을 고발하는 방식이 될까? 나는 이 물음에 대한 실마리를 그의 이야기시론 격인 작품 「노래와 이야기」 속의 한 구절에서 찾아낸다. 최두석은 이 작품에서 "내 격정의 상처는 노래에 쉬이 덧나 / 다스리는 처방은 이야기일 뿐"이라는 말을 하고 있다. 이 부분을 좀더 풀어서 말하자면, 시인이 "격정의 상처"라고 말한 것은 바로 사회적, 시대적, 정치적, 역사적 모순과 왜곡상 때문에 안게 된 격한 상처를 뜻한다. 그런데 그는 이 격한 상처를 어떤 방식으로든지 아물게 하려고 한다. 그러나 임시로 상처를 미봉한다고 해서 모든 것이 해결될 수 없다는 것을 그는 안다. 그보다 중요한 것은 상처의 원인을 찾아내고 그 것을 제거하는 일이기 때문이다. 그렇다면 상처의 원인은 어디에 있는가? 최두석은 상처의 원인이 사회적, 시대적, 정치적, 역사적 모순과 왜곡상 속에 있다고 생각한다. 그의 시쓰기는 이와 같은 모순과 왜곡상을 찾아내어

지적하며 고발하는 데 뜻을 두고 있다. 그것이 바로 격정의 상처를 다스리는 첫번째 길이라 여기기 때문이다. 그런데 그는 이 격정의 상처가 만들어지게 된 원인을 고발하면서 이야기시의 형태를 빌려온 것이다. 왜냐하면 그가 생각하기에 이야기시의 형식이야말로 그와 같은 원인을 전달하는 데 아주 좋은 방법으로 여겨지기 때문이다. 이야기시의 중심을 이루는 이야기란 구체적 사연으로 이루어지므로 감정의 표출이 주를 이루는 서정시와 비교할 때 실상의 보다 생생한 전달이 가능하다는 점을 생각하면 충분히 이해할 만한 점이다.

최두석은 이런 이야기시의 진면목을 제1시집 『대꽃』과 제3시집 『성에꽃』에 수록된 짧은 형태의 이야기시와, 제2시집이자 장편서사시인 『임진강』에서 훌륭하게 보여주고 있다. 특히 제1시집과 제3시집에 수록된 단시 형태의 이야기시에서도 그러하지만, 장편서사시인 『임진강』에서 그는 자신이 선택한 이야기시의 특성을 유감없이 보여주고 있다.

둘째, 나는 최두석의 이야기시가 사회적, 시대적, 정치적, 역사적 모순과 왜곡상에 대응하는 한 방식이라고 본다. 최두석은 당시의 시단에서는 물론 현재의 우리 시단에서도 아주 차분하고 조용하며 냉정한 자세로 시를 쓰는 시인이다. 그는 외치지도 않고, 명령하지도 않으며, 울부짖지도 않고, 과장하지도 않는다. 그는 마치 실화에 가까운 혹은 실화에 근거한 이야기를 조용히 전달하는 사람의 태도를 취하고 있다. 이 점은 그가 가진 천성이기도 하겠지만, 외적 현실의 모순과 왜곡상으로 인하여 격해진 마음을 스스로 다스리는 방식으로 선택된 것이기도 하다. 최두석은 이런 차분하고 조용하며 냉정한 대응을 하기 위하여 이야기시의 형태를 취한 것으로 보인다. 이야기라고 하는 것은 아무래도 심장에 호소하는 감성적 언어에 비할 때, 시인 스스로도 말했듯이 뇌수에 박히는 지성적 측면을 갖고 있다. 나는 최두석이 이처럼 이야기를 선택하여 시에 도입한 것은 바로 격한 세상에 격한 방식으로 대응하지 않고, 오히려 냉정한 방식으로 대응하려고 한, 하나의 전략이 아닌가 생각한다.

최두석은 지난 해(1997년) 발간된 제4시집 『사람들 사이에 꽃이 필 때』에 와서 그 동안 애착을 보여왔던 이야기시 형식을 많이 포기한 채 일반적인 서정시 형태를 취하고 있다. 그리고 앞에서도 말했듯이 여전히 역사적 현실에 큰 관심을 보이면서도 인생과 자연 같은 보다 영속적인 세계에 관심을 쏟고 있다. 그의 시가 이로부터 어떻게 변모할 지는 좀더 지켜봐야겠으나, 한 가지 분명한 것은 역사에 쏟는 그의 관심과, 그로 인한 격정의 정도가 이전보다 적어졌다는 점이다. 그러나 그가 역사 너머로까지 관심을 자연스럽게 확대시킬 수 있었다는 것과, 전략적이자 필연적이라고 할 만한 이야기시의 형태에 더 이상 집착하지 않게 되었다는 것은, 그만큼 시인의 내면이 평온해진 증거가 아닌가 하는 짐작도 든다.

⌘

박노해의 시는 왜 감동을 주는가

1. 글을 시작하며

박노해는 1983년 동인지 『시와 경제』 2집을 통해서 시단에 나왔다. 이후 그는 등단 바로 다음 해에 첫 시집 『노동의 새벽』(풀빛)을 출간하였고, 1991년 '사노맹'사건으로 구속되어 무기징역을 선고받고 교도소에 수감돼 있는 중에 제2시집 『참된 시작』(창작과비평사, 1993)과 제3시집 『사람만이 희망이다』(해냄, 1997)를 출간하였다. 참고로 밝히자면, 방금 박노해의 제3시집이라고 말한 『사람만이 희망이다』는 보는 사람에 따라 시집이 아닌 것으로 분류할 수도 있을 것이다. 그러나 나는 『사람만이 희망이다』가 약간의 산문적인 속성을 갖고 있는 것이 사실이라 하더라도, 전체적으로 볼 때 시집으로 분류하여도 크게 문제가 없을 것이라 생각하여, 이 책을 시집으로 규정하고 이 글의 논의를 전개해 나아가기로 한다. 따라서 박노해에게는 세 권의 시집이 있는 셈이다.

박노해는 첫 시집 『노동의 새벽』을 출간한 당시부터 우리 시단의 누구보다도 문제적인 시인으로 평가받은 바 있다. 그는 지난 1980년대 우리 시단에서는 물론 전체적인 우리 시사 속에서 놓고 보더라도, 그리고 민중시라는 장르에 국한시켜놓고 다른 시인들과 비교해보더라도, 누구보다 문제성을 많이 갖고 있는 소위 문제적 시인이었던 것이다. 하지만 그가 우리 시단이나 시사 속에 제기한 문제성은 첫 시집에서 끝나지 않고 제2시집과 제3시집에 이르면서 더욱 심화·확대되어 나아갔다. 나는 여기서 박노해의 시집이 갖고 있는 문제성과, 그의 시집이 어떤 점에서 독자들에게 감동을 줄 수 있는 것인지, 그 원인에 대하여 살펴보기로 한다. 결국 그의 시집이 갖고 있는 문제성과 그의 시집이 독자들에게 전해주는 감동이란, 바로 그의 시집이 독자들에게 매력적인 대상으로 여겨지는 이유가 될 것이다. 그러니까 나는 이 글을 통하여 박노해의 시집 세 권에 나타난 시세계가 어떤 점으로 인하여 독자들을 사로잡을 수 있는 것인지, 그 매력의 원인을 찾아보기로 할 것이다.

2. 평이성, 자연성, 고백성

박노해의 시가 가진 첫번째 특성이자 장점으로서 우리에게 문젯거리를 제공해주는 것은, 그의 시가 참으로 쉽게 읽힌다는 점이다. 이런 점에서 박노해의 시는 독자대중들을 소외시키지 않는다. 아마도 우리 시단의 다른 많은 시인들의 시를 접하다가 박노해의 시를 읽는 사람이라면, 시가 이렇게 쉽게 읽힐 수도 있는 것인지, 시가 그렇게 쉽게 읽혀도 괜찮은 것인지, 하는 의문을 가지면서, 시의 본성, 시의 언어적 특성, 시와 독자와의 관계 등에 대하여 다시금 생각해보지 않을 수가 없을 것이다. 다시 말하건대 박노해의 시는 상당히 쉽게 읽 힌다. 그의 시를 읽어 나아가면서 이것이 도대체 무엇을 의미하는 것인지 알 수 없다는 표정을 짓게 되는 경우는 거의 없다. 이와 같은 사실은 일차적으로 그의 시가 독자들을 만나는 데 성공하였다는 것을 의미한다. 더욱이 그의 시가 이와 같이 쉽게 읽히면서도 결코 전달하는 내용이 낮은 수준의 것도 아니며, 그 내용을 형상화하는 기교가 유치한 수준의 것도 아니라는 점이 돋보인다. 그렇다면 박노해는 수준 높은 내용을, 수준 높게 형상화하면서도, 독자들이 쉽게 시를 접하고 읽을 수 있도록 만든 시인이다. 시가 제한된 독자만을 허용하지 않고, 가능한 한 많은 독자들이 소외감을 느끼지 않은 채 접근할 수 있도록 좋은 의미의 '읽기 쉬운 시'가

되었다는 것은 시인이 그만큼 시쓰기의 요령을 갖고 있다는 의미이며 동시에 독자들을 암암리에 배려하고 있다는 의미가 될 것이다.

두번째, 박노해의 시가 가진 특성이자 장점으로 들 수 있는 것은 자연성 내지는 자연미를 최대한 살려내고 있다는 점이다. 박노해의 시는 분명 그것이 시라는 형식을 취하고 있는 한 인위적인 문화적 산물이며, 무엇을 하고자 하는 인간의 인위성을 그대로 반영하고 있는 산물이다. 그럼에도 불구하고 나는 박노해의 시에서 자연성 혹은 자연미라고 부를 만한 어떤 속성이 그의 시를 특징짓고 있다는 생각을 버릴 수 없다. 그리고 자연미가 인공미를 앞선다는 생각으로부터도 자유로울 수가 없다. 그러면 어떤 점이 그의 시로부터 이와 같은 자연성 내지는 자연미를 느끼도록 만드는 것일까? 나는 그 근거로서 네 가지 정도를 들 수 있을 것 같다.

하나, 박노해는 자연발생적인 시인의 자질을 갖고 있다는 점이다. 그는 만들어진 시인이라기보다 저절로 태어난 시인처럼 보인다. 그러므로 그의 시에는 간혹 투박한 면도 있지만 인공의 흔적이 가해지지 않은 자연성이 살아 있다.

둘, 박노해의 시에 등장하는 언어들은 의도적으로 꾸민 흔적을 거의 갖고 있지 않다. 그리고 그가 이러한 언어를 사용하여 창조해낸 시형식도 꾸민 흔적을 거의 갖고 있지 않다. 그의 시를 읽다 보면 형식과 언어가 그의 시적 충동을 억압한 흔적을 찾아보기 어렵다. 거꾸로 그의 시에서 우리는 시인의 시적 충동이 언어와 형식을 자연스럽게 창조해낸 모습을 만날 수 있다.

셋, 박노해는 상상력으로 시를 쓰지 않고 체험으로 시를 쓴다. 그렇다고 해서 그의 시에 상상력이 전혀 작용하지 않았다는 말은 아니다. 이 말은 체험이 박노해의 시에서 원천을 이루고 있다는 뜻이다. 사실 많은 문학론에서 상상력의 기능을 크게 역설하고 있지만, 그보다 앞서는 것이 체험이 아닌가 한다. 체험은 시가 언어로 만들어진 인위적 형식이기 전에 몸에서 솟아오르는 자연적 산물임을 의미하는 부분이기도 하다.

넷, 박노해는 그의 첫 시집에서 노동자가 역사적 현실 속에서 살아가고 있는 실상과 쟁취해야 할 목표에 대하여 뜨겁게 외쳤다. 이런 사정은 얼마간의 차이가 있음에도 불구하고 그의 제2시집에서도 마찬가지로 나타난다. 그러나 그의 제3시집으로 오게 되면 사정이 달라 진다. 박노해는 그의 제3시집에서 여전히 역사적 현실을 직시하고 그것을 향하여 발언하는 사람의 모습을 보여주면서도, 그가 역사 이전 혹은 역사 너머의 자연적 혹은 우주적 존재임을 자각하고 자연적 존재로 살아가기(돌아가기)또는 우주적 존재로 살아가기(돌아가기)에 대하여 이야기하고 있다. 이로부터 그는 '몸'과 '흙'이 모든 것의 출발이자 귀환점임을 알고 그 자신을 자연과 우주의 탯줄에 연결시켜 놓고 있다. 그는 이러한 제3시집 속에서 그의 정신의 근저에 소박한 꿈과 소박한 삶에 대한 지향성이 담겨 있다는 사실을 곳곳에서 드러내곤 하였다. 예를 들면 그는 만약 누군가가 당신이 감옥에서 나가 무엇을 하고 싶으냐고 물으면 '동네 이장'이 돼서 한번쯤 농민들과 건강하게 살아가고 싶다는 작은 소망을 피력하고 있으며, 조금 불편하더라도 몸을 움직이면 모든 것이 해결될 터인데 이 시대의 인간들이 너무 문명에 의존한다는 것을 지적한다. 이 같은 소박한 꿈과 그러한 삶에 대한 지향성이야말로 그의 시에 자연성과 자연미를 더해주는 요인이다.

셋째로, 박노해의 시가 지닌 특성이자 문제성으로는 고백성과 솔직성을 들 수 있을 것이다. 박노해는 그의 시에서 세상에 대한 성찰과 비판과 분노 이상으로 자신에 대한 성찰과 비판을 가하고 있다. 그는 그가 자본가에 대하여 갖고 있는 감정, 자신의 실상에 대하여 갖고 있는 감정, 소련의 붕괴를 비롯한 사회주의 국가들의 몰락을 보면서 느꼈던 심정, 그로 인한 자신의 내적 변화상, 이후 후기자본주의사회의 발달과 정보화사회의 도래를 보면서 그가 변하지 않을 수 없었던 내용 등, 그의 내면세계를 고백하듯이 솔직하게 드러내 보이고 있다. 만약 박노해가 이런 고백성과 솔직성 없이 격렬하게 투쟁만을 강조했다거나, 엄숙하게 당위적인 요청만을 계속하였다면, 그의 시에서 느끼는 감동이 적었을 것이다. 첫 시집이나 둘째 시집 속에 들어 있는 일부 작품에서는 자기고백의 솔직성이나 자기점검의 치밀함이 없이 지나치게 경직된 구호만을 열창해서 감동의 폭이 적어질 때도 있었지만, 전반적으로 그의 시에는 이런 고백적인 측면과 치밀한 자기점검의 모습이 잘 반영돼 있다.

3. 자각, 투쟁, 성취

앞장에서 박노해의 시적 특성으로 언급한 내용 — 평이성, 자연성, 고백성 — 은 독자들을 편안하게 해주는 부분이다. 불가해함에 가까운 난해함이 판치는 세상에서, 인위성이 자연성을 학대하는 부자연스러운 세상 속에서, 위선과 가면이 고백의 순수함을 비웃는 시대 속에서, 평이하나 진지한 내용으로, 자연스러우나 지루하지 않은 모습으로, 고백적이나 비굴하지 않은 자세로 다가오는 세계를 대할 때, 우리는 편안함이 가져다주는 즐거움을 맛볼 수 있을 것이다.

본 장에서는 앞장에서와 조금 다른 성격이 다른 내용을 언급하고자 한다. 그것은 본 장의 제목에서 밝혔듯이, 박노해 시에 나타난 자각하는 인간의 모습, 투쟁하는 인간의 모습, 성취하고자 하는 인간의 모습을 말한다. 이 세 가지 모습은, 특히 박노해가 역사적 현실 속에서, 역사적 인간으로 살아가고자 하면서 쓴 첫 시집과 둘째 시집에 뚜렷이 나타나 있다.

첫째, 박노해의 시가 독자들에게 호소력을 가질 수 있는 까닭은, 그의 시 속에 현실로부터 부당하게 소외당한 한 인간이 스스로의 인권을 찾아가는, 이른바 '자각 및 각성의 과정'이 여실하게 그려져 있기 때문이다. 구체적으로 박노해는 그의 시 속에서 인권을 유린당한 하층노동자로, 감옥 속의 수인으로 나타난다. 그는 언제나 자신의 노동과 투쟁에 상응하는 대접을 받지 못한다고 생각한다. 그는 노동자야말로 이 사회에서 가장 크게 착취당하는 빈민계급이요, 하층계급이라고 생각하는 것이다. 그런데 문제는 다음과 같은 것에 있다. 박노해는 바로 노동자인 자기 자신이, 그리고 자신과 같은 일을 하고 있는 같은 노동자들이, 이 시대의 구조적인 모순과 자본주가 휘두르는 횡포로 인하여 부당하게 대접받고 있다는 사실을 분명하게 '자각'하고 있다는 것이다. 우리의 역사가 발전한다고 말한다면, 그것은 역사가 진행돼 오면서 각 계층에 속하는 각각의 사람들이 '나도 사람이다'라는 인식을 확실하게 하면서 그들이 하나의 엄연한 인간으로 깨어났고, 또 그렇게 대접받기 위하여 투쟁해왔다는 점에 기인할 것이다. 이런 점에서 노예의 자아각성,

천민의 자아각성, 흑인의 자아각성, 여성의 자아각성, 노동자의 자아각성 등, 이 땅의 소외계층이 분명하게 자아각성을 하면서 자신의 위상을 드높인 것은 매우 놀랄 만한 인류사의 발전을 도모한 것들이라 할 수 있다. 박노해의 시에는 바로 근대산업자본주의의 진행과정 속에서 역사상 그 어느 때보다도 부당하게 대접받고 평가받아온 하층노동자들의 자아각성 과정이, 우리 시단의 어느 시인이 쓴 시에서보다도 일찍이, 그리고 철저하게 나타나 있다. 요컨대 하나의 인간이 진정 한 사람의 인간으로 각성돼가는 과정을 지켜보는 것이야말로, 감동적인 일이 아닐 수 없다. 박노해의 시에는 이와 같이 깨어나는 혹은 깨어난 한 인간의 목소리가 들어 있다.

둘째, 박노해의 시가 사람들의 관심을 끌 수 있는 것은, 자아각성을 한 것은 물론, 그가 각성한 내용을 쟁취하기 위하여 보다 더 강도를 높여가면서 '투쟁하는 과정'이 그려져 있기 때문이다. 제아무리 한 인간이 자아각성을 하고 눈을 떴다 하더라도, 그것은 자기 혼자만의 의식 속에 머무는 내용일 뿐, 실제 그에 상응하는 대접을 받을 만큼 구체적인 현장에서 타인들의 호응이 이루어진 것은 아니다. 따라서 자아각성 다음으로 이어져야 할 것은, 그것을 이 땅에서 실현시켜 내는 일이다. 박노해는 바로 이와 같은 실현을 위하여 뜨거운 투쟁을 앞장서서 해낸 인물이다. 그의 시 속에는 이런 투쟁의 과정이 생생하게 묘사돼 있다. 그런 투쟁의 실상은, 자본가와 사회현실에 대한 불만, 항의, 비난, 비판, 분노 등의 소박한 과정을 거치다가, 마침내 하나의 이념으로 무장하고 조직으로 뭉쳐서 혁명의 성격을 띠는 데까지 나아가고 있다. 그의 투쟁방식이나 그가 얻은 이념에 대해서는 사람들마다 다른 반응을 보일 수밖에 없겠으나, 그가 인권을 회복하기 위하여 그토록 열정적으로 투쟁하는 모습은, 반응의 차이와 관계없이, 독자들의 관심을 이끌기에 충분하다. 여기서 우리는 자각하는 인간과 행동하는 인간이 함께 어우러진 모습을 보게 된다.

셋째, 박노해의 시에는 끝까지 무엇인가를 성취하고자 하는 인간상이 드러나 있어서 독자들을 사로잡는다. 박노해는 상당히 드높은 이상을 갖고 있는 사람이다. 그는 노동의 해방, 인간의 해방을 꿈꾸었고, 그것이 이 땅에서 이루어져야만 한다는 강한 성취욕을 저버리지 않았다. 그의 시를 보면 작품 곳곳에 자각과 투쟁을 통하여 뜻한 바를 성취하고자 하는 열정이 강하게 숨어 있다. 때로는 과격하다고 고개를 흔들 만큼 그 목소리가 생경하고 도식적일 때도 있지만, 그가 '나도 인간이다' 혹은 '노동자도 인간이다'라는 명제를 이 땅에서 실현시키고자 하는 열정과 그것의 성취를 위한 집착만큼은 감동적이다. 1980년대 후반 들어 그가 내세운 사회주의 이념이나 투쟁의 방식에는 찬성할 수 없는 부분이 적지 않다. 그러나 나는 여기서 그런 이념성과 투쟁의 방식을 떠나, 그가 앞서 말한 명제의 실현을 위하여 보여준 태도와 의욕의 높이만을 말하고자 한다.

4. 순결성, 비장미, 긍정정신

본 장에서는 순결성, 비장미, 긍정정신이라는 세 가지 말을 화제로 삼아 박노해의 시가 지닌 특성과 호소력의 원인에 대하여 살펴보기로 한다.

먼저 박노해의 시를 읽다 보면, 우리는 그 속에서 한 순결한 영혼을 만나는 기분이 된다. 이 점은 그의 첫 시집에서부터 제3시집에 이르기까지 지속적으로 나타난다. 그는 세속사회와 결탁하거나 야합하는 심정으로 살아가는 경우가 거의 없다. 항상 그는 세속사회의 타락한 논리를 넘어서고자 애를 쓰고 있다. 그가 이처럼 세속사회의 논리를 넘어서고자 하는 데서 '투쟁'이 시작된다. 그러니까 박노해의 투쟁은 세속사회의 논리를 넘어서서 그가 꿈꾸는 이상을 실현시키고자 하는 행위이며 그의 순결한 영혼이 심저에서 밀어올린 결과로 나타난 것이다. 그가 보여준 노동해방의 투쟁, '참된 시작'을 말하면서 변화된 세상 앞에서 고뇌한 모습, 감옥 속에서 그 자신을 역사적 자아로 인식하면서 동시에 우주적 자아로 확대시켜 해석하는 과정의 고뇌상, 종교적 인간이 보여줄 수 있는 참회와 고백의 자세 등을 통하여, 박노해는 그가 얼마나 순결한 영혼의 소유자인가를 우리로 하여금 알게 만든다. 이런 점에서 볼 때, 박노해가 혁명가이자 시인이 될 수 있었던 것은 그가 기본적으로 간직한 순결한 영혼의 작용 때문이라고 할 수도 있다.

― 「나는 순수한가」의 전문

　여기서 그가 찬 새벽에 맞이한 묵상의 시간은 그가 갖고 있는 '순결한 영혼'을 만나는 시간이다. 그는 자신이 간직한 순결한 영혼의 자리를 찾아가서 다음과 같이 질문을 하고 있는 것이다. "나의 분노는 순수한가 / 나의 열정은 은은한가 / 나의 슬픔은 깨끗한가 / 나의 기쁨은 떳떳한가 / 오 나의 강함은 참된 강함인가"라고. 그리고 그는 순결한 영혼을 간직한 채, 순결한 영혼의 힘으로, 아니 순결한 영혼 그 자체가 되어 피어나는 새벽녘 나팔꽃의 속삭임을 듣는다. 다시 말하건대 박노해가 노동해방투쟁을 통하여 사회주의적 평등사회가 오기를 꿈꾼 것은 그것의 옳고 그름을 떠나서 그가 간직한 순결한 영혼의 반영이며, 그가 감옥 속에서 종교심에 가까운 정신적 성숙을 보여주는 것 또한 그가 간직한 순결한 영혼의 작용에 힘입은 것이라 할 수 있다. 우리가 박노해의 시를 읽으면서 그의 시에 이끌리는 것은 바로 이와 같은 영혼의 순수성을 시의 행간 저변에서 만날 수 있기 때문이다. 그가 현장에서 사회를 향하여 투쟁할 때나, 그가 감옥 속에서 자신의 내면을 성장할 때나, 한결같이 박노해는 순결한 영혼을 심저에 깔고 있다.

　둘째, 박노해의 시는 비장미를 느끼도록 만듦으로써 독자들에게 호소력을 발휘하고 있다. 박노해는 그의 시를 통해서 볼 때 진보적 이상주의자이다. 그리고 그는 공적 자아를 그 누구보다도 강하게 의식하고 사는 사람이다. 그는 자신이 선택한 진보적 이상주의자의 꿈을 성취하기 위하여, 그리고 그가 키워온 공적 자아를 지켜나가기 위하여, 자신을 위험한 현장의 한 가운데에 세워놓은 사람이다. 우리는 보통 높은 이상과 꿈의 실현을 위하여 자신을 바치는 행위 속에서 비장미를 느낀다. 그는 제3시집 『사람만이 희망이다』 속에 들어 있는 작품 「세 발 까마귀」에서 "자본주의가 삶의 본연(本然)이라면 / 사회주의는 삶의 당연(當然)이 아닌가요"라고 말한 바 있다. 그러니까 박노해는 제3시집으로 오면서 본연과 당연을 함께 읽을 수 있고 수용할 수 있는 마음이 생긴 것이다. 그러나 나는 여기서 박노해를 끊임없이 채찍질해온 부분은 그가 '당연'이라고 말한 쪽에 가 있다는 생각을 한다. 그가 체험에 의하여 노동현장의 모순 앞에서 분노감을 표출하였을 때나, 학습을 통하여 나름대로 이론체계를 세우고 조직적인 노동해방투쟁을 하였을 때나, 감옥 속에서 '친생태주의자와 친여성주의자'의 면모를 띠고 자신과 세계를 성찰할 때나, 그는 '당연의 세계'를 앞에 설정하고 현실에 맞선 사람이다. 여기서 그가 설정한 당연의 세계는 공적 자아가 발달한 한 인간이 드높은 이상주의자 혹은 진보적 이상주의자가 되어 상정할 만한 그런 세계이다. 따라서 박노해는 그가 상정한 당연의 세계를 언제나 의식하면서 그것을 이 땅 위에 이룩하기 위하여 투쟁하는 사람이다. 우리는 그가 상정한 높은 당연의 세계와 그가 이 앞에서 보여주는 투쟁의 고통을 보면서 이른바 비장미를 경험하는 것이다. 여기서 또한 우리는 높은 당연의 세계를 상정한 사람이 현실 속에서 겪는 생의 숭고성과 비극성을 함께 보게 된다.

셋째, 박노해의 시에는 긍정의 철학 또는 긍정의 정신이라고 부를 만한 세계가 처음부터 끝까지 흐르고 있다. 나는 박노해만큼 건강한 긍정정신에 토대를 둔 시인을 우리 시단에서 쉽게 찾아보기 어렵다. 앞에서 그를 진보적 이상주의자라고 부른 것처럼, 그의 정신 속에는 인간과 역사에 대한 신뢰, 그리고 그들이 달성해야 할 드높은 이상이 언제나 건재하고 있다. 박노해가 노동해방투쟁을 한 것, 감옥 속에서 '참된 시작'을 다시금 꿈꾼 것, 역시 감옥 속에서 우주적 자아를 인식하고 종교적 인간에 가까운 사색을 보여준 것 속에는 한결같이 인간과 인간사 더 나아가서는 우주사에 대한 긍정정신이 숨어 있다. 박노해는 그의 시집 세 권의 제목을 모두 긍정정신에 토대를 두고 설정하였다. 이를테면 『노동의 새벽』이 그렇고, 『참된 시작』이 그렇고, 『사람만이 희망이다』가 그렇다. 이 중에서도 그가 무기징역이라는 종신형을 선고받고 감옥 속에 갇혀 있으면서도 "사람만이 희망이다"라는 말로 인간과 인간사에 대한 희망과 기대와 신뢰를 표명한 것 앞에서, 우리는 그가 가진 긍정정신이 어떠한 것인지를 실감할 수 있다. 어찌 보면 인간과 인간사 그리고 우주사까지도 언젠가 사라질 허망한 형식에 불과한 것일 수 있다. 그리고 우주 속에서 구성원을 이루고 있는 모든 존재들 역시 허망한 형식에 불과한 것이거나, 믿을 수 없는 가변체에 불과한 것이라 생각할 수도 있다. 그러나 사실이 어떤 것이냐 하는 점은 차지하고서라도, 우리가 인간과 인간사 그리고 우주사와 이들을 이루고 있는 모든 존재들을 이와 같이 부정적으로 파악할 때, 현실적으로 우리의 삶이 힘겹고 또 불행해진다는 것을 늘 염두에 두지 않을 수 없다. 물론 무작정 이들을 긍정하고 높은 이상을 갖는 데도 문제가 없는 것은 아니다. 그러나 적어도 방법적으로나 실질적으로나 이들을 긍정하고 그들이 보다 나은 미래를 창조할 것이라고 그들에게 신뢰를 보낼 때, 우리의 삶은 어려운 가운데서도 힘을 얻을 수 있다. 뭐니뭐니해도 인간과 세계를 긍정할 수 있는 사람은 어디서나 보람 있고 행복하다. 요컨대 박노해가 갖고 있는 긍정정신과 긍정의 철학은 그의 영혼이 얼마나 건강한가를 입증하는 부분이면서 동시에 독자들을 이끌어들이는 부분이기도 하다. 또한 긍정정신이 현격하게 약화돼 있는 우리 시단의 시작 분위기 속에서 박노해가 가진 이런 특성은 새롭게 보이는 부분이기도 하다.

5. 변화와 성숙의 여정, 사족 한 단락

'변화와 성숙의 여정'이라는 제목을 붙이고 이것을 한 장으로 독립시켰다. 그것은 박노해의 시집 세 권을 읽어가면서 우리들은 그가 보여준 변화의 과정 그리고 성숙의 과정 앞에서 많은 시간을 바치며 그와 함께 여러 가지 문제들에 대하여 재성찰할 수밖에 없기 때문이다. 뿐만 아니라 박노해의 시에서 독자들의 관심을 불러일으키는 데 가장 큰 역할을 하는 것이 바로 그의 시집 속에 나타난 그의 변화와 성숙의 여정이라고 생각하기 때문이다. 그러면 그가 보여준 변화와 성숙의 여정은 구체적으로 어떤 것인가? 나는 그것을 아래에서 몇 가 지로 나누어 논의하고자 한다.

첫째, '먹는 것'(가난, 생존)에서 '배설하는 것'(환경, 생태계)으로 그의 관심이 확대되면서 그는 이 양자를 한꺼번에 고민해야 할 문제로 자각하고 있다. 박노해는 그의 첫 시집과 둘째 시집을 통하여 주로 노동자들이 처한 가난의 실상과 그들이 가난하게 살 수밖에 없도록 만든 타락한 자본주의와 그 속의 자본주에 대하여 격하게 비판하고 투쟁을 선언하였다. 여기서 박노해의 마음 한복판에 자리해 있는 문제는 '먹는 것'과 관련돼 있었다. 말하자면 어떻게 노동자들이 먹는 것을 획득하여 배불리, 여유 있게 사느냐 하는 것이었다. 이때 박노해의 투쟁은 '먹는 것' 이상으로까지 나아가지 못하였다. 그러나 박노해는 두번째 시집부터 약간의 변화를 보여주다가 세 번째 시집 『사람만이 희망이다』로 오면서 완전히 변화된 모습을 드러내었다. 그러니까 박노해는 제3시집을 통하여 이제 현시점에서는 '먹는 것'만이 문제가 아니라, 아니 이보다 더 중요한 문제가 '어떻게 배설하느냐' 하는 문제임을 깨달았던 것이다. 그는 여기서 '잘 배설해야만 잘 먹을 수 있다'는 생과 우주의 또다른 원리를 터득했던 것이다. 결국 '잘 배설해야 한다, 어떻게 배설할 것이냐' 하는 문제는, 그가 인류문명사 전체의 흐름을, 그 가운데서도 현대문명사의 어두운 이면을 제대로 보기 시작했다는 것을 의미한다. 따라서 박노해의 관심은 자연스럽게 문명의 문제, 환경파괴의 문제, 생태계 위기의 문제 등으로 옮겨가게 되었고 그런 가운데서 자기자신은 물론 '먹는 것'과 관련해서 투쟁해온 노동자들의 위상과 의미를 새로이 점검해보게 되었다.

둘째, '이념'을 앞에 놓던 태도에서 구체적인 자신의(인간의) '몸'을 먼저 보게 되었다는 점을 들 수 있다. 박노해는 주지하다시피 자생적 사회주의자이다. 그는 그가 처해 있는 현실의 모순을 직시하면서 그것을 타개하려 하

다 보니 사회주의자의 면모를 띠게 된 사람이다. 이러한 그가 처음으로 본
것은 자기 자신을 비롯한 하층노동자들이 처한 한국적 현실이었다. 그러나
그는 현실을 먼저 보는 데서 시작하였지만 그로부터 이념을 더 강조하는 데
로 나아가 명실공히 이념을 위한 투사처럼 보이게 되기도 했었다. 그러나
그는 이제 모든 것의 출발점이자 귀환점으로 '건강한 몸'을 들게 될 만큼 변
화되었다. 박노해의 제3시집에는 그가 모든 것의 앞자리에 구체적인 생명
(몸)을 놓고, 또 모든 것의 끝자리에 역시 구체적인 생명(몸)을 두고 있는 점
이 아주 잘 나타나 있다. 특히 그는 자신의 제3시집 맨 끝에 수록된 작품「
희망의 뿌리 여섯」에서 가장 중요한 것으로 "건강한 몸 생활"을 들고 있다.
잠깐 그 부분을 여기에 옮겨보기로 한다.

> 뿌리 하나 : 건강한 몸 생활
> 몸이 가버리면 투혼도 가버립니다
> 몸이 굳고 무거워지면 생각도 뜻도 따라서 시들어갑니다
> 건강은 그냥 좋은 것이거나 나중 일이 아니라
> 밥을 먹듯 우선해야 할 필수 생활입니다
> 아니 미래를 사는 사람의 첫 번째 일입니다
>
> [······]
>
> 정신과 의지가 몸을 질질 끌고 다니게 하지 마십시오
> 무거운 몸 때문에 빛나는 정신과 고귀한 뜻이 주저앉게 하지 마십시오
> 투혼이 몸을 밀어가고 몸 생활이 투혼을 살려가게 하십시오
> 몸을 잃은 이상은 다 무너집니다
> 몸 통하지 않는 진리는 다 공허합니다
> 몸 생활의 진보가 없는 진보는 참이 아닙니다
> 몸은 거짓말을 하지 않습니다 몸은 속일 수 없습니다
> 그 사람의 몸 생활을 보면 그의 잠재력과 미래가 보입니다

이것은 단순한 건강론이 아니다. 그것은 이념을 앞세우던 사람이 몸을 보
았다는 사실을 의미하며, 이성을 앞세우던 인간이 역시 선재하는 몸을 먼저
보기 시작하였다는 것을 의미하는 것이다. 박노해가 이념을 위하여 투쟁하

였을 때 그는 뜨거웠으나, 몸을 깊이 보고 느끼게 되었을 때 그는 차분해졌고 고요해졌고 깊어졌다.

셋째, 역사적 차원에서 자연 내지는 우주적 차원으로 확대되어 나아가면서 이 양자를 함께 인식할 수 있게 되었다. 박노해는 그의 첫 시집과 둘째 시집에서 역사적 인간으로 살아가는 길에 대하여 말하였다. 그는 역사 이전 또는 역사 너머를 생각하지 못하였다. 그러나 그는 제3시집으로 오면서 역사 이전 또는 역사 너머를 보면서 자기 자신 뿐만 아니라 인간을 그 속에 놓고 볼 수 있게 되었다. 그럼으로써 그는 시공의 무한성과 우주적 허무를 생각하게 되었고, 인간 이외의 무수한 생명과 존재들을 만나면서 그들로부터 신비감과 경외감 그리고 겸허함을 배우게 되었다. 박노해가 역사 이전이나 역사 너머를 바라보면서 자연적 존재 내지는 우주적 존재로 사유할 수 있었던 것은 그를 성숙시켜주는 데 커다란 역할을 한 것이라 볼 수 있다. 그러나 그는 자연과 우주를 그리고 그 속에 깃들인 허무를 보았다고 해서 역사를 저버리지 않는다. 박노해의 생각 속에는 어디까지나 역사를 만들어가는 인간이 역사적 차원에서는 물론 우주적 차원에서도 희망으로 남을 수밖에 없다는 믿음이 들어 있다. 만약 박노해가 자연과 우주와 생명을 발견하지 못하고 역사적 차원에만 서 있었다면 그는 지금과 같이 고요하고 깊은 정신세계를 형성하지 못했을 것이다. 그런 점에서 박노해가 자연과 우주를 발견하고 앞 항목에서 언급한 바 몸을 발견했다는 것은 그의 정신적 발전과정에서 상당히 중요한 사실이 아닐 수 없다.

넷째, 박노해는 세계를 대립의 구도에서 상생과 포용의 구도로 해석하는 변화상을 보여주었다. 알다시피 박노해는 첫 시집과 둘째 시집에서 자본가와 노동자, 자본주의와 사회주의라는 이분법적 대결구도로 세상을 읽고 그에 근거해서 투쟁을 전개해 나아가고자 하였다. 그러나 그는 제3시집으로 오면서 앞서 말한 자연과 우주와 몸을 발견하였고, 그와 아울러 세계가 대립의 구도를 품으면서도 궁극적으로나 본질적으로 상생의 작용에 의하여 전개돼 나아간다는 것을 깨닫게 되었다. 그러므로 그는 이제 대립의 구도를 보면서도 그것이 상생의 포용적인 세계로 통합될 수밖에 없다는 것을 안다.

박노해의 이런 정신적 변화상과 그 본질이 아주 잘 드러난 작품 중의 하나
가 「세 발 까마귀」이다. 그가 여기서 말한 것을 부분적으로 옮겨본다.

> 사람들은 '아직도' 이렇게 묻습니다
> 「아직 사회주의자입니까?」
> 나는 정직하게 대답합니다
> 「예」 「아니오」
> 당신은 쉽게 물을지 몰라도 나는 지금 온 목숨으로 대답하는 겁니다
>
> 나에게 예스냐 노냐, 둘 중 하나, 유일사상을 찍으라고
> 언젯적 흑백 시험지 한 장 들이대지만
> 흑과 백 사이가 하늘과 땅만큼 광대무변하여
> 온갖 빛깔 어우러져 생동하는 삶과 현실이
> 저마다 살아흐르며 이어진 온몸의 우주 춤인 걸……
> 저기 빠르게 달려가는 발걸음 위로
> 낡아 찢어진 흑백 종이 한 장 훨훨 날아갑니다
>
> [……]
>
> 나는 흑이면서 백이고, 흑과 백의 양극단의 떨림 사이에서
> 온몸으로 밀고 나오는 까마귀의 세 번째 발입니다
> 중간 잡기가 아닙니다 흑백 섞은 회색이 아닙니다
> 흑과 백 사이의 오색 찬란한 무지개빛이고 푸르른 산내들입니다

박노해가 역사적 차원에서 대립의 구도만을 진리로 파악하고 있을 때와
비교하면, 그가 세계의 무한한 다양성과 이들이 서로 대립하면서도 실은 더
넓은 세계에서 근원적으로 상생의 통합적인 유기체로 움직인다는 사실을
인식한 것은, 분명 그의 정신적인 발전을 의미하는 것이다.

　다섯째, 박노해는 역사적 자아를 각성시키고 발달시키는 데서 시작하여
종교적 자아를 탐구하는 데까지 나아가게 되었다. 박노해에게 있어서는 이
역사적 시공에서 그가 한 사람의 노동자이자 인간으로 '나도 인간이다'라는
자각을 하고 그것을 이 땅에서 구체적으로 실현시키는 것이 무엇보다 커다

란 문제였다. 그러나 박노해는 이제 이와 같은 단계를 넘어서서 그의 종교
적 자아를 찾아 떠난 사람으로 보인다. 여기서 내가 종교적 자아라고 했을
때, 그것은 특정 종교와 관련된 것이 아니다. 그보다 박노해는 역사의 시비
를 떠난 무궁의 세계를 절대의식으로 인식할 줄 알게 되었고, 우주와 근본
적으로 몸을 맞대면서 비움과, 버림과, 무화(無化)와, 무욕과, 무심과, 사랑이
어떤 것인지를 터득하고 그것을 실천해보려고 노력한다는 것이다. 이런 가
운데서 그는 어머니, 생명운동가, 불교 승려, 카톨릭 수도자, 여자, 아이 등을
새로이 만나고 그들에 대해 생각한다.

앞에서 언급한 다섯 가지 항목의 내용은 박노해가 첫 시집『노동의 새벽』
에서 출발하여 세 번째 시집『사람만이 희망이다』로 오는 과정에서 보여준
변화상들이다. 나는 박노해의 이런 변화상을 보면서 이것이 결코 변절이나
현실로부터의 도피가 아니라 그의 정신적 성숙을 의미하는 것이라고 생각
한다. 그리고 긍정적이며 의미있는 전향의 일종이라고 생각한다. 지난 1980
년대에 민중시를 앞서서 썼던 시인들이 1990년대에 들어와 어느 날 갑자기
(?) 새로운 얼굴로 나타나는 것을 볼 때마다 나는 내심 서운한 감정과 일종
의 배신감 같은 것을 느껴온 게 사실이다. 그리고 도대체 그들이 어떤 생각
으로 이처럼 다른 얼굴의 시를 내놓는 것인지 그 속사정이 궁금하기도 하였
던 게 사실이다. 나는 그들이 그럴 만한 필연성과 그렇게 하기까지의 진정
한 내적 고민의 과정을 가졌다면 내가 가졌던 서운한 감정이나 배신감을 지
워버릴 수 있었을 것이다. 그러나 과문한 탓인지 아직도 그런 감정을 만족
스러울 만큼 지워버릴 기회를 얻지는 못하고 있다.

그러면 박노해의 경우는 어떠한가? 나는 그의 시집을 차례로 읽어 가면
서, 특히 제3시집을 더욱 관심 깊게 읽으면서 그가 변할 수밖에 없었던 내적
필연성과 그렇게 되기까지 그가 내외적으로 고뇌한 과정을 충분히 엿볼 수
있었다. 그리고 그의 변화는 더 높고 넓은 세계로의 상승이자 확대과정이지,
결코 가벼운 변절이나 소극적인 도피나 무력한 패배가 아님을 알게 되었다.
그런 점에서 그가 보여준 변화상은 성숙의 과정으로 해석될 수 있으며, 그
과정을 그의 시로부터 읽어내는 일이야말로 그의 시에서 얻을 수 있는 소득이

아닌가 생각한다.

나는 지금까지 박노해의 시가 가지고 있는 문제적인 측면을 주로 긍정적인 측면에서 여러 가지로 찾아보았다. 물론 그의 시가 갖고 있는 한계점이 없는 것은 아니다. 특히 첫 시집과 둘째 시집에서 보여준 세계인식의 도식성과 단순성, 목적의식의 지나친 노출, 이념편중으로 인한 주제의식의 생경성, 정제되지 않은 언어의 노출 등이 그것이다. 그러나 박노해는 그의 제3시집을 출간함으로 해서 그 자신의 발전은 말할 것도 없고 우리 시사에 상당히 많은 문제점과 생각할 거리를 제공해주었다.

끝으로 한 가지만 더 덧붙이고자 한다. 나는 요즘 우리 시단에서 시집 출판 광경을 보며 혼란스러움을 느낀다. 그야말로 '대화해의 시대'가 온 것인지, 시인들도, 출판사들도 자기들만의 고유한 목소리를 지켜가거나 만들어가지 않는 것처럼 보이기 때문이다. 사실 박노해의 세 번째 시집이 해냄출판사에서 나왔을 때도 조금 의외라는 생각을 지울 수 없었다. 여기서도 나는 다음과 같이 말할 수밖에 없다. 시인들이나 출판사의 선택이 설득력을 가질 만한 내적 필연성이나 진지한 고뇌의 과정을 거친 후에 이루어진 것이라면 그에 대하여 아무런 말을 할 이유가 없다고 말이다. 그러나 이렇게 생각하고서도 웬일인지 혼란스러운 마음은 쉽게 가라앉지 않는다. 그리고 박노해의 시집 『사람만이 희망이다』가 그 속에서 말하는 시인의 정신과는 어울리지 않게 최고급 아트지로 화려하게 만들어진 것도 왠지 편안하게 받아들여지지는 않는다. 사족을 한 단락 붙여보았다.

⌘

말과 글 그리고 자부심을 획득한
1990년대 한국의 여성시

1. 문제를 제기하며

단순히 성의 구분에 따라 여성시를 별칭하고 그들의 시를 따로 모아서 다루는 게 어색할 정도로, 지금 이 땅에서 여성시는 남성시와 거의 구분되지 않을 만큼 양과 질의 양면에서 괄목할 만한 성장을 하고 있다.

1990년대 한국시단의 여러 가지 특징 중, 이와 같은 여성시의 양적인 확장과 질적인 향상은 1990년대 시단을 논의할 때, 맨 앞자리에서 언급되어 마땅할 만큼 중요한 항목임에 틀림없다. 나는 이미 1990년대 전반기에 「솟아오르는 여성시인들」이라는 글과 「해방 후 50년의 한국여성시」라는 글을 쓴 바 있거니와, 그때와 비교하더라도 이제 20세기의 마지막 해를 보내고 있는 한국여성시는 한 단계 더 발전하며 앞으로 전진해 나아가고 있다. 이런 점과 관련해서 1990년대 한국여성시단은 이 땅의 20세기 한국시사가 남성의 시사로 독주하는 것을 막아준 아주 의미깊은 역할을 담당하였다고 평가될 수 있다. 1990년대 한국시단에서 여성 시인들이 활동한 것을 제대로 지켜본 사람이라면, 20세기 한국시사를 쓰면서 여성시를 부록 같은 존재로 다룰 수는 없을 것이기 때문이다.

그 동안 한국시사뿐만 아니라 한국문화 전반은 '애비'로 상징되는 남성들이 독주하며 성공(?)하기에 아주 좋은 환경을 두루 갖추고 있었다. 그들은 태어나면서부터 승자였다. 언어로부터 육체적 조건 그리고 사회적 제도에 이르기까지 남성들은 하나같이 그들 편이 되어준 세상 속에서 자유자재로 헤엄치며 여성들 앞에 군림할 수 있었다. 이런 가운데서 여성일반은 물론 여성시인들 역시 타자로서의 삶을 살면서 깊은 소외감에 시달렸다. 문자와 말이 남성들에 의하여 독점되었고, 물적 토대와 경제적 구조가 남성 위주로 전개되었으며, 여성을 사회적 존재로 인정해주기를 거부하는 제도와 관습 속에서, 여성일반과 마찬가지로 여성시인들 역시 자기 자신을 표출하는 데 엄청난 억압을 받아야 했다.

그러나 사정은 달라지기 시작하였다. 1980년대 중반부터 우리 사회에는 『또 하나의 문화』, 『여성과 사회』 등을 중심으로 여성문화운동이 내실 있게 전개되기 시작하였고, 포스트모더니즘 사상의 등장과 더불어 타자화된 존재의 중심화가 서서히 이루어지기 시작하였으며, 여성들의 교육 수준이 이전의 어느 시대보다도 높아지기 시작하였고, 여성들의 경제적, 사회적 위상이 높아질 만한 물적 토대가 마련되기 시작하였으며, 대가족 제도의 해체와 더불어 여성들의 주장이 힘을 가질 수 있게 되었고, 낭만적 사랑이라는 이데올로기 속의 현모양처상이 얼마나 커다란 허구의 산물인가를 직시하게 되었으며, 뭐니뭐니 해도 여성의 자의식이 여러 가지 여건에 의하여 강하게 싹트기 시작하였다. 이 이외에도 또다른 이유를 더 제시할 수 있으나, 거칠게 말한다면 경제적, 물적 토대가 마련되고 정신적, 의식적 자각이 함께 맞물리면서 궁극적으로 여성들은 '자아각성'에 성공하였던 것이다.

자아각성! 이 얼마나 대단한 말인가? 나는 우리 나라의 여성들이 자아각성을 하는 데 인류사가 시작된 이래 약 350만년이 걸렸다고 말하기도 한다. 아직도 여성들의 자아각성은 만족할 만한 수준에 와 있지 못하며, 여성들의 자아각성을 인정하는 남성들의 의식 수준 또한 만족할 만한 수준이라고 말할 수 없지만, 그럼에도 불구하고 1990년대는 가히 여성들의 '자아각성'이 역사상 최고 단계에서 이루어진 시대라고 하지 않을 수 없다. 한 마디로 말해서 자아각성이란 '나도 존중받을 만한 인간이다'라고 외치는 일이며, '나도 내 인생을 스스로 책임질 수 있다'는 자신감을 획득하는 사건이며, '나도 사회적 존재로 책임과 의무 속에서 당당히 발언할 수 있고 참여할 수 있다'는 공적 자아의 확립이 이루어진 것을 의미한다. 더 요약해서 한 마디로 말한다면 '나는 육체적, 정신적인 자유인이다'라고 외치며 선언하고 그것을 실천하는 일이다. 여성들의 이와 같은 변화는 고스란히 여성시의 발전으로 이어졌다.

그렇다면 1990년대에 들어와 한국의 여성시인들은 어떤 면에서 장족의 발전상을 보여준 것일까? 그 점을 아래에서 몇 가지로 나누어 점검해보기로 한다.

2. 1990년대 한국 여성시의 발전상

첫째, 1990년대 한국의 여성시인들은 말과 글을 되찾았다. 이것이 무슨 말인가 하면, 남성의 전유물처럼 되었던, 그리고 남성언어에 짓눌려 있던 여성의 언어를 찾아내게 되었다는 뜻이다. 언어란 무엇인가? 적어도 한 사람의 인간으로서 말과 글을 찾아내었다는 것은 그가 자신의 확실한 느낌과 생각을 갖고 있다는 징표이며, 사회적 존재로서 그 자신의 느낌과 생각을 당당히 발언할 수 있는 자신감을 획득했다는 것과 동의어이다. 그리고 여성의 말과 글을 억압하고 경멸해왔던 남성은 물론 여성 자신들이 그들의 말에 귀를 기울여주고 대등하게 사회적 존재로서 대화를 나누기 시작하였다는 것과 동의어이다.

말과 글을 찾은 여성시인들은 여러 가지 창구로 그들의 내면세계를 표출하기 시작하였다. 시집, 기성문예지, 새로운 동인지, 문예아카데미 등의 문화교실 프로그램 등, 그들은 뭔가 통로를 물색하거나 만들어내기 시작하였고, 그것을 통하여 나라는 존재를 말과 글 속에 담아 표출하였다. 그럼으로써 1990년대 한국시단에는 여성시인들의 등단이 어느 때보다도 양적으로 팽창되었고, 이전에 등단한 여성시인들의 새로운 활동이 활발하게 이루어졌으며, 그런 것의 한 현상으로서 '아줌마 시인'이라고 불리우는 일군의 여성 시인들이 대거 진출하기도 하였다. 어떤 이들은 이러한 '아줌마 시인들'의 출현을 비아냥거리는 태도로 우습게 바라보기도 하지만, 나는 그들의 그와 같은 열의와 출현이 가진 여성사적, 사회사적 의미를 중요하게 여긴다. 이들 을 포함한 이 땅의 여성시인들은 이제 말과 글을 되찾아 그들의 시쓰기를 단순한 자기충족감의 차원을 넘어선, 진정 사회적 인간으로서의 책임과 의 무를 다하는 행위로 발전시켜 나아갔다. 나는 이들이 개인의 차원을 넘어 사회적 차원으로 관심 영역을 넓히면서 강한 문제의식 속에서 그들의 말과 글을 사용하고 있는 것에 상당한 의미를 부여하고 기대를 건다.

  그런데 여성시인들이 말과 글을 찾았다는 것은 단지 그들이 말과 글을 찾 았다는 사실 자체에만 그 의의가 한정되지 않는다. 여성시인들은 1990년대 에 들어와 한편으로는 남성의 언어라고 여성들의 접근을 금기시했던 소위 남성언어의 영역으로 과감하게 돌진해 들어갔으며, 다른 한편으로는 그 동 안 여성언어라고 평가절하되었던 책상 밑의 언어들이 가진 진정한 의미와 가치를 적극 발굴해내었다. 이제 우리 시단의 여성시인들이 쓰는 시를 보면, 그들의 이력을 가릴 경우, 성의 구분을 할 수 없을 만큼 보편적인 언어의 획 득에 성공하였다. 방금 나는 '보편적 언어의 획득'이라는 말을 사용하였거니 와, 이것은 어떤 말도 불법화되는 일 없이 그들이 우리가 살고 있는 세상의 모든 언어를 편견 없이 수용할 만한 여력을 마련하였다는 뜻이다. 남성에게 빼앗겼던 언어를 찾는 것은 물론, 남성언어의 횡포 때문에 주변으로 내몰렸 던 여성의 언어를 발굴해내는 일, 그 가운데서도 여성학자인 오숙희의 수필 집『그래, 수다로 풀자』의 책제목이 이미 암시하듯, 변방으로, 그야말로 오 염시되면서 내몰렸던 여성의 언어가 당당하게 그들만의 고유한 가치를 찾 고 중심으로 등장하게 된 것은 아주 중요한 사건이다. 말하자면 남성언어의 횡포에 의하여 수다로 평가돼 왔거나 접시물이 엎어지는 행위로 인식돼왔 던 소위 우물가의 여성언어가 더 이상 쓰레기와 같은 혐오의 대상 내지는 주변부적 성격을 띠지 않고 당당하게 인정받기 시작한 것이다. 이런 점에서 1990년대 한국시단의 여성시인들은 진정 말과 글을 되찾은 세대로 평가되어 부족함이 없다.

둘째, 1990년대 여성시인들은 여성성의 고유한 가치를 발견하는 데 성공하였다. 지금까지의 여성사 및 여성시사를 돌아보면 그 첫 단계는 몇몇 뛰어난 여성들이 남성의 지배질서에 편입되어, 홍일점 의식을 가지고 귀부인 대접을 받는 것에 지나지 않았다. 그러나 이것은 아주 초보적이고 유치한 단계일 뿐, 진정한 여성해방을 가져오는 데는 근접할 수 없다. 그 이후 여성들은 두 번째 단계로 남성중심주의 내지는 남성지배질서에 강한 불만을 품고 비판과 고발 그리고 항의의 태도를 거세게 드러내었다. 이 단계에서 여성들은 남성들을 적대시하며 그들의 시선을 외부로만 향한 것이 일반적이다. 그것은 외부의 적이 눈에 들어오기 시작하였고, 그 적의 실체가 너무나도 강력하다는 사실 앞에서 일단 그들과 관련된 문제점에 대하여 고발, 비판, 저항, 야유 등의 태도를 갖게 된 것이다. 우리 시단에서 이와 같은 여성시의 전개는 주로 1980년대에서 1990년대 전반부에 이루어진 것 같다. 작고한 고정희를 비롯하여 김승희, 문정희, 신현림 등 많은 여성시인들이 이런 단계에 참여하였다. 그러나 우리의 여성시는 이 단계에서 멈추지 않고, 한편으로는 남성지배질서에 비판과 경고를 가하고 항의하면서, 다른 한편으로는 여성성의 고유한 가치를 재발견하기 시작하는 데로 나아갔다. 이처럼 여성성의 가치를 재발견하기 시작하였다는 것은 아주 커다란 사건이거니와, 이것은 여성이 여성됨에 대하여 자존심과 자부심을 갖기 시작하였다는 의미를 띤다. 이런 단계를 가리켜 서양에서는 'female 단계'라고 칭하는데, 우리의 여성시는 1990년대, 그 가운데서도 1990년대의 후반기에 들어와 이 단계를 맞이하게 된 것이다. 이제 여성들은 일차적으로 여성의 몸을 있는 그대로 소중하게 여기며 그 숨은 가치를 적극적으로 들어올리게 되었으며, 앞서 지적했듯이 여성의 말을 온전한 언어로 인식하기 시작하였고, 여성의 일과 노동을 재평가하기 시작하였으며, 더 나아가 여성성이 절대의 순수성을 가진 존재의 근원이라는 데까지 나아가게 되었다. 어머니를 모범적인 대안으로 내세워 여성문제를 해결하고자 했던, 시집 『저 무덤 위에 푸른 잔디』와 『여성해방출사표』를 출간한 고정희, 여성성을 살림의 표상으로 읽어낸, 시

집 『나의 우파니샤드, 서울』을 출간한 김혜순, 여성 속에서 이른바 '호랑이
성'을 찾아내며 '늑대와 함께 가는 여성'이기를 주창한, 시집 『세상에서 가
장 무거운 싸움』을 출간한 김승희, 여성의 몸을 위악적으로 해방시키려고
한, 시집 『트렁크』를 출간한 김언희, 여성의 몸 맨 아랫쪽에서 절대의 순수
공간을 찾으려고 한, 시집 『그 여자 입구에서 가만히 뒤돌아보네』를 출간한
김정란과 시집 『새였던 것을 기억하는 새』의 노혜경, 여성성을 남성성보다
윗길의 것으로 평가하려고 든, 시집 『햇빛 속의 호랑이』를 출간한 최정례,
여성성을 완벽한 세계로 인식한, 시집 『이 완벽한 세계』를 출간한 박서원
등의 예가 다 여기에 속한다. 여성성의 모든 가치를 발견함으로써 여성을
온전한 존재로 인식하고 여성됨에 자존심과 자부심을 느낀 이 단계의 출현
은 1990년대 한국여성시가 장족의 발전을 이룩한 대표적인 예이다. 여성은
이제 더할 것도 뺄 것도 없이 그 자체로 남성과 더불어 완벽한 존재이다. 더
이상 여성의 몸과 정신을 가해하거나 자학하지 말기를……

　셋째, 1990년대 여성시인들은 시에서 지성을 획득하는 데 성공하였다. 시
에서 지성을 획득하였다는 것은 시란 무엇인가라는 철저한 자의식 속에서
그들의 시작행위가 이루어지기 시작하였다는 뜻이다. 몇몇 예외는 있었지
만, 얼마 전까지만 해도 여성시인들은 '여성스러움'이라는 어떤 괴물로부터
벗어나지 못하였다. 그러므로 시인의 이름을 가리고 보더라도 이것이 여성
시인의 작품이라는 걸 금방 눈치챌 만큼 규격화된, 강요된, 길들여진 여성적
특질이 나타나곤 하였다. 이것은 분명 여성자신의 반지성적 태도이기도 하
지만, 여성을 불리한 환경 속으로 몰아넣은 외부적 요인에 더 큰 원인이 있
다. 이처럼 여성들이 '여성스러움'이라는 어떤 망령에 빠져 허덕인다는 것은
시인으로서의 그들의 자의식이 부족했음을 반영하는 일이라 할 수 있다. 꼭
1990년대라고 못박아 한정지을 수는 없을지 모르나 1990년대를 전후하여 여
성시인들의 시쓰기에 대한 자의식은 이전보다 한층 대단해졌다. 그러므로
이제 더 이상 그들에게 시쓰기는 소박한 자기감정의 표현이나 한풀이의 차
원, 더 나아가 여성다움의 이데올로기에 편승하는 행위가 아니다. 어느 때보
다도 강하게 자신들의 시쓰기가 무슨 의미를 갖고 있으며, 자신들이 왜 시

를 쓰는가, 그리고 어떻게 시를 쓸 것인가에 대하여 자의식의 시간을 보낸 이들에게, 시쓰기는 완전한 프로정신의 실현과정이다. 이제 그들에게 시는 부업이 아니다. 시쓰기는 자신의 밥을 자신의 노동으로 벌고자 하는 것처럼 완전한 직업적 의식의 산물이거나 직업 그 자체이다. 이것은 이 땅에서 살아가는 여성들의 노동이 해도 그만이고 안해도 그만인 부업수준의 것이 아니라, 철저한 자기실현과 사회참여의 행위로서 프로의식을 갖고 이루어지는 것과 등가를 이룬다. '프로만이 아름답다'는 말처럼, '자의식을 가진 시인만이 아름답다', 그리고 '시쓰기가 전인격의 참여행위인 시인만이 아름답다'고 나는 말할 수 있을 것 같다. 이런 양상이 여성시인들에게서 본격적으로 드러난 게 1990년대 한국의 우리시단에서의 일이다.

넷째, 여성시인들은 그들의 육체와 정신을 해방시키기 시작하였다. 이 점은 바로 앞의 항목과 조금 중복되는 부분이지만, 따로 떼어서 특별히 강조하고 싶은 의도 때문에 항목을 달리 설정하였다. 그렇다면 여성의 육체와 정신을 해방시켰다는 것은 무슨 의미인가? 여성의 진정한 해방은 여성의 육체와 정신이 함께 해방되었을 때 가능하다면, 1990년대 한국시단에서는 이런 두 가지 측면에서의 여성해방이 함께 시로써 구현되었다. 지금까지 여성의 몸은 허약함의 표상이거나 부끄러움의 표상이었다. 더 나아가 여성의 몸은 오염시의 대상이거나 남성을 위한 도구성을 띤 것처럼 여겨지곤 하였다. 남성뿐만 아니라 여성 자신도 여성의 몸을 이와 같이 평가하는 데 길들여져 있었다. 그러나 여성의 육체는 억압과 왜곡된 평가로부터 벗어나기 시작하였다. 예를 들면 여성의 몸이 남성의 몸보다 외형상 작다는 사실, 여성이 자궁을 가졌다는 사실, 여성의 성기가 남성의 성기와 다르다는 사실, 여성의 목소리가 남성의 목소리와 다르다는 사실, 여성이 유방을 가졌다는 사실, 여성에게 수염이 없다는 사실 등, 여성만의 고유한 육체적 조건이 차별이 아닌 차이의 한 형태에 불과하고, 더 나아가 여성의 육체적 조건은 남성의 그것보다 더 우수할 수도 있다는 생각에까지 미치게 되었다. 이처럼 여성의 몸을 있는 그대로 차이의 한 형태로 인정하고 여성의 몸에서만 특별히 읽어낼 수 있는 새로운 의미를 적극 찾아가면서, 1990년대 한국 여성시인들은 여성의 몸을 가진 것에 감사하는 마음을 갖는 데까지 나아가게 되었다. 남성의 몸은 여성의 몸과 비교할 때, 딱 한 가지 면에서만 우월(?)하다고 한다. 그것은 바로 전쟁을 잘 할 수 있는 근육질의 힘을 갖고 있다는 것이다. 이것은 내 말이 아니라 남성인류학자로서 『문화의 수수께끼』를 쓴 마빈 해리스의 말이다. 나는 전쟁을 잘 할 수 있는 그들의 근육질의 힘이 지배와 파괴의 역사를 만드는 원천이 되었음을 우리의 세계사 속에서 생생하게 접할 때마다 근육질의 힘이 가진 파괴성 앞에서 충격을 받는다. 그러나 어차피 현실이란 힘의 역사이기도 하다면 현실적 효용성의 측면에서 근육질의 힘은 그나름의 가치를 가질 것이다. 그러나 적어도 평화와 안녕을 추구하는 고상한 가치의 측면에서 생각하다면, 근육질의 힘은 높이 평가할 만한 것이 되기 어렵다. 이제 여성들은 그들의 몸을 있는 그대로 당당하게 인정하고 자신있게 해방시켜야 한다. 일례로 여성들은 작은 발 컴플렉스에서 그들을 해방시켜야 한다. 여성이 발이 큰 것은 추함의 표상이 아니라 건강함의 표상이다. 여성들은 그들의 발을 해방시키지 않는 한, 남성과 대등하게 맞서기가 어렵다. 그러니 전족컴플렉스와 볼이 좁은 하이힐 컴플렉스로부터 여성의 발을 해방시켜라. 마찬가지로 여성의 몸 전체를 당당하게 해방시켜라. 여성의 몸은 그 자체로 완전한 것이니까.

바로 1990년대 한국시단에서 여성의 몸을 해방시킨 시와 시인들이 상당수 등장하였다. 여성으로서 자궁을 가진 사건(?) 앞에서 자존심을 넘어 자부심을 느끼는, 시집 『마음에 살을 베이다』를 출간한 이인원, 여성의 나체를 사진으로 그대로 드러내 보이면서 그 여성의 몸이 가진 신비에 압도당하는, 시집 『세기말 블루스』를 출간한 신현림, 여성의 음부를 바기날 플라워(vaginal flower)로 읽으면서 그 아름다움을 표현해낸, 시작품 「바기날 플라워」의 시인 진수미, 여성의 몸은 남성의 몸과 달리 그 자체로 하나의 완전한 집이라고 읽어낸, 시집 『나의 우파니샤드, 서울』을 출간한 김혜순 등이 그 예로 제시될 수 있다. 어디 그뿐인가. 1990년대 한국시단에서 일부 남성시인들은 자궁을 갖고 싶다는 그들의 소망을 고백하였으며 여성의 자궁 앞에서 느낌표로 찬탄의 감정을 표시하기도 하였다. 그러나 앞에서도 말했지만 그 동안 여성의 몸은 남성중심주의 이데올로기에 의하여 너무나도 형편없는 평가를, 그리고 부당한 평가를 받아왔다. 나는 다시 한 번 말하고자 한다. 여성의 몸은 그 지체로 완전하거니와, 이것은 우리가 살고 있는 이 우주 속의 모든 생명들이 그 자체로 완전한 것과 마찬가지이라고 말이다. 그러니 과감하게 여성의 육체를 있는 그대로 긍정하고 그 속에 숨은 가치를 적극적으로 발굴하여 기존의 남성중심주의적 이데올로기의 허구성을 극복해버리라고 말이다.

다음으로 나는 1990년대 우리의 여성시인들에게서 정신의 해방에 골몰하는 모습을 본다. 이것은 앞에서 다룬 육체의 해방과 나란히 가는 것인데, 그럼에도 불구하고 논의의 편의를 위하여 구분해 살펴보기로 한 것이다. 여성들은 그들의 육체를 감금시키고 경멸하는 데 이끌려 다녔을 뿐만 아니라, 그들의 정신을 남성중심주의적 이데올로기의 강압 아래서 왜곡시켰다. 따라서 똑같은 사건과 현상을 앞에 놓고도, 그들은 자신들의 정신으로 그것을 해석해내지 못하였던 것이다. 한 마디로 말해서 여성들은 그들만의, 그들을 대변할 수 있는 이데올로기의 창출해내는 데 실패했던 것이다. 그러므로 그들의 정신은 그들을 대변할 수 있는 이데올로기 대신, 불평과 불만만을 가슴속에 담고 있었고, 그들은 여전히 자신들을 이등시민처럼 취급하는 데 길들여져 버리고 말았다. 한 시대는 지배자의 입과 힘으로 진리를 유포시킨다는 것을 이제 의식 있는 사람들이라면 다 알고 있을 것이다. 여성들은 그 동안 지배자인 남성의 입과 힘으로 유포시킨 진리 앞에서 숨죽일 수밖에 없었다. 그들은 여성의 정신활동이 남성의 그것보다 낮은 수준의 것이라고 우겨댔고, 심지어 그들은 여성들이 정신활동을 유지할 만한 자질이 있느냐고 의심하기조차 하였다. 그러므로 여성은 단순한 육체 덩어리 혹은 종족보존의 수단에 지나지 않는 존재처럼 여겨지기도 하였다. 그러나 여성들이 남성 못지 않은 정신적 자질을 갖고 있다는 것, 여성들의 정신적 피폐현상이 남성지배이데올로기의 폭력에 의하여 만들어졌다는 것, 여성들은 오히려 남성이상의 고결한 영혼을 갖고 있다는 것, 뇌 생물학적으로 보더라도 여성이 오히려 남성보다 진화된 존재로서의 자질을 갖고 있다는 것 등이 이야기되거나 밝혀지기 시작하였다. 이런 점과 맞물리면서 1990년대의 한국 여성시인들은 그들의 세뇌된 정신을 바로잡는 데 최선을 다하기 시작하였다. 기성의 진리에 대하여 그들은 강력하게 회의하기 시작하였다. 그리고 진리라는 이름의 명제를 전복시키는 데 참여하였다. 이를테면 '암탉이 울면 집안이 망한다'는 말 대신 '암탉이 울어야 알을 많이 낳는다'는 말을 창조하였다. 그런가 하면 '여자는 자궁 이외의 아무것도 아니다'라는 말 대신 '자궁이 없는 남자는 불완전하다'는 말을 만들어내었다. 어쨌든 여성시인들은 다방면에서 그들을 옭아매고 평가절하했던 정신적 폭력을 걷어치우고 그들의 자유로운 정신과 영혼을 창조하려고 노력하였던 것이다. 육체적 폭력 이상으로 무서운 것이 정신적 폭력이다. 만 사람의 말이 쇠를 녹인다는 격언도 있듯이 진리라고 가장한 말들이 반복하여 확산되면 그 말은 주술적인 힘을 갖고 약자를 막다른 골목으로 몰아넣는다. 여성들이여, 그런 점에서 기성의 진리들에 대하여 가능하다면 항상 회의하고 따져보기를……. 자신도 모르게 품고 있는 생각들이 실은 당신들을 막다른 골목으로 몰아넣는 족쇄일 때가 너무나도 많을 터이니까. 1990년대 한국여성시는 바로 이런 정신의 해방을 드높게 꿈꾸었다. 고정희는 앞선 자리에서 『여성해방출사표』 등의 시집을 통하여 과거의 역사를 재해석하며 여성들의 억압당한 정신을 해방시키는 데 전력을 다하여 크게 성공하였으며, 이상희 역시 여성을 끝없이 소시민으로 전락시키는 이 땅의 정신적 폭력들을 고발하였고, 박서원은 누구보다도 과격하게 남성지배정신에 항의하였다. 박서원이 그의 시집 『아무도 없어요』에서부터 '애비없는 아이를 낳고 싶다'고 외치면서 정신의 해방을 부르짖은 것은 특기할 만하다. 여기에 일일이 예를 다 들 수는 없지만 1990년대 한국의 여성시인들은 아버지의 법칙 아래서 주눅들고 왜곡되었던 정신을 바로잡으면서 그들 자신을 온전한 한 인간으로 구축하려는 몸짓을 그 어느 때보다도 열성적으로 보여주었다.

다섯째, 1990년대 한국 여성시인들은 여성문제 이외의 측면에서도 괄목할 만한 성과를 보여주었다. 앞에서 논의한 내용들은 여성들의 자아발견 내지 여성으로서의 자의식이라는 측면에서 논의해본 것들이고, 이번 항목에서 논의할 내용은 이런 여성의 영역 이외에서 보여준 그들의 활동을 점검해보고자 하는 것이다. 나는 이 다섯 번째의 항목에서 다시금 몇 가지 소항목을 마련하며 1990년대 여성시인들의 성과를 짚어보고자 한다.

그 하나는, 1990년대 여성시인들이 과거에 여성적 주제라고 여겨졌던 작은 문제들로부터 아주 거시적인 문제들로 그들의 관심을 확대시켜 나아갔다는 점이다. 바꾸어 말한다면 상당히 현실적이고 또 보편적인 문제로 그들의 관심사를 확대시켜 나아갔다는 것이다. 이것은 당대의 여성들이 가정만을 그들의 관심 및 활동영역으로 삼던 데서 벗어나 그들이 사는 사회 전체를 관심 및 활동영역으로 삼으면서 보편적 인간으로 자기정립을 해보려고 노력한 점과 맥을 같이한다고 볼 수 있다. 여성들은 가정문제에서부터 아주 큰 인류사적 문제에까지, 그런가 하면 내밀한 개인의 정서에서부터 아주 드높은 정신사적 문제에까지 관심을 확대시키고 그것을 체화시키면서 자신들의 영역을 확대시켜 나아갔던 것이다. 수행승에 가까울 정도로 정신의 수행에 관심을 쏟으며 일정한 경지를 개척한 천양희, 한 인간의 비극적 인간조건 앞에서 자유의 경지를 숙명처럼 꿈꾸어온 유안진, 사회의 모순과 왜곡상에 격렬한 비판의 목소리를 거침없이 보낸 문정희, 세상의 부조리성과 생의 부조리성 앞에서 극단적으로 고뇌하다 생을 스스로 마감한 이연주, 유장한 가락으로 민중사적 시각을 확보한 허수경, 인생론적 문제를 거시적으로 탐구해낸 홍윤숙, 인간의 노마드적 본성을 살리고 사회적 억압상을 과감하게 파기하고자 노력한 김승희, 일상성의 이면을 뒤집어보인 노향림과 김상미, 현대사회의 세속성을 고발한 이사라와 이원 등이 다 이런 방향으로 혼신의 힘을 기울였다.

그 둘은, 여성 특유의 감각성을 경박함이 아닌 구체적 생동감의 실현으로 살려낸 시가 등장하였다. 이런 감각성은 추상화된 언어와 생각들을 손에 잡힐 듯, 눈에 보일 듯, 귀에 들릴 듯, 표현해내는 데 크게 공헌하였거니와, 이것은 여성 고유의 자질을 아주 잘 살려낸 예라고 생각한다. 말할 것도 없이 이 부분에서는 단연 황인숙을 들 수 있을 것이다. 그는 시집 『나의 침울한, 소중한 이여』, 『우리는 철새처럼 만났다』 등을 통하여 감각성의 고유자질을 개발하는 데 큰 힘을 보태었다. 이 이외에도 언어의 구체적인 감각성을 살

려서 언어의 맛을 느끼게 한 시인으로는 황인숙의 경우와는 조금 다른 측면
에서 성미정, 이상희, 허혜정, 김혜수, 이원, 김소연 등을 들 수 있다.

그 셋은, 쉬르리얼리즘 시인이라고 부를 만한, 시창작 과정 내지는 상상
력의 활동 과정에서 새로운 면모를 보여준 시인이 등장하였다는 것이다. 한
국의 여성시는 많은 발전과 변화상을 보여주었음에도 불구하고 일면 그 상
상력이 평면적이었다. 그런데 1990년대에 들어와 새로운 젊은 여성시인 한
사람이 등장하였으니, 그가 바로 시집『새로운 오독이 거리를 메웠다』와
『왜가리는 왜가리놀이를 한다』의 시인 이수명이다. 이수명의 상상력과 창작
방법 그리고 통찰력은 1930년대의 이상과 맥을 대고 있다. 나는 그의 이런
자질을 소중하게 여기고 있다. 이것은 한국여성시사에서뿐만 아니라 남녀
시인들을 통틀은 한국시사 속에서도 소중한 부분으로 관심을 가질 만한 점
이다. 이수명이 그의 시에서 보여주는 상상력의 신선함과 입체성, 그리고 예
리한 지성의 작용은 우리의 여성시사를 풍요롭게 하면서 긴장하게 만드는
요인이다. 이수명과 그 세목은 다르지만 이수명 이전의 김혜순이 보여준 상
상력이 이 항목에서 논의될 수 있으며, 의미전달에서 약간의 불투명성을 노
정하지만 박서원과 김정란의 상상력이 일면 쉬르리얼리즘이라는 측면에서
논의될 수 있을 것이다.

그 넷은, 일상성의 재인식 및 재발견이 특히 여성시인들에게서 이루어졌
다는 점이다. 1990년대에 들어와 여성시인들은 물론 남성시인들까지도 격동
의 사건을 말하기보다 작고 잔잔한 일상성을 주목하기 시작하였다. 여성들
의 섬세한 감성과 관찰력은 이러한 일상성의 면면을 드러내는 데 더 적합하
였고, 특히나 일상성에 누구보다도 매몰된 체험이 여성시인들에게 강했기
때문에, 그들을 통하여 이루어진 일상성의 재인식과 재발견은 상당한 수준
을 보여주었다. 일상성은 우리가 수용해야 할 어떤 것이기도 하지만, 이 세
상의 온갖 모순을 그 속 갈피갈피에 끼워갖고 있는 세계이기도 하다. 한국
의 1990년대 여성시인들은 그것을 일상성의 갈피갈피에서 털어보이며 우리
의 일상적인 삶을 재성찰하게 만들었고 그로 인하여 우리의 시는 이전에 다
루어본 경험이 거의 없는 일상성의 문제를 진지하게 다루는 데로 나아가게

되었다. 시집『모자는 가면을 만든다』의 김상미, 시집『오 가엾은 비눗갑들』
의 이선영, 시집『집에 돌아갈 날짜를 세어보다』의 이진명, 시집『붉은 구두
를 신고 어디로 갈까요』의 안정옥, 시집『그곳에도 사거리는 있다』의 이경
림, 시집『비밀을 사랑한 이유』의 정은숙, 시집『일기를 구기다』의 양선희
등 아주 많은 여성시인들이 이 문제를 천착하였다. 일상성을 재발견 및 재
인식할 수 있는 사회는 꽤나 안정된 사회이다. 그리고 꽤나 성숙한 사회이
다. 그것은 바로 사무엘 베케트의『고도를 기다리며』와 같은 일상의 연속이
우리의 삶임을 알고 있는 단계이기 때문이다.

　그 다섯은 여성의 야수성을 과감하게 표출한 점이다. 앞에서도 잠시 말한
바 있는 양과 늑대의 대비 속에서 저 먼 곳으로 추방당했던 '늑대'의 속성,
곰과 호랑이의 대비 속에서 역시 문제아로 낙인 찍힌 '호랑이'의 속성을 과
감하게 수용하고 이끌어낸 것이다. 한 시대나 공동체는 그 시대와 공동체의
지배적 질서를 유지하고 더 나아가 그것을 공고히 하기 위하여 그들이 위험
하다고 여긴 존재를 영역 바깥으로 몰아내는 게 일반적이다. 여성들은 그
동안 '늑대'의 속성과 '호랑이'의 속성이 여성을 여성답지 못하게 만드는 부
분이라고 세뇌당하면서, 그런가 하면 이런 속성을 발휘할 경우 지배자인 남
성의 눈으로부터 벗어날 것을 염려하면서, 그들의 내면 속에 숨죽이고 있는
늑대와 호랑이의 속성을 감히 드러내지 못하였다. 그러나 1990년대로 들어
오면서 여성시인들은 토끼장의 평화보다 광야 속의 모험과 자유가 소중하
다는 것을 인식하고 그 세계의 발굴과 표출에 힘을 기울였다. 그 대표적인
시인이 시집『어떻게 밖으로 나갈까』의 김승희, 시집『트렁크』의 김언희 그
리고 시집『난간 위의 고양이』의 박서원이다. 야성은 남성만이 아니라 여성
을 포함한 인간 모두의 창조적 자질이자 자유를 꿈꾸는 인간들의 본질적인
욕망이다. 그것을 여성시인들이 당당하게 밖으로 표출하기 시작한 것이
1990년대 우리시단의 한 모습이다.

3. 글을 마치며

1990년대 한국 여성시단은 대전환기의 첫 단추를 성공적으로 끼웠다. 이제 남은 것은 앞으로의 문제이다. 나는 앞으로의 시대가 남성 시인들보다 오히려 여성 시인들이 글쓰기에 더 좋은 여건을 마련해줄 것으로 기대한다. 이제 분명하게 자아각성이 이루어졌고, 말과 글을 되찾는 데 자신감을 획득한 여성시인들은 그간 주변인처럼 맴돌면서 자신의 몸 속 깊은 곳에 멍울로 남겨놨던 덩어리들을 얼마든지 보편적인 언어로 풀어낼 수 있게 되었기 때문이다. 그리고 실제로 시라고 하는 것은 덩어리를 갖고 있는 자에게 더욱 절실하며 동시에 적합한 장르이기 때문에, 그간의 삶을 비추어보면 남성시인들의 경우보다 여성시인들의 경우가 훨씬 더 할 말을 많이 갖고 있다는 생각을 할 수 있다. 그러면서도 나는 다음과 같은 부탁을 앞으로 21세기를 맞이하는 이 땅의 여성시인들에게 전하고 싶다.

첫째, 작은 시인은 누구나 될 수 있으나 큰 시인은 공부하며 자신의 사상을 창조하는 자만이 될 수 있다는 것이다. 초기에는 재주만으로도 시를 쓸 수 있으나, 시간이 흐를수록 공부와 더불어 사상의 창조가 이루어지지 않으면, 시적 성장을 계속할 수 없기 때문이다. 시는 분명 직관과 감성의 지배를 많이 받지만, 이것 이상으로 통찰과 해석 그리고 지성의 지배를 받는다고 생각한다. 나는 우리 시단의 여성시인들이 큰 시인을 꿈꾸며 사유의 폭을 넓히기 바란다.

둘째, 여성문제를 보다 본질적으로, 현실적으로 탐구해야 한다는 것이다. 여성문제는 단순한 지적과 고발의 문제로 끝나지 않고, 실천의 문제를 현실적으로 남겨두고 있기 때문이다. 따라서 여성문제는 문제의 본질과 현실적인 문제점이 어디에 있는지를 아주 사실적인 접근 방법으로 파고들어가야 할 필요가 있다. 여성문제는 남성을 비롯한 기득권자들의 양심과 도덕심 더 나아가 이해심에 호소해서 해결할 수 있는 부분도 있지만, 그보다는 여성문제를 그렇게 야기시킬 수밖에 없었던 물적, 정신적 토대가 무엇인지를 해부하듯 분석해내고 대안을 마련해야만 해결가능한 것이다. 여기서도 역시 여성문제는 공부와 사상적 토대의 마련을 필요로 한다. 실질적으로 여성문제(여성차별)의 근저에는 권력의 편중화라는 문제가 도사리고 있다. 그렇다면 왜 남성에게 그토록 엄청난 권력이 편중되게 돌아갔을까? 그 문제를 분석해내야 한다는 것이다. 개인적으로 나는 권력의 원천을 인간의 욕망이라는 문제와 결부시켜서 생각하기 때문에, 제1권력을 이루는 것이 물리적 힘, 제2권력을 이루는 것이 경제적인 힘, 제3의 권력을 이루는 것이 제도 및 관습이라고 생각한다. 제1권력은 인간의 목숨을 좌우하는 직접적 힘이고, 제2권력은 자급자족 패턴이 깨진 현대사회에서 인간의 생존과 생활을 좌우하는 직·간접적 힘이며, 제3권력은 인간의 생활과 정신을 지배하는 직·간접의 힘이다. 나는 이 문제에 대한 적나라한 인식을 통하여 여성문제를 풀어 나아가야 한다고 생각한다. 물론 이 이외에도 다양한 접근이 필요하지만, 앞서 말한 세 가지 사항을 기본적으로 항상 고려하는 일이 필요하다고 생각한다.

셋째, 여성시인들의 자아발견 내지 자아각성이 자아팽창으로 이어지는 것을 경계해야 한다는 것이다. 자아발견과 자아각성은 항상 자아해체로 이어질 수 있을 때 자아의 성숙을 기할 수 있다. 그럼에도 불구하고 자아발견과 자아각성이 자아팽창으로 왜곡될 때, 그것은 또 하나의 단절된 장벽을 쌓는 일이다. 자아몰각의 상태만큼 자아팽창의 상태도 위험하다. 나는 우리 시단에서 여성으로서의 자아발견 내지는 인간으로서의 자아발견을 한다는 것이 그만 자아팽창으로 방향을 잘못 틀고나간 경우를 보고 안쓰러웠던 경험을 갖고 있다. 자아가 팽창될 때 그들의 눈길은 깊어지기보다 천박해지고, 허심해지기보다 탐욕스러워진다. 자아해체가 잘 이루어질 수 있을 때, 자아발견은 진정 참된 가치를 발휘할 수 있다.

넷째, 현대문명사 내지 인류사 속에서 여성들의 역할과 위상을 적극적으로 탐색해내었으면 하는 것이다. 최근 들어 많이 이야기되고 있는 생태적 여성주의 같은 것도 그 한 예가 되거니와, 여성시인들은 그들만의 독자적인 특성을 잘 살려서 이 땅의 문명사 내지는 인류사를 고민해나아가는 데 앞장서야 할 것이라고 본다. 여성시인들이 주변성과 지방성을 극복하고 인간사의 보편적인 문제를 책임감 있게 적극적으로 역사의 중심부로 나설 수 있을 것이다.

다섯째, 가치로서의 여성성과 현실로서의 여성성을 구분하여 생각할 필요가 있다는 것이다. 나는 가치의 측면에서는 여성 혹은 여성성이 윗길에 있다고 믿는다. 그러나 현실의 측면에서는 남성들에게 유리한 측면이 적지 않다. 가치와 현실 양자가 다 중요하기 때문에 이 점을 인식하고 여성문제뿐만 아니라 인간문제에 접근하는 것이 필요하다고 본다. 이 말은 예를 들어 가치의 측면에서는 어머니가 높이 평가되지만, 현실의 측면에서는 아버지의 힘이 강력하다는 것이다. 우리의 여성시는 이 양면을 함께 읽으면서 가치의 실현과 현실의 타개에 함께 힘써야 할 것이다.

끝으로 20세기는 물론 다가올 21세기는 더욱더 인공의 시대가 될 것이므로 시양식, 그 중에서도 여성시의 역할은 매우 커질 것임을 기대해본다. 증권시장에서 전광판을 쳐다보며 눈이 충혈된 사람들도 '인생이란 무엇인가'라고 질문할 수밖에 없고, 네모칸의 빌딩 속에 갇혀 있는 회사인간도 역시 그런 질문을 할 수밖에 없는 것이 인간조건이다. 나는 앞으로의 우리 시, 그 가운데서도 여성시는 여성성의 가치를 잘 살려내어서 인공시대의 자궁이 없는 것과 같은 인간들에게 감동의 시간을 마련해주어야 한다고 생각한다. 감동은 전략의 영역이 아니라 진정성의 영역이다. 이러한 감동은 자연으로서의 성격을 띤다. 감동만큼 큰 권력이 없다면, 우리 시, 그 중에서도 여성시는 앞으로 감동을 자아낼 만한 좋은 시를 쓰는 데 최선을 다해야 할 것이다. 감동이란 정서적 차원에서 주검과 같은 인공의 사막 속에 자연이 가진 새싹과 꽃 그리고 물기운을 안겨주는 일이다.

이제 말과 글을 찾고 여성으로서의 자존심과 자부심을 회복하기 시작한 우리 시단의 여성시인들이 끝까지 분투하기를 빈다.

⌘

도시에서 쓴 자연시의 의미와 한계

1. 글을 시작하며

조금 거칠게 말하자면, 현재 한국시단에서 30세가 넘은 대부분의 시인들은 기본적으로 농경사회적 인간으로서의 면모를 갖고 있다. 이에 대한 오해를 방지하기 위하여 약간의 말을 덧붙이자면, 이들은 대체로 농촌에서 탄생하여 그곳에서 생의 적지 않은 기간을 보냈으며, 비록 도시에서 태어났다 할지라도 그들의 어린(젊은) 시절을 아직도 농경사회적 분위기가 구석구석에 남아있는, 따라서 본격적인 현대도시라고 말하기에는 뭔가 석연치 않은 그런 곳에서 보낸 경우가 대부분이라는 말이다.

나는 이 점을 아주 중요하게 여긴다. 그것은 적어도 이들의 생이 '도회의 자식'이기 이전에 '농촌의 자식'임을 체험하는 것으로부터, 그리고 '인간의 자식'이기 이전에 '자연의 자식'임을 체험하는 것으로부터 시작되었다는 것을 뜻하기 때문이다. 한 인간의 유년체험이 그 인간의 생 전체를 지배하는 원체험으로 작용할 가능성이 아주 크다면, 이들이 유년시절에 농촌의 자식이자 자연의 자식으로 체험한 사실 또한 그들의 원체험을 형성했다고 보아 크게 틀리지 않을 것이다. 여기서 더 나아가 한 시인의 원체험이 그 시인의 시세계를 지배하는 중대한 원천이 된다는 것을 인정한다면, 현재 우리 시단에서 활동하는 수많은 시인들의 시세계에 그들의 이와 같은 원체험이 커다란 작용을 해왔으며 또 하고 있으리라는 짐작을 충분히 해볼 수 있다.

실제로 1990년대의 우리 시단은 시인들의 농경사회적 체험과 자연체험에 직접·간접으로 크게 지배당하고 있다. 분명 우리 시단은 지금 한편으로 모더니즘을 넘어 포스트모더니즘의 징후를 강하게 드러내고 있지만, 그 근저에는 이와 같은 농경사회적 체험과 자연체험이 아주 견고하게 자리잡고 있는 것이다. 따라서 다소 과격한 발언이 허용된다면, 우리 시단의 사유양식과 언어양식은 기본적으로 농경사회적이고 자연체험적이라고 말할 수 있다.

내가 이와 같은 논의를 앞에서 한 까닭은 우리 역사상, 그리고 세계 역사상 도시화의 정도가 최대치에 이른 1990년대를 맞이하여 우리 시단에서 탐구된 자연의 문제를 살펴보기 위해서는 이와 같은 사실의 확인이 전제되어야 한다는 생각 때문이다. 다시 말하자면 1990년대 우리 시단에서 탐구된 자연의 문제는 바로 생의 원체험을 농촌 혹은 자연에 두고 있는 사람들에 의하여 이루어진 것임을 기억해야만 비로소 그 양상과 의미가 제대로 드러날 것이라고 생각하기 때문이다.

2. '극단적 그리움'의 대상이 된 자연

1990년대 우리 시단의 자연문제를 논의할 때 가장 먼저 언급되어야 할 사항은 몇몇 시인들에 의하여 이른바 '자연에 대한 극단적 그리움'이라고 부를 만한 현상이 나타났다는 점이다. 소위 근대컴플렉스 혹은 도시컴플렉스에 사로잡혀, 지금 30세 이상이 된 대부분의 시인들은 그들의 원체험을 형성했던 농촌과 자연 속에서의 삶을 후진적인 삶이라고 억압한 채 도시로 터전을 분주히 옮기면서 도시적 삶에 적응하고자 애를 쓴 세대에 해당된다. 상품이 된 인공의 물건과 시장을 떠도는 화폐 그리고 직선적 세계관이 이끌어가는 도시적 삶은, 그것에 내재된 부정적 측면에도 불구하고, 그런 대로 이들을 매료시키기에 충분한 것이었다. 그들은 '농촌의 자식'이자 '자연의 자식'이었던 자신들을 잊어버리거나 부정한 채, 그 대신 '도회의 자식'으로 자신들을 재탄생시켜가면서 더 많은 도구와 물건들을 소유하고, 더 빠르게 화폐를 증식시켜 나아가면서 그 가운데서 기쁨을 맛보기도 했던 것이다.

하지만 1990년대로 오면서 사정은 조금씩 달라지기 시작하였다. 그들은 점점 더 복잡해지고 난폭해지며 간교해진 도시적 삶 속에서 참을 수 없을 정도로 황폐해져가는 자신들의 모습을 발견하기 시작하였고, 이것은 마침내 인류문명사의 앞날에 대한 엄청난 위기의식을 갖는 일로 이어지면서, 어느 때보다도 강력하게 도시적 패러다임과 그것에 기초를 둔 우리들의 삶을 재성찰하게 만들었던 것이다. 특히 도시적 삶이 단순히 물건과 화폐로 표상되던 산업사회적 속성을 넘어서 구체성이 상실된 이미지, 기호, 가상현실 등으로 표상되는 정보사회적 징후를 무차별적으로 드러내게 됨으로써 그들의 도시적 삶에 대한 재성찰은 보다 심각해질 수밖에 없었던 것이다.

시인들은 이런 재성찰의 시간 속에서 그 동안 도시적 가치의 횡포에 밀려서 그야말로 타자가 되어 주변부로 밀려났던 자연(농촌)을, 그런가 하면 그들 자신이 도시적 컴플렉스에 시달리면서 떠밀어내었던, 그리하여 무의식 깊은 곳에서 숨죽이고 있던 자연(농촌)을 찾아내기 시작하였다. 그들에게 자연은 인위에 대비되는 순리를, 물건에 대비되는 생명을, 화폐에 대비되는 존재 그 자체를, 기호에 대비되는 실재를, 직선에 대비되는 순환을, 타산에 대비되는 신비를, 죽임(죽음)에 대비되는 살림(살아있음)을, 탐욕에 대비되는 무심을, 만듦에 대비되는 기름을, 막힘에 대비되는 열림을 뜻하는 세계로 다가왔다.

시인들은 마침내 그들이 발견한 자연의 세계에 환호하기 시작하였다. 그들이 구석으로 밀어내었던, 그리고 그들의 억압에 숨죽이고 있던 자연(농촌)의 세계가 실은 도시적 삶을 이루기 이전부터 인류사 속에 원형으로 존재하였던 것일 뿐만 아니라 세계가 어떤 식으로 변하든지 간에 인간의 삶을 이루는 처음이자 마지막과 같은 존재임을 깨닫기 시작한 것이다. 그러나 이런 본질적인 생각 이전에 도시 속에서 살아가는 그들의 몸이 먼저 본능적으로 자연을 원했다고 말하는 편이 더 적합할 것이다.

자연에 대한 시인들의 이러한 환호는, 환호의 단계를 지난 '극단적 그리움'이라고 말할 수밖에 없는 단계로 가고 말았다. 그 까닭은, 그들이 자연(농촌)의 세계를 만나고 싶어도 그것을 생활 속에서 제대로 만나기가 어렵다는 점과, 사실상 그들이 도시에서 살아가는 삶은 그들의 의지와 관계없이 점점 더 자연과 동떨어진 곳으로만 치달아가고 있다는 점 때문이다. 말하자면 그들은 자연이 어떤 의미를 갖고 있으며, 그들의 몸이 자연을 그리워하고 있다는 사실에 눈을 뜨고 있으면서도, 그들이 만나고자 하는 자연이 너무나도 멀리 있다는 것을 인식해야 했기 때문이다. 이 때, 멀리 있는 자연은 점점 더 큰 그리움의 대상이 되어 추상성을 띠는가 하면 '극단적 그리움'의 대상이 되고, 자연에 대한 시인의 관심은 애정을 넘어 집착에 가까운 면모를 보여주는 데로 나아가고 만다. 이러한 경향을 보여준 대표적 시인으로 시집 『나무들을 폭포처럼 타오른다』와 『바다로 가는 서른세번째 길』을 출간한 박용하와, 시집 『벌레의 집은 아늑하다』와 『풋사과의 주름살』을 출간한 이정록 그리고 시집 『한 꽃송이』와 『세상의 나무들』을 출간한 정현종을 들 수 있다. 이 가운데서도 그 정도가 가장 대단한 사람은 단연 박용하이다. 박용하의 자연에 대한 그리움은 '병적 그리움'이라고 부를 만큼 하도 대단해서 그의 시를 읽는 사람으로 하여금 조마조마한 마음을 느끼게 할 정도이다.

3. 관상용 혹은 관광용이 된 자연

1980년대 우리 시 속의 자연은 민중(농민)들의 생존 및 생활과 밀착된 자연이었다. 주로 농촌시(농민시) 속에 자주 등장하는 자연은 그들의 현실적인 삶과 긴밀히 이어진 모습을 띠고 있었다. 물론 농촌시뿐만 아니라 당시의 민중시 전반이 가진 관념성 때문에 지난 1980년대의 자연 또한 때로는 추상성이 강하고 상당히 왜곡된 모습을 드러내는 경우도 많았지만, 그럼에도 불구하고 1980년대의 자연은 1990년대의 자연과 비교할 때 기본적으로 생존 혹은 생활과 이어지려는 속성을 강하게 띠고 있었다는 걸 말하지 않을 수 없다.

그러나 농촌시를 비롯한 민중시가 급격히 사라지는 1990년대로 오면서 시인들이 탐구하는 자연은 대부분 생존 및 생활과 유리된, 이른바 관상용 혹은 관광용의 성격을 띠고 있다. 이를테면 아파트 거실에 앉아 베란다에서 자라고 있는 화분 몇 분을 감상하는 경우, 자동차를 타고 여행가서 그곳의 자연을 풍경으로 바라보며 감상하는 경우, 앞마당의 정원에 핀 몇 송이 꽃이나 몇 그루 나무를 바라보며 상념에 젖는 경우, 휴일날 산에 오르면서 그 산의 풍경을 감상하는 경우, 고향에 찾아가 유년시절의 추억을 떠올리며 두고 온 산천을 감상하는 경우 등이 그것이다. 1990년대 들어와 자동차의 보급과 더불어 급격히 나타난 소위 여행시들, 아파트 생활의 일반화와 더불어 나타난 소위 아파트시들, 선적인 세계에 대한 관심 속에서 나타난 소위 선시들, 등산의 붐과 더불어 나타난 소위 등산시들, 전원주택 및 휴가의 열풍과 더불어 나타난 소위 전원시들이 다 이런 관상용 자연을 만난 시들이다. 이와 같은 성격의 시속에서 자연과 시인과의 관계는 비유컨대 풍경과 관광객의 관계와 같다. 한 번 더 반복해서 말한다면, 이들의 자연탐구는 의식주를 구하는 생존의 차원이나, 일상생활이 이루어지는 생활의 차원이 아닌, 주로 여가 시간에 만나는 관상용에 불과하였던 것이다.

바로 이런 점 때문에 시인들의 자연탐구는 자연의 리얼리티를 그대로 반영하지 못하는 아쉬움을 남겼다. 물론 이들의 자연발견은 팽창하는 도시적 삶의 횡포에서 그나마 그들을 견디도록 만들어주는 아주 중요한 역할을 한다고 말할 수 있다. 그럼에도 불구하고 이러한 유형의 시를 쓰는 사람들의 실제적인 자연탐구가 자연과 진정으로 몸을 섞지 못하는 관상의 차원에서 이루어졌다는 한계를 지적하지 않을 수 없다. 구체적으로 이러한 상황에서 이루어진 자연탐구는 시인들이 너무 쉽게 자연과 화해하거나 교감하는 모습을 보여주었는가 하면, 자연을 지나치게 신비화하는 모습을 보여주곤 하였다. 우리의 1990년대 시에 나타난 자연이 시인과 갈등의 관계를 만들거나 시인을 곤혹에 빠트리는 부정적 자연인 경우는 거의 없다.

생존과 생활 현장 속의 자연과 달리, 관상용이나 관광용의 자연은 저항이 없다. 아파트 거실에 앉아서 바라다보는 베란다 화분 속의 자연은 인형처럼 다소곳하며, 자동차 타고 달리면서 유리창 너머로 바라다보는 자연은 가상 현실처럼 조용히 흐를 뿐이고, 자동차에서 내려 유희 삼아 감상하는 자연 또한 낭만성과 추상성을 한껏 부추길 뿐이다. 그런가 하면 잘 꾸며진 앞마당 정원 속의 자연 역시 아무 저항 없이 주인에게 순종하고, 외식을 즐기며 건강증진 삼아 달려가 바라다본 산의 풍경 역시 액자 속의 그림과 크게 다르지 않다.

그러나 1990년대의 시인들은 이런 자연이라도 만나야 도시적 삶을 견딜 만큼 절박했다. 그들은 관상용 자연조차도 쉽게 찾아보기 어려운 도시에서 탈출하고 싶어하였으며, 어떤 방식으로든지 자연을 만나 그들 자신이 자연임을, 그리고 그들이 자연과 함께 살아가고 있음을 확인하며 자연으로부터 위로받고 싶었던 것이다.

이쯤해서 누군가는 한 가지 의문을 품을지도 모른다. 짐작건대 그 의문의 내용은 당신이 이 글의 첫 부분에서 말했듯이 이들의 생이 농촌의 자식이자 자연의 자식이 되는 일로부터 시작되었으며, 그것이 이들의 원체험을 형성하였는데, 왜 그들의 자연탐구가 관상적인 차원에서 이루어지게 되고 말았느냐 하는 것일 터이다. 이런 의문사항과 관련해서 그 이유를 이 자리에서 밝혀야 할 것 같다. 생각하건대, 나는 이들의 자연탐구가 관상용으로 그치게 된 것에는 크게 두 가지 이유가 있다고 본다. 첫째, 이들의 생이 농촌의 자식이자 자연의 자식으로 사는 데서 시작되었다고 할지라도, 이들 대부분이 고학력의 지식인 신분을 갖고 있는 데서 볼 수 있는 바와 같이 생활현장의 농민이 된 체험을 거의 갖고 있지 않다는 것 때문이다. 그러니까 이들의 농촌체험은 실제로 생존 및 생활 현장에서의 농촌체험이라기보다 이런 성격이 약한 관찰자 혹은 주변인으로서의 농촌체험에 불과하였다고 말할 수 있다. 실제로 그들은 중고등학생이 되면서부터 공부를 위하여 도시로 나온 경우가 대부분이었고, 생존 및 생활현장의 농민으로 살아간 사람들은 그들의 부모들에 불과하였다. 따라서 이들의 농촌체험은 본래 생존과 생활의 무게가 빠진 넓은 의미의 자연체험적 성격이 더 강했다. 둘째, 농촌을 떠나 도시에서 터를 잡고 도시인의 삶을 익혀버린지 오랜 그들에게, 비록 부모들의 농촌체험 속에 들어 있는 고통스러운 삶을 목도한 기억이 있다 하더라도, 벌써 그 기억은 아주 많이 퇴색해버렸기 때문이다. 의식주 문제가 순조롭게 해결되고, 더 이상 자연과 생존현장에서 투쟁하는 광경을 볼 기회도 없어진 지금, 이들뿐만 아니라 같은 체험을 가진 일반인들 역시 자연 속에 깃든 생존 및 생활현장으로서의 고통을 적지 않게 잊어버리고 말았다.

이런 유형의 시를 쓴 사람은 너무 많아 여기에 다 열거하기가 어려울 정도이다. 좀 심하게 말한다면 1990년대에 자연을 이야기한 시인들 거의 대부분이 여기에 속한다. 쉽게 이런 경우에서 제외될 수 있는 사람을 들어본다면, 지난 해 시집 『앞강도 야위는 이 그리움』을 출간하기 이전까지의 고재종(고재종도 『앞강도 야위는 이 그리움』에서부터는 이런 기미를 보여준다) 등 아주 소수가 있을 뿐이다.

나는 1990년대의 우리 시인들이 관상용 혹은 관광용의 차원에서 자연에 접근한 것을 충분히 이해하고 인정한다. 그들의 체험내용이나 생활현실에 비추어볼 때, 이 이상으로 나아가는 것이 쉽지는 않을 것이기 때문이다. 그러나 나는 시인들이 관상용 내지는 관광용의 자연을 말하는 것으로부터 벗어나기 위해서라면 자연공부라도 충분히 해야 할 것이라고 생각한다. 자연공부만이라도 충분히 한다면, 그렇게 손쉽게 자연과 화해하고 자연을 신비화시키는 일이 일어나지 않을 것이기 때문이다.

또한 나는 관상용 내지는 관광용 자연을 본 것에 불과한데도, 시인들이 마치 도시적 현실을 초월한 신선 혹은 초월자의 풍모를 보이는 것에 대하여 경계의 시선을 보낸다. 이와 같은 풍모를 보이는 것보다는 실제로 자신의 자연이해나 자연탐구가 이 정도밖에 안 된다는 것을 겸허히 고백하는 것이 오히려 공감을 얻어낼 수 있지 않을까 한다.

4. 경전으로 들어올려진 자연

본래 우리 시의 전통 속에서 자연은 그 어떤 것보다도 믿을 만한 경전, 교훈서, 지혜서와 같은 것이 되어왔다. 그러므로 책이 된 자연의 모습을 보는 것은 우리에게 아주 익숙한 일이다. 그런데 1990년대에 들어와 자연을 책으로 삼는 정도는 아주 커졌다. 지난 1980년대만 해도 시인들은 자연을 책으로 삼기보다 인간과 인간사 그리고 그 인간들이 만들어낸 사상을 책으로 삼는데 골몰하였다. 한 마디로 말하자면 1980년대만 해도 시인들은 역사 속에서 책을 구하고자 하였다. 그러나 1990년대에 들어와 사정은 아주 달라졌다. 역사에서 책을 구해오던 시인들은 시선을 돌려 탈역사적인 자연 속에서 책을 구해왔고, 그들의 자연책 읽기는 아주 활발해졌다.

일반적으로 사람들은 믿을 만한 책 한 권을 갖고 싶어한다. 될 수만 있다면 바이블 정도의 권위와 설득력을 가진 책을 갖고 싶어한다. 왜냐하면 믿을 만한 책을 갖고 있는 한, 그들은 혼란스러운 생의 길을 어렵지 않게 갈 수 있을 것 같은 기분에 휩싸이기 때문이다. 그래서 누군가는 기독교 성서를, 누군가는 불교의 경전을, 누군가는 맑스의 『자본론』을, 누군가는 정약용의 『목민심서』를 읽으면서 밤을 지샌다. 그러나 이런 종이책만이 책이 아니라 우리가 살아가는 세상 속의 모든 것이 책이 될 수 있다면, 자연은 그와 같은 책 종류의 하나이다. 이제 사람들은 종이책보다도 더 거대한, 그리고 믿을 만한 책으로 자연이라는 책을 다시 찾았다. 그들은 자신들이 그 어떤 책보다도 신뢰하는 이 책 속에서 생과 세계의 진실을 찾아내려고 한다.

1990년대의 시인들이 자연이라는 책을 통해 생과 세계의 진실을 찾아보려는 노력은 자연을 다룬 그들의 많은 시가 교훈시 및 우화시의 성격을 드러내도록 만들었다. 본인들은 이 사실을 의식하고 있는지 어떤지 알 수 없으나, 이들의 시에서 자연은 대부분 교사와 같은 존재로 변모되어 있다. 시집 『달맞이꽃에 대한 명상』을 비롯하여 『여백』 등을 출간한 최승호의 경우가 그러하고, 시집 『바람부는 날이면 압구정동에 가야 한다』와 『세상의 모든 저녁』 등을 출간한 유하의 경우가 그러하고, 시집 『벌레의 집은 아늑하다』와 『풋사과의 주름살』을 출간한 이정록의 경우가 그러하고, 시집 『그리운 여우』와 『외롭고 높고 쓸쓸한』 등을 출간한 안도현의 경우가 그러하고, 시집 『앞강도 야위는 이 그리움』과 『날랜 사랑』 등을 출간한 고재종의 경우가 그러하며, 시집 『우주배꼽』과 『프란체스코의 새들』 등을 출간한 고진하가 그러하다.

시가 교훈적인 성격을 띤다는 것은 그 자체로 좋은 것도 나쁜 것도 아니다. 그리고 모든 시는 그 정도와 양상의 차이는 있을지언정 교훈적인 성격을 갖고 있다. 다만 나는 여기서 1990년대의 많은 시인들이 자연을 신뢰할 만한 최고의 책으로 택하여 그로부터 생과 세계의 길을 안내 받으려는 특징을 보여준 점에 주목할 뿐이다.

사회적으로 볼 때 1990년대는 권위와 신성성이 해체된 사회이다. 무슨 말이냐 하면 포스트모더니즘과 해체주의적 징후가 강하게 드러나면서 기존의 서열체계와 영역 구분이 파괴되고 수많은 하위문화 및 주변적인 가치가 중심으로 진입함에 따라, 이를테면 모두가 중심이어서 중심이 없는 사회가 되어버린 것이다. 이런 가운데서 신성한 권위를 갖고 있는 세계란 아예 없는 것이나 마찬가지이다. 예를 들어 상아탑이라고 신성시했던 대학도 시장체계 속으로 진입하였고, 성직이라고 불리워졌던 종교인들이나 교사(수)들도 세속적 평가기준의 대상이 되었으며, 신성한 진리의 상징이었던 서정의 책들도 상품 이상의 것이 되지 못하게 되었다. 이런 사회에서 교훈적인 목소리를 신성하게 들려줄 자가 존재하지 않는다. 누구도 그들의 존재를 인정하지 않으려고 하기 때문이다. 그저 나는 이렇다고 말할 뿐, 누구도 그 말에 신성한 권위를 붙여주지 않는다. 긍정적으로 본다면 대화적인 수평사회가 온 것이고, 부정적으로 본다면 무질서한 혼돈의 사회가 온 것이다.

나는 이런 가운데서 시인들이 권위와 신성성을 부여하면서 교훈의 말씀을 전해줄 대상으로 찾아낸 것이 자연이라고 본다. 사실 근대에 접어들면서 자연조차도 권위를 잃고 산산조각이 난 게 주지의 사실이며, 지금도 자연의 위상은 형편없이 낮은 게 사실이지만, 아직도 진리의 교훈적인 목소리에 갈증을 느끼는 사람들은 그 소리가 전해질 수 있는 곳을 찾아나섰던 것이고, 그 결과 자연을 진리 전파의 주체로 받들게 된 것이다. 이런 점에서 자연으로부터 교훈을 얻고자 하는 사람들은 농경사회적 인간의 면모를 지닌다. 모든 교훈과 설교가 권위주의적이라면 이들은 자연의 권위를 인정한 사람들이다.

5. 생물의 다른 이름인 자연

1990년대 한국사회를 바꾸어놓는 데 가장 큰 역할을 한 것은 단연 컴퓨터이다. 그 중에서도 컴퓨터 속에 들어있는 사이버 공간이다. 인간사의 흐름은 살아있는 먹이를 구하던 수렵, 채취, 농경사회를 거쳐, 도구적인 물건을 구하던 산업사회로 이어진 후, 이제 기호와 이미지를 구하는 가상현실의 정보사회로 와버렸다. 이 세 가지 단계 가운데서 인간들이 직접 살아있는 생명을 만날 수 있는 단계는 첫 번째 단계에 국한된다. 그 이후의 산업사회는 죽어있는 도구적 물건만을, 그리고 최근의 정보사회는 환시적 현상에 가까운 가상현실만을 제공해준다. 따라서 산업사회적 성격과 정보사회적 성격이 혼합된 오늘날의 도시 속에서 사람들은 죽어있는 물건과 환시적인 가상현실 이외의 진정 살아움직이는 생명들을 만나기 어렵다. 앞으로 정보사회적 성격이 세계의 주류를 이룬다면, 사람들은 살아있는 생명은 말할 것도 없고, 죽어있는 물건과도 감각적 대면을 하지 못한 채, 사이버 공간 속의 추상적인 이미지만을 순간적으로 보는 데 그쳐야 할 것이다. 그러므로 이제 존재는 머물지 않고 흐른다. 만지고 냄새맡는 것이 불가능한 채, 유리(화면) 너머로 그것들을 구경할 수 있을 뿐이다.

사람은 무엇보다도 먼저 생물로서의 특징을 갖고 있다. 그러므로 사람에 대한 우리의 이해는 사람이 생물학적 존재라는 데서 출발해야 한다. 그렇다면 사람이 생물학적 존재라는 말은 무엇을 의미하는가? 거칠게 답하자면 이것은 사람이 숨쉬고 밥먹는 생명, 즉 몸을 가진 존재라는 뜻이다. 또 다르게 말한다면 사람은 자연이라는 것이다. 이 사실을 망각할 때, 사람들은 제아무리 많은 물건을 소유하여도, 제아무리 화려한 가상현실이 펼쳐져도 행복할 수가 없다.

1990년대 우리 시단의 시인들은 살아있는 생명을 갈구하였거니와 그들은 자연에서 살아있는 생명의 모든 것을 보았다. 그들에게 자연은 생명과 같은 말로 쓰였고, 그를 통하여 자신들 또한 자연과 같은 생명임을 인식하고자 하였다. 그럼으로써 그들은 자신들을 죽은 물건과 가상현실의 횡포로부터 살려내고자 하였으며, 더 나아가 우리 문명사의 미래가 생명에 토대를 둔 역사이기를 기대하였다.

1990년대에 들어와 우리 시인들이 발견한 몸의 의미는 이러한 생명의 발견이라는 문제와 깊이 연결된다. 그들은 생물학적 차원의 몸에서 모든 것이 출발하여야 하고, 다시 그 모든 것들은 이곳으로 돌아와야 한다는 생각을 하였다. 알몸 이외의 모든 것은 어찌보면 장식이고 유희이기 때문이다. 아예 시집 이름을 『몸詩』라고 붙여서 발간한 정진규, 여성의 몸을 새로이 인식하기 시작한 많은 여성시인들, 시집(시집으로 간주하고자 한다)『사람만이 희망이다』를 발간한 박노해 등이 이에 해당된다.

또한 1990년대의 우리 시단에는 생명사상이 하나의 설득력 있는 사상으로 자리잡기 시작하였다. 생명이 모든 것의 처음이자 마지막일 뿐만 아니라 생명을 가진 것들 사이의 유기적인 연대감이 세계의 기저를 이루어야 한다는 이 사상은 김지하에서 출발하여 정현종, 그리고 최근의 박노해에 이르기까지 폭넓은 지지층을 획득하였다.

인간이 자연이며 자연은 곧 살아있는 생물이기에, 인간(사)의 이해는 생물학적 차원에서 시작되어야 한다는 사실은 앞으로도 계속 반복하여 주창되어야 하고 고려되어야 한다고 생각한다. 점점 더 인간들이 자연이자 생물로서의 성격을 상실한 채, 인공의 극단으로 치달아가고 있는 우리의 현실을 직시해볼 때, 이런 생각은 계속하여 유효할 수밖에 없을 것이기 때문이다.

6. 우주적 자아를 탐구하게 만든 자연

지난 1980년대가 역사적 자아의 탐색기였다면, 1990년대는 자연적, 우주적 자아의 탐색기라고 말할 수 있다. 알다시피, 지난 1980년대의 시인들은 역사적 자아로 살아가는 일에 몰두하였다. 난폭한 정치적, 시대적 상황은 시인들로 하여금 그러한 자아인식을 하지 않을 수 없게 만들었다. 따라서 이때의 자연은 대부분 역사화된 자연, 인간화된 자연으로 나타났다. 그러나 1990년대로 오면서 시인들은 그들이 여태껏 잊어버렸던 혹은 소홀히 하였던 자연적 자아 내지는 우주적 자아를 만들어가기 시작하였다. 이것은 적어도 문민정부의 형태를 취한 1990년대를 맞이하면서 그들에게 자신들을 돌아볼 여유가 생겼다는 의미이면서, 동시에 자연과 우주를 발견하지 않고는 이 도시적 삶을 견딜 수 없다는 절박한 상황을 반영하는 것이기도 하다.

일반적으로 한 인간의 자아인식은 생물학적 자아에서 개인적(실존적) 자아로, 개인적 자아에서 사회적(역사적) 자아로, 사회적 자아에서 자연적(우주적) 자아로 확대되어 나아가기 마련인데 1990년대 우리 시단에서는 자연적(우주적) 자아의 확립이라는 문제가 다루어진 것이다. 나는 우리 시단에 나타난 이러한 자연적(우주적) 자아의 탐색이라는 문제를 아주 고무적인 것으로 본다. 왜냐하면 격동기라고 말할 수밖에 없는 20세기 한국사 속에서, 시인들은 역사적, 시대적 압력 때문에 자연과 우주를 바라볼 여유가 없었기 때문이다. 일제 강점의 35년 동안이 그러했고, 6·25 한국전쟁으로 시작된 1950~1980년대가 그러했다. 아직도 우리는 남북분단이라는 역사적 문제를 안고 있지만, 20세기 100년간 중 1990년대만큼 태평성대(?)를 이룬 시절은 없었다고 본다. 물론 지금 우리의 문명사가 가고 있는 길은 결코 평탄하지 않으나, 적어도 우리는 생존의 차원인 가난문제를 해결하였고, 자유의 차원인 민주화의 문제를 어느 정도 해결하였다고 말할 수 있다. 나는 이런 현실의 변화로 인하여 시인들이 자연적(우주적) 자아를 탐색해볼 수 있는 시간을 갖게 되었다고 생각한다.

이 이외의 또 한 가지 이유를 더 든다면, 현재 우리가 맞고 있는 문명사의 문제를 해결하는 길은 역사적 자아를 확립하는 것만으로 이루어지지 않기 때문이다. 문명사의 문제는 정치적, 시대적 문제와는 별개의 것으로 또한 시인들로 하여금 자연적(우주적) 자아를 확립하도록 만들고 있다. 그것은 우리의 문명사가 철저하게 인간중심주의 내지는 인간우월주의에 바탕을 두고 이루어졌으므로 자아개념을 자연으로, 우주로 확대시키는 일이 선행되지 않는다면 그 속에 내재한 욕망의 확대재생산과 그로 인한 생태계 파괴의 현실을 도저히 어찌해볼 수가 없기 때문이다.

역사적 자아를 확립하는 문제가 자아발견의 문제와 이어진다면, 자연적 자아를 확립하는 문제는 자아해체(소멸)의 문제와 이어진다. 나는 1990년대의 우리 시인들에게서 보이는 자연적(우주적) 자아의 확립이라는 문제를 이러한 자아해체의 문제와 연결시켜 이해한다.

우리 시단에서 자연적(우주적) 자아의 확립이라는 문제를 깊이 천착한 시인으로는 시집 『중심의 괴로움』을 출간한 김지하, 시집 『벌레시인』을 출간한 이성선, 시집 『눈사람』과 『여백』을 출간한 최승호, 시집 『80소년 떠돌이의 시』를 출간한 서정주, 시집 『한 꽃송이』를 출간한 정현종 등이 있다.

7. 글을 마치며

1990년대 우리 시단에서 자연을 재발견한 것은 시사적으로나 문명사적으로나 어찌보면 필연성을 갖고 있는 것이라 할 수 있다. 그만큼 1990년대 우리 시단의 자연탐구는 그나름의 의미를 내재시키고 있는 것이다.

하지만 글을 마치는 이 자리에서 나는 몇 가지 문제점을 지적하지 않을 수 없다. 그 하나는 1990년대 우리 시단에서 탐구한 자연은 지나치게 우상화되어 있다는 점이다. 적어도 자유사회의 시인들에게 우상화는 곧 파멸에 이르는 길이다. 그런 점에서 자연의 우상화가 가져올 폐해를 늘상 점검하는 일이 필요하다. 그 둘은 1990년대 우리 시단에서 탐구한 자연상이 너무 단순하고 소박하다는 것이다. 자연은 그 자체로 선도 아니고 악도 아니다. 그리고 실제로 자연은 죽은 물건 이상의 저항성을 갖고 있다. 또한 자연은 어느 것이든지 간에 다 자기중심성에 의하여 움직인다. 그러므로 자연에 대한 단순하고 소박한 접근은 자연의 리얼리티와 거리가 먼 일일 뿐이다. 그 셋은 1990년대 시인들의 자연탐구가 일종의 유행 같은 성격을 보이고 있다는 것이다. 시세계에서 유행은 역시 파멸에 이르는 길이다. 그 넷은 1990년대 시인들의 자연탐구가 너무 초월적인 태도를 갖고 있다는 점이다. 실제로 세상을 초월할 수 있다면 굳이 세상의 언어를 빌려서 시를 쓸 필요가 없을 것이다. 나는 그들의 초월적 태도에 대한 반성이 뒤따르기를 기대한다.

자연과 인간은 영원히 투쟁하며 타협할 수밖에 없을 것이다. 간혹 화해의 시간이 찾아오겠지만 그것은 순간의 일일 뿐 우리는 또다시 자연과 새로운 갈등을 시작해야 한다. 과학과 기술의 발달로 인해 자연과 타협하는 데 우리가 아주 좋은 위치에 있는 것 같지만, 아직도 자연은 호락호락하지 않다.

영원히, 한편으로는 적자생존의 살벌한 세계 속에서, 다른 한편으로는 공생 공존의 유기적 관계 위에서 함께 살아갈 수밖에 없는 것이 인간과 자연의 관계라고 생각한다. 이것은 인간이 인간이기에 겪는 상황이라기보다 인간이 자연이기에 기본적으로 겪어야 할 사실이다.

신낭만의 시대가 오고 있는가

1. 新낭만, 新서정, 新생명, 新인생

이 계절의 시를 보면서 우리 시단에 '신낭만, 신서정, 신인생'론이 다시 전개되는 게 아닌가 하는 생각을 갖게 된다. 굳이 앞에서 '신(新)'자를 붙인 것은 이전의 그것과 구별된다는 의미에서라기보다 새로이(다시금) 낭만성, 서정성, 인생론 등이 시인의 마음을 사로잡고 있다는 뜻에서이다.

최근 우리 시단은 낭만적인 기운이 가득하다. 그런가 하면 서정적인 정서가 무르익고 있다. 여기다 생명성의 기운을 찾아가는 목소리가 부산하다. 또한 (꽤 오래 전부터이기는 하나) 시인들의 주된 물음으로 '인생(삶)이란 무엇인가'가 대두되고 있다.

이 계절에 출간된 유하의 『나의 사랑은 나비처럼 가벼웠다』(열림원), 이문재의 『마음의 오지』(문학동네), 최승자의 『연인들』(문학동네), 안도현의 『바닷가 우체국』(문학동네), 김윤배의 『슬프도록 비천하고 슬프도록 당당한』(세계사) 등 여러 시집과 또한 이 계절에 발표된 김형영의 「새벽달」외 여러 작품(『21세기 문학』 봄호), 김용택의 「겨울, 채송화씨」(『문학동네』 봄호), 박용하의 「20세기의 북쪽」(『현대시학』 3월호), 이기철의 「벚꽃 그늘에 앉아보렴」(『문예중앙』 봄호) 등 여러 시들이 바로 앞서 말한 바와 같은 징후를 드러낸다.

　유하는 『나의 사랑은 나비처럼 가벼웠다』에서 "희망의 낡지 않은 처음"
과 "사랑하는 마음의 가장 여린 속살"이 자신의 몸 속에 오래 머물렀으면
좋겠다는 말을 하면서 서정적인 낭만주의자의 기질을 한껏 보여주고 있다.
그의 서정성은 유려하며, 그의 낭만성은 따뜻하고 부드럽다. 그는 이런 유려
한 서정성과 따뜻한 낭만성을 기저에 깔고 있는 가운데 '인생(삶)이란 무엇
인가'에 대한 자문자답과, 우주적 신비를 통한 생명의 거대한 순환성 및 무
위성에 대하여 이야기하고 있다. 그는 티끌 하나 없는 무심의 경지 속에서
우주를, 생명을, 인생을, 사람을 만나고 싶어한다. 그런가 하면 그는 막힘 하
나 없는 자유의 지대에서 그의 상상력을, 꿈을, 희망을 노래처럼 불러내려
한다. 이렇듯 그는 사실적인 세속의 문법과는 어울리지 않는 무심과 자유의
경지에서 그와 우리의 삶이 무상의 춤, 노래, 축제, 사랑 등과 같은 것이 되
기를 꿈꾸고 있다. 유하가 자신의 시집 속의 한 작품 「그래도 음악은 계속된
다」에서 타이타닉호의 침몰 순간까지 영화 속의 바이올린 주자로 연주를 계
속했던 찰리 파커에게 사모의 정을 보낸 것은 그 단적인 예가 된다.

　이문재의 『마음의 오지』도 서정성, 낭만성, 생명성을 지향하고 있다. 이문
재 역시 타고난 서정시인인데 그는 이번 시집에서 "농업박물관"을 그가 뚫
고 나갈 열쇠어로 삼고 있다. 농업박물관이란 무엇인가? 그것을 말 그대로
설명하자면, 농업에 관한 모든 것을 소장하고 있는 박물관이다. 이문재는 우
리 시대가 어느새 농업을 박물관에다 모셔둬야 할 시점에 와버렸다는 것에
서 한없는 절망감과 통증을 느낀다. 실제로 농업은 이제 박물관적 사실이
되었다. 농촌에 가더라도 젊은이는 하나도 없고 그 자체가 박물관의 유품
같은 늙은 사람들만 듬성듬성 남아 있을 뿐이다. 그뿐 아니라 농촌의 생활
도구 또한 농업시대의 것들은 다 박물관에 가 있고, 새로운 시대의 현대적
인 도구들로 대체되어 있다. 그러나 무엇보다도 문제적인 것은 농촌의 정신
까지도 과거의 농업시대에 있었던 정신은 다 박물관에 유물로 보관돼버리
고, 정보도시사회에 걸맞는 신정신이 들어와버렸다는 것이다.

　나는 개인적으로 내가 사는 동안, 농업문명에서 도시산업정보문명으로
문명사의 대전환이 일어났다는 것을 생각할 때 경이롭기도 하고 현기증이

나기도 한다. 진정 무엇이 올바른 삶인가는 조금 더 시간이 지나봐야 알겠지만, 적어도 지금 이 순간에 우리가 확실하게 지적할 수 있는 것은 새로운 문명의 도래와 더불어 우리들의 삶 속에서 서정성, 낭만성, 생명성 등이 말라버렸다는 점이다. 나는 이런 서정성, 낭만성, 생명성 등을 인공과 구별되는 자연의 다른 이름이라고 생각한다. 그러니까 우리 시대가 잃어버린 것은 자연 혹은 자연적인 것들이다. 이문재는 "농업박물관"을 열쇠어로 삼아, 그의 시가 지향하는 바를 표상하고 있거니와, 달리 말한다면 그는 "오래된 미래"를 회복시키고 싶은 것이다. 자연, 자연적인 것, 오래된 미래, 농업 등과 같은 말로 표현될 수 있는 세계가 살아나지 않는 한, 우리들의 몸과 삶은 인공세계에서 건조한 도구처럼 변할 것이 분명하기 때문이다.

안도현의 시집 『바닷가 우체국』 또한 서정성과 낭만성 그리고 생명성이 돋보이는 시집이다. 이전의 시집 『외롭고 높고 쓸쓸한』이나 『그리운 여우』에 비하여 생활사적인 실감이 다소 약화되어 아쉬운 감은 있으나, 여전히 안도현은 천부적이라 할 만한 그의 서정적인 자질과 낭만적인 자질을 잘 구사하여 호소력 있는 시세계를 만들어내고 있다. 안도현 역시 '오래된 미래'를 꿈꾸고 지향하는 사람이다. 그는 컴퓨터 시대에 바닷가 우체국을 바라보며 만년필로 잉크 냄새나는 편지를 쓰고 싶어하는 사람이다. 우체국이 갖고 있는 그 기다림과 그리움의 시간을 살려내고 싶은 것이다. 이런 세계를 지향하는 안도현의 영혼은 소년의 그것과 같다. 다만 앞에서도 조금 비추었듯이, 나는 그가 시 속에서 생활과 현실을 상실할까봐 걱정이 된다. 그가 전업작가의 길을 가고 있기에 더욱 그러하다.

최승자의 시집 『연인들』은 최승자 개인에게 아주 중요한 시집으로 여겨진다. 그것은 지금까지 최승자의 정신이 어둠과 자학의 끝을 향해 내달렸다면, 이번 시집에서는 그 끝의 어느 지점에서 새로이 빛과 생명의 기운을 발견하고 이를테면 'U-턴'하듯이 방향을 되돌리고 있기 때문이다. 나는 최승자의 그 엄청난 부정성과 자학성의 치열함에 감탄하면서도 다른 한편 그 모습 앞에서 개인적으로 걱정을 하기도 했었다. 어느 때는 그 부정성과 자학성을 보고 나 자신의 내면에 숨어 있던 그런 부분이 덧날까봐 의도적으로 책장을 덮었던 때도 있다. 그런 점에서 이번 시집 『연인들』을 통하여 최승 자가 빛과 생명의 세계로 나오기 시작한 것은 아주 의미있는 일이다. 어둠 의 끝을 본 사람이 맞이한 빛과 생명의 기운은 남다른 면이 있을 것임을 기 대해본다. 특히 그의 시집 속에 들어있는 연작 「연인들」에서 그가 새로이 살아나는 기쁨을 "무게 없는 이것, 이름할 수 없이 환한 덩어리, 몸 속의 몸, 빛의 몸//몸 속이 바닷속처럼 환해진다"고 표현한 것은 주목할 만하다. 다 만 나는 그의 이른바 부활과 재생이 우리 시대의 유행처럼 돼버린 생명시 내지는 자연시 일반의 형태를 뒤따르지 않기 바란다.

김윤배의 시집 『슬프도록 비천하고 슬프도록 당당한』은 앞의 시집들과 다소 그 경향을 달리한다. 그럼에도 불구하고 이 시집을 여기서 다루는 까 닭은 그의 시집 전체를 관통하는 '예술혼'에 대한 그의 지향이 너무나도 강 렬하기 때문이다. 예술혼이란 무엇인가? 그것은 이성과 의지의 영역을 넘어 선 절대의 경지라고 말할 수 있다. 그 부분을 지키기 위하여 사람들은 자학 을 즐거움으로 받아들이기도 하고, 마침내는 목숨까지도 내어놓는 경우가 있다. 김윤배는 그의 시집 『슬프도록 비천하고 슬프도록 당당한』에서 가야 금 산조의 명인이었다는 함동정월(1917 — 1994)에 대하여 무려 18편의 시를 바치고 있는데, 그가 여기서 끝까지 옹호하고 추구한 것은 예술혼의 절대성 이다. 이처럼 무상의 절대성을 추구한다는 것은 지극히 낭만적이며 이상주 의적인 사유방식이다. 모든 것이 도구화, 상품화, 시장화되고 있는 이 세속 사회에서 그것이 예술혼이라 할지라도 무상의 절대성을 믿는다는 것은 놀 라운 일이며 감동적인 일이다. 이런 무상의 절대성이 가슴 속에 있을 때, 그 것은 엄청난 창조력의 원천이 되기도 한다. 다만, 그가 추구하는 절대성이 경직성의 위험성에 빠져들지 않기를 바랄 뿐이다.

나는 우리 시단에서 이처럼 서정성, 낭만성, 생명성 등이 다시금 살아나 고, 그것을 바탕으로 인생론적인 물음이 제기되는 것을 보며 다음과 같은 몇 가지 생각을 해보았다.

그 하나는 서정이니 낭만이니 생명이니 하는 것들은 모두 자연의 다른 이 름인데, 모든 것이 인공화된 이 시대의 우리들에게 본능적으로 요청되는 것이 자연에 대한 그리움이구나, 하는 것이었다. 서정은 이성에 비하여, 낭만은 사실에 비하여, 생명은 도구에 비하여 자연에 가깝다. 이성적으로 사유하고 사실적으로 판단하고 도구적으로 이용하지 않는다면, 살아남는 것만이 제일 목표인 무한경쟁의 시대에 단 한 발짝도 앞으로 내디딜 수 없는 게 우리의 현실이다. 그러나 이런 것이 우리에게 임박한 현실이라 할지라도 우리는 이것만으로 몸과 마음의 균형을 잡을 수가 없고, 행복한 삶에 도달하기 어렵다. 바로 이런 현실상이 시인들로 하여금 서정성과 낭만성 그리고 생명성을 불러일으키게 한 하나의 원인이며, 진정 삶이란 무엇이냐고 묻게 하는 원인이 되었다고 본다.

그 둘은 그간의 우리 시단에 퍼져 있던 소위 사실주의적 접근 방식에 대한 새로운 대응방식이 아닌가 하고 생각하였다. 방금 내가 말한 사실주의적 접근 방식이란 현실의 모순상을 있는 그대로 투시하고 포착해내는 태도를 뜻한다. 인간의 현실에 대한 이해는 기본적으로 사실주의적 접근 방식을 기초로 해야 한다. 그러나 세계(상)에 대한 사실주의적 접근만을 일방적으로 감행할 때, 삶은 건조하고 냉담하고 막막하다. 이런 세상사를 극복하게끔 도와주는 다른 한 방법이 있으니 그게 바로 낭만주의적 접근 방식이다. 내외적으로 어느 때보다도 사실주의적인 삶이 전개되고 있는 것이 오늘의 상황이라는 점에서, 그리고 그간의 우리시단이 오랜 기간 동안 사실주의적 접근 방식을 과도하게 보여줬다는 점에서, 시인들이 낭만주의적 태도에 이끌리는 것은 자연스러운 면을 갖고 있다. 그러나 이 양자의 접근 방식은 언제나 함께 존재해야 하고 다같이 우리에게 필요하다는 것을 잊을 수는 없다.

그 셋은 지난 시대의 우리 시가 짊어졌던 무거운 짐을 벗어버리고 이제 시가 할 수 있는 장기를 되살리려고 하는 것이 아닌가 하는 생각을 하게 되었다. 두루 알다시피 20세기 초기부터 우리 시는 시대적, 역사적 왜곡상 때문에 과도한 짐을 지고 역사의 현장을 걸어왔다. 물론 시가 할 수 있는 역할은 무한하니까 시는 그런 역할을 해도 좋다. 그러나 아무래도 시는 시대적, 역사적인 현장에 참여하는 기능보다 춤추고 노래하는 축제의 장에 참여하는 기능이 뛰어나다. 그렇다고 해서 이 시대가 춤추고 노래할 만한 축제의

장이 된 것은 아니지만, 적어도 물질적으로, 정치사적으로 볼 때 1990년대가 20세기 한국사 중 상대적으로 가장 큰 행운을 구가한 시대라는 점만을 생각해본다면, 시가 이처럼 역사와 시대의 현장에서 빠져나와 서정성과 낭만성 그리고 생명성을 구가하는 것도 이해할 만하다.

2. 풍경과 심상, 파괴와 생성

이 계절의 우리 시단에 두 권의 색다른 시집이 출간되었다. 그 하나는 김춘수의 『의자와 계단』(문학세계사)이고, 다른 하나는 박남철의 『반시대적 고찰』(세계사)이다. 이 두 권의 시집이 색다르다고 말한 것은 앞장에서 말한 서정성과 낭만성 그리고 생명성과 같은 것을 내세우는 자연주의자의 경우와는 다르게, 한 사람은 시를 끝까지 지성의 힘으로, 다른 한 사람은 시를 끝없는 파괴의 힘으로 밀고 나아가기 때문이다. 다소 설명이 부족하겠으나, 우선 이와 같은 말만으로 본장에서 논의하고자 하는 의도를 전하고자 한다.

김춘수의 시집 『의자와 계단』은 다음과 같은 점에서 매우 흥미롭다. 참으로 정갈하고 고집센 영감의 모습을 떠올리도록 하는 데 충분한 김춘수의 이번 시집은 오랜 모색과 수련 끝에 이제 한 경지에 도달한 듯한 시인의 모습을 전해주고 있다. 김춘수는 한 때 무의미시를 쓰면서 시란 본래 인공물이고 그의 시는 철저히 가면에 의하여 조작된 것이라고 말한 바 있다. 당시로서 이 말은 상당히 충격적인 언사임에 틀림없었다. 이런 데서 출발한 김춘수의 무의미시는 독자들을 당황하게 만들기에 충분하였고, 그의 무의미시는 난해시로 취급되어 독자들로 하여금 멀찌감치 도망가도록 만든 원인이 되기도 하였다. 그러나 그는 굽히지 않고 무의미시를 수십 년 간 밀고 나와 이제 한 경지에 도달했다고 보이거니와, 나는 여기서 그의 시를 통해 지성의 승리가 어떤 것인가 하는 점을 보게 되는 느낌이다. 내가 방금 사용한 지성의 승리란 내면의 활화산 같은 감정을 가능한 한 언어로 감추면서 드러내는 역설적 상황의 창조에 성공했다는 것이다. 이것은 달리 말하여 태도의 승리이자 언어의 승리라고 할 수도 있을 것이다. 김춘수는 이제 긴장감 없이 긴

장감을 유발하는 시, 드러내지 않으면서 드러내는 시, 풍경만으로도 정서를
유발시키는 시, 표정만으로도 많은 걸 말하는 시, 관조하는 듯하면서도 참여
하는 시, 파스텔톤의 수채화풍으로 강렬하게 파고드는 시를 쓰고 있다. 이전
의 빈틈 없는 무의미시에 비하면 이번의 시집 속에 수록된 시편들에는 시인
의 자기노출이 그래도 꽤 드러나 있는 편이지만, 그의 이러한 자기노출은
방법적 특성에 의하여 아주 부드럽게 숨겨져 있다. 그러므로 얼핏보면 한
폭의 고요하고 차분한 풍경화가 담백하게 펼쳐져 있는 느낌이다. 요컨대 지
성으로 수련된 정갈한 언어, 고요한 언어, 풍경 같은 언어, 담담한 언어로 삶
과 세계에 대한 울림을 창출해낼 수 있게 된 점에서 김춘수의 이번 시집은
적지 않은 성과를 보이고 있다.

박남철이 1988년 흔겨레 출판사에서 출간했던 시집 『반시대적 고찰』을
다시금 세계사에서 출간하였다. 이전 시집과 다른 것은 시집을 처음 출간할
당시 시인이 거부하여 수록하지 못했던 김현의 해설 「방법적 인용의 시적
성과」를 이번에는 수록하였다는 점이다. 김현의 해설은 박남철의 시세계를
아주 정확하고 또 풍요롭게 읽어내고 있거니와, 내가 재출간된 그의 시집을
이 자리에서 다루는 것은 너무나도 진지하고 과격한 실험의 끝에서 요즘 많
은 고충을 겪고 있는 박남철에게 이 시집의 재출간은 그의 저력과 장점이
무엇인가를 새삼 일깨워주기에 충분하고, 또 한편 우리 시단에서 최근 약화
되고 있는 실험정신을 되살려내는 데 일조를 할 수 있을 것 같기 때문이다.
박남철은 현재의 우리 시단에서 가장 먼 곳까지 시형식과 그 내용을 실험적
인 방법으로 이끌고 가는 시인이다. 나는 그런 그의 시인됨에 존경과 연민
의 마음을 동시에 갖고 있다. 그 동안 박남철은 참으로 성실하게 시인의 길
을 걸어 왔다. 언어와 마음만으로 시를 쓰지 않고 마치 육체노동을 하듯이
그의 몸 전체로 시를 써왔다. 이제 그의 창조적인 에너지를 응축시켜 점잖
게 그러나 힘있게 밀어올릴 때가 된 것 같다. 그의 새로운 탄생을 기대한다.

지난 해에 시집 『왜가라는 왜가리놀이를 한다』를 출간한 이수명도 주목
할 만하다. 이 시집이 출간되었을 당시 그의 시는 지나칠 정도로 지적 조작
이 대단하여 웬만한 사람들은 읽어내는 데 애를 먹었다. 이런 난해성으로

인하여 그의 이 시집은 다른 쉬운(?) 시집들에 비하여 주목을 덜 받았는데, 실제로 우리 시단에서 이런 지적 사유와 조작을 시작행위에서 감행할 수 있는 시인은 매우 드물다. 그래서 나는 개인적으로 이수명의 출현을 귀하게 보거니와, 그의 시가 가진 내용과 방법상의 현대성은 높이 살 만하다. 그가 제시하는 난폭하리만큼 자유분방한 이미지들의 흐름을 따라가보는 일은 새로운 세계를 경험하는 데 좋은 기회가 될 것이다. 이 계절에 발표된 그의 시 「테니스 써클」외 2편(『현대시학』 3월호)을 이런 관점에서 살펴보는 것은 의미있는 일이 될 것이다.

3. 글을 마치며, 아쉬운 점들에 대하여

이 계절의 우리 시단을 보면서 이전에도 느꼈던 바이지만 시 속에 생활, 현실 등과 같은 말로 부를 만한 세계가 점차 사라지고 있다는 점을 지적하지 않을 수 없다. 꼭 시가 생활이니 현실이니 하는 것을 말해야 한다는 당위성은 없으나, 생활과 현실에 토대를 두지 않고 시가 쓰여졌을 때, 그 공허함은 대단하다.

바로 이런 선상에서 이 계절의 시에 주요 대상으로 등장한 대부분의 자연이나 생명이 소위 '관상용'이란 점이 마음에 걸린다. 이럴 경우 생활과 현실이 부재한 자연이고 또 생명이기 때문에 시인들의 태도가 사실성을 떠나 있기 일쑤이다. 실제로 도시화된 우리의 삶 속에서 자연이니 생명이니 하는 것들은 집안의 화단 속이나 차창 밖의 풍경처럼 그림 내지는 가상현실과 같은 것으로 경험된다. 이것이 숨길 수 없는 사실이라 하더라도 나는 가능하면 시인들이 생활로서의 자연, 현실로서의 생명에 대하여 사실주의적인 접근을 감행해주었으면 하는 바람을 갖고 있다.

요즘 우리 시단에서는 자연과 생명이 너무나 미화되고 있다. 그 밑바닥에는 이들이 관상용 내지는 회상의 대상에 지나지 않는다는 점이 원인으로 도사리고 있다. 어쨌든 어떤 대상에 대한 미화가 지나치면 시는 리얼리티를 잃는 것이고 그 뒤에는 화려한 감정의 수식만 남게 되는 것이다. 자연과 생

명에 대한 낭만주의적 접근도 필요하지만, 이와 더불어 사실주의적 접근도
반드시 필요하다는 인식을 지니는 일이 요구된다.

IMF 구제금융체제와 한국문학

1. 글을 시작하며

우리는, 해방 후 50여년의 역사를 만들어가면서 그 역사의 한 구성원으로서 각자가 어느 정도 자부심을 획득해 나아가려고 하던 찰나에, 1997년 11월, 해방 이후 최대의 경제위기라고 할 수 있는 소위 국가부도 사태 직전에 다다르고 말았다. 국가의 거시적이며 복합적인 정치, 경제의 이면을 잘 모르는 국민들에게, 더군다나 경제발전에 대한 희망을 안고 살아가는 것이 습관화되었던 국민들에게, 국가 경제가 부도위기 직전으로 몰렸다는 사실이야말로 가히 충격적인 것이었다. 이 사실 앞에서 태연할 수 있었던 이 땅의 사람은 아마도 거의 없었을 것이다. 특히나 매스컴이 전해주는 그 과격한(?) 보도 앞에서 국민들은 넋을 잃고 불안감에 사로잡혀 그 동안 쌓아올린 한국의 역사가 다시금 수포로 돌아가는 것이 아닌가 하는 엄청난 위기감과 절망감을 맛보아야 했다.

결국 우리 나라는 부도 위기의 직전에 IMF로부터 구제금융을 받아 국가부도라는 최악의 위기상황을 모면했으나, 그 대가로 마치 주권을 잃은 나라처럼 IMF의 요구와 방침에 따라 경제정책을 재수립하고 그에 따라 경제적 실천을 해나가야 했다. 이런 구제금융체제는 이 땅의 모든 영역에 다 침투하여 영향을 미쳤거니와 문학계 또한 그것으로부터 예외일 수 없었다. 그래도 일부 문학하는 사람들은 자존심을 내세우며 돈이란 얼마든지 꿀 수도 있고 빌려줄 수도 있는 것이니, IMF로부터 구제금융을 받은 것 가지고 그렇게 자학하거나 당혹스러워하지만은 말자고 스스로 기운을 내기 위해 호기를 부리기도 하였다.

IMF로부터 구제금융을 받아야 한다는 소식이 전해지던 무렵, 매스컴들은 그날을 '국치일'이라고 대서특필하였다. 일본에게 나라를 빼앗기던 저 1900년대 벽두에 들었던 말을 다시금 들으면서 필자는 참혹스러운 마음을 감출 수가 없었다. 그런데 그 무렵, 한 문학지의 편집위원으로 있던 필자는 회의를 마치고 회식에 참여한 곳에서 아주 색다른 반응들을 만났다. 그곳에 있던 대부분의 문인들은 IMF라는 말조차 입에서 꺼내지 않으려는 태도를 보였을 뿐만 아니라 매스컴의 과격한 발언들에 엄청난 저항감을 갖고 있었던 것이다. 말하자면 그들은 이번에 IMF로부터 구제금융을 받은 것을 가지고 '국치일'이라는 투의 무서운 자학적 표현을 쓰는 것을 보며 그것을 부정하려는 오기심 섞인 자존심을 보이려 하였던 것이었고, 어떻게 해서라도 이 나라는 재기할 수 있을 것이라는 희망을 결단코 그들의 마음 속에서 접고 싶지 않았던 것이다.

이런 가운데 IMF 구제금융을 받은지 약 3년이 되었다. 문인들의 오기 섞인 자존심에도 불구하고 그 사이 참으로 많은 것들이 문학계에서도 가시적으로 혹은 묵시적으로 바뀌었다. 그 동안 IMF 구제금융체제 속에 살면서 우리 문학계가 보여준 현상을 몇 가지 측면으로 나누어 살펴보고자 한다.

2. IMF 구제금융체제에 대한 문인들의 인식

이 땅의 문인들은 IMF, 더 나아가 IMF에 의하여 통치되는 우리의 현실을 어떻게 인식하고 있는 것일까? 각 문학지를 보면 여러 문학인들은 '권두언'의 형식, '좌담'의 형식, '평론'의 형식 등을 빌려 IMF나 그에 의한 한국경제 통치가 무엇을 의미하는가에 대한 나름대로의 인식내용을 표현하고 있다.

필자는 이 점을 매우 중요하게 생각하기 때문에 본론의 첫 장에서 다루고자
한다. 왜냐하면 IMF 혹은 그에 의하여 구제금융을 받은 것이 어떻게 인식되
고 있느냐에 따라 그 이후의 문제가 모두 달라질 수밖에 없기 때문이다.
  첫번째로 중견평론가인 염무웅의 견해를 들어보기로 한다.

    그런데 내가 여기서 주목하고 싶은 것은 우리 경제관료와 금융수뇌들이 임박
  한 외환위기를 제대로 읽고 적절하게 대응했을 경우에 우리의 국가현실이 어떻
  게 전개되었을까 하는 것이다. 허둥지둥 IMF 구제금융을 신청하고 온갖 굴욕적
  인 조건을 받아들이는 국제적 수치를 모면할 수는 있었을 것이다. 그러나 신자
  유주의의 이데올로기를 내장한 '세계화'라는 이름의 압박은 세계 제11위의 경제
  규모를 가진 나라 한국을 결코 방치하지 않았을 것이다. 단지 지난해 11월부터
  우리가 당하기 시작한 IMF 관리체제라는 외부적 기제를 통해서 세계화되느냐,
  아니면 완만하고 점진적인, 말하자면 자발적인 개방의 형식으로 세계화되느냐의
  차이만 있을 뿐이다. 물론 그 차이도 중요한 것이고, 따라서 내가 김영삼 정부의
  경제정책의 실패를 변명하고자 하는 것이 아님은 두 말할 나위가 없다.
    그렇다면 도대체 세계화란 무엇인가.1)

  염무웅이 말한 위 인용문의 내용을 정리하면 IMF 구제금융을 미리 받았
든 그렇지 않았든 간에, 결국 IMF는 미국이 지향하는 신자유주의의 이데올
로기를 내장하고 있으며 그것을 바탕으로 한국을 이른바 '세계화'시키기 위
한 전략적 기구에 다름아니라는 것이다. 이런 견지에서 본다면, IMF가 가진
전략의 대상으로는 한국만이 아니라 사실상 전세계의 모든 국가가 그 가능
성권 안에 들 수 있다. 요컨대 염무웅의 견해에 따르자면 IMF란 신자유주의
시장경제체제를 확산시키기 위한, 그러면서 세계화를 추진해나가고자 하는
하나의 전략적 기구라는 것이다.
  그러므로 그 다음으로 질문해야 할 것은 '세계화'란 무엇인가라는 문제이
다. 지면상 길게 인용할 수는 없으나 염무웅은 강수돌이 번역한 한스-피터
마르틴과 하랄드 슈만이 공저한 저서, 『세계화의 덫』에 공감하고 '세계화'를
다음과 같이 규정짓는다. "세계화란 자본과 상품의 국경 없는 이동을 말하

---

  1) 염무웅, 「무서운 시대가 오고 있다」, 『실천문학』 1998년 봄호, pp.10~11.

고 노동시장의 유연화를 말하며 무한경쟁을 말한다. 이런 가운데 세계 전체가 하나의 단일시장이 되어 모든 것이 수요와 공급의 냉혹한 법칙에 지배받는다. 이 때 금융투기꾼들은 활약을 하고 그에 따라 부의 편중이 심해지며 소수의 부유층을 제외한 전인류는 야만적 하향평준화의 길을 가지 않을 수 없게 된다.”

앞서 염무웅이 규정한 세계화의 내용을 보자면 결론적으로 IMF 한파가 이 땅에 몰아친 것은 그것 자체로 끝나는 것이 아니다. 다시 말하자면 결코 단순한 경제위기나 외환위기의 문제로 끝나는 것이 아니라 세계문명의 방향성을 결정하는 문제이고 인류의 생존의 문제를 제기하는 사건이며 국가의 진로에 관한 핵심문제이자 민족문화의 독립적인 지속가능성의 문제이다. 따라서 염무웅은 이 시점에서 문학인들은 IMF를 자신의 뼈아픈 내적 고뇌의 대상으로 불가피하게 받아들이지 않으면 안 된다고 충고를 아끼지 않고 있다.[2]

둘째, 역시 중견 평론가인 김병익의 견해를 들어보기로 한다. 이 견해는 김병익과 신진 평론가 방민호 사이의 대담에서 나온 내용이다.

> 방민호 : 선생님께서 갖게 되신 우울한 전망이라는 것은 구체적으로 어떤 것인지요?
> 김병익 : IMF 위기가 한국 내의 여러 가지 잘못이나 과오들로 인해서 빚어진 결과이
> 기는 하지만 이른바 세계화라는 전지구적인 현상이 몰고 온 보편적 변화
> 가 일반 국민들의 삶의 질을 떨어뜨리게 되리라는 것이지요. 자못 비관적
> 인 미래관이라고나 할까요? IMF 사태가 21세기의 전망을 기존의 예상과는
> 다르게 만들었음을 부인하기는 어려울 듯해요. 그러나 이런 형편에서 우
> 리 문학이 어떤 형태로 갈 것인가, 또 젊은 문학인들이 어떤 창작활동을
> 할 것인가에 대해서는 아직까지는……[3]

보다 자세하게 언급하지는 않았지만 김병익 역시 IMF의 출현을 세계화라는 문제와 연관시켰고 그것은 곧 일반국민의 삶의 질을 떨어뜨릴 것이라고

---

2) 위의 글, pp.11~13.
3) 김병익 / 방민호 대담, 「전환기에 선 한국문학의 제문제」, 『21세기문학』 1998년 봄·여름
  호, p.3.

예견하였다. 세계화라는 현상을 전지구적인 것이라고 볼 때, 그리고 그 현상이 윈—윈 게임이 아니라 제로—섬 게임의 성격을 갖는 것이라고 볼 때 세계화는 딪일 수도 있다는 생각이 김병익의 말 속에 숨어 있는 듯하다. 그러나 세계화가 어떤 결과를 이 땅에, 그리고 이 지구상에 가져올지를 쉽게 단언하기는 어렵다. 다만 우리는 그 속셈을 들여다볼 때 그 앞에서 희망적인 미래만을 쉽사리 말하기가 어렵다는 것이다.

셋째, 소장 평론가인 한기의 견해를 들어보기로 한다.

> *저로서는 오늘 이 IMF의 현실이라는 것이 한편으로 팍스 아메리카나, 팍스 잉글리시의 현실전개를 의미하는 것이 아닌가 생각합니다.[4]*

위 인용문은 소설가이자 시사경제평론가인 복거일, 소설가이자 번역가인 이윤기, 소장 문학평론가이자 대학교수인 한기, 이 세 사람의 좌담 중에서 나온 말이다. 위 인용문을 보면, 한기의 경우 IMF의 현실은 결국 팍스 아메리카나와 팍스 잉글리시를 지향해 나아가려는 속셈 속에서 나온 것이 아니냐는 말을 하고 있는 것이다. 사실 IMF 구제금융체제 하에서 많은 사람들은 새로운 의미에서 미제국주의라는 말을 두렵게 떠올렸고, 어차피 그 방향으로 세상이 가고 있는 것이라면 영어공용화를 하는 것이 어떻겠느냐는 아주 현실적인(?) 발언까지 하여 뜨거운 논쟁을 불러일으키기도 하였다. 그런데 문제는 우리가 원하든 원하지 않든 간에, 또한 IMF 구제금융체제와도 상관없이, 세계는 팍스 아메리카나의 길과 팍스 잉글리시의 길을 가고 있는 것이 아니냐는 점이다. 참고로 밝히자면 복거일의 경우는 영어로 문학작품을 쓰는 날이 머지 않아 오게 될 것이라는 예언도 내어놓고 있다. 하나의 언어가 도구로만 쓰이는 것이 불가능하다면 영어의 사용은 도구적 의미 이상을 가지면서 팍스 아메리카나로 가는 길을 재촉할지 모른다. 아니 우리가 영어로 작품을 쓰고 싶지 않다 하더라도 세상이 이미 팍스 아메리카나 쪽으로 가버렸다면 영어를 공용어 혹은 문학어로 채택하는 날이 올지도 모른다. 하

---

4) 복거일·이윤기·한기, 「IMF 시대, 우리 문학의 방향」, 『문예중앙』 1998년 봄호, p.68.

지만 여기에는 생각할 문제가 아주 많이, 그리고 심각하게 남아 있다.

필자는 우선 세 사람의 견해를 제시하면서 그들이 IMF 혹은 IMF에 의한 구제금융체제 하의 삶을 어떻게 인식하고 있는지에 대해 살펴보았다. 조금씩 표현방식은 달랐지만 다음과 같은 몇 가지로 요약이 가능할 것 같다. 첫째, 세계화에 대한 지향성, 둘째, 신자유주의로의 진출, 셋째, 무한경쟁에 토대를 둔 전지구적인 자유주의 시장경제의 확립, 넷째, 팍스 아메리카나라고 부를 수 있는 미국중심주의의 확립, 다섯째, 전체 일반 서민들의 삶의 질이 하향될 것에 대한 우려 등등이다.

인류가 어떤 체제 하에서 어떤 삶을 영위해야 최대다수의 행복을 가져올지 그 누구도 확실한 대답을 내놓지 못하는 상황에서 이미 세계는 이런 방향으로 가속도를 더하며 움직여가고 있다는 것을 문학인들은 인식하고 있는 것 같다. 그런 전제 하에서 IMF 구제금융체제로 인하여 문학계에서 벌어진 수많은 일들은 또 다시 아래와 같이 정리될 수 있을 것이다.

3. IMF 구제금융체제와 문단현실 및 문인들의 생활 변화

제1의 권력이 정치권에서 금융권으로 이동한 이 시대에 IMF로부터 구제금융을 받았다는 것은 일차적으로 경제권력을 상실했다는 뜻이다. 이러한 경제권력의 상실은 그것의 파생작용으로 수많은 문제를 낳게 되거니와 우선 우리 문단에서는 다음과 같은 일들이 새롭게 벌어지게 되었다.

첫째, 서적도매상의 부도이다. 국내 굴지의 서적도매상이 부도가 나고 보니 서적유통체제가 무너졌고 그곳에 책과 자금이 잠긴 출판사들 또한 부도를 당했거나 부도위기에 몰리고 말았다. 그리고 보니 문학책을 주로 출간하는 출판사들도 부도직전에서 전전긍긍했고, 문학잡지도 내면서 문학책을 대거 출간해온 대출판사 고려원은 아예 부도가 나고 말았다. 문학책을 내는 많은 출판사들이 물리적, 심리적 공황상태 비슷한 경험들을 겪었던 것이다.

둘째, 출판사의 경제사정이 악화되고 보니 출판작업이 제대로 이루어질 수가 없었다. 책의 출간 예정일들이 거의 다 뒤로 미루어졌고, 생존 자체가 문제인 이 시대에 문학이 살아남을 수 있을 것인가에 대한 불안감이 증폭되기도 하였다. 저자들은 그들의 책이 출간되지 않아도 특별한 상황 하에서 살고 있다는 사실 때문에 책의 출간을 재촉할 수 없었고, 새로운 원고뭉치가 있어도 저자들은 혹시나 이 책의 출간이 출판경영을 더욱 어렵게 만들면 어쩌는가 하는 불안감 때문에 원고뭉치를 출판사로 들고 가지 못하곤 하였다. 자금이 동원되지 않는 출판이 불가능하다는 사실과, 자금이 되지 않는 책의 출간은 점점 더 어려울 수밖에 없다는 사실이 정설처럼 굳어져가는 것을 보게 되었다. 그래도 출판사들은 혼신의 힘을 기울여 재기의 길을 개척해 나아가려 했고 어려운 가운데서도 문학책은 그런 대로 세상에 선을 보이며 독자들에게 조금씩 다가갔다.

셋째, 출판사의 경제사정이 악화되고 보니 각 문학관계 출판사에서 출간하던 월간 혹은 계간지의 총 면수가 줄어들었다. 그렇지 않아도 문학지를 출간해서 이익을 보기는 어려운 형편들이었는데 종이값의 상승 등, IMF 체제가 가져온 경제위기는 문학지의 면수를 줄일 수밖에 없도록 만들었던 것이다. 실제로 1997년도 겨울호나 1998년도 봄호 등의 문예지를 보면 상당수의 문예지들이 이전 면수보다 적은 면수의 비교적 얇은 책을 출간하였음이 드러난다.

넷째, 출판사의 경제사정이 악화되고 보니 문인들의 원고료가 대폭 깎이거나 원고료 지불이 지체되었다. 보통 소설이나 평론의 경우 200자 원고지 한 장당 5000원 내지 7000원을 받곤 하였는데 차이는 있지만 그 액수가 상당히 줄어들었고 앞서 말했듯이 언제 줄 지 모르는 원고료를 기약 없이 기다려야 하는 형편이 많아졌다. 그래도 직업을 갖고 글을 쓰는 문인들은 생계문제가 그렇게 심각하지는 않다. 하지만 1990년대에 들어와 직업을 갖지 않고 작품만 쓰겠다는 이른바 '전업작가'군이 탄생하였는데, 이들의 경제사정은 말이 아니었다. 문인들이란 퇴직금도 없고 연금도 없는, 어찌 보면 일이 생길 때마다 돈벌이를 하는 불규칙한 일당노동자와 같은 처지이다. 이런 그들에게 IMF 구제금융체제로 인한 출판사 경제사정의 악화는 생존 및 생활상의 압박을 가했다. 일부 사람들은 이럴 때 국가가 나서서 문인들을 도와야 한다고 말했지만, 그것도 쉬운 일은 아니다. 이래저래 원고료를 받지 못하는 문인들은 이것이야말로 '노동착취'가 아닌가 하는 농담 섞인 말을 서로 던지기도 하였지만, 출판사의 현황을 충분히 아는 처지에서 그들은 경제 현실이 좋아지기를 기다릴 수밖에 없었다.

다섯째, 문학의 상업화 현상이 현저해졌다는 점이다. 지금까지도 문학은 분명 자본주의 시장 속에서 상품으로서의 역할을 해왔다. 그럼에도 불구하고 문인들은 문학의 상업화를 문학의 저질화 내지 타락화로 여기며 부정하려는 관성을 계속하여 유지해왔다. 그러니까 문학이 시장 속에 나간다 하더라도, 일차적으로는 문학의 위엄성과 진실성을 지킨 후, 부차적으로 상품성에 관심을 가져야 한다는 것이었다. 문학인들에게 제아무리 자본주의가 맹렬히 공격해 들어와도 문학이 혹은 문인들이 상업성에 예속되지 않겠다고 끈질기게 버틴 것은 가난한 삶 속에서도 문인으로서의 자존심과 문학의 진정한 존재의의를 지켜가게 만드는 핵심적 요인이었다.

그런데 경제위기가 오면서 출판사와 문인들이 모두 조금씩 변하면서 문학의 위엄성이니 진실성이니 하는 내재적 가치보다 상업적인 가치를 보다 우위에 놓는 경향이 이전보다 많아지기 시작하였다. 상업적 가능성이 있는 문인들을 스타로 만들고자 하는 이른바 '스타조작시스템'이 서툴지만 가동되기 시작하였고, 화려한 광고를 통하여 이 시스템을 강화시켜 나아가려는 시도가 여실히 드러났으며, 그렇게 해서 성공한 스타들 덕분에 출판사도 문인들도 자금의 위기로부터 벗어나고자 하는 전략이 눈에 들어왔다. 실제로 베스트셀러가 된 문학작품 앞에서 이전에 사람들이 보여줬던 태도와 지금 그들이 보여주는 태도는 많이 다르다. 베스트셀러가 된 작가와 작품을 상업적이며 또한 대중지향적이라고 은근히 무시하던 이전의 경우와 달리, 요즘 들어서는 대중이 곧 스폰서가 아니냐는 인식이 서서히 깃들면서 상업성의 가치를 더욱 존중하는 데로 나아가게 되었다. 그러면서도 당위적으로는 여전히 문학의 상업성을 경계하는 목소리가 강하다. 요컨대 문학의 문학성과 상업성이 공존할 수 있는 것이냐, 문학이 다른 상품과 마찬가지로 충분히 상업성을 가질 만한 것이냐, 그리고 그렇게 상업화를 추구하는 것이 바람직한 것이냐 하는 문제가 여기서 다시금 제기되는 것인데, 이런 복잡한 문제는 여기서 다룰 바가 아니기 때문에 더 이상의 논의를 생략하기로 한다. 그리고 간략하게 결론만 말한다면 IMF 구제금융체제로 오면서 문학의 상업화 전략이 보다 대담해지고 정교해졌다고 말할 수 있다.

4. IMF 구제금융체제 아래서 나온 작품들

한마디로 IMF 구제금융체제에 대한 문인들의 문학적 대응은 매우 미미했다. 우선 이것을 다룬 작품의 양부터가 무척이나 적었고 그 깊이도 높이 살 만한 것이 못되었다. 그 이유를 필자는 몇 가지 측면에서 따져볼 수 있다고 생각한다(이 점은 제6장에서 언급하기로 한다).

약 3년여 동안 IMF 구제금융체제와 관련해서 나온 소설로는 우선 이문열의 「前夜 혹은 시대의 마지막 밤」과 이청준의 「시인의 시간」이 있다. 그리고 우화로 우승제의 「투쟁이여 영원하라」가 있으며, 시로는 박노해의 「아, 엠 에프!」, 홍희표의 「수상해 봄날」과 「새봄이 오면」, 김준태의 「또 다른 銃」, 강세환의 「대한민국 주식회사·1997」이 있고 이 이외에 좌담, 대담, 평론 등이 있었는데 이것들의 목록은 생략하기로 한다.

1) 소설과 우화

이문열의 「前夜 혹은 시대의 마지막 밤」에서 화자인 필자는 글을 쓰는 작가이자 대학교수이다. 그가 연정을 느끼고 있는 인선은 당시 패션계의 떠오르는 별로 칭해졌다. 그는 이 인선을 방송국에서 만났다. 인선은 처음부터 색다른 매력을 풍기는 여성이었다. 화자이자 주인공인 나의 말에 따르면 인선은 양장점 출신의 제1세대나, 외국 패션계를 눈요기나 하고 활약하는 소위 제2세대 정도의 수준에 그치는 것이 아니라, 그야말로 디자인을 체계 있게 공부한 제3세대에 속한다고 한다. 그녀는 현재 대학에서 강의를 맡고 있으며, 의상실을 운영하는 한편 방송국에 가끔씩 출강하는 처지이다. 이런 그녀가 모든 것을 다 처분하고 다시 제대로 된 공부를 하겠다며 유학의 길에 오를 작정을 한다. 어쨌든 주인공인 필자는 인선에게 연정을 느끼고 있으며, 인선 또한 그에게 연정을 느껴서 이들은 지금 강원도 낙산의 뉴비치 호텔에서 만나자는 약속 아래 각자 운전을 하고 그곳으로 가는 길이다.

그 길에 주인공이자 화자인 필자는 뜻하지 않게 IMF 체제 하에서 사업에 위기를 맞이한 한 남자를 동승시키게 된다. 화자인 필자는 그 남자와 대화를 나누면서 여러 가지 생각에 젖는다. 그 생각의 요점은 이 땅에 IMF 체제를 몰고 온 것이 다름 아닌 우리 나라 곳곳에 스며 있는 복합적인 '거품' 때문이라는 것이다.

먼저 그는 우연히 동승시킨 남자와 정치 얘기를 한다. 지난 대선의 후보인 김대중, 이회창, 이인제 등을 두고 온갖 평이 난무했고 그 이후 김대중 대통령이 펼쳐 가는 일에 대해서도 온갖 평가가 난분분했지만, 화자인 나의 가슴에 고요히 남은 것은 정치판에 낀 '거품'이 정치를 그르치고 경제까지 그르치게 만들었다는 결론이다. 이들이 강원도 양양을 따라 가는 길마다 IMF 한파 때문인지 휴게소 주차장이 썰렁하게 보였다고, 화자는 진술하고 있다. 그만큼 행락인파가 줄었다는 뜻이리라.

그런데 청암문화사 대표의 신분을 가지고 화자인 나의 차에 동승한 남자는 내일까지 현금 1억이 없으면 30억짜리 공장이 넘어가게 돼서 마침 뉴비치 호텔의 사장인 친척을 찾아오는 길이었다. 그는 여태껏 키운 흑자기업이 이 IMF 체제 아래서 단돈 1억원의 현금 때문에 넘어가는 것을 참을 수 없다며 비통해 하고 있는 것이다. 그러면서 우리의 정치와 경제구조가 얼마나 잘못돼 있는가에 대해 성토한다. 그러나 그 청암문화사 대표인 남자의 자초지종을 죽 들어본 작품 속의 화자인 필자는 다음과 같은 결론을 내린다. 당신이 짧은 기간에 30억의 재산을 모은 것도 정도가 아닐 뿐만 아니라 그 속에는 엄청난 비정상적인 거품이 끼어 있다는 것이다. 결국 주인공이자 화자인 필자는 청암문화사 대표의 부도위기를 한국판 거품경제, 즉 빚으로 외형만 확대해 나아간 거품경제의 상징판으로 파악하고 있는 것이다. 그럼에도 자신을 소규모 중소기업인으로 생각하고 있는 청암문화사 대표는 모든 책임을 재벌들에게 돌린다. 그 재벌들의 놀음이 외환위기를 불러들여왔다는 것이다. 하지만 주인공이자 화자인 필자는 다음과 같이 결론을 맺는다.

「자기야말로 IMF 기업인의 전형(典型)이면서 남의 욕이나 해대고…… 빚 많이 얻어내는 걸 무슨 대단한 사업수완으로 아는가봐.」
「그게 우리 기업 풍토야. 농촌까지 번져가는…… 그리고 실제에 있어서도 어떤 때는 그게 사세 확장이나 자산 증식의 유효한 수단이 될 수도 있어. 부채도 엄연한 재산이니까.」[5]

청암문화사 대표를 보내고 주인공이자 화자인 필자는 인선과 인선의 가족이 걸어온 개인사 겸 가족사에 대해 듣는다. 그리고 지금 성공했다고 알려져 있는 인선의 의상실과 의류공장 경영 현실을 점검해준다. 그런데 경영현실을 점검하고 보니 여기에도 온갖 거품이 끼어 있는 것이다. 그곳은 가족 중심으로 이루어진 의류업체 경영의 한 모델이었다. 이런 현실 앞에서 인선은 다음과 같은 자기비판을 감행한다.

「참 겁도 없이 세상을 속여왔지. 이론과 실력을 겸비한 제3세대 선두주자, 우리 패션을 세계적 수준으로 한 단계 접근시킨 재원(才媛)……그러고 보니 IMF를 부른 게 정치적 판단 착오나 기업의 실수만은 아닌지도 몰라요. 아니 문화적 허영이나 착각도 분명 한몫을 단단히 했을 것 같네요. 우리 쪽으로 보면 비싼 로열티 물고 외국의 상표 도입한 것으로 우리 패션의 세계화가 이루어졌다고 믿는 업자들이나 몇 가지 피상적인 첨단 패션 흉내가 바로 자신을 세계적인 수준으로 끌어올려주었다고 믿는 디자이너 같은 이들이겠죠. 바로 여기 이 나를 포함해서……」[6]

이것은 물론 화자이자 주인공인 나의 말이 아니다. 그렇지만 위에 인용된 말 속에는 주인공이자 화자인 나의 의견이 숨어 있다고 보아도 좋다. 다만 그 말의 화자를 인선으로 바꾸었을 뿐…… 이렇게 우리들의 삶 곳곳에 끼인 거품에 대한 이야기는 화자인 나와 인선 사이에 계속 진행된다. 특히나

---

5) 이문열, 「前夜, 혹은 시대의 마지막 밤」, 『21세기문학』 1998년 봄·여름호, p.308.
6) 위의 글, p.316.

화자인 나의 시야 속에는 이곳저곳의 거품적인 현상들이 눈에 가시처럼 들어온다.

　화자인 필자는 다음으로 얼마 전 대학동창회에서 만난 대학동창의 말을 떠올리며 문학계에 끼인, 그 가운데서도 노벨문학상에 끼인 거품에 대하여 생각해본다. 주지하다시피 노벨문학상은 스웨덴 한림원이 주는 것으로 전세계적인 문학상처럼 되어 있다(참고로 밝히면 노벨문학상의 상금은 우리 돈으로 약 11억이 된다). 노벨문학상이 발표되는 철만 오면, 한국문단에서 나오는 한결같은 소리가 왜 우리에게는 노벨문학상이 주어지지 않느냐는 한탄이다. 이 점에 대하여 화자인 나의 대학동창은 아주 냉철한 비판을 감행한다. 그가 들려주는 말은 다음과 같다.

> 「요새 거품 거품 하는데 말이야, 그 놈의 거품 많기로는 우리 문학판만한 데도 없을거라. 바로 노벨상 타령이 가장 같잖은 거품이지, [……] 한번 냉정히 생각들 해보라구. 우리 소설 중에서 우리가 젊은 날 밤새워 감동하며 읽던 그 삼엄한 세계명작전집에 끼워넣어 어울릴 만한 책이 과연 몇 권이나 돼? 안됐지만 내가 보기에는 한 권도 없어. 내 책은 아직 저들 습작 수준밖에 안 되고, 그런데—실질은 그 모양이면서 무슨 노벨상에 환장이라도 했는지 젊고 늙고 책 몇 권 우리끼리 겨우 읽을 만하게 냈다 하면 노벨상 타령이니…… 그게 빌린 돈에 비싸게 사들인 기술 가지고 어거지로 버티면서 세계적, 세계 일류 하고 떠벌려대던 우리 재벌기업의 거품하고 다를 게 뭐 있어? 두고 보라구. 어떤 꼴들 날지. 좋은 시절에 문학적 속살을 찌울 생각들은 않고…… 되잖은 물량(物量)의 환상에 빠져 재능과 열정을 낭비하거나 낡아빠진 이념으로 허세나 부리고—이제 그 거품 걷어내면 드러날 우리 문학의 빈약한 속살 정말 한심할 거라. 모르긴 하지만 이 바람 가장 혹독하게 맞을 판은 이 판일걸.」[7]

　화자인 필자는 대학동창의 말을 빌려 질보다 양에, 내실보다 명성에 연연하는 한국문단이야말로 거품이 가득한 곳이 아니냐고 비판을 서슴지 않는 것이다. 더 이상 설명이 필요하지 않을 만큼 문학판의 거품상을 잘 지적한 것이 위의 인용문이기 때문에 필자인 나 역시 다음으로 논의의 초점을 옮기

---

7) 위의 글, pp.320~321.

고자 한다.

　화자인 필자는 이렇게 문학판의 거품을 직시하다가 이어서 미술계로, 음악계로, 다시 학계로 옮겨가면서 그 속에 걷혀야 마땅할 거품들이 얼마나 많이 들어 있는가를 고발하고 있다. 그러면서 그 거품의 양상은 정치계나 경제계의 그것과 대동소이하다는 것이다. 조금 구체적으로 말하자면 화자인 필자는 그림값 인상에만 관심을 두고 열리는 무수한 전시회들, 국내로의 파급효과를 노린 출혈적인 해외공연들, 엄청난 로열티를 지불하고 세계 일류만을 경쟁적으로 모셔오려는 공연초청의 현장들, 학문적 허명으로 행세하는 이 땅의 지성들 등에 대해 차가운 고발을 서슴지 않고 있다. 그런데 그 고발의 마지막은 바로 자신을 향하여 던져지고 있다. 자신 또한 학문을 숙성시키는 대신 팔아치우는 데 몰두했고 매스컴의 허명에 취하여 동분서주하였다는 것이다.

　그런데 정작 이 글의 후반부로 오면 화자인 나와 그의 연인 인선이 머물렀던, 그리고 화자가 낙산 뉴비치 호텔로 오는 동안 동승했던 청암문화사 대표의 고종인 뉴비치 호텔의 사장까지 부도위기에 시달리고 있다는 점이 공개된다. 자세한 내용은 알 수 없으나 그 호텔 역시 거품 경영의 결과로 도산 위기에 빠진 것이라는 진단을 화자인 필자는 암시하고 있다.

　결국 인선은 뉴비치 호텔에서 화자인 내가 잠을 깨기 전에 호텔을 빠져나감으로써 그와 헤어진다. 그러나 이 소설의 핵심은 화자인 나와 인선과의 연정에 초점이 있는 게 아니라 우리 나라가 IMF 체제로 들어간 원인이 기실 어디에 있었던 것인가를 찾아보는 데 그 목적이 있는 것이다.

　작가인 이문열은 이 소설 「前夜, 혹은 시대의 마지막 밤」을 통하여 그 나름대로 한국이 경제위기를 맞이한 원인을 탐구해보려고 노력한 셈이다. 그가 여기서 탐구의 결과로 내놓은 내용이란 곳곳에 끼여 있는 '거품' 그것이 바로 IMF 체제를 불러들여온 원인이라는 것이다. 그렇다면 '거품'이란 무엇인가? 내실보다 외화에 신경을 쓰며 능력 바깥의 것을 추구하며 사상누각과 같이 헛된 성을 창조해놓은 것, 그것을 두고 거품이라고 정의할 수는 없을까? 이렇게 각분야에 침투해 있는 거품이 IMF 체제를 불러들인 총체적 원인이라고 규정짓고 나니 그 경중이 가려지지 않고 모두가 다 죄인이라는 식의 평범한 결론이 나오고 말았지만, 정치계나 경제계 이외의 분야에까지 만연해 있는 다양한 거품의 형태를 짚어낸 점은 의미가 있다고 본다.

다만 한 가지 지적해 둘 점은 이문열이 이 작품에서 IMF의 원인을 순전히 우리 나라만의 잘못으로 파악했을 뿐, 그 IMF나 그 체제의 이면에 들어있는 숨은 속성 같은 것은 전혀 논의하지도, 생각하지도 않았다는 점이다.

다음은 이청준의 소설 「시인의 시간」8)을 살펴보기로 한다. 이 작품은 직접적으로는 IMF나 그들로부터 받은 구제금융을 거론하지 않는다. 하지만 이야기 속을 들여다보면 IMF 구제금융을 받으면서 시작된 주식시장의 유례 없는 추락과 그 이후에 구제금융체제를 조금씩 벗어나면서 일어났던 유례 없는 주식시장의 상승 혹은 비상, 그런가 하면 이런 과정 속에 나타났던 주식시장의 수많은 사연들을 묘사했다는 점에서, IMF 구제금융시대와 긴밀하게 관련된 성격을 띠고 있다.

이 작품의 주인공 필자는 다니던 기업체 홍보지 일에서 쫓겨나와 집안에 들어박혀 시나 쓰는 시인이다. 근근히 이어가기도 힘든 가계생활인지라 기업체 전무를 남편으로 두고 있는 누님 한 분이 어머니의 용돈까지 매달 대어주는 신세이다. 어느 날, 누님은 일자리로부터 쫓겨나서 백수나 다름없는 신세로 시나 쓰고 있는 남동생에게 종자돈 2천만원이 든 통장과 도장을 한꺼번에 넘겨주면서 주식투자를 권유한다. 주인공이자 화자인 필자는 약간의 망설임 끝에 매형이 근무하는 회사의 주식부터 사보기 시작한다. 운수가 대통해서인지 매형의 회사가 성장의 일로에 있어서 그런지, 또 다른 어떤 요인 때문인지 몰라도 그가 산 주식값은 잠만 자면 오른다. 시나 쓰던 화자이자 주인공은 자신이 제법 생산적인 일에 참여하는 것 같은 느낌까지 가지며 나날을 보낸다. 그는 보다 본격적으로 주식을 하기 위하여 주식 전용 케이블 티브이를 사들이는가 하면 아침 7시에 일어나서 잠잘 때까지 오직 주식 생각만으로 시간을 보낸다. 주식시장이 폐장된 시간이나 주식시장이 열리지

---

8) 『21세기 문학』, 1999년 가을호, pp.134~173.

않는 날을 참을 수 없을 만큼 그는 이른바 '주식 중독자'에 가까운 증세를 보일 정도이다. 이렇게 하면서 그의 주식 성과는 높게 나타났다. 요컨대 1997년 가을의 국가경제 위기 이후 일 년 가까이 바닥권을 헤매던 주식시장이 상승기류를 탈 때 그는 주식을 샀던 것이다. 그러나 계속 종합주가지수는 오르는데도 그가 산 주식은 슬금슬금 내려가기 시작했다. 그는 오기로 버텼지만 주식을 적절하게 처분할 만한 시점에서는 이미 벗어나 버렸다. 누님이 준 종자돈 2천만원이 형편없이 줄어들고 만 것이다. 주인공이자 화자이고 시인인 필자는 사후약방문 격이지만 주식시장의 생리에 대해 여기저기를 통해 귀를 기울여본다. 그런 끝에 얻은 결론은, 주식해서 이익을 본다는 것은, 특히 기관들이 짜고 치는 판에서 개인이 이익을 남긴다는 것은, 구조적으로, 현실적으로 너무나도 어렵다는 것이었다. 더군다나 비효율적이고 비집단적인 개인언어에 매달려 시를 쓰는 시인이 거센 주식시장의 언어와 판세를 익히고 그곳에서 이익을 남긴다는 것은 아예 본질적으로 불가능하다는 판단이 내려지게 된다.

이청준은 이 소설을 통해 시인까지도 주식시장을 거쳐갔을 만큼 어마어마하게 이 땅에 불어닥친 주식열풍, 그리고 유례 없는 주식시장의 부침에 대해 묘사한 것이다. 그리고 마침내는 개인적인 언어를 사용하는 시인의 시간과 공개적인 언어를 사용하는 세속경제의 속성이 얼마나 어긋나는 것인가를 알려준 것이다.

IMF 구제금융체제는 온 국민들로 하여금 경제 혹은 경제권력에 새로운 눈을 뜨게 만들었다. 신문들은 앞다투어 경제면을 강화시켜 나아갔고, 경제뉴스 시간이 사람들을 불러모았으며, 보통 사람들까지도 경제전문신문을 구독하는 등, 엄청나게 변화해가는 경제의 흐름을 읽어보고자 애쓴 시기이다. 그 중에서도 나라의 경제를 핵심적으로 보여주는 주식시장에 대한 관심이 확대되었고, 부침이 심했던 만큼 주식시장에 참여한 사람들은 거기서 많은 돈을 잃기도 하였고 얻기도 하였다.

그야말로 IMF 구제금융체제 아래서 여태껏 추상적으로만 알았던 자본주의의 실질적인 측면을 국민들이 실감하게 된 것이 아닌가 하는 생각이 든다.

소설계만 하더라도 주식문제를 내용으로 다루는 소설은 거의 없었다. 우선 소설가들이 이 부분에 대해서 잘 모르고, 우리 나라의 소설가들 대부분은 이 상하게도 그 심저에 관습상 반자본주의적 심리를 갖고 있기 때문이었다. 그 런데 이청준은 IMF 구제금융체제 아래서 그가 직접 주식시장에 뛰어들어보 고 난 후, 그것을 토대로 이번의 소설 「시인의 시간」을 발표한 것이다. 이런 문제를 다룬 초기 소설이라서 그런지 주식시장에 대한 탐구나 그 속에 등장 하는 인물들의 심리탐구가 그렇게 심오하지는 못하다. 그리고 결론 역시 '시 인의 시간'쪽에 손을 들어준 것처럼 끝나서 좀 마무리가 단순한 느낌이다. 하 지만 IMF 구제금융체제 하에서 최대의 화제였고 국민들의 관심을 불러모았 던 주식 내지는 주식시장 문제가 소설화되었다는 것은 일단 고무적인 일이 다.

　끝으로 짤막한 우화 한편을 소개하기로 한다. 그 우화는 젊은 신예작가 우승제의 것인데 대제목은 「투쟁이여 영원하라」이고 소제목은 「I aM Fighting」이다. IMF라는 용어가 이 땅에 들끓기 시작하면서 사람들은 그 말 을 가지고 <I aM Fail> <.I aM Fine> <I am Fighter> 등등과 같은 말들을 농반, 진반으로 만들어 쓰곤 하였다. 아마도 이 우화작가 우승제 역시 그런 마음으로 소제목을 「I aM Fighting」이라 정하고 우화를 쓴 것이라 생각된다. 우승제는 소제목의 하나인 「I am Fighting」이라는 제목 아래 한 영자신문 아 니면 영자잡지의 일부분을 옮겨놓고 그 글의 맨 뒤에다 다음과 같이 자신의 의견을 상징적으로, 그러나 매우 강하게 시선을 끌어들이는 형식으로 표현 해놓았다.

> *세·계·화·란·자·본·주·의·의·지·속·적·인·생·
> 존·을·위·해·새·로·운·피·를·수·혈·하·는·최·후·
> 수·단·으·로·정·의·될·수·있·다.*[9)]

　위 인용문을 통해서 볼 때 우승제에게 IMF의 출현은 세계화의 일환이며,

---

9) 『문예중앙』, 1998년 봄호, p.159.

세계화란 자본주의의 다른 말이고, 자본주의라는 최고(?)의 자본체제를 유지하고 성장시켜 나아가기 위해 이끌어들인 구호가 바로 세계화라는 것으로 보인다. 이 말이 100% 맞는다고 할 수는 없을지 모른다. 그러나 분명 우리가 살고 있는 세계는 보다 치열한 자본주의 시대의 확장을 향하여 나아가고 있고, 세계화의 다면적인 얼굴 가운데 가장 중요한 얼굴 중의 하나가 바로 자본주의의 후원자이자 견인자로서의 얼굴을 하고 있다는 점을 부정하기는 어려울 것이다. 만약 이렇게 진행되는 역사가 불만스럽다면 무슨 대안을 내어놓아야 하지 않겠는가? 쉽게 대안을 내어놓을 수는 없는 현실이 안타깝고, 이렇게 흘러온 역사적 과정이 어쩌면 인간사의 필연적인 과정인지도 모른다는 생각이 들고나면, 무슨 말을 내어놓기가 더욱 어렵다. 역사는 분명 인간이 만들어가는 것이지만, 일단 형성된 역사는 그 자체로서 하나의 유기체가 되어 방향을 정하고 돌진해 나아가는 속성 또한 가지고 있으니까 말이다.

2) 시

IMF 구제금융을 받은 문제와 관련해서 나온 시는 매우 적다. 이것은 소설의 경우와 마찬가지이다. 앞에서 예로 들었듯이 박노해의 작품 「아, 엠 에프!」, 홍희표의 작품 「수상해 봄날」과 「새봄이 오면」, 김준태의 작품 「또 다른 銃」, 강세환의 작품 「대한민국 주식회사·1997」 등이 있다.

먼저 박노해의 시 「아, 엠 에프!」에 대해서 살펴보기로 한다.

이 나라 5천년 역사에서
가장 짧은 시간에
가장 강력하게 몰아쳐 온 말

이제 갓 말 배우는 아이에서
허리 굽은 노인네까지
서울 도심에서 산촌 마을까지
온 겨레의 삶과 내면을
단번에 관통시킨 운명같은 말

— 「아, 엠 에프」의 전문10)

박노해의 말처럼, 어느날, 갑자기, 아무런 예고도 없이, 우리 앞에, 'IMF'라는 존재가 나타났다. 적어도 보통 사람들의 삶 속에서는 'IMF'가 무엇을 뜻하는 것인지, 그것이 무엇을 하는 기구인지, 그것이 어떻게 형성된 것인지, 그것이 왜 우리 나라에 들어와야 했는지를 알지 못하는 상황에서 갑자기 이 낯설은 말이자 한 존재를 맞이하였다. 박노해는 이런 사실을 시인답게 "이제 갓 말 배우는 아이에서 / 허리 굽은 노인네까지 / 서울 도심에서 산촌 마을까지 / 온 겨레의 삶과 내면을 / 단번에 관통시킨 말", 그 말이 바로 '아, 엠 에프'였다고 표현하였다.

그런데 문제는 다음에 있다. 박노해가 IMF로부터 왜 우리가 구제금융을 받고 그 체제 하에 들어가야 했는가 하는 이유를 밝혀놓은 부분이 주목을 끌기 때문이다. 그 부분은 위 인용시의 제5연과 제6연이다. 이 두 연을 보면 이 땅의 역사는 외풍에 의하여 좌우되는 역사라고 되어 있다. 그것을 좀더

---

10) 박노해, 『겨울이 꽃핀다』(서울 : 해냄, 1999), pp.90~91.

구체적으로 말해본다면 먼저 속도감 있게 변화한 나라들이 그보다 늦게 발전해 나아가고 있는 우리 나라를 뒤흔들었다는 것이다. 그러므로 원인은 나라 안에만 있는 것도 아니고, 나라 바깥에만 있는 것도 아닌데, 어쨌든 이 안과 바깥이 함께 어울려서 살아가야 하는 것이 인류사의 전개과정이었기 때문에 문제가 쉽지만은 않다는 것이다. 이런 인식내용은 이문열이 IMF 체제를 불러오게 한 원인이 내부적 거품에만 있는 것처럼 인식한 것과 비교된다.

다음으로 홍희표의 시를 보기로 한다.

<blockquote>

① 노루귀 · 개미자리 · 광대수염
　그 들꽃이 밀려와도
　하, 아예맵우(IMF)로 수상해!
　강남간 제비도 오지 않고
　황사바람만 천지간 아득해!
　퉁퉁마디 · 뻐꾹나리 · 산매발톱
　들쑤시는 몸살로 휘날려도
　하, 정리 정리해고로 이상해!
　개구리 울음도 찾을 수 없고
　정든 님 꽃놀이 가자고 했는데
　이제 쌀막걸리조차 제맛이 아니니.

</blockquote>

— 「수상해 봄날」의 전문11)

<blockquote>

② 맷종다리 되어
　창문을 열까
　붉은어깨도요새 되어
　창문을 닫을까
　누워 있는 희망들아
　양털구름 뚝뚝
　갯지렁이 되어
　고개 숙인 불쾌한
　名退 아버지들
　다시 창문을 열까

</blockquote>

---

11) 홍희표, 「수상해 봄날」, 『실천문학』 1998년 봄호, p.15.

— 「새봄이 오면」의 전문12)

인용한 위의 두 작품 모두 외형상으로는 봄을 소재로 삼고 있다. 하지만 홍희표 시인이 바라보는 봄은 희망과 환희와 생명의 봄이 아니다. 그것은 한마디로 말해서 IMF 체제 하를 힘들게 살아가야 하는 이 땅의 많은 사람들 때문이다. 홍희표는 앞의 두 인용시 중 첫 시에서 봄이 왔는데도 세상은 IMF로 수상하기만 하고, 황사바람이 천지간에 가득한 것 같기만 하고, 정리해고로 나날이 불안하고, 꽃놀이를 간다 한들 막걸리맛조차 제맛이 나지 않을 것 같다고 고통 섞인 탄식을 늘어놓는다. 불안, 초조, 막막함, 쓸쓸함, 수상함, 아득함, 이런 감정들이 평상시 같으면 기쁨과 생명의 기운으로 가득했을 봄을 대신 메우고 있다는 것이다.

홍희표는 위의 인용시 ②에서도 비슷한 걱정을 하며 그래도 다시 희망의 창문을 열어야 하지 않겠느냐고 자문한다. 그는 이 시에서 명예퇴직 당한 아버지들에 초점을 맞추면서 그들이 절망으로 숙인 고개를 어떻게 희망으로 들게 할 수 있을 것이냐고 묻고 있다. 요컨대 홍희표는 IMF 구제금융체제가 가져온 시민들의 어려운 삶과 그 내면세계를 그려보이고 있는 것이다.

다음은 김준태의 시 「또 다른 銃」을 살펴보기로 한다. 매우 과격한 시 같지만 시인이 하고자 하는 말이 아주 사실적으로 표출돼 있다.

---

12) 홍희표, 「새봄이 오면」, 『실천문학』 1998년 봄호, pp.15~16.

그리고 세월은 흘러 17년 후
필자는 동료 일꾼들과 함께 또 거리에 던져졌다
예고도 없이 무더기로 목이 잘려져 나가는 –
정리해고, 실업, 불가피, IMF 어휘들이
도둑고양이처럼 까르륵 까르륵거리던 그날
필자는 강제로 직장에서 뎅강 잘려져 나갔다
점잖고 학식이 많은, 무시무시한
노예시장의 자본주에 의해

저 위대한 민주주의의 성지 광주시 한복판에서
대낮에 총알을 맞고 쓰러졌다 아아, 60년대 어느날
베트남에서처럼 쓰러졌다 그러나 소리도
없는, 빵빵 따르륵 소리도 없는 총을 맞고 쓰러졌다
LMG HMG 혹은 M1이나 M16의 총알도 아닌
독일군 게슈타포의 그것보다도 더 악랄하고
파괴력을 지닌 저 찬란한 자본주의 소리 없는 총알!
광주 시민들을 때려잡은 총탄보다도 더 조직적이고
더 빈틈 없고 피도 눈물도 없는 저 고요한 총알 세례!

— 「또 다른 銃」의 전문13)

　　김준태는 그 동안 현실참여적 민중시를 써온 광주의 시인이다. 그의 상상
력은 광주의 시인답게 5·18 광주시민항쟁으로 위의 시를 시작하고 있다.
그는 위 인용시의 첫 연에서 민주항쟁을 하다가 보안대에 이송되어 고문을
당하고 마침내 교직을 강제로 포기해야 했던 아픈 기억을 떠올리고 있다.
국가는 시인에게 그들이 강요하는 사상과 행동을 따르지 않는다고 그에게
서 '밥줄'을 빼앗아버린 것이다. 이런 김준태의 상상력은 그로부터 17년 후에
닥쳐온 IMF 구제금융체제를 떠올리는 데로 이어진다. 인용시 속의 화자가
시인 자신과 동일한 인물이라고 단언할 수는 없으나 만약 그런 단언이 가
능하다면 그럭저럭 살아나가던 이 시인에겐 또다시 '밥줄'이 잘리는 참혹한
사건이 발생한다. 그것은 이전의 광주항쟁 때와도 조금 달라서 "예고도 없

---

13) 김준태, 「또 다른 銃」, 『실천문학』 1998년 봄호, pp.18~19.

이 무더기로 목이 잘려져 나가는" 사건이었다. 구조조정이 경제위기를 벗어나는 최대의 명약처럼 운위되던 그 시절, 강제로 이루어진 정리해고는 실업자를 양산했으나 그것은 소위 IMF 시절이기에 불가피한 일이라고 별다른 죄책감 없이 사람들은 입을 움직였다. 김준태는 이런 현실을 당하며 우리가 발디디고 있는 이 IMF 체제 하의 삶이야말로 "무시무시한/노예시장의 자본주"에 의하여 좌우되는 삶과 무엇이 다르냐고 항변한다. 그는 여기서 피고용주를 노예로, 고용주를 자본주로, 그들을 채용할 수도 해고할 수도 있는 시장을 노예시장으로 비유한 것이다.

김준태의 위 인용시는 제3연으로 오면서 보다 격해진다. 그리고 그의 속마음을 적나라하게 드러낸다. 그는 말하기를, 인류사 속에 있었던 어떤 전쟁사 속의 총알보다 더 "악랄하고/파괴력을 가진 저 찬란한 자본주의의 소리없는 총알!"을, "광주 시민들을 때려잡은 총탄보다도 더 조직적이고/더 빈틈 없고 피도 눈물도 없는 저 고요한 총알세례!"를 정직하게 보아야 한다는 것이다. 여기서 자본주의는 김준태에게 그 어떤 것보다도 무섭고 조직적인 총알로 인식되고 있다. IMF와 그로부터 구제금융을 받고 그 체제 하에 들어간 것을 무한경쟁의 전지구적인 자본주의 시장경제체제에 돌입한 것으로 인식한 이 시인에게 그 자본주의는 전쟁터에서 쏘아대는 총알보다 더 큰 공포와 불안을 안겨준 것으로 보인다.

이 이외에도 강세환 시인은 「대한민국 주식회사·1997」라는 작품에서 우리나라를 가리켜 "I am F 共和國"로 지칭하여 불렀다. 말하자면 F학점의 후진국가가 되었다는 것이고 그 속의 우리들 모두가 다 F학점의 낙제생 같은 처지가 되었다는 것이다. 이런 자학과 한탄 속에서 그는 어디서부터 출구를 찾아야 할지 모르겠다는 막막한 심정을 토로하고 있다.

이상에서 살펴본 바와 같이 시인들 역시 IMF 구제금융체제가 오게 된 원인과 그 심층의 속셈이 무엇인가를 찾아보려는 노력을 하면서, 동시에 구제금융 체제 하에서 일반인들이 얼마나 힘들게 살아가고 있는가를 표현해보고자 노력하였다.

5. IMF 구제금융체제와 문학독자들의 변화

IMF 구제금융체제가 도래하면서 독자들의 독서경향도 달라지기 시작하였다. 한편으로는 실용적인 저서를 읽고자 한 까닭에 이른바 실용적인 경제 저서들이 관심을 끌었고, 다른 한편으로는 좌절받고 상처난 마음을 위로해주는 이른바 정서적인 위안용 서적들이 관심을 끌었다.

문학계의 서적들이란 대부분 위의 두 가지 종류 중 후자에 속한다. IMF 체제 하에서 이런 역할을 한 대표적인 책으로는 김정현의 장편소설 『아버지』[14]가 있다. 이 책을 쓴 김정현은 제도권 내의 문학계에 비교적 잘 알려지지 않은 작가인데 IMF 구제금융체제 덕분에 200만부가 넘는 초대형 베스트셀러 작가가 되었고 그의 소설은 독자들의 심금을 울렸다. 본래 이 소설은 IMF 사태가 일어나기 이전인 1997년 8월에 출간된 것이다. 그러므로 IMF를 겨냥해서 급조한 책이 전혀 아니다. 다만 우연하게도 그 일과 연관되면서 독자들의 폭발적인 관심을 끌었던 것이다.

문학적으로 보면 김정현의 장편소설 『아버지』는 미숙하기 짝이 없다. 마치 아마츄어 작가가 쓴 소설 같다. 그렇지만 그 속에 담긴 이야기가 당시 한국인의 정서를 자극한 것인데 필자는 그 이유를 몇 가지 측면에서 분석해보고자 한다.

분석에 앞서 김정현의 『아버지』가 가진 내용을 소개하면 다음과 같다. 가난한 집안에서 태어나 모든 역경을 뚫고 행정고시에 합격하여 마침내 성실하게 일한 결과 서기관이 되어 있는 정수라는 이름의 40대 남자가 있다. 그는 꼬박 10여일을 자정께야 퇴근할 만큼 호된 업무에 시달리다 마침내 친구인 의사 남박사의 권유로 건강진단을 받는다. 그런데 이게 웬일인가? 직장에서의 일과 성공밖에 모르던 정수는 췌장암에 걸려 있었고, 그의 병세는 이미 상당히 악화되어 약 5개월 정도의 시한부 인생살이밖에는 할 수가 없게 되었다.

정수는 이 일을 가족들에게 알리지 않고 홀로 고통을 삭이며 방황한다.

---

14) 김정현, 『아버지』(서울 : 문이당, 1997).

정수는 그 동안 직장일에만 매달리느라 아내 영신을 비롯한 자녀들에게까지 친밀감을 느끼지 못하는 외로운 인간이 되어버리고 말았다. 가족 중의 그 누구와도 가족이라는 유대감을 느낄 수 없을 만큼 그는 가족으로부터 소외당해 있었던 것이다.

정수는 그의 병세를 끝까지 가족에게 알리지 않으려고 하지만, 그의 이상한 행동에 가족들의 오해는 더욱 커져만 간다. 마침내 정수의 병세는 걷잡을 수 없는 지경에 처해졌고, 가족들은 이 사실을 그제서야 알고 통곡하지만 정수는 한 줌 재가 되어 우주 속으로 돌아가고 만다는 것이 이 책의 기본 골격이다.

김정현의 『아버지』가 이런 내용으로 IMF 구제금융시대에 초대형 베스트셀러가 된 데는 다음과 같은 이유가 있는 것으로 분석해볼 수 있다.

첫째, IMF 체제 하에서 해고, 실직 등이 이어지면서 매스컴들은 연일 '아버지 혹은 남편들의 기살리기' 운동을 펼쳤거니와, 그에 따라 이전보다 부권이 더욱 강화되고 부권의 중요성을 새삼 인식하는 분위기가 조성되었다는 점이다. 사실 IMF 체제 하에서 해고의 제1대상은 여직원인 경우가 더욱 많았지만 여전히 보수적이고 남성중심적인 매스컴들은 여성에게 초점을 맞추기보다 남성들, 그 중에서도 아버지들에게 초점을 맞추었다.

둘째, 따라서 졸지에 아버지들은 연민과 존경의 대상이 되고 말았다. 가정을 지키고 그 속의 처자식을 먹여살리기 위하여, 아버지들은 불안감 속에서 모진 수모를 당하면서도 피나는 경쟁을 계속해야 하는 것이라는 이미지가 확산되었던 것이다.

셋째, 그러한 아버지의 공로와 고통을 모르고 처자식들은 철부지처럼 집안에서 편안한 생활이나 즐기고 있는 것처럼 비추이면서 상대적으로 처자식들은 IMF 체제 하의 고통에서 비켜난 사람처럼 보이게 되었던 것이다.

넷째, 실직을 하고도 그것을 가족에게 알리지 않고 공원이나 산으로 떠도는 아버지들의 모습이 텔레비전에 수시로 비추이면서 아버지들이란 처자식과 달리 속깊은 마음을 갖고 있다는 이미지가 또한 확산되었다.

바로 이런 사회적 분위기를 통해서 볼 때, 김정현의 『아버지』는 독자들에게 다가갈 만한 조건을 갖추었다. 앞에서도 말했듯이 문학적 완성도는 떨어지지만 그 속에 나오는 정수라는 이름의 아버지 상은 앞서 제시한 네 가지 조건을 다 갖추고 있는 것이다. 지성이 있다고 자부하는 사람들 중에서도 이 소설을 읽고 울었다는 사람이 많다. 이것을 분석해본다면 그만큼 IMF 구제금융체제로 인하여 사람들이 생존의 위협을 강하게 느꼈다는 것이고, 그런 가운데서 산다는 것의 고단함에 대해 한없는 연민의 마음을 느낄 수밖에 없었다는 것이며, 폐허가 된 상태에서 출발한 해방 후 한국사 속에서 오직 출세와 성공과 자식의 뒷바라지를 위하여 앞만 보고 달려온 하나의 모델 중의 하나가 작품 속의 주인공인 정수였다는 생각이 든다. 그리고 한 가지 더 덧붙이자면 아직도 한국의 남녀들이 아버지에 대하여 이 정도의 의식밖에는 갖고 있지 못하다는 것을 입증해주는 일이라고 볼 수도 있다.

아버지를 살리는 것, 그것은 곧 IMF 구제금융 체제 하에서 가정을 살리는 일이며 나라를 살리는 일이었다. 철통 같은 가부장제 체제가 구축된 한국 땅이기에 우월적 의무감을 가진 아버지에 대한 가족과 나라의 기대는 이처럼 크고도 무거웠던 것이라 여겨진다. 아마도 IMF 구제금융 체제를 거치면서 이 땅의 아버지들은 우월적 의무감을 갖고 살아간다는 것의 명암을 충분히 깨달았을 것이라 생각한다.

이 이외에도 세계화에 맞서서 민족주의를 강화시키는 작품이 독자들의 관심을 끌어들였는데, 그 대표적인 경우가 『무궁화꽃이 피었습니다』로 일약 베스트셀러 작가가 되었던 김진명의 『하늘이여 땅이여』이다. 이 점에 대한 상세한 분석은 생략하기로 한다.

6. IMF 구제금융 체제와 문인들의 대응결과

IMF 구제금융 체제 하에서 이 체제의 문제를 다룬 글로는 구체적인 소설이나 시보다 오히려 좌담이나, 시평, 평론 등의 성격을 가진 글들이 더욱 많았다. 소설과 시 작품은 기껏해야 앞서 언급한 정도에 지나지 않는다. 그러므로 IMF 구제금융 체제 하에서 더욱 발빠르게 적극적으로 대응한 것은 시나 소설 같은 작품보다 앞서 언급한 바 좌담이나 시평 또는 평론 등과 같은 논리적이며 산문적인 글이었다고 보는 것이 올바르다.

필자는 그 이유를 몇 가지로 나누어 분석해보고자 한다.

첫째, 워낙 급박하게 돌아간 IMF 구제금융 체제 하의 내면적 속성을 문인들이 짧은 시간 내에 제대로 인식하고 그것을 구체화시킬 능력을 갖기가 어려웠지 않았나 하는 점이다. 우리 문단은 그 동안 정치를 향하여 그 속성을 직시하고 복합적인 시선으로 작품을 써내는 데는 꽤 성공한 모습을 보여주었다. 그러나 우리의 문인들은 경제문제에 그리 밝지 못한 편이며, 경제소설이라고 부를 만한 소설이 나온 바가 거의 없다. 그러므로 매우 어렵게 얽힌 IMF 구제금융 문제를 소설화하거나 시화하기가 그렇게 쉽지만은 않았을 것이라고 본다. 필자는 개인적으로 우리 나라 문인들이 앞으로 좋은 소설을 쓰기 위하여 경제문제를 더욱 깊게 공부하고 그 문제를 관찰해야 한다고 생각한다.

둘째, 지난 1980년대와 달리 1990년대 우리 소설이나 시가 너무 일상성과 개인성에 매몰되어 사회적, 시대적 관심사를 멀리하는 경향을 보여왔는데, 이런 관성이 IMF 구제금융을 바라보는 데서도 그대로 나타난 것이 아닌가 하는 생각이 든다. 1990년대는 분명 그 동안 우리 문학이 상실했던 일상성과 개인성을 발견하고 탐구해 나아갔다는 점에서 고무적이지만, 지나치게 시대성, 정치성, 사회성이 미약하다는 점에서 아쉬움을 남겨준다.

셋째, 우리 문단에서 경제학을 전공하고 경제현장에서 일한 경험을 갖고 경제소설을 써온 대표적인 작가가 『비명을 찾아서』의 작가 복거일과 『거품 시대』의 작가 홍상화였는데, 이들은 IMF 사태가 터지자 소설을 쓰기보다 그들이 더 다급하다고 생각한 다른 일에 매진하였다. 우선 복거일은 시사경제 평론을 꾸준히 써서 『동화를 위한 계산』[15]이라는 책을 냈고, 홍상화는 『IMF의 제국주의를 경계한다』[16]라는 경제서를 출간하였다. 뿐만 아니라 홍상화는 자신이 원래 하던 컴퓨터 관련 사업을 하는 데로 돌아갔다. 이런 점도 한

---

15) 복거일, 『동화를 위한 계산』(서울 : 문학과지성사, 1999).
16) 홍상화, 『IMF의 제국주의를 경계한다』(서울 : 한국문학사, 1998).

국 문학이 IMF 사태를 문학적으로 심도 있게 다룰 수 없도록 만든 한 요인
이다.

넷째, 국민들이 싫증을 낼 만큼 각종 매스컴이 IMF에 대하여 수많은 보도
를 계속하였고 또 국민들도 그 문제에 대해 상당한 지식을 나름대로 갖고
있다는 느낌에 도달하였기 때문에 작가나 시인들이 이 문제를 다시금 소설
화하고 시화하는 것이 그렇게 신선한 문제로 받아들여질 분위기가 아니었
다는 점도 지적할 수 있다. 그 세세한 사정을 속속들이 알지는 못하면서도
너무나 많이 듣고 당했기 때문에 더 이상 듣고 싶어하지 않게 된 말, 그것이
바로 IMF와 관련된 것이었다는 뜻이다.

✢

가장 원시적인 것이 가장 미래적이다
• 고재종 •

고재종의 작품세계에 대하여 나는 이미 긴 글을 두 차례나 썼다. 그 하나는 「흙, 생명, 밥, 노동 ; 고재종론」이고, 다른 하나는 「고재종 시의 자연」이다.

이 두 글이 씌어진 이후 고재종은 최근에 『그 때 휘파람새가 울었다』라는 제목의 시집을 한 권 더 출간하였다. 이 시집은 그의 제5시집이라고 할 수 있는 『앞강도 야위는 그리움』에서부터 보여주기 시작한 그의 변화상을 본격적으로 드러낸 시집이지만 이 변화를 감안한다 하더라도 그가 첫 시집 『바람 부는 솔숲에 사랑은 머물고』부터 지금까지 일관되게 담아내고 있는 것이 기본적으로 '가장 원시적인 것은 가장 미래적이다'라는 믿음임에는 변함이 없다.

가장 원시적인 것이 가장 미래적이라니? 이 역설을 어떻게 이해할 것인가? 나는 이 말과 더불어 가장 오래된 것이 가장 새로운 것이라는 역설적 언술을 하나 더 첨언하고 싶은 마음이다.

1. 흙의 소리

고재종의 시는 흙을 토대로 삼고, 그 위에 서 있다. 아니 흙으로 빚어진 시이다. 여기서 흙은 단순한 물질로서의 흙일 수도 있지만 인간의 생존적 토대를 이루는 농토로서의 흙이라는 의미를 더 강력하게 담고 있다.

이런 고재종의 시는 이른바 '흙의 소리'를 받아 적은 것이다. 아니 흙과 나눈 대화를 받아적은 문장이다. 아니 흙으로 하여금 말하게 한 시이다. 그만큼 그는 수없는 방황 끝에 '흙'을 만났고 그 흙을 통하여 시를 창조해낼 수 있었던 시인이다.

사실 약간의 자의식이 있는 사람이라면 그가 누구든지 간에 우리 모두는 끝없는 방황의 시간을 거쳐 내 생을 바칠 어떤 것, 아니 내 생을 구원해줄 어떤 것, 아니 내 생이 요구되는 어떤 것을 만나고자 한다. 예를 들면 어떤 이는 인공의 물건을 만나고자 하고, 어떤 이는 무거운 관념의 세계를 만나고자 하고, 어떤 이는 상품이 떠도는 시장을 만나고자 하고, 어떤 이는 다스릴 사람들을 만나고자 한다.

그렇다면 고재종이 만나고자 한 '흙'은 어떤 의미를 담고 있는 것인가? 고재종의 첫 시집 『바람부는 솔숲에 사랑은 머물고』가 출간된 1987년 무렵에는 물론, 이보다 먼저 그가 『시여 무기여』(실천문학사 간)에 작품을 실으며 등단하기 시작한 1984년 무렵쯤에는 이미 고재종이 만나고자 하는 흙의 세계야말로 너무나도 후진적인 것, 변방으로 밀려난 것, 손에 묻혀서는 안 되는 것 등으로 억압되고 소외되고 오염시되고 있었다. 그것은 한마디로 농업적 세계관이 도시적 세계관의 엄청난 세력 앞에서 잊혀진 과거의 시간 속으로 밀려들어가는 모습이었다.

모든 사람들이 새롭고 세련된(?) 도시적 세계관과 근대적 세계관으로 단단하게 무장하고 그것을 우월한 마음으로 즐기고자 한 그 시대에 고재종은 무엇 하러 버려지고 오염시된 흙의 세계를 찾아 떠났던 것일까? 그리고 그 세계를 소리 높여 이 땅에 전해야 했던 것일까?

나는 다시 한마디로 말하건대 그것은 고재종의 마음 속에 '가장 원시적인 것이 가장 미래적이다'라는 믿음이 존재했기 때문이라고 본다.

이런 흙은 고재종의 시에서 흙의 생명학, 흙의 인간학, 흙의 사회학, 흙의 경제학, 흙의 심리학, 흙의 윤리학, 흙의 정치학, 흙의 우주학 등이라고 부를 수 있는 다양한 함의를 띠고 나타난다. 흙이 그에게 생명학적 의미를 띨 때, 흙은 하나의 생생한 생명으로 살아 꿈틀댄다. 흙이 그에게 인간학적 의미를 가질 때, 흙은 그에게 인간을 존속하게 하는 원천으로 나타난다. 흙이 그에게 사회학적 의미를 갖고 다가올 때, 흙은 그에게 사회형성의 가능성과 사회적 모순을 내재시킨 사회적 산물로 나타난다. 흙이 그에게 경제학적 의미를 던져줄 때, 흙은 이 세계의 경제활동을 가능하게 하는 원천이자 경제적 모순을 내장시킨 존재로 나타난다. 흙이 그에게 심리학적 의미를 읽게 할 때, 흙은 그를 수용하며 동시에 위로하는 존재로 나타난다. 흙이 그에게 윤리학적 의미를 생각하게 할 때, 흙은 그가 인간들과 함께 살아가는 윤리적 이치를 가르쳐주는 교사와 같은 존재로 나타난다. 흙이 그에게 정치학적 의미를 찾게 할 때, 흙은 흙의 의지와 관계 없이 정치성에 예속된 존재로 나타난다. 끝으로 흙이 그에게 우주학적(자연적) 의미를 환기시킬 때 흙은 우주의 4대 구성요소요, 생명을 가진 모든 것들의 원천이며 궁극으로 나타난다.

고재종의 시에 나타난 이러한 흙의 의미를 탐색하는 일만으로도 논문 한 편을 쓰는 것이 충분히 가능할 정도이다. 도대체 이 시대에 흙이란 무엇인가? 나는 농사를 짓는 농부가 아니라 시를 가르치고 연구하는 선생임에도 불구하고, 저 시원의 흙이 불러들이는 목소리에 사로잡혀 지금 흙의 마을에 와서 살고 있다. 그러나 내가 이렇게 흙의 마을에 와서 사는 것은 장소만의 이동일 뿐 그것이 삶 전체로 이어지는 것은 아니다. 그렇지만 나는 고재종의 시에서 볼 수 있는 것처럼 흙에 두 발을 딛지 않고는 살 수 없다는 것을 아는 사람이다. 이것은 '가장 원시적인 것이 가장 미래적이다'라는 역설적 명제를 흙으로부터 확인하고 있다는 말과도 상통한다.

하지만 언제쯤 '가장 원시적인 것이 가장 미래적이다'라는 이 말이 이 시대의 방향전환을 이룩하는 데 기본명제가 될 수 있을까? 아직도 흙은 여전히 뒷전에서 억압받고 소외되고 오염시되는 게 현실 아닌가? 하지만 미래와 근원을 볼 수 있는 사람들은 이 흙의 참다운 가치를 다시 회복시키고 있다. 그들은 흙으로 시를 쓰고, 흙 속에서 생명을 키우고, 흙과 더불어 우주를 느끼고, 흙이 있는 곳을 찾아간다.

2. 노동의 소리

고재종의 시는 흙과 함께 한 노동을 토대로 삼고, 그 위에 서 있다. 그의 시는 이 노동으로 빚어진 시이다. 그러니까 그의 시는 흙과 함께 한 노동의 현장을 받아 쓴 시나 마찬가지이다. 좀 색다르게 말하자면 그의 시는 펜이 쓴 시가 아니라 흙과 몸을 섞은 노동의 시간이 쓴 시이다.

실제로 이 땅에 태어나 노동을 하지 않고 사는 사람이 누가 있을까? 태어난다는 사실은 곧 노동을 해야만 먹고 살 수 있다는 말과 다르지 않다. 그런 점에서 노동을 해야 한다는 것은 인간으로 태어난 조건이자 운명이다. 하지만 노동의 종류는 참으로 가지가지이다. 나는 그것을 여기에 다 열거할 능력이 없다.

하지만 한 가지 분명한 것은 어떤 노동이든 '진정' 인간을 살리고 세계를 살리는 일에 참여해야 하는 것이 마땅하다는 것이다. 이런 것을 가리켜 살림의 노동이라고 말하면 좋을 것이다.

나는 살림의 노동 가운데 으뜸인 것은 가능한 한 자신의 몸을 '엔진'으로 삼아 생명을 키우고 보살피고 생산해내는 일에 참여하는 농삿일이라고 생각한다. 모든 공해의 원천은 인간들이 그들의 몸을 '엔진'으로 쓰지 않고 따로 '엔진'을 개발하여 이용한 데서부터 시작된다. 이것은 말할 것도 없이 인간들을 편리하게 만들어주었다. 하지만 '가장 미래적인 것이 가장 야만적이다'라는 역설적 명제를 우리는 여기서 만들어낼 수밖에 없다. 우리는 지금 그 현장을 너무나도 적나라하게 보고 있지 않은가 말이다.

고재종은 그의 몸을 엔진으로 삼아 농삿일에 직접 뛰어들었다. 그는 여기서 노동의 생명학을, 노동의 인간학을, 노동의 경제학을, 노동의 정치학을, 노동의 심리학을, 노동의 우주학을 또한 느끼고 생각하고 표출하였다. 그에게 있어서 자신의 몸을 엔진으로 삼아 농삿일에 뛰어드는 이 일은 '가장 원시적인 것이 가장 미래적이다'라는 역설적 명제를 진정으로 확인해주는 사건이었다. 그는 이런 바탕 위에서 현실적으로 그가 하는 노동이 얼마나 다양한 의미를 발산하고 있는지, 이것을 그의 시에서 열정적으로 점검하였다.

그가 자신의 노동을 생명학적 입장에서 바라다볼 때 그것은 생명의 일에 참여하며 동시에 생명을 살리고자 하는 일이었다. 물론 농업 또한 문명사의 한 현장이고, 그것 역시 인간의 생존욕이 빚어낸 결과물인지라 농업으로 인해 죽어가는 생명도 적지 않다. 하지만 인간이 만들어낸 노동과 문명 중에서 자신의 몸을 엔진으로 삼아 이루어지는 농업만큼 비폭력적인 것도 드물 것이다.

그가 자신의 노동을 인간학적 입장에서 볼 때, 그것은 인간된 자의 조건이며 동시에 인간을 존속케 하는 원천으로 나타났다. 그는 자신의 몸이 망가지는 줄도 모르고 이런 노동에 헌신한다. 그러면서 보람을 찾으려고 애를 쓴다. 그가 자신의 노동을 경제학적 입장에서 바라볼 때 그것은 현실적으로 이익이 없는 곳에 투자하는 비경제적 행위로 간주되는 것이었다. 그는 여기서 엄청난 경제적 모순을 절감한다. 하지만 그의 노동행위는 이 엄청난 비경제성을 넘어서는 경제적 행위임을 그는 통찰해 내고 여기서 자존심과 자부심을 상실하지 않으려고 안간힘을 쓴다. 그러나 사회적 리얼리즘이라는 모호한 말 대신, 경제적 리얼리즘이라는 말이 더 구체적이고 적절하게 보일 만큼 경제적 효율성이 최고의 자리에서 기세를 올리는 이 시대에 비경제성이 실은 경제성이라는 고재종의 그 순정한 목소리에 귀를 기울이고 그 소리를 해독해낼 수 있는 사람이 얼마나 될까?

고재종이 자신의 노동을 정치학적 입장에서 점검해볼 때, 그의 노동은 정치적 권력자들의 지배하에 놓여 있는 것임을 알게 되었다. 자신의 노동은 순박하고 비정치적인 행위였지만 이미 그 노동 자체가 사회 속에 들어가 자신도 모르는 사이에 정치적 매개물이 되어 있었던 것이다. 그런 가운데서 고재종은 자신의 노동으로 상징되는 농민들의 노동이 얼마나 엄청난 정치적 모순 속에 놓여 있는가를 의식하게 된다. 그럼으로써 그는 시를 통하여 그렇게 현실 속에서 정치적 모순을 담고 있는 그들의 노동현실이 어떤 것인가를 비장한 어조로 고발 및 비판하는 시적 참여의 일선에 나서게 된다.

고재종이 자신의 노동을 노동의 심리학적 입장이라는 측면에서 바라다볼 때, 그의 노동은 자족적인 행복감을 주는 것이면서 동시에 사회적 분노와 허탈감을 자아내는 것이었다. 그의 노동은 언제나 생명을 대상으로 이루어지는 노동인지라 그 행복감은 거의 원천적인 것과 같은 터이지만 그의 노동이 사회적 착취의 도구로 전락된다는 것을 인식하였을 때, 그는 분노와 허탈감, 더 나아가 절망감까지 느끼게 되었던 것이다. 여기서 노동의 소외라는 문제가 제기된다.

끝으로 고재종이 자신의 노동을 우주적 시각에서 바라다보았을 때, 그의 노동은 우주에 화답하는 춤과 같은 것이었다. 꽃을 피우고 열매를 맺기 위하여 온 우주적 존재들이 일을 하듯이, 그의 노동 역시 인간이란 자연으로서 꽃을 피우고 열매를 맺기 위하여 우주의 일에 동참하는 행위로 여겨졌던 것이다. 우주는 기본적으로 냉정하고 무심하지만, 그런 가운데서도 우주는 언제나 우주적 존재들의 동참을 요구한다. 그들의 동참 속에서 화답과 조화의 형식이 창조된다.

노동의 도구가 세련될수록, 인공의 엔진이 거창해질수록, 노동의 효율성과 경쟁력이 정도를 넘어서 치달릴수록, '가장 미래적인 것이 가장 야만적이다'라는 경고를 보내지 않을 수 없다. 그런 점에서 볼 때, 고재종의 시에 나타난, 그 스스로가 엔진이 되어 흙과 함께 해나가는 노동은 거꾸로 '가장 원시적인 것이 가장 미래적이다'라는 명제의 속뜻을 다시 한 번 음미하도록 만들기에 충분하다.

3. 생명 혹은 밥의 소리

고재종의 시에는 온갖 생명들과 그 소리가 가득하다. 그것은 가상현실 속에 있는 생명들과 그 소리가 아니다. 그는 직접 이와 같이 수도 없이 많은 생명들의 살아가는 모습을 보고 그 소리를 듣는다. 그런 점에서 그의 시는 그가 만난 생명들이 쓴 것이나 마찬가지이다. 그가 생명들로부터 들은 소리가 그의 시를 구성하고 있기 때문이다.

이러한 그의 상상력은 그러므로 농경사회적 상상력을 토대로 한 생명적 상상력, 달리 말한다면 생명적 상상력을 토대로 한 농경사회적 상상력이라고 규정짓는 것이 적절할 터이다. 이것은 매우 자연스러운 것이다. 농업이란 곧 생명과 만나고 타협하고 화해하는 과정이기 때문이다.

그러나 문제는 모든 생명들이 밥을 필요로 한다는 점이다. 살아있는 존재는 그것이 어떤 존재이든지 간에 살아있는 다른 것들을 죽여서 먹어야만 그가 산다는 것을 우리는 알고 있을 것이다. 그러므로 고재종의 시에서 생명을 바라다보는 눈길은 한 편으로 비극적이고 다른 한편으로 비의적이다. 이런 사실을 알고 있는 한 생명을 죽여서 먹고사는 만큼 우리는 생명을 창조해서 되돌려주어야 한다. 그리고 마침내는 죽음으로써 우리의 몸을 이 우주 속의 뭇 생명들에게 되돌려주어야 한다.

이런 토대 위에서 고재종에게 생명의 문제는 곧 밥의 문제로 이어진다. 아마도 고재종의 시에만큼 밥 문제가 많이 등장하는 경우도 그리 흔하지 않을 것이다. 그의 생명적 세계관은 물론 농경사회적 세계관의 밑바탕엔 바로 이 밥의 문제가 도사리고 있는 터이다. 실제로 얼마 전까지 우리는 따스한 고봉밥 한 그릇을 온 식구가 걱정 없이 상을 마주하고 둘러앉아 먹을 수 있기를 소망하며 살았다 해도 과언이 아니지 않은가.

생명 그리고 밥, 그 둘은 짝을 이루며 가장 원시적인 것이 가장 미래적인 것임을 보여주는 대표적 존재들이다. 생명은 우주의 처음이요 마지막과 같은 존재이며, 밥은 생명의 처음이요 마지막과 같은 존재이기 때문이다. 자연스럽고 건강한 생명과 따스한 밥 한 그릇이야말로 이 우주와 삶 전체를 대표하는 상징인 것이다.

그렇다면 어떻게 이 따스한 밥 한 그릇을 먹고 생명들이 이 땅에서 건강하게 살아갈 수 있을까? 이것은 쉬운 문제가 아니다. 여기서 다시 밥의 생명학, 밥의 정치학, 밥의 경제학, 밥의 윤리학, 밥의 문화학 등과 같은 여러 가지 시각에서의 점검이 필요하다. 거칠게 말한다면 잘 창조된 혹은 지어진 곡식들을 (생명들을) 어떻게 뭇 생명들이 서로 나누어 먹을 수 있느냐 하는 것이 이 세계를 영위해 가는 핵심적인 문제이다. 그 가운데서도 인간의 입장에서 보면, 사회를 이루고 사는 모든 인간들이 어떻게 서로 잘 나누어 먹으며 살 수 있겠느냐, 하는 것이 이 세계의 모든 정치와 경제와 문화의 핵심

요소이다. 이 문제를 해결하기 위해 우리는 인간사회 속에서, 더 나아가 우주 공간 속에서 밤잠을 설치며 고뇌하는 것이다. 이 점은 고재종의 시에서 매우 중요한 문제로 제시되고 있다.

하지만 이 문제는 현실적으로 만족스럽게 해결되고 있지 않다. 특히 고재종은 생명의 잉태자이나 밥의 주인인 농민들이 이 사회 속에서 가장 소외된 자리로 내몰리는 상황 앞에서 한탄하며 분노한다.

밥이 생명에서 나온다는 것과, 생명이 밥으로 성장한다는 것을 잊고, 이 모든 것들이 돈으로 해결된다고 믿는 세계 앞에서 그는 당혹스러움을 넘어 분노를 느끼는 것이다. 생명과 밥의 첫 자리를 보지 못한 사람들은 이들이 자연(우주) 속에서 성장하고 만들어지는 것이 아니라 시장에서 생산되고 매매되는 것으로 착각하고 있다. 돈과 시장이 사람들로 하여금 근원을 보지 못하게 만드는 것이다. 이 때 사람들은 생명으로서 밥을 먹는 것이 아니라, 시장인으로서 돈을 소유하는 것과 마찬가지가 된다.

봇물처럼 터져 넘치는 시대와 문명의 변화를 그 누구도 손바닥으로 막을 수는 없을지 모른다. 하지만 그런 변화 속에서도 여전히 생명과 밥의 첫자리를 기억하는 것은 무엇보다 소중한 일이다. 그것은 가장 원시적인 것이 가장 미래적인 것임을 잊지 않는 일이다.

4. 우주의 소리

고재종은 그의 제5시집 『앞강도 야위는 이 그리움』에서부터 그의 시야를 우주 속으로 확대시켜 나아갔다. 이전에 그가 탐구한 흙, 생명, 자연 등이 적나라한 노동의 현장을 토대로 삼으면서 사회적 영역 속에 주로 머물렀다면, 이 시집에서부터는 사회 너머의 우주를 보고 그것을 느끼며 시 속으로 (삶 속으로) 끌어들이기 시작했다는 것이다.

이런 그의 변화는 1990년대에 들어와 그 절실성을 더욱 크게 얻기 시작한 생태학적 세계관의 문제와도 결부된다. 이러한 생태학적 세계관은 앞서 말한 바를 빌려오면 그야말로 가장 원시적인 것이 가장 미래적인 것이라는 명제를 확인시켜주는 세계관이다. 더 나아가 우주의 발견이야말로 우주란 문명(인간) 이전의 것이면서 문명(인간) 이후의 것임을 깨닫게 함으로써 인간들에게 원시성의 의미를 충격적으로 일깨워주는 사건이다.

고재종은 최근 제6시집『그 때 휘파람새가 울었다』를 출간하였다. 이 시집을 보면 그가 제5시집『앞강도 야위는 이 그리움』에서 조금씩 보여주기 시작했던 시야의 확대가 더 크게 일어나 있다.

그러나 달라진 점은 흙과 함께 하는 노동의 현장과 그 의미가 크게 위축됐다는 점이다. 여기서 그의 자연과 우주는 직접적으로 생존상의, 사회상의, 정치상의 의미를 띤 삶의 현장이 아니라 관조와 관상의 대상이 되어 있다. 그는 이 자연과 우주를 관조하고 관상하며 많은 성찰의 시간을 갖는다. 그 때의 성찰은 대부분 자연과 우주를 흠모하며 그것을 거대한 한 권의 교훈서 내지는 지혜서 같은 것으로 수용하는 결과로 이어진다. 어쩌면 그것이 자연스러울지도 모른다. 이미 자연과 우주 속에는 우리가 보지 못할 뿐, 세상에서 배울 모든 문법과 비밀이 다 들어 있는지도 모르기 때문이다.

그러나 밥의 문제를 해결하는 것이 인간의 영원한 과제인 한, 자연과 우주를 관조와 관상의 대상으로 삼는 일에는 한계가 있을 것이다. 그러므로 밥의 문제를 들고 이 속에 동참하는 땀과 고난이 없는 한, 우리는 자연과 우주로부터 점점 멀어질 수밖에 없을 것이다. 그런데 문제는 이렇게 자연과 우주로부터 멀어질수록 이른바 병적 그리움이라고 불러야 마땅한, 과열된 그리움이 그들을 향하여 나타나게 된다는 것이다.

생태적 세계관은 인간이 이 땅에 존재하는 한 그들과 몸을 섞는 일을 전제하여 설정될 수밖에 없다. 그렇지 않는 한, 그것은 이 지구상에서 저 하늘의 은하수를 그리워하는 일과 크게 다르지 않을 것이고, 거기에는 앞서 말한 병적 그리움이 공허감으로 이어질 가능성도 크다.

나는 고재종이 자연과 우주의 발견으로 시야를 확대한 것에 대하여 일단 환영의 뜻을 표하고 싶다. 그리고 그가 긴 시간 동안 흙과 노동을 주로 사회적 울타리 안에 놓고 몸과 마음과 시로 투쟁하며 몸부림치느라 제대로 보지도 느끼지도 못한 자연과 우주를 관조하고 관상할 수 있게 된 것에 대하여 일단 그 필연성을 인정한다. 그에게 있어서 이런 시간은 그가 지금까지 힘겹게 걸어온 삶의 여정 속에서 하나의 소중한 쉼표 역할을 하며 해방감을 느끼게 할 수도 있을 것이다.

그러나 그 쉼표의 자리가 지루해지거나 공허해질 무렵이면 그는 다시 그에게 가장 절실한 제문제를 발견하고 그의 온몸을 참여시켜 몸으로 홀리는 땀방울이나 눈물과 같은 시를 써야 할 것이다. 땀방울과 눈물은 몸의 언어이다. 그것은 인공의 작품일 수가 없는 것들이다. 나는 그의 시가 땀방울 같은 것, 눈물 같은 것이 되기를 희구한다. 땀방울과 눈물 속에는 진정의 힘으로 사람을 감동시킬 수 있는 힘이 내장돼 있다. 그런 점에서 땀방울과 눈물 같은 몸의 언어야말로 그 어떤 언어보다도 원시적이지만 가장 미래적인 언어라고 나는 믿는다.

참으로 험난한 발자국을 묵묵히 떼면서 정상을 향해 올라오고 있는 고재종 시인의 이번 '소월시문학상' 수상을 함께 기뻐하고 싶다.

존재하는 것들의 슬픈 아름다움
·김동원·

1. 글을 열며

며칠 전 한국의 한 과학자가 유전자 조작을 통해 꽃의 개화를 마음대로 조작할 수 있는 연구에 성공했다는 내용이 신문지상을 장식하였다. 그 무렵 대학의 식당구내에서 나와 식탁을 두고 마주 앉은 김동원 교수는 자신이야 말로 과학자(화학자)이지만 과학자로서 세계에 대하여 아는 바는 아무것도 없다고 비감어린 표정으로 말했다. 문학평론가인 나는 상상력으로 피운 꽃과 상상력으로 만든 세계만을 만나며 지낼 뿐 역시 세계에 대하여 아는 바가 없는 것 같다고 생각하였다.

그러나 바야흐로 세상은 지식들의 거대한 창고가 되었고, 그 지식들로 세계를 완벽하게 재창조할 수 있을 것 같은 기세로 역사는 줄달음질친다. 나는 김동원 교수의 말을 곰곰이 되뇌어보았다. 왜 그는 원로교수 대접을 받을 만큼 지긋한 나이에 오랜 과학자의 길을 걷고 지금도 과학자인 자신이 세계에 대하여 아는 바가 없다고 말한 것일까 하고 말이다. 그 때 생각난 것은 김동원 교수야말로 단순한 과학자가 아니라 과학철학자라는 사실과, 오래전부터 여러 권의 시집을 출간한 시인이라는 사실이었다. 그래도 답은 잘 나오지 않았다. 하지만 나는 짐작으로나마 그가 이 우주 앞에 선 과학과 과학자의 왜소성과 위험성을 경고한 것이라고 생각하였으며, 모른다는 것을 모른다고 말할 수 있는 그야말로 가장 정직한, 아니 세계에 대하여 가장 많이 알고 있는 과학자가 아니겠는가 하는 생각을 하였다.

김동원의 시집 『나무는 바람을 모르지만』(북스힐)을 읽으면서 나는 먼저 그의 시집 제목에 주목하였다. 그는 시집 제목을 『사람은 바람을 모르지만』이라고 짓지 않고, 『나무는 바람을 모르지만』이라고 지었다. 그것은 아마도 사람은 말할 것도 없고 이 우주 속의 어떤 존재라 할지라도 무지 속에서 살아가고 있는 것임을 이야기하고 싶었기 때문인 것으로 생각된다. 나는 김동원의 시집 『나무는 바람을 모르지만』이라는 이 시집의 해설을 '모른다'는 것의 의미에 초점을 맞추면서 시작해보고자 한다.

2. 바람은 인간을 위해 존재하지 않는다

우선 '모른다'는 문제를 풀어나가기 위하여 김동원의 존재관 내지는 우주관에 대해서 살펴보기로 한다. 김동원의 시집 『나무는 바람을 모르지만』에서 가장 인상적인 것은 그의 존재관과 우주관 더 나아가 인간관인데, 그것은 한마디로 비유해 말하자면 본장의 제목에도 나타났듯이 '바람은 인간을 위해 존재하지 않는다'는 것이다.

여기서 바람은 우주도 되고 우주 속의 삼라만상도 된다. 김동원은 '바람은 인간을 위해 존재하지 않는다'는 말로써 인간중심주의, 인간우월주의, 인간자만주의 등을 보기 좋게 무력화시켜버린다. 다시 말하자면 우주가 그리고 그 속의 모든 만상이 인간을 위해 존재하는 것이 결코 아니라는 말이다. 사람들은 누구나 자기중심적으로 생각하기를 좋아하는 버릇이 있어서 이 우주는 물론 타인까지도 자신을 위해 존재하는 것처럼 생각하거나 그렇게 생각하고 싶어한다. 그렇지만 김동원의 시집을 읽어보면 그것은 한마디로 '천만의 말씀이다.' 이 우주와 우주 속의 모든 것은 그저 무심히 존재하는 것일 뿐, 그 속의 어느 것도 인간에게 봉사하기 위해 존재하는 것이 아니라는 것이다. 그러니까 인간우월주의와 자기중심성에 바탕을 둔 인간은 우주나 만상의 뜻과 다르게 왜곡된 나르시시즘의 길을 독불장군처럼 가고 있는 것이다.

우주의 무심성, 존재와 생명의 무심성을 가장 잘 설파한 사람은 노자일 것이다. 결코 자비롭지 않은 우주와 만상의 속성을 그는 수차례 이야기하고 있음을 우리는 알고 있다. 그러나 이것은 지혜로운 몇몇 현자의 탁견일 뿐, 이 세속사회에서 이기심을 충족시키기 위하여 살아가고 있는 우리들은, 그리고 인간중심주의 이데올로기를 탄생의 순간부터 교육받은 우리들은, 만유가 인간을 위한 피조물인 것처럼 생각하고 살아간다. 사실이 그렇다면 이 세상에서 인간들은 신의 복권잔치에서 1등으로 당첨된 행운아들이란 말인가? 김동원은 신이 있는지도 알 수 없으며 비록 신이 있다고 하더라도 그런 잔치를 열 리가 없을 것이고, 더욱이 그런 잔치가 열렸었다 하더라도 인간이 1등상의 행운을 거머쥐었다고 말하기는 곤란하다고 생각한다. 그러면 이런 점에 대해 김동원의 말을 들어보자.

—「하늘 斷想」의 부분

여기서 우주와 만상의 다른 이름은 '하늘'이다. 김동원은 이런 하늘이 사람과 함께 존재할 수는 있어도 그것이 사람을 위해 존재하는 것은 결코 아니라는 점을 밝히고 있다.

그런데 이런 그의 우주관과 만상관은 사람 이외의 존재에까지 확대되면서 사실은 이 우주 속의 모든 존재가 다 위해주는 이 없이 홀로 그저 존재할 뿐임을 밝히고 있다. 우주와 만상은 무심히 있는 것일 뿐이어서 어느 하나나 집단이 다른 존재를 위해 도구적으로 존재하지 않는다는 것이다. 김동원은 이런 사실을 역시 「하늘 斷想」이라는 작품의 다른 연에서 아래와 같이 알리고 있다.

— 「하늘 斷想」의 부분

위 인용문의 핵심적인 내용은 하늘이 별과 함께 있을 수는 있어도 그 별을 위해 하늘이 존재하는 것은 아니라는 사실이다. 하늘은 그 어느 것과도 함께 있을 수 있지만 이 우주의 특별한 중심을 마련하고 그것을 위해 존재한다고 볼 수는 없다는 것이다.

요컨대 목적 없는 무심의 우주, 어느 하나를 위해 다른 하나가 도구화될 수 없는 만상, 그럼에도 불구하고 기회가 주어진다면 그것이 함께 서로를 바라보며 존재할 수 있는 우주와 만상, 그것을 이야기하고 있는 것이 김동원의 시이다.

3. 인간은 바람을 모른다

우주와 만상이 앞장에서 말했듯이 그렇게 존재한다는 사실을 알 수 있을 뿐, 인간은 바람의 모든 것을 결코 알 수 없다는 것이다. 바람이 왜 호박꽃의 겨드랑이를 스치는지, 바람이 왜 아기의 콧속으로 드나드는지, 바람이 왜 집채들을 무너뜨리는지, 바람이 왜 더위를 식혀주는지, 도무지 인간들은 그것을 알 수가 없다는 것이다. 김동원은 이 모든 우주와 만상의 움직임이 목적

없는 흐름 그 자체에 지나지 않는다는 생각을 갖고 있는 것 같다. 우주와 만상의 원리는 물론이고 그 모든 것들이 존재하고 활동하는 의미를 우리는 도저히 알 수가 없다는 것이다.

이런 생각을 갖고 있는 김동원은 인간과 인간의 지식을 냉소적으로 바라본다. 그것은 몇 개의 지식을 가졌다고 우월감에 젖어있는 인간들과, 그들이 가진 지식의 부실함에 위태로움을 느끼기 때문일 터이다. 김동원의 시 속에는 이렇게 인간과 인간의 지식, 그런 지식을 가능하게 만든 인간의 욕망에 대한 비판적 언술이 매우 많은데, 이른바 과학자이자 교수이자 시인으로 다방면의 지식인 행세를 할 수 있는 사람이 이런 견해를 갖고 있는 것은 그의 정직한 자아성찰과 자기점검의 엄격성을 보여주는 점이다.

> 언제나 바람은 공기처럼 잠들고
> 나그네같이 인사도 없이 도망간다.
> 언제부터 바람은
> 바람의 법칙을 가지게 되었는가.
> 어째서 바람은
> 움직이지 않고서는 살 수가 없는가
> 우리들은 너무 아는 것이 아주 적고,
> 그런데도 우리들은
> 제법 많이 아는 체한다.
> 그러나 바람은 나무를 알기도 전에 떠나고
> 나무는 바람을 알기도 전에 죽는다.

— 「바람과 나무」의 부분

알 수 없는 우주와 만물, 그럼에도 불구하고 아주 적은 지식으로 너무나도 많은 것을 아는 체하는 인간들에게, 김동원은 위 인용시를 통하여 경고를 보낸다. 위 인용시를 빌려서 말하자면, 인간들이란 도대체 바람으로 표상된 세계에 대하여 아무것도 안다고 할 수 없다는 것이다. 그러나 인간들은 그들의 자의적인 지식으로 문명과 역사와 이념을 만들어나가고 그 문명과 역사와 이념은 마침내 그 자체로 하나의 유기체가 되어 스스로의 동력으로 질주하는 듯한 모습을 보인다.

한 사람의 과학자가, 아니 지식인이 이렇게 자신은 존재와 세계에 대하여 아는 것이 아무것도 없다고 말할 때 우리는 참담한 심정이 된다. 그렇다면 우리는 어떻게 살아가야 하는 것일까, 라는 물음이 바로 우리들 앞에 다가서기 때문이다.

김동원은 인간의 아는 체하는 지식인 포즈에 좀더 실망할 때면 매우 과격한 태도를 보인다. 그의 작품 「찔레꽃」 속의 한 부분에 이런 점이 아주 잘 드러나 있거니와, 그것을 여기에 옮겨보면 다음과 같다 : "개보다 못한 인간들을 위하여, / 개같이 살고 있는 인간들을 위하여, / 개보다 많이 배워서 / 개같이 살고 있는 / 딱한 知性들을 위하여, / 더러운 인간들의 모든 영혼과 살을 찌르는 / 沒藥의 가시로 살고 싶다." 그는 이 부분에서 보듯이 지식의 천박함과 횡포를 그 누구보다도 절감하고 있는 것이다.

그렇다고 해서 김동원은 인간에 대한 비판과 분노만을 일삼지 않는다. 그는 이런 인간들의 삶을 잔잔한 연민의 시선으로 바라본다. 알 수 없는 세상 속에 태어났음에도 불구하고 알기 위하여 불철주야 애를 쓰고, 안다는 것 앞에서 자만에 가까운 기쁨을 느끼며, 지식의 파괴성이 어떤 것인지도 자각하지 못한 채 지식의 노예가 되어있는 인간들을 그가 외면할 수만은 없는 것이다. 어쩌면 이런 것 자체가 인간의 비극적 조건인지도 모르니까……

4. 존재는 모르기 때문에 살아간다?

김동원은 의미부여니 의미발견이니 하는 말을 좋아하지도 믿지도 않는 것 같다. 진리니 이데아니 하는 말도 좋아하지도 믿지도 않는 것 같다. 그저 우주와 만상이 있다는 사실, 그 사실에 대하여 존재는 아무것도 제대로 알 수가 없다는 것, 그러나 존재들은 모르면서도 그냥 살아간다는 것, 아니 모르기 때문에 오히려 그렇게 살아갈 수 있는 것이 아니냐는 생각을 하는 것 같다. 그렇다면 이렇게 존재가 어떤 사실도 제대로 알지 못하고 살아간다는 사실을, 아니 그렇기 때문에 살아갈 수 있다는 사실을 다른 어떤 말로 다시

대신할 수 있을까? 나는 이런 물음 앞에서 존재의 무자각성, 존재의 무목적성, 삶의 무위성, 삶의 무목적성 등과 같은 말을 내어놓을 수 있을 것 같다. 김동원의 시 「존재의 꽃」을 보면 이런 내용들이 아주 철학적인 바탕 위에서 형상화되어 있다.

꽃이 피고
無名의 꽃이 핀다.
꽃도 모르고 꽃이 핀다.
한 가지에 어깨를 서로 기대어 피지만
서로 모르면서 피는,
서로 모르면서 아름다운 꽃.

꽃은 모르면서 진다.
모르고 지면서
모르고 산다.
지는 줄도 모르면서 지지만
피는 줄도 모르면서 핀다.

아무것도 모르면서 살고 있는 꽃은
아름답고 눈물겹다.
아무것도 모르면서 살고 있는
우리네 목숨같이
꽃은 피면서 진다.

— 「존재의 꽃」의 부분

여기서 김동원은 꽃과 인간을 같은 자리에 놓고 본다. 어디 꽃과 인간뿐이겠는가? 거대한 우주를 포함하여 우주 속에 존재하는 모든 것들을 그는 같은 자리에서 놓고 본다. 그는 이런 우주와 그 속의 만물 속에서 그들이 무엇인지, 그들이 왜 살아야 하는지, 그들이 왜 꽃을 피우고 열매를 맺어야 하는지, 그들이 왜 죽어야 하는지, 그들이 왜 어깨를 서로 기대고 피어나야 하는지도 모르면서 그저 살아갈 수밖에 없는, 어찌 보면 어처구니없는 모습을 본다. 이렇게 본다면 우주와 그 속의 모든 존재들은 무슨 뜻이 있는지도 알 수 없는 채, 그들 자신이 무엇을 하는지도 알지 못하는 채 그저 이런저런 모양으로 흘러가고 있을 뿐인 것이다.

그런데 흥미로운 것은 이런 우주와 만물 앞에서 김동원 시인이 '슬픈 아름다움'이라고 부를 만한 감정의 떨림을 경험한다는 것이다. 뜻없이 아름다움을 발휘할 수 있는 것, 그러나 그 이면은 슬픈 마음 없이 바라보기 어려울 만큼 무심한 흐름만 존재한다는 것, 그것이 바로 시인으로 하여금 '슬픈 아름다움'이라고 부를 수 있는 역설적 감정을 느끼게 한 것이라 보인다.

존재의 우연성과 잉여성과 무의미성, 더 나아가 존재의 부조리성을 말한 사람들이 실존주의자들이었던가. 그러나 그들의 말을 빌리지 않는다 하더라도 우주와 존재의 밑바닥을 직시하다보면 이런 성질들이 이끌려나온다. 김동원의 이와 같은 인식 앞에서 인간은 존재할 뿐, 다시 말해서 존재하기 위해 존재할 뿐, 생각하는 존재니 만물의 영장이니 하는 말을 받을 만한 어떤 자질을 충분히 갖고 있지 못한 존재이다.

그럼에도 불구하고 인간은 '열정'을 갖고 살아간다. 그 열정이 아이를 낳게 하고, 그 열정이 지식을 탐구하게 하고, 그 열정이 희노애락을 느끼게 하고, 그 열정이 문명을 탐하게 한다. 이런 열정을 갖고 있는 인간 자체가, 김동원에게는 슬프나 아름다운 모습으로 보인다고 할 수 있다. 하지만 김동원의 시를 통해서 말한다면 인간들은 왜 이렇게 열정에 휘말려서 살아가는지 알지 못한다. 그저 열정이 있으니까 그 열정의 길을 따라 발걸음을 옮기다가 생의 종말을 맞이할 뿐이다. 참으로 무심한 세계 속에 참으로 열정적인 인간적 자질이 숨어있다는 것만큼 모순된 것이 또 있을까? 하지만 그것은 생과 존재의 적나라한 현실이다.

이런 것을 아는 김동원 시인 자신도 그 열정 때문에 이곳저곳으로 여행다닌 기록을 보이고, 늦둥이 남호를 낳아서 신비 속에서 기르고 있으며, 자연을 바라보며 알 수 없는 감탄사를 연발하기도 한다. 이것은 슬픈 일인가, 아니면 아름다운 일인가? 나는 앞에서 이런 것을 두고 '슬픈 아름다움'이란 말을 사용하였다.

우주와 그 속의 만물은 그들을 모르면서, 혹은 모르니까 살아간다는 생각을 갖고 있기 때문인지, 김동원은 절대진리와 절대자를 내새우며 모든 것을 다 안다고 하는 종교인들에게 심한 거부감을 표시한다. 전지전능이라는 말은 김동원이 우주와 만물에 대해서 갖고 있는 생각과 정반대의 자리에 있는 말이며, 그 앎을 선전하는 것 역시 진리와 지식의 위험성을 알고 있는 김동원에게 아주 큰 거부반응을 자아내는 것이다. 종교적인 문제, 특히 기독교 문제와 관련된 시편들, 예를 들면 그의 시 「김용사를 보며」 「無爲寺에서」 「불의 종교에게」 등등에 이런 내용이 들어 있다.

5. 남호는 모르기 때문에 아름답다

김동원의 이번 시집 『나무는 바람을 모르지만』 속에는 그의 늦둥이 아들 남호에 관한 시가 아주 많이 들어있다. 그의 시를 보건대 남호는 초등학교 저학년 아동인 것 같다. 그는 이 아이를 키우면서 그가 기성의 지식에 물들지 않은 진정 모르는 자로서 얼마나 감탄할 만한 많은 일들을 만들어내고 있는지에 대하여 적고 있다.

남호는, 아니 어린이는 인간세상에서 가장 순진한 존재이다. 여기서 순진하다는 것은 쓸데 없는(?) 성인의 지식에 물들지 않았다는 뜻이며, 지식의 위대성(?)을 희화화시킬 수 있는 존재라는 뜻이다. 김동원 시인이 남호의 무지에서 보는 놀라움은 너무나도 대단해서 그에 관한 모든 것들이 다 시가 되는 느낌이다. 그렇다면 무지한 남호는 어떻게 유식함을 뽐내는 어른들을 놀라게 만드는가. 잠시 시를 인용하면서 그 점을 만나보기로 한다.

남호의 질문은
科擧보다 어렵다.
나는 우유 먹고 사는데
왜 자동차는 우유 먹고 못살아,
왜 자동차는 석유밖에 못먹어.

― 「자동차와 우유」의 전문

위 시에 나타난 남호의 질문 앞에서 교수이자 아빠인 시인은 쩔쩔맨다. 그렇지만 남호의 질문은 아무 것도 모르는 자의 질문이기에 밉지 않다. 오히려 신선하다. 어쩌면 아빠는 남호의 그런 질문이 반가웠고 사랑스러웠는지 모른다. 그것은 남호가 세상의 지식을 배우고자 하기 때문이 아니라 세상의 지식을 보기 좋게 무력화시키는 역할을 했기 때문이다.

아빠이자 시인인 김동원의 남호에 대한 애정은 여기서 그치지 않는다. 남호는 모르는 사람이기 때문에 끊임없이 아는 척을 해오며 교수노릇을 해올 수밖에 없었던 시인을 즐겁게 해준다. 아직 세속의 지식체계에 길들지 않은 남호의 순수한 동심은 그에게 모르는 자의 진실을 보는 것 같아 반갑기 그지없다.

한편 동심을 가진 어린이의 세계는 아직 자아와 세계 사이의 대립과 분리가 일어나지 않은 이른바 전일성 내지 전동성(全同性)의 세계를 보여주기 때문에 어른들의 마음을 잡아당긴다. 좀 거창하게 비유하자면 미분화된 태극의 완전성을 그들은 아직도 몸속 한 가운데에 비교적 많이 품고 있는 존재라고나 할까? 전일성의 세계니 전동성의 세계니 하는 곳이 실락원에서 고단하게 살아가는 인간들의 이상향이라면, 그 이상향을 관념의 세계가 아닌 구체의 세계에서 부분적이나마 맛볼 수 있도록 해주는 것이 아이들일 터이다.

김동원 시인은 그의 시에 자주 등장하는 그의 늦둥이 남호를 통하여 그의 몸이 단절의 비극을 그런 대로 극복하고 연속의 시간을 이어갈지도 모른다는 희망을 내놓는다. 물론 그는 존재의 죽음을 그 존재 자체도 그것이 무엇인지 모르면서 맞이해야 할 불가사의한 단절의 한 지대로 생각한다. 그러면서도 그가 이러한 존재들의 가는 길을 '슬픈 아름다움'의 길로 인식하고자 하는 것은 그의 몸을 이어서, 역시 아무 것도 모르는 가운데 남호라는 그의 아들이 바톤을 이어갈 것이라고 생각하기 때문이다. 김동원은 이 점을 다음과 같이 다소 쓸쓸한 목소리로 전하고 있다.

> 사실이지 내가
> 죽은 후에도 살 수 있는 사람은
> 남호밖에 없으며,
> 그 때가 오면,
> 남호 역시 자기 자식과 함께
> 살 수밖에는 없으리라.
>
> 온갖 나무들이 썩은 다음에도
> 그 나무 열매들을 가지고
> 영원하게 사는 것같이,
> 나 역시 그러나
> 운명 같은 남호를 데리고
> 死亡 다음의 나무처럼
> 영원하게 살 수밖에는 없다.

— 「남호와 퍼즐」의 부분

지금까지의 논의에 따르면 시인은 모르기 때문에 이 세상에 태어난 것이고, 모르기 때문에 이 세상을 살아간 것이고, 모르기 때문에 남호를 낳은 것이고, 모르기 때문에 그 남호에게 마음을 빼앗긴 것이고, 모르기 때문에 남호가 그의 시간을 이어가며 살아갈 것이라고 믿어보는 것이다. 이런 것들이다 아무런 의미도 없는 무심의 우주적 과정일 터이지만, 그럼에도 불구하고 그 속에 깃든 존재의 열정을 바라보면서 시인은 앞서 말한 '슬픈 아름다움'을 느낀다.

6. 글을 마치며

김동원 시인의 시는 그만의 인간관, 존재관, 우주관이 있어서 매력적이다. 그것도 그의 이러한 관점들이 매우 냉정하고, 그 밑바탕에는 사실적인 과학자의 관찰력을 깔고 있기 때문에 더욱 신선하고 흥미롭다. 흥분하고 과장하고 우쭐대기 좋아하는 인간의 본성이자 특성을 그대로 바라보면서도, 그는 이런 것들이 외형에 지나지 않는다는 것을 알면서 그 외형의 밑바닥에 흐르는 우주와 만물의 근원적인 움직임을 차분하게 직시하고 있는 것이다. 직관이나 상상력만이 아닌, 그만의 독특한 철학을 내장시킨 채 쓰여진 김동원의 이러한 시는 존재와 우주에 대하여 형이상학적 사색을 희구하는 사람들에게 즐거운 시간을 줄 것이다.

다음으로 김동원의 시가 가진 장점은 아주 쉽고 자연스러운 어법을 택하고 있다는 점이다. 그의 시를 읽는 일은 흐르는 물길을 그대로 따라가며 그것과 몸을 섞는 일처럼 순순하다. 이 말은 그의 시가 낯익은 길로만 독자들을 안내한다는 것이 아니라 어떤 새로운 길을 안내하더라도 아주 편안하게 그리고 안정된 마음으로 그 길을 따라가게 만든다는 것이다. 때로는 동시같이 보일 만큼 그의 시에서는 정갈하고 소박한 언어, 그러나 살아있는 언어들이 행간을 메우며 움직이고 있다.

⌘

몸으로 길을 만든 시인
• 김신용 •

1. '나'라는 대지에서도 싹이 틀까

나는 이미 김신용의 시세계에 대하여 두 편의 글을 쓴 바 있다. 그 두 편의 글에서, 나는 김신용이야말로 우리 시사에서 '도시빈민의 시'라고 부를 만한 하나의 시 양식을 가장 앞선 자리에서 이룩한 사람이라는 사실과, 그의 시가 상상력의 소산이라는 말을 무색하게 할만큼 체험의 힘에 바탕을 두고 쓰여졌다는 점에 대하여 언급하였다. 김신용은 독특한 이력의 소유자이다. 그는 어린 나이에 가출하여 제대로 된 학력도 없이 부랑생활, 감옥살이, 지게꾼, 잡부, 막노동꾼 등의 최하층 밑바닥 생활을 해오다가 1988년, 그의 나이 마흔넷이 되던 해(그때까지 김신용은 독신이었다)에, 『현대시사상』을 통하여 시인으로 등단한 사람이다. 그는 등단 이후 세 권의 시집과 두 편의 장편소설을 출간하였고, 이렇게 출간된 그의 시와 소설은 '도시빈민의 문학'이라고 부를 만한, 문학의 한 양식을 확립시킴으로써, 우리 문학사를 보다 풍요롭게 만드는데 크게 기여하였다.

김신용의 두 번째 시집 『개 같은 날들의 기록』에 해설을 쓰면서 그의 시와 인연을 맺게 된 나는, 다시금 그의 세 번째 시집인 『몽유 속을 걷다』(실천문학사)의 발문을 쓰느라고 신작원고를 읽어가면서 계속하여 다음과 같은 물음을 스스로에게 던지고 있는 자신을 발견하였다. 그 물음은 '나라는 대지에 누군가 씨앗을 뿌린다면 나는 싹을 틔워 꽃을 피울 수 있을까'라는 것이었다. 곰곰이 생각해 보니, 내가 이런 물음을 스스로에게 던지면서 김신용의 신작시집 원고를 읽어간 데는 몇 가지 이유가 있는 것 같았다. 그 하나는, 김신용의 시는 첫 시집 『버려진 사람들』에서부터 세 번째 시집 『몽유 속을 걷다』에 이르기까지 불임의 자아 및 불임의 세계와 싸운 기록을 담고 있었기 때문이었다. 김신용은 철저하게 역사로부터 버림받은 인간이 되어, 어느 곳에도 씨를 뿌리고 그곳에서 꽃을 피우며 열매를 맺을 수가 없었던, '불임의 자식'이었다. 세상은 그에게 문을 열어주지 않는 장벽이자, 씨앗을 허락하지 않는 시멘트 바닥과 같았고, 그런 세계는 곧 '불임의 세계'와 다르지 않았다. 그 둘은, 나 자신, 우리의 현실 속에서 '어머니 대지'를 학대하는 근대문명사의 엄청난 흐름이 가속도를 더해가며 통제불가능한 형태로 내달리는 것을 마주하고 있기 때문이었다. 나는 이 근대문명사의 공격성과 속도 속에서 좀처럼 공들여 씨를 뿌리고 싹을 틔우며 열매를 맺는 보람과 기쁨을 찾을 수 없을 것 같은 불안감을 지울 수가 없다. 밥과 시장과 돈만이 절대적 진리가 되어버린 채 돌아가고 있는 요즘의 세상을 보고 있노라면 이제 김신용만이 아니라 우리 모두가 불임의 자식이 되어서 불임의 세계를 떠돌고 있는 느낌이다. 그 셋은, 어느새 내 몸과 마음도 시멘트처럼 딱딱해지고 시궁창처럼 탁해져서, '어머니 대지'의 기능을 완전히 상실해 버린 것이 아니냐는 자괴감을 지울 수가 없기 때문이었다. 정글의 논리가 우리를 이끌어 가고 있는 이 세계 속에서 나도 어느새 그 정글의 일원이 되어버렸거나, 그런 세계 앞에서 크게 주눅이 들어, 더 이상 푸근한 어머니 대지로서의 모습을 조금도 가지고 있지 못하다는 느낌이 덮쳐왔던 것이다. 그 넷은, 김신용의 이번 시집을 잘 읽어가다 보면 그가 얼마나 간절하게 자신의 몸 속에 자궁(대지)을 간직하여 가임(可姙)의 생명이 되고자 하는가 하는 점이 잘 드러나고 있기 때문이었다. 그는 자궁을 밖에서만 찾으려고 하지 않고, 그 스스로가 자궁을 갖고 싶어하는 사람이었다. 나는 개인적으로 요즈음 우리 시단에서 특히 남성 시인들이 자궁을 학대하던 과거의 무지한 난폭자의 모습이나 자궁을 바깥에서만 찾던 유아적 의식에서 벗어나 마침내 자궁을 스스로의 몸 안에 지녀보려고 하는 사유의 전환을 보여주는 것에 커다란 의미를 부여하고 있다. 결국 이런 이유들이 복합적으로 작용하면서 나는 '나라는 대지에 누군가 씨앗을 뿌린다면 나는 싹을 틔워 꽃을 피울 수 있을까'라는 물음을 계속하여 스스로에게 던지며 김신용의 시작품들을 읽고 말았던 것이다.

2. 상상력을 앞서는 체험, 구호를 앞서는 고백

김신용의 신작시집 원고를 읽으면서 또 하나 나의 마음을 사로잡은 것은 '문학에서 상상력을 앞지르는 것은 체험이며, 리얼리즘은 구호가 아니라 고백에서 비롯된다'는 생각이었다. 우리가 문학개론 첫 장에서 배우는 것 가운데 하나가 '상상력'이라는 말이다. 이 말을 배우면서 우리는 상상력이 문학의 요체인 것처럼 생각하고 문학 하면 곧 상상력이라는 말을 떠올리기가 쉽다. 체험은 상상력을 앞지르거나 적어도 그것과 대등한 문학의 원천임에도 불구하고, 대부분의 문학서적에서 우리는 상상력이 체험보다 강조돼 있는 것을 볼 수 있다.

김신용의 시가 독자들을 사로잡을 수 있는 까닭은 보통 사람들로서는 체험할 수 없는 세계를 그만이 체험했기 때문이다. 사실, 시를 쓸 수 없다 하더라도, 고통스러운 체험을, 그것도 김신용처럼 그 누구도 흉내내기조차 어려운 고통스러운 체험을 하지 않고 살 수 있다면, 그것이 좋은 작품을 쓰는 일보다 더 나은 삶일 수 있다. 시라고 하는 것이 독자적인 세계를 갖기 이전에 인간의 행복을 위하여 존재하는 하나의 문화양식이라면, 그것이 제아무리 훌륭한 작품이라 하더라도 한 인간의 처절한 체험까지 말끔하게 치유해 주지는 못할 것이기 때문이다. 그러나 참으로 역설적이게도 체험은 그것이 절실하고 독특한 것일수록 좋은 문학작품의 원천이 된다. 참으로 힘겹고 아픈 생애를 살아온 김신용에게 내가 들려줄 수 있는 말이 있다면, 그의 체험이 그의 문학창작의 자원이었다는 안타까운(?) 말뿐이다.

김신용은 리얼리스트이다. 그는 멜로물에서 보이는 상투적인 틀을 거부한다. 그는 사실을 말할 뿐, 그것을 선입견이나 자기 기만의 관념으로 왜곡시키지 않는다. 어찌 보면 김신용의 시는 그 소재상 지난 시대의 민중시와 유사하다는 느낌을 준다. 하지만 밑바닥의 소외받은 사람들을 관심권으로 끌어들였다는 점에서는 민중시와 유사성을 갖고 있다 해도, 민중을 바라보는 시각에서는 전혀 다르다. 그는 자기 자신을 포함한 밑바닥의 소외계층을 형상화하면서 솔직한 고백의 방법을 사용하기 때문이다.

나는 우리 시단의 시를 보면서 한 가지 아쉬운 느낌을 갖고 있다. 그것은 우리의 시인들이 좀더 솔직해졌으면 하는 아쉬움이다. 그런데 솔직해지기 위해서는 용기가 있어야 하고, 이와 더불어 자신을 객관화시키고 투시할 수 있는 능력이 있어야 한다. 결국 하나는 용기의 문제이고 다른 하나는 능력의 문제이다. 좋은 체험이 있음에도 불구하고 시가 성공하지 못하는 이유는 그 시인이 솔직하게 자신을 고백하듯 드러내는 용기와 능력이 부족한 데 있음을 종종 보게 된다. 이런 점에서 볼 때, 김신용은 솔직할 수 있는 용기와 능력을 갖춘 시인이다. 그는 자신의 모든 밑바닥 체험과 그런 체험을 하는 동안 자신의 몸과 마음속에 깃들었던 생각과 느낌들을 고백하듯 드러내고 있다. 뿐만 아니라 자칫하면 그와 같은 체험 앞에서 자기 연민과 자기 합리화에 빠지기 쉬운 위험을 잘 극복하고 있다. 따라서 김신용의 시를 읽으면서 우리는 그의 고달픈 체험을 마주하면서도 감상적인 눈물을 흘리기보다 생의 진실을 만난 듯한 깨달음의 순간을 경험한다.

나는 리얼리스트가 되기 위한 첫째 조건은 세계를 상상하거나 재단하기 이전에, 그리고 구호에 가까운 당위성을 주장하기 이전에, 그만이 체험한 절실한 세계를 가장 사실적으로 고백할 수 있는 용기와 능력을 갖추는 데 있다고 생각한다. 김신용의 시를 읽으면서 그의 시에 빠져드는 이유 가운데 하나는, 그가 세계와 역사의 당위성을 이야기하기 때문도 아니며, 세계의 총체성을 운운하기 때문도 아니며, 다만 자신의 일기장을 공개하듯 체험한 세계를 솔직하게 사실적으로 고백하고 있기 때문이다. 나는 여기서 좀 비약하여 다음과 같은 말을 해본다. 진정 시를 쓰고자 한다면 맨 먼저 고백에 가깝도록 솔직해질 수 있는 용기와 능력이 있는가 따져보는 일이 선행되어야 한다고……. 물론 고백의 힘만으로 시가 완성될 수 있는 것은 아니다.

김신용은 지금 서울을 떠나 남쪽의 한 섬에 가서 살고 있다. 나는 그가 섬에 가서 어떻게 살고 있는지, 왜 섬으로 갔는지 잘 모른다. 얼마 전 한 문학지의 짧은 지면을 통해 그가 남쪽의 섬으로 가서 살고 있다는 소식을 접했을 뿐이다. 나는 한 사람의 시 평론가로서 그가 남쪽 섬에 가서 살며 어떤 시를 쓸 것인가에 관심을 가질 수밖에 없다. 그런데 이번 시집 속의 작품 중, 남쪽 섬의 냄새가 나는 몇 편의 시들을 보니 그의 섬생활은 낭만주의자나 이상주의자 더 나아가 환상주의자의 그것이 아니라 여전히 차분하고 냉정하기 그지없는 리얼리스트로서 택한 삶이라는 게 엿보인다. 우리들은 때로 '그 섬에 가고 싶다'고 꿈을 꾸지만, 섬생활이 근본적으로 인간을 구원해 주지는 않을 것이다. 김신용은 그것을 아는 것 같다. 그는 생의 밑바닥을 본 사람이기 때문이다. 그렇다고 해서 그가 섬생활을 하며 이전보다 더 힘들어하지도 않을 것 같다. 역시 그는 밑바닥 생활을 견딘 사람이기 때문이다. 나는 이번 시집의 맨 앞에 수록된 그의 시 「몽유 속을 걷다」를 보면서 이런 짐작을 혼자서 해본다. 구체적으로 그가 이 작품에서 "닭털 날개를 달고 반가사유상 같은 표정으로 몽유도원 같은 도시에서 푸드득대는 인간"의 모습을 말한 데서 나는 이런 짐작을 한다.

3. 언뜻언뜻 보이는 생명의 기운

나는 김신용의 최근 시에서 보이는 생명의 작은 기운을 소중하게 생각한다. 어둡기만 했던 그의 시에, 불모의 사막과 같았던 그의 마음 속에, 어떤 빛과 생명의 숨소리가 언뜻언뜻 스미는 것을 볼 수 있다. 아무래도 이것은 김신용이 자기 자신과, 그리고 이 세계(우주)와 숨길을 트고 있다는 조그마한 증거로 보이기 때문이다.

김신용은 몸으로 길을 만든 시인이다. 그가 만든 길에 생명의 기운이 감돌기 시작한다는 것은 그 길이 살아난다는 것을 의미하는 것이리라.

⌘

인생이란 춤은 왜 이리 무겁고 지루할까
·김영근·

1. 글을 시작하며

인간이 육체를 갖고 이 세상에 하나의 생물로 태어났다는 것은 이미 그 자체가 생물학적 조건 속에 갇혀서 살아야 한다는 뜻을 내포하고 있다. 또한 인간이 하나의 고립된 자아를 넘어 타인을 의식하는 가운데 사회적 존재가 되거나 역사적 존재가 되어 살아갈 수밖에 없다는 것 역시 그 자체가 이미 사회학적, 역사학적 조건 속에 갇혀서 살아야 한다는 뜻을 내포하고 있다. 그뿐인가. 인간이 이 우주 아래서 혹은 이 우주 속에서 무수한 타존재와 관계를 맺고 있다는 것은 인간이야말로 우주적 조건 속에 갇혀서 살아갈 수밖에 없다는 뜻을 내포하고 있다. 나는 여기서 그치지 않고 한 가지 사실을 더 말하기로 한다. 인간이 시간과 공간을 의식하며 살아가는 존재인 한, 인간은 이미 시간과 공간 속에 갇혀 있는 존재에 불과하며, 인간이 정신과 영혼을 간직하고 살아가는 존재인 한, 역시 인간이란 운명적으로 그 정신과 영혼 속에 갇혀 있는 존재에 다름아니라는 것이다. 이렇게 우리는 꼼짝달싹할 수 없을 만큼 수없이 많은 겹겹의 장막 속에 갇히고 또 갇혀서 살아갈 운명을 처음부터 지니고 이 땅에 태어난 존재인지도 모른다. 그것은 행운인가, 비극인가? 쉽게 단정짓기는 어려운 문제이다.

그렇다면 인간이 이 땅에 태어났다는 말은 이 땅에 갇히기 시작했다는 말과 다르지 않은 것인가? 그렇다고 대답해도 크게 틀리지는 않을 것 같다. 그러므로 우리들의 전생애는 한편으로 갇힌 이 세계에 적응하기 위한 노력으로 이루어진다고 말할 수 있으며, 다른 한편으론 그 갇힌 세계를 넘어서기 위한 노력으로 이루어진다고 말할 수 있다. 그런데 이 갇힌 세계에 적응하는 일도 쉽지 않지만, 그 갇힌 세계를 넘어서고자 하는 일 또한 쉽지 않다. 이렇게 쉽지 않은 두 가지 일 사이에 우리들의 생애가 놓여 있다. 하지만 이렇게 쉽지 않은 두 가지 일을 하는 사이에서 우리의 인생은 살아있음을 입증한다.

어쨌든 이왕에 이런 조건을 타고난 것이 인간일진대, 갇혀버린 이 세계에 우리 모두가 잘 적응하며 살 수 있다면 얼마나 좋을까. 우리는 특별히 이런 세계에 잘 적응한 사람들을 가리켜 성공한(?) 사람들이라고, 적응력이 강한(?) 사람들이라고 불러도 좋을 것이다. 그렇지 않다면 상대적으로 이 갇힌 세계를 잘 넘어설 수 있을 경우, 그것 또한 얼마나 좋을까, 라고 생각해볼 수 있다. 역시 특별히 그런 사람들이 있다면 우리는 그들을 가리켜 성공한(?) 사람들이라고, 용기있는(?) 사람들이라고 칭송의 말을 아끼지 않을 수 있을 것이다. 그러나 우리들 가운데 진정 성공한 사람, 강한 사람, 용기 있는 사람들이라고 불릴 만한 자가 얼마나 될까? 그만큼 이 세계에 완벽하게 갇히기도, 또 그 세계를 완벽하게 넘어서기도 어려운 일이다. 그러고 보면 대부분의 사람들이야말로 갇힌 세계의 안쪽과 바깥쪽 사이에서 시도 때도 없이 갈팡질팡하는 가운데 자신의 인생을 탕진(?)하고 있다는 것인가, 아니면 자신의 인생을 창조(?) 하고 있다는 것인가? 그것도 저것도 아니라면 아예 인생 자체를 의식하거나 자각하지 않고 무작정 살아간다는 것인가?

김영근의 시집 『행복한 감옥』(시와반시사)의 해설을 이러한 말로부터 시작하는 까닭은 그의 세계인식이, 아니 자아인식이, 위와 같은 물음을 핵심에 두고 이루어졌다는 판단 때문이다. 그는 '나야말로 갇힌 존재다'라고 곳곳에서 반복하여 역설한다. 이 말은 '나야말로 갇힌 곳에서 벗어나고 싶은 존재다'라는 뜻을 담고 있다. 나는 여기서 그가 부르는 '나'를 '우리'로 그리고 '인간'으로 치환해서 읽기도 한다. 하지만 그는 벗어날 비상구를 찾지 못한다. 그러나 이 말은 조금 수정되어야 한다. 그는 벗어날 비상구가 있다고 믿지 않을 만한 수준(?)에 와 있다. 그만큼 그는 불순(?)하다. 아니다. 그만큼 그는 순진(?)하고 고지식(?)하다. 다시 말하면 김영근은 불순하다고 표현해야 마땅할 만큼 자아와 세계를 깊이 알아버렸고, 순진하며 고지식하다고 말을 해야 할 만큼 자아와 세계의 어느 쪽과도 쉽게 타협하지 못하는 자이다.

그런데 말이다. 감옥 속에서도 세월은 가듯, 갇힌 존재들을 가득 태우고 있는 이 세계라는 감옥 속에서도 세월은 간다. 무기징역을 선고받은 자가 감옥 속에서 나와 보니 이미 돌이킬 수 없는 자리에 서 있듯, 이 세계라는 감옥 속에 갇힌 줄도 모르고 무작정 달려오다 문득 시계를 들여다보는 우리들 또한 이미 돌이킬 수 없을 만큼 너무나 멀리 와 있음을 느낄 때가 허다하다. 세월이라는 존재는 너무나도 냉정하고 차분해서 누구든지 그 흐름 위에 싣고 간다. 그러고 보면 세월이라는 존재의 다른 이름인 시간만큼 가혹한 감옥도 따로 없지 않은 게 아닌가 생각된다.

김영근은 이런 자기인식과 세계인식 속에서 그래도 그만의 호기를 부리며 말한다. 아니 오랜 동안의 숙고 끝에 그만의 지혜를 발휘해서 말한다. 그것은 바로 산다는 것이 "두렵지 않아 / 어지러울 뿐이야"라는 말이다. 이 말이 나오는 그의 작품은 「저녁은 저무는 것이 아니고,」인데, 이 작품으로부터 그의 호기와 지혜가 섞인 이 말을 들었을 때, 나는 일면 동감의 무릎을 치지 않을 수 없었다. 그러면서 다시 그와 목소리를 합하여 말하게 되었다. 그래, 감옥 같은 세계에서 살아가는 것이 너와 나의 생일지라도 우리는 두렵지 않아, 다만 어지러울 뿐이야, 라고 말이다.

2. 희망의 자리에 습관이 들어서고

우리를 끝까지 살게 하는 힘은 도대체 무엇일까? 생물학적인 시간의 끝에 도달한 자리에서도 우리로 하여금 그 너머의 시간을 꿈꾸며 생의 시간을 연장하려고 발버둥치게 만드는 힘은 도대체 어디서 나오는 것일까?

정말로 놀랍지 않은가! 매일밤 피로에 지친 몸으로 세상을 한탄하며 잠자리에 들면서도 그 다음날 아침이 되면 새롭게 눈을 뜨고 두 손을 불끈 쥔 채 생의 현장으로 나서는 우리들이…… 정말로 불가사의하지 않은가! 누구나 시간의 어느 지점에 다다르면 비극적인 종말을 맞이한다는 것이 진리임에도 불구하고 밤마다 수없이 많은 생명들이 잉태되고 있다는 사실이……. 정말로 다행스럽지 않은가! 희망이란 이름을 아름답게 채색해서 가르쳐준 우리들의 선배와 우리들의 세상이……. 정말로 고맙지 않은가! 아름답게 채색된 희망이란 이름 앞에서 대책없이 붙들리고 마는 우리들의 어리숙한 심성이…….

그렇다면 우리들을 끝까지 살게 하는 힘은 희망이란 이름 앞에서 대책 없이 붙들리고 마는 우리들의 어리숙한 심성 때문이라고 말해도 좋을까? 그렇지 않다면 희망을 재생산해내는 유전인자가 우리들의 몸 속에 애초부터 강력하게 숨어 있기 때문이라고 말해도 좋을까? 또 다시 다른 말을 더 보태자면 희망이란 이름을 창출해내는 삶의 본능이야말로 절망을 몰고오는 죽음의 본능을 압도하고도 남을 만큼 집요하고 교활하기 때문이라고 말해도 좋을까? 여러 가지 추측이 가능할 것이다.

김영근은 이런 '희망'에 대하여 의심하고 회의한다. 그는 희망이란 존재를 줄곧 감시하고 주시하고 분석하면서 그 실체가 무엇인지를 밝혀내고 싶어한다. 그가 단순한 사람이 되어 희망이라는 열차를 신나게 타고 날마다 새로운 생의 현장으로 돌진할 수 있다면 그는 물론 그를 바라보는 사람 또한 얼마나 편안할까? 그러나 그는 시인이다. 그것도 그는 희망까지 회의하는 시인이다. 그는 표면의 안쪽에 숨어 있는, 판도라의 상자 속처럼 열어봐서는 안될 어둠의 심연까지 보고자 하는 시인이며, 회의해서는 안될 생의 규범들까지 뒤흔들어보고자 하는 시인이다. 그는 우리가 존재의 표면을 뒤집어놓고 그 속에 뿌리내린 어둠의 심연을 보고자 하는 순간 그 어둠의 심연이 먼저 우리를 먼저 집어삼킬지도 모른다는 사실을 알기나 하고서 그러는 것인가? 또한 우리가 생의 오래된 규범들을 회의하며 흔들고자 한다면 그 생의 규범들이 먼저 엄청난 힘을 발산하며 그런 우리를 정신없이 흔들어 버린다는 것을 역시 알기나 하고서 그러는 것인가?

그러나 이것은 문제가 되지 않는다. 그는 이미 희망에 대해, 세상의 규범에 대해 회의하기 시작하였고, 그들의 뒤에 숨어 있는 그림자를 보고자 하였다. 한 번 회의하는 길을 발견한 사람은, 그리고 존재의 그림자를 보고자 한 사람은 그 회의의 길과 그림자의 마력권에서 헤어나는 것이 불가능한 일인지도 모른다. 그런 점에서 회의하는 사람들과, 존재의 그림자를 훔쳐보려고 내면의 실눈을 뜨는 사람들은, 어쩌면 저주받은 존재들인지도 모를 일이다. 그것은 그들이 갇힌 세계에 반항하는 대가이다.

앞에서도 말했듯이 김영근은 희망을 믿을 만큼 단순하지 않다. 그리고 젊지도 않다. 그는 이미 삶에 대해 너무 많이 알아버렸다. 이게 문제이다. 그를 설레게 만들 만큼 새로운 것은 이제 이 세상에 그리 많지 않다. 그는 희망이란 존재가 허구임을, 그것은 어느 순간에도 오리발을 내밀며 다른 소리로 변명하는 존재임을, 잘 알고 있다. 그래도 보통 사람들을 끝까지 살게 하는 것은 이 희망이란 존재임을 부정할 수 없다. 허구가 현실보다 더 강력하게 현실적일 때가, 오지 않은 미래가 와 있는 현재보다 더욱 강력하게 현재적일 때가 있음을 많은 사람들은 알고 있을 것이다.

이런 김영근은 '희망'을 버리고 대신 '습관'의 힘에 기대어 살아간다. 그러므로 그를 아이처럼 기쁘게 만드는 것은 더 이상 없다. 그는 낭만주의자나 이상주의자가 늘상 품고 사는, 두근대는 심장을 간직하고 있지 않다. 그의 심장은 차분하다 못해 차갑기까지 하다. 하지만 실제로 습관의 힘은 얼마나 강력하고 그 속성은 얼마나 질긴가? 우리가 끝까지 살아낼 수 있는 것은, 더 나아가 끝이 보이는 지점에서도 포기하지 않는 것은 이 습관의 힘과 속성 때문이라고 말해도 크게 틀리지 않을 것이다. 이런 시선을 견지하다보면 습관이야말로 희망보다 윗길의 것인지도 모른다고 말하는 게 가능할 것이다.

그는 작품 「편안한 감옥」의 한 연에서 다음과 같이 그가 익힌 습관에 대해 말한다.

— 「편안한 감옥」의 부분

나는 위 인용 부분 가운데서 "더 이상 희망은 아니지만 / 버릴 수 없으므로 습관처럼 숟가락을 쥐어주고 / 밥을 먹인다"는 구절에 눈길을 모은다. 그것은 바로 희망과 습관, 더 나아가 자아와 세계에 대한 김영근의 자세가 어떤 것인지를 명료하게 보여주는 부분이기 때문이다. 그가 말한 것처럼 그는 더 이상 희망이라고 말하거나 그것을 믿지 않는다. 그렇지만 그는 습관의 힘으로 숟가락을 들고 밥을 먹으며 세상 속으로 발걸음을 옮긴다.

그렇다고 해서 그가 애초부터 희망을 전적으로 불신한 사람은 아니다. 그가 「이사(移徙)」라는 작품의 한 구절에서 말하듯이 그 역시 "한 줌의 집착과 희망을 위해 달렸왔다"고 고백할 수밖에 없는 사람이다. 그리고 또한 작품 「바람 보고 웃다」에서처럼 "팔을 벌리고 스쳐가는 것을 잡으려 애쓰는 동안 / 키가 다 자랐다"고 고백할 수밖에 없을 만큼 무엇인가를 잡으려고 애를 써온 사람이다. 더 나아가 무엇인가가 잡힐 것이라 믿으며 달려온 사람이다. 희망과 집착이 이음동의어와 같은 것이라면 그도 역시 이 세속에서 희망과 집착의 문법을 배우고 그가 배운 바에 따라 이 희망과 집착의 힘에 이끌리며 적지 않은 시간을 살아온 사람이다. 이것은 얼마나 인간적인 광경인가! 희망과 집착으로부터 희롱을 당해보지 않은 사람이 누가 있겠는가 말이다. 달리 말하여, 희망과 집착을 희롱해보지 않은 사람이 누가 있겠는가 말이다. 그런 점에서 희망(집착)과 우리는 공범관계이다.

다시 앞의 이야기로 돌아가보자. 김영근은 희망 대신 습관의 힘을 말하는 사람이다. 이런 김영근의 마음 속에는 희망의 또 다른 이름인 꿈을 부정하고 싶은 생각이 자주 일어난다. 이런 사실을 입증이라도 하듯이 그는 작품 「사하라」에서 "어이, 키 작은 민들레 / 넌 왜 쓸데없이 꿈을 꾸니 / 그 꿈으로 걸어온 게 겨우 여기까지니?"라고 야유조의 시선을 보내고 있으며, 작품 「이른 봄」에서는 "아직도 차가운 봄바람의 갈피 속 / 연두빛 씨앗이 옹알이는 / 꿈을 꾸는 것일까 깨는 것일까"라는 말로 꿈에 대해 의심스러운 시선을 보내고 있다.

비록 희망과 집착을 키울 때만큼 대단한 열정은 없어도, 습관의 힘만으로도 나날은 무리없이 흘러간다. 습관만큼 무서운 것도 따로 없어서 봄이 되면 목련은 피고, 가을이 되면 사과는 붉게 익는다. 그 습관의 힘으로 가뭄이 든 여름의 논바닥에서도 벼꽃이 자지러지는 표정으로 피고 그 아래서는 뿌리가 길을 찾는다.

생에 담긴 습관의 힘을 안 사람은 그래서 희망과 집착만의 힘만을 아는 사람보다 조금 더 담담하다.

3. 퇴로는 없고, 떠나야 할 길만이

김영근은 그의 생에 '퇴로'는 없다는 것을 안다. 이것은 그가 시간의 속성을 알고 있다는 뜻이다. 그리고 한 생물의 운명을 안다는 뜻이다. 이런 사실은 그가 길을 떠나는 데 전제가 된다. 사실 되돌아갈 길이 있다면 얼마나 좋을까? 그러나 같은 강물에 또다시 손을 씻는 것이 불가능하다는 말처럼, 시간도 흐르고 세월도 흐르고 우주도 흐르고, 그 속의 인생도 흐른다. 그래서 가장 확실한 것은 모든 존재가 끊임없이 다른 모양을 하고 흐른다는 점과, 그 흐름 위에는 퇴로가 없다는 사실이다.

그렇다면 끝없는 흐름 위에서 우리에게 되돌아갈 퇴로가 존재하지 않을 때, 우리가 선택할 수 있는 방법은 딱 한 가지이다. 그것은 말할 것도 없이 앞으로 가는 진전 혹은 전진의 길을 가는 것이다. 끊임없이 우리는 내일 속으로 들어갈 뿐인 것이다. 내일이 어떤 모양을 하고 있는지 알 수 없어도, 우리가 그곳을 향해 갈 수밖에 없다는 것이다. 이것이 흐름의 길 위에 서있는 인간의(존재의) 운명이다.

이런 사실을 인식하고 있는 김영근에게 문제가 되는 것은, 나는(우리는) '어떻게' 가고 있는가, 하는 점과, '어떻게' 가야 하는가, 하는 점, 그리고 '어디로' 가고 있으며 '어디로' 가야 하는가, 하는 점이다. 이미 희망 대신 습관을 읽고 받아들인 김영근의 시선에, 길을 가는 자신의 모습은 물론, 그가 가고 있는 길의 모습 또한 그렇게 생기 넘치는 표정을 하고 있지는 못하다. 그러면 구체적으로 그가 본 길 위의 사람들과 길의 표정은 어떤 것일까?

> *젖은 몸들 앞만 보고 걸어나간다*
> *반야봉 너머는 무엇이 있는지*
> *[……]*
> *빗소리 묻은 마음도 하나 결사적이다*
> *퇴로도 없는데*
> *시간은 너무 쉽게 달아났으므로*
> *반야봉도 노고단도 흔적없이 지워지고*
> *쩔뚝이는 빗줄기들 지워진 길 따라*
> *해지는 쪽으로 해지는 쪽으로 무리지어 건너간다*

— 「*건너간다*」의 부분

김영근에게 길을 가는 사람들은 "젖은 몸들"로 보인다. "젖은 몸들"이란 '젖은 사람들'이다. 젖었다는 것은 무슨 뜻일까? 꿈을, 희망을, 날개를 더 이상 보지 못한다는 뜻이다. 혹은 그것들이 더 이상 보이지 않는다는 뜻이다. 김영근은 이런 것을 위의 인용 부분에서 "반야봉도 노고단도 흔적없이 지워"졌다고 표현한 것 같다. 그렇지만 퇴로가 없는 한, 반야봉과 노고단으로 표상되는 희망의 푯대가 보이지 않는다 하더라도 젖은 몸을 이끌고 앞으로 계속하여 발걸음을 옮기는 수밖에 없다. 김영근은 이런 사람들의 모습을 "젖은 몸들 앞만 보고 걸어나간다"라는 말로 표현하였다. 김영근이 "젖은 몸들"이라고 표현했던 사람들은 위 인용 부분의 아래쪽에서 "쩔뚝이는 빗줄기들"로 변용된다. 그런데 문제는 "쩔뚝이는 빗줄기들"로 변용된 "젖은 몸들",

곧 "젖은 사람들"이 "해지는 쪽으로 해지는 쪽으로 무리지어 건너간다"는 사실에 있다. 김영근이 여기서 말하는 "해지는 쪽"이란 말할 것도 없이 소멸의 자리요, 조락의 자리요, 체념의 자리요, 하강의 자리요, 어둠이 가까워지는 자리이다. 그렇다고 해서 앞으로 가는 발길을 멈출 수는 없는 것, 그들이 내디디는 발길은 습관과 같이 몸에 붙어서 떨어지지 않는 것이다. 이 관성과도 같은 발길의 행로는 마치 아침의 태양이 결국은 해지는 어둠 속으로 자신의 몸이 기울고 마는 것을 매일 체험하면서도 다시 아침이 되면 또다시 그곳을 향해 몸을 이끌고 떠나는 것과 같다.

이렇게 젖은 몸들이 떼어놓는 발걸음은 무겁다. 김영근은 이런 사실을 그의 작품 「배고픔」에서 "엑셀레이터를 밟아도 차가 나가질 않는다"고 비유적으로 표현했다. 그리고 이어서 "차오르는 숨결만 웽웽거린다"고 말했다. 김영근은 이런 젖은 사람들의 삶을 또다시 "춤이 왜 이리 무겁고 지리할까"라는 말로 비유해서 표현하였다. 인생의 발걸음을 옮겨놓는 것, 아니 인생자체가 춤이라면, 젖은 몸을 이끌고 퇴로도 없이 앞으로 나아가야만 하는 그 춤이야말로 얼마나 무겁고 지리할까? 그렇더라도 그 무겁고 지루한 춤을 '무작정' 출 수밖에 없다는 것, 그것이 바로 김영근이 파악한 인생의 실상이다.

그런데 문제는 여기서 멈추지 않는다. 그렇게 추는 무겁고 지루한 춤조차 보아주는 이 없는 혼자만의 고독한 춤이기 때문이다. 김영근은 이 사실을 같은 작품 「배고픔」의 뒷부분에서 "질주하는 차들을 향해 혼신의 춤을 추지만 아무도 거들떠보질 않는다 터벅터벅 길을 따라 걸어나간다"라는 말로 표현하였다. 그렇다면, 결국 아무도 보는 사람 없이, 홀로, 젖은 몸을 한 채, 퇴로 없는 갇힌 길 위에서, 무작정 앞만 바라보며, 무겁고 지루한 춤을 추다가, 길의 어느 지점에서 춤추기를 멈추며 인생을 마감하는 것, 그것이 우리들의 삶이라고 그는 인식하고 있는 것인가? 그의 소망은 그렇게 인식하고 싶지 않겠으나, 그가 본 현실은 이와 같다고 그는 자인하는 것 같다.

이런 자아인식과 삶의 인식 앞에서, 김영근은 무수한 감정의 파도에 휩쓸린다. 그는 때로 몸서리치고, 때로 욕지기를 하고, 때로 치욕을 느끼고, 때로 환멸을 체험하며, 때로 무력감을 느끼고, 때로 냉소를 쏟아내고, 때로 현기증을 느낀다. 이 이외에도 김영근의 감정은 무수한 다른 감정들로 일렁인다.

하지만 한 가지 분명한 사실은 "아무리 뛰어도 제자리지만"(「런닝머신은 둥글다」) 이미 그와 우리는 "런닝머신" 위에 올라가 있다는 점이다. 이것은 우리가 달리지 않으면 넘어지게 돼 있다는 뜻이다. 그러므로 가기 싫어도 밀려가야 한다는 뜻이다. 김영근은 이 사실을 바로 앞의 인용문이 들어 있는 같은 작품 「런닝머신은 둥글다」에서 다음과 같이 전해주고 있다.

> 나를 가두는 것은 둥글다
> 타고 올라도 미끄러져 탈진하는
> 이끼낀 시간의 푸르고 부드러운 눈매
> 열 시가 햇살을 물어다 꽃병에 꽂을 때
> 적들을 위해 현기증을 무릅쓰고
> 나는 런닝머신 위를 열심히 달리고 있었다
>
> — 「런닝머신은 둥글다」의 부분

나는 위 인용시에서 두 가지 표현에 주목한다. 그 하나는 "현기증을 무릅쓰고 / 나는 런닝머신 위를 열심히 달리고 있었다"는 표현이다. 이것은 앞에서 언급했듯이 우리가 퇴로 없는 길 위에서 관성에 지배당한 사람들처럼 달리고 있다는 것을 말해주는 내용이다. 다른 하나는 "타고 올라도 미끄러져 탈진하는 / 이끼낀 시간의 푸르고 부드러운 눈매"라는 표현이다. 이 표현은 김영근의 시간관을, 그가 달리는 길의 속성을 알려주는 내용이다. "타고 올라도 미끄러져 탈진하는" 시간이란 우리를 얼마나 참혹하게 만드는가! 하지만 다시 우리가 런닝머신 위를 달려야 하는 것처럼, 비록 미끄러져 탈진한다 하더라도, 더 나아가 미끄러져 탈진하는 것이 길의 종착점에서 맞이할 우리들의 운명이라 할지라도, 다시 더 나아가 그것을 미리부터 알고 있다 하더라도, 우리는 태어나는 순간부터 그날이 오기까지 그 시간의 길 위를 달릴 수밖에 없다. 그런데 그 시간이란 길은 김영근이 표현했듯이 "푸르고 부드러운 눈매"를 가졌다. 우리는 시간이란 길의 이 속성 앞에서 깜짝깜짝 속을 수밖에 없다. 하지만 속는 자에게 복이 있나니, 속는 순간에 복이 오나니……. 이런 역설도 가능할 것이다.

그러나 김영근은 그 시간의 "푸르고 부드러운 눈매"가 유혹임을 안다. 그런 점에서 그는 복을 부르지 못하는 사람이다. 그것이 비록 환각과 같은 복일지라도……. 그의 작품 「아카시아, 11월」을 보라. 그는 여기서 시간의 그 "푸르고 부드러운 눈매"가 어떤 함정을 숨기고 있는지에 대해 말하고 있다. 그는 계절의 흐름에 따른 아카시아 이파리의 변화를 보면서 그 마지막은 결국 "色이 色을 따라가다 / 무한 허공, 마른 이파리 바람에 흐느끼"는 표정이라고 단정짓는다. 결국 시간의 그 "푸르고 부드러운 눈매"에 속아 따라가다 보면 그 끝에서 만나는 것은 "무한 허공"이란 뜻이다. 그것을 구체적인 표현으로 나타내면 "마른 이파리 바람에 흐느끼"는 표정이란 것이다.

하지만 어쩌겠는가! "우산에 얼굴을 가린 채 / 사람들 한없이 밀려가고 있"(「구름에게 묻다」에서)는 것처럼, 그도, 또 나도, 미리 "무한 허공"을 불러들일 능력이 없는 한, 그 "무한 허공"에 다다를 때까지, 무겁고 지루한 춤이지만 그 춤을 끝까지 출 수밖에…….

4. 타락 아닌 수락을 도모하며

엄격한 자의식 속에서 살아가는 사람의 자화상은 그 자신에게조차 낯선 타인처럼 보일 때가 많다. 뿐만 아니라 그 자화상 앞에서 절망에 가까운 심정을 느낄 때도 많다. 이런 일이 일어난다는 것은 한 사람이 자신에 대한 지적 태도를 견지했다는 징표이면서 동시에 지극히 높은 자아존중감과 자기애를 갖고 있다는 반증일 수 있다.

김영근의 시집 『행복한 감옥』에 수록된 시들을 읽어가며 그 이면을 들여다보면 앞서 방금 말한 바와 같은 점들이 느낌으로 다가온다. 다시 말하면 김영근은 자신을 지적으로 분석하는 사람이라는 느낌과, 자신의 삶을 매우 아끼고 싶어하는 사람이라는 느낌이다. 그러나 엄격한 자의식을 갖고 지적 태도를 유지하는 사람의 눈에 비친 자화상은 쉽사리 그 주인공을 만족시킬 수 없다는 것이 매우 자명하다. 이런 태도는 이미 자기동일성을 파괴하는 일이요, 감상적인 자기애를 거부하는 일이기 때문이다.

그래서 김영근은 늘상 아프다. 그의 작품「옆구리가 아프다」는 이 사실을 가장 잘 드러내준다. 그는 이 작품의 곳곳에서 "옆구리가 아프다"고 말한다. 이 말은 그의 몸과 마음이 아프다는 뜻이다. 특히 마음이 아프다는 뜻이다. 이 작품에서 그가 전해주는 말을 조금 더 자세히 들어보기로 하자. 그는 이 작품에서 다음과 같이 말하고 있다.

> * 옆구리가 아프다 누군가 묶인 나를 창으로 찔렀기 때문이다 누가 언제 찔렀는
>   지 기억은 없다

> * 옆구리가 아프다 언젠가 옆구리를 찔렸다는 느낌, 지울 수가 없다 잠도 오지
>   않아 서 노트북을 켜려는데 옆구리 때문인지 컴퓨터 작동 방법이 하나도 생각
>   나질 않는다

> * 옆구리만 아프다 예수 생각이 지나갔지만 그건 아니고 패륜으로 얼룩진 전생
>   의 누구에게 찔린 것 같아 가슴 어둡다 잠은 오지 않고 주위를 더듬어도 아무
>   도 없는 깜깜한 밤중, 이불을 뒤집어쓰고 끙끙거리고 있다

그는 옆구리가 아프다고 고백한다. 그런데 그의 옆구리가 아픈 것은 누군가가 그를 찔렀기 때문인 것 같다고 한다. 그러나 이것은 짐작일 뿐 그는 누가 언제 어디서 왜 그를 찔렀는지 기억해내지 못한다. 다만 분명한 것은 그의 옆구리가 아프다는 사실과 그 사실 때문에 끙끙거리며 앓고 있다는 점이다. 여기서 그가 아픈 곳은 옆구리이든 발바닥이든 상관 없다. 중요한 것은 그가 '아프다'는 사실이다. 누가 그를 찔렀는가도 중요하지 않다. 진정 중요한 것은 그가 '찔렸다'는 느낌을 갖고 있다는 사실이다. 생각하건대 그를 찌른 자는 세상일 수도 있고, 자기 자신일 수도 있다. 어쩌면 이 두 존재 모두가 그를 찌른 자들이라고 말하는 게 옳을 것이다.

다시 이야기를 인용 부분 앞의 내용과 연결시켜 이끌어 나아가자면, 그가 아픈 것은 엄격한 자의식과 지적 자기분석 때문이다. 더 나아가 엄격하고도 지적인 세계인식과 세계분석 때문이다. 그는 생각하는 자아와 생각되어지는

자아 사이에서, 역시 생각하는 자아와 인식된 세계 사이에서 무수한 거리를 느끼고 그 거리로 인해 갈등과 아픔을 느낀다. 생각하는 자아는 생각되어지는 자아에게 너그럽지 않다. 마찬가지로 생각되어진 자아 역시 생각하는 자아에게 너그럽지 않다. 이 논리는 생각하는 자아와 생각되어지는 세계 사이에서도 마찬가지인지라 자아는 세계에 대해 너그럽지 않고 세계는 자아에 대해 또한 너그럽지 않다. 따라서 이들 사이에 동일성의 순간이 찾아오기란 지극히 어렵다.

앞의 인용부분에서 보았듯이 김영근은 이렇게 아픈 자신의 실상을 직시하며 혹시 자기 자신이 예수와 같은 존재가 아닌가 하고 순간적으로 생각한다. 그가 예수라면 그의 아픔은 자아와 세계를 구원하는 아픔으로 승화될 수 있기 때문에 이미 인간적인 차원의 아픔을 넘어서게 될 것이다. 그러나 그는 곧 이것이 얼마나 주제넘은 생각이고 위험한 생각인가를 안다. 그는 얼른 그의 몸 속을 파고들었던 헛된(?) 생각을 망상으로 생각하고 멀리 돌려보낸다. 엄격한 그의 자기분석은 돈키호테처럼 그를 영웅으로 부상시키는 것을 허락할 수 없기 때문이다. 아예 그가 자신의 아픔 앞에서 대속적인 영웅의 표정을 지을 수 있을 만큼 무모하다면 얼마나 마음 편할까? 하기야 이렇게 무모한 사람이라면 무엇하러 시를 쓰겠다고 밤을 하얗게 지새우겠는가. 그리고 이불을 뒤집어 쓴 채 끙끙거리며 앓겠는가.

옆구리는 계속 아프지만 그렇다고 종말을 인위적으로 앞당길 수 있을 만큼 그는 용감하지도 못하다. 가끔 그런 생각을 해보기도 하지만, 그것은 찰나에 스치는 생각으로 끝날 뿐이다. 그러니 그는 살아야 한다. 저 앞장에서 말한 바를 빌려와 다시 표현해본다면 퇴로 없는 길 위를 걸어가야 한다.

그것은 그가 타락할 만큼 용기가 없기 때문이다. 아예 자신을 통째로 부정할 만큼 무서운 모험을 감행할 수 없기 때문이다. 자신이 갇힌 것을 알면서도 갇혀 있을 수밖에 없음을 수락해야 하기 때문이다. 세상이 그를 찔렀든, 그 자신이 스스로를 찔렀든, 세월이 그를 찔렀든 간에 이 모두를 매섭게 처벌할 만큼 힘이 없다는 것을 인정해야 하기 때문이다.

그렇다고 해서 그가 인식한 자화상과 세계상이 달라지는 것은 아니다. 그러므로 그에게 자신의 자화상은 여전히 낯설고 그가 사는 세계는 여전히 커튼으로 가리고 싶은 곳이다. 게다가 그가 가는 길은 "하구쪽으로 하구쪽으로"(「강변 풍경」에서) 자꾸만 흘러내려간다. 그렇지만 어쩌겠는가? 안타까운 심정이지만 그는 이 하강과 소멸의 길을 수락하려고 노력한다. 모든 것을 알면서 수락한다는 것은 패배 같지만 패배를 피하는 방법이다. 김영근은 이런 사실을

> 다가설수록 멀어지는
> 저 바다의 침묵과 오만을 수락할 수밖에

라고 「싫어도 가는 길」이라는 작품의 한 부분에서 직접 밝히고 있으며, 또한 작품 「꽃 속에 갇혀 지내다」를 통하여

> 꽃 속에 갇혀 꽃이 된 바보 같은 나에게
> 흘러가는 구름이 심각한 표정으로 물었다
> 제 몸 속에 가장 먼 사랑을 둔
> 꽃들의 붉은 노래를 들어 보았는지
> 꽃이 꽃다운 것은 열망보다 숨가쁜
> 처절한 수락임을
> 너는 아는지, 모르는지

라고 매우 진지한 어조로 밝히고 있다.

수락한다는 것은 이렇게 하여 "꽃이 꽃다운 것"일 수 있는 조건이 된다. 하지만 잊어서는 안 될 것이 있으니 그것은 바로 이 수락이야말로 "숨가쁜" "처절한" 일이라는 점이다. 수락한다는 것은 현실일 뿐, 그에게는 아직도 열망이 남아 있다는 증거이리라.

김영근의 이런 처지를 가장 잘 압축해서 보여준 작품이 시집의 맨 앞에 수록된 작품 「쥐라기 공원」이라고 생각된다. 그는 이 작품에서 그가 품은 열망이 어떤 것이고, 그가 수락하고 받아들인(아니 견디는) 현실이 어떤 것인지를 관조자의 표정으로 묘사하고 있다.

— 「쥬라기 공원」의 부분

그는 닫힌(갇힌) 문이 열리기를 갈망한다. 그 갈망은 환상 속에서 파란 인광을 내며 문이 불타오르는 것처럼 느끼게 한다. 그러나 그것은 가위눌린 꿈의 한 장면에 불과한 것이기에, 그는 꿈에서 허둥지둥 달려나와 또다시 나타나는 문을 박차고 나선다. 하지만 그 박차고 나선 문 앞에서 만난 풍경은 역시 갇힌 자의 표정이다. 그러니 그곳 역시 갇힌 곳이다. 그렇다면 방금 말한 갇힌 자의 표정이란 어떤 것인가? 그것은 바로 위 인용 부분의 뒤쪽에 나오는 "간밤 숙취에 아라비아 사람 하나 / 낯선 언어로 투덜대며 / 새벽의 타클라마칸을 넘어서고 있다"는 말 속에 들어 있다.

여기서 우리는 몇 가지 사실을 볼 수 있다. 그 하나는 김영근의 엄격한 자의식 속에서 그의 자화상은 아라비아 사람처럼 낯선 표정을 하고 있다는 점이다. 그 둘은 맨정신으로 자신과는 물론 세계와 화해하기가 어렵다는 점이다. 그러므로 그 낯선 표정의 아라비아 사람은 숙취에서 채 깨어나지 못한 얼굴을 하고 있다. 그 셋은 그가 말한 수락이 아직도 열망을 담고 있다는 점이다. 숙취에서 채 깨어나지 못한 아라비아 사람이 "낯선 언어로 투덜대며" 걸어가고 있다는 데서 이 점이 나타난다. 그 넷은 그럼에도 불구하고 그는 수락한 자의 삶을 살 수밖에 없다는 점이다. 그렇지 않고서야 그가 끝도 보이지 않는 새벽의 타클라마칸 사막을 넘어가고 있겠는가.

5. 글을 마치며

그가 타클라마칸 사막을 넘어가는 일은, 이 글의 앞부분에서 말했듯이 그에게 두려운 일이라기보다 어지러운 일이다. 인생의 저녁은 저 멀리에서 그에게 다가오는 것이 아니라 그의 몸 속에서 피어나는 것임을 알고 있을 만큼 그는 생을 깊이 들여다보았기 때문이다.

그가 인생이란 무겁고 지루한 춤인 것을 알면서도 계속하여 엑셀레이터를 밟는 것은 어렵지만 인생의 비극적인 조건을 수락하는 것이 비극을 조금이라도 가볍게 하는 일임을 알기 때문인지도 모른다.

그럼에도 불구하고 그의 옆구리가 계속하여 아프다고 호소하는 것은 그가 자신과 세계를 민감하게 느끼는 시인이기 때문이다. 그의 아픔이 계속되는 한 그는 계속하여 시를 쓸 것이다. 그러나 시를 쓰지 못하는 순간이 온다 하더라도 옆구리가 아프지 않을 수 있다면 그것이 훨씬 좋은 일일 수 있을 것이다. 시란 그가 그의 작품 「시론」에서 말했듯이 "흔들리는 그림자와 몇 개의 느낌만으로 / 아름답다고 칭송받는 / 벼랑 위에 천연스레 무위도식하는 / 저놈의 赤松" 같은 존재에 불과한지도 모르니까……

끝으로 한 가지만 더 이야기하기로 하자. 그가 인생이란 감옥이요 덫과 같은 장임을 알면서도 한 마리 황소의 모양을 하고 "온 힘으로 허공을 들이받고 있다"(「겨울 풍경·5 — 불타는 집」)며 자신의 근황을 알리는 것은 그가 인생이란 궁극적으로 있음과 없음을 넘어선 '허공', 곧 우주와의 만남임을 알았다는 암시일까, 혹은 그것을 지향한다는 암시일까, 하는 생각이 든다는 것이다. 단정하기도 쉽지 않고, 본장에서 논의한 바도 아니지만 여기서 이 점을 언급하는 까닭은 그의 「겨울풍경」 연작시가 이런 짐작을 가능하게 하기 때문이다. 그리고 혹시라도 그의 이런 생각이 길 위에 갇혔다는 그에게 한 줄기 출구(EXIT)의 역할을 할 수도 있지 않을까 하는 마음이 들기 때문이다.

⌘

불의 시인, 불의 상상력
· 노창선 ·

1. 불씨를 찾아서

살아있다는 것은 그 속에 불씨(불기운)를 간직하고 있다는 말과 다르지 않다. 우리 자신을 포함한 주변의 모든 살아 있는 것들을 다 둘러보아라. 살아있는 것들은 하나같이 그 속에 불씨를 간직하고 있지 않은가. 그런데 우리가 살아 있는 것들의 내면에서 불씨를 볼 수 있다는 것은 그만큼 존재의 외형을 지나 아주 깊은 곳까지를 통찰하고 있다는 말과 같다. 한 시인의 상상력이 더 이상 내려갈 수 없을 만큼 존재의 캄캄한 밑바닥까지 내려갈 수 있을 때, 비로소 시인들은 그곳으로부터 새로운 세계를 건져올릴 수 있다.

이와 같은 말로부터 노창선의 시집 『난꽃 진 자리』(동천사)의 해설을 시작하는 까닭은 그의 시집 전체를 관통하는 상상력이 바로 '불의 상상력'이라고 부를 만한 것이며, 그는 우리 시사 속의 다른 어떤 시인과도 비교할 수 없을 만큼 불의 상상력에 크게 지배를 받고 있는 시인이기 때문이다. 따라서 나는 노창선의 상상력을 가리켜 '불의 상상력'으로, 이 시인을 가리켜 '불의 시인'이라고 부르고자 한다.

노창선의 시집을 읽어가다 보면 우리는 수도없이 다양한 성질의 불들을 만나게 된다. 그의 시집을 읽는 재미는 바로 노창선이 구사하는 이 같은 다양한 형태와 성질의 불들을 만나보고 그로부터 상상의 매혹적인 즐거움을 맛보는 데 있다고 해도 과언이 아니다. 사실 언젠가 하늘 위의 태양이 빛과 열을 잃고 나면 이 지구상의 그 어떤 생물도 살아갈 수가 없다는 사실을 생각할 때, 살아있음의 첫째 조건이 불씨를 그 속에 간직하고 있는 것이라고 하는 말은 상당히 설득력이 있다. 이렇게 본다면 한 사람의 시인이 불의 상상력에 매달리면서 세계와 존재의 비밀을 캐보려고 하는 것은 세계와 존재의 근원에 다가서려는 노력이 아닐 수 없다. 이렇게 말해놓고 보니 20세기의 탁월한 상상력 이론가로 이 분야의 새로운 장을 연 가스통 바슐라르의 말이 생각난다. 그는 불의 상상력에 관한 글을 쓰면서 다음과 같은 말을 한 적이 있다. "신은 기름, 역청, 송진, 고무 등에만 불을 가두어놓은 것이 아니라 이 세계의 모든 존재들 속에 불씨를 숨겨놓았다고……."

2. 시인의 불

노창선은 가장 먼저 자기 자신의 몸 속에 들어있는 불씨(불기운, 불길)를 느낀다. 조금 과장되게 말하자면 노창선은 매순간마다 자신의 몸 속에서 숨쉬며 꿈틀대고 있는 불씨를 느끼고 확인하지 않는 한, 한 순간도 편안한 상태를 맞이하지 못하는 시인이다. 그만큼 노창선은 그의 몸 속에 간직한 자신의 불씨를 스스로 느끼고 확인하면서 그것이 힘차게 타오르기를 소망한다. 그것은 방금 말한 바와 같이 그가 살아있다는 가장 확실하면서도 찬란한 징표이기 때문이다. 다음과 같은 부분들을 보기로 하자.

　① *오늘밤 내 몸 어딘가에서*
　　화산폭발의 징후가 보인다

— 「빛의 함몰」의 부분

　② *오뉴월 불볕 더위 속을*

— 「큰 산」의 부분

노창선은 인용시 ①에서 보는 바와 같이 그의 몸 속에서 '화산폭발'의 징후를 감지한다. 그는 막무가내로 떼지어 솟구쳐 오르는, 어쩌면 시인 자신도 그 불길의 회오리에 휩쓸려 사라질지 모를 정도의 폭발력을 그의 몸 깊은 곳으로부터 느끼는 것이다. 여기서 화산폭발과 같은 불의 힘은 이 시인의 몸 속에 내재한 생의 크나큰 에너지라고 해석할 수 있거니와, 노창선은 그 누구보다도 크고 강력한 불의 에너지를 몸 속에 지닌 까닭에 그것을 끌어안고 강신굿을 하듯 살아가는 것이다. 나는 그가 시인이 되어 시를 쓰면서 살 수밖에 없는 것이야말로 이와 같은 불의 에너지가 그를 가만 내버려두지 않기 때문이라고 생각한다. 또한 인용시 ②에서도 보는 바와 같이 노창선은 '오뉴월 불볕 더위 속에 횃불을 들고' 나설 작정을, '가슴 속에 불항아리를 품고 솟구칠' 작정을, '옷자락을 찢어 깃발로 세우고 타오를' 작정을, '죽음을 밟고 폭죽으로 터져오를' 작정을 하고 있다. 그는 이 작품에서 '큰 산'이 자신을 보고 이렇게 소리치더라고 말하지만, 누구나 다 알다시피 이것은 시인 자신이 스스를 향하여 소리치는 말임이 분명하다.

도대체 어쩌자고 그는 이렇게 타오르려고 하는 것일까? 어쩌면 이에 대한 분명한 이유는 시인 자신도 모를 것이다. 그렇지만 분명한 것은 그가 엄청 난 에너지를 품은 불씨를 운명처럼 그의 몸 속에 갖고 태어났으며, 이것을 점점 더 키워가고 있으며, 그 불의 에너지를 창조의 에너지로 승화시키지 않는 한, 그는 살아있다는 즐거움을 느끼지 못할 것이라는 점이다.

때로 노창선은 그의 몸 속에 깃들어 있는 불의 에너지와 씨름을 하다가 '신열'로 몸살을 앓기도 한다. 그는 작품 「오늘밤 가을잎 지는 소리는 또」의 한 연에서 다음과 같이 이 점을 밝히고 있다.

> 남루한 살과 뼈로
> 이 한 생애 지키는 일도 지쳐
> 신열이 도를 넘는 밤이면
> 다시 독경으로나
> 우주 공간을 헤매어 본다

나는 이 시를 읽으면서 먼저 "신열이 도를 넘는 밤이면"이라는 구절에 눈 길을 모은다. 도저히 어쩔 수 없는 몸 속의 열기를 끓어안고 솟구쳐 오르려 던 한 시인이 몸이 아플 정도의 열기 속에서 신음하는 모습이 이로부터 생 생하게 떠오르기 때문이다. 신열이 도를 넘는다는 것은 몸이 열기를 뿜어내 는 것이 아니라 열기가 몸을 태워버리려고 대어든다는 말이다. 여기서 시인 이 얼마간의 위기의식을 느끼는 것은 당연하다. 그러므로 나는 "신열이 도 를 넘는 밤이면"의 다음 구절로 눈길을 옮긴다. 여기서 시인은 "다시 독경으 로나 / 우주 공간을 헤매어 본다"고 말함으로써 그가 막무가내로 솟구치는 불길을 다스리려고 얼마나 애를 쓰는가 하는 점에 대하여 말하고 있다. 아 마도 독경으로 우주 공간을 헤매는 동안, 이 시인의 도를 넘던 신열은 다시 금 알맞게 식어가고 있었으리라.

불을 식힐 줄 아는 이 시인은 불을 썩힐 줄도 안다. 불을 썩힌다는 말이 조금 어색할지 모르나, 불은 썩어야만 다시 타오를 수 있고, 다른 생명을 잉 태시킬 수도 있다. 노창선은 이와 같은 사실을 그의 작품 「잘 가꾸어진 거름 밭」의 일부에서 보여주고 있다. 그는 여기서 "작은 아이도 뇌가 만들어지고

/ 불알이 만들어지고 화룡점정 / 영혼이 만들어질 때까지 / 내 몸은 잘 썩어 주었다 / 푹 썩은 똥을 던져다오"라는 말을 하고 있다. 우리는 이로부터 불길은 숨을 죽이고 썩음으로써 또 다른 생명의 원동력이 되는 것을 느낄 수 있으며, 이 시인이 불길을 어떻게 다스려야 하는지 그 비밀스러운 방법을 알고 있다는 데 이르게 된다. 더 나아가 노창선은 이 시집에서 '허무'라는 말을 한 번 쓰면서 불길의 생명력에 대한 회의를 잠시 스치듯 말한 적도 있다. 그러나 전체적으로 볼 때, 노창선은 아직까지도 그의 몸 속에 내재한 불길과 싸우고 있으며, 그것을 통하여 생의 기쁨을 창조해 나아가고 있는 것이라 여겨진다. 나는 이쯤해서 그의 작품 「시인 고정희」를 떠올리고 노창선과 고정희가 불의 시인이라는 점에서 상통한다는 생각을 해본다.

3. 자연의 불

노창선의 시집에서 가장 많은 분량을 차지하는 것은 소위 '자연의 불'에 관한 시편들이다. 물론 이들 중에는 자연현상 자체의 신비와 의미를 말하고자 하는 경우도 있지만, 그것을 통하여 인간사를 말하고자 하는 경우가 훨씬 더 많다. 어쨌든 자연과 생명을 통하여 불길의 흐름과 움직임을 의미깊게 천착해보려는 그의 소망은 상당히 크다.

먼저 노창선은 자연 속에서 바슐라르가 말하는 바 물질적 상상력을 구사함으로써 자연의 역동적인 흐름을 포착해내는 데 상당히 성공하고 있다. 한 시인이 대상의 외면에 치우치지 않기 위해서라면, 그들은 마침내 물질을 볼 줄 알아야 한다. 우리가 물질을 볼 수 있다는 것은 우주의 비밀을 내재적으로 읽고 있다는 말과 다르지 않다. 시인들이 물질을 제대로 보기 시작할 때, 그들의 눈은 어느 한 곳에 고착되지 않고, 그들이 읽어낸 세계는 무한으로 열려 있다. 노창선의 불은 이와 같은 물질로서의 불인 까닭에 어느 한 곳에 멈추지 않고 우주의 전영역으로 넘나든다.

땅 위에서
무수히 일어서는 촛불들

— 「땅」의 전문

노창선은 인용시에서 "새순들"을 "촛불들"로 읽는다. 그것은 새순들을 솟구쳐오르게 한 것이 땅이라는 몸 속의 불길이라고 상상하였기 때문이다. 그러니까 새순들은 불길의 다른 모양이다. 비록 새순이 녹색의 외형을 취하고 나타났다 하더라도, 그 새순의 내면을 투시할 수 있는 사람에게는 그것이 불길로(촛불로) 읽힌다. 따라서 새순이 움튼 봄날의 들판은 촛불들의 들판에 다름 아니다. 그리고 그 들판에 촛불로 타오르는 새순들 때문에 봄날의 들판은 환하게 밝아올 수 있는 것이다. 그런데 또 하나 짚고 넘어갈 것은 '땅이 따뜻하게 데워지면서 불음 뿜게 되었다'는 제3연의 내용에 관해서이다. 우리는 여기서 흙의 이미지가 불의 이미지와 만나는 정경을 상상할 수 있는데, 주지하다시피 땅은 그 속에 엄청난 불씨를 간직하고 있는 실체이다. 그러므로 비록 봄날의 땅이 아닌 겨울날의 땅이라 할지라도, 그 흙 속에는 꺼지지 않는 불씨가 내재돼 있다. 그들은 언제라도 타오를 준비를, 그리고 봄날의 태양과 만날 준비를 하고 있다.

불을 중심으로 한 노창선의 물질적이며 역동적인 상상력은 작품 「상어야」에서도 아주 인상적으로 표출되고 있다. 노창선은 여기서 다음과 같이 말하고 있다.

— 「상어야」의 전문

　우선 이 작품은 '배꼽에 심지를 박는다'는 아주 흥미로운 모티프를 동원하고 있다. 배꼽에 심지를 박았더니 불꽃이 타올랐다는 이 말로부터, 우리는 생명을 가진 것들의 몸 속에 흐르는 불의 흐름을 감지할 수 있다. 사실 살아있는 것들의 몸 속에 불이 흐르지 않는다면 어떻게 불꽃을 피워 올릴 수 있단 말인가. 비록 그것이 사악한 불이라 할지라도 그렇다고 해서 살아있는 것들이 의도적으로 불을 먹은 적은 없다. 하지만 불은 모든 것들 속에 숨어 있기 때문에, 우리가 무엇을 먹든지 간에 우리는 불을 먹는 것과 같은 것이요, 우리들 또한 생명인 이상 우리의 몸 속에는 불의 씨앗이 들어있게 마련이다. 그런데 노창선은 위 인용시에서 상어에게 이르기를, 너는 나의 살을 먹고 피를 마셨기 때문에 한 십 년쯤 불꽃을 피워올릴 수 있을 것이라고 한다. 그렇다면 불은 나의 살과 피 속에 들어 있는 것이요, 우리는 이로부터 살과 피를 불로 변주시키는 시인의 상상력을 만나게 된다. 이런 점에서 시인의 상상력은 연금술사의 성격을 갖고 있다. 적어도 그들이 물질을 볼 수 있는 시인이라면, 그들은 연금술적인 상상의 신비를 창조해낼 수 있는 것이다.

　둘째로 자연의 불과 관련해서 생각할 때, 노창선은 생명의 불길에 애정의 단계를 넘어 집착에 가까운 관심을 보이는 시인이다. 노창선이 자연 속의 불을 찾아내는 큰 까닭은 그 불길이 제대로 타오를 때에야 비로소 생명의 향연이 이 땅에서 펼쳐질 수 있다는 믿음 때문이다. 그리고 이것은 그가 파악하는 우리의 현실이 생명의 불길을 소진시키는 상황 속에 처해 있음을 안타까워한다는 징표이다. 그는 불길이 사그라진 죽음의 땅을 두려워한다. 또한 그는 불길이 잘못 타올라서 매연만 쏟아버린 혼돈의 땅을 두려워한다. 노창선의 이번 시집에는 「모래」 연작이 여러 편 수록돼 있을 뿐만 아니라

'모래'라는 시어가 큰 무게를 갖고 이번 시집에서 그의 시세계에 영향력을 행사하고 있다. 다음에 조금 더 논의하겠지만 노창선에게 '모래'란 불길이 사그라진 사막, 죽음, 황야, 혼돈, 파괴, 단절 등과 같은 의미의 상징이다. 그는 이와 같은 모래의 세계를 거부하면서 불길이 샘솟는 생명의 세계를 그리워한다.

눈에 띄는 대로 노창선이 그려보인 생명의 세계를 여기에 옮겨보기로 한다. 동쪽 산에 알밴 초승달(「그믐」), 씨앗의 표피를 깨고 올라오는 새순들(「그믐」), 신생의 별들(「그리운 밤하늘」), 탄력있는 흙길(「등불」), 알을 낳는 세상의 어머니와 아내들(「불온한 식탁」), 땅심을 받고 태어난 아이들(「잘 가꾸어진 거름밭」), 자색의 불꽃심지를 돋운 겨울목련(「겨울목련」), 기다려주는 사람들(「기다리는 사람 있어」), 작은 새떼들(「밤, 흰 깃털의」), 향을 내뿜는 난초들(「모래 1」), 꽃향기를 맡고 달려오는 벌들(「모래8」), 맑은 눈망울의 어린 아이들(「그 여행 이후」), 나이든 배롱나무(「배롱나무 아래서」), 청보리 알(「초여름」), 미나리아재비꽃(「미나리아재비꽃」), 배꽃처럼 피어나는 안개(「가라앉는 문의」) 등, 그는 얼마든지 더 예를 들 수 있을 만큼 그가 그리워하는 생명의 세계들을 시집 속에 풀어놓고 있다. 그는 이들을 통하여 죽음의 세계가 생명의 세계로, 단절의 세계가 연속의 세계로, 종말의 세계가 순환의 세계로, 타산의 세계가 포용의 세계로, 구속의 세계가 자유의 세계로, 불임의 세계가 가임의 세계로, 어둠의 세계가 밝음의 세계로 변모하기를 소망한다. 그것은 한마디로 말해서 생명의 불길이 이 땅을 살림의 세계로 창조해 나아가기를 바라는 그의 꿈을 담고 있는 것이다. 이 이외에도 그는 초월의 불을, 정화의 불을, 모성의 불을, 지혜의 불을, 광명의 불을 곳곳에서 보여주며 이들을 그가 긍정하고 싶은 대상으로 삼고 있다.

그런데 앞에서 잠시 언급했지만 노창선의 이번 시집에는 '모래'라는 시어를 중심으로 해서 부정적인 불의 이미지가 꽤 많이 나타나 있다. 말할 것도 없이 그가 부정적인 불의 이미지를 그려보인 것은 긍정적인 불의 이미지를 꿈꾸고 있기 때문이다. 나는 여기서 노창선이 그려보인 부정적인 불의 이미지들을 살펴볼 것이다.

* 무변의 둘레에 솟아오르던 검은 연기 — 「우암산」에서
* 흐느적거리는 열대의 한낮 — 「빛나는 무덤」에서
* 벌판의 저 끝에서/ 포성은 다시 들리고 — 「포성은 다시 들리고」에서
* 자동차 분진과 매연으로 탁한 호흡을 — 「모래 8」에서
* 길 끝에서 만나는 절망, 낙뢰 — 「모래 7」에서
* 그는 울고 있는 거다/ 돌돌돌 경운기도 울며 간다 — 「모래 7」에서
* 소외의 그늘은 깊다/ 어둡다/ 소외의 우물은 깊다/ 어둡다 — 「모래 5」에서
* 늘상 새로운 국가를 꿈꾸지만/ 한낱 모래 천지 위의 신기루 — 「모래 1」에서
* 종양은 자라고 낙엽은 지고/ 꽃들은 메말라 간다 — 「꽃들은 메말라 간다」에서

노창선에게 우리 시대의 현실은 수도 없이 많은 부정적인 불의 이미지를 양산하고 있는 것으로 보인다. 그가 바라는 생명의 불, 초월의 불, 살림의 불은 변방으로 몰리고, 오히려 그 자리를 차지하고 들어선 것들은 죽음의 불, 무기력한 불, 파괴의 불, 다 타지 못한 불, 젖은 불, 환영과 망상의 불, 꺼져 있는 불, 빛과 온기가 없는 인공의 불 등과 같은 것들이라고 생각한다. 그는 이런 점을 고발하면서 어떻게 하면 이 세상의 모든 생명들이 그들의 중심에 소중히 품고 있는 불씨를 제대로 태워 올려서 그로부터 빛과 온기가 이 세상으로 번져 나올 수 있게끔 할 수 있을까, 하는 점에 대하여 고민하고 있다. 그래서 그는 "또 하나의 탄생/ 누군가 귓불을 잡고/ 모래알 하나를 일으키고 있다//그의 이름을 연두라고 부른다"(「모래 2」)는 표현에서 볼 수 있듯이, 부정적이기만 한 모래를 생명으로 되살려내는 데 최선을 다하고 있다. 모래에서 연두빛의 새순이 돋게 할 수 있다면, 그것이야말로 얼마나 황홀한 일인가! 노창선의 꿈은 바로 불이 꺼진 모래 같은 세계에서 생명의 불씨를 찾아내고, 그 심지에 불을 붙여 싱싱하게 타오르도록 만드는 일이다.

4. 역사의 불

노창선은 역사에도 관심이 있다. 그의 이번 시집에서 역사의 문제를 다룬 시가 그렇게 많은 편은 아니지만, 그는 불의 상상력을 구사하면서 역사의 문제를 끌어들이고 있다. 그에게 역사란 미친 불에 가까운 광기와 폭력을

수도 없이 행사한 비극의 현장으로 여겨진다. 그러나 난폭한 죽음과 죽임의 역사를 그대로 두고 볼 수만은 없는 것, 따라서 그는 역사를 제대로 살려내기 위하여 우리들이 어떻게 참여해야 할 것인가 하는 문제를 앞에 놓고 고민을 거듭하고 있다.

그는 특히 베트남 여행을 하고 쓴 시편들(「포성은 다시 들리고」, 「빛나는 무덤」 등)에서 역사의 비극이 어떤 것인지를 인상깊게 고발하고 있다. 지난 1960년대의 베트남 전쟁은 그야말로 죽임의 불길이 전국토를 가득 채웠던 비극의 현장임을 누구나 다 알 것이다. 노창선은 이런 역사의 현장을 방문하고 쓴 시에서 처참한 심정으로 광기의 그날을 상상해본다. 그리고는 이어서 불놀이하듯 전쟁놀이를 재현해보는 관광객들의 표정을 씁쓸하게 읽어내고, 더 나아가 전사해서 무덤 속에 잠들어버린 비극적인 주인공의 생을 추억해본다. 노창선은 전사한 장병들의 무덤을 가리켜 "빛나는 무덤"이라고 표현하였다. 그의 눈에는, 이미 죽어서 흙이 되어버린 이 전사의 죽음을 아름다운 불로 승화시켜보려는 소망이 잠재해 있었던 것으로 보인다. 죽음이 꺼진 불로 사라지지 않고 또다른 창조의 불로 타오를 수만 있다면, 그때의 죽음은 오히려 죽음을 통하여 꽃등을 켤 수 있다는 생의 신비한 역설을 시사해주는 일이 될 수 있을 것이다.

노창선은 그의 작품 「첫눈을 밟으며」에서도 역사에 대한 강한 관심을 표명하고 있다. 잠시 일부분을 옮겨보기로 한다.

우리들이 눈물로 뭉쳐 불지피던
버려진 역사의 황폐한 들판
마디마디 흙으로 무너진 손바닥
그 끝에 피맺힌 열 개의 손톱으로
파고 또 파서 그리는 이 땅의 새 지도

여기서 노창선은 "버려진 역사의 황폐한 들판"을 살려내는 데 열의를 다하고 있다. 그가 버려진 역사를 살려내는 방법으로 찾아낸 것은 '우리들이 눈물을 뭉쳐서 불을 지피는 일'과 '피맺힌 손톱으로 이 땅에 새 지도'를 그리는 일로 표상돼 있다. 그런데 이 두 표현은 모두 불의 상상력을 수준 높게 구사한 경우이다. 먼저 눈물을 뭉쳐서 불을 지핀다는 표현과 관련시켜 볼 때, 여기서 눈물은 '몸에서 직접 솟아 나온 뜨거운 불'의 상징이요, 눈물로 불을 지핀다는 것은 눈물이 연료가 돼서 세계를 데울 수 있고 밝힐 수 있다는 의미이다. 다음으로 '피맺힌 손톱으로 이 땅에 새 지도를 그린다'는 표현을 살펴볼 것 같으면, 여기서 피맺힌 손톱이란 불의 아픔을 간직한 손톱이요, 손톱으로 그린 이 땅의 새 지도란 불로 문신을 새기듯 몸으로 직접 새 세계를 만들어가겠다는 의미이다. 그러고 보면 노창선에게 불은 역사를 폐허로 만든 것이면서 동시에 역사의 상처에 새살을 솟게 하는 것이기도 하다.

한편 노창선은 자연의 불길을 보면서 역사의 모순에 항거하며 뛰어들었던 백성들의 모습을 떠올리기도 한다. 예를 들어 「들불」 같은 작품을 보면 그는 가을 들판의 낙엽에 불을 댕기다가, "언젠가 배고픈 백성들이 저렇게 / 울부짖으며 달려온 적도 있었다, 불길처럼"이라는 말에서 보이는 바와 같이 밑바닥 백성들이 한꺼번에 솟구쳐오른 크나큰 역사의 불을 기억해낸다. 그런가 하면 노창선은 「다산초당에서」와 같은 작품을 통하여 고고한 선비가 역사의 광포한 불길에 쫓겨나서, 그러나 지옥불 속에서도 밤하늘의 별들을 띄워올린 아름다운 생의 승리과정을 그려보이기도 한다. 지옥불에 대응되는 밤하늘의 별들이란 정화된(승화된) 불의 숭고한 결정체로 해석될 수 있다. 또한 노창선은 「배롱나무 아래서」와 같은 작품 속에서 이 작품의 중심 상징물인 '배롱나무'를 통하여 인간보다 더 오래 인간사를 지켜보았으며 인간보다 더 지혜로운 배롱나무의 역사성과 초월성에 대하여 이야기하고 있다. 여기서 배롱나무는 인간들이 불씨를 꺼뜨리지 않고 대를 물리며 이어나가는 불씨의 시간성과 역사성에 비견해볼 수 있는 존재이다.

5. 글을 마치며

지금까지 살펴본 바와 같이 노창선은 불의 시인이자 불의 상상력을 다채롭게 구사하는 시인이다. 그는 자신의 몸이 불처럼 타오르기를 소망한 시인이자, 자연 속에서 끝도 없는 생명의 불씨들을 감동으로 확인한 시인이고, 타락한 현실과 역사 속에서 구원과 항거의 신성한 불길들을 깊이 읽어낸 시인이다. 그러나 그가 인식하고 있는 세계는 점점 더 이 숭고하고 신성한 불길들을 밀어내고 이른바 죽임과 불임의 불길이 득세하는 세상이다. 그는 이런 세계인식 속에서 존재와 세계의 근원인 참다운 불씨를 발견하여 세상을 불의 온기와 빛으로 되살려내고자 하는 것이다.

그러나 노창선은 세계를 탓하지만은 않는다. 나는 그의 작품 「반달」의 경구적인 한 구절—"날이 어두운 건 / 내몸이 하늘을 덮어 버렸기 때문이다"에 큰 의미를 부여한다. 비록 이와 같은 구절을 그의 작품에서 많이 찾아볼 수는 없지만, 세계의 어둠을 자신의 탓으로 인식하는 이 점이야말로 그의 시를 참다운 내적 성찰로 이끌어가는 단초가 되리라 생각하기 때문이다. 사실 더 큰 어둠은 언제나 우리들의 몸 속 깊은 곳에 수렁처럼 도사리고 있는 것이 아닌가? 그러나 어둠을 인식하고 그것을 불의 온기로 공들여 발효시킨다면 그 어둠 속에서 빛이 탄생하는 신비를 우리는 또한 알고 있지 않은가? 이런 사실로 인하여 우리는 어두운 세상 속에서도 고통스럽지만 발걸음을 조금씩 앞으로 내디딜 수 있는 것이라 생각한다.

⌘

부활을 창조하는 시인
• 박노해 •

1. 박노해와의 만남

박노해는 시인인가, 노동자인가, 운동가인가, 혁명가인가, 사상가인가, 전향자인가, 구도자인가? 나는 박노해에게서 여러 가지 얼굴을 보아왔다. 그는 시인이기도 했고, 노동자이기도 했고, 운동가이기도 했고, 혁명가이기도 했고, 사상가이기도 했고, 전향자이기도 했고, 구도자이기도 했다.

나는 처음으로 시인인 박노해를 알았다. 1984년도 풀빛출판사에서 출간된 그의 첫 시집 『노동의 새벽』은 가히 충격적이었다. 그것은 한국시문학사의 한 획을 긋는 사건이었다.

나는 두번째로 노동자인 박노해를 알았다. 그는 섬유, 금속 공장의 노동자를 거쳐 시내버스 회사의 기사까지 해가며 밑바닥 노동자의 삶을 살았던 것이다. 그럼으로써 그는 나에게 시와 노동 혹은 시와 노동자의 관계를 새롭게 정립하도록 요구하였다. 이른바 노동시와 노동자 시인의 자리가 우리 시문학사에 새롭게 자리매김되는 일들이 나타나게 된 것이다.

나는 세번째로 운동가인 박노해를 알았다. 그는 자신과 자신의 동료들이 처한 노동현실의 불평등한 현실과 모순상을 날카롭게 투시하고 마침내 노동운동가로 변모하였던 것이다. 그의 노동운동은 개인적, 사회적, 문명사적 필연성을 내재시킨 시의적절한 것이었다. 그는 열악한 노동현실을 극복하고 인간다운 삶을 쟁취하기 위하여 실천의 현장으로 나섰던 것이다. 박노해의 이런 노동운동은 노동운동사의 중요한 한 부분을 이룬다.

나는 네번째로 혁명가인 박노해를 만났다. 박노해의 노동관은 그의 인간 관으로 이어졌고, 그의 인간관은 그의 역사관으로 이어졌으며, 그의 역사관 은 마침내 그를 혁명가로 나아가게 하였다. 그는 당시의 모순에 찬 우리 사 회를 극복하고 나아갈 길이 사회주의에 있다고 확신하며 1980년대 후반에 들어와 문예지『노동해방문학』등에 혁명적인 선동의 글을 써댔고, '사회주 의노동자동맹'이라는 단체를 결성하여 본격적인 혁명적 투쟁에 나섰다. 나 는 그의 이런 방법론에 결코 동의하지 않았지만, 그의 이와 같은 방법론을 통해 혁명가의 이상과 꿈이 지닌 폭발적인 추동력과 그 속에 깃든 위험성을 함께 보며 마음 졸였다.

나는 다섯번째로 사상가인 박노해를 만났다. 그는 분명 사상가의 면모를 띠고 있었다. 그는 노동의 해방을 꿈꾸는 데서 시작하여 드디어 자생적인 사회주의자 내지는 공산주의자가 되어 있었다. 우리나라가 남북으로 나뉘어 이데올로기적으로 대치되어 있지 않았다면 그의 사상은 크게 문제될 게 없 을 것이다. 일본만 하더라도 공산당이 공인된 정당으로 활동하고 있지 않은 가. 그러나 그의 사상은 이 땅에서 허용되기가 어려웠다. 하지만 한 사람이 어떤 사상을 자각적으로 창조하거나 선택한다는 것은 중요한 일이다. 그런 사상의 배후에 엄청난 위험성과 모순성이 내재돼 있다 하더라도 인간들은 사상을 창조하거나 선택하고자 하는 본성을 갖고 있지 않은가. 박노해가 이 땅에서 이른바 '사상의 감옥'에 속해 있는 한 가지 사상(사회주의 및 공산주 의)과 동행하고 다닐 때, 나는 불안하였지만, 20세기 내내 이 땅의 지식인들 에게 컴플렉스로 작용한 그 사상 앞에서 수많은 사색의 시간을 갖지 않을 수가 없었다.

여섯번째로 나는 전향자인 박노해를 만났다. 박노해는 수감 시절에 출간 한 그의 제2시집『참된 시작』에서부터 전향의 기미를 보이기 시작하다가 마침내 명상집이자 시집이기도 한 『사람만이 희망이다』에서 전향의 원인과 현황을 고백하였고, 끝으로 1999년 8월 15일 특사로 풀려나면서 전향한 자신의 모습을 공개하였다. 우리 문학사를 보면 1930년대 카프문인들의 전향사건이 있었고, 조금 성격은 다르지만 1940년 전후에 친일문인들의 전향사건이 있었다. 전향의 개념을 공산주의 사상을 가진 사람이 그 사상을 포기하고 다른 사상을 선택하는 일이라고 개념규정한다면 박노해는 아주 정확한 의미에서의 전향자이다. 나는 전향이 전략적인 차원의 것이 아니라 진정 자신의 양심에서 비롯된 것이라면 그것을 나무랄 이유가 하나도 없다고 본다. 그 전향 이후가 어떤 결과를 가져다 줄 것인지는 자타가 함께 지켜봐야 할 것이지만, 전향은 한 인간이 자신의 길을 개척해나가는 한 방법이라고 보기 때문이다.

나는 일곱번째로 구도자인 박노해를 만났다. 박노해에게는 종교적 본성과 종교적 지향성이 아주 강하다. 실제로 그는 1970년대에 한국의 진보적 교회를 자처했던 경동교회의 교인이었고, 그의 형은 신부이며 그의 누이는 수녀인 집안의 일원이다. 나는 개인적으로 시인으로서의 박노해, 노동운동가로서의 박노해, 혁명가로서의 박노해, 사상가로서의 박노해가 바로 이런 구도자 혹은 종교적 존재로서의 박노해 때문에 가능했던 것이 아닌가 하는 생각을 한다. 구도자의 삶을 지향하는 박노해의 모습은 명상집이자 시집인 『사람만이 희망이다』, 시평집이자 시집인 『오늘은 다르게』 그리고 이번에 발간되는 시집 『겨울이 꽃핀다』 속에 가장 강력한 원형질로 자리잡고 있다. 나는 이런 구도자로서의 박노해의 모습에서 그를 종교적인 인간으로 규정짓고 싶은 충동을 느낀다.

출소 이후, 본격적으로 따지자면 박노해의 세번째 시집인 『겨울이 꽃핀다』가 출간된 것이다. 기왕에 박노해에 대해 꽤 긴 분량의 글을 두 편이나 썼고, 박노해의 시적 발전에 남다른 관심을 쏟아온 나에게, 박노해의 새로운 시집에 해설을 쓴다는 것은 의미있는 일이다. 나는 앞에서 내가 만난 박노해의 여러 얼굴들에 대하여 언급했지만, 그래도 내가 박노해를 가장 아낀 것은 그의 시를 통해서였다. 나는 시를 평하는 평론가였고, 나의 관심은 무엇보다도 그의 시에 쏠렸던 것이다. 한 마디로 말해서 그는 재능있는 시인이었다. 그는 언어를 다루는 탁월한 능력과 대상을 투시하는 통찰력 그리고 생에 대한 진지성이 아주 두드러진 시인이었다. 그러므로 그가 투옥되었을 때, 나는 그가 당해야 하는 수인으로서의 고통과 더불어 훌륭한 시인 한 사람을 잃어버린 것이 아닌가 하는 사실 때문에 안타까움을 느꼈다.

나는 이 글에서 박노해의 본격적인 제3시집 『겨울이 꽃핀다』를 통하여 그의 시 속에 깃든 정신과 방법적 특성을 살펴보기로 한다.

2. 이상성, 낭만성, 신성성

박노해가 이번 시집 『겨울이 꽃핀다』에서 보여준 가장 큰 정신적 특성은 그가 여전히 드높은 이상주의자라는 점이다. 박노해는 그의 첫 시집부터 이번 시집에 이르기까지 이 이상주의자로서의 면모를 지속적으로 견지해왔다. 박노해의 이런 이상주의적 자질은 어디서 오는 것일까? 나이가 40이 넘어서도 그는 어떻게 이렇듯 이상주의자의 자질을 변함없이 간직하고 있을 수 있을까? 나는 이 물음에 대한 답을 그가 종교적 본성과 지향성을 가진 인간이라는 데서 찾는다. 사실 종교를 갖고 있는 사람들만큼 이상주의적 자질을 갖고 있는 경우가 또 있을까? 그런 사람들은 부활과 승리와 이상향을 믿는 사람들이다. 박노해는 이런 세상을 이 세속사회에서 이룩하고자 애써온(애쓰는) 사람이다. 나는 그의 운동가적 경력과 혁명가적 경력 그리고 공동체의 방향을 공산주의에서 본 것과 구도자의 자세를 잃지 않는 것은 바로 그가 지닌 이상주의자적 자질을 반영하는 것이라고 본다.

그렇다면 그는 이상주의자로서 어떤 세상을 이상주의적 세계로 상정한 것일까? 한두마디 말로 표현하기 어려운 문제이지만, 그의 시 속에서 찾아보면 그가 그린 이상적 세계는 희망과 믿음과 사랑이 있는 세계, 또 달리 말한다면 평등과 자유와 화해와 살림 그리고 상생의 아름다움이 있는 세계이다. 어쩌면 이런 것들은 매우 관념적인 세계처럼 보일지도 모른다. 실제로 우리가 살아온 역사 속에서 단 한 번도 이런 이상향이 온전히 실현된 바가 없으며 지금 우리가 살고 있는 이 세속사회의 밑바닥을 들여다보노라면 탄식소리가 저절로 들릴 만큼 이상향과 거리가 멀 것이기 때문이다. 그러나 박노해는 꿈꾸고 있다. 그런 이상사회가 비록 관념적이라고 보일 만큼 실감없는 것이라 할지라도 우리의 꿈은 그곳을 향해 가야한다고 생각하면서 말이다. 지독한 리얼리스트들은 박노해의 이런 모습을 보면서 풍차를 향해 돌진해가는 돈키호테를 연상할지도 모른다. 그리고 어느날 그의 순정이 다치지나 않을까 하고 걱정을 할지도 모른다. 하지만 박노해는 그가 그린 이상세계를 향하여 달리고 있는 사람이다. 그는 이런 세계가 그냥 오는 것이 아니라 투쟁과 노력을 통해서 창조하고 부활시켜야 하는 세계라고 생각한다. 이런 그의 몸 속 근저에는 우주를, 역사를, 인간을, 생명을 신뢰하는(혹은 신뢰하고자 하는) 마음이 있다. 실제로 이상주의자란 끝까지 우주를, 역사를, 인간을, 생명을 믿는 사람이기 때문이다. 그리고 그들의 가능성을 믿는 사람들이기 때문이다. 박노해에게 그의 이상세계는 신성성으로 가득한 이른바 지성소와 같다. 지성소를 간직한 사람, 그가 바로 이상주의자의 면모를 지닌 박노해이다.

박노해의 이상주의자적 특성은 그의 시 속에 낭만성을 가득하게 흐르도록 만든다. 낭만성이란 무엇인가. 낭만성은 미래를 낙관하는 것이요, 동시에 미래에 대하여 강한 긍정적인 그리움을 품고 사는 것이다. 더 말하자면 낭만성은 합리주의를 넘어서는 열정이 삶 속에 내재된 것이다. 이런 낭만성은 허황한 것 같지만 실은 생의 엄청난 추동력과 매력이 될 수 있다. 본래 문학이란 것, 그 가운데서도 시라고 하는 것은 낭만성이 만들어낸 산물이지만, 박노해의 시엔 특히 이런 특성이 매우 짙다. 그렇다면 그는 낭만적 이상주의자인가? 적어도 그의 시를 보면 그렇다고 말할 수 있다.

낭만적 이상주의자인 박노해는 모든 것을 희망과 낙관의 세계로 밀어올리며 부활시키려고 한다. 그는 부활이 그냥 절대자에 의해 오는 것이 아니라 우리 스스로가 역사와 우주 속에 들어가 동참하며 창조하는 것임을 알기 때문이다. 그는 이러한 낭만적 이상주의자의 면모를 다음과 같이 보여주고 있다.

① 큰 산불이 나고

검은 바람이 불고
푸르던 나무들 불타 버린
참혹한 빈 산에
검은 산에

아 그래도 풀씨는 살아
불탄 몸 쓰러져도 뿌리는 살아
여린 싹을 내밀고 있었습니다

[……]

그랬습니다
일어서 고개 들어보면 절망이지만
허리 숙여 들여다보면 희망입니다

— 「검은 산에」의 부분

② 흐린 물 속에서 한 생을 발버둥치다
마침내 물안개 오르는 첫새벽
타악―
연꽃 터지는 소리

탁한 세상 갈라치는
시린 죽비소리

— 「연꽃 뿌리」의 부분

이런 예는 말할 수 없이 많이 들 수 있다. 그러나 위의 두 인용시만 보더라도 우선 박노해는 인용시 ①에서 보듯이 불타버린 산에서 희망의 씨앗과 그 씨앗 속의 생명들을 보는 사람이다. 그리고 그 모든 것을 종합하며 "일어서 고개 들어보면 절망이지만 / 허리 숙여 들여다보면 희망입니다"라는 희망의 명구를 만들어내는 사람이다. 그는 인용시 ②에서 보더라도 "흐린 물 속에서", "물안개 오르는 첫새벽"에, 마침내, "연꽃 터지는 소리"가 "타악―" 들리며 개벽의 시간이 임해오는 것을 바라고 또 믿고 있다. 희망의 시간과 개벽의 시간, 이 두 시간이야말로 낭만적 이상주의자가 가질 만한 시간이 아니고 또 무엇이겠는가. 그는 희망과 개벽의 끝에서 세상이라는 한 송이의 거대한 꽃을 환하게 피워올리고 싶은 것이다.

이상성과 낭만성은 현실성이 약하다 하더라도, 현실의 한계와 고통을 넘어서기 위해서라면 방법적인 차원에서라도 필요한 것이다. 나는 박노해의 이상성과 낭만성이 방법적 차원의 것이라기보다 믿음의 차원에 있는 것이라고 생각한다. 그러나 이상성과 낭만성을 믿음의 차원으로 갖기가 쉽지는 않다. 세상은 아주 복합적이고 난해하기 때문이다. 하지만 이런 이상성과 낭만성을 믿음의 차원에서 간직하기가 어렵다 하더라도 현실을 넘어서는 방법으로서 그것은 언제나 힘이 있다.

3. 고행, 투혼, 견인, 희생

박노해의 시를 읽으면 고행승의 여정을 따라가 보는 것 같다. 고행에는 타율적인 고행과 자율적인 고행이 있다. 타율적인 고행이 한과 분노를 낳는다면 자율적인 고행은 보람과 환희를 낳는다.

그렇다면 박노해의 고행은? 나는 박노해의 고행이야말로 자율적인 고행의 대표적 실례라고 본다. 노동운동과 시창작으로부터 시작하여 도피생활과 수감생활에 이르기까지, 다시 수감생활을 청산하고 사회운동을 해나아가는 현재에 이르기까지 그는 자발적으로 고행의 길을 선택한 것이나 마찬가지이다.

나는 박노해의 이번 시집 『겨울이 꽃핀다』를 보면서 이상과 낭만의 높이가 높을수록 그에 따르는 고행이 얼마나 커야 하는가를 절감한다. 현실과 이상(낭만)의 거리가 멀면 멀수록 그 사이를 메우기 위해 더 힘든 고행이 요구되기 때문이다. 이런 사실을 입증해주는 것이 박노해의 이번 시집에 무수히 등장하는 겨울의 이미지이다. 그는 시린 물 속, 겨울, 꽃샘 추위, 춥고 가난한 날, 겨울산, 시린 창공, 춥겠다, 앙상한 겨울나무, 서리내린 흙길, 추운 돌벽 속, 언 몸속, 찬 공사판, 시린 별, 찬 공기, 꽝꽝 언 내, 시린 꽃향기, 눈 속에 떨고 있는 환한 매화꽃, 언 바람 우는 낮은 산, 대야의 찬물, 시멘트길,

찬서리, 흐리고 바람 찬 거리, 절망처럼 스미는 냉기 등과 같은 표현 혹은 말들을 수시로 사용하면서 그가 고행의 길을 걸어왔으며, 지금도 걸어가고 있고, 앞으로도 걸어갈 것임을 알려주고 있다. 『겨울이 꽃핀다』는 시집 제목을 그 중 가장 대표적인 예로 삼을 수 있는데, 그는 꽃을 피우기 위하여 겨울이라는 시간을 고행의 시간으로 상정한 것이고, 그 겨울의 고행은 소멸이 아닌 부활로 꽃피어날 것이라는 점을 역설한 것이다.

박노해는 겨울 이미지의 변주형식이라고 볼 수 있는 어둠의 이미지를 고행의 과정과 결부시켜 또한 자주 사용하고 있다. 흐린 물 속, 핏빛 어둠 속, 등뒤, 검은 산, 잊혀진 땅 속, 침묵, 깊은 상처 속, 어둠 속 뿌리, 무정한 시절, 푸르른 속울음, 사막, 낮은 곳으로, 쓸쓸하고 슬픈 눈빛, 흙무덤, 빛을 잃어버린 어둠 속 등이 바로 그것들이거니와, 이런 어둠을 뚫고 나오는 과정이 그에게는 고행이다.

박노해의 고행에는 투혼 내지 투지라고 부를 만한 힘이 들어있다. 그 힘은 소멸하는 힘이 아니라 언제나 상승하고 솟구치고 피어나려는 힘이다. 그가 비록 잠시 동안 어둠의 밑바닥을 서성댄다 하더라도 그것 역시 상승하고 솟구치고 피어나기 위해 힘을 모으는 과정이지 결코 쓰러지는 과정이 아니다. 박노해의 투혼(投魂)은 말 그대로 혼을 던지는 것이고, 그의 투지(投志)는 역시 말 그대로 뜻을 던지는 것으로 나는 자의적 해석을 한다. 가령 다음과 같은 그의 시를 보자.

① 순결했던 한 시절의 향기를
　오래 오래 머얼리 전하고자
　꽃씨는 지금 땅속 어딘가에
　독하게 온몸 떨리는 싹틔움의 고투중

　꽃이여 꽃이여
　찬서리 맞을수록 시리던 네 향기
　향수처럼 독하게 꽃씨처럼 독하게
　첫마음을 품고 독을 품고 살아내라

— 「독을 품고 살아내라」의 부분

② 가지런히 쌓아 놓은 무우 단에서
　머리마다 푸른 무청이 다시 돋네
　누워서도 위로 위로 피워 올리는
　저건 욕망이 아니다
　저건 오기가 아니다

　쓰러져도 버릴 수 없는 희망
　패배해도 멈출 수 없는 걸음
　최후까지 피워 올리는 푸른 목숨
　하늘 향한 투혼의 기도이다

— 「투혼의 기도」의 전문

위 인용시에서 보듯이 그는 끝내 향기로 표상되는 고귀한 이상을, 그런가 하면 희망으로 표상되는 건강한 미래를 포기할 수 없다는 신념으로 독기에 가까운 투혼과 투지를 바친다. 이런 투혼과 투지를 갖고 고행에 임하기에 그의 고행은 지칠 줄 모르고 피어난다. 고행이 없는 부활과 승리, 그리고 투지와 투혼이 없는 고행의 미래를 그는 생각할 수 없는 것 같다.

고행을 자처하며 투지와 투혼을 불태우는 박노해는 또한 견인주의자를 닮아 있다. 그는 견인주의자처럼 욕망을 안으로 응축시킨다. 그리고 자신이 뜻한 바를 향하여 잽싸고 곧은 몸짓으로 줄달음질친다. 견인주의자가 된다는 것은 자학의 태도를 내면화한다는 뜻이기도 하며, 자학을 승화시키고 싶다는 욕망의 표현이기도 하다. 박노해에겐 이 두 가지 태도가 다 있다. 일례로 견인주의자인 박노해는 얼음과 같은 물 속에 몸을 담근다. 그리고 어둠과 같은 수렁 속에 몸을 내려놓는다. 그러나 그것은 자기파괴의 행위 같아 보이지만, 실은 "시린 꽃"과 "어둠의 꽃"을 피워내기 위한 과정이다. 이러한 꽃들은 안으로 응축된 밀도와 속으로 깊어진 깊이를 지니고 있다. 우리는 이런 과정 속에서 꽃을 보며 이른바 비극적 황홀감이라 부를 만한 감정에 사로잡힌다.

박노해가 가진 견인주의자의 자세는 자연스럽게 희생양의 이미지로 이어진다. 이들 모두가 지극히 종교적인 모습을 띠고 있다는 데서 공통적이다. 사실 희생은 마음만 있다고 되는 게 아니다. 본래 희생제에 바치는 인간이란 그 마을에서 신이 보기에 가장 출중한 인물이었다. 지금은 사람들이 약아져서 쇠고기 한 근으로 희생제를 치르고 있지만, 희생의 조건은 그만큼 까다로운 것이다. 그렇다면 박노해는 희생제에서 스스로 희생양이 될 만한 자질을 갖추고 있는 것일까? 나는 현실 속의 박노해가 이런 나의 물음에 맞는지 어떤지 알 수 없다. 그렇지만 분명한 것은, 그의 시 속에서 그가 희생양의 자세를 드러내고 있다는 점이다. 이 말을 쉽게 바꾼다면 이타적 사랑을 그가 실천하고 싶어한다는 것이라 할 수 있다. 그에게는 개인인 자신의 구원과 더불어 사회의 구원이 크나큰 주제였는데, 이번 시집에 들어와서는 앞의 두 가지와 더불어 자연(생명)의 구원이라는 문제에까지 관심을 확산시키고 있다. 이러한 그의 희생제 역시 소멸하는 것이 아니라 부활을 창조하려는 의지와 투혼의 소산이다. 그는 이런 사실을 그의 작품 「목화는 두 번 꽃이 핀다」의 한 부분에서

> *이 목숨의 꽃 바쳐*
> *세상이 따뜻하다면*
> *그대 마음도 하얀 솜꽃처럼*
> *깨끗하고 포근하다면*
> *나 기꺼이 밭둑에 쓰러지겠네*
> *앙상한 뼈마디로 메말라가며*
> *순결한 솜꽃 피워 바치겠네*

와 같이 표현하고 있다.

박노해가 그의 이상세계에 도달하기 위하여 치뤄낸 고행과 투혼과 견인과 희생 그리고 정진은 박노해에게 그가 감당해야 할 신과의 서약 혹은 신에의 순명과 같은 것이다. 박노해의 이번 시집엔 서약이니 순명이니 하는 종교적 용어가 등장하는데, 그는 분명 종교적 색채를 시 속에 의도적으로 표출한 바 없지만, 나는 그가 그토록 끈질기게 고행, 투혼, 견인, 희생, 정진 속에서 부활을 꿈꾸고 창조하며 승리의 삶을 만들고자 한 것에는 그 몸 속 깊은 곳에 자리한 신에 대한 서약 혹은 신에의 순명 같은 마음가짐이 형성돼 있기 때문이

라고 본다. 박노해가 『현대사상』 제 10호의 대담에서 원래 자기는 신부가 되려고 준비를 했던 사람이지만, 형이 먼저 장문의 편지를 써서 자신이 신부가 되겠다고 하는 바람에 신부가 되기를 그만두게 되었다고 한 것이야말로 이런 점을 이해하는 데 매우 큰 시사점을 제공해줄 것이다.

4. 포용, 화해, 상생, 긍정, 묵상

박노해의 이번 시집 『겨울이 꽃핀다』 속에는 그가 명상집이자 시집인 『사람만이 희망이다』에서부터 보여주기 시작한 포용의 정신이 무르익어 있다. 그는 배제 대신 포용의 방식을 선택하여 그의 이상세계에 이르고자 한 것인데 그가 여기서 포용하고자 한 것에는 인간의 욕망과 그 욕망이 만들어낸 자본의 시장성, 계급적 관점으로 배제될 수 없는 이 땅의 모든 사람들, 획일성과 단일성으로 포착할 수 없는 사상과 세계의 다양성과 복합성 등이 다 포함된다. 그의 이런 포용성은 그를 보다 현실적인 인간으로, 더 나아가 입체적이며 다성적인 인간으로 만드는 데 아주 긍정적인 작용을 한 것으로 보인다. 박노해는 자신이 이처럼 포용적인 존재로 변모하게 된 사실을 다음과 같이 그의 작품 속에 표출하고 있다.

① 나 이제 조용히 가슴 치며
다시 사랑을 배워야 하네

뜨거운 마주봄이 아니어도
일치된 한 길이 아니어도
서로 속 아픈 차이를 품고
다시 강물을 이루어야 하네

— 「새벽 강에서」의 부분

② 진정한 강함은 섬세함이다
철저한 자기 절제력이다
안의 깊음으로 적에게 강함이다

— 「진정한 강함」의 부분

인용된 두 편의 시 모두 다소 설명적이라서 미학적 장치로 보면 그 수준이 좀 약하지만 박노해의 포용성이 어떤 것인가를 알려주는 데는 좋은 자료가 된다. 그는 인용시 ①에서처럼 일치된 길이 아니더라도 서로 차이를 품고 다시 강물을 이루며 가는 방법이 모색되어야 한다고 생각하며, 인용시 ②에서처럼 진정한 강함은 부드러움과 개방성과 복합성 속에서 가능하다는 것을 말하고 있다. 박노해는 이처럼 타존재와 현실을 포용하면서 매우 부드럽고 입체적인 정신을 가꾸는 데 성공해가고 있는 것 같다. 이런 그의 모습은 노동투쟁과 혁명적 투쟁에 전력하던 이전의 박노해가 가진 정신과 아주 다른 것이다.

둘째로 박노해는 역시 그의 저서 『사람만이 희망이다』에서부터 시작하여 이번 시집 『겨울이 꽃핀다』에 이르러 화해의 중요성을 인식하고 실천하려는 변화를 보여주고 있다. 이 세상에서 사는 일의 핵심은 실상 존재와 존재 간의 화해를 이룩해나아가는 과정이다. 그러나 크게 보면 화해에는 몇 가지 종류가 있다. 그 하나는 자신과의 화해, 그 둘은 다른 인간과의 화해, 그 셋은 자연 및 우주와의 화해이다. 세상사란 모든 것이 투쟁과 공존의 역설 속에서 이루어지는 것이라, 실제로 어느 하나만이 존재와 세계의 진실이라고 말하기 어렵다. 그러나 적어도 의식 있는 인간들은 존재하는 모든 것과의 화해를 꿈꾼다. 아마도 이 세계에 이상향이 존재할 수 있다면, 그런 세상이란 그 속의 모든 존재가 화해를 이룩한 땅일 것이다. 투쟁 역시 화해를 이룩하기 위한 방법적 장치일 수 있다. 그리고 때로는 투쟁이 더 효율적일 때도 있다. 그러나 그러한 투쟁 속에는 너무나도 많은 상처가 내재하기 일쑤이다. 그러므로 가능하다면 화해를 통해 더 큰 화해의 장으로 도달하고자 하는 것, 이것이 자각 있는 인간들의 소망이다. 박노해는 투쟁을 화해를 위한 방법적 장치로 동원했던 사람이다. 그런 그가 『사람만이 희망이다』에서부터 시작하여 이번 시집 『겨울이 꽃핀다』에 와서는 화해를 오히려 투쟁의 방식으로 선택하고자 하는 것이다. 박노해는 화해가 얼마나 어려운 것인가를 잘 안다. 그러므로 다음과 같은 시를 남기고 있다.

현실에서 보란 듯이 이루어낸
지난날 뜨거웠던 친구들을 보면
해냈구나 눈시울이 시큰하다

이런 중심 없는 시대에는
세상과의 불화를 견디기도 어렵겠지만
세상과의 화해도 그리 쉽지만은 않겠지

지금도 우린 불화 중이지만
자신과는 참 고요하고 따뜻해
그래서 다시 길 떠나는가 봐

세상과의 화해가 자신과도 화해일 수 있다면

세상과 화해한 넌 지금
너 자신과 화해가 되니?

— 「불화」의 전문

　　모든 존재와의 화해는 영원히 불가능한 것인지도 모른다. 그러나 그는 화해의 어려움을 알면서도 그 화해의 길을 도모한다. 불화 속에서의 투쟁이 아니라 불화를 녹여서 화해로 만들고 싶은 그의 마음을 담아내고 있는 것이다. 화해니 갈등이니 하는 것은 살아있는 유기체의 속성을 지니고 있기 때문에 잠시라도 방심하거나 환경이 바뀌면 언제든지 돌변하여 도로가 될 수도 있는 존재이다. 그렇지만 그 화해를 위해 노력할 수밖에 없고, 화해를 위해 화해를 방법적 장치로 동원할 수밖에 없는 것이 인간의 조건이라고 할 때, 박노해가 화해를 지향한 것 역시 이런 맥락에서 이해할 수 있을 것이다.
　　박노해가 포용과 화해를 지향하는 마음은 상생(相生)의 논리로 이어진다.

쉽게 말하자면 승자와 패자가 나누어지지 않는, 서로가 서로에게 승리자인 소위 윈윈(win-win) 게임의 원리를 살리자는 것이다. 상극의 대립적인 세계를 상생의 상보적인 세계로 바꾸는 일, 그것은 대극을 한꺼번에 볼 수 있는 안목이 마련되었다는 뜻이다. 그리고 그 자신이 자아발견의 단계를 넘어서서 자아해체의 단계로 넘어서게 되었다는 것을 뜻한다.

박노해의 이런 상생의 정신은 자신을 포함한 인간의 노동을 내적으로 바라보며, 그 동안 상생을 말하면서 실은 살생의 일에 참여한 것이 아닌가 하는 성찰을 하게 만든다. 상생이란 인간과 인간이 서로 살림의 자리로 올라가는 것이면서, 더 나아가 인간과 자연이 서로 살림의 관계를 맺는 일이다. 그런데 자본의 평등에 대해서만 관심이 컸던 박노해는 이제 좀더 시야를 넓히면서 그와 우리의 노동이 자연을 살생하는 무서운 노동이 아니냐는 물음을 갖게 된 것이다. 실제로 이 산업문명사회에서 이루어지는 수많은 노동은 상생의 노동이기보다 살생의 노동인 경우가 대부분이다. 우리들이 이 현대사회 속에서 살아가는 일 자체가 쓰레기를 배출하는 일이듯이, 우리들이 만드는 일 자체가 살생에 직·간접으로 참여하는 일일 때가 너무나도 많기 때문이다. 상생의 정신에 관심을 가진 박노해는, 그래서 다음과 같은 시를 쓰고 있다.

― 「내 노동이 무섭다」의 부분

위 시의 화자는 도시산업사회에서 바친 자신의 노동과 농경사회에서 바친 아버지의 노동을 비교하면서, 이 시대의 노동이 그대로 숭고한 것만이 아니라 아주 난폭하고 무서운 것일 수 있다는 점에 초점을 맞추고 있다. 생명을 생산하는 노동이 아닌, 물건을 생산하는 노동, 그것이 바로 도시산업사회에서의 노동임을 우리는 잘 안다. 그럼에도 불구하고 물건은 욕망을 낳고, 욕망은 물건을 낳으면서 우리가 사는 이 현대도시산업사회는 가속도를 더하며 질주한다. 노동의 해방과 자본의 평등만을 말하던 박노해가 이렇게 근대산업사회의 모순을 직시하고 상생의 논리를 생각하며 이 시대의 노동을 냉정하게 성찰하는 모습은 매우 인상적이다.

박노해는 『겨울이 꽃핀다』라는 그의 시집 맨 뒷면에 수록된 시 「패배 메시지」에서 "긍정을 통한 부정으로 / 오늘 다시 시작하자"고 우리에게 권유하였다. 그가 여기서 강조한 것은 긍정정신이다. 구체적으로 박노해는 이 시 구절을 통하여 그가 이전에 보여준 자세가 부정을 통한 긍정이요, 투쟁을 통한 쟁취였다면, 이제는 모든 것을 우선적으로 긍정하고 잘못된 점을 비판하며 새로운 의미에서의 부정을 해나아가자는 뜻을 말한다. 여기서도 박노해의 정신은 부드러워졌다. 그리고 성숙해졌다. 물론 상황에 따라서는 이것보다 저것이 더 효과적일 수 있기 때문에 꼭 긍정을 통한 부정만이 올바르다고 말하기는 어렵다. 하지만 박노해는 사상적으로 전향을 했고, 또 현실을 있는 그대로 포용하고자 하는 자세를 가진 이상, 더욱이 우리가 살고 있는 이 현실이 우리가 지금껏 누적시켜온 이른바 업의 총체라는 점을 인정할 때, 지구를 떠나지 않는 한 박노해는 물론 우리들 역시 긍정을 통한 부정을 할 수밖에 없을 것이다. 이렇게 말한다면 너무 보수적이고 소심한 것일까? 그러나 나는 박노해의 이런 변화에 찬성표를 던진다.

본장을 마치며 한마디 더 할 것은 박노해의 시에 「묵상」으로 표상되는 자아성찰의 시간들이 곳곳에 숨어 있다는 점이다. 나는 모든 종교의 핵이 명상에 있다고 보는데, 명상의 다른 이름인 묵상은 허심의 상태에서 자아와 세계를 직시하는 일이다. 묵상이 없는 투쟁과 분노는 위험하다. 역시 묵상이 없는 계몽과 설교도 위태롭다. 나는 비교적 다혈질적인 박노해의 삶과 시 속에 묵상의 시간이 보석처럼 박혀있는 것을 그의 크나큰 행운으로 생각한다.

5. 생명성, 자연성, 여성성

한 인간의 삶은 개인의 발견에서 사회의 발견으로, 다시 자연의 발견과 우주의 발견으로 이어지며 확대되어 나아간다. 이러한 과정 속에서 한 인간은 자신을 개인적 존재로, 사회적 존재로, 자연적 존재로, 우주적 존재로 점점 더 넓히면서 이해하고 마침내는 이들 사이의 유기적 관계를 인지하게 된다.

박노해의 삶을 주로 그의 시와 관련시켜 돌이켜볼 때, 그는 개인의 발견에 단초를 제공한 노동현장의 삶에서부터 드디어는 사회적 존재로서의 자신과 인간을 발견하는 데로 이어나아갔고, 그 이후에는 국가공동체의 방향에까지 관심을 가지면서 그가 믿는 사상적 틀로 이 공동체의 방향을 바꾸어보려고 한 바 있다. 그때 그는 지극히 정치·사회적 존재가 되어 있던 때였다.

이러던 박노해가 그의 저서 『사람만이 희망이다』에서부터 새로운 차원의 것들을 발견하기 시작하였으니 그것이 바로 생명, 자연, 우주 등과 같은 이름으로 불릴 수 있는 것들이다. 그는 이렇게 발견한 것들과 관련해서 자신과 인간의 위치를 점검해보고 어떻게 하면 자신을 포함한 인간들이 생명공동체를 이루며 자연과 우주의 흐름에 동행하며 살아갈 수 있을 것인가 하는 점을 고민하기 시작하였다.

박노해는 생명보다 노동하는 인간을 먼저 본 것이고, 자연 속의 무수한 생명들보다 현실 속의 인간을 먼저 본 것이다. 그러던 박노해가 그의 책 『사람만이 희망이다』에서부터 노동하는 존재 이전의 생명을, 현실적 이해관계 이전의 생명인 인간 혹은 몸을 보기 시작한 것이다. 이것은 그의 세계관을 바꾸어놓게 된 대사건이라고 할 수 있다. 외곬수로 사회적, 경제적, 정체적 위상 속의 인간만을 보다가, 그보다 더 근원적인 곳에 무한에 가까운 생명들이 존재할 뿐만 아니라 인간 또한 그런 생명들 가운데 하나라는 것을 그가 알았기 때문이다. 그의 이런 발견은 자연스럽게 생명애로 이어졌고, 그는 생명공동체의 유기성을 살려나가는 일만이 부활하는 세계를 만들어 나아갈 수 있다는 믿음을 갖게 되었다.

　박노해의 생명애는 자연스럽게 생명을 만나고 키우는 농민에 대한 애정으로
이어지고 있다. 그는 자신의 작품 「세기말 성자의 기도」에서 사랑의 노동으로
생명을 키우는 농민에게 이 세기말의 성자라는 이름을 붙여주고 있다. 이 작품
을 보면 그의 생명에 대한 생각이 어떤 것인지를 잘 알 수 있을 것이다.

— 「세기말 성자의 기도」의 부분

위 인용시에는 생명에 대한 박노해의 관심 이외에도 그의 변화를 알려주는 몇 가지 사실이 함께 들어 있다. 우선 박노해는 앞서 말했듯이 농부를 생명과 가장 밀착돼서 사랑의 노동을 하며 살아가는 이 시대의 성자로 생각한다. 그리고 그는 이 농부가 펼치는 사랑의 노동을 통해서 인간의 역사 이전에 존재해야 할 자연이 보다 싱싱하게 살아날 수 있다는 것을 말하고 있다. 더 나아가 그는 농부가 바친 사랑의 노동을 통하여 농부를 포함한 이 우주 속의 모든 생명들이 한 가족의 생명공동체로 어우러지게 되었음을 알려주고 있다. 박노해는 모든 문화와 역사와 문명 이전에 생명과 자연과 그들의 어울림이 존재하고 또 존재해야만 한다는 것을 위 인용시에서 시사하고 있는 것이다. 이 시를 보면 생산물을 나누기 위해 노동투쟁을 전개했던 이전의 박노해와 달리 지금의 박노해는 새로운 차원의 노동관 및 세계관으로 생명공동체의 이상을 꿈꾸고 있다는 사실을 알 수 있다.

박노해의 생명, 자연, 우주 등으로 이어지는 관심은 여성과 여성성의 가치를 재발견하는 것으로 또한 이어지고 있다. 박노해는 이번 시집 『겨울이 꽃핀다』에서 생명을 낳고 품고 기르는 여성과 여성성의 중요성을 다음과 같이 노래하고 있다.

① 아이 가진 여자의
  둥그스럼한 배를 보면
  나도 모르게 손 내밀어 쓰다듬고 싶고
  가만히 무릎 꿇고 귀를 대고 싶어진다

　　　　　　　　　　　　　　　　　— 「손 내민다」의 부분

② 난 물처럼 바람처럼 부드러운 페니스로
  넌 흙처럼 햇살처럼 따스해진 자궁으로
  내일의 푸른 봄을 잉태하고 싶어

　　　　　　　　　　　　　　　— 「부드러운 페니스로」의 부분

③ 아름드리 나무둥치에 등 기대고 앉아
  젖물린 아이를 내려다 보고 있는 여자

— 「젖 물리고 싶어라」의 부분

인용시 ①은 임신한 여성 앞에서 감탄과 경배의 마음이 깃드는 화자의 심정을, 인용시 ②는 부드럽고 따스한 사랑으로 음양이 결합하여 생명창조의 신비를 이뤄내고 싶다는 화자의 마음을, 인용시 ③은 젖을 물려서 생명을 키우는 여성의 위대성과 우주 속의 모든 존재들이 서로에게 젖을 물리는 황홀한 광경을, 각각 묘사하여 보여주고 있다. 결국 박노해가 위에 인용된 세 편의 시에서 말하고자 하는 것은 여성과 여성성에 토대를 두고 창조되고 계승되는 생명의 비밀에 관한 것이다. 이런 박노해의 모습은 남성적인 분노와 비판과 저항으로 세계에 맞서며 자신을 단련시켰던 이전의 박노해의 모습과 비교할 때 상당한 변화상을 드러내는 것이다. 박노해에게 이런 생명애와 여성 및 여성성에 대한 애정은 역시 그가 부활을 창조하는 시인임을 말해주는 부분이다.

6. 평이성, 계몽성, 숭고성

박노해의 시는 아주 쉽게 읽힌다. 그의 시는 '시란 난해한 것이다'라는 기존의 선입견을 일시에 불식시켜준다. 그렇다고 해서 그의 시가 상식적인 내용을 담고 있다는 뜻은 아니다. 그는 아주 평이하고 자연스러운 문체로 별다른 장식성 없이 그의 느낌과 생각을 물흐르듯 표현하고 있다. 그러므로 박노해의 시는 독자들을 소외시키지 않는다. 그의 시는 웬만한 독자라면 다 가설 수 있을 정도의 가까운 거리에서 독자들을 기다리고 있다.

그의 시가 이와 같이 평이성을 갖게 된 데는 몇 가지 이유가 있는 것 같다. 그 하나는 그가 자연발생적인 시인이라는 점이다. 박노해는 기성시단의 어떤 인위적, 수사학적, 미학적 학습을 의도적으로 한 바 없이 그 스스로가 시를 창출할 수밖에 없는 심경에서 자생적으로 시인이 된 것이다. 다른 하나는 그가 상상력보다 체험에 바탕을 두고 시를 쓰는 시인이란 점이다. 시를 쓰는 데는 상상력과 체험이 상보작용 내지는 상승작용을 한다. 그런데 상상력도 힘이 세지만, 체험은 더욱더 힘이 세다. 체험에 바탕을 둔 자연발생적인 시일 때, 그 시는 체험의 사실성과 절실성으로 인해 보다 쉬운 시로 태어날 가능성이 크다.

박노해의 시는 기본적으로 계몽적이다. 그의 시는 자신만을 위한 것이라기보다 타인들까지도 염두에 두고 쓰여지는 시이다. 박노해는 워낙 사회적, 공적 자아가 발달된 사람이라서, 그의 시작 태도나 방법이 계몽성을 띠는 것은 어찌보면 자연스럽다. 어떤 시인이 계몽성을 취할 때, 계몽성의 효과는 크게 두 가지이다. 우선 계몽의 내용이 충격적이고 탁월할 때, 독자들은 그 계몽의 마력에 빨려든다. 그러나 계몽이란 그것이 제아무리 대단한 것이라 하더라도 타인의 영역을 침략해 들어가고자 하는 속성을 갖고 있기 때문에 얼마간의 저항감을 불러일으킨다. 아마도 박노해 시의 독자들 역시 그의 계몽성 앞에서 이런 양가감정을 동시에 느낄 것이라 짐작된다. 말할 나위도 없이 진부한 계몽성은 저항감만을 불러일으킨다. 그런데 계몽성이 강한 시인은 마음이 조급해지기 쉽다. 그래서 시적 의장을 고려하지 않은 채 진술의 방식을 취할 때가 있다. 박노해의 시를 읽으면서도 이런 느낌을 받을 때가 간혹 있다.

끝으로 박노해는 숭고미와 비장미의 방법을 시 속에 간직하고 있는 시인이다. 숭고미와 비장미에 기울어진 시인답게, 박노해의 시에는 웃음이니 유우머니 하는 해학미가 거의 없다. 그의 시는 항상 진지하고 엄숙하다. 그의 시를 보면 그는 앞만 보고 달리는 말처럼 그가 서약한 이상의 세계와, 순명으로 받아들이고자 한 그 이상의 세계를 향하여 결의에 찬 진지한 얼굴로 매진할 뿐이다. 누군가가 너무나도 드높은 이상 앞에 투혼과 투지하는 심정으로 몸을 바칠 때, 우리는 비장미를 느낀다. 이에 비해 그렇게도 드높은 이상에 도달했거나 그것에의 도달 가능성을 확인할 수 있을 때 우리는 숭고미를 느낀다. 박노해의 시에는 이 두 가지 미학적 특징이자 방법적 특징이 함께 들어있다.

나는 숭고미와 비장미가 해학미와 우아미보다 더 우월하다고 생각하지는 않는다. 왜냐하면 다 그 나름의 특성을 갖춘 것이 이들이니까 말이다. 그러나 한 가지 분명한 것은 박노해를 둘러싼 환경이, 아니 그의 생래적 기질이, 아니 처음부터 신부를 꿈꾸었던 그의 종교적 소명이, 그로 하여금 우아미와 해학미를 구사하도록 허락하지 않은 것 같다는 점이다. 그 대신 그는 비장미와 숭고미 속에서 큰 뜻을 위하여 자신을 불태우며 많은 시간을 걸어왔던 것으로 보인다.

7. 다시 박노해와의 만남

나는 박노해를 직접 만나본 적이 한 번도 없다. 그리고 그와 나의 문학적 거리는 매우 멀고 먼 곳에 있었다. 그럼에도 불구하고 나는 가능한 한 다양한 시각에서 우리 시를 바라보고자 애써왔으며, 그 결과 박노해의 시에도 꾸준한 관심과 애정을 가져왔다. 물론 그의 사회주의 혁명론이 과격하게 전개될 때는 아찔한 마음을 저버릴 수 없었으나 수감 이후의 그를 바라보며 보호하고 싶은 마음을 간직하며 지내왔다. 그를 보호하고 싶다는 것은 무엇일까? 한마디로 말하자면 그를 정신적으로나 육체적으로나 살려내고 싶다는 마음이었다.

최근 들어 출감 이후의 박노해를 두고 과격한 비난이 적잖게 쏟아져 나오고 있다. 그런데 그것들을 보면 건전한 비판은 적고 난폭한 공격이 대부분이다. 따뜻한 상생의 비판이 아닌 냉소적인 살생의 비판이 우리 문화계와 지식계에 몇 년간 난무하더니 그 패턴이 박노해를 향해서도 동일하게 적용되고 있다. 그들의 언어는 거칠고 잔인하며 그들의 태도는 실오라기조차 걸치지 않은 것처럼 적나라하다. 이런 우리 문화계와 지식계의 현상을 뭐라고 설명해야 할까? 공격상업주의, 비난상업주의, 매도상업주의, 비판상업주의(이것은 박노해의 표현이다)……. 나는 우리 문화계와 지식계의 언술들과 상호간을 대하는 태도가 좀더 품위있게 고양되기를 소망한다.

이런 자리에서 나는 박노해에게 간곡히 권유하고 싶다. 세상 사람들의 평가나 비판에 연연해하거나 흔들리지 말고 오직 당신 스스로의 진정한 뜻에 따라 고독하나 자유로운 모습으로 천천히 그러나 또렷하게, 소중한 당신만의 길을 창조하며 나아가라고……. 그리고 가끔은 소시민처럼 자유분방하게 작은 재미도 누려보라고……. 박노해의 삶은 지금까지 너무나도 무거워보였기 때문이다.

말머리를 조금 바꾸기로 하자. 전향 이후 박노해는 투쟁과 대립의 시대를 지나서 포용과 상생의 시대를 꿈꾸고 있다. 대립과 투쟁의 시대를 거치지 않은 채 포용과 상생을 말했다면 조금 의심스러울지 모르나 이런 과정을 거치고 나타난 결과이기에 나는 그의 변화를 신뢰하고 싶다.

또한 박노해는 사회와 역사의 장을 건너서 자연과 우주의 장으로 확대되어 나왔다. 이 양자의 세계는 인간들의 삶에 두 축을 이루는 부분인데 그가 근자로 오면서 이전에 발견하지 못했던 자연과 생명과 우주의 세계를 발견하고 탐구하는 것은 역시 바람직한 성숙의 한 여로로 여겨진다.

그런가 하면 박노해는 부정을 통한 긍정의 길을 거쳐 긍정을 통한 부정의 길로 건너왔다. 부정과 긍정은 언제나 함께 상호작용을 하며 만나는 역설적 두 실체이나 최근 들어 그가 부정보다 긍정을 먼저 택하겠다고 역설하며 자기세계를 새로이 구축해 나아가는 것은 지켜볼 만한 가치가 있는 부분이다. 그런 자신의 변화를 박노해는 시집 『겨울이 꽃핀다』에 수록된 마지막 작품 「패배 메시지」에서 "긍정을 통한 부정으로 / 오늘 다시 시작하자"고 권유하는 문장으로 글을 맺고 있다. 그가 다시 시작하고자 새로운 계획을 세우고 새로운 자아관과 세계관을 모색해 나아가는 것은 한 인간의 진지한 성장 및 성숙과정을 알려주는 부분이다.

나는 박노해를 생각할 때마다 너무나 고단한 짐을 자청해서 허리가 휘도록 지고 가는 한 고행자가 떠오른다. 그러면서 혹시 그의 마음 밑바닥에 성자컴플렉스, 구도자컴플렉스, 구원자컴플렉스, 지도자컴플렉스 같은 것이 잠자고 있는 것이 아닌가 하는 짐작도 해본다. 그렇지 않고서야 그토록 무거운 짐을 어깨 위에 짊어지려고 자청할 수 있을까 하는 생각 때문이다. 세속의 소시민으로 작은 슬픔과 기쁨을 맛보며 살아보는 일도 자신을 위해서나 인간을 이해하는 데 있어서나 도움이 될 터인데……. 그래봐야 무거운 가벼움이겠지만, 그래도 가벼운 발걸음과 삶이 그의 길 속에 어딘가 기쁨으로 따라오기를 바란다.

또다시 나는 박노해를 보면서 하고 싶은 말이 있다. 그 말이란, 박노해의 시와 삶은 너무나도 당위적인 차원에서 가야할 길을 설정해놓고 그 길을 따라 엄정하게 이루어지고 있는 셈이기 때문에 다른 한편으로 그 이면에 단순성의 위험을 내재시키고 있다는 점이다. 나는 그가 보다 복합적이고 냉정한 리얼리스트가 되어보기를 희망한다. 비유적으로 말한다면 카오스의 세계로 깊숙히 들어가보라는 것이다. 그는 언제나 맑은 정신의 깨어있는 수도사 혹은 선각자와 같은 모습을 보여준다. 그래서 그의 시를 읽고 나면 잠시 지성소에 들어가서 육신을 정화하고 결의를 다지며 나온 느낌이다. 이것이 그의 특징임은 분명하지만, 그가 좀더 다양하고 폭넓은 세계를 만나고 그것을 자신의 시 속에 적극적으로 끌어들인다면 그의 시가 보다 사실적인 자리에서 입체적인 구도를 획득할 것이라 생각된다.

＃

자연인의 서정과 언어
• 박선옥 •

1. 글을 시작하며

박선옥의 약력을 보면서 나는 두 가지 사실 앞에 눈길을 모았다. 먼저 나는 그가 '삼척' 출생이라는 점에 눈길을 모았다. 나로서는 아직 가보지 못한 곳이지만, 어려서부터 나는 할머니로부터 삼척에 관한 이야기를 꽤나 자주 듣곤 했기 때문이다. 그곳에는 할머니의 친척되는 분이 사셨는데, 할머니는 어린 나에게 저 전설 속의 세계 같은 삼척을 다녀오시면, 내가 사는 동네와는 색다른 세상 이야기를 풀어놓곤 하셨다. 그러므로 삼척은 나에게 친근감과 호기심 그리고 신비감 같은 것을 전해주는 어떤 곳이다. 나는 그가 삼척 출생의 시인이라는 사실을 보면서, 내가 삼척에 대하여 느끼는 그 이름 모를 친근감과 호기심 그리고 신비감 같은 것을 채워줄 지도 모른다는 기대를 품기 시작하였던 것이다. 다음으로 나는 그가 불혹의 나이에 등단한 '늦깎이 시인'이라는 사실에 눈길을 모았다. 늦은 나이에 무엇을 새로 시작한다는 것은 결코 예사로운 일이 아니다. 그런 사정 속에는 어떤 비장함, 처절함, 안간힘 등과 같은 것들이 숨어 있게 마련인데, 그의 시 쓰는 행위가 단순한 세속적 겉치장에 불과한 것이 아니라면, 분명 그 속에 귀기울여 들을 만한 어떤 세계가 깃들어 있을 것이라 생각되었기 때문이다.

이런 느낌을 갖고, 나는 박선옥의 시집『내가 한 줄기 바람일 때』(시와시학사)를 읽기 시작하였다. 그러는 동안 가장 먼저 내게 떠오른 생각은 박선옥의 시가 우리 시단의 최근 경향과 참 다른 특성을 드러내고 있다는 점이었다. 그의 시는 요즘 시단과는 동떨어진 세계에서 마치 혼자 습작을 하다 불쑥 튀어나온 시인의 그것처럼 신선하면서도, 조금은 낯설게 느껴지는 것이었다. 비유적으로 말하자면 그의 시는 삼척이라는 그 숨겨진 지도 속에 혼자 똬리를 틀고 앉아 있다가 그 동안의 결실을 품에 안고 조금 어리숙하게 시단으로 진입한, 그런 얼굴을 하고 있는 것이었다. 요컨대 그는 아직 시류에 야합하거나, 시류에 세뇌되지 않은, 그만이 가질 수 있는 체험의 원형질을, 박선옥은 그대로 자신의 몸 속에서 길러가고 있는 시인이었다. 이것은 나에게 커다란 반가움이었다.

이와 같은 생각을 직감적으로 가지면서 나는 그의 시가 지닌 장점이자 특성을 네 가지로 나누어보았다. 첫째, 그의 시를 이루는 기저에는 '자연인 박선옥'이라고 부를 만한 면모가 강하게 스며 있다는 것이다. 그는 사회인, 문화인, 역사적 인간 등의 이름으로 불리기 이전의, 보다 근원적인 자연인의 면모를 그의 시에서 고스란히 살려내고 있기 때문이다. 둘째, 타고난 서정시인이 바로 박선옥이라는 점이다. 그의 시집 속에 들어 있는 모든 작품들은 박선옥이 지닌 서정시인으로서의 면모를 아주 잘 드러내주고 있다. 이와 같은 점은 그의 시가 해석 이전의 느낌으로 다가오는 시임을 말해주는 부분이다. 셋째, 삶을 내재화시킨 시인이 또한 박선옥이라는 점이다. 그의 시를 읽다보면 생에 얽힌 수많은 사연들이 이 시인의 안쪽에서 곰삭고 있는 것을 볼 수 있다. 이런 점에서 그는 외향의 시인이라기보다 내향의 시인이다. 끝으로 시어의 보고라고 부를 만한 시인이 박선옥이다. 박선옥의 시에는 요즘 시인들에게서 찾아보기 어려운, 더욱이 도시생활 속에서 표준어로 말하면서 살아간 시인들에게서 찾아보기 어려운, 아주 색다르고 풍요로운 언어들이 가득하다.

2. 자연인, 박선옥

'자연인, 박선옥'이라는 말이 도대체 무엇을 의미하는 것이냐고 궁금해하는 사람이 있을 것이라 짐작된다. 그러므로 약간의 설명을 덧붙이기로 한다. 나는 여기서 '자연인'이라는 말을 인위적인 문명, 문화, 역사 등에 우선하는 생명 본연의 소리에 귀를 기울이는 사람, 우주(자연)와의 교감이 몸에 배어 있는 사람, 자연과의 만남을 통하여 그의 생을 엮어가는 사람이라고, 거칠게나마 규정짓고자 한다. 물론 이런 규정은 사전적인 엄격성을 갖고 있지 않다. 다만 박선옥이 얼마나 자연에 가까운 인간이며, 자연의 품 속에서 살아가는 인간이고, 자연에 물들어 있는 인간인가를 말하기 위하여 이런 규정을 내려보았을 뿐이다.

그렇다고 해서 오해를 하면 안 된다. 박선옥은 요즘 유행하는 생태시나 환경시를 쓰는 시인이 결코 아니다. 오직 그는 인위적인 것들이 이 땅을 지배하기 이전의 심성으로, 그런가 하면 인위적인 것들까지도 자연화되어 있는 세계 속의 인간으로, 시를 쓰고 있을 뿐이다. 나는 박선옥에게서, 인위적인 것에 지배당하기 이전의 인간을 본다. 그리고 나는 그에게서 인위적인 것에 휘둘리지 않는 의연한 한 인간을 본다.

그렇다면 그의 이런 미덕은 어디서 온 것일까? 나는 그가 고산으로 뒤덮인 삼척의 오지에서 자란 시인이었기 때문에 이와 같은 미덕을 갖출 수 있었다고 생각한다. 그의 시를 읽어보면 알겠지만, 그가 가진 시적 정서와 상상력은 후천적인 노력이나 학습으로 가능한 것이 아니다. 그것은 곧 자연 속에서 인간마저도 온전하게 자연으로 살아간 세계를 몸으로 거친 자만이 드러낼 수 있는 부분이기 때문이다. 나는 박선옥의 시가 가진 이런 자연인의 모습을 수시로 접하면서 나 자신의 몸 속에서 인위적인 것들의 횡포로 인하여 죽어가던 자연인의 세포가 조용히 숨을 쉬며 살아나는 느낌을 받곤 했다. 그래, 그의 시는 사물까지도 자연처럼 온순하게 조화를 이루며 들어앉아 있던 저 삼척에서 생의 연륜을 쌓아온 한 인간이 그의 몸으로부터 자연스럽게 밀어올린 세계임이 분명하다.

나는 믿는다. 문명(문화) 이전에 자연이 있고, 추상 이전에 육체가 있으며, 언어 이전에 존재가 있다고. 어떤 속삭임과 유혹으로도 전복시킬 수 없는 것이, 인간은 인위적 존재이기 전에 자연인이라는 사실이라고. 어찌보면 너무나도 당연한 소리를 여기서 역설하는 것은, 이 사실이 참으로 당연한 생과 우주의 비밀임에도 불구하고, 지금, 여기서, 우리가 살아가는 모양이란, 그 반대에 가깝기 때문이다. 그의 작품 한 편을 인용하고 논의를 계속해가기로 한다.

> 1
> 산이마가 며칠째 눅눅하다. 전주집 맛없는 밤부침게 한 저분 먹고 오르는 산. 햇살은 이미 서행이다. 오르는 사람, 내리는 사람. 살아온 무게로 산을 져다 부리는 사람들, 먼데서 찾아온 어둠 쫓아 노을은 산 마루턱에 땅거미를 뿌릴 뿐, 산과 나는 그저 선 채로 가고 있었다.

> 2
> 종이 울린다. 한 떼의 새들이 서녘 이슬에 앞머리를 턴다. 눈뜬 풀잎들 물소리 거머쥔 새벽 마음의 날을 세운다. 첩첩 이승과 저승 사이 늘어만 가는 산비탈. 숲을 가로질러 마을로 닿는 낙엽 소리. 바람은 허공에 늦가을을 쏟아 붓는 다만 터럭바위 깊은 속마음 어디쯤 물줄기로 트이는지.
> 살아온 발자취 자꾸만 산에 묻히는 내 돌아가야 할 길. 벗어놓은 검정 고무신에 죄없는 고요가 눈처럼 쌓여 간다.
> — 「산간일기 1」의 전문

위 작품에 묘사된 대부분의 것들이 박선옥을 자연인으로 부르도록 하는데 모자람이 없다. 박선옥은 위 시를 통하여 눅눅해진 산의 이마를, 서행하는 저녁 햇살을, 산 마루턱에 땅거미 뿌리는 노을을, 산으로 오르고 내리는 사람들을, 산과 묵묵히 동행하는 자기 자신을, 서녘 이슬에 앞머리를 털고 있는 한 떼의 새를, 눈뜬 풀잎들을, 물소리 거머쥔 새벽을, 숲을 가로질러 오는 낙엽의 소리를, 늦가을을 알리는 바람소리를, 바위 속의 물줄기를, 검정 고무신에 쌓이는 산속의 고요한 풍경을 그려내고 있다. 그가 위 작품에서 우리에게 보여주는 이 모든 것들은 그 소재면에서는 말할 것도 없고, 더 나아가 그것들의 내적 세계에도 자연성을 내재시키고 있다. 박선옥이 위 작품에서 보여준 풍경은, 시인 역시 하나의 자연인이 되어 그 풍경의 흐름 속에 동화되지 않고는 쉽게 그려낼 수 없는 것들이다. 박선옥의 시집 속에는 이런 유형의 작품이 상당수 있다. 그리고 작품 전체가 그렇지는 않더라도 그의 이와 같은 자질을 보여주는 표현들이 작품 곳곳에 들어 있다.

> *장작불 지피는 연기, 구겨진 추위가 손을 비빈다. 알 수 없는 기류 숙고사 저 고리인 양 하얀 가슴을 나무에 매달고 있는 까치들, 휘어진 억새풀 등넘어로 한 줌씩 몸무게를 비우며 나무들은 말한다. 얘들아. 가지를 뻗어봐. 우리를 열어주는 것은 눈이야. 저 하늘이 조금씩 키를 낮출 때, 두고 간 것 없이 찾아 와 묏자락 앞의 흙내를 털어주는 그것. 눈이 올 때 비로소 우리는 수피 신을 신고 성황당에 오를 수 있단다. 톡톡 돌을 던져 제 키를 키워 가는 시간들 서편 하늘이 비둘기 빛을 밀어 올려 삐걱하고 문소리 들릴 것만 같은 저녁이 발 밑에 쌓인다. 까치 깃털에 묻어나는 바람이 음향을 풀어내면 오늘 저녁 나도 무엇엔가 신들릴 것만 같은 예감으로 발머리에 댕기머리를 땋는다.*

―「겨울 저녁」의 전문

박선옥이 인용 작품에서 그려내는 것도 그가 지닌 자연인의 자질을 유감없이 드러내준다. 모든 것이 자연화되어 살아가는 한 마을의 겨울 저녁 풍경을 그려낸 것이 위 작품이라고 할 수 있다. 박선옥은 구체적으로 이 작품을 통하여 장작불 지피는 연기, 추위 속에서 손 비비는 모습, 하얀 가슴을 나무에 매달고 있는 까치, 낙엽을 떨군 나무들, 눈을 맞이하는 나무들, 산자락으로 스며드는 겨울눈, 성황당으로 오르는 사람들, 신비로운 서편 하늘, 쌓이는 저녁 시간, 까치 깃털에 묻어나는 바람소리, 이런 것들을 느끼며 무엇엔가 신들릴 것 같은 예감에 사로잡힌 시인 자신을 그려보이고 있다. 이 모든 것들은 그들 하나하나의 모습으로, 그런가 하면 서로 어울려서, 자연으로 함께 살아가는 비밀을 알려주고 있다.

박선옥은 자연 속에서 사는 사람이다. 그는 자연에 대한 지식을 갖고 있는 사람이다. 그는 자연을 보고 느끼고 그것과 몸을 섞을 줄 아는 사람이다. 뿐만 아니라 그는 자기 자신도 자연임을 자연스럽게 드러내는 시인이다.

3. 서정시인, 박선옥

박선옥은 타고난 서정시인이다. 그는 어떤 주제를 지적으로 탐구하기보다 자아와 세계를 감성적으로 수용하는 시인이다. 그러나 이렇게 말했다고 해서 그가 내면의 타오르는 감성을 밖으로 강하게 분출시키는 이른바 뜨거운 낭만주의 시인인 것으로 짐작해서는 곤란하다. 박선옥이 보여주는 서정시인으로서의 면모를 굳이 다른 시인의 경우와 관련시켜 설명해본다면, 이 시인의 서정은 1981년도에 세상을 떠난 박용래의 서정과 많이 닮아 있다. 분명 박선옥은 서정시인이다. 그것은 이 시인이 자아와 세계를 감성적으로 표현하는 데 주력하고 있다는 의미이다. 그런데 그가 지닌 서정시인으로서의 면모는 격정적이거나 직설적이지 않고, 지극히 고요하고 간접적인 것이다. 그러므로 그가 지닌 서정성은 언제나 시의 행간 밑에 혹은 시의 행간 속에 혹은 시의 행간 뒤에 은은히 배어 흐른다. 이와 같은 그의 서정성은 독자들을 달뜨게 만들거나, 그들로 하여금 진폭이 큰 정서적 충격을 맛보도록 만드는 것이 아니라, 자신도 의식하지 못하는 사이에 실비처럼 마음으로 젖어드는 감성의 작용을 은은하게 느끼도록 만드는 것이다.

이런 점에서 박선옥의 시에 나타난 서정은 무엇보다도 '절제된 서정'이라고 부르는 것이 좋을 듯싶다. 이것은 그의 마음 속에서 일렁이는 감성을 그가 내면적으로 오랜 시간 다독거렸다는 의미가 되기도 하고, 다른 한편 그가 시작 방법상의 장치를 통하여 그 감성을 걸러내는 데 성공하였다는 의미가 되기도 한다. 이처럼 감성의 세계를 날것 그대로 분출시키지 않고, 지극히 부드럽게 매만지고 통어함으로써 그는 '절제된 서정'을 창조할 수 있었던 것이다.

> *저 산자락 험악한 보폭을 등에 지고*
> *한숨도 못 자고 지나가는*
> *계곡의 물소리*
> *바람이 여울을 건너뛸 때마다*
> *드릅나무 가시에 찔리는*
> *산문의 고요*

차마 새 한 마리 띄우지 못하는 봉우리끼리
아서라. 빗장을 열어보이는 꽃필 무렵

— 「적멸(寂滅)」의 전문

　위 인용시에는 세 가지 정황이 중첩돼 있다. 여기서 세 가지 정황이란, 첫째 산의 상처와 고난을 등에 지고 한숨도 못 잔 채 흘러가는 계곡 물소리의 모습과, 둘째 바람이 여울을 건너뛸 때마다 드릅나무 가시에 찔린다는 산문의 고요한 정경 그리고 셋째로 새 한마리 띄우지 못하고 정지한 듯 서 있던 침묵의 산봉우리들이 꽃필 무렵을 맞이하여 일제히 빗장을 열어보인 풍경이다. 박선옥은 이와 같은 세 가지 정황을 통하여 시의 제목이기도 한 '적멸'의 세계를 표상하려고 한 것이다. 우리는 이런 세 가지 정황으로부터 생의 힘겨움과 고달픔, 불안함과 위태로움, 적막감과 긴장감, 신비감과 난해함 등 여러 가지 감정을 이끌어낼 수 있다. 그러나 박선옥은 이런 감정들을 이미지에 의탁하여 표출하였기 때문에, 감정의 직접적 분출을 제어할 수 있었던 것이다. 요컨대 우리는 분명 위 인용시로부터 작품 전체에 흐르는 서정성을 느낀다. 그러나 그 서정성은 어디까지나 잘 절제된 서정성이다.

　이와 같은 절제의 힘은 서정의 지성화 혹은 지성적인 서정이라는 모순된 말을 만들어내게끔 한다. 뿐만 아니라 이러한 힘은 감성에 함몰되기보다 그 감성과 얼마간의 거리를 두고 그것에 대하여 관조할 수 있는 시간을 마련해준다. 그리하여 서정은 마침내 풍경의 형태를 얻고 만다. 여기서 우리는 서정의 풍경화 혹은 풍경 속의 서정이라는 말을 만들어낼 수 있다.

저녁해 저잣거리는 자투리만 남기고 기운다

내 마음밭 풀무질에 오르는 아버지는 표정이 없다

녹슨 철골 배밑창으로 바다는 썰물져 나가고

골목길마다 쥐떼들이 박꽃 핀 지붕을 몰고 다닌다

아무도 찾아오지 않는 이 저녁 일각

— 「갈천 풍경」의 전문

이 작품은 하나의 행이 하나의 연을 구성하는 형태로 되어 있다. 그러므로 하나의 행(연)을 읽고 그 사이에 존재하는 넓은 여백의 의미를 되살리기 위하여 오랫동안 기다림의 시간을 맞이해야 한다. 박선옥은 앞서 말했듯이 박용래의 서정과 시작방법에 상당히 깊게 닿아 있는 시인이다. 그 중에서도 위 인용작품은 박용래의 대표작 「저녁눈」, 「겨울 밤」, 「그 봄비」 등을 연상시킨다. 박선옥은 이 작품을 통하여 박용래가 그랬듯이 서정을 풍경에 가깝게 지성화시키고 있다. 그러므로 그가 창조한 서정은 단단하고 차분하며 고요하다. 그러나 그와 같이 지성화된 풍경의 행간 사이로 혹은 그 속으로 스며 있는, 이른바 곰삭은 서정의 은은한 기운들은 독자들의 감성을 적시기에 충분하다. 구체적으로 박선옥은 위 작품을 통하여 여섯 가지의 지성화된 서정적 풍경을 제시하고 있다. 나는 방금 '제시'하였다는 말을 사용하였는데, 위 작품에서는 물론 대부분의 작품에서, 박선옥은 서정적 풍경을 '제시'하고 (이것은 의미하거나 주장하는 것과 대비된다) 시인 자신은 한 발짝 뒤로 물러서는 태도를 취하고 있다. 그러므로 독자들은 시인이 제시한 서정적 풍경 앞에서 상당히 자유로운 상상의 유영을 즐길 수 있다. 그러면 박선옥이 위 인용작품에서 제시한 여섯 가지의 서정적 풍경들은 어떤 것일까? 그것을 여기에 열거해보면 다음과 같다. 자투리만 남기고 우는 저녁 무렵 저잣거리의 풍경, 시인의 마음 속에 떠오르는 아버지의 표정 없는 모습, 녹슨 철골의 배 밑창으로 썰물져 나가는 바다의 모습, 박꽃 핀 지붕들 사이의 골목으로 몰려다니는 쥐떼들의 모습, 아무도 찾아오지 않는 저녁 한 때의 풍경, 별들이 개복사 가지끝을 머리채 낚듯이 쥐고 있는 모습이 바로 위 인용 작품에 나타난 서정적 풍경들이다. 이 여섯 가지 서정적 풍경들은 전체가 어울려서 또한 한 폭의 서정적 풍경화를 이룬다. 그런데 앞서 말했듯이 이 서정적 풍경화들은 설명으로 전달될 수 있는 것들이 결코 아니다. 이들은 설명 이전의 직감과 감성 그리고 상상력에 의하여 몸 전체로 느낄 수 있는 것들이다. 그리고 이 풍경화들은 내면에 서정성을 머금고 있으면서 겉으로는 그 서정성을 지성의 작용으로 차분하게 절제시킨 모양을 하고 있다.

나는 지금까지 박선옥의 시에 나타난 서정이 '절제된 서정'으로서 지성화된 모습을 띠고 있다는 데 대하여 언급하였다. 이와 더불어 한 가지 더 언급하자면, 박선옥의 시에 나타난 서정은 정관 혹은 관조에서 나온 이른바 '고요한 서정'의 성격을 띠고 있다. '고요한 서정'이라는 말이 좀 어색하게 느껴질지도 모르겠으나 박선옥의 시에 나타난 서정의 성격을 표현하기에는 이 말이 적합한 듯하다. 그러므로 박선옥의 시를 읽고 나면 독자들은 흥분을 하거나 강한 충격을 받고 전율의 상태에 이르기보다, 사나운 파도처럼 일렁였던 감정의 파고가 오히려 시나브로 잔잔해지는 느낌을 체험한다. 그리고 혼란스러웠던 내면이 고요하게 제자리를 찾아가며 정리되는 느낌을 받는다. 그렇다고 해서 감정적 떨림이 없어지는 것은 결코 아니다. 그의 시에 나타난 서정성은 감정적 떨림을 잔잔한 파문처럼 근저에 깔고 있으면서 동시에 우리의 마음 속에 고요하고 차분한 감정의 호수를 만들도록 하기 때문이다. 방금 말한 '고요하고 차분한 감정의 호수'를 하나씩 마음 속에 지니고 살아갈 때, 우리는 덜 삭막한 삶을 살 수 있고, 또 덜 난폭한 삶을 살 수 있다.

> 섬돌 밑 민들레
> 그 목타는 꽃대궁에 묻어나는
> 노란 탄식 한 줌
> 석양에 띄우고 앉아 먼 산을 바라본다
> 단근질에 풀려나 재를 토하는 더위
> 절기에 쫓겨가는 모양새가 너무 가여운데
> 뒷뜰 툇마루에 고요히 감도는 구름 한 자락
>
> 한지창에 돋은 기역, 니은, 디귿 꽃피는 문살
> 다 헤아리고 돌아설 즈음이면
> 나도 누군가의 홑씨로 후우 불려 와
> 여기 괴어 있는 것은 아닐지
>
> 한 생각 아물지 못하고 드나드는 꿈결

— 「섬돌 밑 민들레」의 부분

시인은 '섬돌 밑 민들레'를 보며 여러 가지 감정에 젖어 있다. 그는 이 섬돌 밑 민들레에게서 '노란 탄식'을 읽기도 하고, 존재의 외로움을 읽기도 한다. 그러나 이런 감정들은 격앙되지 않고 고요히 가라앉아 있다. 말하자면 위 작품 속에 나타난 이런 감정들은 '고요하고 차분한 감정의 호수'라고 부를 만한 분위기를 만들어내고 있는 것이다. 결국 박선옥이 그의 시에서 보여주는 서정은 외향적이기보다 내향적이고, 동적이기보다 정적이다. 그의 시에 나타난 이런 내향적이고 정적인 서정성은 앞서 말했듯이 독자들의 들뜬 마음을 고요히 가라앉히는 데 훌륭한 역할을 하고 있다.

4. 삶을 내재화시킨 시인, 박선옥

박선옥의 시에는 세계를 향하여 비판과 고발을 서슴지 않는 대사회적 목소리가 거의 들어 있지 않다. 그 대신 우리는 그의 시에서 인생, 삶, 존재 등으로 지칭될 수 있는 세계 앞에서 그것들의 의미를 내재화시키는 한 인간의 진실한 모습을 만날 수 있다. 그의 시에는 죽음, 가족사, 유년, 가난, 고향 등과 관련된 풍경들이 주종을 이루고 있는데, 박선옥은 바로 이런 풍경들과 이어진 자신의 체험을 바탕으로 삼아 그것들의 크고 작은 의미를 조용히 탐구하고 있는 것이다. 그러므로 박선옥의 시를 읽으면서 우리는 통쾌한 사회 비판적인 목소리를 접한다거나 생에 대한 초월적인 혹은 도사연한 목소리를 듣게 되지 않는다. 그것보다는 이 시인의 가까운 체험들과 맞닿아 있는 세계에서 그가 느끼고 깨닫는 자그마한 진실들을 만날 뿐이다. 그러므로 그가 전해주는 말들은 아주 작은 목소리로 다가온다. 그러나 그것은 자신의 절실한 체험에 바탕을 둔 것이며, 또한 깊숙히 내면화된 세계이기 때문에,

비록 작은 목소리라 하더라도 그것이 전해주는 울림은 작지 않다.

   ① 한지창에 돋은 기역, 니은, 디귿 꽃피는 문살
     다 헤아리고 돌아설 즈음이면
     나도 누군가의 홀씨로 후우 불려 와
     여기 괴어 있는 것은 아닐지

                              — 「섬돌 밑 민들레」의 부분

   ② 산다는 것은, 강 이쪽에서
     저쪽으로 가는 것뿐이라고
     우리를 휘둘러 오던 세파도 돌아보면
     넉넉한 한 줌의 빈 자리로 껴안고 싶은 것이라고
     무쇠나비에 감자 으깬 밥을 고집하신 당신

                             — 「천도제(薦度祭)」의 부분

   ③ 새벽이면 물지게에 젖어 들어오는
     아비 잃은 유백이 아저씨와 아들 잃은 할배 어깨
     벌집 뚫린 런닝구가 빨랫줄에서 답례하면
     어쩌다 유유히 날아 들어 집터를 마련하는 댑싸리 풀씨들

     아, 빗자루 몇 묶음씩 묶여 팔려나가는
     저들끼리의 삶의 방식이 추녀밑에 움트고 있어
     해마다 그 자리를 날아드는 홀씨의 대물림

                        — 「길섶에 묻힌 金海金公」의 부분

  인용시 ①에는 한지창의 모양을 "기역, 니은, 디귿"으로 헤아려보는 풍경이 아름답게 묘사돼 있다. 박선옥은 이런 아름다움 풍경에 몰입하는 즐거움을 맛본 후에 섬돌 밑에서 돋아난 민들레의 씨앗이 지닌 의미를 생각해본다. 그리고는 이어서 섬돌 밑에서 돋아난 바로 그 민들레처럼 자기 자신 또한 누군가의 홀씨로 불려와 여기에 서 있는 것은 아니냐고 자문해본다. 이로부터 우리는 인간들 역시 민들레의 홀씨처럼 자신도 모르는 사이에 어디선가 날아들어 이 척박한 땅에 뿌리를 내리고 살아가는 존재에 불과한 것이라는

생각에 잠기고 만다. 인생의 엄청난 비밀을 알려준 것은 아닐지라도, 이로부터 우리는 우리 앞에 놓인 생의 의미를 조용히 안으로 받아들이며 그것을 되새김질하게 된다.

인용시 ②는 박선옥 시인이 오빠의 죽음을 회상하며 쓴 작품이다. 박선옥은 이 작품을 통하여 오빠의 죽음이 지닌 의미를, 그런가 하면 인간들에게 다가오는 죽음의 의미를 탐구하고 있다. 오빠로 상징되는 인간의 죽음을 직접 목도하면서 그는 이로부터 생의 진정한 의미를 짚어내고 싶은 것이다. 그 결과 박선옥은 어머니의 말을 빌려 죽음(산다는 것)이란 강 이쪽에서 저쪽으로 옮겨가는 일에 불과할 뿐이라고 전하면서 죽음의 의미를 내면화시킨다. 그런가 하면 그는 오랜 시간이 지난 후에 과거의 아픔이나 고난을 돌이켜보면, 그것마저도 두 팔 벌려 껴안고 싶은 것이 생의 또다른 진실이라고 말하면서 아픔과 고난의 의미를 내면화시키고 있는 것이다.

인용시 ③에는 댑싸리의 생이 감동적으로 그려져 있다. 박선옥은 추녀밑으로 날아든 댑싸리의 삶을 응시한다. 그리고 그는 비록 추녀밑에서 외로운 삶을 옹색하게 만들어가고, 이후에는 몇 묶음의 빗자루로 팔려나가는 것이 댑싸리의 운명이라 할지라도, 그 속에는 댑싸리들만의 고유한 삶의 방식이 있다는 것을 깨닫는다. 댑싸리는 그들만의 고유한 삶의 방식을 터득하고 유지해가면서 해마다 추녀 밑에 홀씨를 대물림한다는 사실에, 박선옥은 주목하고 있는 것이다. 이로부터 우리는 이 시인이 추녀밑에서 대물림하며 살아가는 댑싸리의 의미를 어떻게 내면화시키고 있는지, 그 모습을 만나게 된다.

박선옥은 의미를 지향하는 시인이 아니다. 앞서 말했듯이 그는 정서를 표출하는 시인이다. 그럼에도 불구하고 그의 작품 곳곳에는 세계와 존재의 의미를 탐구한 자취가 숨어 있다. 하지만 이것이 가진 특징은 박선옥이 이와 같은 탐구행위를 통하여 타인에게 어떤 메시지를 강하게 전달하려 하는 대신, 그만의 속마음 속에 그들이 지닌 의미를 조용히 내재화시킨다는 데에 있다. 따라서 박선옥의 시에는 외면적으로 어떤 의미가 불거져 나온 경우나, 시인의 목소리나 주장이 타인을 교화하듯 밖으로 터져 나온 경우가 거의 없다. 우리는 이와 같은 박선옥의 시를 읽고 그의 시가 무엇을 말하려고 하는

지, 그 주제를 선명하게 도출해내기 어렵다. 그만큼 박선욱의 시는 의미를 지향하지 않고, 그가 의미를 드러내고자 할 때도 그것을 고요히 안으로 품듯 끌어안기 때문이다. 요즘의 많은 시들이 강한 진술성을 드러내거나, 공격적인 외부지향성을 드러내는 것과 비교할 때, 박선욱의 시는 상당히 다른 경향을 갖고 있는 셈이다.

5. 언어의 보고, 박선욱

박선욱의 시를 읽는 즐거움 가운데 하나는 그의 시에 사용된 언어를 만나는 일이다. 박선욱은 요즘 우리 시단의 시인들이 사용하지 않거나 사용할 수 없는 언어를 풍부하게 시 속으로 이끌어들이고 있다. 그는 이미 잊혀져 가고 있는 토속어와 지방어를, 그런가 하면 사전에조차 올라 있지 않은 구어들을 자유자재로, 지극히 자연스럽게 사용하고 있는 것이다. 때로 그가 사용하는 이런 언어들은 작품의 의미를 파악하는 데 어려움을 줄 때도 있지만, 그보다는 뭐라고 한마디로 표현할 수 없는 신선함과 감칠맛을 그로부터 느끼도록 만든다. 그가 사용하는 이와 같은 언어들은 이 글의 앞자리에서 논의한 바 그가 지닌 자연인의 기질과 잘 어울려서 규격화된 표준어 이전의 언어 감각을 되살려낸다.

> ① 저녁 저자거리에 묻어 오는 어머니의 기진한 하루는 五十川 한 귀퉁이를 비늘 치면서 상머리에 올린 알밴 황어의 절망으로 회복이 되었다.

— 「나의 척관법」의 부분

> ② 산이마가 며칠째 눅눅하다. 전주집 맛없는 밤부침게 한 저분 먹고 오르는 산. 햇살은 이미 서행이다.

— 「산간일기 1」의 부분

③ 밤길, 짐짝처럼 내 여섯 살은 지겟뿔에 걸터 앉아
　 구멍난 양말 뒷굼치로 신포리 그곳의
　 시작을 보아야 했다. 초겨울로 가는 탄광촌은

— 「중앙선 열차 — 신포리재」의 부분

④ 금간 오지독 산머리 담아 물들이던 해질녘
　 진눈깨비 물탕을 놓고 가는 골목마다 어스름은 찾아들었다

— 「중앙선 열차」의 부분

⑤ 그대가 잠 못 이루는 밤을
　 한 코씩 대바늘에 물리는 동안
　 정지된 세상은 새살을 돋아내지 못하고
　 불빛 가까이
　 생나무 구르는 소리는 모여서
　 降雪의 겨우살이를 찾아 떠나고 있다.

— 「夜行」의 부분

⑥ 갈령(葛領)재, 한재 바닷바람에 걸쳐둔 어린 시절
　 너끈히 밟고 섰는 뼝창들
　 비탈 어디선가 엄마의 노방 옷고름이
　 별초롱으로 휘날려 떨어지려 할 때
　 날 부러진 쩍칼로 엄마의 뒷그림자를
　 싹둑싹둑 도려내야 후련하던 삼동
　 내 서러움 섬당귀뿌리처럼 아직 그 고개에 뒤꼬여

— 「내 서러움 섬당귀 뿌리처럼 뒤꼬여」의 부분

⑦ 나직한 세상의 절망 다 거두어
　 켜켜이 속잎부터 절이시던 그 가슴
　 오늘도 쑥국새 한 마리 날아들어
　 내 그리움만 켜고 앉아도 한 눈에 아프도록 다 드는 것을

— 「천도제(薦度祭)」의 부분

　　인용된 위의 여섯 작품을 통하여 그가 얼마나 토속어와 지방어 그리고 일상의 구어를 자연스럽게, 풍부하게, 감칠맛나게 사용하는가를 볼 수 있을 것이다. 박선옥이 사용하는 이런 언어들은 아마도 그가 자신의 고향 삼척에서 몸으로 익힌 말들이며, 그가 오랫동안 고향 삼척에서의 삶을 자신의 현재 속에 품어안고 살았다는 징표가 될 것이다. 그런 점에서 박선옥에게 그의 고향 삼척은 그에게 언어를 선사한 근원이다. 그가 제아무리 훗날 표준어를 습득하였다 하더라도, 그 표준어가 가진 인위적인 힘이란, 결코 고향에서 몸으로 체득한 자연 언어의 힘을 능가할 수 없기 때문이다. 인간들이 실어증에 걸렸을 경우, 끝까지 남아 있는 말들이 유년기에 습득한 언어라고 한다. 그만큼 고향의 언어는 처음의 언어이자 마지막의 언어이다. 박선옥은 바로 그와 같은 언어를 지금 이 시점에서까지도 그의 시를 통하여 아름답게 살려내고 있는 것이다. 나는 박선옥의 시를 읽는 동안, 특히 그의 시에 들어 있는 독특한 서정성과 더불어 그가 지닌 특유의 언어감각에 상당한 매력을 느꼈다. 이미 곰삭을 대로 곰삭아서 굳이 인간들이 인위적으로 만들어낸 언어라고 느껴지지도 않는 생활 속의 토속적인 언어들을 그는 술술 끌어내고 있었던 것이다.

　　앞의 인용문에서 그 예를 여기에 한 번 들어보면 다음과 같다 : "저자거리, 기진한, 비늘치면서, 상머리에 올린, 알밴 황어의, 산이마, 눅눅하다, 밤부침게 한 저분, 지겟뿔에, 구멍난 양말 뒷굼치, 금간 오지독, 물탕을, 한 코씩 대바늘에 물리는 동안, 생나무 구르는 소리는 모여서, 너끈히 밟고 섰는 뼝창들, 노방 옷고름이, 별초롱으로 휘날려, 날부러진 찍칼로, 섬당귀뿌리처럼, 나직한, 켜켜이 속잎부터 절이시던, 쑥국새". 이런 언어들을 만나면서 우리는 표준어의 인위적인 세력에 짓눌려 질식됐던 실감의 언어들이, 우리의 가슴 저 밑바닥에서부터 숨소리를 내며 조용히 살아나는 느낌을 받게 된다. 언어가 살아남으로 인해 자신의 몸이 살아나는 느낌을 받아본 적이 있는 사람이라면, 나의 이런 말을 충분히 이해할 수 있을 것이다. 이런 점에서 나는 박선옥을 언어의 보고라고 불러보았다. 시인이란 질식된 언어를 살려내는 사람이라면, 박선옥은 그런 역할을 충실하게 수행하고 있는 시인이다.

따로 장을 마련하지 않고, 이 자리에서 몇 가지 말을 첨부하며 글을 마치
고자 한다. 박선욱은 이제 첫 시집을 내는 셈이지만 이 속에는 그만의 독자
성이 잘 살아 있다. 나는 그가 우리 시단의 유행에 가까운 시작 경향에 쉽사
리 물들지 않는 시인으로 남아 있기를 진심으로 바란다. 그에게 가장 절실
한 것을, 그만의 언어감각으로 살려내는 길이 가장 좋은 시를 쓰는 첩경일
수 있기 때문이다. 그리고 그의 시를 읽으면서 아쉽게 생각되는 점은 각 작
품의 분위기나 어법 그리고 상상력이 상당히 유사해서 작품마다의 변별력
이 조금 떨어진다는 점이다. 이와 더불어 한 가지 더 덧붙인다면 그의 시작
기법이 조금 단조롭다는 것이다. 부연하자면 이미지 나열식으로 구성된 작
품이 대부분이다. 그러므로 나는 이 시인이 좀더 유연하고 다채로운 방법을
탐구하여 시에 탄력과 변화감을 부여했으면 하는 바람을 전하고 싶다.

구도의 길, 성자의 길
• 이성선 •

1. 집을 나가다

사람은 누구나 원하든 원하지 않든, 죽음으로써 '出家'하게 된다. 탈속의 시간은 이처럼 죽음과 함께 찾아온다.

그럼에도 불구하고 죽음의 시간이 오기 전에 미리 출가의 시간 혹은 탈속의 시간을 맞이하고 싶어하는 사람들이 있다. 그들은 이 세속에서의 세속적 문법을 견딜 수 없어한다. 이러한 사람들은 어찌보면 이 세속에서의 삶을 괄호 안에 집어넣고 먼저 성급하게 죽음의 시간인 미래의 시간으로 달려가고자 하는 것인지도 모른다. 앞에서도 말했듯이 인간들은 누구나 죽음으로써 '출가'할 수밖에 없는데, 이들은 그 시간이 오기도 전에 세속에서의 삶을 부정한다. 아니 세속에서의 삶을 초월하고자 한다. 그들은 이 세속에 두 발을 딛고 있는 것 같아도 화려한 세속사가 '幻'에 불과하다는 사실을 알고 있다. 그들은 세속 너머의 세계나 그 이전의 세계를 본 사람들이다. 그렇다면 세속 너머 혹은 그 이전의 세계를 본 사람이란 어떤 사람일까? 나는 한마디로 그들이야말로 우주가 존재한다는 사실을, 인간의 고향은 우주라는 사실을, 세속사란 우주사 속의 한 에피소드에 불과하다는 사실을 인식한 사람들이라고 말할 수 있을 것 같다. 어찌보면 그들은 세상 물정을 모르는, 지금 이 순간의 세속적 삶만이 진실이라는 세속의 문법이 얼마나 강력한가를 모르고 참으로 용감하게도 이 거대한 세속의 물결을 부정하려고 하는 무모한 사람들인지도 모른다. 그들의 부정정신과 모험정신은 참으로 대단한 것이다.

출가한 사람들이 아니더라도 사실상 우리는 우리들이 살고 있는 이 유한한 세속사(인간사) 이전에 혹은 그 너머에 무한한 우주사가 있다는 사실을 처음으로 알았을 때, 참으로 커다란 충격에 휩싸인다. 아마도 누구나 우주를 발견하고 당황을 넘어 당혹해하던 순간, 아니 허탈을 넘어 참혹해지던 순간을 기억하고 있을 것이다. 그러나 차츰 정신을 가다듬고 우주를 바라보고 있노라면 우리는 알 수 없는 자유의 물결이 우리의 몸 속 깊은 곳으로부터 솟아오르는 것을 경험하기도 했을 것이다. 이러한 우주적 차원 속에 자신을 놓아본 사람의 마음 속에는 출가에의 꿈이 남아 있다. 다만 그것을 적극적으로 실천하느냐, 그러지 못하느냐 하는 문제만 다를 뿐, 우주를 본 사람이라면 누구나 출가에의 소망을 갖고 있을 터이다. 한 마디로 말해서 인간이라면 누구나 세속의 집을 일찌감치 떠나고 싶은 소망이 있는 것이다. 내가 누구의 아들이고 딸이라는 사실을, 내가 누구의 친구이고 스승이라는 사실을 넘어서보고 싶은 것이다. 그저 우주적 존재가 되어 우주 속을 거닐다 우주 속으로 들어가고 싶은 것이다. 이럴 때, 그들에게 세속의 집은 거푸집처럼 느껴진다. 그들은 더 진정한 집으로 거처를 옮기고 싶어하는 것이다.

이성선은 이런 점에서 과감하게 출가한 모습을 이번 시집 『내 몸에 우주가 손을 얹었다』(세계사)에서 보여주고 있다. 이 시집 속에 수록된 그의 시를 보면 그는 영락없이 세속의 집을 버리고 우주 속으로 떠난 시인이다. 그는 세속의 집을 떠난 시인답게 세속사의 문법과 거리를 두고 있다. 대신 그는 달과 별, 물과 바람, 새와 꽃, 산과 나무, 구름과 가랑잎의 문법을 배운다. 한 마디로 말해서 그는 자연과 우주의 문법을 배운다. 그러므로 그의 친구는 사람이 아니라 방금 말한 자연과 우주의 온갖 것들이다. 그는 자신의 시집 제목을 『내 몸에 우주가 손을 얹었다』라고 지음으로써 그가 이렇게 우주적 교감 속에서 살고 있음을 알려주었을 뿐만 아니라 시집의 자서란을 통하여도 자신의 시집조차 세속의 사람들에게 바치기보다 '달'로 표상된 자연과 우주에게 바친다고 했다. 구체적으로 시집 속의 「自序」란을 보면

라고 씌어져 있다. 달로 표상된 자연과 우주는 그의 영원한 친구이다. 그는 이 친구인 달에게 차를 대접하듯 시집을 바친다. 그러나 그것은 달(우주)에의 집착이 아니라 그저 '차 한잔 대접하듯' 허심한 만남을 통해서이다. 지금까지 말한 내용만 보더라도 이성선의 정신이 어디를 향하고 있는지 알 수 있을 것이다. 그리고 그가 세속의 집을 떠나 출가한 시인과 같다는 나의 말에 쉽게 동의할 수 있을 것이다.

이렇게 세속의 집을 떠나 출가한 시인 이성선은 모든 인간적인 도구를 버린다. 도구란 인간이 세속에서 만든 것 중 가장 출중한 것이다. 그러나 도구는 그것이 무엇이든지 간에 인간들을 소외시킨다. 그런 점에서 도구는 필요악과 같은 존재이다. 이성선이 버린 도구 중에서 가장 중요한 것은 언어다. 그는 '不立文字'의 세계를 꿈꾸고 있기 때문이다. 그의 시작행위 자체가 언어를 도구로 사용하는 일이지만, 그는 역설적이게도 언어라는 도구를 사용하여 '不立文字'의 세계를 지향한다고 고백한다. 이처럼 불립문자의 세계를 지향하는 이성선은 다른 도구들은 말할 것도 없고 노래와 춤을 불러일으키는 악기라는 도구까지도 버리고자 하는 데로 나아간다. 그는 도구로서의 악기보다는 자연과 우주가 현 없는 악기가 되어 연주하고 노래하는 모습이 더욱 심오하다고 생각한다. 그는 이런 사실을 그의 작품 「沒絃琴」에서 잘 전해주고 있다. 그러고 보면 이성선은 모짜르트의 음악보다 바람소리를, 박연의 가야금 소리보다 들판의 새들이 부르는 노래소리를 더욱 윗길에 놓는 사람이다.

이러한 이성선은 모든 존재가 서로 도구 없이 만나기를 꿈꾼다. 다시 말하면 도구 없는 알몸으로 모든 존재가 서로 향기처럼 스미기를 꿈꾼다. 서로가 서로의 존재를 배려하며, 있는 그대로를 존중하며, 상처 없는 만남을 이룩하기 바라는 것이다. 이렇게 자신을 포함한 모든 존재가 서로 조용히 몸을 기대며 조금은 외로운 듯하나 자유로운 삶을, 조금은 적막한 듯하나 평화로운 삶을 사는 것이 출가한 자로서 이성선이 바라는 은밀한 기쁨의 세계이다.

2. 수행하다

집을 나간 이성선은 출가의 단계를 거쳐 '수행'의 단계로 나아간다. 그는 더럽혀졌거나 더럽혀지려고 하는 그의 몸을 끊임없이 닦아내는 의식(儀式) 행위를 하며 살아간다. 인간의 몸이란 워낙 세속적 욕망으로 가득한 것이라서 비록 출가를 하였다 하더라도, 잠시만 방심하면 그 욕망은 어느새 몸 전체를 거미줄 치듯 얽어버리기 때문이다.

이성선이 인도를 찾아간 것, 설악산 기슭의 쓰러져가는 집을 찾아가 시를 쓰는 것, 불교 사원을 드나드는 것, 불교사원에서 승려들의 삶에 주목하는 것, 시집을 들고 산으로 가는 것, 꽃과 달을 바라보는 것, 무한과 영원을 그려보는 것 등, 이런 모든 행위는 바로 그가 몸을 닦아내는 의식행위의 일종으로 보인다.

그는 이처럼 몸을 닦아서 무엇을 이루려고 하는 것일까? 나는 이런 물음을 앞에 놓고 다음과 같은 생각을 해본다. 우리에게는 행복에 이르는 두 가지 길이 있는데, 그 하나는 채움으로써 행복해지려고 하는 길이고, 다른 하나는 비움으로써 행복해지려 하는 길이다. 전자가 산업화, 도시화, 자본화, 문명화, 정보화 등의 이름으로 불리어지는 이 시대를 살아가면서 세속사 속의 대다수 인간들이 행복으로 가는 길이라고 설정한 것이라면, 후자는 이 모든 문명사와 인류사가 한갓 거짓된 욕망의 확대재생산을 가져오고 마침내 인간을 욕망의 블랙홀 속으로 밀어넣고 만다는 생각 하에 또다른 일부의 사람들이 무심(無心)과 무사(無私) 그리고 무자기(無自己)의 길이야말로 행복으로 가는 지름길이라고 설정한 것이다. 인간은 채움으로써도 행복해질 수 있고, 비움으로써도 행복해질 수 있다. 많은 사람들이 이 두 길을 왔다갔다 한다. 그에 비추어볼 때, 이성선은 적어도 그의 시를 통해서만 본다면, 후자의 길을 지향하는 사람이다. 그는 이 길 속에서 행복과 평화와 안식을 구하려고 한다. 그는 그렇게 하기 위하여 세속의 때를 씻는 의식행위를 거듭하여 하고 있는 것이다. 그 예로 다음과 같은 작품을 보기로 하자.

> ① 맑게 웃어주는 저 남루한 아이의
>   이슬 같은 눈동자 속에 살짝 숨어들어가 목욕하고 나오다
>
>   비로소 이 먼지의 땅이 연꽃 속이구나
>   이 제 나무를 바라보는 법으로 사람을 바라본다
>
> — 「연꽃잎 속 이슬」의 부분
>
> ② 희미한 안개 속에 묻힌 그들(인도의 길거리에서 천조각 하나로 몸을
>   가리고 자는 사람들 - 필자)은 벌레 같았네. 이슬젖은 꽃 같았네. 쓰러진
>   주검 같고 주검처럼 아무것도 아닌 지푸라기보다 못한 무(無)였네
>
>   텅 빈 눈과 몸을 바라보다가 갑자기 두려워져서, 이 한없이 깊은 블랙홀,
>   무 안에 빠질 것 같아서 얼른 지나쳐 자리를 떠났네. 무(無)에 몸을 씻으러 여기
>   온 내가. 신(神)의 가슴길을 찾아온 내가, 아아
>
> — 「신(神)의 가슴 길」의 부분

인용시 ①을 보면, 이성선은 그가 찾아간 인도의 길거리에서 남루한 차림으로 떠도는 아이를 본다. 그러나 그는 이 아이에게서 이슬처럼 맑은 눈동자를 함께 본다. 시인은 그 아이의 눈동자에 감동하여 그 눈동자 속에 들어가 남몰래 목욕하는 '작은 의식'을 치른다. 그리고 그는 마침내 세상을 다르게 보기 시작한다. 그 결과 먼지의 땅이 연꽃 같은 세상으로, 세속의 인간이

나무 같은 존재로 새롭게, 신성하게 보이기 시작하는 것을 느낀다.

　이성선은 인용시 ②에서 좀더 다른 방식으로 그의 수행, 즉 몸씻기에 대하여 말하고 있다. 지금 인용시 ② 속의 시인은 인도에 가 있다. 그는 인도에서 천조각 하나를 걸치고 거리에서 살아가는 사람들의 모습을 본 것이다. 그에게는 이들이 벌레처럼, 또는 주검 덩어리처럼 보이기도 한다. 너무나도 남루하고 초라하여 인간이라고 말하기가 어려울 만한 그들 앞에서 그는 심한 충격을 받는다. 이런 가운데서 그는 자신의 속마음을 되돌아본다. 과연 나는 내가 머리 속으로 지향해온 무의 세계를 기꺼이 받아들일 만한 준비가 되어 있는가 하고 자성하면서 말이다. 그는 적어도 관념적으로 "무(無)에 몸을 씻으러" 인도에 간 것이다. 그에게 무는 세속의 때를 씻는 데 더할 나위 없이 좋은 목욕물처럼 상상되었던 것이다. 그런데 이 무가 아주 사실적으로 앞에 닥쳐왔을 때, 이성선은 내심 그것이 두려움으로 다가오는 것을 보고 몸둘 바를 몰라한다. 하지만, 그는 이런 자신의 실상을 인식하면서도 궁극적으로 끝없이 무를 통하여 세속의 때를 씻어내고 싶어한다. 무란 존재는 적어도 그에게 이 세속의 때를 씻는 명약처럼 여겨진다.

　이성선의 몸씻기, 목욕하기, 고행 등과 같은 수행의 의식행위는 죽음으로써 완전히 세속을 넘어 탈속의 출가를 완성하는 날까지 계속될 수밖에 없을 것이다. 이른 나이에 구도의 길을 찾아냈고, 그것에 도달하였다고 호언하는 사람도 있으나, 나는 인간이 육체를 저버릴 수 없는 한, 구도의 길은 죽음으로 구도의 완성이 이루어지는 그 시간까지 계속될 수밖에 없다고 본다. 이성선의 시쓰기 또한 구도의 길을 가고자 하는 그의 수행의식 행위 가운데 하나라고 생각된다. 그렇지 않고서야 이렇게 세속을 견제하며 세속을 넘어서려는 내용의 시를 끝도 없이 써댈 수가 있을까? 나는 이성선의 첫 시집부터 이번에 출간되는 시집까지를 계속하여 지켜보면서 이런 생각을 떠올리지 않을 수 없다.

　한마디로 그는 되도록이면 유리알처럼 투명하게 그 자신의 영혼을 닦고자 하는 시인이다. 잠시만 한 눈을 팔아도 먼지가 날아들고 얼룩이 져버리는 우리의 영혼이라는 거울, 그 거울을 닦아내는 것이 이성선에게는 평생의 수행과정이다. 맑은 거울 같은 영혼을 지향하거나 맑은 거울 같은 영혼으로 자아와 세상을 한 번이라도 비춰본 사람이라면, 그 매력을 잊을 수 없을 것이니, 이것이 이성선의 시인됨의 운명인지도 모른다.

3. 우주를 보다

수행의 과정을 거치며 영혼의 목욕을 수도 없이 의식행위처럼 행하는 이성선의 눈에는 우주가 깃들기 시작한다. 그가 영혼의 거울을 더 맑게 공들여 닦으면 그럴수록, 그의 거울 속에는 더 아름다운 우주가 어른거린다. 이 얼마나 매혹적인 일인가! 아마도 이성선은 그 거울에 비친 우주의 비경을 잊지 못하여 그토록 힘겹게, 그러나 즐겁게 영혼의 거울을 닦으려고 하는지 모르겠다. 아마도 그럴 것이다.

그렇다면 이성선이 그가 닦은 영혼의 거울 속에 비추어본, 비추어보았다기보다 비추어진, 비추어졌다기보다 찾아온 우주의 모습은 구체적으로 어떤 것일까? 이성선의 시를 읽는 재미는 그가 공들여 닦은 영혼의 거울 속에 나타난 우주의 비경을 함께 구경하는 일에 있다.

산이 깨어나는 시간에 일어나 앉아
시를 쓸까 좌선을 할까 차를 마실까
별빛 내려와 쓸고 돌아간 도랑을 돌까
물소리 올라와 얼어붙은 고요한 하늘 위로
산이 깨어나는 소리 하나만 걸려 있다
이것저것 다 놓아두고 그냥 바라보며
눈 안에 그 모습 하나 고요히 앉혀두자

— 「겨울 산사에서」의 전문

인용시를 보면 그의 영혼의 거울 속에는 "산이 깨어나는 모습"이 들어있다. 새벽녘의 산사에 앉아 그가 심안으로 본 것은 바로 방금 말한, 산이 깨어나는 비경인 것이다. 그는 이 산으로 표상된 우주의 비경이 너무나도 감격스러워 마음이 분주하다. 시를 쓸까, 좌선을 할까, 차를 마실까, 도량을 돌까, 하며 그는 우주의 비경을 어떻게 맞이할까 생각이 많다. 그러나 그는 이런 모든 분주한 생각들을 물리치고 우주의 비경을 고요히 바라보는 것만으로 만족하고자 한다. 어쩌면 그렇게 수선을 피우는 것보다 비경을 있는 그대로 가만히 두고 영혼의 거울로 조용히 비춰보는 것이 가장 무해한 고단수의, 황홀한 행위인지도 모른다. 이렇게 하여 위 인용시를 보면 새벽녘에 깨어나는 산의 비경이자 우주의 비경이, 시인이 닦아놓은 영혼의 거울 속으로 고요히 내려앉는 신비를 창출한다. 이런 것을 두고 무위의 거울에 무위의 우주가 내려앉은 모습이라고 하면 안될까?

— 「백담사」의 전문

　　여기서 스님이 마당을 쓰는 행위는 시인이 영혼의 거울을 닦는 행위와 마찬가지이다. 스님이 마당을 쓰니까 기왕에 그 마당거울에 앉아있던 세계가 흔들린다. 인용시에 따르면 비질에 작은 산, 큰 산이 쓸려나가고 달빛도 쓸려나간다. 그러나 마당이란 거울이기에 쓸어야만 다시 더 새롭게, 깊이 비출 수 있는 것, 그러기에 스님은 온정성을 다해 마당을 쓴다. 바로 이런 거울의 비밀에 의하여 정갈히 쓸어놓은 마당 거울에는 푸른 별이 비추이기 시작한다. 시인은 이것을 가리켜 푸른 별이 돋는다고 말했는데, 나는 이 돋는다는 말을 비추인다는 말과 같은 것으로 읽고자 한다. 스님이 마당거울을 쓸면 쓸수록 그 거울에는 더 많은 별이 내려와 비추어진다. 그리고 스님이 그렇게 하면 할수록 그 마당거울에는 더 많은 물소리가 흐른다. 이쯤 되고 보면 시인이 닦은 영혼의 거울에는 하늘의 별이 우주의 비경을 자랑하며 황홀하게 스며드는 정도가 아니라, 아예 시인의 몸 속에서 우주의 비경이 별처럼 돋아나는 데까지 나아가는 경지가 된다. 그러니 영혼의 거울을 닦아가다 보면 우주의 비경은 비추어지는 것이 아니라 탄생되는 것일까? 아마도 그런가 보다.

4. 우주에 안기다

앞장에서 살펴보았듯이 이성선은 영혼의 거울을 닦았고, 그 거울에 우주를 비추었으며, 마침내는 스스로의 몸 속에서 우주를 탄생시키는 데까지 나아갔다. 이런 이성선에게 그 다음의 단계는 그 자신이 우주에 안기는 것이다. 그는 이제 자신을 우주와 별개의 것으로 구분짓지 않고, 아예 자신을 우주 속으로 편입시키고 만 것이다. 이것을 가리켜 우주가 된 인간이라고 부를 수 있을 것이다. 여기서 나라는 존재는 해체된다. 이른바 자아초월 내지는 자아해체가 이룩되는 것이다.

과연 어떻게 한 인간이 자신의 실존적 장벽을 부수고 우주 속에 안길 수 있을까? 어려운 일임에 틀림없다. 더욱이 지독히도 자아중심적인 인간이 어떻게 우주를 자기 편으로 끌어오지 않고, 자신을 우주 편으로 보내버릴 수 있을까? 우리는 원하든 원하지 않든 죽음과 더불어 우주 속으로 우리의 몸 전체를 귀속시켜 버리지만, 적어도 살아 있는 동안에는 우주를 내 속으로 이끌어 들이려고 안달이다.

그런데, 이성선은 끊임없이 그 자신을 우주의 품 속으로 안기게 하려고 노력을 한다. 아마도 최고의 황홀경은 이런 가운데서 이루어진다는 것을 그는 아는 듯하다. 다시 말하면 비움의 극단에서 최고의 우주적 비밀과 합일하여 마침내 우주 전체를 얻을 수 있다는 신비를 그는 눈치채고 있는 것 같다. 이렇게 해서 이성선의 몸은 이미 절반쯤, 아니 그 이상 우주의 품 속으로 들어가 있다. 하긴 물리학적으로 보더라도 우주는 인간의 원초적인 고향이다. 그러니 그는 원초적인 고향을 일찍이 발견한 사람인 것인지도 모른다. 그리고 그 속에서 평화와 휴식을 취하는 사람인지도 모른다.

> 아이가 가재를 잡으려고
> 저녁 산골 개울에서 돌을 뒤집었다
>
> 돌 밑에서 가재가 아니라
> 달이 몸을 일으켰다
>
> 일어난 달은 아이를 삼키고
> 집채보다 더 크게 자라나서
> 동구 밖에 섰다
>
> 달의 뱃속에 지금 아이가 산다

— 「신화」의 전문

　나는 위 시에서 아이를 시인과 대등한 존재로 읽는다. 아이이자 시인은 저녁 무렵 산골의 개울에서 가재를 잡으려고 돌을 뒤집고 있다. 그런데 이게 웬일인가! 시인은 가재 대신 돌 밑에서 솟아나는, 아니 돌 속으로 스며드는 달빛을 본 것이다. 이 광경은 매우 감동적이다. 그런데 이 시는 여기서 그치지 않는다. 가재를 잡으려다 돌 아래에서 만난 달빛만 해도 감동적인데, 그 달빛에 아이가(시인이) 삼켜지고 만 것이다. 이제 작품 속의 주인공은 아이가 아니라 달빛이다. 달빛은 아이를 삼켰고, 그리하여 달빛은 집채보다 더 크게 자랐고, 그 달빛 속에서 아이는 달빛을 집으로 삼아 살게 된 것이다. 이것을 가리켜 아이가(시인이) 우주에 안긴 모습이라고 불러도 무방하지 않을까? 달빛으로 표상된 우주 속에서 아이와 돌과 가재와 또 그 무엇이 안겨 하나로 어우러진 모습이 상상된다.

가지에 잎 떨어지고 나서
빈 산이 보인다
새가 날아가고 혼자 남은 가지가
오랜 여운에 흔들릴 때
이 흔들림에 닿은 내 몸에서도
잎이 떨어진다
무한 쪽으로 내가 열리고
빈 곳이 더 크게 나를 껴안는다
흔들림과 흔들리지 않음 사이
고요한 산과 나 사이가
갑자기 깊이 빛난다
내가 우주 안에 있다

— 「흔들림에 닿아」의 전문

이 시에서 이성선은 아예 "내가 우주 안에 있다"고 직설적으로 말해버렸다. 그러나 그가 우주에 안긴 모습은 아주 구체적인 형상을 취하고 있다. 그는 이 구체적인 형상을 "새가 날아가고 혼자 남은 가지가 / 오랜 여운에 흔들릴 때 / 이 흔들림에 닿은 내 몸에서도 / 잎이 떨어진다"는 말로 표현하였다. 이처럼 나무가 흔들리니 나의 몸에서 잎이 떨어진다는 이 우주적 교감의 목소리야말로 진정 자기 자신을 우주의 품에 맡긴 사람에게서만 나올 수 있는 것이라고 말할 수 있다. 이성선이 자신을 우주의 품에 맡긴다는 것은 '무한', '영원', '허공' 등과 같은 세계로 자신을 열었다는 말과 다르지 않다. 이성선은 이런 자신의 마음을 위 시에서 '무한 쪽으로 내가 열리고 / 빈 곳이 더 크게 나를 껴안는다'고 표현하였다.

그렇다면 우주는 이성선이 생각하듯이 그렇게 무한한 포용력만을 가진 너그러운 존재일까? 이 물음에 대한 답은 우리가 어떤 우주관을 갖느냐에 따라 다를 것이다. 표면적으로만 본다면 우주는 결코 자애롭지 않다. 오직 무심할 뿐이다. 그러나 우주의 그 깊은 속을 누가 알랴? 물론 우주의 깊은 속이 있는지 어떤지도 우리는 알기 어렵다. 나는 이쯤해서 우리가 우주 속에서 할 수 있는 일은 우주의 흐름에 우리를 전폭적으로 맡기거나 우주와의 기나긴 화해를 추구하는 일밖에 없다고 본다. 어쨌든 우리는 우주 속에서 우주와 더불어 살아가야 하는 존재이니까 말이다.

이성선처럼 우주에 온전히 자신을 맡기고 그 품안에 안겨 그의 흐름을 따를 수 있다면, 우리는 구도의 길을 찾은 것이나 마찬가지일지 모른다. 그러나 이것은 하나의 가능성일 뿐, 실제로 이 세속에서 살아가는 우리의 몸은 육체성의 한계 때문에 그것을 이룩한다는 것이 쉽지 않다. 그럼에도 불구하고 만약 우리가 구도의 길을 완벽하게 찾고 그 길의 끝에 있는 도의 세계에 도달했다면 더 이상 시쓰기조차도 필요하지 않을 것이다. 그러므로 이성선이 계속하여 시를 쓴다는 것은 역설적으로 그가 아직도 세속에서 방황하고 갈등한다는 증거이리라. 이런 흔적을 느낄 때, 우리는 한 시인에게서 지극히 인간적인 기운을 맛볼 수 있을 것이다.

그것이 환상일지 알 수 없으나, 우리가 우주의 품에 안겼다고 상상하거나 느끼는 순간, 우리는 잠시나마 한없이 자유로워지고, 평화로워지고, 아늑해지고, 신성해진다. 더 이상 여기에는 인간적 해석 혹은 해독이 끼일 자리가 없다. 그 속에서 우리는 높이 고양된 상태로 올라가는 것이다. 여기에는 또한 단절이니 간극이니 차별이니 하는 말들이 끼일 수 없다. 그 가운데서 우리는 전일성의 신비를 체험하는 것이다. 이성선은 바로 이런 체험의 시간을 기다리며 꿈꾸고 있다.

5. 성자를 꿈꾸다

나는 이성선의 시세계에 대한 논의를 '출가하다'라는 말로부터 시작하였다. 그리하여 '수행하다', '우주를 보다', '우주에 안기다'라는 말을 거쳐 이제 끝으로 '성자를 꿈꾸다'라는 말을 통하여 그의 시세계에 대한 논의를 마감하려고 한다.

이성선의 시집 『내 몸에 우주가 손을 얹었다』를 잘 읽어보면 이성선의 정신은 마지막으로 '성자가 되고 싶다'는 소망으로 모아진다. 그는 한 사람의 세속인을 넘어, 시인을 넘어, 성자가 되고 싶은 것이다. 그러니까 이성선이 세속의 집을 떠나 출가한 것은 성자의 삶을, 성자의 길을 가고 싶었기 때문인 것 같이 보인다. 이런 이성선의 마음 속에는 불교의 승려들과 석가모니가 성자의 중요한 전범으로 들어 있다. 그는 성자가 됨으로써, 성자가 될 수 없다면 그들을 닮음으로써, 그의 생을 완성시키고 싶은 것으로 판단된다. 나는 실제로 현실 속에서의 이성선의 삶이 어떤지 알 수 없다. 다만 그의 시를 통해서 볼 때 이와 같은 말을 할 수 있을 따름이다.

그러면 이성선이 지향하는 성자란 어떤 존재인가? 그의 시를 통해서 보건대 이성선에게 성자는 다음과 같은 존재이다.

① 죽음에 이른 한 스님이
    제자들을 불렀다

    "나 세상에 왔다
    돌아갔다는 소식
    아무에게도 전하지 말라"

    그는 눈을 감았다
    꽃잎 지듯 떨어져 흩어졌다

— 「꽃잎을 쓸며」의 부분

② 히말라야 산 속의 어느 꽃은 달빛이 유난히 밝은 밤에 아무도 모르게 홀연히 피어난다. 달빛이 그리워 피어나서는 해가 뜨기 전에 부끄러워 입술 오그리고 들어가 다시 피지 않는다
    땅 속에 들어간 꽃은 잠들었다 깨어난 부처님처럼 어둠 속에서 다시 고요히 눈을 뜬다. 그가 눈을 뜨자 그의 미소의 힘은 천년 어둠에 갇혔던 지장(地藏) 천하 전체가 다 깨어나고 산은 그 빛으로 더 높고 더 신성해진다. 지구는 불을 켠 지등(紙燈)처럼 우주 허공에 고요히 걸린다

— 「히말라야 산 속의 꽃」의 전문

위의 두 인용시가 단적으로 보여주듯이 이성선에게 그가 되고 싶고 닮고

싶은 성자는 여백에서 와서 여백으로 살다 여백으로 돌아가는, 무심, 무사, 무자기, 무욕, 허심의 정신 속에서 자유, 자족, 소요의 삶을 사는, 이른바 흔적 없는 자유인 혹은 무가 된 탈속인을 뜻한다. 구체적으로 인용시 ①에서 보이는 바와 같이 흔적 없이 왔다 흔적 없이 사라지기를 바라고 실천하는 사람, 그리고 인용시 ②에서 보이는 바와 같이 고요히 아무도 몰래 이 어두운 세상에 빛을 안겨주는 꽃과 같은 사람, 그런 사람을 이성선은 성자로 생각하는 것이다. 이성선은 이런 성자를 그리며 시를 쓰고 있다. 그가 그리워하고 또 기다리는 이런 성자의 길이란 앞에서도 말했듯이 자신을 비우고 낮춤으로써, 오히려 채우고 높일 수 있는 역설의 길을 가는 것인지도 모른다.

우리가 시를 쓰는 이유나 목적은 아주 다양하다. 그 다양한 이유와 목적 중에서 어느 것이 절대적으로 우위에 있다고 말하기는 어렵다. 다만 각자의 목적과 절실성에 따라 그에 맞게 시를 쓸 수 있을 뿐이다. 이렇게 볼 때, 이성선에게 있어서 그의 시쓰기는 세속의 한가운데에 살면서도 끊임없이 마음을 닦고자 하는, 이를테면 수행승의 한 수행과정과 같은 것으로 보인다. 그런 점에서 이성선의 이번 시집은 그의 수행기록과 같다.

⌘

탈속한 자유인의 나라
·임보·

1

　이번에 발간된 임보의 시집 『구름 위의 다락마을』(우이동 사람들)은 몇 가지 점에서 관심을 끌기에 충분하다. 우선 이 시집은 '선시(仙詩)'라는 새로운 시양식을 우리의 현대시단에 선보인 것으로 평가받을 만하다. 시인 자신도 밝혔듯이 이 시집의 기본정신은 '신선사상'에 닿아있다. 원래 신선사상은 중국 전국시대 말기에 불로장수를 바라는 사람들의 소망에 의하여 성립된 것이지만, 이 사상은 그후 우리 선조들의 삶과 정신 속에서도 큰 기능을 한 것으로 보인다. 둘째, 임보의 이 시집은 '이야기시'의 한 유형을 발전시킨 것으로 평가받을 만하다. 임보의 이 시집을 읽어가다 보면 우리는 각 작품 속에 깃들어 있는 여러 가지 이야기들을 발견하게 될 것이고, 바로 이 이야기의 힘에 의하여 그의 시가 독자들을 작품 속으로 강하게 이끌어들이고 있다는 사실을 또한 발견하게 될 것이다. 셋째, 임보의 이 시집은 지상적인 삶의 고통과 한계를 벗어나고자 하는 인간들의 소망과 꿈을 최대치까지 구현시켜본 것으로서 그 의미가 있다. 본래 시라고 하는 양식은 현실과 이상 사이의 엄청난 간극을 인식하고, 그 간극을 메우고자 하는 사람들의 소망에 의하여 탄생된 장르라고도 할 수 있다. 그렇게 본다면, 시인들이란 현실이 열악하면 그러할수록 이에 비례해서 보다 적극적으로 앞장서서 꿈꾸기를 시도해 나아가는 사람이라고 할 수 있다. 넷째, 임보의 이번 시집은 시인이 창조한 신화적인 차원의 선경을 우리 앞에 제시함으로써 혼탁하고 유한한 세상에서 단 한 발짝도 물러서지 못하고 설탕 항아리 속의 꿀벌처럼 살아가는 인간들에게 잠시나마 세속과 거리를 둘 수 있는 기회와 세속의 삶을 재성찰해보는 소중한 기회를 줄 수 있다는 점에서 의미가 있다. 적어도 임보의 이번 시집을 읽는 동안만이라도 사람들은 자기 자신을 이 제한된 세속의 시공과 탐욕스러운 생의 현장으로부터 떼어놓고 무심한 자유의 기쁨과 허허로운 방심의 시간을 얼마간이라도 맞이할 수 있을 것이다.

그러면 이와 같은 의미를 갖고 있는 임보의 시집에 대하여 다음 장을 통하여 좀더 자세한 논의를 해보기로 한다.

2

앞에서 임보의 이번 시집을 가리켜 '선시'라는 양식을 선보인 것이라고 말한 바 있다. 임보의 이 시집 속에는 바로 선시라는 이름에 걸맞게 선적인 세계가 아름답게 펼쳐져 있다. 선적인 세계를 어떻게 개념규정할 것인가 하는 점은 결코 쉬운 일이 아니지만, 나는 편의상 '세속적인 탐욕과 투쟁이 없고, 세속적인 시간과 공간 상의 유한함이 없으며, 세속적인 수많은 부정적 감정들의 소용돌이가 없고, 세속적인 관념과 선입견 그리고 의미들이 무화되는 세계', 또는 '인간을 포함한 우주만상들이 무심, 무욕, 무사의 경지 속에서 융통무애한 자유를 누리며 서로가 어울려 함께 화엄의 세계처럼 어우러져 있는 곳'이라고, 이 선적인 세계를 규정하고자 한다. 따라서 임보가 그의 이번 시집 속에서 그려보이는 선적인 세계는 우리 주변에서 만나기 어려운, 어쩌면 상상과 꿈 속에서만 만날 수 있는 그런 세계이다. 하지만 비록 세속적인 삶이 가득한 우리 주변에서 그와 같은 세계를 현실적으로 만나기는 어려울지 몰라도, 보이지 않는 우리의 마음 속에는 임보가 그려보인 선적인 세계가 일종의 그리움의 대상으로 원형을 이루고 있을 것이다. 따라서 선적인 세계를 현실에서 실현시키는 것이 불가능하다는 그 사실과 상관없이, 선적인 세계는 우리의 마음을 끌어들이기에 충분하고, 그 선적인 세계를 지향함으로써 우리는 세속적인 삶의 고통과 비극성을 얼마간이나마 넘어설 수 있다.

임보는 그의 시집 『구름 위의 다락마을』의 「머리말」에서 "이 연작은(임보는 자신의 이번 시집이 연작시 형태를 띠고 있는 것으로 보고 있다—필자) 시적 화자가 이상향(理想鄕)인 선경(仙境)을 주유(周遊)하면서 그가 보고 겪은 것을 단편적으로 기록한 형식으로 되어 있다"고 하였다. 그러나 실제로 이 시집 속의 선적인 세계들은 형식상으로만 화자가 선경을 주유하면서 보고 겪은 것을 기록한 것처럼 되어 있을 뿐, 전적으로 시인에 의하여 창조된 것이다. 따라서 임보의 이번 시집 속에는 임보 시인이 창조한 선경이 펼쳐져 있는 셈이고, 우리는 그가 창조한 선경을 주유하면서 신선이 된 기분을 느낄 수가 있는 것이다.

임보가 창조한 선경은 매우 허허롭고, 아름다우며, 감동적이고, 황홀하다. 어디에 특별히 전거를 두지 않고 시인 스스로가 창조한 이 선경은 기존의 선경으로 알려진 것들의 한계를 넘어서서 또 하나의 선적인 세계를 시인의 상상력에 의하여 구체적으로 열어보인 것이다. 이렇게 그가 창조한 선적인 세계는 시인의 정신적 지향점이 어디인가를 알려주는 데도 모자람이 없다.

임보 시인이 창조한 선경을 다 둘러볼 수는 없지만, 그가 창조한 선경의 실제 모습을 얼마간이라도 만나보기 위하여 몇 작품에 나타난 인상적인 풍경을 여기서 살펴보기로 한다.

우선 그는 자신의 시집 속에 수록된 첫 작품 「처음 노래」에서 어떻게 그가 선경을 만나게 되었는가 하는 점을 적어놓고 있다. 이 작품의 내용에 따르자면, "어느 날 / 팽나무 가지 위에 올라 / 낮잠을 자다 / 문득 (깊고도 푸른 수렁으로—필자) 떨어져내렸는데 / 눈을 비비고 주위를 보았더니 / 온통 구름 / 구름 / 구름 / 구름 위에 / 작은 마을이 보였다"고 한다. 여기서 구름 위의 작은 마을은 말할 것도 없이 신선들이 사는 세계를 의미한다. 시인은 바로 이와 같이 만나게 된 구름 위의 작은 마을에서 벌어진 풍경을 그 다음에 계속되는 시편에서 우리에게 하나씩 전해준다.

— 「白河」의 전문

  위 인용시 속의 화자는 꽃과 구름에 취해 수십 리 길을 먼 줄도 모르고 걸어서 해가 기울 무렵 "백하(白河)"에 이르렀다. 그는 거울처럼 맑은 백하의 강가에서 배를 대고 기다리는 늙은 사공을 만난다. 그는, 손님이 없는데도 배를 기다리고 있다가 오랫만에 손님으로 온 자기 자신을 태우고 만족스러워하는 늙은 뱃사공에게서 감동을 받는다. 그러나 더욱더 신비롭고 놀라운 것은 그 배를 끄는 것이 두 마리의 푸른 용이라는 사실이다. 이 작품에서 늙은 뱃사공은 무욕의 경지에서 노니는 선인(仙人)의 한 사람이다. 그리고 하루 종일 꽃과 구름에 취해서 뱃나루에 도착한 작품 속의 화자 또한 선인의 경지에 다가가서 하루를 보낸 사람이다. 뿐만 아니라 위 인용 작품 속의 정경 — 뱃사공, 화자, 꽃과 구름, 강물, 푸른 용이 어우러진 상황 — 은 그 자체로 하나의 선경이다. 임보는 이와 같은 선경을 이 시집 속에 수록된 모든 작품에서 창조해낸다. 한 작품만 더 예로 들어본다.

— 「부엉이」의 전문

인용시의 정경은 매우 재미가 있어서 웃음을 감출 수가 없다. 오리머리를 하고 달려가는 칡덩굴과 골마리를 싸들고 그 뒤를 쫓아가는 댕댕이덩굴의 모습도 웃음을 자아내고, 쥐똥나무 위에서 비키라고 꺼우꺼우 소리를 지르며 심판을 보는 늙은 부엉이의 모습도 웃음을 자아낸다. 이렇게 우스운 정경을 따라가면서 도대체 왜들 이렇게 소란스러운가 하고 의문을 가지려고 할 무렵이 되면, 우리는 칡덩굴과 댕댕이덩굴이 경주를 하고 부엉이는 심판을 보면서 이들이 한판 재미있게 놀고 있다는 것을 알게 된다. 이들의 이와 같은 놀이 모습은 그 자체로 하나의 선경을 이루고, 이 놀이에 참여한 칡덩굴과 댕댕이덩굴 그리고 부엉이는 모두 선인의 모습을 하고 있다.

임보는 이 시집 속의 마지막 작품 「그 나라의 주인」에서 그가 다채롭게 창조해낸 선경의 모습이 어떤 것인지를 요약하여 우리에게 전해주고 있다. 그는 여기서 "그 나라는 / 앞에서 끄는 자도 / 뒤에서 따라가는 자도 없다 / 가진 자도 없고 / 가지려 하는 자도 없다 / 우리가 나란히 서서 / 하늘의 무지개를 보듯이 / 우리가 시새우지 않고 / 서로 바람을 마시듯이 / 풀과 나무들이 어우러져 / 산야를 이루듯이 / 그 나라의 모든 것은 / 주인이 없어서 / 그 나라의 모든 것은 / 다 그들의 것이다"라고 적고 있다. 이 시집 속의 첫 작품 「처음 노래」에서 만난 구름 위의 다락마을이 어떤 곳인가를 마지막 수록 작품 「그 나라의 주인」에서 결론적으로 매듭지어 보여주고 있는 셈이다. 임보가 창조한 선경이 어떤 것인가를 보고 싶은 사람은 직접 시를 읽어보는 일이 좋을 것이다. 그 구체적인 선경을 추상적인 말로 설명하는 것은 불가능하니까.

3

　임보의 시집 『구름 위의 다락마을』 속에 수록된 작품의 대부분은 이야기체로 구성돼 있다. 따라서 그의 작품 속에는 이야기의 주체가 되는 각양각색의 인물들(식물이나 동물이 인물로 나타나기도 함)이 등장한다. 작품 속의 화자는 이 인물들에 얽힌 다양한 이야기나, 이 인물들과 자기 자신 사이에 벌어졌던 이런저런 이야기들을 독자들에게 전해주고 있다. 그런데 흥미로운 것은 비록 이야기의 내용은 모두 다를지라도 그 이야기들은 한결같이 선적인 세계를 만들어내고 있다는 것이다. 결국 임보는 그의 시집에서 이야기의 성격을 잘 활용하여 그가 창조하고 싶은 선적인 세계를 우리 앞에 펼쳐놓고 있는 셈이다.

　임보가 이야기를 시 속에 이끌어들인 것은 그가 구름 위의 다락마을이라고 명명한 신선들의 세계를 소개하고자 한 데 따른 어쩌면 아주 자연스럽고 필연적인 결과인지도 모른다. 그 구름 위의 다락마을에는 신선(神仙), 진인(眞人), 지인(至人), 신인(神人)이라고 부름직한 인물들이 살고 있거니와, 그 인물들은 정태적인 묘사의 대상이 아니라 하나같이 이러저러한 행동을 하며 살아가고 있는 동적 인물들이기 때문이다. 이처럼 인물과 그 인물들에 얽힌 이야기를 시 속에 도입함으로써, 임보는 시에 서사성을 결합시키는 효과를 가져오게 되었고, 이런 시작방법은 독자들로 하여금 이야기의 울림에 의하여 시를 오랫동안 기억하도록 만드는 데 공헌하였다. 작품 한 편을 예로 들어보기로 한다.

> 초당(草堂)이란 자는
> 대나무 밑에서 살고 있는데
> 댓이파리 하나만 잡고도
> 소리를 잘 한다
> 그가 만든 소리는
> 관현(管絃)의 세상 위의 것이어서
> 뭇짐승들도 다가와 갸웃거리는데
> 어떤 때는

— 「竹花」의 전문

　위 작품은 초당이란 인물에 관한 이야기이다. 그러나 초당만이 위 작품의 인물이 아니라 뭇짐승들과 봉황과 대나무도 위 작품 속의 인물 역할을 하고 있다. 결국 위 작품에는 여러 인물이 등장하는 셈인데, 이 여러 인물들의 아름다운 만남과 교감에 의하여 선적인 세계가 창조된다. 대나무 밑에 살면서 댓이파리 하나만 잡고도 관악기나 현악기 이상의 아름다운 소리를 내는 초당, 그 초당의 음악소리에 이끌려 소리 주변을 갸웃거리는 뭇짐승들, 천리 밖에서 그 소리를 듣고 날아드는 봉황과 그 소리에 달빛 같은 꽃을 허옇게 밀어올린다는 대나무, 이 모든 것들이 하나의 교향악처럼 어우러진 풍경이야말로 완벽한 선경에 다름 아니다. 그런데 임보는 이와 같은 인물들을 등장시켜서 어떻게 이런 선경이 이루어졌는가를 이야기의 형식으로 우리에게 전해주는 것이다. 그러나 그는 단지 스토리만을 간결하게 전해주는 것으로 끝나는 것이 아니라 그 이야기에 가능한 한 실감나는 묘사장면을 덧붙임으로써 독자들의 상상력을 한껏 자극하고 있다.

　나는 이 글을 시작하면서 임보의 이번 시집에는 인간들의 탈속적인 꿈과 소망이 최대치까지 구현돼 있다는 말을 한 바 있다. 여기서 꿈과 현실의 상호관계에 대하여 생각해보기로 한다. 우선 그 하나는 현실이 고통스러울수록 그 현실을 벗어나고자 하는 인간들의 소망이 더욱 간절해질 수밖에 없다는 점이다. 그러나 내가 여기서 하고 싶은 말은 한 시인이 그려보인 선적인 세계가 설득력을 갖고 감동을 주기 위해서라면, 그의 현실인식과 인간이해가 깊지 않으면 안된다는 점이다. 인간들의 속성과 그 인간들이 만들어낸 현실을 깊이있게 성찰하거나 투시하지 않고서는, 사람들에게 호소력을 가진 선경을 그려내기가 어려울 것이기 때문이다. 다시 말하자면, 세속적 인간과 그들의 삶에 대한 이해가 깊을수록 선적인 세계 또한 제대로 창조하거나 상상해낼 수가 있다는 것이다.

내가 이런 말을 하는 까닭은, 세속적 인간과 그들의 삶에 대한 올바른 통찰이 없이 무턱대고 '선시(仙詩)'라는 장르에 손을 댄다면 그것은 한낱 겉멋든 자의 유사 이상향을 만들어내는 것에 불과할 위험성을 다분히 안고 있기 때문이다. 진정 인간과 인간들의 세속적인 삶에 대한 고민이 오랜 기간 계속된 연후에 그 결과물로서 선시가 나올 수 있는 것이지, 그런 과정이 부재한 가운데서 참다운 선시가 나올 수는 없다는 것이다. 내가 이 점을 특별히 강조하는 까닭은 1990년대 들어 우리 시단에 무성하게 나온 선시(禪詩)가 이와 같은 위험성과 한계를 드러내었는데, 한자만 다른 '선시(仙詩)'의 경우도 잘못하면 이런 위험성과 한계를 쉽게 드러낼 수 있기 때문이다.

그러나 나는 그 동안 임보의 시를 가까운 거리에서 읽어오는 동안, 그리고 이번 시집에서 그가 그려보인 선적인 세계를 만나면서, 한 시인이 인간과 인간적 현실에 대하여 고뇌의 긴 여정을 보낸 결과가 어떻게 수렴되어 나타나는가 하는 점을 특별히 생각해보는 기회를 갖게 되었다. 그러니까 나는 우리 시단에서 30여년이 넘게 시를 써왔고, 또 그나름의 확고한 자기세계를 창조한 몇몇 원로 시인들을 임보 시인과 함께 떠올려보게 되었다. 그 결과 나는, 비록 그들이 오랜 시작생활의 끝에 도달한 세계는 서로 다르게 나타났지만, 한 가지 공통점이 있다면 그것은 그들의 세계 아래 인간과 인간의 삶에 대한 뼈아픈 성찰과 고뇌의 시간이 녹아있다는 점임을 새삼 실감할 수 있었다. 어찌보면 너무나 당연한 이야기 같지만 이런 시간이 시인들의 시 속에 진하게 녹아있다는 것은 여간 소중한 일이 아니다.

따라서 임보의 이번 시집을 잘 읽어가다보면 우리는 이것이 단순히 아름다운 선적 세계를 창조해놓은 것만이 아니라, 우리가 이 진흙탕의 세속사회에서 스스로를 자유롭게 풀어놓고 생의 참다운 의미를 거대한 우주적 시공 속에서 재성찰하며 지혜롭게 살아갈 수 있도록 이끌어주는 하나의 안내서 역할도 하고 있다는 것을 알게 된다. 선경은 상상 속의 이상세계에만 있는 것이 아니라, 바로 이 진흙탕 속의 세속에서도 스스로를 수련하고 자신의 미욱함을 깨우침으로써 얼마든지 삶 속에 이끌어들일 수 있는 것임을 그의 이번 시집은 시사하고 있는 것이다. 이런 점에서 임보의 이번 선시집은 선경의 창조를 통하여 현실의 모순상을 반영하고, 또 그것을 통하여 현실의 고통과 우매함을 극복할 수 있게 만드는 데 일조를 하였다고 볼 수 있다.

선시가 참다운 선시가 되기 위한 조건은 그것이 그야말로 도끼자루 썩는지 모르는 '신선놀음'을 하는 일이 아니라, 인간과 그들의 현실 속에 내재된 수많은 모순과 고통을 직시하고 극복해나아가고자 하는 치열한 '현실참여' 행위가 되어야 할 것임을 다시 한 번 말하고 싶다. 임보의 이번 시집은 사람들이 선시에 대해 가질 수 있는 이런 오해를 불식시키고 그것이 또 다른 의미의 '현실참여' 행위이자 '인간에 대한 애정과 고뇌의 반영'임을 우리에게 알려준 것으로 그 의미가 있다.

⌘

욕망 없는 것들의 슬픈 여행
· 임혜신 ·

1. 그렇게 나의 편애는 시작되었지요

편애하는 것만큼 쉬운 것이 또 있을까? 편애하는 것만큼 순진한 것이 또 있을까? 편애하는 것만큼 위험한 것이 또 있을까? 편애하는 것만큼 난폭한 것이 또 있을까? 편애하는 것만큼 인간적인 것이 또 있을까? 편애하는 것만큼 편리한 것이 또 있을까?

편애하는 대상이 선이라고 일컬어지는 것이든 아니면 악이라고 일컬어지는 것이든 간에, 그것과 상관없이 우리가 무엇인가를 편애한다는 행위 속에는 위와 같은 속성이 들어있다. 그런데 인생은 편애하는 것을 가르치고 배우는 일로부터 시작된다. 그러므로 거칠게 말하자면 성인이 되어 이 세속의 주민등록증을 받고 세속인으로 살아갈 자격을 얻게 되었다는 것은 무엇인가를 편애할 능력을 갖추었다는 뜻이 되기도 하다. 그만큼 세상은 편애하는 사람을 양성하고 그런 사람을 옹호하는 세계이다. 하지만 그런 세상은 슬프다.

임혜신의 시집『환각의 숲』(한국문연) 해설을 이와 같은 말로부터 시작하는 것은 그가 '편애'한 일의 과거를 숨김없이 고백하는 것으로부터 그의 시집을 열기 때문이다. 그는 자신이 편애하는 세계를 간직하고 살아온 것이 얼마나 철없는 일이었던가를, 얼마나 단순한 일이었던가를, 얼마나 순진한 일이었던가를, 얼마나 끝없이 자신을 방황하게 만든 일이었던가를 고백하고 있는 것이다. 그렇다고 해서 임혜신의 편애에 대해 미리 편견을 가지면 안 된다. 그가 편애한 것은 세속적인 욕망을 충족시키거나 세상의 권력을 지향하는 것과는 다른 편에 서 있는 것이기 때문이다. 그렇더라도 그가 무엇인가를 편애한 것은 분명하다. 그는 시집의 맨 앞에 실린 작품 「하얀 蘭」에서 다음과 같이 이 점에 대하여 말하고 있다.

편애하였다 나는 들꽃을
사람의 발길이 뜸한 곳에
덤불 덤불 피어있는 패랭이 제비꽃 싸리꽃을
여느 욕망에도 매달리지 않을 듯이 작고
터져 버린 번뇌처럼 가벼운 야생의 꽃을

그리하여 그들이 있을 법한
거친 들길을 헤매었다
짐승처럼
바람처럼
그것이 욕망이며
그것이 번뇌임을 알지 못한 채

꿈꾸었다
깊은 강을 사이에 두고 흐르는
수십 년 어둡고 좁은 골짜기에서
그 향기를,
그 빛깔을,

— 「하얀 蘭」의 부분

임혜신이 위 시에서 고백한 내용을 보면, 그가 편애한 것은 참으로 순하고 무해한 것들이다. 그는 "어느 욕망에도 매달리지 않을 듯이 작고/터져 버린 번뇌처럼 가벼운 야생의 꽃"과 같은 것들을 겨우 편애한 것에 불과하다. 이것은 얼마나 아름답고 순결한 편애인가? 그러나 세속의 한가운데서 이런 편애를 한다는 것은 너무나 유아적(?)이고 위험한 일이다. 아니 세상 사람들과 대화조차 나누기 어려운 외롭고 고독한 길을 만드는 일인지도 모른다. 그렇지만 임혜신이 편애한 것의 참다운 내용을 아는 사람들은 그의 이런 편애가 가진 지순한 가치에 공감할 수 있을 것이다. 또한 그가 편애한 내용을 통하여 임혜신이야말로 얼마나 때묻지 않은 낭만주의자였으며 순정한 이상주의자였던가를 느낄 수 있을 것이다. 더욱이 임혜신이 편애한 위의 내용은 현실적으로 무력하지만, 가치상으로 유력하다는 것을 인정하며 자신들이 그 세계에 대한 편애를 포기한 것에 아쉬움을 느낄 것이다.

그러나 임혜신의 예민한 영혼은 자신이 들꽃 같이 가볍고 욕망 없는 것들을 편애한 것조차 실은 욕심의 소산이며 번뇌의 원천이라는 것을 깨닫는다. 더 이상 그런 것들을 편애하는 것이 허락되지 않는 세상에서, 그러나 그런 것들을 찾아 "수십 년 어둡고 좁은 골짜기에서 / 그 향기를, / 그 빛깔을" 꿈꾼 것은 분명 세상의 문법에 대한 무모한 반란임을 그가 알고 있기 때문이다. 더 나아가 그런 행위는 세상을 비켜서거나 넘어서려는 자의 이기적(?) 욕망의 소산인지도 모른다는 생각을 하고 있기 때문이다. 그뿐 아니다. 그런 세계를 그리워하는 것이 제아무리 가치있는 일이라 하더라도 그것은 인간의 적나라한 현실 속으로 몸을 담그는 행위로부터 저만치 떨어져 있다는 것을 알기 때문이다.

그의 이런 순정한 편애가 실은 또다른 의미에서의 욕망이 낳은 산물이고, 더 나아가 세상의 이쪽과 구별하여 저쪽 편에 그만의 이기적인 안식처이자 방을 만들고자 하는 일임을 안 임혜신은 이제 그가 아끼고 편애해온 그 소중한 세계를 거두어들이고자 한다. 그렇다면 그에게 남은 일은 무엇인가? 그것은 세상 속으로 용기있게 들어가는 일이리라. 그렇지만 오랜 세월 동안 편애해온 그 순하고 아름다운 세계를 어찌 단번에 잊을 수가 있단 말인가? 그러므로 그가 세상 속으로 뒤도 돌아보지 않은 채 용기있게 들어간다는 것은 그렇게 쉬운 일만은 결코 아니다.

2. 나는 어두운 내부에서 기다렸지요

작고, 가볍고, 따스하고, 욕망 없는 들풀 같은 세계, 그런 세계를 자신이 편애할 대상으로 삼은 사람에게 거칠고 난폭한 세상은 감당키 어려운 곳이다. 세상의 밑바닥은 언제나 크고, 무겁고, 차갑고, 욕망이 가득하기 때문이다. 세상은 우리에게 너희는 세상 사람이니 그러한 세계가 지닌 논리와 관습을 배우고 익히라고 강요한다. 아니 우리가 먼저 세상 사람임을 자인하고 그러한 세상의 논리와 관습을 배우고 익히려고 안달이다. 이렇게 하여 세상과 우리들의 야합은 세속의 논리와 관습을 더욱 공고히 만든다.

임혜신에게 그런 세상은 힘겨운 곳이다. 그는 세상이라는 가혹한 투쟁의 전선으로 나가 무작정 싸우고, 싸워서 마침내 승리하고, 승리한 후 드디어 이겼노라고 환희의 노래를 부를 만큼 단순하지 않다. 그는, 세상이란 대낮에도 어둠의 껍질(「밝은 아침」에서)이 그대로 살아있는 곳이며, 존재가 쓰레기로 변하여 던져지는 세상(「그 섬에 남은 것들」에서)이고, 심장 없는 양철사슴이 사는 거리(「양철사슴이 사는 거리」에서)이며, 슬픔과 걱정과 번민과 부패가 서성이는 곳(「빵집의 테러」에서)이고, 누군가의 불행이 아이스박스로 가득히 담겨 있는 곳(「꽃」에서)이며, 바람도 꽃도 없는 샌드위치 바 같은 곳(「바람도 꽃도 없는」에서)이고, 이유를 물어 소용없는 날들이 연속되는 곳(「검은 비 1」에서)임을 안다. 그가 비록 고집스럽게 혹은 순진하게 그가 편애하는 곳을 지향하였다 하더라도, 세상이 이런 곳이라는 사실을 그는 지식으로라도 아니 풍문으로라도 배우고 들어서 알고 있을 것이다.

임혜신은 이런 세상으로 직접 대어들지 못한다. 그는 이런 세상과 직접 맞대면하기 이전에 그만의 방을, 그만의 숲을, 그만의 신전을, 그만의 동굴을, 그만의 내부를 마련하고 있다. 이것은 그가 맨 몸으로 덤벼드는 세상과 편애에 익숙한 자신 사이를 지키기 위하여 만든 완충지대인지도 모른다. 어쨌든 그는 이런 곳에서 거름더미처럼 자신을 푹푹 썩히며 그가 세상으로 나갈 길이 만들어지기를 기다리고 있다. 그가 마련한 방, 숲, 신전, 동굴, 내부 등과 같은 곳은 모두 어둡고 혼란스럽지만 그가 세상과의 만남을 위하여 자신을 보살피고 키우며 다스리는 곳이다. 그런 점에서 나는 다음과 같은 말을 할 수 있을 것 같다. 서정주가, '나를 키운 건 八割이 바람이었다'고 말했다면, 임혜신을 키운 것은 팔할이 숲이라는 동굴이자 어둠이라는 신전이었다고……. 그는 그가 만든 이곳에서 서두르지 않고 오랫동안 자신과의 투쟁 및 화해를, 그런가 하면 세상과의 투쟁 및 화해를 도모하였던 것이다. 그 장소와 그 시간은 임혜신에게 외로우면서도 행복한 것이었는지 모른다.

임혜신의 동굴, 숲속, 신전, 방, 내부 등은 매우 매혹적이다. 생의 비의를 담고 있는 것 같은 그곳은 많은 사람의 호기심을 자아내기에 충분하다. 그만큼 그가 만든 이곳에서는 여러 가지 진기한 일들이 일어난다. 그 일들을 보노라면 때로는 슬픔이, 때로는 아름다움이, 때로는 사무침이, 때로는 애수가, 때로는 연민이, 때로는 신비스러움이 느껴진다.

이유를 물어 소용없는 날
불을 끈다
잎새들이 주렁주렁 열린
정원의 달빛을 끄고
나방이 나르는 현관의 불을 끄고
거실의 쇠사슬에 매어 달린
세 개의 등을 끄고
부엌을 향해 난 복도
높은 천장의 등불을 끄고 마지막
가슴에 달깍거리는 촛불을 끈다

더 없는 슬픔은
어둠 속에 있다고 믿어온 까닭에
앓거나 죽어버리기조차 가장 좋은 자리는
어둠이라고 믿어온 까닭에
눈물로 떨어진다
한 방울 한 방울 깊은 밤의 핏줄 속을

다 젖을 때까지
괴로워하고 즐거워하던 일들
가르치고 배우던 일들
모두 젖어서 흘러갈 때까지
차가운 어둠의 신전에
나의 것이라 믿어온 모든 것을 내어준다
바르게 사는 법을 그러면
다시 꿈꾸어보겠노라고

— 「검은 비 1」의 부분

위 시를 보면 임혜신은 스스로 어둠의 동굴을 만들었다. 그는 자신의 둘레에 있는 불을 차례로 끄며 점점 더 깊은 어둠의 집을 지어나아갔다. 그가 그 집짓기의 마지막 지점에서 만난 것은 그가 만든 집이 "차가운 어둠의 신전"과 같다는 것─그는 이 차가운 어둠의 신전에 자신을 남김없이 바침으로써 다시 태어나는 자아를 보고자 했다. 이런 과정은 얼마나 고통스러운 일인가! 하지만 그가 그의 손으로 직접 어둠의 신전을 축조해가는 과정은 얼마나 인상적인가! 그는 먼저 정원의 달빛을 껐다. 그리고 그는 현관의 불을 껐다. 다음으로 그는 거실의 불을 끄고 복도의 불을 껐다. 여기까지는 많은 사람들이 쉽게 생각할 수 있는 불끄기의 방식이며 차례이다. 그러나 그가 "마지막 / 가슴에 딸각거리는 촛불을 끈다"는 말을 했을 때, 우리는 얼마나 깊고 신선한 충격을 받게 되는가! 제아무리 바깥의 불빛을 꺼버려도 제 가슴의 불빛을 끄지 않는 한 어둠의 집은 결코 완성될 수 없다는 것을 그는 아는 자이다. 이렇게 하여 시인의 가슴에 딸각거리는 촛불까지 끈 지금, 그의 몸이 놓여 있는 곳은 말할 것도 없고 그의 몸 자체도 완벽한 어둠의 동굴을 닮았다. 그는 앞서 말했듯이 이렇게 하여 만든 어둠의 동굴을 "차가운 어둠의 신전"이라고 불렀다. 이곳이 차갑지만 신전이 될 수 있는 것은 그가 자신의 몸 속에서 일어나는 빛조차 꺼버렸기 때문이다. 자아와 세계가 완전히 하나가 된 곳, 그런 곳을 가리켜 신전이라고 부른다면 임혜신이 만든 어둠의 동굴은 신전의 모습을 띠기에 충분하다. 이렇게 자신조차 어둠으로 만들어 버린 사람은 자아분열을 경험하지 못한다. 그것은 자신을 완전히 죽인 것이나 마찬가지이기 때문이다. 자아분열이란 밝은 빛 속에서 하나의 자아가 다른 또 하나의 자아를 보고 의식하는 데서 비롯되는 것임을 우리는 알고 있지 않은가? 그런 점에서 임혜신이 자신의 몸 속에 들어있는 마지막 불빛까지 꺼버린 것은 어둠을 신전으로 만드는 데 성공적인 방식이었다고 생각된다.

그렇다면 그는 왜 이렇게도 철저한 어둠의 동굴을 만든 것일까? 위 시에 그 답이 나와 있다. 그것은 그가 어둠 속에만 있다는 슬픔의 한가운데를 만나고 싶었기 때문이며, 그 속에서 자기 자신이라고 불러온 욕망의 흔적들을 고요히 썩히고 싶었기 때문이다. 그는 이 어둠의 동굴 속에서 결코 서두르지 않는다. 그는 "다 젖을 때까지", "모두 젖어서 흘러갈 때까지" 그저 자신에 속한 모든 것을 어둠 속에다 다 내어주고 기다릴 뿐이다. 그것은 바로 어둠의 신전은 차갑지만, 그 신전 앞에 "나의 것이라 믿어온 모든 것을 내어"주고 날 때, 비로소 그 자신이 "바르게 사는 법"을 꿈꾸어볼 수 있겠다는 기대를 갖고 있기 때문이다. 무엇이 "바르게 사는 법"일까? 임혜신은 그것에 대해 친절한 암시를 하고 있지 않다. 그러므로 단지 추측만이 가능할 것이다. 추측하건대 그것은 세상에 들어가 살면서도 세상을 넘어서는 법이 아닌가 한다. 달리 말하면 세상을 넘어서면서도 세상에 들어가 사는 법이 아닌가 한다.

이렇게 하여 그는 어둠의 신전 속에서 다시 태어난 셈이다. 그렇다고 해서 모든 것이 끝난 것은 아니다. 그는 한 차례 길고 난해한 의식(儀式)을 순결하게 감행한 것이다. 그것은 그가 편애한 대가를, 그가 세상 사람으로 조건지어진 대가를, 그가 세상 사람이면서도 그것을 넘어서고자 하는 대가를 치르는 한 차례의 의식이었던 것이다.

그는 이런 어둠의 동굴 속에서 세상으로 나가는 길이 열리기를 기다린다. 세상 사람임을 영원히 부정하며 산다는 것이 거의 불가능한 일임을 알만큼 그는 지혜롭기 때문이다. 그러므로 그는 그가 만들어낸 어둠의 동굴 속을 종착지로 생각하지는 않는다. 그의 여러 시에서 확인할 수 있듯이 그는 나갈 수 있는 길을 찾거나 만들기 위하여 거듭 노력한다. 그 노력의 여정을 잘 보여준 작품이 「환생 1」이다.

*가 다시 한 번 조용히 아주 조용히 나의 손목을 잡아 끌 때 나는 드디어 밖으로 나왔
으니까요 거기 가을이 오고 있더군요 속속들이 스미는 한기의 힘이 얼마나 빠르고
강하던지 나는 순식간에 내 살던 곳을 뛰쳐나와 드높은 장작더미에 앉아 있었습니
다만*

*그가 나의 귓속에 불어 넣어준 나무의 이름이 이처럼 써늘하다니요 툭 툭 잘
려 누운 밝음의 뼈마디에 흐르는 죽음의 향기 건조한 내 어머니의 무릎에서 나
는 또르륵 또르륵 귀뚜라미로 태어나고 있었습니다 빅뱅처럼 온 세상에 깨어져
줍는 햇살의 유리밭에서 그 때 나는 깨달았지요 이렇게 슬픈 것이 환생인 줄을*

— 「환생 1」의 부분

위 인용 부분의 첫 줄에서 보이듯이, '거리는 우울했지만', 그는 기다렸다. 그가 기다린 것은 밖으로 나오기 위한 것이었다. 그러면 그가 나오고자 기다린 바깥이란 어떤 곳일까? 위 인용 부분에 나와 있는 한 구절을 빌려 말하자면 "나무의 푸른 이름을 타고 소년처럼 뛰어 다닐 드넓은 평원" 같은 세계이다. 그는 이 세계를 기대하며 "내부"라는 어둠의 동굴에서 침착하게 인내하며 기다리고, 또 기다렸다. 그 내부라는 곳은 "좁아 터져서 인파가 용암처럼 들끓는 지하상가처럼 시끄럽거나", "싸우는 날이 빈번한 다세대 주택처럼 답답했"고, "몇 발작 걷지 못하고 고꾸라지는 온갖 냄새들로 종종 붐비"는 곳이었다. 그렇지만 그는 기다렸던 것이다. 앞에서 말했듯이 "나무의 푸른 이름을 타고 소년처럼 뛰어 다닐 드넓은 평원" 같은 곳을 꿈꾸면서 말이다. 여기까지 말하고 나면 그는 여전히 세상물정을 모른 채 꿈을 꾸는 사람이거나, 세상 너머만을 꿈꾸며 편애로 가득찬 사람으로 보인다. 그러나 중요한 것은 그의 꿈이 실현되느냐 그렇지 않느냐 하는 것과 상관없이 그가 내부를 견뎠다는 사실과 그 내부에서 나오고자 했다는 사실이다. 그리고 실제로 이런 두 가지 사실이 가능하게 되었다는 점이다.

그런데 문제는 다음부터이다. 그가 아수라장 같은 내부를 견디고 넘어서, 그 누군가의 혹은 그 무엇인가의 손길에 이끌리어 이 세상에 나왔을 때, 그 세상은 그가 기대한 것과 달리 이미 "가을"로 접어든 황량한 땅이었고, "한

기"가 파고드는 차가운 땅이었다는 사실이다. 기다림의 끝에 그가 세상에 나와서 맞이한 것이 이렇게 황량하게 조락하는 가을풍경 같은 모습이라니……. 더군다나 뼈속까지 한기가 스미는 동토 같은 풍경이었다니……. 그렇다면 그는 어찌해야 할까?

임혜신은 이 놀라움 때문에 그만 순간적으로 드높은 장작더미 위로 올라가 앉아버렸다고 말했다. 그것은 본능에 가까운 반응이었다. 하지만 그는 이런 놀라움의 과정을 거쳐 세상의 실상을 꿰뚫어보게 된 것이다. 그가 꿰뚫어본 내용이란 바로 세상이야말로 밝음 속에 죽음이, 그 죽음 속에 향기가 흐르는, 참으로 "슬픈" 곳이라는 사실이다. 그가 말하는 "슬픔"이란 이 말은 인생사 전체의 모순과 아픔을 음미하게 만드는 복합적인 의미를 띠고 있다. 그는 이렇게 내부에서 나온 것을 "환생"이라고 불렀다. 나는 이 "환생"이란 말을 그만의 닫힌 밀실에서 슬픈 인간들이 살아가는 마을의 한가운데로 나온 것이라 해석한다. 이런 나옴이, 아니 환생이, 실은 "슬픔"을 맞이하는 행위임을 안 이상, 그에게는 적어도 더 이상 순진한 편애나 환상이 끼어들지 않을 것이다. 그에게 남은 것이 있다면 "슬픔"의 지대를 어떻게 그의 땅으로 삼고 그곳에 뿌리를 내릴 것이냐 하는 문제뿐이다.

3. 얼음꽃을 밟으며 걷기 시작했지요

내부를 막 빠져 나온 임혜신에게 이 세상은 내부보다 더 혼란스러운 "슬픔"의 지대이다. 그는 이곳에서 무서울 정도의 한기를 느낀다. 그는 한때 젊은이의 단견과 패기 때문에 이 한기와 추위가 자신을 향해 오는 것이 아닐 것이라고 그것을 부정한 적도 있었지만 그것은 희망사항에 지나지 않았다. 세월이 한참 지난 어느날, 그는 자신이 밀쳐놓곤 했던 그 한기와 추위가 실은 자신을 향해서 다가온 것이며, 자신이 감당할 몫인지도 모른다는 생각을 하게 된다. 이것은 그의 삶을 뒤바꿔놓는 엄청난 대사건이다. 이것은 이미 이 세상이 "슬픔"의 지대인 줄을 알면서도 그 슬픔의 지대 속으로 온전히 몸을 들여놓지 않았던 그가, 그의 몸을 슬픔의 지대 한가운데로 기꺼이 들여놓고자 마음먹게 된 계기이기 때문이다.

　그가 세상으로의 외출을 시작한 것은, 달리 말해 세상 속으로 적극적인 태도를 갖고 들어오기 시작한 것은 이런 계기에 의해서이다. 그는 이 계기를 통하여 단순히 내부에서 바깥으로 나온 것에 그치지 않고, 그 냉기 흐르는 동토의 땅, 곧 바깥을 자신의 삶 속으로 포용해들이게 된 것이다. 몸으로의 포용은 지식으로 아는 것과는 너무나도 다른 차원이다. 그것은 바깥이라고 부른 동토의 땅과 직접 맨몸을 섞는 일이기 때문이다. 임혜신의 시 「빙판」을 보면 그의 이런 실상이 매우 인상적으로 그려져 있다.

그 해
근 이십 년만의 추위가 오기까지
나는 알지 못했어
무서운 한기가 분향처럼 온 방에 넘실댈 때까지
숨 다 거둔 햇살 따위가
나와 대체 무슨 관련이 있기나 한 것인지
믿지 않았어.
힘줄이 잘리고 피부가 벗겨진 빛
그것의 냉혹함,
그것의 잔인함,
그것의 자유로움, 그러므로 나는 믿었어
작고 따스하고 자주 목이 마른 나는
그것과는 다르다고

이십 년 만이었어,
슬며시 내가 의심하기 시작한 것은.
혹시 길이 아닌가, 이 끈질긴 추위가.
삶과 죽음 사이에 가늘게 놓였다는
그 신비의 줄이 아닌가, 라고

나는 문을 열었지
어디로든 나가 봐야겠다고
삭풍은 빠르게 거실로 안방으로 들이닥치고
쉽게 허물어지는 집 밖에서
아, 나는 처음으로 보았어

햇살의 식어가는 얼굴을
붉고 자비로운 꽃물처럼 땅으로 흘러내리는
빛의 차가운 몸둥아리를.

땅에 이르자마자 꽝꽝 얼어버리는 그것은
햇살이라기보다 하얀 꽃이었지.
피어난 자리에서 한 발작도 물러서지 않는
얼음꽃, 그 해 겨울 나는
그렇게 꽃을 밟으며 걷기 시작했어. 참으로
아름다운 인연의 시작이었어.

— 「빙판」의 전문

위 인용시를 보건대 임혜신은 "무서운 한기가 분향처럼 온 방에 넘실"대어도, 그것이 자신과 무관한 세계일 거라로 생각해왔다. 그는 이때까지도 그 무서운 한기가 분향처럼 감도는 세상을 그와 다른 지대로 간주하였다. 그러기를 20년, 그렇지만 추위와 한기가 감도는 세상은 언제나 그 앞에서 넘실대고 있었다. 정말로 혹독한 추위가 그의 방 속을 침입해 들어온 어느날, 임혜신은 도저히 사라지지 않고 엄습해오는 이 혹독한 추위와 한기에 대하여 다른 시선을 보내기 시작한다. 그것은 바로 위의 인용시 제2연에 나와 있는 것과 같다. 그 해당 부분을 다시 한 번 옮겨본다.

이십 년 만이었어,
슬며시 내가 의심하기 시작한 것은.
혹시 길이 아닌가, 이 끈질긴 추위가.
삶과 죽음 사이에 가늘게 놓였다는
그 신비의 줄이 아닌가, 라고

이것은 그의 삶에 엄청난 전환을 가져온 대사건이다. 자신과는 무관한 것이라고 생각해온 그 혹독하고도 끈질긴 한기와 추위 속의 세상을 "삶과 죽음 사이에 가늘게 놓였다는 / 그 신비의 줄이 아닌가"라고 의심하기 시작하였으니 말이다. 다시 말하건대 이것은 사유의 대전환이자 존재의 대전환이 이루어지는 계기이다. 그렇다면 그 추위와 한기의 세상을 받아들이고 건너가는 수밖에 다른 방법이 또 있겠는가?

임혜신은 위의 인용시 제3연에서 보이듯이 드디어 문을 열고 밖으로 나가봐야겠다고 마음먹는다. 문을 여는 순간 추위와 한기는 그의 집안으로 몰려들어와 그를 놀라게 만들었지만, 그가 차분히 세상 안으로 들어갔을 때 세상은 어느 곳이나 한기와 추위로 몸을 떨고 있는 곳이었다. 여기서 그는 그 자신이 세상으로 나가 그 세상 속에 몸을 담근 사람이 된 것만이 아니라 그 세상에 살고 있는 모든 사람들의 한기와 추위까지도 자신의 것이라고 아파하는 사람이 된 것이다.

이런 그에게 세상은 모든 것이 꽝꽝 얼어버리는 곳으로 보였다. 햇살조차도 얼음꽃으로 딱딱해지고 차가워지는 곳으로 느껴졌다. 어느 것 하나 말랑말랑하고 따스한 방 속이나 빵 속 같지 않았다. 삭풍과 한기와 추위와 결빙만이 횡행하는 세상이었다.

그러나 그는 이러한 세상을 그가 맞이할 "꽃"이라고, 그리고 그가 가야할 "길"이라고 불렀다. 그는 더 이상 냉동공장 같은 세상을 자신과 무관한 세상이라고 생각하지 않게 된 것이다. 임혜신은 참으로 인상적이게도 그의 이런 전환을 가리켜 "얼음꽃, 그 해 겨울 나는 / 그렇게 (그)꽃을 밟으며 걷기 시작했어. 참으로 / 아름다운 인연의 시작이었어"라고 말을 한다. 세상의 삭풍 속으로 나가는 길을 이렇게 아름다운 역설의 언어로 표현할 수 있다니……. 이렇게 말하기까지 그는 참으로 아프고 힘들었겠지만, 그의 사유 속에 대전환이 일어난 이상, 그는 자신이 문밖으로 나가서 맞이해야 할 혹독한 세상과의 인연을 "아름다운 인연"으로 승화시키고 싶은 것이었으리라.

한 발작도 물러서지 않을 것 같은 얼음꽃, 도저히 녹을 것 같지 않은 얼음꽃, 피자마자 꽝꽝 얼어버리는 얼음꽃도 그것을 길로 만들고자 하는 사람의 발길 밑에서는 순한 짐승처럼 몸을 내어주는 비밀이 이 세상 속에는 있다. 그리하여 도저히 어찌해볼 수 없을 것 같은 얼음꽃에서 냇물이 흐르고, 그 얼음꽃에서 먼 곳까지 이르는 향기가 번진다. 그러나 실상 이것은 얼음꽃을 길로 만들고 받아들인 사람의 열정과 온기와 성실성에 의하여 만들어진 것이니 언 길을 녹이는 것은 언제나 대상이라기보다 주체라고 말하는 게 옳을 것이다.

4. 어둠의 껍질들이 사는 세상이었지요

　세상에 나온 임혜신은 한기와 추위로 가득한 이 세상과 동침한다. 그가 이런 세상과 동침하는 까닭은 이미 그 세상이 피할 수 없는 그의 길이자 우리의 길이라는 인식 때문이다. 요컨대 그는 이 추위와 한기의 세상이 자신의 땅이자 우리의 땅임을 부정할 수가 없는 것이다. 이렇게 하여 그와 세상과의 동침이 깊어질수록 그가 세상으로부터 보고 느끼는 현실은 더욱 적나라하게 드러나게 되고, 그는 이 적나라한 표정들 앞에서 신음하게 된다. 그가 신음을 한다는 것은 그만큼 한기로 가득 찬 세상을 사랑한다는 것이다. 그러나 그의 신음은 절대로 과장된 포즈를 취하지 않는다. 그는 과장이나 연기라곤 모르는 사람처럼 참으로 조용한 목소리로 그가 어떻게 신음하고 있는가를 알려준다.

　그러면 임혜신이 그런 세상으로 나와 보고 체험하며 신음한 내용들은 어떤 것들일까? 이런 내용들은 그의 시집 제2장에 주로 수록돼 있는데, 나는 페이지를 넘기면서 눈에 보이는 대로 그 내용들을 열거해보고자 한다.

　그가 나와서 본 세상은, 우리가 여기서 얼마나 더 살 수 있을지를 가늠할 수 없을 만큼 작위적인 인공문명의 도시이다(「이상한 아침」에서), 소외된 인간들이 우글대는 정글이다(「밝은 아침」에서), 소유와 욕망의 극대치를 지향하는 탐욕의 바다이다(「작은 거북섬」에서), 총기사건으로 한 해에 수만명이 죽어가는 살인과 살생의 땅이다(「마지막 희망」에서), 인간까지도 쓰레기로 버려지는 오염된 쓰레기장이다(「그 섬에 남은 것들」에서), 구원을 포기한 사람들이 체념을 익힌 공간이다(「바다 위의 달」에서), 서로 마주치는 것이 차갑고 무서운 가면 쓴 사람들의 세계이다(「양철사슴이 사는 거리」에서), 나무들이 산 속에서도 마음 속에서도 베어져나가는 무자비한 나라이다(「사라진 스윗베이 나무 숲」에서), 서랍 가득히 상처가 담겨있는 슬픈 역사의 땅이다(「눈먼 해양학자」에서), 걱정과 슬픔과 번민과 부패 속에서 일상이 시드는 공간이다(「빵집의 테러」에서), 표정 없는 사람들의 불행이 아이스박스로 가득 담겨있는 곳이다(「꽃」에서), 버려진 주검들이 덮여버리는 매립지와 같은 곳이다(「매립지에서」에서), 갑남을녀가 모여들어 잡화상처럼 버라이어티쇼를 벌이는 일회용 전시장이다(「한 지붕 아래」에서), 에이즈가 사랑의 결실인 비애의 땅이다(「개경주」에서), 수없이 감기약을 먹어야 몸을 지탱할 수 있는 나라이다(「감기약」에서) .

나는 더 많은 예를 더 구체적으로 들 수도 있지만 이 정도만 하여도 그가 세상에서 보고 만나고 체험한 것들이 무엇이며 그의 신음소리에 어떤 내용이 실렸는가를 짐작할 수 있을 것이다.

그렇다 하더라도 임혜신이 세상을 체험한 내용과 세상에 대해 인식한 내용을 조금 더 깊이 느껴보기 위한 마음으로 아래의 시를 인용하고 살펴보고자 한다.

> 깊은 어둠이 사라질 때
> 남아있는 사람들을 보았습니다
> 첫 햇살에 쩍 하니
> 어둠의 늑골이 열릴 때
> 이름 없는 그들을 보았습니다.
> 그리고 사라지는 어둠과
> 쉼 없이 열리는 당당한 빛 사이에서
> 몹시 혼동되어 당신께 물었습니다
> 이 구석 저 구석에 남아있는 이들이 다 무엇이냐고
> 당신은 대답했습니다
> 그것이 어둠의 껍질이니라

> 허물어진 건물에서 거미처럼 기어 나오는 흑인 노인도 어둠의 껍질입니까, 공사장 근처에서 담배를 물고 이민국 눈치를 살피는 큐바인 청년도 어둠의 껍질입니까, 잡풀 우거진 네거리에서 'Work For Food ' 주인을 기다리는 빼빼 마른 피리쟁이도 어둠의 껍질입니까, 햇살을 미끄러져 오는 칼날 같은 바람소리 쓰레기 흐트러진 골목으로 우수수 떨어지는 연꽃 같은 여인들도 어둠의 껍질입니까, 머리핀에 새겨진 호랑이와 잿빛으로 바래어 가는 중국인 웨이추레스도, 그녀를 기다리는 열 살 짜리 소

— 「밝은 아침」의 전문

위 시는 작품으로서의 긴장도와 완결성이 뛰어나다. 임혜신의 이 작품은 대낮임에도 불구하고 실은 어둠이 사라지지 않은 세상을, 햇살 아래서도 존재가 결빙되어 떨고 있는 세상을, 어둠은 사라진 게 아니라 잠시 몸을 감췄을 뿐임을 여실하게 드러낸 작품이다. 이 작품의 내용에 기대어 말하자면 그가 본 세상은 어둠의 껍질들이 흩어졌다 모였다 하며 모양만 바꾸는 어둠의 땅이다. 이런 세상 속에서 시인 임혜신도, 이 글을 쓰는 나도 어둠의 껍질에 지나지 않는다는 것을 어떻게 부정할 수 있을까? 그렇다고 해서 어둠과 그 어둠의 껍질들을 온전히 거두어낼 능력이 우리에게 없다는 것, 그것이야 말로 시인 임혜신은 물론 우리들로 하여금 더 깊은 신음소리를 내게 하는 요인일지도 모른다. 그렇지 않고서야 임혜신이 어둠에 관한 문제를 직접 풀지 않고 '당신'이라 부른 우주의 관리자에게 상의했을 리가 없을 것이다.

5. 온갖 괴로움들을 꽃이라 했지요

순정한 편애를 지나, 어두운 내부를 지나, 차가운 세상을 지나, 이제 임혜신이 다다른 경지는 어떤 것인가? 그것은 차가운 세상을 관망하는 것도, 지

적하는 것도, 고발하는 것도, 비판하는 것도 아니다. 그렇다면 무엇인가? 그
것은 차가운 세상을 괴롭지만 포용하는 일이다. 그럼으로써 차가운 세상을
그의 체온으로 따스하게 만드는 일이다. 그의 품 속에서 세상의 딱딱한 것
들이 부드러운 것으로, 냉냉한 것들이 온화한 것들로, 어두운 것들이 밝은
것들로, 혼탁한 것들이 투명한 것으로, 이그러진 것들이 온전한 것들로, 번
잡한 것들이 정연한 것들로, 버려진 것들이 숭고한 것들로 다시 태어난다.
　이런 신비는 어떻게 가능한 것일까? 그것은 임혜신의 시집 맨 앞에 수록된
작품 「하얀 蘭」을 보면 잘 알 수 있다. 임혜신은 이 작품에서 이렇게 고백한다.

편애하였다 나는 들꽃을

[……]

그러나 어느 날 나를 깨운 것은
커피테이블 위의 분,
분 속의 하얀 난이었다
한 줌의 먼지와 몇 가지 화학약품으로
입술과 어깨와 턱을 빚어 올린
냉혈의 꽃
그가 한 번
첫겨울의 빗발처럼 단 한 번
아주 깊고 차겁게 나를 꿰뚫어보던
이후로 나는 들꽃을 찾지 않는다
아니, 꽃을 찾지 않는다
하얀 난의 창에 꽂혀
그렇게 나의 편애는 끝이 났다

남은 것은 이제
세상 온갖 괴로움을 꽃이라 부르는 일이다
생명의 한가운데 피어나는 번뇌의
싸늘한 살과 뼈를 꽃이라 부르는 일
저 외로운 욕망의 삽질들을 다, 꽃이라
부르는 일……

　　　　　　　　　　　　　　　— 「하얀 蘭」의 부분

이 시를 읽은 사람은 이해하리라. 그가 왜 재창조와 재탄생의 신비를 발휘하게 되었는지에 대하여. 위 인용시를 보면 임혜신은 들꽃이 상징하는 욕망 없는 것들의 작은 세계를 편애하였던 사람이다. 그러나 그는 커피 탁자 위에 놓인 화학의, 인공의, 냉혈의 꽃, 그가 말하는 "하얀 蘭"을 보고 더 이상 이 땅에 그가 편애해왔던 "들꽃" 같은 세계가 존재하지 않는다는 것을, 아니 존재할 수가 없다는 것을, 더 나아가 존재하더라도 이 땅에서 그것을 온전히 편애한다는 게 불가능하다는 것을 깨닫는다. 그런 깨달음은 "창에 꽂혀" 통증을 느끼게 하는 것과 같은 것이었다. 그러나 그는 들꽃 같은 것은 물론 일체의 꽃과 같은 것조차 다 편애하지 않겠다며 반납해버렸다. 그것을 그리워하는 한, 그는 온전하게 세상을 포용할 수 없다는 인식이 그를 지배하였기 때문이다.

그런 자리에서 그가 내린 결론은 아주 고통스러운 것이었다. 그러나 그것은 세상을 온전히 포용하고자 하는 자가 안간힘을 다한 끝에서 힘겹게 얻어낸 고귀한 결론이었다. 그러므로 그가 내린 결론 앞에서 우리는 '슬픈 감동'을, '슬픈 아름다움'을, '슬픈 평화'를, '슬픈 기쁨'을 맛본다. 이런 역설과 모순어법이 아니면 그 감정을 달리 표현할 길이 없다. 그렇다면 그가 내린 결론의 구체적 실상은 어떠한 것인가? 그것은 앞 인용시의 맨 뒷 연에 들어 있다. 그것을 여기 다시 한 번 옮겨보자.

남은 것은 이제
세상 온갖 괴로움을 꽃이라 부르는 일이다
생명의 한가운데 피어나는 번뇌의
싸늘한 살과 뼈를 꽃이라 부르는 일
저 외로운 욕망의 삽질들을 다, 꽃이라
부르는 일……:

그래, 꽃이라는 게 저 들녘에 달리 피어 있는 것만이 아니다. 임혜신이 위 인용 부분에서 말했듯이 이 세상의 온갖 괴로움이 다 꽃이다. 존재하는 생명의 한가운데 피어나는 번뇌가 다 꽃이다. 그들의 번뇌 속에 들어있는 싸

늘한 살과 뼈가 다 꽃이다. 사는 날까지 우리가 해대는 외롭고 가여운 욕망
의 삽질들이 다 꽃이다. 그래 다 꽃이다, 다 꽃이다, 이 세상에서 일어나는
모든 아픔과 상처와 고통과 고단함과 지루함이 다 꽃이다. 더 이상 무슨 말
을 할 수 있겠느냐……

　그럼으로써 임혜신의 마음 속에서, 더 나아가 그의 삶 속에서 세상의 크
고 작은 일들, 좋고 나쁜 일들, 기쁘고 화나는 일들, 웃고 우는 일들, 박수치
고 절망하는 일들, 속고 속이는 일들, 사랑하고 질투하는 일들, 그 모든 일들
은 다 꽃으로 승화되고 만다. 그는 더 이상 세상일로 일희일비하지 않는다.
그는 웃음과 울음을 그가 가진 몸 속의 가장 깊은 해저에 담담히 담아둘 만
큼 강인하다. 아니 넉넉하다. 아니 지혜롭다.

　이런 단계에 도달한 임혜신에겐 세상의 양면성과 입체성이 무척이나 잘
보인다. 그는 세상이 가진 이런 양면성과 입체성 때문에 어둠의 이면에 잠
시잠시 깃드는 짧은 밝음의 순간도 포착하고, 생명의 광포한 무력(武力) 속
에서 생명만이 가진 그 힘의 신선함도 느끼며, 좁고 삭막한 샌드위치 바 속
에서도 순간의 기쁨을 찾아낸다. 그런가 하면 그는 세상이 지닌 양면성과
입체성을 알고 있기 때문에 존재의 어느 한 면만을 보고 성급하게 느끼거나
판단하지 않는다. 그의 이런 통찰력은 그로 하여금 시집 곳곳에서 역설이나
아이러니 같은 모순어법을 능숙하게 활용하도록 만든다. 달리 더 예를 들
것도 없이 앞의 인용시에서 괴로움과 번뇌와 욕망을 꽃이라고 부른 일 자체
가 모순어법을 능란하게 사용하는 한 예가 될 수 있을 것이다.

　이제서야 임혜신은 조금 편안해진다. 그것은 인생의 풀 길 없는 비극적
모순성을 승화시킬 수 있는 길에 들어섰기 때문이다. 그렇다고 해도 그는
여전히 인간일 뿐 다른 어떤 존재일 수 없다. 그러므로 죽는 날까지 그가 꽃
이라고 불렀던 괴로움과 번뇌와 욕망들은 수시로 반란을 일으키며 달려들
것이다. 그들이 반란을 일으키며 하는 말이란 '내가 어디 꽃이냐'는 식으로
반항성을 띠고 나타날 것이다. 그때마다 그는 곤욕을 치를 것이다. 그러나
이미 그는 그 반항아들을 어떻게 다스려야 하는지 그 방법을 알고 있다. 그
는 이 사실을 그의 작품 여기저기에서 보여주었다. 그러니 그가 설사 이런

곤욕의 시간을 만난다 하더라도 그는 곧 평정을 찾을 것이고 그들을 달래어 다시 꽃이라 부르며 꽃으로 피워낼 것이다.

6. 욕망 없는 것들의 여행을 잊을 수 없지요

앞에서 보았듯이 임혜신은 세상의 이분법을 넘어서 있다. 그는 세상 속에서 세상을 끌어안고 세상을 꽃이라 이름 부르며 담담하게 살고 있다.

그러나 그는 여기서 만족하지 못한다. 그의 꿈은 너무나 높기 때문이다. 그 꿈이 임혜신의 시를 이끌고 가는 원동력이지만 그 꿈을 이루고 싶은 소망 때문에 그는 걱정(?)이 많다.

그 꿈이란 무엇일까? 임혜신의 시 「검은 비 2」, 「감기약」, 「작은 방」, 「폭설」, 「낡은 나무 부두」, 「초대」, 「숲」, 「저녁 식사 후의 나무들」, 「코스모스」, 「붉은 뱀 2」 등과 같은 작품들을 보면 그 꿈의 실체를 잘 읽어낼 수 있다.

이 작품들 속에 나타난 공통점은 인간사 속에 깃든 모든 욕망의 흔적들을 뿌리째 넘어서 보고 싶다는 것이다. 달리 말하면 번뇌와 고통과 아픔을 꽃이라고 이름 붙이는 그 단계까지도 넘어서고 싶다는 것이다.

그리하여 욕망이 온전히 무화된 하나의 말없는 사물, 욕망이란 이름조차 거론할 필요가 없는 무형의 물질, 선택과 시비를 말하기도 이전인 완전한 본마음, 인간적 기운을 넘어선 우주적 존재, 너와 나 사이의 거리를 느끼지 않는 전일성(全一性)의 존재, 탈속의 햇살 속에 무심히 몸을 기대고 잠드는 나비, 영원히 잡히지 않는 라벤다 향기 등과 같이 살고 싶고, 되고 싶다는 것이다.

어찌보면 이것이야말로 욕망 중의 가장 큰 욕망인지 모른다. 욕망이라고 이름 붙일 수조차 없는 고단수의 이기적 욕망인지 모른다. 그렇지만 이런 것을 두고 욕망이라고 말할 때, 더욱이 이기적이라고 말할 때, 그 욕망과 그 이기성은 얼마나 드높은 인간성의 한 자질인가! 이런 자질을 보여준 대상 앞에서 우리는 우리의 맨몸 전체를 내놓고 무방비 상태가 되거나 무장해제 한 아름다운 바보(?)가 된다. 그와 더불어 모처럼만에 몸 전체를 뒤흔드는 고요한 평화의 감정에 빠져들게 된다. 이런 평화로운 감정 속에서 우리는 아무것도 무섭지 않다는 것을 처음으로 실감하고 행복하다는 말을 조용히 꺼내볼 수 있다.

여태껏 건조한 말로 설명한 것을 느껴보기 위하여 이와 관련된 임혜신의 여러 작품 가운데 한 편을 인용해보기로 한다.

나는 왜 아닌가,
미명의 부드러운 손끝에서
이 세상 가장 느린 속도로 옷을 벗는
저 섬이 왜 아닌가,

때묻고 이끼 낀 가슴
소금기 절은 천공을 향해 여는 돌섬
잿빛 물안개를 가르며
죽은 이처럼 편안히 바다 위로 떠오르는
입 없고 손 없고 부끄럼 없는
저 여자가 왜 아닌가,

구불거리는 해안을 따라
빗줄기처럼 흘러내리는 나,
나는 왜, 아직도 섬이 아닌가,
굴껍질에 살을 베이며
온 밤을 걸어 다니는 나의 몸은
왜, 아직도 비인가,
아픔인가,
눈물인가,
거리낌없는 자,
크고 바르게 누운 자,
깨어나도 눈뜨지 않는 저 여자가
왜 아닌가 나는,
영원도 소멸도 두렵지 않은 듯
검은 물위로 꺼멓게 제 몸을 드러내는
저 거칠도록 자유로운 돌,
섬이 아닌가,

— 「검은 비 2 : 제부도」의 전문

위 작품에서 화두를 이루는 것은 '왜 나는 저 섬이 아닌가'라는 물음이다. 여기서 섬은 "여자"로 변주되다, "돌"로 변주되다 하지만, 그것이 무엇으로 변주되든지 간에 시인 임혜신이 말하고 싶어하는 것은 인간적인 세계 너머의 사물 그 자체가 되고 싶다는 것이다. 임혜신이 꿈꾸는 인간세계 너머의 사물 그 자체란 그의 말대로 진정 "거칠도록 자유로운" 존재이다. 그들은 입도, 귀도, 코도, 눈도, 감정도, 이성도, 관습도 넘어서 그냥 "있다". 그들은 누구의 눈치도 보지 않는다. 그것들이 존재하는 방식은 임혜신이 보기에 "거칠도록 자유로운" 존재의 방식이다. 그는 그런 존재의 방식을 닮고, 그런 존재의 삶을 살고 싶은 것이다. 그러나 그의 심장은 여전히 뛰고 그는 그렇게 뛰는 심장 앞에서 그가 인간임을 다시 확인할 수밖에 없는 존재이다. 이것은 또한 그를 슬프게 하는 일이다.

임혜신 스스로가 그의 작품 「작은 방」에서 밝혔듯이 그는 "식물성"의 인간이다. 그러므로 그는 자신의 몸속에 잠들었던 식물성이 깨어나는 순간에 가장 행복하다. 그가 행복하다는 것은 그도 그 주변의 것들도 식물성의 존재가 되어 비로소 "거칠도록 자유롭게" 숨을 쉴 수 있게 되었다는 것이다. 동물인 인간이 식물성의 세계에서 행복해한다는 것은 모순된 일이다. 그렇지만 앞의 인용시를 읽은 우리들은 그 말의 속뜻을 충분히 이해할 수 있을 것이다.

임혜신은 이렇게 인간적 기운을 넘어선 "섬" 같은 존재가 되고 싶어한다. 그것은 있되 없는 '무의 존재'가 되고 싶다는 뜻이리라. 그러나 그는 너무나도 철저하게 자기점검을 계속하는 사람이다. 그러므로 그가 이처럼 있되 없는 '무의 존재'가 되고 싶다는 사실 그 자체에까지도 마음을 쓴다. 겨우 3행으로 구성된 작품 「無」를 보면 그가 가진 정신세계의 핵을 보게 될 것이다.

> 한 세상을 끝낸 자가
> 또 한 세상으로 떠나가는
> 오, 저 비밀스런 욕망의 속도
>
> ―「無」의 전문

바로 이것이다. 그는 '무의 존재'가 되고 싶다는 소망에서까지도 "저 비밀스런 욕망의 속도"를 읽어낸 것이다. 그러므로 그에게는 탈속이니 초월이니 해탈이니 득도니 하는 무겁고 과시적인(?) 말들이 나타나지 않는다. 그는 여전히 그가 목숨을 가진 인간임을 인식하고 그 바탕 위에서 '무의 존재'가 되기를 꿈꾸는 것까지도 지극히 인간적인 욕망의 한 형태라고 보고 있는 것이다. 다시 말하자면 '욕망 없는 것들의 여행'(「작은 방」에서)을 꿈꾸고 즐기는 것까지도 그는 '욕망 있는 것들의 삶'으로 이해하는 것이다. 이것은 참으로 정직하고 비약 없는 자기이해와 인간이해의 한 양식이다.

바다에서, 숲속에서, 작은 방에서, 햇살 속에서, 어둠 속에서, 또 다른 그 무엇 속에서 그가 인간인 자신의 몸을 잊고 무심한 사물이 되고자 하는 그 소망까지도 그에게는 또 하나 그가 넘어가야 할 인간적 도정이자 과제인 것이다.

그 과제를 푸는 동안 임혜신의 시는 더욱 성숙한 모습을 보이게 될 것이다. 나는 그의 이 과제가 숲속 같은 그의 내부에서 잘 발효되기를 기대한다. 숲속을 닮은 그의 내부는 언제든 그가 과제를 안고 찾아들어가 자신을 푹푹 썩히기에 좋도록, 아주 잘 지어진 한 채의 집과 같기 때문이다.

⌘

'물의 책'을 쓰는 일
• 최승호 •

1. 글을 시작하며

지난 해(1998년) 11월 『달마의 침묵』(열림원)을 출간한 지 불과 7개월만에 최승호가 『그로테스크』라는 제목으로 또 한 권의 시집을 출간하였다. 그러나 전자가 아예 처음부터 끝까지 선어록(禪語錄)의 내용을 시의 모티프로 삼아 치밀한 계획 아래서 선적인 세계를 묘사하기 위하여 만들어진 시집이라면, 후자는 기회 있을 때마다 쓰거나 발표했던 그간의 다양한 시들을 모아 놓은 시집이다. 그러므로 시집 『달마의 침묵』을 읽는 기쁨이 선적인 세계로 정신을 지속적으로 집중할 때에 온다면, 『그로테스크』를 읽는 기쁨은 시인의 다양한 관심사를 두루 만나는 데서 온다. 그렇다 하더라도 『달마의 침묵』과 『그로테스크』 사이에는 아주 긴밀한 관계가 있다. 더 나아가 최승호의 이번 시집 『그로테스크』는 최승호의 제3시집 『진흙소를 타고』 이후에 나온 모든 시집들과 긴밀한 연관선상에 놓여있다. 그만큼 최승호는 제3시집 『진흙소를 타고』 이후, 그의 정신 세계를 한 곳으로 집중시키며 그가 추구하는 세계를 발전시켜온 것이다.

최승호의 시를 쭉 읽어온 사람들은 다 알겠지만, 이번 시집 『그로테스크』

의 기본 정신 역시 이전 시집들에서 보여준 정신과 크게 다르지 않다. 그는 기본적으로 꿰맨 자국이 없는 천의무봉(天衣無縫)의 세계를 지금까지 추구해왔으며, 또한 이 우주가 있음과 없음의 이분법적 구도를 넘어선 허(虛)의 세계임을 몸으로 받아들이려 해온 시인이다. 최승호의 모든 시적 출발은 바로 우리가 살고 있는 이 인간들의 세계가 방금 말한 바와 같은 전일성의 세계로부터 너무나도 멀리 달아나 있으며, 허의 세계를 자각하지 못한 가운데 세속적인 구도 속에서 이루어지고 있다는 데서 비롯된다. 이러한 최승호가 최근 들어 찾아낸 것은 물을 닮는 일이다. 그는 아예 시집『달마의 침묵』을 내면서「물 위의 글쓰기」라는 대표제목을 붙였거니와, 그는 시쓰기 뿐만 아니라 그의 삶이 물 같은 삶이 되기를 희구하는 사람이다. 이렇게 볼 때, 그가 바라보는 인간세계는 물의 속성을 배반하거나 이탈한 세계에 다름 아니다.

2. 물, 그로테스크, 비유

최승호의 이번 시집이 문제적인 것은 다음과 같은 몇 가지 점 때문이다. 첫째는 그가 발견한 물의 정신 및 물의 상상력을 이 시집에서 보다 발전된 단계로 이끌어 나아갔다는 점이다. 최승호의 시에서 물의 정신과 그 상상력은 한 번쯤 주된 화제로 삼아 특별히 논의될 필요가 있을 만큼 중요하다.

우선 최승호의 이번 시집에서 물은 우주적인 흐름의 세계를 대변한다. 흐른다는 것은 무엇인가? 그것은 단 한번도 같은 모습으로 고착되지 않는다는 것이며 또한 살아서 움직이고 있다는 뜻이다. 우주가 무엇이냐고 묻는 질문이 있다면, 그 어떤 대답보다도 우주는 흐름의 세계라고 말하는 것이 설득력을 줄 것이다. 이런 흐름의 세계를 고정시켜놓은 것, 그것이 다름아니라 인간의 집착이 빚어낸 문명의 세계이다. 그러므로 흐름의 세계를 보는 사람들의 눈에는 이 문명의 세계와 인간 정신의 집착성이 언제나 무지막지한 장벽으로 보인다. 그 장벽을 거두어내기 위하여 시인은 시를 쓴다. 최승호가 이전 시집『눈사람』에서부터 눈사람을 그렇게 중요시한 것도, 눈사람은 물의 흐름을 거슬리지 않는 존재이기 때문이다. 우리는 눈사람이 녹았을 때,

단 하나의 쓰레기도 남지 않는다는 사실을, 눈사람은 완벽하게 물의 흐름 속으로 되돌아가고 만다는 것을 너무나도 잘 알고 있지 않은가.

— 「물의 자서전」의 부분

최승호의 시에서 물은 위 인용시의 내용처럼 흐르는 존재이다. 그것은 단 한 순간도 멈춤이 없이 아무런 뜻도 없는 듯이 흘러갈 뿐이다. 최승호는 이런 물을 바라보면서 그것이야말로 우주의 비밀을 간직한 모습이라고 생각하는 것이다.

다음으로 최승호의 시에서 물은 집착 없음의 표상이다. 최승호가 그의 여러 시집을 통하여 그토록 도달하고자 한 세계는 무집착의 세계 곧 해탈의 세계이다. 아니, 해탈이라는 말조차 불필요한 그런 무심의 세계이다. 최승호에게 물은 이런 그의 지향성을 아주 잘 반영하는 물질이다. 앞의 인용시 「물의 자서전」에도 나와 있듯이, 물은 자서전 따위에 관심이 없는 존재이다. 그리고 그것은 알몸 그 자체이다. 그러므로 그 알몸인 물에는 겉장도 마지막 페이지도 없다. 그저 무변(無邊)의 전일성(全一性)만이 물의 삶 속에 들어있을 뿐이다. 최승호는 그의 다른 시 「물의 책」에서 이 점을 보다 분명히 알려준다. 그는 이 시에서 "물의 책은 / 아무것도 씌어 있지 않아야 한다. / 투명해야 하고 / 펼치는 순간 손가락 사이로 / 물이 빠져나가야 한다."고 말한다.

끝으로 최승호의 시에서 물은 무심한 포용성의 표상이다. 물은 원래 마음이 없기 때문에 그 어떤 것도 수용한다고 최승호는 말한다. 마음이 있는 한, 우리는 무엇인가를 선택하고 배제한다. 그리고 무엇인가를 평가하고 재단한다. 그런데 최승호가 지향하는 물의 세계에는 이런 선택과 배제, 평가와 재단이라는 행위가 없다. 그러므로 그는 「물의 책」이라는 작품에서 "물의 책은 / 어둠이 오면 어두워야 하고 / 밝음이 오면 밝아야 한다"고 말할 수 있었던 것이다. 또한 그는 다른 작품 『파문』에서

> 물뱀이 지나간 자리,
> 적요했던
> 한낮의 늪은 다시 고요해지네.

라고 말할 수 있었던 것이다. 최승호의 물은 이처럼 무심의 깊이와 포용성의 넓이를 가진 물질이다.

둘째, 최승호의 이번 시집 『그로테스크』가 문제적인 것은 인간으로 살아가는 것의 비애와 모순을 극단으로까지 몰고 갔다는 것이다. 최승호의 이런 자질은 이미 초기 시집들에서부터 보이기 시작한 것이므로 특별히 이 시집만의 특성이라고 말하기는 어렵지만, 그가 인간사에 대해서 느끼는 '구토'의 정도가 이 시집에서 더욱 크다. 물론 겉으로만 보면 이전 시집들, 특히 『세속도시의 즐거움』과 같은 시집에서 그의 인간과 인간사에 대한 구토의 정도가 보다 큰 것 같이 느껴진다. 하지만 이번 시집 제목이 아예 "그로테스크"이듯이, 그 이면을 들여다보면 차분한 듯하나 예리한 목소리로 최승호가 인간과 인간사에 대하여 보여주는 구토의 현장이 어느 때보다 충격적이다. 최승호의 시 「구토물을 먹는 아침」에 따르면, 우리들은 이 지상에서 얼어붙은 토사물을 뒤뚱거리며 쪼아대다가 등에 달린 가짜 날개를 퍼덕이며 날아보려고 애쓰는 존재와 같다.

셋째, 최승호의 이번 시집 『그로테스크』는 앞서 말한 바와 같이 '그로테스크'한 필름들의 모음집 같아도 실제 읽는 재미가 적지 않다. 나는 그 재미가 어디에서 오는가 가만히 생각해보다가 이전부터 최승호의 시에 등장하던 비유의 특성에 관심을 갖게 되었다. 최승호의 시를 읽다보면, 너무나도 동화적이라서 웃음이 나오는 듯한 비유, 그러나 그런 비유이기 때문에 오히려 신선한 이미지로 와서 박히는 비유를 만날 수 있다. 나는 이런 비유를 만

날 때마다 그가 교육대학을 나와 초등학교 선생님을 한 적이 있다는 사실을 떠올렸고, 그의 마음 속 어딘가에 숨어 있을 천진스러움의 아름다움을 떠올리기도 했다. 이에 관한 몇 가지 예를 그의 시집에서 뽑아보기로 한다.

* 자물통처럼 생긴 / 자라야

　　　　　　　　　　　　　　　　　　　　　— 「밤의 자라」의 부분

* 쥐회색 비둘기가 / 신호등처럼 빨간 눈을 뜨고 / 뒤뚱거리며 걸어오고 있었다

　　　　　　　　　　　　　　　　　　　— 「구토물을 먹는 아침」의 부분

* 핸드폰이 울린다. / 여기저기 주머니에서 / 가방에서 / 핸드폰들이 나타난다. / 기다리던 마이크를 잡은 듯 / 내 옆사람이 말한다 / 여기 지하철인데

　　　　　　　　　　　　　　　　　　　　　　— 「메시지」의 부분

* 거대한 캐비닛을 연상시키는 / 밤 오피스텔 타일벽마다 / 배꼽 같은 넙치 눈들이 잔뜩 돋아났다고 하자.

　　　　　　　　　　　　　　　　　　　　　　　— 「넙치」의 부분

* 막대기를 들고 내 공책을 넘기며 숙제검사를 하던, 선생의 왕머루 같은 눈이 눈에 선하다.

　　　　　　　　　　　　　　　　　　　　　　　— 「마개」의 부분

* 노숙자는 큰 고구마처럼 잠들어 있다.

　　　　　　　　　　　　　　　　　　　　— 「타일 위의 잠」의 부분

　이런 예를 나는 얼마든지 더 들 수 있다. 그의 비유는 이처럼 재미있다. 자라가 자물통처럼 생겼다는 것, 쥐회색 비둘기의 눈이 신호등처럼 빨갛다는 것, 핸드폰이 울리자 마이크를 잡은 듯 한 말씀 하고 있다는 것, 오피스텔 빌딩을 거대한 캐비닛 같다고 한 것, 숙제검사하는 선생님의 눈을 왕머루 같다고 표현한 것, 노숙자가 큰 고구마처럼 잠들어 있다고 표현한 것 등, 이

모든 표현이 신선하고 재미있다. 이런 묘사장면 혹은 비유장면을 만날 때마다, 최승호의 시를 읽는, 그가 편집한 그로테스크한 필름을 보던 독자들의 입가에는 슬그머니 웃음기가 배어나온다. 그리고는 이내 자물통처럼 갑갑했던 인간사와 세속사의 표정들은 조금은 여유 있는 마음으로 보아 넘길 것 같은 마음이 된다. 한 번쯤 시간이 되면, 최승호의 비유법에도 관심을 갖는 것이 좋을 것이다. 누군가가 참신한 비유를 쓸 수 있다는 것은 그만큼 대상을 색다르게 인식할 수 있는 눈을 가졌다는 것이다. 그리고 그 비유 속에는 한 시인의 정신구조와 세계관까지도 깃들어 있음을 생각하지 않을 수 없다.

3. 글을 마치며

최승호의 정신세계는 아주 멀리까지 나아가 있다. 그는 허무를 넘어 허(虛)를 본 사람이며, 허를 넘어 허에의 집착조차 미혹에 불과한 것임을 안 사람이다. 뿐만 아니라 그는 세속의 상(相)에 대한 집착이 결국은 세계를 그로테스크한 현장으로 만든다는 것을 누구보다 잘 알고 그것을 지적해온 사람이다. 그러므로 그의 관심은 항상 세속도시와 우주적인 허의 세계를 왔다갔다한다. 그러면서 그는 어느 한 곳에 집착하지 않으려고 애를 쓴다. 그러나 최승호는 이미 허를 보았기 때문에 그 허의 자성으로부터 자유롭지 못하다. 또한 그는 이 세속사회의 상속에서 살고 있기 때문에 그 상의 세계를 무시할 수도 없다. 그러면 어찌해야 할까? 그의 삶 속에는, 아니 그와 유사한 삶을 살고 있는 우리들의 삶 속에는 항상 갈등과 찢어짐의 고통만이 남아 있는 것일까? 그런지도 모른다. 이렇게 갈등을 느끼고 찢어짐의 고통을 당하며 물처럼 흘러가는 것이 우리들의 삶인지도 모른다. 굳이 살아서 성불하지 못하더라도 죽음과 더불어 우리들은 모두 원하든 그렇지 않든 간에 물과 같은 물질의 세계 속으로 생불이 되어 돌아가지 않는가? 그러니 이 갈등과 고통 속에서 조금 덜 안달해도 되는 것은 아닐까?

최승호에게 이번 시집 『그로테스크』는 그가 『달마의 침묵』이라는 시집으로 그의 영혼을 그토록 치열하게 단련시켰음에도 불구하고 영 침묵의 세계

로 물의 책이 되어 돌아갈 수 없는 우리들의 인간조건을 다시 한번 일깨워
준 시집이라고 생각된다. 이것이 인간조건이라면 그것을 수락할 수밖에 없
는 것이 최승호이고 또 우리들이지만, 그럼에도 불구하고 그를 포함한 우리
들의 삶 속에 허의 평화와, 생명의 기쁨이 무엇인지를 느끼는 시간이 도래
하기를 바란다.

⌘
흙의 감촉과 비극적 인식 사이
• 황지우 •

황지우 시집 『어느 날 나는 흐린 酒店에 앉아 있을 거다』(문학과지성사)를 읽으며 떠오른 몇 가지 생각을 적어본다.

첫째, 황지우의 시집 『어느 날……』을 읽는 동안, 나는 뭔가 '어색하다', '어울리지 않는다', '기대에 어긋나고 있다'는 느낌을 받지 않을 수가 없었다. 무엇이 나로 하여금 이런 감정을 갖게 했을까, 하고 나는 그 원인을 곰곰이 생각해보았다. 그 결과 황지우의 이번 시집은 기본적으로 '나는 누구인가', '생이란 무엇인가'와 같은 존재론적 내지 인생론적인 물음에 기초하고 있는데, 이런 존재론적 내지 인생론적인 물음이야말로 어찌보면 죽을 때까지 계속되는 것이지만, 그의 시집 『게눈 속의 연꽃』에서부터 시작되어 『저물면서 빛나는 바다』를 거쳐 이런 물음이 지금까지 계속되는 것을 보면서, 나는 내심 지루해했던 것 같다는 결론에 도달하였다. 특히 그가 이번 시집에서 이런 물음에 대하여 보여준 과도할 정도의 비극적인 정서, 비극적인 인식, 비극적인 포즈가 나에게는 상당히 부담스러웠던 것 같았다. 내 마음속에는 황지우 정도라면 이제 생에 대한 이런 과장된 비극적 정서, 인식, 포즈 등을 넘어 좀더 차분하고 깊이 있게 인생을 탐구해 보여줄 수도 있지 않을까 하는 기대감이 있었던 것이다. 이것은 순전히 나의 은밀한 기대였기 때문에 그를 보고 다른 말을 할 성질의 것은 아니지만, 그가 이번 시집에서 드러낸 과도한 비극적 정서, 인식 그리고 포즈에는 젊은 시절의 질퍽하고 끈적끈적한 고뇌가 여전히 묻어 있었다. 그래서 친밀감을 주기도 했지만, 또한 그래서 안타까움을 느끼게도 하였다.

나는 황지우가 이런 모습을 보여준 원인에 대하여 생각해보았다. 여기서 두 가지 답을 나름대로 얻었다. 그 하나는 황지우의 인생역정으로 볼 때, 1970년대로부터 1980년대에 이르는 약 20여년 간의 기간이 이 땅의 왜곡된 정치와 역사를 바로잡고자 하는 데에 바쳐졌기 때문에, 다시 말하자면 그의 에너지와 언어가 주로 외부를 향하여 쏟아졌기 때문에, 인간이라면 누구나 열병처럼 감당해야 할 개인적이며 보편적인 생의 문제를 그가 그 동안 부차적인 문제로 돌려놓을 수밖에 없었던 게 아닌가 하는 점이었다. 앞에서도 말했듯이 그는 『게눈 속의 연꽃』에서부터 존재론 내지 인생론에 대한 고민을 보여주어 왔다. 그럼에도 불구하고 그에게 있어서 이 문제에 대한 탐구는 방금 말했듯이 부차적이었던 것으로 여겨지거니와, 바로 이런 점으로 인해 그가 이번 시집에서까지 생의 문제를 끌어안고 과도하게 비극적인 정서, 인식, 포즈에 빠졌던 것이 아닌가 한다. 다른 한 가지는 시대적, 정치적인 문제와 관련해서 그가 개인적으로 감내해야 했던 참으로 고단한 나날의 삶이 이런 존재론적 혹은 인생론적인 질문을 계속하게끔 만들면서 과도한 비극적 정서, 인식, 포즈에 빠지게 하였던 게 아닌가 하는 생각이었다. 그는 체제에 저항하며 동시에 체제의 아웃사이더가 되어 불안정한 생활 속에서 힘든 삶을 살았던 것이다. 이런 점은 그가 이번 시집에서 보여준 관심과 태도를 이해하는 데 도움이 되지 않을까 생각한다.

둘째, 나는 개인적으로 황지우의 조각시집 『저물면서 빛나는 바다』에 나타나 있는 '흙'의 발견과정을 매우 의미깊게 생각해 왔다. 황지우가 무력감의 극치에서 흙의 감촉을 발견하고 이것을 통하여 정전 상태와 같았던 그의 삶을 깨뜨릴 수 있었다는 것, 다시 말하자면 죽음의 세계에서 살아있음의 세계로 넘어올 수 있었다는 것은 아주 큰 호소력을 가진다고 생각되었기 때문이다. 그래서 나는 몇 년 전 황지우에게 보낸 편지 형식의 글(「몇 사람의 시인에게 보내는 편지」, 『작가세계』 1997년 가을호)에서 다음과 같은 말을 하기도 하였다. 흙의 감촉을 안 사람이 어떻게 언어의 세계로 돌아가서 다시 시를 쓸 수 있을지 걱정이 된다고 말이다. 그리고 이어서 그가 말한 흙의 감촉이 어떤 것인지를 나는 개인적으로 이해하고 그것에 공감할 수 있다고 하였다. 나는 그 때 황지우의 말을 듣고 그가 흙을 통하여 생과 우주의 처음과 마지막을 본 것과 다름없다고 이해하였다. 이런 황지우가 어떻게 자연으로서의 흙을 버리고 인공의 언어를 통하여 인공의 시작행위에 참여할 수 있을까 하는 점이 나는 걱정되었다. 그러나 나는 그가 흙을 흙으로 두지 않고 그것으로 조각이라는 인공적 기호를 만들어내었다는 걸 보고 한편 안심이 되었다. 그는 아직도 만들 여력이 남아 있는 사람이라고 생각하면서 말이다. 만든다는 것은 아직도 이 땅에서 말할 무엇이 남아있다는 것이며, 더군다나 만든 것을 전시한다는 것(그는 '학고재'에서 조각품 전시를 하였다)은 여전히 아직도 인간을 그리워한다는 징표라고 생각하였기 때문이다. 그러면서도 나는 흙을 보고 그 감촉을 느낀 그가 이후에 보여줄 세계가 무척 궁금하였다. 그에 대한 기대가 컸다. 비록 그가 인공의 조각작품을 만들면서 지극히 인간적인 예술행위를 하였지만, 어쨌든 그는 흙을 본 사람이 아니냐는 생각이 나를 지배하였다. 그런데 그가 이번에 들고 나온 시집 『어느 날……』을 보니, 그가 발견한 흙은 몽상의 질료가 되는 신화적인 흙도 아니고, 생활이 담긴 농삿꾼의 흙도 아니었으며, 인간적 의미 이전 혹은 이후의 우주적 원소로서의 흙도 아니었다. 나는 조금 실망이 되었다. 왜 이것이 나에게 실망으로 다가왔을까? 그것은 이전에 내가 그의 시집 『게눈 속의 연꽃』에서 '화엄' 운운하는 세계를 흘깃 보았기 때문이었으며, 조각시집 『저물면서 빛나는 바다』에서 인공으로서의 조각이 가진 한계를 그가 인식한 것으로 기억하고 있었기 때문이었다. 그런데 그는 이번 시집을 통하여 무심의 흙을 보지 못한 사람처럼 인생론적인 물음 앞에서 오직 허무, 상실, 죽음 등과 같은 말로 인간의 비극적인 운명에 대해서만 집착하고 있었다. 그는 너무도 인간적이었다.

셋째, 방금 앞에서 말했듯이 황지우의 시 속에는 비극적 인식과 그 정서
가 지배적이다. 이것은 20세기 한국시단의 지배적인 흐름이기도 하다. 또한
한국의 20세기 시단은 '부정정신'으로 일관한 시대이다. 나는 이러한 비극적
인식과 부정의 힘을 믿는다. 그러나 지나친 부정과 비극적 인식은 우리를
'비극의 주인공'으로 만드는 데서 멈추고 만다. 황지우의 시를 읽으면서 나
는 황지우 자신뿐만 아니라 그의 시를 읽는 우리들 모두가 비극의 주인공이
된 것 같은 생각에서 벗어날 수가 없었다. 사실 인간은 자신의 뜻과 관계없
이 이 세상에 던져졌고, 그 이후 자신의 뜻과 관계없이 죽음이라는 대사건
속으로 들어가야 하니, 너나할 것 없이 비극의 주인공이다. 인간은 이 비극
적 인식으로부터 자유로울 수 없다. 그러나 달리 생각하면 인간의 생은 희
극도 비극도 아닌 그 무엇이거나, 희비극의 공존 속에 놓여 있는 그 무엇인
지도 모른다. 또는 이런 인간적 의미를 벗어난 그 무엇인지도 모른다. 그 동
안 우리 시단에서 진이정과 이연주가 비극적 인식을 안은 채 생을 마감하였
으며, 기형도 역시 비극적 인식을 안은 채 생을 마감하였다. 나는 황지우의
시집을 읽으면서 내 몸의 밑바닥에 얼마간 엉킨 실타래를 풀고 잠들어 있는
비극적 인식과 그 정서가 되살아나는 것 같은 아픔 때문에 시집을 읽기가
무척이나 고통스러웠다. 몇 번이나 시집을 열었다가 다시 닫곤 했다. 나는
나의 비극적 현실을 실제 이상으로 덧내고 싶지 않았다. 이쯤해서 지나친
비극적 인식과 그 정서는 인간사의 편향된 한 인식이자 정서라는 것을 말하
고 싶다. 그리고 지나친 비극적 인식과 그 정서는 자기동정과 자기연민의
다른 이름인지도 모른다는 생각을 제시해보고 싶다. 이번 시집에서 황지우
는 죽음 혹은 소멸이라는 문제와 관련하여 비극적 상상력을 아주 자주 끌어
들이고 있다. 무엇이 그를 이 방향으로 강력하게 이끌고 가는지 나는 확실
히 알 수 없으나, 시를 통해서 볼 때, 그의 주변에서 이어진 많은 죽음이라는
사건들과 그의 고단한 생활 그리고 안개속 같은 문명사의 현재와 미래가 그
로 하여금 이런 관심을 갖게 하고 그런 상상력을 구사하게 만들지 않았나
짐작된다. 이처럼 우리를 비극적 인식과 정서 속에서 비극의 주인공으로 만
드는 일은 예리한 자아탐구 및 인생탐구의 한 결과일 수도 있으나 앞에서도

말했듯이 인간들의 과도한 자기동정과 자기연민의 결과가 아닌가 하는 생각을 감출 수 없다. 아주 조심스러운 지적이지만, 나는 황지우의 이번 시집이 대중들의 사랑을 받게 된 데는 수많은 사람들이 실직과 경제적 위기 속에서 고통을 당하며 그들 자신을 비극의 주인공으로 인식하거나 상정하고 싶은 심리와 부합하였기 때문이 아닌가 하고 생각해본다. 『어느 날 나는 흐린 酒店에 앉아 있을 거다』라는 시집 제목과, 같은 제목의 시작품 「어느 날 나는 흐린 酒店에 앉아 있을 거다」 속의 내용뿐만 아니라 그의 많은 시편들이 자신을 비극의 주인공이라고 생각하면서 생의 고독감과 비애감을 느끼는 자들에게 공감과 위안을 주기에 충분하기 때문이다.

넷째, 황지우는 기본적으로 종교적 심성을 가진 시인이다. 이것은 그가 특별히 어떤 종교를 믿는다는 말과 전혀 다르다. 내가 여기서 이렇게 말한 것은 그에게는 이전 시집부터 이번 시집에 이르기까지 언제나 '피안', '영원(감)', '바깥', '신성', '해탈', '인도' 등과 같은 말로 표현될 만한 세계가 중요하게 다루어지고 있기 때문이다. 황지우가 존재론적 혹은 인생론적 탐구를 하면서 끊임없이 우주적 상상력을 덧붙이는 것도 이런 점과 관계가 있다고 본다. 기본적으로 인간이 종교적이라 함은 우리의 이승에서의 생을 '허'로 본다는 뜻이며, 저 우주와 화해하고 싶다는 뜻이며, 마침내는 우주 속으로 들어가고 싶다는 뜻이리라. 다른 뜻도 더 제시할 수 있겠지만 대충 이런 정도로 종교적이라는 말의 뜻을 제시하면서, 황지우의 기본 정신이 종교적이라는 점을 말하고자 한다.

종교적 심성을 가진 자에게 자기구원은 필생의 목표이다. 황지우는 자기구원을 갈망하고 있지만, 그는 구원의 순간이 번갯불 속에서 빛나는 나무처럼 찰나에 불과하다고 생각한다. 그러므로 그는 생은 물론 죽음과도 화해하지 못한다. 다만 언제이고 그의 마음의 기저에서 종교적 심성이 솟구쳐 오르면 그는 이승의 저편을 생각하고 동시에 이승 속에서의 자기점검을 가혹하리만큼 강하게 할 뿐이다. 이런 속에서 그는 시를 쓰고 있다. 만약 그가 가진 종교적 심성이 '화엄'으로 표상된 완전한 세계와 만난다면, 그리고 그가 자기구원의 만족감으로 충만하게 된다면, 세속적인 의미에서의 시는 불필요하고, 시가 필요하다면 무심의 노래나 흘러나올지 모른다. 그러나 황지우는 이런 세계를 의도적으로라도 부정하고 있다. 이런 점에서 또한 황지우는 '인간적인 너무나 인간적인' 세상에서 '인간적인 너무나 인간적인' 시를 쓰고 있다.

다섯째, 나는 황지우의 시에서 그가 '인도'에 대하여 말하고 있는 부분이 마음에 걸린다. 그의 시집 『저물면서 빛나는 바다』에서부터 황지우는 인도를 '신비'의 세계로 상정하고 있다. 그는 자신이 가야할 곳을 남겨둬야 하기 때문에 인도에 가지 않는다고도 말했다. 그런가 하면 그는 인도를 가리켜 "영원한 바깥을 열어주는 문"이 있는 곳이라고 칭송하면서 그곳에 대하여 열광하기도 하였다. 나는 우리 시단에서, 그리고 더 나아가 우리 사회에서 인도가 신비화되는 것에 큰 불만을 품고 있는 사람 가운데 하나이다. 나 역시 인도에 가기 전 그곳에 대한 환상을 품고 갔다. 그러나 인도는 현실이지 결코 신비가 아니다. 그곳은 단지 상상이나 선입견에 의하여 만들어진 신비가 있는 곳일 뿐이었다. 물론 나는 황지우가 인도의 이런 점을 알면서도 그의 시에서 인도를 하나의 상징적 세계로 끌어들인 것이라 생각한다. 그는 인도라는 말을 통하여 성속이 합쳐지는 곳, 초월로 가는 문이 있는 곳, 죽음이 삶과 하나가 되어 있는 곳 등의 의미를 나타내고 싶은 것 같다. 그러나 시 속의 언어는 상징적 의미와 더불어 지시적 의미도 얼마간 갖는다고 생각한다. 그러므로 누군가가 인도라고 썼을 때, 그 인도는 상징적 의미와 더불어 지시적 의미를 함께 갖는다. 그럼에도 불구하고 황지우를 이해하는 편에 서서 본다면, 황지우는 인도라는 곳을 상처 나지 않은 상상의 땅으로 가슴 속에 품고 싶은 것 같다고 이해할 수 있다. 물론 이런 세계를 마음 속에 품고 사는 것도 좋은 삶의 방식 가운데 하나이다. 그러나 이미 모든 구원의 순간이 찰나인 것을 안 그라면, 인도 역시 신비가 아닌 현실로 과감히 파괴해버릴 때, 보다 사실적인 세계로 들어갈 수 있지 않을까 생각해본다.

여섯째, 황지우의 이번 시집을 읽으면서 나는 그의 표현능력을 다시 한번 높이 평가하게 되었다. 황지우가 이번 시집에서 보여준 인식내용에 대해서는 크게 감명을 받지 않았지만, 그가 인식한 내용을 표현하는 방법에 대해서는 감동을 받았다. 그는 언어를 아주 잘 다룰 줄 아는 시인이다. 말의 속살을 잘 느낄 줄 아는 시인이랄까? 그는 진정 시가 언어로 만들어지는 예술임을 자각하고 있는 시인이다. 그리고 언어가 추상이 아니라 구체적 실감의 세계라는 것을 느끼게 하는 시인이다. 그러다 보니 간혹 말의 현학성이 느껴질 때도 있었지만, 그가 언어를 다루는 솜씨에는 아낌없이 찬사를 보내고 싶다.

수록 작품 발표지 목록

「시는 권력이 될 수 있는가」, 『현대시』, 1999년 4월호.

「오늘날 시의 힘은 어디에서 오는가」, 『뉴욕문학』, 10집, 2000. 12.

「아직도 시를 믿느냐?」, 『시와반시』, 1999년 여름호.

「몇 사람의 시인에게 보내는 편지」, 『작가세계』, 1997년 가을호.

「시장을 넘어, 감시와 처벌의 시스템을 넘어」, 『소설과사상』, 1999년 여름호.

「이상 문학에 나타난 ‘사물화’ 경향」, 『개신어문연구』, 14집, 1997. 12.

「1960년대 “현대시” 동인지의 세계」, 『개신어문연구』, 16집, 1999. 12.

「해방 후 한국시에 나타난 미국의 이미지」, 『어문논총』, 8집(충북대 외국어교육
        원), 1999.7.

「이승훈의 시와 시론에 나타난 자아탐구의 양상과 그 의미」, 『어문논총』, 7집(충
        북대 외국어교육원), 1998. 7.

「고정희 시에 나타난 여성의식」, 『인문학지』, 17집(충북대 인문학연구소),
        1999.2.

「최두석의 시세계」, 『시와사람』, 1998년 겨울호.

「박노해의 시는 왜 감동을 주는가」, 『작가세계』, 1997년 겨울호.

「말과 글 그리고 자부심을 획득한 1990년대 한국의 여성시」, 『시와시학』, 1999
        년 여름호.

「도시에서 쓴 자연시의 의미와 한계」, 『21세기 문학』, 1999년 봄호.

「신낭만의 시대가 오고 있는가」, 『21세기 문학』, 1999년 여름호.

「IMF 구제금융체제와 한국문학」, 『인문학지』, 21집(충북대 인문학연구소), 2000. 2.

「가장 원시적인 것이 가장 미래적이다 : 고재종」, 『문학사상』, 2001년 5월호.

「존재하는 것들의 슬픈 아름다움 : 김동원」, 시집『나무는 바람을 모르지만』, 북
       스힐, 1999.

「몸으로 길을 만든 시인 : 김신용」, 시집『몽유 속을 걷다』, 실천문학사, 1998.

「인생이란 춤은 왜 이리 무겁고 지루할까 : 김영근」, 시집『행복한 감옥』, 시와반
       시사, 2001.

「불의 시인, 불의 상상력 : 노창선」, 시집『난꽃 진 자리』, 동천사, 1998.

「부활을 창조하는 시인 : 박노해」, 시집『겨울이 꽃핀다』, 해냄, 2000.

「자연인의 서정과 언어 : 박선옥」, 시집『내가 한 줄기 바람일 때』, 시와시학사,
       1997.

「구도의 길, 성자의 길 : 이성선」, 시집『내 몸에 우주가 손을 얹었다』, 세계사,
       2000.

「탈속한 자유인의 나라 : 임보」, 시집『구름 위의 다락마을』, 우이동사람들, 1998.

「욕망 없는 것들의 슬픈 여행 : 임혜신」, 시집『환각의 숲』, 한국문연, 2001.

「'물의 책'을 쓰는 일 : 최승호」, 『현대시학』, 1999년 8월호.

「흙의 감촉과 비극적 인식 사이 : 황지우」, 『작가세계』, 1999년 여름호.

한국 현대시와 문명의 전환

인쇄일 초판 1쇄 2002년 7월 10일
발행일 초판 1쇄 2002년 7월 20일

지은이 정 효 구
발행인 김 태 범
발행처 **새미**
등록일 1994.03.10, 제17-271호

서울시 강동구 성내동 447-11 현영빌딩 2층
Tel : 442-4623~4 Fax : 442-4625
www. kookhak.co.kr
E- mail : kookhak2001@hanmail.net
ISBN 978-89-5628-018-9(93810)
가 격 26,000원

***새미**는 국학자료원 의 지매회사입니다.
*저자와의 협의 하에 인지는 생략합니다.
*저자와의 협의 하에 인지는 생략합니다.